La Symphonie des nombres premiers

Marcus du Sautoy

La Symphonie des nombres premiers

TRADUIT DE L'ANGLAIS (GRANDE-BRETAGNE)
PAR RAYMOND CLARINARD

Éditions Héloïse d'Ormesson

Titre original : *The Music of the Primes*
Éditeur original : Fourth Estate

ISBN 978-2-7578-0429-2
(ISBN 2-35087-011-1, 1re publication)

À la mémoire de Yonathan du Sautoy
21 octobre 2000

Sommaire

1

Qui veut gagner des millions ?

« Nous avons la suite des nombres ? D'accord, allez, on peut la réciter de tête... cinquante-neuf, soixante et un, soixante-sept... soixante et onze... Ça ne seraient pas tous des nombres premiers ? » Dans la salle de contrôle, l'excitation fut soudain palpable. Même les traits d'Ellie trahirent un instant le fait qu'elle ressentait les choses plus profondément, mais presque immédiatement, elle retrouva son sérieux, par peur de se laisser emporter, de passer pour une idiote en se montrant peu scientifique. Carl Sagan, *Contact*

La matinée était chaude et humide en ce mois d'août 1900, quand David Hilbert, de l'université de Göttingen, prit la parole à l'occasion du Congrès international des mathématiciens dans un amphithéâtre bondé à la Sorbonne. Déjà reconnu comme l'un des plus grands mathématiciens de son temps, Hilbert avait préparé un discours des plus osés. Plutôt que de revenir sur ce qui avait été démontré, il se disposait à parler de l'inconnu. C'était aller à l'encontre des conventions. Sa voix trahissait sa nervosité quand il entreprit devant l'assistance de dévoiler sa vision de l'avenir des mathématiques. « Qui d'entre nous ne serait heureux de lever le voile qui nous masque l'avenir, de poser le regard sur les prochaines avancées de notre science et sur les secrets de son développement dans les siècles futurs ? » En guise d'hommage au siècle nouveau, Hilbert lança un défi à son public en dressant la liste de vingt-trois problèmes qui, estimait-il, serviraient de cap aux explorateurs mathématiques du XXe siècle.

Nombre de ces problèmes furent effectivement résolus dans les décennies qui suivirent, et ceux qui en découvrirent les solutions font partie de cet illustre cortège de mathématiciens surnommé « la classe d'honneur ». On y trouve des gens du calibre de Kurt Gödel et d'Henri Poincaré ainsi que d'autres pionniers dont les idées ont métamorphosé le paysage mathématique. Mais un problème semblait voué à ne jamais trouver son maître. Il s'agissait du huitième sur la liste de Hilbert : l'hypothèse de Riemann.

De tous les défis lancés par Hilbert, le huitième occupait une place à part dans son cœur. En Allemagne, Frédéric Barberousse, empereur chéri de son peuple mort au cours de la troisième croisade, est à la source d'un mythe. La légende veut qu'il soit toujours en vie, endormi dans une caverne des monts Kyffhäuser, et qu'il s'éveillera quand l'Allemagne aura besoin de lui. On raconte que quelqu'un aurait demandé à Hilbert : « Si vous vous réveilliez comme Barberousse, au bout de cinq siècles, que feriez-vous ? » Et lui de répondre : « Je demanderais si l'on a réussi à démontrer l'hypothèse de Riemann. »

À la fin du XXe siècle, la plupart des mathématiciens s'étaient résignés à l'idée que ce joyau entre tous les problèmes de Hilbert risquait fort d'entrer inviolé dans le siècle suivant, et qu'il serait peut-être toujours un mystère quand Hilbert lui-même s'éveillerait de son sommeil de cinq cents ans. Si ce dernier avait stupéfié le premier Congrès international du XXe siècle par son discours révolutionnaire si riche en inconnues, une surprise attendait les mathématiciens qui comptaient assister au dernier Congrès du siècle.

Le 7 avril 1997, une nouvelle incroyable apparut sur les écrans des ordinateurs du monde mathématique. Sur le site web du Congrès international des mathématiciens, qui devait se tenir l'année suivante à Berlin, il était annoncé que le Saint-Graal des maths avait enfin été découvert. Quelqu'un avait réussi à démontrer l'hypothèse de Riemann. La nouvelle allait avoir des répercussions profondes. L'hypothèse de Riemann est en effet au cœur de tout l'édifice mathématique. À la lecture du mail, les mathématiciens furent soulevés d'enthousiasme. Ils étaient peut-être sur le point de comprendre l'un des plus grands mystères de leur art.

L'auteur de la lettre faisant part de cet événement était le professeur Enrico Bombieri. On ne pouvait rêver meilleure source, ni plus respectée. Bombieri est l'un des gardiens du temple de l'hypothèse de Riemann. Il officie au prestigieux Institut des études avancées de Princeton (IAS), autrefois l'antre d'Einstein et de Gödel. Il fait peu parler de lui, mais les mathématiciens l'écoutent toujours d'une oreille attentive.

Bombieri a grandi en Italie, où les vignobles prospères de sa famille lui ont donné le goût des bonnes choses. Ses collègues le surnomment affectueusement « l'Aristocrate des maths ». Dans sa jeunesse, on ne manquait jamais de le remarquer lors des conférences en Europe, auxquelles il se rendait souvent au volant d'une voiture de sport à la mode. La rumeur disait qu'il avait fini sixième d'un rallye de vingt-quatre heures en Italie, rumeur qu'il prenait un malin plaisir à alimenter. Toutefois, il avait remporté des succès plus concrets sur le circuit mathématique, qui lui valurent d'être invité à Princeton dans les années 1970. Il y travaille encore aujourd'hui, et s'intéresse désormais à la peinture, en particulier aux portraits, plutôt qu'à la course automobile.

Mais sa véritable passion, c'est la créativité dans le domaine des mathématiques, surtout le défi que représente l'hypothèse de Riemann. Cette dernière l'obsède depuis qu'il l'a découverte au fil de ses lectures, à l'âge précoce de quinze ans. Il avait toujours été fasciné par les propriétés des nombres, dont il avait pris conscience en feuilletant les livres de mathématiques que son père, un économiste, avait rassemblés dans son impressionnante bibliothèque. L'hypothèse de Riemann, avait-il appris, était considérée comme le problème le plus complexe et le plus fondamental de la théorie des nombres. Quand son père, tentant désespérément d'empêcher Enrico de conduire sa Ferrari, lui offrit de lui en acheter une si jamais il parvenait à résoudre l'énigme, sa passion s'en trouva décuplée.

Dans son mail, Bombieri disait avoir été coiffé au poteau. « La conférence donnée par Alain Connes à l'IAS mercredi dernier a eu des développements extraordinaires », commençait-il. Des années plus tôt, le monde des maths s'était enflammé quand il avait été annoncé qu'Alain Connes s'était attelé à la tâche de résoudre l'hypothèse de Riemann. Connes est l'un des révolutionnaires du milieu, sorte de Robespierre bienveillant dans un univers où Bombieri jouerait les Louis XVI. Personnage d'un formidable charisme, son style flamboyant est très éloigné de l'image du matheux emprunté et rétif au changement. Animé de la force du fanatique convaincu par la valeur de sa vision du monde, ses conférences sont fascinantes. Ses partisans lui vouent littéralement un culte, et ils n'hésiteront jamais à le rejoindre sur les barricades mathématiques pour défendre leur héros face à toute contre-offensive déclenchée depuis les positions immuables de l'*Ancien Régime**.

Connes travaille dans l'enceinte de ce que la France a créé pour répondre à l'Institut de Princeton, à savoir l'Institut des hautes études scientifiques de Paris. Depuis son arrivée en 1979, il a développé un langage entièrement nouveau pour comprendre la géométrie. Il ne craint pas de pousser le sujet jusqu'aux limites extrêmes de l'abstraction. Et la révolution abstraite qu'il propose en a fait ciller plus d'un

* En français dans le texte.

dans les rangs de ses pairs, pourtant habitués au caractère fortement conceptuel de leur vision du monde. Son nouveau langage, comme il en a fait la démonstration à ceux qui doutent de la nécessité d'une théorie d'une sécheresse aussi brute, détient plusieurs clés de l'univers, bien réel, de la physique quantique. Et s'il a fait souffler un vent de terreur sur les masses mathématiques, eh bien, qu'il en soit ainsi.

Quand Connes a eu la témérité d'affirmer que sa nouvelle géométrie pourrait non seulement permettre de dévoiler les rouages de la physique quantique, mais qu'elle serait également en mesure d'expliquer l'hypothèse de Riemann, ce mystère incomparable des nombres, il a suscité surprise et même stupeur. Qu'il ose s'aventurer au cœur de la théorie des nombres pour s'attaquer de front au problème le plus manifestement difficile des mathématiques prouve à quel point il n'a que mépris pour les barrières de la convention. Depuis son irruption sur la scène, vers le milieu des années 1990, il flotte dans l'air comme un parfum d'anticipation : si quelqu'un a les moyens de faire plier cette énigme réputée insoluble, c'est bien Alain Connes.

Ce n'était pourtant pas lui qui semblait avoir trouvé la pièce manquante de ce puzzle complexe. Dans sa lettre, Bombieri expliquait ensuite qu'un jeune physicien, assistant à la conférence de Connes, avait « eu un flash », et avait compris comment adapter le monde étrange des « systèmes fermioniques-bosoniques supersymétriques » à la résolution de l'hypothèse de Riemann. Rares étaient les mathématiciens à être vraiment sûrs de savoir ce que voulait dire ce salmigondis de termes retentissants, mais Bombieri assurait qu'ils dépeignaient « la physique qui correspond à un ensemble proche du zéro absolu, mixture d'anions et de morons en révolution opposée. » Ce qui n'était guère plus limpide, mais après tout, on avait affaire là à la solution du problème le plus difficile de toute l'histoire des mathématiques. Par conséquent, personne ne s'attendait à ce qu'elle soit aisément abordable. À en croire Bombieri, au bout de six jours de travail ininterrompu, s'aidant d'un nouveau langage informatique, le MISPAR, le jeune physicien avait enfin réussi à démêler l'énigme la plus insondable des mathématiques.

Et il concluait son mail par ces mots : « Bon sang ! Merci de faire circuler le plus possible. » Il pouvait certes paraître extraordinaire qu'un jeune physicien ait fini par démontrer l'hypothèse de Riemann, mais cela n'avait en réalité rien de très surprenant. Ces dernières décennies, la physique était bien souvent venue au secours des maths. Quoiqu'étant au cœur de la théorie des nombres, l'hypothèse de Riemann montrait depuis quelque temps qu'elle entretenait des liens inattendus avec les problèmes de la physique des particules.

Les mathématiciens envisageaient déjà de bouleverser leurs projets de voyage pour se rendre à Princeton afin de vivre ce moment historique. Nul n'avait oublié l'enthousiasme qui s'était emparé de la communauté quand, en juin 1993, Andrew Wiles, un mathématicien anglais, avait annoncé avoir prouvé le dernier théorème de Fermat lors d'une conférence à Cambridge. Wiles avait démontré que Fermat avait eu raison d'affirmer que l'équation $x^n + y^n = z^n$ n'avait pas de solution quand n était plus grand que 2. Quand, à la fin de sa présentation, Wiles avait reposé sa craie, les bouchons de champagne avaient commencé à sauter et les flashs à crépiter.

Mais les mathématiciens le savaient : la résolution de l'hypothèse de Riemann aurait un impact nettement plus sensible pour l'avenir de leur science que le fait de savoir que l'équation de Fermat n'avait pas de solution. Comme Bombieri l'avait compris à l'âge encore tendre de quinze ans, l'hypothèse de Riemann vise à comprendre les objets les plus fondamentaux des mathématiques : les nombres premiers.

Les nombres premiers sont les atomes mêmes de l'arithmétique. Ce sont les nombres indivisibles, qu'il est impossible de décomposer sous la forme d'une multiplication de deux nombres plus petits. 13 et 17 sont des premiers, ce qui n'est pas le cas de 15, que l'on peut également écrire en tant que 3 fois 5. Ils sont les pierres précieuses enchâssées dans l'immense étendue de l'univers infini des nombres, que les mathématiciens explorent depuis des siècles. Ils sont pour eux une source d'émerveillement : 2, 3, 5, 7, 11, 13, 17, 19, 23... nombres hors du temps qui existent dans un monde indépendant de notre réalité physique. Pour le mathématicien, ils sont un don de la Nature.

Leur importance s'explique par leur capacité à bâtir tous les autres nombres. Tout nombre qui n'est pas premier peut être obtenu en multipliant les uns par les autres ces éléments fondamentaux. Chaque molécule du monde physique peut être fabriquée à partir d'atomes prélevés dans le tableau périodique des éléments chimiques. Pour le mathématicien, une liste de nombres premiers est comme ce tableau périodique où les nombres 2, 3 et 5 correspondraient à l'hydrogène, à l'hélium et au lithium du laboratoire du mathématicien. La maîtrise de ces éléments lui permet d'espérer découvrir de nouvelles façons d'établir un cap pour parcourir la complexe grandeur du monde mathématique.

Pourtant, en dépit de leur apparente simplicité et de leur caractère fondamental, les nombres premiers restent les objets les plus mystérieux qu'étudient les mathématiciens. Dans un domaine consacré à la quête de schémas et d'ordre, ils incarnent le défi absolu. Il suffit de consulter une liste de nombres premiers pour s'apercevoir qu'il est impossible de prédire l'apparition du suivant. La liste semble chaotique, aléatoire, et ne donne aucune clé permettant de déterminer le prochain. Si la liste des nombres premiers est l'électrocardiogramme des maths, alors c'est un cœur qui bat sous l'influence d'un puissant cocktail à la caféine :

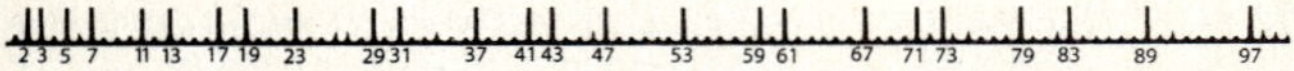

Les nombres premiers jusqu'à 100 : le pouls irrégulier des mathématiques.

Peut-on trouver une formule capable de générer les nombres de cette liste, quelque règle magique qui donnerait le centième nombre premier ? Cette question a hanté les esprits mathématiques tout au long de l'Histoire. Au bout de deux mille ans d'efforts, ces nombres continuent apparemment de résister à toute tentative de les intégrer à un schéma précis. Des générations se sont succédé, écoutant le rythme du tambour premier battant sa succession de nombres : deux battements, puis trois, cinq, sept, onze. Plus le battement se poursuit, plus il devient facile de croire en la responsabilité d'un bruit blanc aléatoire, sans logique interne. Au cœur des mathématiques, cette science de l'ordre, tout ce que les mathématiciens pouvaient entendre, c'était le chaos.

Or ils ne peuvent envisager d'admettre qu'il n'y a pas d'explication à la façon dont la Nature a sélectionné les nombres premiers. S'il n'existait pas de structure dans les mathématiques, pas de magnifique simplicité, elles ne vaudraient pas la peine d'être étudiées. Jamais l'écoute du bruit blanc n'a été considérée comme un passe-temps digne d'intérêt. Ainsi que l'écrivait le mathématicien français Henri Poincaré : « Le scientifique n'étudie pas la Nature parce qu'elle est utile ; il l'étudie parce qu'elle le réjouit. Et elle le réjouit parce qu'elle est belle. Si la Nature n'était pas belle, elle ne vaudrait pas la peine d'être connue, et si la Nature ne valait pas la peine d'être connue, la vie ne vaudrait pas la peine d'être vécue. »

Mais peut-être le pouls des nombres premiers se stabilise-t-il après un départ hoquetant ? Pas du tout. Plus les nombres sont élevés, plus les choses semblent empirer. Voici les nombres premiers recensés parmi les cent nombres en dessous et au-dessus de 10 000 000. En dessous, pour commencer :

9 999 901	9 999 907	9 999 929	9 999 931
9 999 937	9 999 943	9 999 971	9 999 973
9 999 991.			

Voyez maintenant à quel point ils sont rares au-delà de 10 000 000 :

10 000 019   10 000 079.

Difficile de concocter une formule capable d'accoucher d'un tel schéma. En fait, ce défilé de nombres premiers ressemble à une succession aléatoire bien plus qu'à un tracé soigneusement ordonné. On peut lancer quatre-vingt-dix-neuf fois de suite une pièce de monnaie, ce n'est pas pour cela que l'on saura sur quelle face elle retombera la centième fois. De même, les nombres premiers défient toute prédiction.

Pour les mathématiciens, ils constituent l'une des sources de tension les plus étranges de leur domaine. D'une part, un nombre ne peut être que premier ou non. Jamais un nombre ne deviendra soudain, par quelque coup du hasard, divisible par un autre plus petit. D'autre part, on ne peut nier que la liste des nombres premiers tient d'une suite aléatoire. Les physiciens se sont faits à l'idée qu'un dé quantique décide du sort de l'univers, qu'il choisit au jugé à chaque lancer où les scientifiques rencontreront de la matière. Mais il est un rien gênant de devoir admettre que ces nombres fondamentaux sur lesquels sont fondées les mathématiques sont manifestement régis de façon arbitraire par la Nature qui a décidé du destin de chaque nombre en laissant agir le hasard. Hasard et chaos, aux yeux du mathématicien, sont autant d'anathèmes.

En dépit de leur caractère aléatoire, les nombres premiers, plus que tout autre élément de notre patrimoine mathématique, ont une qualité universelle, hors du temps. Ils existeraient, que nous ayons ou non suffisamment évolué pour être à même de les identifier. Comme le disait le mathématicien de Cambridge, G.H. Hardy, dans son célèbre ouvrage, *A Mathematician's Apology**, « 317 est un nombre premier, non parce que nous le pensons, ou parce que nos esprits sont formés de telle ou telle façon, mais *parce que c'est ainsi,* parce que la réalité mathématique est ainsi faite. »

D'aucuns, parmi les philosophes, pourraient s'opposer à une vision si platonicienne du monde, cette foi en une réalité absolue et éternelle par-delà l'existence humaine, mais selon moi, c'est en cela qu'ils sont des philosophes, et non des mathématiciens. Dans *Matière à pensée*, on assiste à un dialogue fascinant entre Alain Connes, le mathématicien dont parlait Bombieri dans son mail, et le neurobiologiste Jean-Pierre Changeux. Dans ce livre, la tension est perceptible quand le mathématicien défend l'existence de son domaine en dehors de l'esprit, tandis que le neurobiologiste cherche à réfuter une telle idée. « Pourquoi ne verrions-nous pas $\pi = 3{,}1416$ écrit en lettres d'or dans le ciel, ou $6{,}02 \times 10^{23}$ apparaître dans les reflets d'une boule de cristal ? » Changeux s'avoue exaspéré par les déclarations de Connes, qui maintient qu'il « existe, indépendamment de l'esprit humain, une réalité mathématique, brute et

* *Apologie d'un mathématicien.*

immuable », et qu'au cœur du monde, nous trouvons l'éternelle liste des nombres premiers. Les mathématiques, poursuit Connes, « sont indubitablement le seul langage *universel* ». On peut imaginer une chimie ou une biologie différentes à l'autre bout de l'univers, mais les nombres premiers le resteront, quelle que soit la galaxie où on les comptera.

Dans le roman devenu classique de Carl Sagan, *Contact*, les extraterrestres ont recours aux nombres premiers pour entrer en contact avec une intelligence terrestre. L'héroïne, Ellie Arroway, travaille au SETI, le projet de recherche de la vie intelligente extraterrestre, et passe son temps à l'écoute des crachotements du cosmos. Une nuit, alors que les radiotélescopes sont braqués sur Véga, ils identifient soudain d'étranges pulsations au-dessus du bruit de fond. Ellie ne tarde pas à reconnaître le rythme de ce signal radio. Deux pulsations, suivies d'une pause, puis trois pulsations, cinq, sept, onze, et ainsi de suite, passant en revue tous les nombres premiers jusqu'à 907. Puis la suite repart du début.

Ce tambour cosmique entonne une musique que des Terriens ne pouvaient manquer de comprendre. Ellie est convaincue que seule une vie intelligente a pu être à l'origine de ces pulsations : « Difficile d'imaginer que du plasma rayonnant puisse émettre une série régulière de signaux mathématiques comme ceux-ci. Les nombres premiers sont là pour attirer notre attention. » Si la culture extraterrestre avait transmis les numéros gagnants de la loterie locale sortis au cours des dix dernières années, Ellie n'aurait pas été en mesure de les distinguer du bruit ambiant. Même si la liste des nombres premiers semble aussi aléatoire que des numéros gagnants, sa constance universelle a déterminé le choix de chacun des nombres de l'émission venue d'ailleurs. C'est en cette structure qu'Ellie voit le signe d'une vie intelligente.

La communication par les nombres premiers n'est pas que de la science-fiction. Dans son livre, *L'Homme qui prenait sa femme pour un chapeau*, Oliver Sacks revient sur le cas de deux jumeaux de vingt-six ans, John et Michael, dont le mode de communication le plus élaboré était de s'échanger des nombres premiers à six chiffres. Sacks décrit le moment où il les a vus pour la première fois dialoguer par nombres dans le coin d'une pièce. « Au début, on aurait dit deux connaisseurs, deux taste-vin partageant des bouquets exceptionnels, en appréciant la rareté. » D'abord, Sacks ne comprend pas ce qu'ils font. Mais dès qu'il parvient à casser leur code, il mémorise quelques nombres premiers à huit chiffres qu'il glisse alors comme par inadvertance dans la conversation lorsqu'il les rencontre la fois suivante. Surpris, les jumeaux se plongent dans une profonde concentration, qui se mue en jubilation quand ils identifient de nouveaux nombres premiers. Mais si Sacks a dû utiliser une table de nombres premiers pour trouver les siens, comment les jumeaux réussissaient-ils à en calculer ? L'énigme est fascinante. Se pourrait-il que ces autistes savants aient été en possession de quelque formule secrète, laquelle aurait échappé à des générations de mathématiciens ?

L'histoire des jumeaux est une des préférées de Bombieri.

« *Quand j'entends cette histoire, je ne peux qu'être impressionné et émerveillé par les rouages du cerveau. Tout en me demandant : mes amis non mathématiciens auraient-ils la même réaction ? Voient-ils ce que le talent singulier dont jouissaient naturellement les jumeaux avait d'étrange, de prodigieux, comme issu d'un autre monde ? Savent-ils que les mathématiciens se démènent depuis des années pour trouver un moyen de faire ce que John et Michael faisaient spontanément, engendrer et reconnaître des nombres premiers ?* »

Avant que quiconque ait pu comprendre comment ils procédaient, les jumeaux furent séparés à l'âge de trente-sept ans par leurs médecins, qui considéraient que leur langage numérique privé avait freiné leur développement. S'ils avaient entendu les conversations cabalistiques que l'on surprend dans les couloirs des départements de mathématiques des universités, peut-être ces médecins auraient-ils ordonné qu'on les fermât également.

Les jumeaux utilisaient probablement un truc fondé sur ce que l'on appelle le petit théorème de Fermat pour vérifier qu'un nombre est premier. Ce test est comparable à la capacité qu'ont les autistes savants de calculer rapidement que, par exemple, le 13 avril 1922 était un jeudi, exploit que les jumeaux accomplissaient souvent lors d'émissions de télévision. La réussite de ces deux tours dépend de ce que l'on appelle l'arithmétique de l'horloge ou arithmétique modulaire. Peut-être n'avaient-ils pas de formule magique pour les nombres premiers, mais leur talent n'en était pas moins extraordinaire. Avant leur séparation, ils avaient atteint les nombres à vingt chiffres, bien au-delà de la limite supérieure de la table de Sacks.

Comme l'héroïne de Carl Sagan écoutant le battement de cœur cosmique des nombres premiers, comme Sacks entendant par hasard les jumeaux, pendant des siècles, les mathématiciens ont tendu l'oreille en quête de quelque ordre dans ce bruit. Comme des oreilles occidentales écoutant la musique orientale, rien, apparemment, n'était identifiable. Puis, vers le milieu du XIXe siècle, il y eut une formidable percée. Bernhard Riemann entreprit de s'attaquer au problème sous un angle résolument nouveau. Avec cette nouvelle vision des choses, il commença à comprendre en partie ce qui régissait le chaos des nombres premiers. Sous-tendant le tintamarre extérieur, se trouvait une harmonie subtile, inattendue. En dépit de ce grand pas en avant, la nouvelle musique conservait l'essentiel de ses mystères. Ce qui ne suffit pas à décourager Riemann, le Wagner du monde mathématique. Téméraire, il se livra à une prédiction sur la musique énigmatique qu'il avait dévoilée. C'est cette prédiction que l'on connaît aujourd'hui sous le nom d'hypothèse de Riemann. Et quiconque parviendra à prouver que l'intuition de Riemann quant à la nature de cette musique était juste aura alors expliqué pourquoi les nombres premiers donnent cette impression si convaincante d'être les seuls jouets du hasard.

Les conclusions de Riemann sont liées à sa découverte d'une sorte de miroir mathématique à travers lequel il put contempler les nombres premiers. Quand Alice est passée de l'autre côté du miroir, son monde lui est apparu sens dessus dessous. À l'inverse, dans l'étrange monde mathématique visible de l'autre côté du miroir de Riemann, le chaos des nombres premiers semblait s'être transformé en un schéma ordonné aussi solide que pouvait l'espérer un mathématicien. Il avança que cet ordre devait se maintenir, aussi loin que l'on plongeât le regard dans l'univers infini du miroir. Sa prédiction de l'existence d'une harmonie interne tout au bout de cet au-delà pourrait expliquer pourquoi les nombres premiers les plus élevés semblent si chaotiques. La métamorphose induite par le miroir de Riemann, où le chaos devient ordre, paraît miraculeuse à la plupart des mathématiciens. Le défi que Riemann a légué à ses collègues était de démontrer que l'ordre dont il avait supputé la présence existe bel et bien.

Le courrier électronique de Bombieri du 7 avril 1997 annonçait l'aube d'une nouvelle ère. La vision de Riemann n'était donc pas un mirage. L'aristocrate des mathématiques offrait à ses pairs la fascinante possibilité d'une explication au chaos apparent des nombres premiers. Tous les représentants du milieu étaient impatients de piller les autres trésors qui, pensaient-ils, ne manqueraient pas d'être mis au jour grâce à la solution de cet immense problème.

La solution de l'hypothèse de Riemann aura d'énormes répercussions sur bien d'autres problèmes mathématiques. Les nombres premiers occupent une place si fondamentale dans les mathématiques appliquées que toute percée permettant de comprendre leur nature aura un impact considérable. En tant que problème, en effet, l'hypothèse de Riemann est manifestement incontournable. Au fil de leurs pérégrinations, il semble que tous les mathématiciens soient menés, à un moment ou à un autre, au pied de l'imposant panorama de l'hypothèse. D'aucuns l'ont comparée à l'ascension de l'Everest. Plus il reste inviolé, plus on désire le conquérir. Et celui qui, enfin, escaladera le mont Riemann est assuré de rester plus longtemps dans les mémoires qu'Edmund Hillary. On s'émerveille de la conquête de l'Everest non parce que son sommet est particulièrement intéressant à visiter, mais à cause du défi qu'il représente. En ce sens, l'hypothèse de Riemann se distingue très nettement de l'ascension de la plus haute montagne du monde. Le pic Riemann est un endroit sur lequel on voudrait tous monter, parce que l'on connaît déjà les paysages qu'il nous permettra d'admirer si nous réussissons son ascension. Grâce à celui qui démontrera l'hypothèse de Riemann, il sera possible de combler les vides de milliers de théorèmes qui reposent sur sa véracité. Car pour atteindre leurs propres objectifs, bien des mathématiciens ont dû se contenter de supposer que l'hypothèse était juste. C'est parce que tant de résultats en dépendent que les mathématiciens y voient une hypothèse plutôt qu'une conjecture. Le terme « hypothèse » a la connotation beaucoup plus forte de supposition, une supposition nécessaire à laquelle se livre le mathématicien afin de bâtir une théorie. La « conjecture », en revanche, ne représente qu'une prédiction sur la façon dont le monde se comporte d'après les mathématiciens. Nombreux sont ceux qui ont dû admettre leur incapacité à résoudre l'énigme de Riemann, et à avoir simplement accepté sa prédiction en tant qu'hypothèse de travail. Si quelqu'un parvenait à faire de cette hypothèse un théorème, tous ces résultats non prouvés s'en verraient alors validés.

En s'appuyant sur l'hypothèse de Riemann, les mathématiciens engagent leur réputation dans l'espoir qu'un jour, quelqu'un démontrera que Riemann avait raison. Certains vont plus loin, ne se contentant pas de l'adopter en tant qu'hypothèse de travail. Bombieri, par exemple, est intimement convaincu que les nombres premiers se comportent effectivement comme le prédit Riemann. C'est devenu pour ainsi dire la pierre angulaire de la quête de la vérité mathématique. Mais s'il s'avérait que l'hypothèse de Riemann était erronée, elle ferait voler en éclats la foi que nous avons dans notre intuition, notre possibilité de sentir comment fonctionnent les choses. Nous nous sommes tellement persuadés de la solidité du raisonnement de Riemann que toute autre réalité nous contraindrait à réviser radicalement notre conception du monde mathématique. Et surtout, tous les résultats qui, selon nous, existent par-delà le sommet de Riemann disparaîtraient dans un nuage de fumée.

De façon plus marquante, si l'hypothèse de Riemann venait à être démontrée, les mathématiciens seraient alors en mesure d'utiliser une procédure rapide et sûre qui leur permettrait de localiser un nombre premier à, par exemple, cent chiffres, ou autant de chiffres que l'on veut. « Et alors ? » seriez-vous en droit de me dire. Car, à moins d'être dans la profession, il est peu probable qu'un tel résultat ait un impact essentiel sur votre vie.

Il paraît à peu près aussi utile de dénicher des nombres premiers à cent chiffres que de compter les anges sur une tête d'épingle. Si la plupart des gens sont prêts à admettre que les mathématiques sont au cœur de la construction d'un avion, ou du développement des technologies de l'électronique, rares sont ceux qui oseraient imaginer que le monde ésotérique des nombres premiers pourrait avoir quelque influence que ce soit sur leur existence. De fait, même dans les années 1940, G.H. Hardy partageait cet avis : « Tant Gauss que les mathématiciens de moindre importance peuvent se réjouir de ce que nous avons là une science [la théorie des nombres], au moins, qui est si éloignée des activités humaines ordinaires qu'elle restera vierge et immaculée. »

Mais à la lueur d'événements plus récents, les nombres premiers se sont retrouvés au centre du tourbillon aussi brutal que douteux du monde des affaires. Ils ne sont plus confinés désormais à la citadelle des mathématiques. Dans les années 1970, grâce à trois scientifiques, Ron Rivest, Adi Shamir et Leonard Adleman, la quête des nombres premiers, de simple jeu pratiqué dans les tours d'ivoire universitaires, est soudain devenue une ambitieuse opération commerciale. En exploitant une découverte effectuée par Pierre de Fermat au XVIIe siècle, ces trois hommes ont trouvé un moyen d'utiliser les nombres premiers pour protéger nos numéros de cartes de crédit quand ils s'en vont errer dans les centres commerciaux électroniques du marché mondial. Quand l'idée en a été avancée pour la première fois dans les années 1970, personne ne savait l'importance que prendrait l'e-business. Mais aujourd'hui, sans le pouvoir des nombres premiers, ce secteur n'existerait pas. Chaque fois que vous passez une commande sur un site, votre ordinateur applique le système de sécurité qu'offre l'existence de nombres premiers à cent chiffres. Le système est baptisé RSA, les initiales de ses trois inventeurs. Jusqu'à présent, plus d'un million de nombres premiers ont déjà été utilisés pour protéger l'univers du commerce électronique.

Toute entreprise qui opère sur Internet dépend par conséquent des nombres premiers à cent chiffres pour assurer la sécurité de ses transactions. Face à l'expansion d'Internet, un jour viendra où nous serons tous individuellement identifiés par nos propres nombres premiers. Soudain, il devient commercialement intéressant de comprendre comment, en démontrant l'hypothèse de Riemann, les nombres premiers sont distribués dans le monde mathématique.

Ce qu'il y a d'extraordinaire, c'est que bien que la *construction* de ce code dépende de découvertes sur les nombres premiers réalisées par Fermat il y a plus de trois cents ans, c'est en revanche d'un problème que nous sommes pour l'heure incapables de résoudre que dépend la possibilité de *casser* ce même code. La sécurité du système RSA est liée à notre incapacité à répondre à des questions fondamentales sur les nombres premiers. Les mathématiciens en savent assez pour élaborer ces codes Internet, mais pas assez pour les casser. Nous sommes à même de comprendre une moitié de l'équation, mais pas l'autre. Or, plus nous démystifions les nombres premiers, plus ces codes deviennent fragiles. Ces nombres sont les clés des serrures qui protègent les secrets électroniques de notre monde. C'est pourquoi des sociétés comme AT&T et Hewlett-Packard investissent dans les travaux visant à comprendre les subtilités des nombres premiers et de l'hypothèse de Riemann. Les découvertes éventuelles pourraient aider à déchiffrer ces codes, et toutes les entreprises présentes sur la Toile veulent être les premières à savoir quand leurs codes ne garantiront plus leur sécurité. C'est la raison pour laquelle la théorie des nombres et le monde des affaires sont aujourd'hui si curieusement acoquinés. Les grandes entreprises et les services de sécurité surveillent de très près les tableaux noirs des mathématiciens purs et durs.

Bombieri n'a donc pas seulement semé le trouble dans les rangs de ses collègues. Cette fameuse solution de l'hypothèse de Riemann ne risquait-elle pas d'entraîner un effondrement du commerce électronique ? Des membres de l'agence de la sécurité nationale américaine, la NSA, furent envoyés à Princeton avec pour mission d'en savoir plus. Mais alors que mathématiciens et agents des services se mettaient en route pour le New Jersey, plusieurs personnes commencèrent à se dire qu'il y avait anguille sous roche dans le mail de Bombieri. On a affublé les particules fondamentales de quelques noms absurdes : gluons, hypérons en cascade, mésons charmés, quarks, ces derniers étant tout droit sortis de *Finnegans Wake,* de James Joyce. Mais des « morons »*? Quand même pas! Bombieri est sans conteste l'un des meilleurs spécialistes de l'hypothèse de Riemann, mais ceux qui le connaissent personnellement sont également au fait de son sens de l'humour particulier.

Le dernier théorème de Fermat avait lui aussi été victime d'un poisson d'avril, identifié dès qu'une faille avait été décelée dans la première preuve avancée par Andrew Wiles à Cambridge. Avec le message de Bombieri, la communauté des mathématiciens avait une fois de plus été le dindon de la farce. Ne demandant qu'à revivre l'excitation qui avait entouré la démonstration du théorème de Fermat, elle s'était jetée sur l'appât agité par Bombieri. Les joies du transfert de message avaient entraîné, au fil de sa rapide dissémination, la disparition de la mention « premier avril ». Ajouté au fait que le mail avait été lu dans des pays qui ne connaissent pas la coutume du poisson d'avril, cela avait donné à la blague une force de persuasion que Bombieri avait été loin d'imaginer. Au bout du compte, il s'est donc vu obligé de reconnaître que son message n'avait été qu'une plaisanterie. À l'aube du XXIe siècle, nous étions toujours totalement perdus quant à la nature des nombres les plus fondamentaux des mathématiques. Riaient bien qui riaient les derniers, autrement dit, les nombres premiers.

Pourquoi les mathématiciens s'étaient-ils montrés si naïfs au point de croire Bombieri? Car ils ne sont pas du genre à céder leurs trophées

* Littéralement, « crétins » en anglais.

d'un cœur léger. Les tests impitoyables auxquels ils soumettent un résultat avant qu'il puisse être considéré comme prouvé dépassent largement le niveau d'exigence d'autres disciplines. Comme Wiles en a fait l'expérience quand une faille est apparue dans sa première preuve du dernier théorème de Fermat, assembler 99 % du puzzle ne suffit pas : on ne se souviendra que de la personne qui aura placé la dernière pièce. Laquelle, bien souvent, peut rester inaccessible pendant des années.

La quête de cette source secrète qui alimente les nombres premiers dure depuis plus de deux millénaires. Par leur désir de trouver cet élixir, les mathématiciens ne pouvaient que succomber à la ruse de Bombieri. Pendant des années, beaucoup avaient simplement eu trop peur d'approcher ce problème notoirement insoluble. Il était frappant de voir comment, au crépuscule du siècle dernier, de plus en plus de mathématiciens étaient prêts à s'y attaquer. La démonstration du dernier théorème de Fermat avait contribué à attiser l'espoir de voir se résoudre les grands problèmes.

Les mathématiciens avaient apprécié l'attention que leur avait value la résolution du théorème de Fermat par Wiles. D'où, vraisemblablement, leur envie d'accorder foi à Bombieri. Car du jour au lendemain, on avait proposé à Wiles de jouer les mannequins pour Gap. C'était plus qu'agréable, ça devenait soudain presque sexy d'être mathématicien. Certes, les mathématiciens passent beaucoup de temps dans un monde qui les comble de passion et de plaisir. Mais c'est un plaisir qu'ils ont rarement la possibilité de partager avec le reste du monde. Or c'était là l'occasion de brandir un trophée, d'exhiber les trésors qu'ils avaient dévoilés au fil de leurs longs périples solitaires.

La démonstration de l'hypothèse de Riemann aurait été une apothéose mathématique appropriée pour le XXe siècle. Ce siècle qui avait débuté par le défi directement lancé aux mathématiciens de la planète par Hilbert, qui les avait invités à résoudre l'énigme. Des vingt-trois problèmes de la liste de Hilbert, l'hypothèse de Riemann fut le seul à entrer intact dans le XXIe siècle.

Le 24 mai 2000, pour marquer le centième anniversaire du défi de Hilbert, les mathématiciens et la presse se réunirent au Collège de France à Paris afin d'écouter la présentation de sept nouveaux problèmes, sept défis supplémentaires pour la communauté mathématique à l'aube du troisième millénaire. Ils étaient exposés par un petit groupe composé des meilleurs mathématiciens du monde, dont Andrew Wiles et Alain Connes. Tous étaient nouveaux, à l'exception d'un seul déjà présent sur la liste de Hilbert : l'hypothèse de Riemann. Sacrifiant aux idéaux capitalistes qui avaient façonné le XXe siècle, ces défis avaient un petit quelque chose en plus. L'hypothèse de Riemann et les six autres problèmes sont désormais mis à prix, un million de dollars chacun. Largement de quoi susciter l'intérêt du jeune physicien fictif de Bombieri, au cas où la gloire ne suffirait pas.

L'idée des problèmes du millénaire est née dans l'esprit de Landon T. Clay, homme d'affaires de Boston qui a fait fortune en vendant des fonds de pension sur un marché d'actions en ébullition. Bien qu'ayant laissé tomber les maths à Harvard, il nourrit toujours une certaine passion pour le sujet, passion qu'il souhaite partager. Il comprend que l'argent n'est pas le moteur des mathématiciens. « C'est le désir de vérité et la réaction à la beauté, à la puissance, à l'élégance de leur matière qui motivent les mathématiciens. » Mais Clay n'a rien d'un naïf et, en tant qu'homme d'affaires, il sait à quel point un million de dollars pourraient amener un nouvel Andrew Wiles à se joindre à la chasse aux solutions de ces grands problèmes. D'ailleurs, le site Internet du Clay Mathematics Institute, où ont été affichés les problèmes du millénaire, a été submergé par les consultations dès le lendemain de l'annonce officielle à tel point qu'il est tombé en panne.

Dans l'esprit, les sept problèmes du millénaire diffèrent des vingt-trois sélectionnés un siècle plus tôt. Hilbert avait imposé un nouvel ordre du jour aux mathématiciens du XXe siècle. Plusieurs de ses problèmes étaient originaux et encourageaient une approche radicalement différente. Au lieu de se concentrer sur les détails, comme le dernier théorème de Fermat, les vingt-trois problèmes de Hilbert poussaient la communauté à penser de façon plus conceptuelle. Au lieu de choisir des rochers individuels dans le paysage mathématique, Hilbert offrait à ses collègues la chance de survoler de très haut leur domaine pour les pousser à comprendre la configuration d'ensemble de leur terre. Cette nouvelle approche doit beaucoup à Riemann qui, cinquante ans auparavant, avait incité ce changement révolutionnaire pour faire passer les mathématiques de l'univers des formules et des équations à celui des idées et de la théorie abstraite.

Le choix des sept problèmes pour le nouveau millénaire était plus conservateur. Ce sont les Turner de la galerie mathématique des problèmes, là où les questions de Hilbert constituaient une collection plus moderniste, d'avant-garde. Le conservatisme des nouveaux problèmes s'explique en partie par le fait que l'on espère y trouver des solutions suffisamment limpides pour justifier l'attribution du prix d'un million de dollars à leurs découvreurs. Les problèmes du millénaire sont des questions que les mathématiciens connaissent depuis des années et, dans le cas de l'hypothèse de Riemann, depuis un siècle. C'est une sélection classique.

Ce n'est pas la première fois que l'on propose de l'argent pour résoudre des problèmes mathématiques. En 1997, Wiles avait récolté 75 000 deutsche marks pour avoir démontré le dernier théorème de Fermat, grâce à un prix offert en 1908 par Paul Wolfskehl. C'est l'histoire du Prix Fermat qui avait attiré l'attention de Wiles sur Fermat dès l'âge précoce de dix ans. Clay est persuadé que s'il peut accomplir la même chose pour l'hypothèse de Riemann, son million de dollars aura été bien dépensé. Il y a peu, deux maisons d'édition, la Britannique Faber&Faber et l'Américaine Bloomsbury, ont proposé un million de dollars à qui prouverait la conjecture de Goldbach, dans le cadre d'un coup de pub accompagnant la publication du roman d'Apostolos Doxiadis, *Oncle Petros et la Conjecture de Goldbach*. Pour empocher l'argent, il fallait expliquer pourquoi il est possible d'écrire chaque nombre sous la forme d'une somme de deux nombres premiers. Mais les éditeurs ne laissaient guère de temps pour résoudre l'énigme. La solution devait être communiquée avant minuit le 15 mars 2002, et le concours était curieusement réservé aux résidents des États-Unis et du Royaume-Uni.

Clay considère que les efforts des mathématiciens ne sont pas assez récompensés ni reconnus. Ainsi, pas de prix Nobel de Mathématiques auquel ils pourraient aspirer. Le prix le plus recherché dans leur monde est une médaille Fields. Contrairement aux prix Nobel, généralement attribués à des scientifiques en fin de carrière pour couronner des réussites depuis longtemps accomplies, les médailles Fields sont cantonnées aux mathématiciens âgés de quarante ans maximum. Non parce que les mathématiciens, conformément à une idée reçue, s'usent très tôt. John Fields, père de l'idée et bailleur de fonds pour le prix, souhaitait que sa récompense pousse les mathématiciens les plus prometteurs à réaliser des exploits encore plus spectaculaires. Ces médailles sont décernées tous les quatre ans, à l'occasion du Congrès international des mathématiciens. Les premières ont été attribuées à Oslo en 1936.

La limite d'âge est sévèrement respectée. En dépit de la remarquable réussite d'Andrew Wiles quand il a pu démontrer le dernier théorème de Fermat, la commission des Fields n'a pu lui décerner de médaille au Congrès de Berlin en 1998, première occasion officielle après l'approbation de ses démonstrations, car il est né en 1953. Ils ont malgré tout fait frapper une médaille spéciale en son honneur, mais ce n'est pas la même chose que d'être admis au sein de l'illustre club des lauréats des Fields. Parmi ces derniers, on compte nombre des principaux protagonistes de notre drame : Enrico Bombieri, Alain Connes, Atle Selberg, Paul Cohen, Alexandre Grothendieck, Alan Baker, Pierre Deligne. À eux seuls, ces noms représentent près d'un cinquième de l'ensemble des médailles attribuées.

Mais ce n'est pas pour l'argent que les mathématiciens rêvent de ces décorations. Contrairement aux gros sous qui accompagnent les prix Nobel, la bourse alliée à une médaille Fields se monte à la modeste somme de 15000 dollars canadiens. Avec les millions de Clay, les mathématiciens auront donc enfin des prix dignes de la valeur monétaire des Nobel. Par rapport aux Fields et au prix Goldbach de Faber-Bloomsbury, l'argent est disponible sans tenir compte de l'âge, de la nationalité, sans date butoir, sans autre pression que le tic-tac de l'horloge inflationniste.

Quoi qu'il en soit, la meilleure stimulation pour les mathématiciens qui veulent s'attaquer à l'un des problèmes du millénaire n'est pas financière. C'est plutôt la grisante perspective de l'immortalité que peuvent offrir les mathématiques. Peut-être qu'en résolvant l'un des problèmes de Clay, vous gagnerez un million de dollars, mais ce n'est rien comparé à l'idée que votre nom sera porté sur la carte intellectuelle de la civilisation. L'hypothèse de Riemann, le dernier théorème de Fermat, la conjecture de Goldbach, les espaces de Hilbert, la fonction tau de Ramanujan, l'algorithme d'Euclide, la méthode du cercle de Hardy-Littlewood, les séries de Fourier, la numérotation de Gödel, le zéro de Siegel, la formule des traces de Selberg, le crible d'Ératosthène, les nombres premiers de Mersenne, le produit d'Euler, les entiers de Gauss, autant de découvertes qui ont immortalisé les découvreurs de ces trésors au fil de notre exploration des nombres premiers. Leurs noms résonneront encore quand nous aurons oublié les Eschyle, les Goethe et les Shakespeare. Comme l'expliquait G.H. Hardy : « Les langues meurent, pas les idées mathématiques. "Immortalité" est peut-être un mot absurde, mais quel qu'en soit le sens, c'est probablement le mathématicien qui a le plus de chances de la connaître. »

Tous ces savants qui ont durement peiné au cours de ce voyage épique à la découverte des nombres premiers sont plus que des noms gravés dans la pierre des mathématiques. Dans ses tours et détours, l'histoire des nombres premiers est le reflet de vies bien réelles, de drames personnels riches et variés. À des personnages historiques de la Révolution française et des amis de Napoléon succèdent des magiciens du monde moderne et des patrons de start-up. Les existences d'un comptable en Inde, d'un espion français qui échappe à l'exécution et d'un juif hongrois fuyant les persécutions nazies se retrouvent entremêlées en une seule obsession, celle des nombres premiers. À la lueur de ce que l'on sait d'eux, les efforts de ces hommes pour ajouter leur nom à la liste des héros des mathématiques prennent un autre relief. Les nombres premiers ont uni des mathématiciens par-delà les frontières : la Chine, la France, la Grèce, les États-Unis, la Norvège, l'Australie, la Russie, l'Inde et l'Allemagne ne sont que quelques-uns des pays d'où sont issus d'éminents représentants de la tribu nomade des mathématiciens. Et tous les quatre ans, ils se rassemblent pour se raconter leurs voyages à l'occasion d'un Congrès international.

Le mathématicien n'est pas seulement mû par le désir de laisser son empreinte sur le passé. Tout comme Hilbert a osé plonger son regard vers l'avenir et l'inconnu, qui prouverait l'hypothèse de Riemann ne ferait que donner le départ d'une nouvelle aventure. Quand Wiles a pris la parole lors de la conférence de presse organisée pour la présentation des prix Clay, il a volontairement mis l'accent sur le fait que les problèmes en eux-mêmes ne constituaient nullement l'objectif final :

« Là-bas se trouve tout un nouveau monde mathématique, qui attend d'être découvert. Imaginez par exemple les Européens en 1600. Ils savent que de l'autre côté de l'Atlantique s'étend un Nouveau Monde. Comment auraient-ils pu attribuer des prix pour aider à la découverte et au développement des États-Unis ? Pas de prix pour l'invention de l'avion, pour celle de l'ordinateur, pour la fondation de Chicago, pour les machines capables de moissonner des champs entiers de blé. Or ces choses font aujourd'hui partie de l'Amérique, et aucune n'aurait pu être imaginée en 1600. Non, à l'époque, ils auraient décerné un prix à qui aurait pu résoudre des problèmes comme celui de la longitude. »

L'hypothèse de Riemann est la longitude des mathématiques. En la résolvant, on ouvre la perspective d'établir la carte des eaux brumeuses du vaste océan des nombres. Cela ne constituerait qu'une étape dans notre compréhension de ce secret de la Nature. Si seulement nous pouvions trouver le secret nous permettant de naviguer sur les nombres premiers, qui sait alors ce que nous trouverions au-delà, n'attendant que nous ?

2

LES ATOMES DE L'ARITHMÉTIQUE

Quand les choses deviennent trop compliquées, il est parfois normal de marquer une pause et de se demander : ai-je posé la bonne question ?
Enrico Bombieri, *Prime Territory*, in *The Sciences*

DEUX SIÈCLES AVANT QUE LE POISSON D'AVRIL de Bombieri ne soit venu narguer le monde des mathématiques, un autre Italien, Giuseppe Piazzi, avait lui aussi enflammé l'imagination de ses contemporains. Depuis son observatoire de Palerme, Piazzi avait détecté une petite planète qui tournait autour du Soleil, quelque part entre les orbites de Mars et de Jupiter. Baptisé Cérès, cet astéroïde était beaucoup plus petit que les planètes alors répertoriées, mais sa découverte, en ce 1er janvier 1801, fut universellement considérée comme de très bon augure pour l'avenir des sciences en ce nouveau siècle.

Quelques semaines plus tard, l'enthousiasme laissait place au désespoir quand l'astéroïde disparut, son orbite l'entraînant de l'autre côté du Soleil, dont la lueur aveuglante suffit à occulter sa faible luminosité. Cérès avait sombré dans le ciel nocturne, de nouveau dissimulé au sein de la myriade d'étoiles du firmament. Les astronomes de l'époque ne disposaient pas des outils mathématiques qui leur auraient permis de calculer le trajet complet de l'astre à partir du bref fragment de trajectoire qu'ils avaient été en mesure de suivre durant les premières semaines du siècle. Il leur semblait avoir perdu l'astéroïde, sans aucun moyen de prédire où il réapparaîtrait.

Pourtant, près d'un an après la disparition de la trouvaille de Piazzi, un Allemand de Brunswick, âgé de vingt-quatre ans, annonça qu'il savait où les astronomes pourraient retrouver l'objet céleste. N'ayant aucune autre prédiction sous la main, les astronomes pointèrent donc leurs télescopes sur la région du ciel indiquée par le jeune homme. Et comme par magie, il était là. Mais cette prédiction astronomique sans précédent n'avait rien à voir avec les mystérieuses divinations de quelque astrologue. Le parcours de Cérès avait en fait été retracé par un mathématicien qui avait vu une logique là où d'autres n'avaient vu qu'une planète minuscule et imprévisible. Carl Friedrich Gauss, à partir des données infimes enregistrées sur le parcours de l'astre, avait appliqué une nouvelle méthode qu'il venait de développer pour évaluer où Cérès se trouverait à n'importe quel moment dans l'avenir.

Du jour au lendemain, la découverte de l'orbite de Cérès assura la réputation de Gauss dans la communauté scientifique. Sa réussite était le symbole de la puissance des mathématiques en tant qu'outil de prédiction en cette ère de balbutiement scientifique qu'était le début du XIXe siècle. C'était par hasard que les astronomes avaient identifié la petite planète, alors que c'était grâce à d'indispensables capacités d'analyse qu'un mathématicien avait pu expliquer ce qui allait se passer par la suite.

Si le nom de Gauss était encore inconnu de la fraternité astronomique, il avait déjà laissé, en dépit de son jeune âge, une empreinte respectable dans le monde mathématique. Il avait certes réussi à calculer la trajectoire de Cérès, mais sa véritable passion était la quête de la logique dans l'univers des nombres. Ce dernier constituait à ses yeux l'énigme absolue : il s'agissait de déceler une structure et un ordre là où les autres ne voyaient que le chaos. « Enfant prodige », « génie des mathématiques », autant d'épithètes que l'on a trop souvent tendance à brader. Rares sont cependant les mathématiciens qui oseraient contester que Gauss les méritait. La quantité d'idées nouvelles et de découvertes dont il a accouché avant même ses vingt-cinq ans semble défier toute explication.

Gauss est né dans une famille d'ouvriers de Brunswick, en Allemagne, en 1777. À trois ans, il corrigeait l'arithmétique de son père. À dix-neuf ans, il découvrit la magnifique construction géométrique d'une forme à dix-sept côtés, qui le convainquit de consacrer sa vie aux mathématiques. Avant Gauss, les Grecs avaient démontré comment utiliser un compas et une équerre pour bâtir un pentagone parfait. Depuis, personne n'était parvenu à montrer comment user de cet équipement tout simple pour construire d'autres polygones parfaits dits réguliers, dont le total des côtés constituait un nombre premier. Quand il trouva un moyen d'édifier cette forme parfaite à dix-sept côtés, Gauss fut soulevé d'un tel enthousiasme qu'il entama la rédaction d'un journal mathématique qu'il tint pendant les dix-huit années suivantes. Ce journal, resté en possession de la famille jusqu'en 1898, est aujourd'hui l'un des documents les plus importants de l'histoire des mathématiques, en particulier parce qu'il confirme que Gauss avait obtenu, sans pouvoir les publier, bien des résultats que d'autres mathématiciens du XIXe siècle mirent des années à redécouvrir.

L'une des toutes premières et des plus importantes contributions de Gauss a été l'invention d'une calculatrice fonctionnant sur le principe du cadran horaire. Davantage un concept qu'une machine physique, ce système donnait la possibilité de faire de l'arithmétique avec des nombres jusqu'alors considérés comme peu maniables. La calculatrice de Gauss fonctionne exactement selon le même principe qu'une horloge conventionnelle. Si votre horloge indique neuf heures, et que vous ajoutez quatre heures, l'aiguille des heures se déplace vers treize heures. Par conséquent, la calculatrice de Gauss donnerait 1, plutôt que 13. Si Gauss voulait effectuer un calcul plus complexe, comme 7×7, la calculatrice aurait montré ce qui serait resté une fois divisé 49=7×7 par 12. Là encore, le résultat aurait été 1.

C'est quand Gauss souhaite calculer la valeur de 7×7×7 que l'on commence à prendre conscience de la puissance et de la rapidité de la calculatrice. Au lieu de multiplier une nouvelle fois 49 par 7, Gauss n'a qu'à multiplier la dernière réponse (autrement dit 1) par 7, pour obtenir 7. Ainsi, sans avoir eu à calculer ce que faisaient 7×7×7 (343, précisons-le), il savait quand même, sans trop d'effort, que le reste était de 7 pour une division par 12. La puissance de sa calculatrice a donné toute sa mesure quand Gauss a entrepris d'explorer les grands nombres au-delà de la portée de ses propres capacités de calcul. Il n'avait aucune idée de ce qu'était 7^{99}, mais sa calculatrice lui assurait déjà qu'une fois ce nombre divisé par 12, il restait 7.

Les horloges divisées en douze heures n'avaient pour lui rien de particulier. Il avança l'idée d'une arithmétique dans le sens des aiguilles d'une montre, que l'on désigne parfois sous le nom d'arithmétique modulaire, quel que soit le nombre d'heures indiqué sur le cadran. Ainsi, si l'on entre 11 sur une calculatrice horloge divisée en quatre heures, la réponse est 3 heures, puisque 11 divisé par 4 donne un reste de 3. La description que fit Gauss de cette arithmétique d'un nouveau genre révolutionna les mathématiques au tournant du XIXe siècle. Tout comme le télescope avait permis aux astronomes de voir de nouveaux mondes, le développement de la calculatrice horloge aida les mathématiciens à découvrir dans l'univers des nombres de nouvelles logiques qui étaient restées inaccessibles à des générations. Aujourd'hui même, les horloges de Gauss sont au cœur de la sécurité sur Internet, qui a recours à des calculatrices dont le cadran comporte davantage d'heures qu'il n'y a d'atomes dans l'univers observable.

Gauss, fils d'une famille pauvre, eut la chance de pouvoir capitaliser sur son talent mathématique. Il est né à une époque où le domaine était encore l'objet de recherches privées financées par des cours royales et des mécènes, ou pratiquées tel un loisir par des amateurs comme Pierre de Fermat. Le mécène de Gauss était le duc de Brunswick, Carl Wilhelm Ferdinand. La famille de Ferdinand avait de tout temps soutenu la culture et l'économie dans le duché. Son père avait d'ailleurs fondé le Collegium Carolinum, une des plus anciennes universités techniques d'Allemagne. Ferdinand était imprégné des préceptes de son père, lequel estimait que l'éducation était le fondement de la réussite commerciale de Brunswick, et était toujours à la recherche de talents dignes de son appui. Il rencontra Gauss pour la première fois en 1791 et fut tellement impressionné par ses capacités qu'il offrit de financer les études du jeune homme au Collegium Carolinum afin qu'il puisse y réaliser son évident potentiel.

Animé d'un profond sentiment de reconnaissance, Gauss dédia son premier ouvrage au duc en 1801. Le livre, intitulé *Disquisitiones Arithmeticae,* rassemblait plusieurs de ses découvertes sur les propriétés des nombres qu'il avait répertoriées dans son journal. Il est généralement considéré comme l'œuvre qui a annoncé l'avènement de la théorie des nombres en tant que sujet à part entière, non comme un assemblage hétéroclite de réflexions sur ce sujet. C'est grâce à sa publication que la théorie des nombres est devenue « la reine des mathématiques », comme Gauss aimait à la définir. Pour lui, les joyaux de la couronne n'étaient autres que les nombres premiers, ces nombres qui avaient fasciné et nargué des générations de mathématiciens.

La première preuve supposée de la connaissance qu'a l'humanité des qualités des nombres premiers est un os daté de 6500 av. J.-C. Baptisé l'os d'Ishango, il a été découvert en 1960 dans les montagnes du centre de l'Afrique équatoriale. Trois colonnes y sont gravées, chacune contenant quatre groupes d'encoches. Dans une des colonnes, on trouve onze, treize, dix-sept et dix-neuf colonnes, soit la liste de tous les nombres premiers entre 10 et 20. Les autres colonnes semblent elles aussi être de nature mathématique. On ne sait pas si cet os, conservé à l'Institut royal des sciences naturelles de Bruxelles, représente effectivement les premiers efforts entrepris par nos ancêtres pour comprendre les nombres premiers, ou si les gravures ne sont qu'une succession aléatoire de nombres qui se trouvent être premiers. Quoi qu'il en soit, cet os antique est peut-être le vestige, fascinant et énigmatique, d'études primitives de la théorie des nombres premiers.

À en croire certains, les Chinois auraient été la première civilisation à entendre résonner le tambour des nombres premiers. Ils attribuaient des caractéristiques féminines aux nombres pairs, et masculines aux nombres impairs. Outre cette répartition franche, ils considéraient également les nombres impairs qui ne sont pas premiers comme des nombres efféminés. Il semblerait que vers 1000 av. J.-C., ils avaient mis au point un moyen tout à fait physique de comprendre ce qui fait la spécificité des nombres premiers. Si l'on prend 15 haricots, on peut les disposer en un agencement impeccablement rectangulaire, composé de trois rangs de 5 haricots. Que l'on prenne 17 haricots, et le seul rectangle que l'on peut obtenir sera une seule rangée de 17 haricots. Pour les Chinois, les nombres premiers étaient des nombres machos, qui résistaient à tous les efforts visant à les décomposer en un produit de nombres plus petits.

Les Grecs de l'Antiquité avaient eux aussi coutume d'attribuer des qualités sexuelles aux nombres, mais ce sont eux qui, les premiers, ont découvert, au IVe siècle av. J.-C., l'authentique puissance des nombres premiers en tant que fondations de tous les autres nombres. Ils se sont aperçus que chaque nombre pouvait être obtenu en multipliant des nombres premiers entre eux. Peut-être les Grecs croyaient-ils à tort que le feu, l'air, l'eau et la terre étaient les briques de la matière, mais pour ce qui est d'avoir identifié les atomes des mathématiques, ils ne se sont pas trompés. Pendant des siècles, les chimistes se sont efforcés d'identifier les composants de base de leur sujet. Les intuitions des Grecs ont finalement trouvé leur point culminant avec la table des éléments périodiques de Dmitri Mendeleïev, description complète des éléments de la chimie. En revanche, si les Grecs avaient pris de l'avance dans l'identification des briques essentielles de l'arithmétique, les mathématiciens continuent à s'enliser dans leurs tentatives de comprendre leur propre table des nombres premiers.

Le bibliothécaire du grand Institut de recherche antique d'Alexandrie est la première personne à avoir, selon nos connaissances, établi des tables de nombres premiers. Tel un Mendeleïev des mathématiques antiques, Ératosthène a découvert, au IIIe siècle avant notre ère, une procédure somme toute facile permettant de déterminer quels nombres sont premiers par exemple parmi les mille premiers nombres. Il a commencé par inscrire tous les nombres de 1 à 1 000. Il a alors pris le premier nombre premier, 2, et il a éliminé un nombre sur deux de sa liste. Puisque tous ceux-là étaient divisibles par 2, il ne pouvait s'agir de nombres premiers. Il est ensuite passé au nombre suivant qui avait échappé à ce premier filtre, à savoir 3, et a supprimé un nombre sur trois à partir de 3. Étant divisibles par 3, ils n'étaient en aucun cas des nombres premiers. Et ainsi de suite, en se basant sur le nombre suivant à avoir survécu à son tri, et en écartant tout nombre divisible par ce nouveau premier. À l'aide de ce processus systématique, il a été en mesure de produire des tables de nombres premiers. Quant à sa méthode, elle est restée célèbre sous le nom de *crible d'Ératosthène.* Chaque nouveau nombre premier crée un « crible » qu'Ératosthène utilise pour éliminer les nombres non premiers. À chaque étape, la taille du crible se modifie, mais une fois atteint 1 000, les seuls nombres à avoir survécu à tous les cribles sont des nombres premiers.

Quand Gauss était enfant, il avait reçu en cadeau un livre qui contenait la liste des premiers milliers de nombres premiers, liste probablement édifiée à l'aide de ces anciens cribles. Gauss avait l'impression que ces nombres se bousculaient sans ordre. Certes, il ne lui serait pas aisé de prédire le parcours elliptique de Cérès. Mais le défi que représentaient les nombres premiers tenait davantage de l'impossible, comme d'analyser la rotation de corps célestes tels Hypérion, l'un des satellites de Saturne, en forme de hamburger. Contrairement à la Lune, Hypérion est loin d'être stable en termes de gravité, et tourne sur lui-même de façon chaotique. Bien que la rotation d'Hypérion et les orbites de certains astéroïdes soient chaotiques, on sait au moins que leur comportement est fonction de l'attraction gravitationnelle exercée par le Soleil et les planètes. Pour les nombres premiers, en revanche, personne n'avait la moindre idée de ce qui pouvait bien les tirer et les pousser. Contemplant sa table de nombres, Gauss ne devinait aucune règle qui lui aurait dit où aller pour trouver le prochain nombre premier. Les mathématiciens seraient-ils contraints d'accepter qu'ils étaient déterminés par la Nature, éparpillés sans rime ni raison comme des étoiles dans le ciel nocturne ? Une telle position était inacceptable pour Gauss. La motivation première de l'existence du mathématicien est d'identifier des schémas logiques, de découvrir et d'expliquer les règles qui sous-tendent la Nature, de prédire ce qui va se passer ensuite.

À la poursuite de la logique

La quête des nombres premiers est parfaitement symbolisée par un exercice auquel nous avons tous été confrontés sur les bancs de l'école. À partir d'une liste de nombres, il faut trouver le suivant. En voici trois exemples :

1, 3, 6, 10, 15, …
1, 1, 2, 3, 5, 8, 13, …
1, 2, 3, 5, 7, 11, 15, 22, 30, …

Quand on lui soumet des listes de ce genre, bien des questions viennent à l'esprit mathématique. Quelle règle préside à la création de chaque liste ? Peut-on prédire le prochain nombre ? Peut-on deviser d'une formule qui produira le centième nombre de la liste sans avoir à calculer les 99 précédents ?

La première suite de nombres ci-dessus se compose de ce que l'on appelle des *nombres triangulaires.* Le dixième nombre correspond au nombre de haricots nécessaires pour bâtir un triangle à dix rangs, le premier rang ne contenant qu'un seul haricot, et le dernier dix. Par conséquent, on obtient le N^e nombre triangulaire en ajoutant simplement les N premiers nombres : $1+2+3+\ldots+N$. Pour parvenir au centième, il faut passer par une méthode longue et laborieuse, qui consiste à attaquer le problème de front et à ajouter les cent premiers nombres.

D'ailleurs, le maître d'école de Gauss aimait poser ce problème à sa classe, sachant qu'il fallait tant de temps à ses élèves qu'il pouvait cligner quarante fois des yeux. Quand ils avaient terminé, ils devaient venir empiler leurs ardoises sur le bureau devant le maître. Alors que ses camarades commençaient à péniblement aligner leurs chiffres, au bout de quelques secondes, Gauss, âgé de dix ans, posa son ardoise sur le bureau. Furieux, l'enseignant soupçonna le jeune garçon de jouer les fanfarons. Mais un coup d'œil à l'ardoise suffit à lui montrer qu'il avait trouvé le bon résultat, 5 050, sans avoir indiqué aucune étape de calcul. Le maître se dit alors que Gauss avait dû trouver quelque moyen de tricher, mais l'élève lui expliqua qu'il suffisait en fait de remplacer $N = 100$ dans la formule suivante : $\frac{1}{2} \times (N+1) \times N$, et l'on obtenait le centième nombre de la liste sans avoir à en calculer aucun autre en cours de route.

Au lieu d'attaquer le problème bille en tête, Gauss avait adopté une approche latérale. Il suggérait que la meilleure façon de découvrir combien de haricots contenait un triangle était de prendre un second triangle de haricots comparable, et de le placer à l'envers au-dessus du premier. Il était alors facile de calculer le nombre total de haricots de ce rectangle composé des deux triangles : $101 \times 100 = 10\,100$ haricots. Donc, un seul des deux triangles doit en contenir la moitié, soit : $\frac{1}{2} \times 101 \times 100 = 5\,050$. Non que 100 soit une condition indispensable. Il suffit de remplacer N par ce nombre dans la formule : $\frac{1}{2} \times (N+1) \times N$.

Le schéma de la page suivante illustre le principe avec un triangle à dix rangs. Au lieu d'aborder directement le problème soumis par le maître, Gauss avait trouvé un angle différent qui lui donnait une autre vision du calcul. La pensée latérale, cette façon d'inverser le problème ou de le retourner pour le considérer dans une nouvelle perspective, est un thème crucial au cœur des découvertes mathématiques. C'est la raison pour laquelle les gens qui peuvent réfléchir comme le jeune Gauss font de bons mathématiciens.

Une illustration de la formule de Gauss avec un triangle à dix rangs.

La deuxième suite de notre série, 1, 1, 2, 3, 5, 8, 13, … s'appelle la suite de Fibonacci. La règle sur laquelle repose cette suite est la suivante : chaque nouveau nombre est obtenu par l'addition des deux précédents. Par exemple : 13 = 5 + 8. Fibonacci, mathématicien du XIIIe siècle, à la cour de Pise, était parvenu à cette suite en travaillant sur le comportement reproducteur des lapins. Il s'était efforcé d'arracher les mathématiques européennes de l'emprise obscurantiste en vantant les mérites des découvertes des mathématiciens arabes. En vain. Au lieu de cela, ce sont les lapins qui lui ont valu son immortalité dans l'univers mathématique. Son modèle de propagation des lapins prédisait qu'à chaque nouvelle saison, le nombre de couples de lapins croîtrait selon un certain schéma, lequel reposait sur deux règles : chaque paire de lapins adultes produira une nouvelle paire de lapins à chaque saison, et il s'écoulera une saison avant que chaque nouvelle paire atteigne sa maturité sexuelle.

Or ces nombres ne dominent pas que le monde des lapins. On retrouve cette suite sous toutes sortes de formes dans la nature. Le nombre de pétales d'une fleur est invariablement un nombre de Fibonacci, tout comme le nombre de spirales d'une pomme de pin. Avec le temps, on finit par déceler la progression des nombres de Fibonacci dans la croissance d'un coquillage.

Existe-t-il une formule rapide, comme celle de Gauss pour les nombres triangulaires, qui permettrait de calculer aisément le centième nombre de Fibonacci ? Une fois encore, à première vue, il semblerait bien qu'il nous faille calculer chacun des 99 nombres précédents, puisque pour parvenir au centième, il est nécessaire d'additionner les deux nombres qui le devancent. Une formule nous donnerait-elle ce centième nombre en incluant simplement 100 dans l'équation ? En dépit de la simplicité à la source de la création de ces nombres, l'affaire va s'avérer un peu plus compliquée.

La formule de création des nombres de Fibonacci est fondée sur un nombre spécial, le *nombre d'or,* qui commence par 1,61803… Comme le nombre π, le nombre d'or est un nombre dont le développement décimal se poursuit sans fin et apparemment sans logique. Pourtant, il englobe ce que bien des gens au fil des siècles ont considéré comme les proportions parfaites. Étudiez les toiles de maîtres du Louvre ou de la Tate Gallery, et vous vous apercevrez que très souvent, l'artiste a choisi un rectangle dont les côtés ont un rapport de 1 sur 1,61803... L'expérience démontre que la taille d'une personne, si on la compare à la distance entre ses pieds et son nombril, aboutit au même nombre. La présence du nombre d'or dans la Nature a quelque chose de magique. Malgré son développement décimal chaotique, il détient la clé de la création des nombres de Fibonacci. On peut exprimer le N^e nombre de Fibonacci par une formule édifiée à partir de la N^e puissance du nombre d'or.

Quant à la troisième suite, 1, 2, 3, 5, 7, 11, 15, 22, 30,... laissons-la de côté pour l'instant, défi intrigant auquel nous reviendrons plus tard. Ses propriétés sont à la source de la renommée de l'un des mathématiciens les plus fascinants du XXe siècle, Srinavasa Ramanujan, doué de l'extraordinaire capacité de découvrir de nouvelles logiques et formules dans des domaines des mathématiques où d'autres avaient déjà échoué.

La Nature ne regorge pas seulement de nombres de Fibonacci. Le royaume animal connaît également l'existence des nombres premiers. Deux espèces de cigales partagent ainsi souvent le même environnement, *Magicicada septendecim* et *Magicicada tredecim.* Leur cycle de vie est exactement de 17 et 13 ans respectivement. Elles passent l'essentiel de leur existence, sauf leur dernière année, enfouies dans le sol à se nourrir de la sève de racines d'arbres. Puis, pour leur dernière année, elles se métamorphosent, quittent le stade de la nymphe pour atteindre celui d'adulte mature, et surgissent du sol en masse. En un instant fabuleux, tous les 17 ans, *Magicicada septendecim* s'empare de la forêt en une seule nuit. Elles chantent bruyamment, s'accouplent, mangent, pondent, puis meurent au bout de six semaines. Et la forêt replonge dans le silence pour 17 ans. Mais pourquoi chaque espèce a-t-elle choisi un nombre premier pour réguler la longueur de son cycle de vie ?

On peut envisager plusieurs explications. Les deux espèces ayant développé des cycles de vie fondés sur des nombres premiers, ces derniers sont synchronisés de telle façon que les insectes n'émergent que très rarement la même année. En fait, les cigales ne devront se partager la forêt que tous les 17×13 ans, soit 221 ans. Imaginez si elles avaient choisi des cycles ne correspondant pas à des nombres premiers, 18 et 12 par exemple. Sur un même laps de temps, elles se seraient croisées six fois, autrement dit après 36, 72, 108, 144, 180 et 216 ans. Ce sont les années qui ont en commun les chiffres 18 et 12. Grâce aux nombres premiers 13 et 17, en revanche, les deux espèces de cigales échappent à une compétition trop rigoureuse.

Une autre hypothèse suppose qu'un champignon se serait développé en même temps que les cigales. Étant mortel pour elles, elles auraient évolué afin d'adopter un cycle de vie qui évite le champignon. En choisissant un cycle de 17 ou 13 ans, les cigales étaient sûres d'émerger en même temps que le champignon moins souvent que si leur cycle dépendait d'un nombre non premier. Pour les cigales, les nombres premiers n'étaient pas une simple curiosité abstraite : ils étaient la clé de leur survie.

Si l'évolution a dévoilé les nombres premiers aux cigales, les mathématiciens, eux, espéraient trouver un moyen plus systématique de les découvrir. Parmi tous les défis de leur art, c'était pour les nombres premiers qu'ils recherchaient une formule secrète. Mais il faut être prudent si l'on s'attend à ce que le monde mathématique soit entièrement régi par l'ordre et les règles. Tout au long de l'histoire, nombreux sont ceux qui se sont égarés dans la futile poursuite de quelque structure dissimulée dans le développement décimal de π, l'une des pierres angulaires des mathématiques. Mais son importance a été la source d'efforts désespérés pour tenter de déchiffrer les éventuels secrets censés se dissimuler dans son développement décimal chaotique. Si les extraterrestres ont eu recours aux nombres premiers pour attirer l'attention d'Ellie Arroway au début de *Contact,* de Carl Sagan, le message le plus profond du livre est enchâssé au cœur du développement de π, d'où surgit soudain une suite de 0 et de 1. Lesquels dépeignent un tableau dont le but est de révéler qu'il « existe une intelligence antérieure à l'univers ». *π,* le film de Darren Aronofsky, joue également sur cette image culturelle populaire.

En guise d'avertissement à ceux que fascine l'idée de découvrir des messages cachés dans des nombres tels que π, il faut rappeler que les mathématiciens ont été en mesure de démontrer que la plupart des nombres décimaux recèlent dans leur développement sans fin n'importe laquelle des suites de nombres que l'on peut vouloir trouver. Il y a donc de grandes chances que π contienne le code informatique de la Genèse. Il suffit de chercher assez longtemps. Il est donc utile de partir du bon angle pour qui cherche une logique. π est un nombre essentiel non parce que son développement décimal abrite des messages secrets. Il suffit de le considérer sous un autre angle pour que son importance devienne manifeste. Cela vaut tout autant pour les nombres premiers. Armé de sa table des nombres premiers et de son goût pour la pensée latérale, Gauss cherchait le bon angle, le point de vue idéal lui permettant de contempler les nombres premiers de telle façon qu'un ordre jusqu'alors caché se dessine enfin sous la façade d'un chaos apparent.

La démonstration, guide touristique du mathématicien

Si le travail du mathématicien consiste en partie à déceler la logique et les structures qui sous-tendent son domaine, il doit également veiller à *démontrer* qu'il existe bel et bien une logique persistante. Le concept de la démonstration marque peut-être le véritable début des mathématiques en tant qu'art de la déduction plutôt qu'en tant que simple observation numérique. L'avènement de la démonstration représente le moment où l'alchimie mathématique a cédé la place à la chimie mathématique. Les Grecs de l'Antiquité furent les premiers à comprendre qu'il était possible de démontrer que certains faits restaient avérés aussi loin que l'on comptât, quel que soit le nombre d'exemples pris en considération.

Le processus créatif mathématique commence par une supposition. Souvent, cette dernière est le fruit de l'intuition dont est capable le mathématicien après des années passées à explorer le monde mathématique, à développer sa capacité à ressentir ses nombreux tours et détours. Parfois, de simples expériences avec les chiffres dévoilent une logique dont on pourrait penser qu'elle survivra à jamais. Ainsi les mathématiciens du XVIIe siècle avaient-ils découvert ce qu'ils pensaient être une méthode infaillible pour savoir si un nombre *N* était premier : calculer 2 à la puissance *N*, puis diviser le tout par *N*. S'il reste 2, alors *N* est un nombre premier. Vu sous l'angle du calculateur de Gauss, ces mathématiciens cherchaient à calculer 2^N sur une horloge à *N* heures. Le défi consiste alors à démontrer que cette supposition est vraie ou fausse. Ce sont ces suppositions ou prédictions que les mathématiciens appellent une « conjecture » ou une « hypothèse ».

Une supposition mathématique ne se voit décerner le titre de « théorème » qu'une fois démontrée. C'est ce passage du stade de

« conjecture » ou d'« hypothèse » à celui de « théorème » qui indique la maturité d'un sujet. Fermat a légué aux mathématiques pléthore de prédictions. Les générations suivantes ont pu laisser leur marque dans l'histoire en confirmant ou en infirmant les théories de Fermat. Certes, le dernier théorème de Fermat a toujours été défini comme un théorème, non comme une conjecture. C'est inhabituel, et tient probablement au fait que Fermat, dans les notes qu'il avait griffonnées dans son exemplaire de l'*Arithmetica* de Diophante, avait affirmé qu'il était en mesure de présenter une merveilleuse démonstration, malheureusement trop longue pour être écrite dans la marge de la page. Il n'a jamais consigné ailleurs cette démonstration supposée, et ses commentaires dans la marge sont devenus la plus puissante des incitations à réfléchir qu'ait jamais offerte l'histoire des mathématiques. Jusqu'à ce qu'Andrew Wiles avance une idée, démontrant pourquoi en réalité, les équations de Fermat n'avaient aucune solution intéressante. C'est pourquoi le fameux théorème n'était finalement qu'une hypothèse, autrement dit, un vœu pieux.

L'épisode de l'élève Gauss illustre le passage de la supposition au théorème par la démonstration. Gauss avait produit une formule qui, annonçait-il, pourrait donner n'importe quel nombre souhaité sur une liste de nombres triangulaires. Comment être sûr qu'elle fonctionnerait à chaque fois ? Il ne pouvait évidemment pas vérifier avec chacun des nombres de la liste pour voir si sa formule donnait le bon résultat, puisque la liste est infiniment longue. Sa méthode, qui combinait deux triangles pour obtenir un rectangle garantissait, sans qu'il soit besoin d'avoir recours à un nombre infini de calculs, que la formule fonctionnerait toujours. Tandis que le test des nombres premiers du XVIIe siècle, lui, fut finalement chassé de la cour mathématique en 1819. Ce système, en effet, s'avérait probant pour tous les nombres jusqu'à 340, puis déclarait que 341 était un nombre premier. C'est là que cette méthode devient inopérante, car 341 = 11×31. Il a fallu attendre la calculatrice de Gauss avec un cadran de 341 heures pour simplifier l'analyse d'un nombre comme 2^{341} qui, sur une calculatrice classique, atteint près de cent chiffres.

Le mathématicien de Cambridge, G.H. Hardy, auteur de *A Mathematician's Apology*, comparait le processus de la découverte mathématique et de la démonstration à la cartographie de paysages lointains : « J'ai toujours pensé qu'un mathématicien était avant tout un observateur, un homme qui contemple une lointaine chaîne de montagnes et couche par écrit ses observations. » Une fois la montagne observée, il faut décrire aux gens comment s'y rendre.

On commence par un lieu où le paysage est familier et sans surprise. Dans les limites de ces terres connues se trouvent les axiomes des mathématiques, les évidences sur les nombres, ainsi que les propositions déjà démontrées. Une démonstration est comme un chemin menant de ces terres natales à des sommets lointains, à travers le paysage mathématique. La progression est définie par les règles de la déduction, comme les déplacements autorisés d'une pièce aux échecs, qui déterminent les étapes que l'on est autorisé à franchir dans ce monde. Parfois, on aboutit à ce qui semble être une impasse. Il faut alors faire ce fameux pas sur le côté, voire en arrière, pour trouver un moyen de contourner l'obstacle. Parfois, il faut attendre l'invention de nouveaux outils, comme les calculatrices de Gauss, avant de pouvoir poursuivre l'ascension.

Comme le dépeint Hardy, l'observateur mathématique « *voit* A *avec une grande netteté, tandis qu'il n'obtient de* B *que des visions fugaces. Enfin, il aperçoit une crête qui part de* A *et, la suivant jusqu'au bout, il découvre qu'elle culmine en* B. *S'il veut que quelqu'un d'autre la voie, il doit en indiquer l'existence, soit directement, soit par la chaîne de sommets qui l'a amené à l'identifier. Quand son élève, à son tour, la voit, alors la recherche, la discussion, la démonstration est terminée.* »

Voilà ce qu'est la démonstration. Le journal de bord du mathématicien, l'histoire du parcours et de l'établissement des coordonnées de ce voyage. Les lecteurs de la démonstration connaîtront la même révélation que son auteur. Non seulement ils peuvent enfin visualiser le chemin qui mène au sommet, mais ils comprennent en outre que ce nouveau chemin ne changera pas, quels qu'en soient les développements ultérieurs. Bien souvent, une démonstration ne cherchera pas à mettre tous les points sur les i. Il s'agit de la description du voyage, pas nécessairement de la reconstitution de chaque étape. Les arguments qu'avancent les mathématiciens en guise de preuves ont pour but de susciter une illumination dans l'esprit du lecteur. Hardy décrivait ces arguments comme « du *gaz,* des fioritures rhétoriques destinées à influer sur la psychologie, des images sur le tableau de lecture, des dispositifs afin de stimuler l'imagination des élèves ».

La démonstration obsède le mathématicien qui ne se satisfera pas simplement d'une preuve expérimentale à l'appui d'une supposition mathématique. Une attitude qui émerveille, mais qui est parfois tournée en ridicule dans les autres disciplines scientifiques. La conjecture de Goldbach a été vérifiée pour tous les nombres jusqu'à 400 000 000 000 000 mais n'a pas été acceptée en tant que théorème. La plupart des autres disciplines scientifiques auraient été ravies d'accepter ces données numériques écrasantes, de les considérer comme tout à fait convaincantes, et de passer à autre chose. Et si, plus tard, apparaissaient de nouveaux indices obligeant à réévaluer le canon mathématique, eh bien, qu'il en soit ainsi. Si cela vaut pour les autres sciences, pourquoi les maths devraient-elles se distinguer ?

Une telle hérésie aurait de quoi faire frémir la majorité des représentants de la profession. Comme l'expliquait le mathématicien français André Weil : « La rigueur est au mathématicien ce que la moralité est à l'homme. » La raison tient en partie au fait qu'il est souvent très difficile de se livrer à une évaluation mathématique. Et plus encore que tous les autres sujets, il faut longtemps avant que les nombres premiers ne révèlent leur véritable essence. Même Gauss s'est laissé noyer par des données pléthoriques qui semblaient appuyer l'intuition qu'il avait eue à propos des nombres premiers. L'analyse théorique démontra par la suite qu'il avait été dupé. C'est pourquoi une démonstration est essentielle : les premières impressions peuvent être trompeuses. Si l'éthique des autres sciences veut que seule la preuve expérimentale soit véritablement fiable, les mathématiciens, eux, ont appris à ne pas se fier à des données chiffrées sans démonstration.

Sous certains aspects, la nature éthérée des mathématiques en tant que domaine de l'esprit oblige le mathématicien à rechercher davantage de preuves afin de conférer une certaine réalité à son monde. Un chimiste peut en toute quiétude étudier la structure d'une nanoparticule de carbone. Pour un généticien, le séquençage du génome constitue un vrai défi. Même les physiciens peuvent percevoir ce qu'a de réel la plus infime particule subatomique ou un lointain trou noir. Le mathématicien, lui, est contraint de tenter de comprendre des objets sans existence physique manifeste, comme des formes en huit dimensions, ou des nombres premiers tellement grands qu'ils dépassent le nombre d'atomes de l'univers physique. Face à une palette de concepts si abstraits, l'esprit peut jouer des tours étranges et, sans démonstration, on court le risque de bâtir des châteaux de cartes. Dans les autres disciplines scientifiques, l'observation physique et l'expérience permettent de se rassurer quant à la réalité du sujet. Mais si les scientifiques peuvent se servir de leurs yeux pour voir cette réalité physique, les mathématiciens ne peuvent se reposer que sur la preuve mathématique, tel un sixième sens, pour appréhender leur sujet invisible.

Les efforts qui visent à démontrer l'existence d'objets déjà aperçus sont un formidable catalyseur pour de nouvelles découvertes. Beaucoup de mathématiciens considèrent qu'il vaudrait peut-être mieux que ces problèmes fondamentaux ne soient jamais résolus, tant leur étude permet de dévoiler de fascinants mystères. Ces problèmes sont la source d'une exploration qui pousse les pionniers des mathématiques à traverser des territoires qu'ils n'auraient jamais imaginés au début de leur périple.

Mais si la culture mathématique met à ce point l'accent sur la démonstration d'une hypothèse, c'est peut-être aussi parce que, contrairement aux autres disciplines, elle peut s'offrir ce luxe. Dans combien d'autres domaines peut-on affirmer qu'une formule, comme celle de Gauss pour les nombres triangulaires, ne manquera *jamais* de donner la bonne réponse ? Les mathématiques sont peut-être un sujet éthéré confiné au royaume de l'esprit, mais leur absence de réalité tangible est plus que compensée par la certitude qu'apporte le pouvoir de la démonstration.

Contrairement aux autres sciences, où les modèles du monde peuvent s'effondrer d'une génération à l'autre, les preuves mathématiques permettent d'établir avec une certitude à 100 % que les faits sur les nombres premiers ne seront en rien modifiés par les découvertes à venir. Les mathématiques sont une pyramide qui voit chaque génération construire à partir des accomplissements de celle qui l'a précédée sans craindre que la structure ne s'écroule. C'est cette durabilité qui rend le métier de mathématicien si enivrant. Car, dans aucune autre science, il n'est possible d'assurer que les découvertes des Grecs de l'Antiquité sont toujours valables aujourd'hui. On peut rire de leur conviction que la matière se composait de feu, d'air, d'eau et de terre. Les générations futures considéreront-elles la liste des 109 atomes qui composent la table des éléments périodiques de Mendeleïev avec autant de mépris que nous envisageons la vision qu'avaient les Grecs du monde chimique ? Alors que tous les mathématiciens commencent leur formation en apprenant ce que les Grecs ont démontré sur les nombres premiers.

La certitude que la démonstration apporte au mathématicien fait des envieux parmi les membres des autres départements universitaires, mais elle est aussi objet de risée. La permanence que garantit la démonstration mathématique conduit à cette authentique immortalité dont parlait Hardy. C'est souvent pour cela que les gens qui vivent dans un monde d'incertitude se sentent attirés par la discipline. Les mathématiques ont bien souvent donné asile à de jeunes esprits qui souhaitaient fuir un monde réel auquel ils ne parvenaient pas à faire face.

Notre foi dans la durabilité de la démonstration trouve son expression dans les règles présidant à l'attribution des prix Clay du Millénaire. L'argent est versé deux ans après la publication de la démonstration, une fois celle-ci approuvée par l'ensemble de la communauté mathématique. Certes, rien ne garantit qu'il ne se soit pas glissé quelque erreur subtile, mais le système montre qu'en général, nous considérons que les erreurs peuvent être identifiées sans avoir à patienter pendant de longues années avant la découverte de nouvelles preuves. Si erreur il y a, elle doit se trouver là, dans la page que nous avons sous le nez.

Les mathématiciens se montrent-ils arrogants quand ils pensent avoir accès à la preuve absolue ? Peut-on affirmer que la preuve que tous les nombres sont constitués à partir des nombres premiers est une théorie aussi susceptible de voler en éclats que celle de la physique newtonienne ou celle de l'indivisibilité de l'atome ? La plupart des mathématiciens estiment que les axiomes considérés comme des évidences quant aux nombres résisteront aux examens futurs. Selon eux, les lois de la logique utilisées pour bâtir sur ces fondations, appliquées correctement, produiront à leur tour des preuves que de nouvelles découvertes ne suffiront jamais à infirmer. Peut-être est-ce de la naïveté philosophique, c'est en tout cas le précepte essentiel de la secte des mathématiques.

À cela s'ajoute le frisson émotionnel que ressent le mathématicien quand il établit la carte de nouveaux chemins parcourant le paysage mathématique. Découvrir le moyen d'atteindre le sommet de quelque chaîne lointaine, visible depuis des générations, procure un étrange sentiment de joie. Comme quand on crée une histoire merveilleuse, ou un morceau de musique qui transporte l'esprit, lui fait quitter le monde familier pour l'entraîner vers l'inconnu. Entrevoir pour la première fois l'existence possible d'une montagne distante comme le dernier théorème de Fermat ou l'hypothèse de Riemann est bien sûr un grand moment. Mais cela n'a rien à voir avec le plaisir qu'offre l'exploration des terres qui y mènent. Même ceux qui suivent les traces du premier pionnier connaîtront en partie cette sensation d'élévation spirituelle qui a accompagné l'instant sublime de la découverte d'une nouvelle preuve. C'est pourquoi les mathématiciens continuent à accorder une grande valeur à la recherche de la preuve, même s'ils sont tout à fait convaincus de la véracité d'une chose telle que l'hypothèse de Riemann. Parce que les mathématiques s'intéressent autant au voyage qu'à sa destination.

S'agit-il alors de création, ou de découverte ? Bien des mathématiciens oscillent entre le sentiment d'être créatifs et celui de découvrir des vérités scientifiques absolues. Les idées mathématiques semblent souvent très personnelles, dépendantes de l'esprit créatif qui les a conçues. Mais cette impression est contrebalancée par le principe qui veut que tous les mathématiciens vivent dans un même monde mathématique et logique, empli de vérités immuables. Des vérités qui attendent simplement d'être mises au jour, et dont l'existence n'est tributaire d'aucun esprit créatif, aussi puissant soit-il. Hardy dépeint parfaitement cette tension entre création et découverte, à laquelle sont confrontés tous les mathématiciens : « Je pense que la réalité mathématique existe en dehors de nous, que notre fonction est de la découvrir ou de l'observer et que les théorèmes que nous démontrons et que nous décrivons avec grandiloquence comme nos "créations" sont simplement les notes de nos observations. » Pourtant, parfois, il était davantage en faveur d'une peinture plus artistique du processus, de l'acte mathématique : « Les mathématiques ne sont pas un sujet contemplatif, mais créatif », écrivait-il dans *A Mathematician's Apology*, livre dans lequel Graham Greene voyait l'une des meilleures descriptions de l'essence d'un artiste créatif, du niveau selon lui des cahiers de Henry James.

Si les nombres premiers, ainsi que d'autres aspects des mathématiques, transcendent les barrières culturelles, les mathématiques sont en grande partie affaire de création, un produit de la psyché humaine. Les démonstrations, ces histoires que les mathématiciens se racontent sur leur sujet, peuvent souvent être narrées de différentes façons. Il est probable que des extraterrestres trouveraient la démonstration du dernier théorème de Fermat par Wiles aussi absconse que le cycle du *Ring* de Wagner. Les mathématiques sont donc un art créatif obligé de tenir compte de certaines contraintes, tout comme la poésie ou le blues. Les mathématiciens sont liés par les étapes logiques qu'ils doivent franchir pour composer leurs démonstrations. Pourtant, ces contraintes recèlent encore une grande liberté. À vrai dire, la beauté d'une créativité dirigée réside dans le fait que l'on est poussé dans de nouvelles directions et que l'on trouve des choses que l'on n'aurait pas pensé découvrir sans aide. Les nombres premiers sont comme les notes d'une gamme, et chaque culture a choisi de jouer ces notes à sa façon particulière, chaque interprétation étant plus révélatrice qu'on ne le croit des influences historiques et sociales. L'histoire des nombres premiers est un miroir social autant qu'une découverte de vérités hors du temps. Au XVIIe et au XVIIIe siècles, la passion naissante pour les machines s'exprime par une approche très pratique, expérimentale, des nombres premiers. En revanche, dans l'atmosphère née de l'Europe révolutionnaire, l'analyse subissait l'influence de nouvelles idées abstraites et osées. Chaque culture individuelle a sa façon à elle de décrire le voyage dans le monde mathématique.

Les fables d'Euclide

Les premiers à entreprendre de raconter ces histoires furent les Grecs. Ils prirent conscience de la force de la démonstration pour tracer des sentiers indélébiles menant aux montagnes du monde mathématique. Une fois atteintes, c'en fut terminé de la peur de les voir se transformer en quelque lointain mirage. Par exemple, comment peut-on être vraiment sûr qu'il n'existe pas quelque part des nombres sauvages impossibles à créer en multipliant des nombres premiers entre eux ? Les Grecs furent les premiers à avoir l'idée d'un argument qui ne laissait plus de place au doute quant à l'apparition éventuelle de tels monstres, ni pour eux, ni dans les esprits des générations futures.

Les mathématiciens découvrent souvent des preuves en s'intéressant à un cas particulier de la théorie générale qu'ils cherchent à démontrer, et ils commencent par essayer de comprendre pourquoi cette théorie se vérifie pour cet exemple précis. Ils espèrent que l'argument ou la recette qui a réussi pour cet exemple fonctionnera quel que soit le cas particulier qu'ils décident ensuite d'analyser. Ainsi, pour démontrer que tout nombre est le produit de nombres premiers, commençons par considérer le cas particulier du nombre 140. Supposons que vous avez vérifié que tous les nombres inférieurs à 140 sont soit des nombres premiers, soit des produits de nombres premiers multipliés entre eux. Qu'en est-il donc de 140 ? Serait-il possible que nous ayons là affaire à un nombre « sauvage », ni premier, ni égal au produit de nombres premiers ? Tout d'abord, vous allez découvrir que 140 n'est pas un nombre premier. Comment ? En montrant que l'on peut l'écrire sous la forme d'une multiplication de deux nombres plus petits. Par exemple : $140 = 4 \times 35$. Désormais, nous sommes dans le coup, puisque nous avons déjà confirmé que 4 et 35, tous deux inférieurs à notre nombre sauvage potentiel, 140, peuvent être décomposés en produits de nombres premiers : 4 est égal à 2×2, et 35 à 5×7. Si l'on assemble toutes ces pièces, on constate que 140 est en fait le produit $2 \times 2 \times 5 \times 7$. Et qu'il ne s'agit donc finalement pas d'un nombre sauvage.

Les Grecs avaient compris comment traduire cet exemple précis en une discussion générale applicable à tous les nombres. Curieusement, ils entament leur démonstration en nous demandant d'imaginer que de tels nombres sauvages *existent* bel et bien, des nombres qui ne sont ni premiers, ni produits de premiers. Si ces nombres sauvages existent, alors, en égrenant la suite de tous les nombres, nous finirons par rencontrer le premier d'entre eux, que nous appellerons N (il est parfois également défini comme le *criminel minimum).* Ce nombre N hypothétique n'étant pas un nombre premier, nous devons être en mesure de l'écrire sous la forme de deux nombres plus petits, *A* et *B*, multipliés entre eux. Sinon, après tout, *N* serait un nombre premier.

A et *B* étant plus petits que *N*, notre choix de *N* implique que *A* et *B* puissent être écrits comme des produits de nombres premiers. Par conséquent, si nous multiplions entre eux tous les nombres premiers qui viennent de *A* et tous les nombres premiers qui viennent de *B*, alors nous devons parvenir au nombre original, *N*. Nous avons maintenant démontré que *N* peut être écrit sous la forme d'un produit de nombres premiers, ce qui contredit notre choix de départ pour *N*. Notre assertion d'origine sur l'existence de nombres sauvages est donc indéfendable. Par conséquent, tous les nombres sont soit premiers, soit le produit de nombres premiers.

Quand j'ai présenté cette démonstration à des amis, ils ont eu le sentiment d'avoir été dupés en cours de route. C'est que notre postulat de départ est un rien glissant : on est parti du principe que les choses dont nous souhaitons démontrer qu'elles n'existent pas existent, pour mieux prouver leur inexistence. Cette stratégie qui consiste à penser l'impensable devint un formidable outil pour les Grecs dans leur recherche de preuves. Elle s'appuie sur le fait logique qu'un énoncé doit être soit vrai, soit faux. Si nous partons du principe que l'énoncé est faux et que nous aboutissons à une contradiction, alors nous pouvons en déduire que notre affirmation était fausse et en conclure que l'énoncé, lui, était finalement vrai.

Cette démonstration grecque fait appel au côté paresseux de la plupart des mathématiciens. Au lieu d'être confronté à la tâche impossible de devoir effectuer un nombre infini de calculs explicites pour démontrer que tous les nombres peuvent être créés à partir de nombres premiers, l'argument abstrait saisit l'essence de chacun de ces calculs. C'est comme de savoir comment grimper une échelle infinie sans avoir à accomplir physiquement cette prouesse.

Plus que tous les autres mathématiciens grecs, Euclide est considéré comme le père de l'art de la démonstration. Il était membre de l'institut de recherche que le dirigeant hellène Ptolémée Ier avait établi à Alexandrie vers l'an 300 av. J.-C. Là, Euclide rédigea l'un des manuels les plus importants de toute l'histoire connue : *Les Éléments*. Dans la première partie de son livre, il définit les axiomes de la géométrie décrivant la relation entre les points et les lignes. Ces axiomes étaient présentés comme des vérités allant de soi sur les objets de la géométrie, dans le but de permettre à la géométrie de jouer le rôle d'une description mathématique du monde physique. Euclide eut également recours aux règles de la déduction pour produire cinq cents théorèmes de géométrie.

Au cœur des *Éléments* se trouve une discussion sur les propriétés des nombres, et c'est là que nous trouvons ce que beaucoup estiment être le premier véritable fleuron du raisonnement mathématique. Dans la Proposition 20, Euclide explique une vérité simple mais fondamentale sur les nombres premiers : leur quantité est infinie. Il commence par le fait que chaque nombre peut être obtenu en multipliant des nombres premiers entre eux. Sur cette fondation, il établit la démonstration suivante. Si ces nombres premiers sont les briques à la base de tous les nombres, serait-il possible, se demande-t-il, que ces briques soient en nombre limité ? Le tableau périodique des éléments chimiques a été dressé par Mendeleïev. Sous sa forme actuelle, il recense 109 atomes différents à partir desquels il est possible de bâtir toute la matière. Cela vaut-il également pour les nombres premiers ? Et si un Mendeleïev des mathématiques montrait à Euclide une liste de 109 nombres premiers tout en mettant le génie grec au défi de démontrer que certains nombres premiers manquent à l'appel ?

Par exemple, pourquoi tous les nombres ne peuvent-ils simplement être obtenus en multipliant différentes combinaisons des nombres premiers 2, 3, 5 et 7 ? Euclide s'était interrogé sur les nombres qui ne seraient constitués d'aucun de ces nombres premiers. Vous allez me dire : « Eh bien, c'est facile, il n'y a qu'à prendre le nombre premier suivant, 11. » En voilà un que l'on ne peut assurément pas obtenir à partir de 2, 3, 5 et 7. Mais tôt ou tard, cette stratégie est condamnée à échouer précisément parce que même aujourd'hui, nous ne disposons d'aucun moyen nous permettant de connaître avec certitude l'emplacement du prochain nombre premier. Et du fait de cette instabilité, Euclide avait dû chercher un autre angle d'attaque pour développer une méthode fonctionnelle quelle que soit la longueur de la liste des nombres premiers.

Nous n'avons aucun moyen de savoir si l'idée est vraiment venue d'Euclide, ou s'il s'est contenté de coucher par écrit les pensées d'autres chercheurs d'Alexandrie. Quoi qu'il en soit, il a pu démontrer comment obtenir un nombre qui ne pouvait être conçu à partir d'une liste délimitée de nombres premiers. Prenons 2, 3, 5 et 7. Euclide les a multipliés ensemble, pour obtenir $2 \times 3 \times 5 \times 7 = 210$. Puis, et c'est là son coup de génie, il a ajouté 1 à ce produit, pour obtenir 211. Euclide avait fabriqué ce nombre, 211, de telle façon que si on le divisait par l'un ou l'autre des nombres premiers de la liste, 2, 3, 5 et 7, le résultat ne serait jamais rond. En ajoutant 1 au produit, il était sûr qu'une division de 211 par l'un des nombres de la liste laisserait toujours un reste de 1.

Or Euclide savait que tous les nombres sont obtenus par multiplication de nombres premiers entre eux. Et 211 ? Puisqu'on ne peut le diviser par 2, 3, 5 ou 7, d'autres nombres premiers devaient donc contribuer à sa composition. Dans cet exemple particulier, en fait, 211 est lui-même un nombre premier. Euclide ne prétendait pas que le nombre qu'il obtiendrait avec cette méthode serait toujours premier. Il affirmait simplement que ce nombre était conçu à partir de nombres premiers qui n'étaient pas sur la liste que nous proposait le Mendeleïev mathématique.

Ainsi, qu'adviendrait-il si quelqu'un disait que tous les nombres peuvent être obtenus à partir d'une liste comprenant uniquement 2, 3, 5, 7, 11 et 13 ? Le nombre qu'Euclide créerait à partir de ces nombres premiers serait $2 \times 3 \times 5 \times 7 \times 11 \times 13 + 1 = 30\,031$. Qui n'est pas un nombre premier. Tout ce qu'Euclide démontrait, c'était que quelle que soit la liste contenant une série limitée de nombres premiers, il serait toujours en mesure de produire un nombre qui serait obligatoirement le résultat de l'intervention de nombres premiers absents de la liste en question. Dans ce cas précis, les nombres nécessaires sont 59 et 509. Mais en général, Euclide n'avait aucun moyen de connaître la valeur exacte de ces nouveaux nombres premiers. Il savait seulement qu'ils devaient exister.

Magnifique argument. Euclide ne savait pas du tout comment produire explicitement des nombres premiers, mais il pouvait montrer pourquoi il y en aurait toujours. Il est étonnant de se dire que nous ne savons pas combien des nombres d'Euclide eux-mêmes sont des premiers, même s'il y en a suffisamment pour prouver que les nombres premiers sont infinis. Grâce à la démonstration d'Euclide, c'en était fait de l'espoir de concocter un tableau périodique de tous les nombres premiers, ou de découvrir quelque génome des nombres premiers susceptibles d'en encoder des milliards. Il ne suffirait jamais de jouer les collectionneurs de papillons pour comprendre ces nombres. C'était donc là le défi absolu : le mathématicien, à l'aide d'un arsenal limité, devait affronter l'infinie multitude des nombres premiers. Comment espérer alors dresser la carte d'un fouillis aussi chaotique, comment déceler une logique qui permettrait de prédire leur comportement ?

À la poursuite des nombres premiers

Des générations se sont efforcées en vain de perfectionner la vision euclidienne des nombres premiers, ce qui a donné lieu à bien des spéculations fascinantes. Mais comme aimait à le dire le doyen de Cambridge G.H. Hardy : « N'importe quel idiot peut poser des questions sur les nombres premiers auxquelles le plus grand des sages ne saura répondre. » La conjecture des nombres premiers jumeaux, par exemple, se demande s'il y a un nombre infini de nombres premiers p tels que $p+2$ est également un nombre premier. La paire 1 000 037 et 1 000 039 en est une illustration. (Il est bon de souligner que les nombres premiers ne peuvent pas être plus proches, puisque N et $N+1$ ne peuvent pas être tous les deux premiers, car un de ces deux nombres au moins est divisible par 2, sauf quand $N=2$.) Les jumeaux autistes savants de Sacks avaient-ils quelque talent spécial leur permettant de dénicher ces nombres premiers jumeaux ? Il y a deux millénaires de cela, Euclide a démontré l'infinité des nombres premiers, mais personne ne sait s'il existe un seuil au-delà duquel on ne trouve de nombres premiers aussi proches les uns des autres. Nous pensons que les nombres premiers jumeaux sont eux aussi infinis. Mais si les suppositions sont une chose, seule la preuve reste l'objectif à atteindre.

Avec plus ou moins de succès, les mathématiciens se sont efforcés d'inventer des formules qui, même si elles n'engendrent pas tous les nombres premiers, accouchent bel et bien d'une liste. Fermat pensait en avoir trouvé une. Il avait deviné qu'en augmentant 2 à la puissance 2^N et en y ajoutant 1, le résultat, soit $2^{2^N}+1$, était un nombre premier. C'est ce que l'on appelle le « N^e nombre de Fermat ». Par exemple, si l'on prend $N=2$, que l'on augmente 2 à la puissance $2^2=4$, on obtient 16. Que l'on ajoute 1, et l'on se retrouve avec le nombre premier 17, le deuxième nombre de Fermat. Fermat pensait que, grâce à sa formule, il tomberait toujours sur un nombre premier, mais il s'est avéré que c'était là une de ses rares erreurs. Très vite, les nombres de Fermat deviennent grands. Le cinquième nombre de Fermat a déjà dix chiffres, et dépassait ses capacités de calcul. Or c'est aussi le premier nombre de Fermat qui n'est pas un nombre premier, étant divisible par 641.

Les nombres de Fermat étaient chers au cœur de Gauss. Le fait que 17 soit un des nombres premiers de Fermat est l'une des clés pour comprendre pourquoi Gauss a pu construire sa forme parfaite à 17 côtés. Dans son grand traité, *Disquisitiones Arithmeticae,* Gauss montre pourquoi, si le N^e nombre de Fermat est premier, on peut édifier une construction géométrique d'une forme à N côtés en se servant uniquement d'une règle droite et d'un compas. Le quatrième nombre de Fermat, 65 537, est un nombre premier. Donc, avec ces instruments rudimentaires, il est possible de créer une figure parfaite à 65 537 côtés.

Jusqu'à présent, les nombres de Fermat n'ont réussi à délivrer que quatre nombres premiers, mais le mathématicien français avait eu plus de succès quand il s'était agi de découvrir certaines des propriétés très particulières de ces nombres. Il avait observé un fait curieux quant à ces nombres premiers dont la division par 4 laisse un dividende de 1, comme 5, 13, 17 et 29. Ces nombres premiers peuvent toujours être écrits sous la forme de la somme de deux carrés. Par exemple : $29 = 2^2 + 5^2$. Encore une énigme de Fermat, car s'il a prétendu avoir la solution, il s'est abstenu de la détailler.

Le jour de Noël 1640, dans une lettre adressée à un moine du nom de Marin Mersenne, Fermat décrivit sa découverte, que certains nombres premiers pouvaient être exprimés comme la somme de deux carrés. Mersenne ne s'intéressait pas qu'aux questions liturgiques. Amoureux de la musique, il fut le premier à développer une théorie cohérente des harmoniques. Il aimait également les chiffres. Les deux hommes entretenaient une correspondance régulière au sujet de leurs découvertes mathématiques, et Mersenne fit connaître plusieurs des suppositions de Fermat à un plus large public. Il se fit un nom en permettant aux mathématiciens de diffuser leurs idées à la communauté scientifique internationale de l'époque.

Tout comme des générations entières avaient été fascinées par la quête de l'ordre au sein des nombres premiers, Mersenne aussi avait attrapé le virus. Même s'il ne développa aucune formule capable de produire tous les nombres premiers, il eut néanmoins l'idée d'une formule qui, à long terme, a réussi à produire davantage de nombres premiers que celle de Fermat. Comme ce dernier, il avait commencé en s'intéressant aux puissances de 2. Mais au lieu d'ajouter 1, comme Fermat, Mersenne décide de soustraire 1 du résultat. Ainsi, $2^3 - 1 = 8 - 1 = 7$ est un nombre premier. Peut-être était-il aidé par sa connaissance intrinsèque de la musique. En doublant la fréquence d'une note, on fait monter celle-ci d'un octave. Donc, les puissances de 2 produisent des notes harmoniques. On peut supposer qu'une modification d'un ton donnera une note particulièrement dissonante, incompatible avec toutes les fréquences précédentes : une « note première ».

Mersenne eut tôt fait de comprendre que sa formule n'allait pas à chaque fois aboutir à un nombre premier. Par exemple, $2^4 - 1 = 15$. Il sentit que si n n'était pas un nombre premier, il n'y avait aucune chance que $2^n - 1$ soit un nombre premier. Il n'en affirma pas moins que pour n jusqu'à une valeur de 257, $2^n - 1$ serait un nombre premier si n était précisément choisi parmi les nombres suivants : 2, 3, 5, 7, 13, 19, 31, 67, 127, 257. Il avait découvert que même si n était un nombre premier, cela ne garantissait pas pour autant que $2^n - 1$ soit un nombre premier, ce qui était assez ennuyeux. Il pouvait calculer $2^{11} - 1$ à la main, et obtenir 2047, exprimable en tant que 23×89. Au fil des siècles, Mersenne a émerveillé les mathématiciens par sa capacité à affirmer qu'un nombre aussi gigantesque que $2^{257} - 1$ était un nombre premier. C'est un nombre à 77 chiffres. Le moine disposait-il de quelque formule arithmétique mystique qui lui dévoilait pourquoi ce nombre, qui dépasse toutes les capacités de calcul de l'esprit humain, était un nombre premier ?

Les mathématiciens sont convaincus que si l'on pousse plus loin la liste de Mersenne, on aura un choix infini de n qui feront de $2^n - 1$ un nombre premier. Mais la démonstration de la véracité de cette supposition nous fait encore défaut. Nous attendons toujours qu'un Euclide des temps modernes vienne nous démontrer que la source des nombres premiers de Mersenne est intarissable. À moins que ce lointain sommet ne soit qu'un mirage mathématique.

Beaucoup de mathématiciens de la génération de Fermat et Mersenne se sont amusés avec les intéressantes propriétés des nombres premiers, mais leurs méthodes ne satisfaisaient guère les idéaux des Grecs en matière de démonstration. Ce qui explique pourquoi Fermat n'entra que rarement dans le détail des preuves qu'il prétendait avoir découvertes. L'époque ne manifestait que peu d'intérêt pour les explications logiques. Les mathématiciens se contentaient parfaitement d'une approche plus expérimentale de leur sujet, approche justifiée par les applications pratiques de leur science dans un monde de plus en plus mécanisé. Mais au XVIIIe siècle arriva un mathématicien qui redonna toute sa valeur à l'importance de la preuve. Le Suisse Leonhard Euler, né en 1707, proposa des explications à plusieurs des possibilités que Fermat et Mersenne avaient découvertes sans pouvoir les démontrer. Les méthodes d'Euler seraient appelées à jouer un rôle significatif dans l'ouverture de nouvelles fenêtres théoriques sur notre compréhension des nombres premiers.

Euler, l'aigle des mathématiques

Le milieu du XVIIIe siècle était l'ère du mécénat. Dans l'Europe d'avant la Révolution, les États étaient gouvernés par des despotes éclairés : Frédéric le Grand à Berlin, Pierre le Grand puis la Grande Catherine à Saint-Pétersbourg, Louis XV et Louis XVI à Paris. Ils soutenaient les académies qui étaient le moteur du développement intellectuel des Lumières. Pour ces monarques, s'entourer d'intellectuels à la cour était le signe de leur rayonnement. Et ils savaient parfaitement tout ce que les sciences et les mathématiques pouvaient potentiellement apporter aux capacités militaires et industrielles de leurs royaumes.

Le père d'Euler était un pasteur qui avait espéré que son fils lui emboîterait le pas en tant qu'homme de Dieu. Or les talents mathématiques précoces du jeune Euler lui valurent d'être remarqué par les puissants de ce monde. Rapidement, Euler se vit courtisé par les universités de tout le continent. Un temps, il fut tenté de rejoindre les rangs de l'Académie, à Paris, qui, à l'époque était devenue le centre mondial de l'activité mathématique. Puis il préféra accepter l'offre qui lui avait été faite en 1726 d'entrer à l'Académie des Sciences de Saint-Pétersbourg, clé de voûte de la campagne déclenchée par Pierre le Grand pour améliorer l'éducation en Russie. Il y retrouverait des amis de Bâle qui, durant son enfance, avaient suscité son intérêt pour les mathématiques. Ils écrivirent à Euler depuis Saint-Pétersbourg, lui demandant d'apporter de Suisse quinze livres de café, une livre du meilleur thé vert, six bouteilles de brandy, une centaine de bonnes pipes et quelques dizaines de paquets de cartes à jouer. Chargé de présents, le jeune Euler mit sept semaines pour effectuer le long voyage en bateau, à pied et en malle-poste. En mai 1727, il débarqua enfin à Saint-Pétersbourg pour y poursuivre ses rêves mathématiques.

Sa production fut par la suite si prolifique que l'Académie de Saint-Pétersbourg publiait encore des documents issus de ses archives près de cinquante ans après sa mort en 1783.

Le rôle du mathématicien de cour est illustré à merveille par une anecdote remontant au séjour d'Euler à la cour des tsars. La Grande Catherine recevait également le célèbre philosophe français athée Denis Diderot. Diderot faisait peu de cas des mathématiques, déclarant qu'elles n'apportaient rien à l'expérience et ne servaient qu'à tirer un voile entre les êtres humains et la nature. Catherine se lassa cependant très vite de son hôte, non pour ses opinions méprisantes sur les mathématiques mais plutôt parce qu'il ne ratait jamais une occasion de tourner en dérision les convictions religieuses de ses courtisans. Euler fut donc promptement convié à la cour pour aider à réduire au silence l'insupportable athée. Reconnaissant envers la souveraine pour son mécénat, Euler se plia obligeamment à ses exigences et prit Diderot à partie d'un ton grave devant l'assistance : « Monsieur, $(a + b^n)/n = x$, par conséquent Dieu existe. Veuillez répondre. » Diderot, dit-on, aurait baissé pavillon face à une offensive mathématique d'une telle envergure.

Cette anecdote, rapportée par le grand mathématicien anglais Augustus De Morgan en 1872, a probablement été brodée à des fins de consommation populaire, et reflète davantage le fait que la plupart des mathématiciens adorent rabattre le caquet des philosophes. Elle montre toutefois l'importance que les cours d'Europe accordaient à l'époque à la présence de mathématiciens au sein de leur aréopage d'astronomes, de peintres et de compositeurs.

La Grande Catherine ne s'intéressait pas tant aux preuves mathématiques de l'existence de Dieu qu'aux travaux d'Euler dans le domaine de l'hydraulique, de la construction navale et de la balistique. Car la passion du mathématicien suisse ne se cantonnait pas qu'à son art. Outre les mathématiques militaires, Euler écrivit une théorie de la musique. Ironie du sort, son traité fut considéré comme trop mathématique pour les musiciens et trop musical pour les mathématiciens.

Un de ses grands triomphes a été la résolution du problème des ponts de Königsberg. La Pregel, connue aujourd'hui sous le nom de Pregolya, traverse la cité prussienne (qui appartient de nos jours à la Russie en tant que Kaliningrad). Cette rivière se sépare en deux bras qui forment deux îles au centre de la ville. Pour franchir ces deux bras, les habitants avaient construit sept ponts.

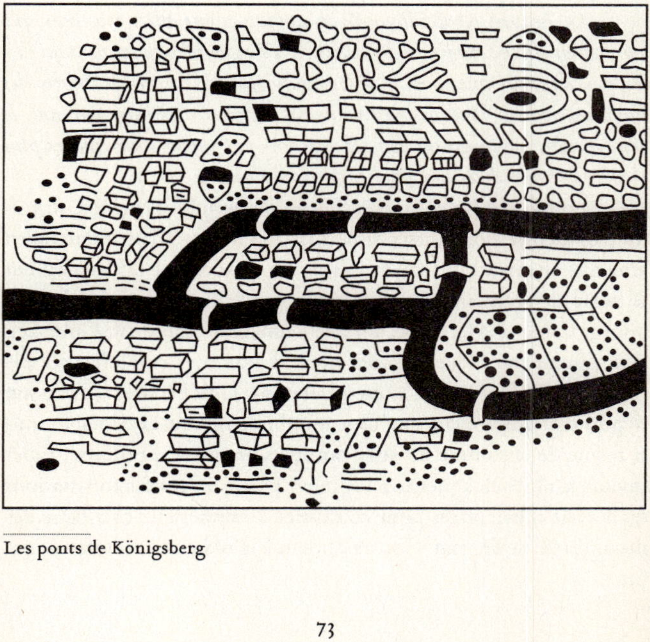

Les ponts de Königsberg

Les citadins avaient pris l'habitude de se demander s'il serait possible à un promeneur d'emprunter chaque pont une fois et une seule avant de revenir à son point de départ. Ce fut Euler qui finit par démontrer en 1735 que c'était impossible. Sa démonstration est souvent présentée comme le début de la topologie, où les véritables dimensions physiques du problème sont sans importance. Pour la solution d'Euler, c'était le réseau de connexions entre les différentes parties de la ville qui comptait, non leur emplacement véritable ni les distances qui les séparaient, principe qu'illustre bien une carte, par exemple, celle du métro de Londres.

Euler vibrait avant tout pour les nombres. Comme l'écrivit Gauss :

« *Les beautés particulières de ces domaines ont attiré tous ceux qui y ont eu quelque activité ; mais aucun ne l'a exprimé plus souvent qu'Euler qui, dans presque chacun de ses nombreux articles sur la théorie des nombres, redit à l'envi le plaisir que lui procurent ces investigations, le changement bienvenu qu'elles représentent par rapport aux tâches plus immédiatement liées aux applications pratiques.* »

La passion d'Euler pour la théorie des nombres avait été stimulée par sa correspondance avec Christian Goldbach, mathématicien amateur allemand qui vivait à Moscou et occupait officieusement le poste de secrétaire de l'Académie des Sciences de Saint-Pétersbourg. Comme Mersenne, un autre amateur, avant lui, Goldbach était fasciné par l'idée de jouer avec les nombres et d'effectuer des expériences numériques. C'est à Euler que Goldbach fit part de son hypothèse, qui voulait que tout nombre pair soit exprimable sous la forme de la somme de deux nombres premiers. En retour, Euler invitait Goldbach à mettre à l'épreuve plusieurs des démonstrations qu'il avait échafaudées pour confirmer le mystérieux catalogue des découvertes de Fermat. Contrairement à la réticence manifestée par

Fermat, qui tendait à préserver ses prétendues preuves à l'abri des regards, Euler était ravi de montrer à Goldbach sa démonstration de l'affirmation de Fermat, qui portait sur la décomposition de certains nombres premiers en une somme de deux carrés. Euler réussit même à faire la preuve d'un exemple du dernier théorème de Fermat.

En dépit de sa passion pour la démonstration, Euler restait surtout un mathématicien expérimental. Beaucoup de ses propositions frisaient l'aléatoire et comportaient des étapes qui n'étaient pas totalement rigoureuses. Cela lui importait peu, du moment qu'il parvenait à de nouvelles découvertes intéressantes. Mathématicien au talent de calculateur exceptionnel, il était particulièrement adepte de la manipulation des formules jusqu'à ce que d'étranges interrelations se fassent jour. Comme le déclara l'académicien français François Arago, « Euler calculait sans effort apparent, comme d'autres respirent, ou comme les aigles planent sur le vent. »

Par-dessus tout, Euler adorait calculer les nombres premiers. Il a produit des tables de tous les nombres premiers jusqu'à 100 000, et même au-delà. En 1732, il fut également le premier à montrer que la formule d'obtention des nombres premiers de Fermat, $2^{2^N}+1$, était invalidée quand $N=5$. S'appuyant sur de nouvelles idées théoriques, il réussit à démontrer comment décomposer ce nombre à dix chiffres en un produit de deux nombres plus petits. L'une de ses découvertes les plus curieuses concerne une formule qui semblait engendrer un nombre inhabituel de nombres premiers. En 1772, il calcula toutes les réponses que l'on obtient quand on intègre les nombres de 0 à 39 dans la formule x^2+x+41. Il aboutit à la liste suivante :

41, 43, 47, 53, 61, 71, 83, 97, 113, 131, 151, 173, 197, 223, 251, 281, 313, 347, 383, 421, 461, 503, 547, 593, 641, 691, 743,

797, 853, 911, 971, 1 033, 1 097, 1 163, 1 231, 1 301, 1 373, 1 447, 1 523, 1 601.

Il lui parut bizarre de pouvoir engendrer autant de nombres premiers grâce à cette formule. Il s'aperçut que le processus ne pouvait qu'échouer à un moment donné. Peut-être vous semble-t-il déjà évident que quand on intègre 41 à la formule, le résultat est immanquablement divisible par 41. En outre, si $x=40$, on obtient un nombre qui n'est pas premier.

Quoi qu'il en soit, Euler fut franchement surpris par la capacité de cette formule à produire autant de nombres premiers. Il commença à se demander si elle fonctionnerait avec d'autres nombres que 41. Il découvrit qu'au lieu de 41, on pouvait aussi choisir $q=2$, 3, 5, 11, 17, et la formule x^2+x+q accoucherait de nombres premiers si l'on y intégrait des nombres de 0 à $q-2$.

Mais même pour le grand Euler, il était impossible de deviser d'une formule aussi simple susceptible d'engendrer tous les nombres premiers. Comme il l'écrivait en 1751 : « *Certains mystères échapperont toujours à l'esprit humain. Pour nous en convaincre, il suffit de jeter un œil aux tableaux des nombres premiers, et l'on verra qu'il n'y règne ni ordre, ni règles.* » Il peut paraître paradoxal que ces objets fondamentaux sur lesquels nous bâtissons notre monde des mathématiques si imprégné par l'ordre aient un comportement aussi absurde et imprévisible.

On apprit plus tard qu'Euler avait eu entre les mains une équation capable de trancher le nœud gordien des nombres premiers. Mais il faudrait encore attendre cent ans, et la venue d'un autre grand esprit, pour démontrer ce qu'Euler n'avait pu faire. Cet esprit, c'était Bernhard Riemann. Mais ce fut Gauss qui, en se lançant dans une de ses célèbres approches latérales, finit par inspirer à Riemann sa nouvelle vision des choses.

L'estimation de Gauss

Si des siècles de recherches n'avaient pas permis de dénicher quelque formule magique capable de donner la liste des nombres premiers, peut-être le temps était-il venu d'adopter une nouvelle stratégie. C'était ce que se disait Gauss en 1792, du haut de ses quinze ans. L'année précédente, il s'était vu offrir un recueil de logarithmes. Il y a quelques dizaines d'années, tous les collégiens et lycéens connaissaient encore les tables de logarithmes. L'avènement de la calculatrice leur a fait perdre la place essentielle qu'ils occupaient dans la vie quotidienne, mais plusieurs siècles plus tôt, les navigateurs, les banquiers, les marchands étaient à même d'utiliser ces tables pour transformer de difficiles multiplications en de simples additions. À la fin du recueil de Gauss se trouvait une table des nombres premiers. Il était étrange de voir les nombres premiers et les logarithmes se côtoyer ainsi, mais après des calculs échevelés, Gauss s'aperçut qu'il semblait y avoir une relation entre ces sujets sans lien apparent.

La première table des logarithmes fut conçue en 1614 à une époque où science et sorcellerie allaient de concert. Leur créateur, le baron écossais John Napier, était considéré par la population locale comme un magicien qui se livrait à de sombres pratiques. On le voyait rôder dans son château, tout de noir vêtu, un coq d'un noir d'encre perché sur l'épaule, marmonnant que son algèbre apocalyptique annonçait le Jugement dernier. Lequel, d'après lui, devait tomber entre 1688 et 1700. Mais s'il appliqua ses talents de mathématicien aux sciences occultes, il n'en découvrit pas moins la magie de la fonction logarithmique.

Si vous entrez un nombre, disons 100, dans votre calculatrice et que vous appuyez sur la touche **log**, la machine vous retourne un deuxième nombre, le logarithme de 100. Votre calculatrice vient de résoudre une petite énigme : elle a cherché le nombre *x*, tel que $10^x = 100$. Dans ce cas, le résultat affiché par la calculatrice est 2. Entrez 1 000 , un nombre dix fois supérieur à 100, et votre calculatrice vous donnera 3 en réponse. Le logarithme a augmenté de 1. C'est là sa caractéristique essentielle : il transforme les multiplications en additions. Chaque fois que l'on multiplie le nombre de départ par 10, on obtient le nouveau résultat en *ajoutant* 1 à la réponse précédente.

Quand les mathématiciens comprirent qu'ils pouvaient parler des logarithmes de nombres qui n'étaient pas nécessairement des puissances rondes de 10, ils franchirent une étape non négligeable. Ainsi Gauss aurait-il pu consulter ses tables pour trouver le logarithme de 128, et il aurait vu qu'en mettant 10 à la puissance 2,107 21, il n'aurait plus été très loin de 128. Ce sont ces calculs que Napier avait rassemblés dans ses tables en 1614.

Les tables de logarithmes furent à l'origine de l'accélération du monde du commerce et de la navigation, en plein épanouissement au XVIIe siècle. Du fait du dialogue que les logarithmes établissaient entre multiplication et addition, les tables permettaient de convertir le problème complexe que représentait le produit de deux grands nombres en une affaire plus simple : une addition de logarithmes. Pour multiplier entre eux des grands nombres, les marchands additionnaient leurs logarithmes, puis utilisaient les tables dans l'autre sens pour retrouver le résultat de la multiplication de départ. Le gain de temps que constituait cette méthode pour le marin ou le négociant pouvait contribuer à empêcher un naufrage ou à sauver un contrat.

Mais c'était la table supplémentaire des nombres premiers, à la fin de son recueil de logarithmes, qui fascinait le jeune Gauss. Contrairement aux logarithmes, ces tables de nombres premiers n'étaient rien de plus qu'une curiosité pour ceux qu'intéressaient les applications pratiques des mathématiques. (Les tables de nombres premiers édifiées en 1776 par Antonio Felkel étaient considérées comme si superflues qu'elles finirent par servir de cartouches dans la guerre que l'Autriche menait contre la Turquie !) Les logarithmes étaient prévisibles. Les nombres premiers, eux, étaient complètement imprévisibles. Il ne semblait y avoir aucun moyen de savoir quand apparaîtrait le prochain, par exemple après 1 000.

Gauss franchit une étape clé en posant simplement une question différente. Plutôt que de tenter de prédire l'emplacement exact du prochain nombre premier, il s'efforça de voir s'il pouvait au moins déterminer combien de nombres premiers comportaient les 100 premiers nombres, les 1 000 premiers, et ainsi de suite. Si l'on prenait n'importe quel nombre *N*, pouvait-on estimer combien de nombres premiers on allait rencontrer de 1 à *N* ? En fait, on recense vingt-cinq nombres premiers jusqu'à 100. On a donc une chance sur quatre de tomber sur un nombre premier si on choisit un nombre au hasard entre 1 et 100. Dans quelle mesure cette proportion se modifie-t-elle si l'on s'intéresse aux nombres premiers de 1 à 1 000, ou de 1 000 à 1 000 000 ? Armé de sa table des nombres premiers, Gauss se lança dans sa quête. Étudiant la proportion des nombres premiers, il s'aperçut que plus les nombres étaient élevés, plus une logique semblait se dessiner. En dépit du caractère aléatoire de l'apparition de ces nombres, c'était comme si une époustouflante régularité surgissait lentement de la brume.

Si l'on considère le tableau ci-après (page suivante), présentant la fréquence des nombres premiers jusqu'à divers multiples de 10, tableau fondé sur des calculs modernes, cette régularité devient claire. Ce tableau, qui contient beaucoup plus d'informations que ce dont Gauss pouvait disposer, nous montre plus nettement la régularité qu'il avait identifiée. C'est dans la dernière colonne que la logique est la plus perceptible. Cette colonne représente la proportion de nombres premiers parmi tous les nombres pris en considération. Par exemple, si l'on compte jusqu'à 100, un nombre sur quatre est premier. Par conséquent, il faudra décompter en moyenne quatre nombres d'un premier à l'autre. Pour les nombres jusqu'à 10 000 000, la proportion est de 1 sur 15. (Ainsi, il y a une chance sur 15 qu'un numéro de téléphone à sept chiffres soit un nombre premier.) Quand *N* est supérieur à 10 000, cette dernière colonne semble progresser de 2,3 à chaque fois.

N	Nombre $\pi(N)$ de nombres premiers de 1 à *N*	En moyenne, combien compter de nombres avant d'atteindre un nombre premier
10	4	2,5
100	25	4,0
1 000	168	6,0
10 000	1 229	8,1
100 000	9 592	10,4
1 000 000	78 498	12,7
10 000 000	664 579	15,0
100 000 000	5 761 455	17,4
1 000 000 000	50 847 534	19,7
10 000 000 000	455 052 511	22,0

Donc, à chaque multiplication par 10 qu'effectuait Gauss, il devait ajouter 2,3 au rapport entre les nombres premiers et les autres nombres. Ce lien entre multiplication et addition est justement la relation que l'on retrouve dans un logarithme. Pour Gauss, avec son recueil de logarithmes, ce lien était plus que criant.

Si la proportion de nombres premiers augmentait de 2,3 plutôt que de 1 chaque fois qu'il effectuait une multiplication par 10, c'est parce que les nombres premiers préfèrent des logarithmes qui ne sont pas basés sur des puissances de 10, mais sur des puissances d'un autre nombre. Appuyez sur la touche **log** de votre calculatrice après avoir entré 100 et vous obtiendrez 2, qui est la solution à l'équation $10^x = 100$. Mais rien ne nous oblige à utiliser uniquement 10 à la puissance x. C'est notre obsession pour nos dix doigts qui confère tout son attrait au chiffre 10. Le choix de 10 est ce que l'on définit comme la *base* du logarithme. Par exemple, le logarithme de 128 en base 2 plutôt qu'en base 10 nous oblige à résoudre une autre énigme. Il nous faut trouver x tel que $2^x = 128$. Si notre calculatrice était équipée d'une touche **log en base 2**, nous pourrions appuyer dessus pour obtenir le résultat : 7. Car il faut élever 2 à la puissance 7 pour atteindre 128 ($2^7 = 128$).

Ce que Gauss découvrit, c'est que l'on peut compter les nombres premiers à l'aide de logarithmes dans la base d'un nombre spécial, baptisé e, qui, à la douzième décimale, s'exprime comme suit : 2,718 281 828 459… (comme π, son développement décimal est infini et sans schéma répétitif). Il s'avère que e est aussi vital pour les mathématiques que π, et qu'on le croise partout dans le monde mathématique. C'est pourquoi les logarithmes en base e sont dits « naturels ».

La table que Gauss avait établie à l'âge de quinze ans lui permit d'aboutir à une estimation. Pour les nombres de 1 à N, à peu près 1 nombre sur $\log(N)$ sera premier ($\log(N)$ indiquant le logarithme de N dans la base e). Il put alors estimer le nombre de nombres premiers de 1 à N comme étant à peu près $N/\log(N)$. Gauss ne prétendait pas que ce système lui offrait miraculeusement une formule exacte pour le nombre de nombres premiers jusqu'à N. En revanche, elle constituait une estimation honnête.

C'est une philosophie comparable qu'il appliqua par la suite à sa redécouverte de Cérès. Sa méthode astronomique représentait une prédiction solide pour une région limitée de l'espace à observer, compte tenu des données déjà répertoriées. Gauss avait adopté une approche semblable pour les nombres premiers. Depuis des générations, les savants étaient obsédés par l'idée de déterminer avec exactitude l'emplacement du prochain nombre premier. En ne se laissant pas détourner par les subtilités liées au besoin de savoir quel nombre était ou non premier, Gauss était tombé sur une certaine logique. En prenant du recul et en posant la question, plus générale, de savoir combien on trouvait de nombres premiers jusqu'à 1 000 000 au lieu de chercher à dire avec précision lesquels étaient premiers, il avait dégagé une importante impression de régularité.

Dans sa façon de considérer les nombres premiers, Gauss avait été à l'origine d'un profond changement psychologique. C'était comme si les générations précédentes avaient écouté la musique des nombres premiers note par note, sans pouvoir entendre l'ensemble de la partition. En se concentrant plutôt sur la proportion de nombres premiers que l'on obtenait vers les nombres plus élevés, Gauss avait trouvé un nouveau moyen de prêter attention au thème principal.

Depuis Gauss, il est devenu courant de noter le nombre de nombres premiers que l'on croise de 1 à N par le symbole $\pi(N)$ (ce n'est qu'un nom pour ce décompte, qui n'a rien à voir avec le nombre π). On peut regretter que Gauss ait eu recours à un symbole qui rappelle le cercle et le nombre 3,141 5… Mais il faut plutôt l'envisager comme une nouvelle touche sur la calculatrice. Entrez N et appuyez sur $\pi(N)$. La machine vous donne le nombre de nombres premiers jusqu'à N. Ainsi, $\pi(100) = 25$, soit le nombre de nombres premiers jusqu'à 100, et $\pi(1\,000) = 168$.

Remarquez qu'il est en outre possible d'utiliser cette nouvelle touche de « décompte des nombres premiers » pour identifier précisément un nombre premier. Si vous entrez 100 et que vous appuyez sur cette touche, vous obtenez 25. Maintenant, si vous entrez 101, la réponse augmentera de 1, pour donner 26 nombres premiers, ce qui signifie que 101 est un nombre premier. Par conséquent, chaque fois qu'il y a une différence entre $\pi(N)$ et $\pi(N+1)$, vous savez que $N+1$ est sûrement un nombre premier.

Pour comprendre vraiment à quel point la logique de Gauss était remarquable, considérons un graphique de la fonction $\pi(N)$ décomptant les nombres premiers de 1 à N. Voici une représentation graphique de $\pi(N)$ pour les nombres N de 1 à 100 :

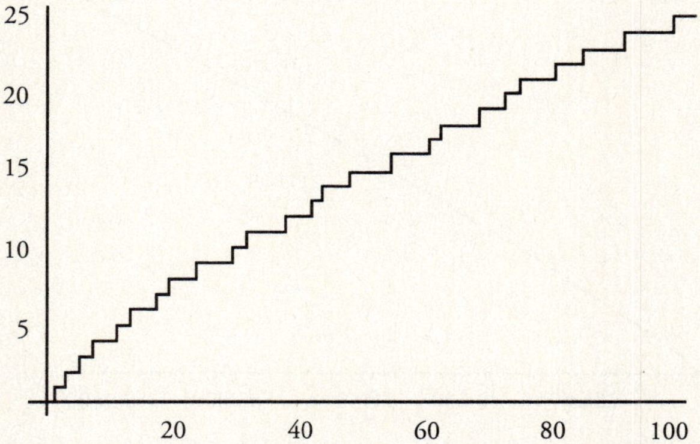

L'escalier des nombres premiers : le graphe décompte le nombre cumulé des nombres premiers jusqu'à 100.

À cette échelle réduite, le résultat est un escalier inégal, dans lequel il est difficile de prédire au bout de combien de temps la prochaine marche apparaîtra. On perçoit encore tout le détail des nombres premiers, les notes individuelles. Maintenant, prenons du recul et considérons la même fonction, mais avec N sur une gamme beaucoup plus étendue, disons jusqu'à 100 000 (voir ci-dessous). Les marches individuelles perdent toute signification et l'on distingue la tendance générale de la fonction. C'était ce thème majeur que Gauss avait entendu et qu'il était en mesure d'imiter à l'aide des logarithmes. Le fait que le graphe semble progresser de façon si parfaite, alors même que les nombres premiers sont tellement imprévisibles, est l'un des plus grands miracles des mathématiques. C'est l'un des moments forts de l'histoire des nombres premiers.

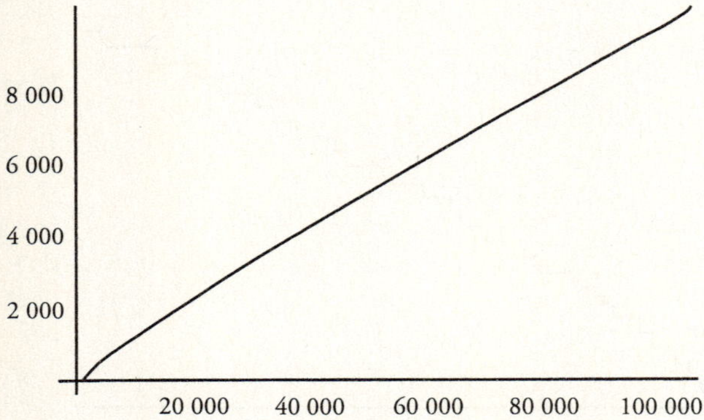

L'escalier des nombres premiers pour un décompte de 1 à 100 000.

Sur le dos de son recueil de logarithmes, Gauss nota la découverte de sa formule pour le nombre de nombres premiers jusqu'à N dans les termes de la fonction logarithmique. Malgré l'importance de sa découverte, il ne parla à personne de ce qu'il avait trouvé. Tout ce que le monde sut de cette révélation fut cette phrase sibylline : « Vous n'avez aucune idée de la poésie que recèle une table de logarithmes. »

Pourquoi Gauss était-il si réticent face à un progrès si énorme ? Cela reste un mystère. Il est vrai qu'il n'avait identifié qu'une ébauche de preuve d'une connexion entre les nombres premiers et la fonction logarithmique. Il savait qu'il ne disposait d'aucune explication ou indice permettant de comprendre pourquoi ils avaient seulement quelque chose en commun. Rien ne prouvait que cette relation ne se volatiliserait pas en atteignant des chiffres plus élevés. L'hésitation de Gauss à faire part de résultats qu'il n'avait pas démontrés constitue un tournant dans l'histoire des mathématiques. Si les Grecs avaient avancé que la preuve était une composante essentielle du processus mathématique, les mathématiciens avant Gauss s'intéressaient davantage à la spéculation scientifique. Si les mathématiques fonctionnaient, ils ne s'inquiétaient pas trop de trouver une justification rigoureuse à ce fonctionnement. Les mathématiques n'étaient encore que l'outil d'autres sciences.

Gauss rompit avec le passé en mettant l'accent sur la valeur de la démonstration. Pour lui, le mathématicien avait pour but principal de présenter des preuves, et cette éthique est aujourd'hui encore fondamentale dans le domaine. Sans preuve de la connexion entre les logarithmes et les nombres premiers, sa découverte n'avait aucun sens à ses yeux. Grâce à la liberté que lui offrait le mécénat du duc de Brunswick, il pouvait se montrer difficile et faire presque comme bon lui semblait avec ses résultats. Sa motivation profonde n'était ni la renommée ni la reconnaissance, mais le désir personnel de comprendre ce sujet qu'il aimait. Sur son sceau était inscrite la devise *Pauca sed matura* (« Rare mais mûre »). Tant qu'un résultat n'était pas parvenu à une entière maturité, il n'existait que sous la forme d'une note dans son journal ou d'un gribouillis sur le dos de son recueil de logarithmes.

Les mathématiques étaient pour lui une quête privée. Il allait même jusqu'à coder les notes de son journal à l'aide de sa propre langue secrète. Certaines sont faciles à déchiffrer. Ainsi, le 10 juillet 1796, Gauss écrivit la célèbre expression d'Archimède, « Eurêka! » suivie de l'équation :

$$\text{num} = \Delta + \Delta + \Delta.$$

Il avait en effet découvert que chaque nombre peut être exprimé en tant que somme de trois nombres prélevés dans la liste des nombres triangulaires, 1, 3, 6, 10, 15, 21, 28, ..., nombres pour lesquels il avait produit sa formule d'écolier. Par exemple, $50 = 1 + 21 + 28$. Mais d'autres notes restent totalement énigmatiques. Personne n'a ainsi pu démêler ce que Gauss entendait par : « Vicimus GEGAN », écrit le 11 octobre 1796. D'aucuns ont reproché à Gauss son incapacité à diffuser ses découvertes, l'accusant d'avoir de cette façon freiné d'un demi-siècle le développement des mathématiques. S'il s'était donné la peine d'expliquer la moitié de ce qu'il avait découvert en des termes un peu moins cryptés, peut-être les mathématiques auraient-elles progressé plus rapidement.

Certains pensent que Gauss préférait conserver ses résultats pour lui-même parce que l'Académie de Paris avait rejeté son grand traité sur la théorie des nombres, *Disquisitiones Arithmeticae,* jugé obscur et dense. Piqué au vif par ce rejet, et pour se préserver de toute nouvelle humiliation, il tenait à ce que chaque pièce du puzzle mathématique soit en place avant d'envisager de publier quoi que ce soit. À l'origine, *Disquisitiones Arithmeticae* suscita des réactions mitigées, en partie parce que Gauss continuait à se montrer énigmatique même dans les travaux qu'il rendait publics. Il avait pour habitude de comparer les mathématiques à un chantier de construction. Jamais un architecte ne quittera ses échafaudages pour permettre aux gens de suivre les progrès de la construction. Une telle philosophie ne facilitait guère la tâche des mathématiciens qui souhaitaient pénétrer dans l'univers gaussien.

Mais si Paris ne s'était pas montré aussi ouvert qu'il l'avait espéré à ses idées, c'était également pour d'autres raisons. À la fin du XVIIIe siècle, les mathématiques en France étaient de plus en plus mises au service des exigences d'un État en pleine industrialisation. Napoléon avait déduit de la Révolution de 1789 qu'il était nécessaire de centraliser davantage l'enseignement du génie militaire. Il réagit en fondant l'École polytechnique, à des fins d'abord militaires. « L'avancement et la perfection des mathématiques sont intimement liés à la prospérité de l'État », déclara-t-il. Les mathématiques avaient avant tout pour rôle de résoudre des problèmes balistiques et hydrauliques. En dépit de l'importance accordée aux besoins pratiques de l'État, Paris s'enorgueillissait encore de la présence des meilleurs spécialistes des mathématiques pures de toute l'Europe.

Adrien-Marie Legendre, né vingt-cinq ans avant Gauss, était l'une des principales autorités parisiennes. À en juger par ses portraits, Legendre était un gentilhomme plutôt guindé, au visage rondouillard de chérubin. Contrairement à Gauss, Legendre était issu d'une famille riche, mais il avait perdu sa fortune pendant la Révolution et avait alors été contraint de faire appel à ses talents mathématiques pour subsister. Lui aussi s'intéressait aux nombres premiers et à la théorie des nombres. En 1798, six ans après les calculs d'écolier de Gauss, il annonçait qu'il avait découvert un lien expérimental entre les nombres premiers et les logarithmes.

Par la suite, on apprendrait que Gauss avait effectivement pris Legendre de vitesse dans ce domaine. Mais Legendre n'en avait pas moins affiné les estimations du nombre de nombres premiers jusqu'à N. Gauss avait évalué qu'en gros, on trouvait $N/\log(N)$ nombres premiers jusqu'à N. On s'est aperçu qu'en fait, cette évaluation s'éloigne progressivement du véritable nombre de nombres premiers plus N devient grand. Voici une comparaison entre l'estimation de l'écolier Gauss, en bas, et le nombre réel de nombres premiers, en haut :

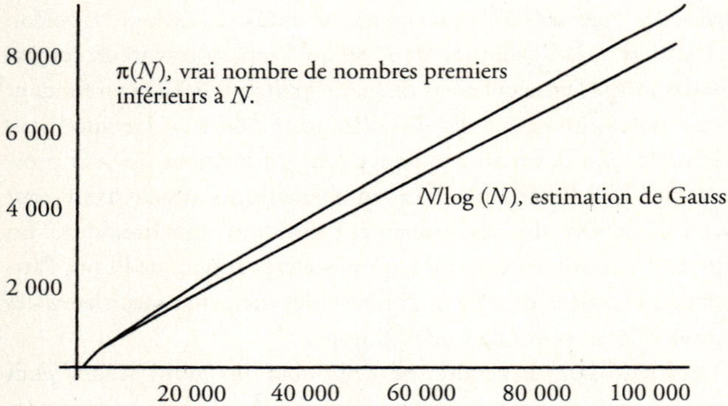

Comparaison entre l'estimation de Gauss et le nombre réel de nombres premiers.

Le graphe montre que si Gauss avait bien flairé quelque chose, on pouvait encore espérer améliorer la méthode.

L'amélioration proposée par Legendre consistait à remplacer l'approximation $N/\log(N)$ par : $\frac{N}{\log(N) - 1{,}08366}$, apportant ainsi une infime correction qui eut pour effet de rapprocher la courbe de Gauss du nombre réel de nombres premiers. Aussi loin qu'aillent les fonctions de ces valeurs calculables à l'époque, il était impossible de distinguer les graphes de $\pi(N)$ et de l'estimation de Legendre. Ce dernier, obéissant à la priorité accordée alors aux applications pratiques, était nettement plus enclin à monter sur le devant de la scène pour annoncer qu'il y avait une connexion entre les nombres premiers et les logarithmes. Il ne craignait pas de faire circuler des idées qui n'avaient pas été vérifiées, voire des démonstrations lacunaires. En 1808, il publia son évaluation du nombre de nombres premiers dans un ouvrage intitulé *Théorie des nombres.*

La controverse sur le véritable découvreur de cette relation entre nombres premiers et logarithmes est à la source d'une querelle acharnée entre Legendre et Gauss. Litige qui ne se limita pas au domaine des nombres premiers. Legendre alla jusqu'à prétendre qu'il avait été le premier à identifier la méthode de Gauss permettant d'établir le parcours de Cérès. Régulièrement, Legendre affirmait avoir dévoilé quelque vérité mathématique, pour être contredit par une déclaration de Gauss qui annonçait avoir déjà pillé ce trésor-là. Dans une lettre datée du 30 juillet 1806, adressée à un collègue astronome du nom de Schumacher, Gauss commentait : « Je suis apparemment condamné par le sort à m'opposer à Legendre dans presque tous mes travaux théoriques. »

De son vivant, Gauss était trop fier pour se laisser entraîner dans des querelles ouvertes sur des questions de priorité. Quand ses notes et sa correspondance furent examinées après sa mort, il devint pourtant clair que c'était à lui que revenaient les mérites. Il fallut attendre 1849 pour que le monde sache que Gauss avait coiffé Legendre sur le poteau au sujet du lien entre les nombres premiers et les logarithmes, ce que Gauss révélait dans une lettre envoyée à Johann Encke, lui-même mathématicien et astronome, lettre écrite le soir de Noël de cette année.

Si l'on tient compte des informations dont on disposait au début du XIXe siècle, la fonction de Legendre était plus efficace que la formule de Gauss en tant qu'approximation du nombre de nombres premiers jusqu'à *N*. Mais le recours à la correction plutôt disgracieuse de 1,083 66 poussa les mathématiciens à se dire qu'il devait y avoir quelque chose de mieux et de plus naturel permettant d'appréhender le comportement des nombres premiers.

On peut certes croiser d'aussi vilains nombres dans d'autres disciplines scientifiques, mais il est remarquable de constater à quel point le monde mathématique penche souvent en faveur de la construction la plus esthétique possible. Comme nous allons le voir, l'hypothèse de Riemann peut être interprétée comme l'exemple d'une philosophie partagée par la plupart des mathématiciens, selon laquelle la Nature, quand elle a le choix entre laideur et esthétique, opte toujours pour cette dernière. Que les mathématiques suivent cette règle est une source d'émerveillement constante pour ceux qui les pratiquent. Cela explique pourquoi ils finissent si souvent par être hypnotisés par la beauté de leur sujet.

Il ne faut peut-être pas s'étonner si Gauss affina son estimation pour parvenir à une fonction encore plus exacte, et encore plus belle. Ce même soir de Noël où il écrivait à Encke, il expliqua comment perfectionner l'amélioration de Legendre. Pour ce faire, il était revenu sur ses premières analyses, du temps de son enfance. Il avait calculé à l'époque que parmi les 100 premiers nombres, 1 sur 4 était un nombre premier. Pour les 1 000 premiers nombres, ce rapport passait à 1 sur 6. Gauss comprit que plus on comptait, moins il y avait de chances qu'un nombre soit premier.

Il s'efforça alors de visualiser comment la Nature aurait pu décider quels nombres seraient premiers, et lesquels ne le seraient pas. Puisque leur répartition paraissait si aléatoire, la détermination des nombres premiers pouvait-elle être assimilée à un jeu de pile ou face ? La Nature avait-elle lancé une pièce : face, c'est un nombre premier, pile, non ? Bien sûr, se dit Gauss, la pièce devait être truquée afin de retomber sur le côté face avec une probabilité de $1/\log(N)$ au lieu d'une fois sur deux. Par conséquent, la probabilité que le nombre 1 000 000 soit premier devrait être interprétée comme $1/\log(1\,000\,000)$, soit à peu près 1/15. Les chances qu'un nombre N soit premier se réduisent plus N est grand, la probabilité de $1/\log(N)$ de retomber sur le côté face se réduisant également.

Il ne s'agit que d'un argument heuristique, 1 000 000 ou n'importe quel autre n'étant que premier ou non. Ce n'est pas de jouer à pile ou face qui y changera quoi que ce soit. Le modèle mental de Gauss était certes inutile pour prédire si un nombre était premier, mais il le considéra comme un outil extrêmement puissant pour établir des prédictions sur une autre question, moins spécifique : combien de nombres premiers risquait-on de rencontrer quand on comptait des nombres de plus en plus grands ? Il s'en servit pour estimer le nombre de nombres premiers que l'on pourrait obtenir après avoir lancé N fois la pièce des nombres premiers. Avec une pièce normale, qui a $\frac{1}{2}$ chance de tomber sur face, le nombre de faces serait donc de $\frac{1}{2}N$. Mais avec la pièce des nombres premiers, la probabilité se réduit à chaque lancer. Dans le modèle de Gauss, le nombre de nombres premiers est prédit comme suit :

$$\frac{1}{\log(2)} + \frac{1}{\log(3)} + \ldots + \frac{1}{\log(N)}.$$

Gauss alla même plus loin et produisit une fonction qu'il appela l'intégrale logarithmique, identifiée en tant que $\mathrm{Li}(N)$. La construction de cette nouvelle fonction était fondée sur une légère variation de la somme de probabilités ci-dessus, et elle s'avère d'une impressionnante exactitude.

Quand Gauss, alors âgé de plus de soixante-dix ans, écrivit à Encke, il avait établi au cours de sa vie des tables de nombres premiers jusqu'à 3 000 000. « Bien souvent, j'ai profité d'un quart d'heure d'oisiveté pour me livrer çà et là au décompte d'une chiliade (un intervalle de 1 000 nombres) supplémentaire » à la recherche de nombres premiers. Son estimation des nombres premiers inférieurs à 3 000 000, réalisée à l'aide de son intégrale logarithmique, ne présente une marge d'erreur que de 0,07 %. Legendre, lui, avait réussi à torturer son horrible formule pour qu'elle corresponde à $\pi(N)$ pour un petit N. Par conséquent, compte tenu des données disponibles à l'époque, il semblait que la formule de Legendre était la plus efficace. Quand on commença à établir des tables plus complètes, l'estimation de Legendre commença à perdre de sa précision pour les nombres au-delà de 10 000 000. Jakub Kulik, professeur à l'université de Prague, consacra vingt ans de sa vie à établir des tables de nombres premiers pour les nombres jusqu'à 100 000 000. Les huit volumes de cet effort gargantuesque, bouclés en 1863, ne furent jamais publiés, mais déposés dans les archives de l'Académie des Sciences de Vienne. Le deuxième volume a disparu, mais déjà, les tables de Kulik montraient que la méthode de Gauss, fondée sur sa fonction $\mathrm{Li}(N)$, était infiniment supérieure à celle de Legendre. Les tables modernes prouvent à quel point Gauss avait eu la bonne intuition. Par exemple, son estimation du nombre de nombres premiers jusqu'à 10^{16} (autrement dit, 10 000 000 000 000 000) ne dévie de la valeur que d'un dix millionième de pour cent, celle de Legendre étant désormais décalée d'un dixième de pour cent. L'analyse théorique de Gauss triomphait donc des tentatives de Legendre de manipuler sa formule pour qu'elle corresponde aux données disponibles.

Gauss signala que sa méthode présentait une curieuse caractéristique. S'appuyant sur ce qu'il savait des nombres premiers jusqu'à 3 000 000, il pouvait voir que sa formule Li(N) semblait toujours surestimer le nombre de nombres premiers. Il en conjectura que ce serait systématiquement le cas. Et qui le contredirait, les preuves numériques modernes confirmant sa conjecture jusqu'à 10^{16} ? Toute expérience produisant le même résultat 10^{16} fois serait considérée comme des plus convaincantes dans la plupart des laboratoires, mais pas dans celui du mathématicien. Pour une fois, Gauss se trompait. Mais si les mathématiciens ont désormais prouvé que $\pi(N)$ doit finir par dépasser Li(N), personne n'a été en mesure d'y assister, parce que nous sommes pour l'heure incapables de compter jusque-là.

Si l'on compare les graphes de $\pi(N)$ et de Li(N), on constate une correspondance si parfaite et durable qu'il est à peine possible de les distinguer. Il me faut néanmoins préciser qu'à la loupe, la différence entre les deux fonctions est perceptible. La représentation graphique de $\pi(N)$ ressemble à un escalier tandis que celle de Li(N) est lisse.

Gauss avait découvert une trace de la pièce que la Nature avait lancée pour choisir les nombres premiers. Une pièce truquée de telle façon qu'un nombre N a une chance sur log(N) d'être premier. Mais il lui manquait une méthode pour prédire avec précision les lancers de la pièce. Pour cela, il faudrait qu'une nouvelle génération se penche sur la question.

En modifiant sa perspective, Gauss avait senti que parmi les nombres premiers se dissimulait une logique. Son estimation resta dans les mémoires sous le nom de conjecture des nombres premiers. Pour revendiquer le trésor de Gauss, les mathématiciens devaient prouver que le pourcentage d'erreur entre l'intégrale logarithmique de Gauss et le nombre réel de nombres premiers va en se réduisant plus on progresse dans les grands nombres. Cette cime distante, Gauss l'avait bien aperçue, mais ce fut aux générations suivantes qu'il incomba d'en démontrer l'existence, de trouver un chemin menant jusqu'au sommet, ou alors de démontrer qu'il ne s'agissait que d'un mirage.

Beaucoup reprochent à l'apparition de Cérès d'avoir distrait Gauss, qui sinon aurait pu faire lui-même la preuve de la conjecture des nombres premiers. À l'âge de vingt-quatre ans, il connut la renommée du jour au lendemain, ce qui le poussa à s'orienter vers l'astronomie au détriment des mathématiques. Quand son mécène, le duc Ferdinand, fut tué par Napoléon en 1806, Gauss dut trouver un autre travail pour nourrir sa famille. En dépit de propositions de l'Académie de Saint-Pétersbourg, qui cherchait un successeur à Euler, il préféra accepter le poste de directeur de l'observatoire de Göttingen, petite ville universitaire de Basse-Saxe. Il passa son temps à suivre d'autres astéroïdes dans le ciel nocturne et à réaliser des études du sol pour les gouvernements du Hanovre et du Danemark. Mais il n'abandonna pas pour autant les mathématiques. Tout en établissant la carte des hauteurs du Hanovre, il réfléchissait à l'axiome euclidien sur les parallèles. De retour à son observatoire, il continua à étoffer sa table des nombres premiers. Gauss avait entendu le premier grand thème de la symphonie des nombres premiers. Mais ce fut un de ses rares étudiants, Riemann, qui parvint à véritablement libérer toute la puissance des harmonies secrètes que masquait la cacophonie des nombres premiers.

3

Le miroir imaginaire de Riemann

Ne le sens-tu et ne l'entends-tu point ? Suis-je seul
à si merveilleusement et si doucement entendre cette mélodie ?
Richard Wagner, *Tristan et Iseult* (Acte III, scène 3)

En 1809, Guillaume von Humboldt devint ministre de l'Éducation du royaume de Prusse. Dans une lettre adressée à Goethe en 1816, il déclarait : « Je me suis ici grandement occupé des sciences, mais j'ai profondément ressenti le pouvoir qu'a toujours exercé sur moi l'Antiquité. Tout ce qui est nouveau me dégoûte… » Humboldt préconisait de s'éloigner des sciences en tant que moyen de parvenir à une fin, et de revenir à une tradition plus classique de la poursuite de la connaissance pour elle-même. Les précédents programmes d'enseignement avaient eu pour but de fournir des fonctionnaires pour la plus grande gloire de la Prusse. Dorénavant, l'accent serait mis sur une éducation au service de l'individu plutôt que de l'État.

Dans son rôle de penseur et de haut fonctionnaire, Humboldt déclencha une révolution aux répercussions profondes. De nouveaux établissements scolaires, les « Gymnasiums », furent créés dans toute la Prusse et dans l'État voisin de Hanovre. Les enseignants de ces lycées ne devraient finalement plus provenir du clergé, comme dans l'ancien système, mais des nouvelles universités et des écoles polytechniques fondées pendant cette période.

Le joyau de cette couronne était l'université de Berlin, ouverte en 1810 du temps de l'occupation française. Humboldt la présentait comme la « mère de toutes les universités modernes ». Installée dans ce qui avait été autrefois le palais du prince Henri de Prusse, sur le grand boulevard Unter den Linden, l'université, pour la première fois, favoriserait la recherche aux côtés de l'enseignement. « L'enseignement universitaire ne permet pas seulement de comprendre l'unité de la science, il la facilite », affirma Humboldt. Malgré sa passion pour le monde antique, sous sa direction, l'université se fit pionnière dans l'introduction de nouvelles disciplines qui eurent leur place au même titre que le Droit, la Médecine, la Philosophie et la Théologie.

Pour la première fois, l'étude des mathématiques devait constituer une partie essentielle du cursus dans les nouveaux Gymnasien et universités. Les élèves étaient encouragés à étudier les mathématiques pour elles-mêmes, et non plus simplement comme l'outil d'autres sciences. Le contraste était saisissant par rapport aux réformes de l'enseignement imposées par Napoléon, qui estimait que la maîtrise des mathématiques était nécessaire pour que la France puisse atteindre ses objectifs militaires. Carl Jacobi, l'un des professeurs de Berlin, écrivit à Legendre à Paris en 1830 à propos du mathématicien français Joseph Fourier, qui avait reproché à l'école de pensée allemande d'ignorer les problèmes plus pratiques :

« *Il est vrai que Fourier était d'avis que l'objet principal des mathématiques était l'usage public et l'explication des phénomènes naturels. Mais un philosophe comme lui aurait dû savoir que l'unique objet de la science est d'honorer l'esprit humain, et qu'à cet égard, un problème de la théorie des nombres a autant de valeur qu'un problème sur le système du monde.* »

Aux yeux de Napoléon, c'était par l'éducation que l'on finirait par se défaire des règles obscures de l'*Ancien Régime**. L'importance qu'il accordait à l'enseignement en tant qu'ossature de la nouvelle France qu'il comptait édifier avait entraîné la création à Paris d'instituts encore réputés de nos jours. Non seulement ces collèges pratiquaient-ils la méritocratie, offrant à des étudiants de toutes origines la possibilité de suivre les cours, mais en outre, la philosophie éducative mettait davantage l'accent sur l'enseignement et la science au service de la société. Un des commissaires régionaux de la France révolutionnaire écrivait à un professeur de mathématiques en 1794, lui recommandant d'enseigner « l'arithmétique républicaine » : « *Citoyen. La Révolution ne se contente pas d'améliorer notre moralité et d'ouvrir la voie à notre bonheur et à celui des générations futures, elle libère également de ses chaînes le progrès scientifique.* »

L'approche de Humboldt était très différente de la philosophie utilitaire qui prévalait de l'autre côté de la frontière. L'effet libérateur de la révolution éducative allemande allait avoir un impact considérable sur la compréhension par les mathématiciens de bien des aspects de leur discipline. Elle leur permettrait d'établir un nouveau langage mathématique, plus abstrait. Et elle révolutionnerait en particulier l'étude des nombres premiers.

L'une des villes qui profitèrent des initiatives de Humboldt fut Lüneberg, dans le Hanovre. Autrefois important centre de négoce, Lüneberg était désormais sur le déclin. Ses rues étroites et pavées ne connaissaient plus l'activité florissante des siècles précédents. Mais en 1829, on construisit un nouvel édifice au beau milieu des hauts clochers des trois églises gothiques de la cité : le Gymnasium Johanneum.

* En français dans le texte.

Dès le début des années 1840, l'institution prospérait. Son directeur, un certain Schmalfuss, était un fervent partisan des idéaux néo-humanistes défendus par Humboldt. Comme le prouvait sa bibliothèque : on y trouvait non seulement les classiques et les œuvres d'auteurs allemands modernes, mais aussi des volumes arrivés de beaucoup plus loin. Schmalfuss avait ainsi réussi à mettre la main sur des ouvrages venus de Paris, cœur de l'activité intellectuelle européenne pendant la première moitié du XIXe siècle.

Schmalfuss venait tout juste d'accepter un petit nouveau dans l'enceinte du Gymnasium Johanneum, Bernhard Riemann. Très timide, ce dernier éprouvait quelque difficulté à se lier d'amitié. Élève du lycée de la ville de Hanovre, où il était en pension chez sa grand-mère, à la mort de celle-ci, il avait dû se rendre à Lüneberg, où il fut logé par l'un des enseignants. Il entra à l'école alors que tous ses camarades se connaissaient déjà, ce qui ne lui facilita pas l'existence. Sa famille lui manquait et il était l'objet des moqueries des autres enfants. Il préférait d'ailleurs parcourir à pied la longue distance qui le séparait de la maison de son père à Quickborn plutôt que de rester jouer avec les autres.

Le père de Riemann, pasteur de Quickborn, avait de grandes ambitions pour son fils. Bien que malheureux à l'école, Bernhard travaillait dur et consciencieusement, décidé à ne pas décevoir son père. Mais il devait lutter contre un perfectionnisme si aigu qu'il en devenait presque un handicap. Il n'était pas rare que ses professeurs soient exaspérés par son incapacité à remettre ses travaux. Ses devoirs se devaient d'être absolument parfaits car le jeune garçon ne pouvait tolérer la honte d'obtenir autre chose que la meilleure note. L'encadrement commença même à douter qu'il soit jamais à même de passer ses examens de fin d'études.

Schmalfuss, lui, trouva un moyen d'encourager son élève en exploitant son obsession pour la perfection. Très tôt, il avait repéré les talents particuliers de Riemann dans le domaine des mathématiques, et tenait à le stimuler en ce sens. Il lui laissa libre accès à la bibliothèque qui abritait une somptueuse collection de livres sur les mathématiques. Là, le jeune garçon trouvait un refuge où échapper à la pression sociale de ses camarades. La bibliothèque lui ouvrit ainsi les portes d'un nouveau monde, devenant un lieu où il se sentait chez lui, aux commandes de son existence. Là, soudain, il se trouvait dans un univers mathématique parfait, idéalisé, où la preuve empêchait tout effondrement de cette nouvelle réalité, et où les nombres étaient ses amis.

La volonté de Humboldt de faire de l'enseignement des sciences non plus un outil pratique mais une notion esthétique au nom de la connaissance en elle-même avait réussi à exercer son influence sur l'établissement de Schmalfuss. Le professeur invita Riemann à se détacher des recueils de mathématiques grouillant de formules et de règles destinées à satisfaire les exigences d'un monde de plus en plus industriel, et le guida vers les classiques, vers Euclide, Archimède et Apollonius. Par le biais de leur géométrie, les Grecs avaient tenté de comprendre la structure abstraite des points et des lignes, et ils n'accordaient pas d'importance excessive aux formules particulières qui sous-tendaient la géométrie. Quand Schmalfuss donna effectivement à Riemann un texte plus moderne, en l'occurrence le traité de Descartes sur la géométrie analytique, sujet débordant d'équations et de formules, il ne tarda pas à constater que la méthode mécanique développée dans le livre ne correspondait nullement à l'intérêt croissant que manifestait Riemann pour les mathématiques conceptuelles. Comme le rappela par la suite Schmalfuss dans une lettre à un ami : « Déjà à l'époque, c'était un mathématicien dont la richesse donnait à son professeur le sentiment d'être pauvre. »

Un des ouvrages de la bibliothèque de Schmalfuss était un livre contemporain que le directeur s'était procuré en France, où il avait été publié. La *Théorie des nombres* d'Adrien-Marie Legendre était le premier texte à noter qu'il semblait exister un lien étrange entre la fonction qui comptait les nombres premiers et la fonction logarithmique. Cette relation, découverte par Gauss et par Legendre, ne reposait que sur des preuves expérimentales. On ne savait pas encore clairement si, en avançant vers des nombres plus grands, le nombre de nombres premiers continuerait de correspondre aux estimations de la fonction de Gauss ou de Legendre.

L'œuvre pouvait bien représenter 859 grandes pages pleines, Riemann ne l'en dévora pas moins, restituant le livre à son professeur au bout de seulement six jours, accompagné de cette déclaration précoce : « C'est un livre merveilleux, je le connais par cœur. » Schmalfuss eut peine à le croire, mais quand il questionna Riemann sur le contenu du texte lors de son examen de fin d'études deux ans plus tard, l'élève répondit à la perfection. C'était le début de la carrière de l'un des géants des mathématiques modernes. Grâce à Legendre, une graine avait été semée dans l'esprit du jeune Riemann, graine qui germerait un jour de façon spectaculaire.

Une fois terminés ses examens de fin d'études, Riemann était impatient d'entrer dans l'une ou l'autre des nouvelles universités, foyers d'énergie qui étaient les moteurs de la révolution de l'enseignement en Allemagne. Mais son père avait pour lui d'autres projets. La famille était pauvre et le pasteur escomptait que son fils deviendrait comme lui un homme de Dieu. Un poste au sein du clergé lui assurerait un revenu régulier qui lui permettrait d'aider ses sœurs. Or la seule université du royaume de Hanovre à proposer un cursus de théologie ne faisait pas partie de ces nouveaux établissements. Il s'agissait en fait de l'université de Göttingen, fondée un siècle plus tôt, en 1734. Ainsi, en 1846, obéissant aux vœux de son père, Riemann prit le chemin de l'humide petite ville de Göttingen.

Göttingen est paisiblement blottie dans les douces collines de Basse-Saxe. En son centre, la vieille cité médiévale est retranchée derrière ses antiques remparts. C'est cette Göttingen-là que Riemann a dû connaître, et aujourd'hui encore, elle est empreinte de son cachet de l'époque. Les rues étroites et sinueuses sont bordées de maisons à colombages et aux toits de tuiles rouges. C'est à Göttingen que les frères Grimm ont écrit bon nombre de leurs contes de fées, et l'on s'attend presque à croiser Hansel et Gretel courant dans les rues. Au cœur de la partie la plus ancienne, se dresse l'hôtel de ville, qui date du Moyen Âge et dont les murs sont ornés de la devise : « Hors de Göttingen point de vie ». Sentiment que devaient certainement partager alors les membres de son université. La vie y était autarcique. Si la théologie avait prédominé aux premières années de l'institution, le vent du bouleversement académique qui soufflait sur toute l'Allemagne avait attisé les braises locales du cursus scientifique. Quand Gauss y fut nommé professeur d'astronomie et directeur de l'observatoire en 1807, Göttingen commençait à devenir célèbre pour ses sciences plutôt que pour la théologie.

Chez le jeune Riemann, la ferveur mathématique éveillée par le professeur Schmalfuss était encore vivace. Il était venu à Göttingen pour répondre aux souhaits de son père de le voir étudier la théologie, mais ce furent l'influence du grand Gauss et la tradition scientifique de l'université qui le marquèrent le plus profondément durant cette première année. Il ne mit guère de temps à abandonner les cours de grec et de latin pour se laisser tenter par la physique et les mathématiques. Fébrile, Riemann écrivit à son père en sous-entendant qu'il aurait voulu passer de la théologie aux mathématiques. Pour lui, rien ne comptait davantage que l'assentiment paternel. Ce fut donc avec soulagement qu'il reçut la bénédiction de son père. Aussitôt, il se plongea dans la vie scientifique de l'université.

Pour un jeune homme si doué, Göttingen ne tarda pas à sembler trop petite. En l'espace d'un an, il avait épuisé les ressources que lui offrait l'institution. Gauss était désormais un vieillard qui avait nettement pris ses distances vis-à-vis de la vie intellectuelle de l'université. Depuis 1828, on ne l'avait vu qu'une seule fois dormir ailleurs qu'à l'observatoire, où il résidait. Il ne donnait plus de cours que sur l'astronomie, et plus particulièrement sur la méthode qui l'avait rendu célèbre quand, des années plus tôt, il avait redécouvert Cérès, l'astéroïde « perdu ». En quête de stimulation, Riemann dut donc chercher ailleurs pour passer à l'étape suivante de son développement. Il savait que c'était à Berlin que l'activité intellectuelle battait son plein.

L'université de Berlin avait subi de plein fouet l'influence du succès des instituts de recherche français fondés par Napoléon, tels que l'École polytechnique. Pour les mathématiques, l'un de leurs principaux ambassadeurs était un brillant mathématicien du nom de Peter Gustav Lejeune-Dirichlet. Il était né en Allemagne en 1805, mais sa famille était d'origine française. En quête de ses racines, il s'était rendu à Paris en 1822, où il avait passé cinq ans à baigner dans le flamboiement intellectuel des académies. Le frère de Guillaume von Humboldt, Alexandre, scientifique amateur, avait rencontré Dirichlet à l'occasion de ses voyages et en avait été si impressionné qu'il lui avait assuré un poste de retour en Allemagne. Dirichlet était quelque peu rebelle. Peut-être l'atmosphère dans les rues de Paris lui avait-elle donné le goût de défier l'autorité. Toujours est-il qu'à Berlin, il prit un malin plaisir à faire fi des traditions poussiéreuses qu'imposaient les autorités un rien sclérosées des universités. Plus d'une fois, il refusa de se soumettre alors que l'on exigeait en haut lieu qu'il fasse la démonstration de ses compétences en latin.

Göttingen et Berlin offraient à des scientifiques émergeants comme Riemann des environnements académiques contrastés. Göttingen jouissait pleinement de son indépendance et de son isolement. Il était rare que quelqu'un d'extérieur à la ville vienne présenter un séminaire. L'université était autosuffisante. Sa remarquable production scientifique venait toute entière du vivier qu'elle alimentait en son sein. Berlin, en revanche, prospérait en se nourrissant des idées venues d'au-delà des frontières allemandes. Les concepts arrivés de France s'y mélangeaient avec l'approche allemande d'une philosophie naturelle tournée vers l'avenir pour composer un cocktail enivrant.

Ces environnements différents satisfaisaient des mathématiciens différents. Certains n'auraient jamais pu réussir sans contact avec de nouvelles idées issues de sources extérieures. D'autres progressèrent parce que leur isolement les obligeait à puiser dans leur énergie personnelle, à développer de nouveaux langages et de nouveaux modes de pensée. Riemann, lui, avait besoin du contact avec la richesse des idées dans l'air du temps pour percer, et il sentait que Berlin était l'endroit idéal pour lui.

Il s'y installa en 1847 et y resta deux ans. Là, il put mettre la main sur des documents de Gauss qu'il n'avait pas été en mesure d'arracher à son maître réticent à Göttingen. Il assista à des conférences de Dirichlet. Tous les témoignages l'affirment, Dirichlet – qui jouerait plus tard un rôle dans les formidables découvertes de Riemann sur les nombres premiers – était un conférencier passionnant. Un mathématicien qui suivit ses conférences le décrivit ainsi :

« *On ne saurait surpasser Dirichlet pour la richesse de son sujet et la clarté de sa vision… assis à son bureau, en haut de l'estrade face à nous, il remonte ses lunettes sur son front, appuie son menton sur ses deux mains et… dans ses mains, il voit un calcul imaginaire qu'il nous lit, pour que nous le comprenions aussi bien que si nous le voyions. J'aime les conférences de ce genre.* »

Riemann lia connaissance avec plusieurs jeunes chercheurs des séminaires de Dirichlet eux aussi animés de la flamme des mathématiques.

À Berlin, des forces d'un autre ordre bouillonnaient tout autant. La révolution de 1848, qui avait balayé la monarchie française, s'étendit des rues de Paris à presque toute l'Europe. Elle se fraya un chemin jusqu'aux rues de Berlin alors que Riemann y étudiait. Si l'on en croit ses contemporains, elle eut un impact profond sur lui. Pour l'une des rares fois de sa vie, il se joignit à son entourage autrement que sur le plan intellectuel. Il s'engagea dans le corps des étudiants qui défendit le roi dans son palais berlinois. On rapporte qu'il monta la garde seize heures d'affilée sur les barricades.

En revanche, la réaction de Riemann à la révolution mathématique venue des académies parisiennes ne fut pas celle d'un réactionnaire. Berlin n'importait pas que de la propagande politique de l'autre côté du Rhin, mais aussi beaucoup de publications et de journaux prestigieux. Riemann reçut les derniers volumes des très influents *Comptes rendus.* Il s'enferma dans sa chambre et se plongea dans la lecture des articles du mathématicien révolutionnaire Augustin-Louis Cauchy.

Cauchy était un enfant de la Révolution, né quelques semaines après la prise de la Bastille en 1789. Souffrant de malnutrition en ces années de disette, le jeune et malingre Cauchy préféra exercer son esprit plutôt que son corps. Et comme pour tant d'autres, le monde mathématique lui offrit asile. Un ami de son père, le mathématicien Lagrange, remarqua le talent précoce du garçon et déclara à un contemporain : « Vous voyez ce petit jeune homme ? Eh bien, il nous supplantera tous en tant que mathématicien. » Mais il donna un avis utile au père de Cauchy. « Veillez à ce qu'il ne touche pas de livre de mathématiques avant l'âge de dix-sept ans. » Au lieu de cela, il suggéra de stimuler les talents littéraires de l'enfant si bien que, le jour où il reviendrait aux mathématiques, il serait capable de parler de sa propre voix mathématique, non en imitant ce qu'il aurait prélevé dans les ouvrages de l'époque.

Cet avis s'avéra des plus éclairés. Cauchy devint en effet une nouvelle voix qu'il fut impossible de réduire au silence une fois abaissés les ponts-levis qui l'avaient protégé du monde extérieur. Sa production fut immense, à tel point que les *Comptes rendus* durent imposer une limite au nombre de pages des articles publiés, limite qui est encore strictement respectée aujourd'hui. Pour certains de ses contemporains, le nouveau langage mathématique de Cauchy allait trop loin. Le mathématicien norvégien Niels Henrik Abel notait en 1826 : « Cauchy est fou… ce qu'il fait est excellent mais d'une grande confusion. Au début je n'en comprenais pour ainsi dire rien. Aujourd'hui je l'entrevois avec davantage de clarté. » Abel poursuivit en soulignant que de tous les mathématiciens parisiens, Cauchy était le seul à faire des « mathématiques pures », les autres « s'occupant exclusivement du magnétisme et d'autres sujets physiques… Il est le seul qui sache comment les mathématiques devraient être faites. »

Poussant les étudiants à se détourner des applications pratiques des mathématiques, Cauchy finirait par se heurter aux autorités. Le directeur de l'École polytechnique où il donnait des cours généraux lui écrivit afin de critiquer son obsession pour les mathématiques abstraites : « Nombre de gens sont d'avis que l'instruction dans les mathématiques pures va trop loin à l'École et qu'une aussi indésirable extravagance porte préjudice aux autres domaines. » Il n'est donc pas surprenant que les travaux de Cauchy aient été appréciés du jeune Riemann.

Ces idées lui parurent si passionnantes qu'il en devint presque un reclus. Perdu dans la production de Cauchy, il disparut littéralement de la circulation. Pour refaire surface plusieurs semaines plus tard en déclarant : « Ce sont de nouvelles mathématiques ». Et ce qui avait captivé Cauchy et enflammé l'imagination de Riemann, c'était la force naissante des nombres imaginaires.

Les nombres imaginaires, un nouveau paysage mathématique

La racine carrée de –1, élément fondamental des nombres imaginaires, semble naturellement contradictoire. Certains estiment que le fait d'admettre la possibilité d'un tel nombre est ce qui distingue les mathématiciens des autres. Il faut franchir une étape créative pour pouvoir accéder à ce pan du monde mathématique. À première vue, cela ne semble avoir aucun rapport avec le monde physique. Ce dernier est apparemment bâti sur des nombres dont le carré est toujours positif. Mais les nombres imaginaires sont bien plus qu'un jeu abstrait. Ils détiennent la clé du monde des particules subatomiques, découvertes au XXe siècle. À plus grande échelle, jamais les aéroplanes ne se seraient élancés dans les cieux si des ingénieurs n'avaient pas entrepris d'explorer le monde des nombres imaginaires. Ce nouvel univers apporte une souplesse que ne peuvent connaître ceux qui s'en tiennent aux nombres ordinaires.

L'histoire de la découverte de ces nombres commence par le besoin de résoudre de simples équations. Comme le savaient les Anciens, Babyloniens et Égyptiens, si l'on veut partager sept poissons entre trois personnes, par exemple, il faudrait intégrer à l'équation des fractions, $\frac{1}{2}$, $\frac{1}{3}$, $\frac{2}{3}$, $\frac{1}{4}$, et ainsi de suite. Au VIe siècle av. J.-C., les Grecs, explorant la géométrie des triangles, s'étaient aperçus que ces fractions étaient parfois incapables d'exprimer les longueurs des côtés d'un triangle. Le théorème de Pythagore les contraignait à inventer de nouveaux nombres qui ne pouvaient être écrits comme de simples fractions. Par exemple, si Pythagore prenait un triangle isocèle dont les deux côtés les plus courts mesurent une unité de long. Son célèbre théorème lui disait alors que le côté le plus long avait une longueur *x*, où *x* est la solution de l'équation $x^2 = 1^2 + 1^2 = 2$. En d'autres termes, la longueur de ce troisième côté est la racine carrée de 2.

Les fractions sont des nombres dont le développement décimal présente un schéma répétitif. Ainsi, $\frac{1}{7} = 0{,}142\,857\,142\,857\ldots$ ou $\frac{1}{4} = 0{,}250\,000\,000\ldots$ Or les Grecs étaient à même de démontrer que la racine carrée de 2 n'était pas égale à une fraction. Aussi loin que l'on calcule le développement décimal de la racine carrée de 2, jamais il n'affichera un tel schéma répétitif. La racine carrée de 2 commence par 1,414 235 62… Quand il était à Göttingen, Riemann avait coutume de calculer de plus en plus de ces décimales pour tuer le temps. Son record était de trente-huit, ce qui n'était pas un mince exploit, sans ordinateur, mais c'était peut-être aussi le reflet des mornes nuits de Göttingen. La timidité naturelle de Riemann le poussait sans doute à meubler de la sorte ses soirées. Quoi qu'il en soit, aussi loin qu'il calculât, il savait qu'il ne pourrait jamais écrire le nombre dans son intégralité ni découvrir de schéma répétitif.

Pour illustrer l'impossibilité d'exprimer ces nombres autrement que comme solutions d'équations telles que $x^2 = 2$, les mathématiciens les ont appelés « nombres irrationnels ». Ce nom trahit le malaise qu'ils ressentaient face à leur incapacité à écrire avec précision ce qu'étaient ces nombres. Malgré tout, ces nombres avaient une certaine réalité, puisqu'ils pouvaient être *vus* comme des points sur une règle, ou ce que les mathématiciens définissent comme une ligne de nombres. Ainsi, la racine carrée de 2 est un point situé quelque part entre 1,4 et 1,5. S'il était possible d'obtenir un triangle isocèle pythagoricien parfait quand les deux côtés courts font une unité de long, alors l'emplacement du nombre irrationnel pourrait être déterminé en plaçant le côté long contre une règle et en notant sa longueur.

Les nombres négatifs ont eux aussi été découverts lors de tentatives visant à résoudre des équations simples comme $x + 3 = 1$. C'est au VIIe siècle ap. J.-C. que les mathématiciens indiens ont proposé ces nouveaux nombres. Ils ont été créés en réponse au développement du monde de la finance, puisqu'ils permettaient de décrire l'endettement. Mais les mathématiciens européens, eux, mirent encore un millénaire avant d'admettre l'existence de ces « nombres fictifs », comme on les appelait. Les nombres négatifs prirent alors leur place dans la ligne des nombres qui s'étendent à la gauche du zéro.

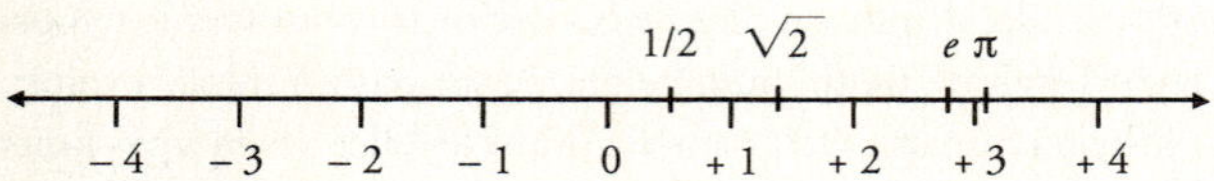

Les nombres réels : chaque fraction, chaque nombre négatif ou irrationnel est représenté par un point sur la ligne des nombres.

Les nombres irrationnels et les nombres négatifs nous donnent la possibilité de résoudre bien des équations. Celle de Fermat $x^3 + y^3 = z^3$ offre des solutions intéressantes si l'on ne s'entête pas, comme l'avait fait Fermat, à considérer que x, y et z devraient être des nombres entiers. Par exemple, on peut choisir $x = 1$ et $y = 1$, dire que z est égal à la racine cubique de 2, et l'équation est résolue. Mais d'autres équations résistaient encore, quels que soient les nombres prélevés dans la ligne des nombres.

Aucun nombre ne semblait permettre de résoudre l'équation $x^2=-1$. Que l'on élève au carré un nombre positif ou un nombre négatif, le résultat sera toujours positif. Par conséquent, le nombre qui permettra de démêler cette équation ne pourra pas être un nombre ordinaire. Les Grecs avaient pu imaginer un nombre comme la racine carrée de 2 sans pouvoir l'exprimer sous forme de fraction. Les mathématiciens commencèrent donc à comprendre qu'il leur faudrait faire preuve de la même inventivité et créer un nouveau nombre pour résoudre l'équation $x^2=-1$. Ce sont ces étapes de pure créativité qui constituent l'un des grands défis conceptuels des mathématiques. Ce nouveau nombre, la racine carrée de –1, fut défini comme « nombre imaginaire » et se vit attribuer le symbole i. Par contraste, on commença à définir les nombres que l'on pouvait trouver sur la ligne des nombres comme « nombres réels ».

Résoudre cette équation en créant une réponse apparemment à partir de rien, n'était-ce pas tricher ? Pourquoi ne pas accepter que cette équation n'a pas de solution ? C'est une façon d'avancer, en effet, mais les mathématiciens sont de grands optimistes. Une fois admise l'idée qu'il existe un nouveau nombre vraiment capable de résoudre cette équation, les avantages de cette étape créative font très vite oublier le malaise initial. Une fois nommé, son existence semble incontournable. On n'a alors plus le sentiment d'avoir affaire à un nombre créé artificiellement, mais à un nombre qui a toujours été là, échappant à l'observation tant que la bonne question n'avait pas été posée. Les mathématiciens du XVIIIe siècle répugnaient à accepter que de tels nombres puissent exister. Leurs successeurs du XIXe siècle furent assez courageux pour croire en de nouveaux modes de pensée qui ébranlèrent les fondations de ce qui constituait le canon mathématique.

Pour tout dire, la racine carrée de –1 est un concept aussi abstrait que la racine carrée de 2. L'une et l'autre sont définies comme la solution à une équation. Les mathématiciens seraient-ils contraints d'inventer de nouveaux nombres à chaque nouvelle équation ? Que se passerait-il si nous voulions résoudre une équation comme $x^4 = 1$? Devrons-nous utiliser de plus en plus de lettres dans nos efforts pour donner un nom à toutes ces nouvelles solutions ? Ce n'est pas sans un certain soulagement que Gauss parvint enfin à démontrer, dans sa thèse de doctorat en 1799, qu'il n'était pas nécessaire d'avoir recours à de nouveaux nombres. À l'aide de ce nombre i, les mathématiciens seraient finalement en mesure de résoudre n'importe laquelle des équations qu'ils croiseraient sur leur chemin. Toutes les équations avaient une solution comprenant une combinaison de nombres réels ordinaires (les fractions et les nombres irrationnels) et ce nouveau nombre i.

La clé de la preuve de Gauss réside dans l'agrandissement de l'image que nous avions déjà des nombres ordinaires se succédant sur une ligne des nombres, une ligne orientée d'est en ouest, où chaque point représente un nombre. C'étaient là les nombres réels que connaissaient les mathématiciens depuis la Grèce antique. Or, il n'y avait aucune place sur cette ligne pour ce nouveau nombre imaginaire : racine carrée de –1. Gauss se demanda donc ce qui se passerait si l'on créait une nouvelle direction. Qu'adviendrait-il si l'on utilisait une unité située au nord de la ligne pour représenter i ? Tous les nouveaux nombres nécessaires à la résolution des équations étaient des combinaisons de i et de nombres ordinaires, comme 1 + 2i. Gauss comprit que sur cette carte bidimensionnelle, il y avait un point pour chaque nombre envisageable. Les nombres imaginaires n'étaient plus que des coordonnées sur une carte. Le nombre $1+2i$ était symbolisé par le point que l'on pouvait atteindre en se déplaçant d'une unité vers l'est et de deux unités vers le nord.

Gauss interprétait ces nombres comme des directions sur sa carte du monde imaginaire. Quand on additionnait deux nombres imaginaires $A+B$i et $C+D$i, on ne faisait que suivre deux directions, l'une après l'autre. Par exemple, en additionnant $6+3i$ et $1+2i$, on se retrouve au point $7+5i$.

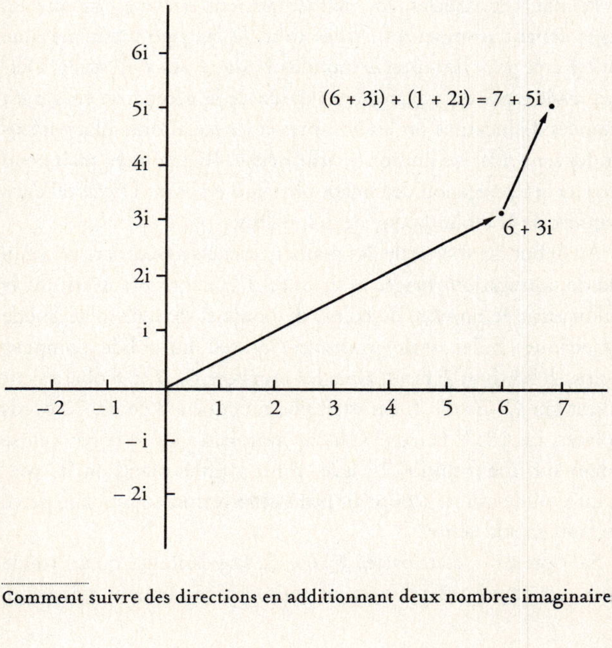

Comment suivre des directions en additionnant deux nombres imaginaires.

L'image était certes extrêmement puissante, mais Gauss ne dévoila pas sa carte du monde imaginaire au grand public. Une fois sa démonstration édifiée, il en retira l'échafaudage graphique, si bien qu'aucune trace de sa vision ne subsista. Il savait qu'à l'époque, les images éveillaient les soupçons dans le domaine des mathématiques. Du fait de la domination de la tradition française durant sa jeunesse, on ne pouvait passer que par le langage des formules et des équations pour accéder au monde mathématique, un langage indissociable de l'approche utilitaire du sujet. Mais cette aversion pour les images avait aussi d'autres origines.

Pendant des siècles, les mathématiciens avaient cru que les images étaient trompeuses. Après tout, le langage mathématique avait été créé pour dompter le monde physique. Au XVIIe siècle, Descartes avait tenté de transformer l'étude de la géométrie en autant d'énoncés désincarnés sur les nombres et les équations. « La perception des sens n'est qu'illusion », affirmait-il. Riemann en était venu à détester cette négation de l'image physique en lisant Descartes dans le confort de la bibliothèque de Schmalfuss.

Au début du XIXe siècle, les mathématiciens avaient été victimes de la démonstration imagée et erronée d'une formule décrivant la relation entre le nombre de coins, de bords et de faces d'un solide géométrique. Euler avait conjecturé que si un solide comptait C coins, B bords et F faces, alors les nombres C, B et F obéissaient à la relation $C-B+F=2$. Par exemple, un cube a 8 coins, 12 bords et 6 faces. En 1811, le jeune Cauchy avait bâti une « preuve » en se fondant sur une intuition imagée. Il fut soufflé quand on lui présenta un solide qui ne répondait pas à cette formule : un cube percé d'un trou en son centre.

Sa « preuve » était passée à côté de la possibilité qu'un solide puisse comporter un tel trou. Il était par conséquent nécessaire d'introduire un ingrédient supplémentaire dans la formule pour tenir compte du nombre de trous dans le solide. Ayant été piégé par la puissance de l'image et sa capacité à masquer des perspectives qui n'étaient pas apparentes à première vue, Cauchy préféra s'abriter derrière la sécurité que semblaient garantir les formules. L'une des révolutions qu'il déclencha fut de créer un nouveau langage mathématique qui permettait aux mathématiciens de discuter du concept de symétrie de façon rigoureuse sans avoir recours aux images.

Gauss savait que sa carte secrète des nombres imaginaires serait considérée comme une hérésie par les mathématiciens de la fin du XVIIIe siècle, il l'effaça donc de sa démonstration. Les nombres étaient faits pour être additionnés et multipliés, ils n'étaient pas faits pour être dessinés. Toutefois, une quarantaine d'années plus tard, Gauss finit par avouer l'existence de l'échafaudage qu'il avait utilisé pour son doctorat.

À travers le miroir

Même sans la carte de Gauss, Cauchy et d'autres mathématiciens avaient entrepris d'explorer ce qui se passe quand on étend l'idée des fonctions à ce nouveau monde des nombres imaginaires au lieu de s'en tenir aux nombres réels. À leur étonnement, ces nombres imaginaires semblaient ouvrir de nouvelles routes reliant des régions du monde mathématique jusqu'alors sans aucun lien.

Une fonction peut être comparée à un logiciel : on y entre un nombre, le calcul s'effectue et le résultat est un autre nombre. La fonction peut être définie par une équation simple comme $x^2 + 1$. Quand vous entrez un nombre, disons 2, la fonction calcule $2^2 + 1$

et produit 5. D'autres fonctions sont plus complexes. Gauss s'intéressait à la fonction qui compte le nombre de nombres premiers. Vous entrez un nombre *x*, et la fonction vous dit combien on trouve de nombres premiers jusqu'à *x*. Gauss avait exprimé cette fonction sous la forme de $\pi(x)$. La courbe représentative de cette fonction ressemble à un escalier ascendant. Chaque fois que la fonction rencontre un nombre premier, le résultat monte une marche supplémentaire. Quand *x* passe de 4,9 à 5,1, le nombre de nombres premiers passe de deux à trois pour enregistrer le nouveau nombre premier, 5.

Les mathématiciens eurent tôt fait de comprendre que certaines de ces fonctions, comme celle bâtie à partir de l'équation $x^2 + 1$, pouvaient accepter des nombres imaginaires aussi bien que des nombres réels. Par exemple, remplacez *x* par 2i dans cette fonction, et le résultat sera : $(2i)^2 + 1 = -4 + 1 = -3$. C'est à l'époque d'Euler que l'on avait commencé à introduire des nombres imaginaires dans les fonctions. Dès 1748, Euler, en effectuant un voyage dans son monde miroir, était tombé sur d'étranges connexions entre des zones des mathématiques qui n'étaient pas liées entre elles. Il savait que quand on entrait les nombres ordinaires *x* dans la fonction exponentielle 2^x, on obtenait une courbe qui grimpe rapidement. Mais quand il entra des nombres imaginaires dans cette fonction, il aboutit à un résultat quelque peu inattendu. Au lieu de la courbe exponentielle, il commença à distinguer des vagues ondulantes comme celles que nous avons coutume d'associer par exemple aux ondes sonores. La fonction qui produit ces vagues s'appelle « la fonction sinus ». L'image de la fonction sinus est une courbe familière, répétitive, où la même forme revient tous les 360 degrés. La fonction sinus intervient aujourd'hui dans un grand nombre de calculs quotidiens. On peut l'utiliser par exemple pour calculer la hauteur d'un bâtiment à partir du niveau du sol en mesurant les angles. C'est la génération d'Euler qui a découvert que les ondes de la fonction sinus étaient également la clé permettant de reproduire les sons musicaux. Une note pure, comme le *la* produit par un diapason pour accorder un piano, peut être représentée par une onde de ce type.

Euler entra des nombres imaginaires dans la fonction 2^x. Il fut surpris d'en voir sortir des ondes qui correspondaient à une note particulière. Il démontra que le caractère de chaque note dépendait des coordonnées du nombre imaginaire correspondant. Plus on va vers le nord, plus le son est aigu. Plus on va vers l'est, plus le volume est fort. La découverte d'Euler était le premier indice suggérant que ces nombres imaginaires étaient susceptibles d'ouvrir de nouvelles voies étonnantes dans le paysage mathématique. Lui emboîtant le pas, les mathématiciens commencèrent à s'aventurer dans cette terre vierge des nombres imaginaires. Bientôt, la quête de nouvelles connexions devint contagieuse.

En 1849, Riemann rentra à Göttingen pour terminer sa thèse de doctorat, qu'il devait soumettre à Gauss. Cette même année, Gauss écrivait à son ami Encke et lui parlait de la découverte qu'il avait faite, enfant, au sujet du lien entre nombres premiers et logarithmes. Gauss dut probablement débattre de sa découverte avec les membres de la faculté de Göttingen, mais les nombres premiers ne préoccupaient pas encore l'esprit de Riemann. Émerveillé par les nouvelles mathématiques venues de Paris, il brûlait d'explorer le monde étrange et inconnu des nombres imaginaires appliqués aux fonctions.

Cauchy s'était attaqué à la tâche de faire des pas hésitants d'Euler dans ce nouveau territoire un sujet rigoureux. Si les Français étaient passés maîtres dans l'art des équations et de la manipulation des formules, Riemann, lui, était prêt à profiter du retour de l'enseignement allemand à une vision plus conceptuelle du monde. En novembre 1851, ses idées s'étant concrétisées, il soumit sa thèse à la faculté de Göttingen. Des idées qui, visiblement, surent faire vibrer la corde sensible de Gauss. Il célébra le doctorat de Riemann comme la manifestation « d'un esprit actif, créatif, véritablement mathématique, et d'une originalité glorieusement fertile ».

Riemann écrivit à son père, impatient de lui faire part de ses progrès : « Je pense avoir amélioré mes chances grâce à ma thèse. Avec le temps, j'espère également apprendre à rédiger plus rapidement et plus librement, surtout si je me mêle à la société. » Mais au début, la vie universitaire de Göttingen était loin de valoir l'atmosphère palpitante qui régnait à Berlin. C'était une université un rien guindée, coupée du monde, et Riemann n'avait pas assez confiance en lui pour oser aborder la hiérarchie intellectuelle de l'institution. À Göttingen, les étudiants avec lesquels il pouvait se lier étaient moins nombreux. Méfiant, il n'était jamais vraiment à son aise dans un environnement social. « Il a accompli certaines choses des plus étranges ici parce qu'il pense que personne ne peut le supporter », disait de lui son contemporain Richard Dedekind. Riemann était hypochondriaque, sujet à des phases de dépression. Il masquait sa physionomie derrière une barbe noire de plus en plus épaisse. Particulièrement inquiet sur le plan financier, il survivait dans l'incertitude grâce à une demi-douzaine de bourses. En 1854, se surmenant pour échapper au spectre de la misère, il fit une dépression nerveuse. Mais chaque fois que Dirichlet, la star de la tradition mathématique berlinoise, venait à Göttingen, il se sentait mieux.

Riemann parvint toutefois à établir des liens avec un professeur de Göttingen, l'éminent physicien Wilhelm Weber. Weber avait collaboré à de nombreux projets avec Gauss, au point de devenir les Sherlock Holmes et docteur Watson des sciences. Gauss fournissait la charpente théorique que Weber mettait ensuite en pratique. Ils étaient entre autres réputés pour avoir compris le potentiel de l'électromagnétisme dans les communications à distance. Ils avaient réussi à raccorder une ligne télégraphique entre l'observatoire de Gauss et le laboratoire de Weber, ce qui leur permettait d'échanger des messages.

Pour Gauss, cette invention n'était qu'une curiosité, mais Weber, lui, voyait bien tout ce que leur découverte pourrait déclencher. « Quand le globe sera couvert d'un réseau de chemins de fer et de fils télégraphiques, écrivait-il, ce réseau rendra des services comparables au système nerveux du corps humain, en partie comme moyen de transport, en partie comme moyen de propagation des idées et des sensations à la vitesse de l'éclair. » L'expansion rapide du télégraphe, ainsi que, plus tard, la mise en œuvre de la calculatrice de Gauss dans le domaine de la sécurité informatique, font de Gauss et de Weber les ancêtres du commerce électronique et d'Internet. Leur collaboration est immortalisée par une statue des deux hommes dans Göttingen.

D'après un visiteur venu le voir à Göttingen, Weber n'était pas loin d'incarner le cliché du savant fou : « Un drôle de petit bonhomme qui s'exprime d'une voix aigrelette, hésitante et désagréable. Il ne cesse à la fois de parler et de balbutier, on ne peut que l'écouter. Parfois, il rit pour quelque raison qui n'est pas de ce monde, on se sent gêné de ne pouvoir se joindre à lui. » Weber était un peu plus rebelle que Gauss. Il avait été l'un des « sept de Göttingen », renvoyés temporairement de la faculté pour avoir protesté contre le règne arbitraire du roi de Hanovre en 1837. Après avoir terminé sa thèse, Riemann travailla un temps comme assistant de Weber. Durant cet apprentissage, il commença à éprouver un penchant pour la fille de Weber, mais ce sentiment n'était pas réciproque.

En 1854, Riemann écrivit à son père : « Gauss est gravement malade et les médecins craignent que sa mort ne soit imminente. » Riemann redoutait que Gauss ne décède avant d'avoir pu prendre en compte sa titularisation, qui lui était nécessaire pour devenir enseignant dans une université allemande. Heureusement, Gauss vécut assez longtemps pour entendre ce que Riemann avait à dire sur la géométrie et ses relations avec la physique, idées qui avaient germé lors de ses travaux avec Weber. Riemann était convaincu que les questions fondamentales de la physique pouvaient toutes être résolues grâce aux seules mathématiques. Les développements de la physique dans les années qui suivirent finiront par confirmer sa foi dans les mathématiques. La théorie de la géométrie de Riemann est considérée par beaucoup comme l'une de ses plus grandes contributions à la science. Elle sera l'une des fondations sur lesquelles s'appuiera Einstein pour lancer sa révolution scientifique au début du XXe siècle.

Un an plus tard, Gauss s'éteignait. Mais si l'homme avait disparu, ses idées allaient occuper les mathématiciens pendant encore des générations. Il laissait en effet derrière lui le lien qu'il avait conjecturé entre les nombres premiers et la fonction logarithmique. À la génération suivante de s'en charger. Les astronomes l'immortalisèrent, gravant son nom dans les cieux en baptisant un astéroïde Gaussia. Et dans la collection anatomique de l'université de Göttingen, on peut même voir son cerveau, conservé pour l'éternité, et dont les circonvolutions auraient été plus riches qu'aucun encéphale disséqué jusqu'alors.

Dirichlet, dont Riemann avait suivi les conférences à Berlin, fut nommé au poste vacant de Gauss. Il allait faire profiter Göttingen d'un peu de l'enthousiasme intellectuel que Riemann avait apprécié durant son séjour dans la capitale prussienne. Un mathématicien anglais de l'époque nous a transmis une description de Dirichlet, à qui il avait rendu visite à Göttingen : « Plutôt grand, l'homme paraît dégingandé, la moustache et la barbe bientôt grisonnantes… Sa voix est rude, il est assez dur d'oreille. Il était tôt, aussi n'était-il pas lavé, ni rasé, et toujours en *schlafrock* [chemise de nuit], chaussons, une tasse de café et un cigare à la main. » En dépit de cet aspect bohème, il brûlait d'un désir de rigueur, d'une volonté d'établir des preuves sans égal en son temps. Son contemporain berlinois Carl Jacobi écrivit au premier mécène de Dirichlet, Alexandre von Humboldt, que « seul Dirichlet, et non moi ou Cauchy ou Gauss, sait ce qu'est une démonstration parfaitement rigoureuse, et il est le seul à nous l'enseigner. Quand Gauss dit qu'il a démontré quelque chose, je le considère comme fort probable ; quand Cauchy l'affirme, il y a cinquante pour cent de chances. Mais quand Dirichlet le dit, c'est une certitude. »

Avec l'arrivée de Dirichlet, le tissu social de Göttingen commença à trembler sur ses bases. L'épouse de Dirichlet, Rebecka, était la sœur du compositeur Felix Mendelssohn. L'ambiance morne de la vie sociale de Göttingen la rebutait, et elle organisa de nombreuses fêtes afin de recréer l'atmosphère des salons berlinois qu'elle avait dû quitter.

Grâce à l'approche moins formelle de Dirichlet vis-à-vis de la hiérarchie, Riemann était désormais à même de débattre ouvertement des mathématiques avec le nouveau venu. Depuis son retour de Berlin, il s'était retrouvé plutôt seul. Du fait de l'austérité de Gauss sur la fin de ses jours et de la timidité personnelle de Riemann, ce dernier n'avait pu discuter que de peu de choses avec le maître. Tandis que le comportement détendu de Dirichlet était idéal pour Riemann qui, dans un environnement plus favorable aux échanges, commença à s'ouvrir. À propos de son nouveau mentor, Riemann déclarait à son père dans une lettre : « Le lendemain matin, Dirichlet est resté avec moi pendant deux heures. Il a relu ma thèse et s'est montré fort aimable, ce à quoi je ne m'attendais guère, compte tenu de son rang. »

Pour sa part, Dirichlet appréciait la modestie de Riemann et était conscient de l'originalité de ses travaux. De temps à autre, il réussissait même à arracher Riemann à la bibliothèque pour l'entraîner dans des promenades autour de Göttingen. Sur un ton presque contrit, Riemann écrivit à son père pour lui expliquer que ces évasions des mathématiques lui faisaient davantage de bien sur le plan scientifique que s'il était resté chez lui le nez dans ses livres. C'est au cours d'une de ces discussions, alors qu'ils parcouraient les forêts de Basse-Saxe, que Dirichlet inspira à Riemann la prochaine étape de ses recherches. Une étape qui allait donner un point de vue entièrement différent sur les nombres premiers.

La fonction zêta, dialogue entre la musique et les mathématiques

Quand il vivait à Paris dans les années 1820, Dirichlet avait été fasciné par le grand traité de jeunesse de Gauss, *Disquisitiones Arithmeticae.* Bien que l'ouvrage de Gauss ait signalé le début de la théorie des nombres en tant que discipline indépendante, il s'agissait d'un texte difficile, et rares étaient ceux qui parvenaient à pénétrer le style concis qu'affectionnait Gauss. Dirichlet, lui, avait cependant été ravi de décortiquer l'œuvre paragraphe par paragraphe. La nuit, il glissait le livre sous son oreiller dans l'espoir qu'au matin, la lecture en aurait soudain un sens. On dépeint le traité de Gauss comme un « livre des sept sceaux », mais grâce aux efforts et aux rêves de Dirichlet, ces sceaux furent brisés et les trésors qu'ils recelaient eurent la large diffusion qu'ils méritaient.

Dirichlet s'intéressait plus particulièrement à l'horloge de Gauss. Il était surtout intrigué par une conjecture qui remontait à une logique déjà identifiée par Fermat. Si l'on prend une calculatrice horloge à *N* heures et que l'on y entre les nombres premiers, alors, supposait Fermat, l'horloge indiquerait 1 h avec une fréquence infinie. Si l'on prend un cadran à quatre heures, il y a un nombre infini de nombres premiers qui, selon Fermat, laisseraient un reste de 1 dans la division par 4. La liste commence avec 5, 13, 17, 29,…

En 1838, à trente-trois ans, Dirichlet avait laissé sa marque dans la théorie des nombres en démontrant que l'hypothèse de Fermat était effectivement correcte. Il y parvint en rassemblant et en fusionnant des idées venues de divers domaines des mathématiques qui, à première vue, n'avaient aucun rapport entre eux. Au lieu d'un argument élémentaire comme l'habile démonstration d'Euclide qui avait affirmé qu'il y a un nombre infini de nombres premiers, Dirichlet avait eu recours à une fonction sophistiquée apparue pour la première fois dans le circuit mathématique du temps d'Euler. Baptisée la « fonction zêta », elle était indiquée par la lettre grecque ζ. L'équation suivante offrit à Dirichlet la règle permettant de calculer la valeur de la fonction zêta quand on y intègre un nombre *x* :

$$\zeta(x) = \frac{1}{1^x} + \frac{1}{2^x} + \frac{1}{3^x} + \ldots + \frac{1}{n^x} + \ldots$$

Pour calculer le résultat avec *x*, Dirichlet avait besoin de franchir trois étapes mathématiques. Tout d'abord, il lui fallait calculer les nombres exponentiels 1^x, 2^x, 3^x, …, n^x, … Puis il fallait prendre les inverses des nombres obtenus à cette première étape. (L'inverse de 2^x est $\frac{1}{2^x}$.) Enfin, il fallait additionner toutes les réponses de la deuxième étape.

Recette pour le moins complexe. Le fait que chaque nombre 1, 2, 3, … apporte sa contribution à la définition de la fonction zêta est un signe de son utilité pour le théoricien des nombres. L'inconvénient est qu'il faut manipuler une somme infinie de nombres. Peu de mathématiciens auraient pu prédire que cette fonction deviendrait un outil si puissant et le meilleur moyen d'étudier les nombres premiers. Car c'est presque par accident qu'elle fut découverte.

Les origines de l'intérêt des mathématiciens pour cette somme infinie remontent à la musique et à une trouvaille des Grecs. Pythagore fut le premier à s'apercevoir qu'il existait une connexion fondamentale entre les mathématiques et la musique. Il remplit une urne d'eau, puis tapa dessus avec un marteau pour produire une note. Quand il retirait la moitié du liquide et qu'il utilisait de nouveau son marteau, la note était plus haute d'une octave. Chaque fois qu'il retirait de l'eau, pour que l'urne ne soit plus remplie qu'à un tiers, puis à un quart, il obtenait des notes qui lui semblaient en harmonie avec la première note qu'il avait jouée. Et toutes les autres notes créées en éliminant d'autres quantités d'eau paraissaient dissonantes par rapport à la note originale. Ces fractions étaient donc indissociables d'une beauté que l'on pouvait entendre. L'harmonie que Pythagore avait décelée dans les nombres 1, $\frac{1}{2}$, $\frac{1}{3}$, $\frac{1}{4}$,… l'amena à considérer que l'ensemble de l'univers était contrôlé par la musique, d'où l'expression dont il est l'auteur : « la musique des sphères ».

Depuis la découverte par Pythagore d'un lien arithmétique entre les mathématiques et la musique, les gens ont comparé les caractéristiques esthétiques et physiques que ces deux disciplines ont en commun. Le compositeur baroque français Jean-Philippe Rameau écrivait en 1722 que « sans tenir compte de toute l'expérience que j'ai pu acquérir dans la musique de par ma si longue association avec elle, je dois avouer que mes idées ne se sont clarifiées qu'avec l'aide des mathématiques ». Euler voulait faire de la théorie musicale une « partie des mathématiques et déduire de façon ordonnée, à partir de principes corrects, tout ce qui peut rendre plaisants l'association et le mélange de tons ». Euler était convaincu que c'étaient les nombres premiers qui expliquaient la beauté de certaines combinaisons de notes.

Beaucoup de mathématiciens présentent une affinité naturelle avec la musique. Pour se détendre au bout d'une longue journée de calcul, Euler jouait du clavecin. Il est rare que les départements des mathématiques ne réussissent pas à former un orchestre. Il existe une relation numérique évidente entre les deux domaines : ils s'articulent l'un et l'autre sur le fait de compter. Comme le décrivait Leibnitz : « La musique est le plaisir que connaît l'esprit humain quand il compte sans le savoir. » Mais la résonance entre ces sujets va beaucoup plus loin.

Les mathématiques sont une discipline esthétique où il est courant de parler de la beauté des preuves et de l'élégance des solutions. Seuls ceux qui sont doués d'une sensibilité esthétique particulière sont armés pour réaliser des découvertes mathématiques. Quand les mathématiciens rêvent de vivre une illumination soudaine, c'est comme s'ils cognaient au jugé sur un piano jusqu'à ce que se manifeste une combinaison contenant une harmonie qui la distingue du bruit ambiant.

G.H. Hardy écrivait qu'il ne « s'intéressait aux mathématiques qu'en tant qu'art créatif ». Même chez les mathématiciens français des académies napoléoniennes, la passion que suscitaient les mathématiques ne tenait pas à leurs applications pratiques mais à leur beauté intérieure. Les mathématiques et l'écoute musicale sont des expériences esthétiques qui ont beaucoup en commun. Tout comme l'on peut réécouter un morceau de musique à de multiples reprises et y découvrir de nouvelles résonances jamais entendues auparavant, les mathématiciens prennent souvent plaisir à relire des démonstrations où les nuances subtiles qui en sont le ciment ne se dévoilent que progressivement. Hardy pensait que le véritable test d'une preuve mathématique solide était que « les idées doivent s'adapter harmonieusement. La beauté est le premier test : dans le monde, il n'y a pas de place durable pour la laideur mathématique. » Et d'ajouter : « Une démonstration mathématique devrait ressembler à une constellation simple et d'une netteté parfaite, pas à une Voie lactée éparpillée. »

Les mathématiques et la musique dépendent toutes deux d'un langage technique fait de symboles qui nous permettent d'exprimer les schémas que nous créons ou que nous découvrons. La musique est bien plus que des demi-croches et des soupirs dansant le long d'une portée. De même, les symboles mathématiques ne prennent vie que si l'on joue la partition avec l'esprit.

Comme l'avait compris Pythagore, il n'y a pas que dans le domaine esthétique que mathématiques et musique sont liées. La physique même de la musique plonge ses racines dans les bases des mathématiques. Quand on souffle dans le goulot d'une bouteille, on entend une note. Que l'on souffle plus fort, et avec un peu de savoir-faire, on commence à entendre des notes plus aiguës, les harmoniques supplémentaires, les suraigus. Quand un musicien joue une note sur un instrument, tous deux produisent une infinité d'harmoniques additionnels, tout comme quand on souffle dans le goulot d'une bouteille. Ces harmoniques additionnels confèrent à chaque instrument sa tonalité distincte. Les caractéristiques physiques de l'instrument font que nous entendons différentes combinaisons d'harmoniques. Outre la note fondamentale, la clarinette ne joue que les harmoniques produits par des fractions impaires : $\frac{1}{3}, \frac{1}{5}, \frac{1}{7},\ldots$ La corde d'un violon, en revanche, crée en vibrant tous les harmoniques que Pythagore produisait avec son urne, ceux qui correspondent aux fractions $\frac{1}{2}, \frac{1}{3}, \frac{1}{4}, \ldots$

Puisque le son d'une corde de violon qui vibre est la somme infinie de la note fondamentale et de tous les harmoniques possibles, les mathématiciens ont commencé à s'intéresser à l'analogie avec leur sujet. La somme infinie $1 + \frac{1}{2} + \frac{1}{3} + \frac{1}{4} + \ldots$ est entrée dans l'histoire sous le nom de « série harmonique ». Cette somme infinie est également la réponse qu'obtint Euler quand il entre le nombre $x = 1$ dans la fonction zêta. Bien que cette somme ne progressât que très lentement au fur et à mesure qu'il y ajoutait de nouveaux termes, les mathématiciens savaient depuis le XIVe siècle qu'elle devait finir par se diluer dans l'infini.

Par conséquent, quand on entre le nombre $x = 1$ dans la fonction zêta, la réponse doit être l'infini. Mais si, au lieu de prendre $x = 1$, Euler entrait dans la fonction zêta un nombre supérieur à 1, la réponse ne donnerait plus l'impression de partir vers l'infini. Ainsi, si l'on prend $x = 2$, on additionne en fait tous les carrés de la série harmonique :

$$\frac{1}{1^2} + \frac{1}{2^2} + \frac{1}{3^2} + \frac{1}{4^2} + \ldots = 1 + \frac{1}{4} + \frac{1}{9} + \frac{1}{16} + \ldots$$

C'est un nombre plus petit puisqu'il n'inclut pas toutes les fractions possibles que l'on trouve quand $x = 1$. Nous n'additionnons maintenant que quelques-unes des fractions, et Euler savait que cette fois, la plus petite somme ne partirait pas vers l'infini, se concentrant au contraire sur un nombre particulier. À l'époque d'Euler, identifier une valeur précise pour cette somme infinie quand $x=2$ était devenu un véritable défi. La meilleure estimation se situait aux alentours de $\frac{8}{5}$. En 1735, Euler écrivait : « Tant de travaux ont été consacrés aux séries qu'il semble fort peu probable que l'on puisse encore trouver quelque nouveauté à leur propos… Moi aussi, en dépit de mes efforts répétés, je n'ai rien pu obtenir d'autre que des valeurs approximatives de leurs sommes. »

Quoi qu'il en soit, Euler, enhardi par ses découvertes précédentes, commença à jouer avec cette somme infinie. La tournant et la retournant en tous sens comme les côtés d'un *Rubik's cube*, il s'aperçut soudain qu'elle avait changé. Comme les couleurs sur le cube, les nombres se rapprochaient lentement pour former un dessin complètement différent de celui de départ. Comme il le décrivit ensuite : « Maintenant, de façon des plus inattendues, j'ai trouvé une formule élégante qui dépend de la quadrature du cercle ». Dans le jargon mathématique, une formule qui dépend du nombre $\pi=3{,}1415\ldots$

S'appuyant sur un travail d'analyse un rien téméraire, Euler avait découvert que cette somme infinie se concentrait sur le carré de π divisé par 6 :

$$1+\frac{1}{4}+\frac{1}{9}+\frac{1}{16}+\ldots=\frac{1}{6}\pi^2.$$

Le développement décimal de $\frac{1}{6}\pi^2$, comme celui de π, est complètement anarchique et imprévisible. Aujourd'hui encore, l'identification par Euler de cet ordre qui rôde dans le nombre $\frac{1}{6}\pi^2$ compte parmi les calculs les plus intrigants de toutes les mathématiques. À l'époque, la communauté scientifique fut sous le choc. Personne n'avait pensé qu'il existait un lien entre la somme innocente $1 + \frac{1}{4} + \frac{1}{9} + \frac{1}{16} + \ldots$ et le chaotique nombre π.

Ce succès poussa Euler à analyser plus avant le pouvoir de la fonction zêta. Il savait que s'il entrait dans la fonction zêta n'importe quel nombre supérieur à 1, le résultat serait un nombre fini. Au bout de quelques années d'études solitaires, il parvint à identifier le résultat de la fonction zêta pour chaque nombre pair. Mais cette fonction comportait en elle quelque chose d'insatisfaisant. Chaque fois qu'il entrait dans la formule de la fonction un nombre inférieur à 1, le résultat était immanquablement infini. Par exemple, pour $x=-1$, le résultat est la somme infinie $1+2+3+4+\ldots$ La fonction n'opérait convenablement que pour les nombres supérieurs à 1.

En réussissant à exprimer $\frac{1}{6}\pi^2$ en termes de simples fractions, Euler avait déniché un premier indice prouvant que la fonction zêta pourrait peut-être dévoiler l'existence de liens surprenants entre des espaces apparemment sans aucun rapport du canon mathématique. Euler découvrit alors une deuxième connexion, tout aussi étrange, avec une suite de nombres encore plus imprévisibles.

L'histoire grecque des nombres premiers revisitée

Les nombres premiers firent une irruption brutale dans l'histoire d'Euler alors qu'il tentait d'étayer plus solidement sur le plan mathématique son analyse bancale de l'expression de $\frac{1}{6}\pi^2$. Alors qu'il était occupé à manipuler les sommes infinies, il se souvint des leçons des Grecs. Ces derniers avaient découvert que chaque nombre peut être construit en multipliant des nombres premiers entre eux. Il se dit alors qu'il y avait peut-être un autre moyen d'exprimer la fonction zêta. Il remarqua que chaque terme de la série harmonique, comme $\frac{1}{60}$, pouvait être disséqué en sachant justement que chaque nombre est bâti à partir de ces briques mathématiques que sont les nombres premiers. Il nota donc :

$$\frac{1}{60} = \frac{1}{2} \times \frac{1}{2} \times \frac{1}{3} \times \frac{1}{5} = \left(\frac{1}{2}\right)^2 \times \frac{1}{3} \times \frac{1}{5}.$$

Au lieu d'écrire la série harmonique comme une addition infinie de toutes les fractions, Euler pouvait se contenter de ne prendre que les fractions édifiées à partir de nombres premiers, comme $\frac{1}{2}$, $\frac{1}{3}$, $\frac{1}{5}$, $\frac{1}{7}$, …, et les multiplier entre elles. Cette description, connue aujourd'hui sous le nom de « produit d'Euler », jetait un pont entre les mondes de l'addition et de la multiplication. La fonction zêta apparaissait d'un côté de cette nouvelle équation, et les nombres premiers de l'autre. Dans une seule équation se trouvait contenu le fait que tous les nombres peuvent être bâtis en multipliant des nombres premiers entre eux :

$$\zeta(x) = \frac{1}{1^x} + \frac{1}{2^x} + \frac{1}{3^x} + \ldots + \frac{1}{n^x} + \ldots$$

$$\zeta(x) = \left(1 + \frac{1}{2^x} + \frac{1}{4^x} + \ldots\right) \times \left(1 + \frac{1}{3^x} + \frac{1}{9^x} + \ldots\right) \times \ldots \times \left(1 + \frac{1}{p^x} + \frac{1}{(p^2)^x} + \ldots\right) \times \ldots$$

À première vue, il ne semble pas que le produit d'Euler soit en mesure de nous aider dans notre quête pour comprendre les nombres premiers. Après tout, elle n'est qu'une façon de plus d'exprimer quelque chose que savaient déjà les Grecs il y a plus de deux mille ans. À vrai dire, Euler lui-même n'avait pas saisi pleinement toutes les implications de son travail de réécriture sur cette propriété des nombres premiers.

Il fallut un siècle de plus, et l'intelligence de Dirichlet et de Riemann, pour que soit reconnue toute la force du produit d'Euler. Ce joyau des sciences grecques, contemplé sous une perspective du XIXe siècle, permettait de voir émerger un nouvel horizon mathématique que les Grecs n'auraient jamais pu imaginer. À Berlin, Dirichlet était intrigué par l'usage qu'Euler avait fait de la fonction zêta pour exprimer une propriété importante des nombres premiers, propriété démontrée par les Grecs deux mille ans plus tôt. Quand Euler entrait le nombre 1 dans la fonction zêta, le résultat $1 + \frac{1}{2} + \frac{1}{3} + \frac{1}{4} + \ldots$ s'étendait vers l'infini. Euler comprit que ce résultat ne pouvait s'étendre de la sorte que s'il y avait une infinité de nombres premiers. La clé de cette prise de conscience était le produit d'Euler, qui reliait la fonction zêta aux nombres premiers. Les Grecs avaient certes prouvé des siècles plus tôt que le nombre de nombres premiers était infini, mais la nouvelle démonstration d'Euler prenait en compte des concepts complètement différents de ceux d'Euclide.

Il est parfois utile d'exprimer des notions familières dans un nouveau langage. La réécriture d'Euler inspira Dirichlet, qui eut recours à la fonction zêta pour vérifier la prédiction de Fermat, selon lequel une infinité de nombres premiers donneraient 1 sur une calculatrice horloge. Pour ce qui était de confirmer cette intuition de Fermat, les idées d'Euclide n'avaient été d'aucun secours. La démonstration d'Euler, en revanche, lui offrait la possibilité de ne compter que les nombres premiers qui indiqueraient 1 heure. Le résultat fut probant. Dirichlet fut le premier à appliquer spécifiquement les idées d'Euler pour découvrir quelque chose de nouveau au sujet des nombres premiers. C'était une étape majeure dans la compréhension de ces nombres uniques, mais on était encore loin du Graal.

Dirichlet étant installé à Göttingen, il ne faudrait pas longtemps avant que Riemann commence à partager son intérêt pour la fonction zêta. Dirichlet avait probablement parlé à Riemann de la puissance de ces sommes infinies. Mais l'esprit de Riemann était encore plein du monde étrange des nombres imaginaires de Cauchy. Pour lui, la fonction zêta ne représentait qu'une fonction intéressante de plus qu'il était possible d'associer à des nombres imaginaires, contrairement aux nombres ordinaires avec lesquels travaillaient ses contemporains.

Alors, sous les yeux de Riemann, un nouveau paysage mystérieux commença à prendre forme. Plus il noircissait les pages qui recouvraient son bureau, plus il sentait son enthousiasme grandir. Il était comme aspiré dans un terrier qui le ferait passer du monde abstrait des fonctions imaginaires à celui des nombres premiers. Il se sentit soudain à même de développer une méthode susceptible d'expliquer pourquoi l'estimation de Gauss quant au nombre de nombres premiers serait toujours aussi exacte que ce que Gauss avait prédit. S'aidant de la fonction zêta, il eut l'impression que la clé de la conjecture de Gauss sur les nombres premiers était à portée de sa main. Il lui serait alors possible de faire de l'intuition de son ancien maître une certitude, une preuve solide que Gauss lui-même avait tant recherchée. Enfin, les mathématiciens seraient sûrs que, plus on comptait loin, plus la différence en pourcentage entre l'intégrale logarithmique de Gauss et le nombre réel de nombres premiers allait effectivement en se réduisant. Mais les découvertes de Riemann dépassaient largement cette seule notion. Il contemplait désormais les nombres premiers sous un angle absolument nouveau. La fonction zêta, brutalement, lui jouait une musique potentiellement capable de dévoiler les secrets des nombres premiers.

Le perfectionnisme maladif dont il souffrait étant écolier faillit lui interdire de conserver ses découvertes pour la postérité. Il avait été influencé par Gauss, qui tenait à ce que ne soient publiées que des démonstrations sans faille. Malgré tout, il ne put résister au désir d'expliquer et d'interpréter un peu de cette nouvelle musique qu'il entendait. Il venait d'être admis à l'Académie de Berlin, dont les nouveaux membres étaient toujours tenus de publier des rapports sur les recherches les plus récentes. Ce qui lui imposa un délai l'obligeant à rédiger un article sur ces nouvelles idées. Ce serait en outre l'occasion de faire preuve de sa reconnaissance envers l'Académie, et de belle façon, pour l'influence et les conseils de Dirichlet et pour les deux ans qu'il y avait passés à préparer son doctorat. Après tout, c'était à Berlin qu'il avait pour la première fois entrevu la capacité des nombres imaginaires à ouvrir de nouvelles perspectives.

En novembre 1859, Riemann publia ses découvertes dans un article paru dans les carnets mensuels de l'Académie de Berlin. Ces dix pages de démonstration mathématique particulièrement dense furent les seules qu'il publiât jamais à propos des nombres premiers, mais l'article allait avoir un impact fondamental. La fonction zêta offrait à Riemann un miroir dans lequel les nombres premiers apparaissaient sous un jour différent. Comme dans *Alice au pays des merveilles,* les pages de Riemann arrachèrent les mathématiciens à leur monde de nombres familiers, les aspirant par un trou de lapin pour les faire resurgir dans un nouveau monde mathématique souvent contre-intuitif. Au fur et à mesure de leur adaptation à ce nouveau point de vue, au fil des décennies qui suivirent, ils prirent pleinement la mesure du caractère brillant autant qu'incontournable des idées de Riemann.

En dépit de ses qualités visionnaires, cet article de dix pages était profondément frustrant. Comme Gauss, Riemann avait tendance à masquer ses propres traces en avançant. On a été tenté de tirer bien des affirmations de résultats que Riemann disait pouvoir prouver mais qui, selon lui, n'étaient pas encore tout à fait prêts à être publiés. D'une certaine façon, c'était presque un miracle qu'il ait seulement réussi à écrire son article sur les nombres premiers, si l'on tient compte des failles que le document recèle. S'il avait continué à s'acharner en quête de perfection, peut-être aurions-nous été privés d'une conjecture particulière que Riemann lui-même avouait ne pouvoir démontrer. Dissimulée dans ses dix pages, passant presque inaperçue, se trouve la description du problème dont la solution vaut aujourd'hui un million de dollars : l'hypothèse de Riemann.

Contrairement à plusieurs des autres affirmations contenues dans son article, Riemann ne fait pas mystère de ses propres limites face à son hypothèse : « Il serait à désirer, sans doute, que l'on eût une démonstration rigoureuse de cette proposition. Néanmoins, j'ai laissé cette recherche de côté pour le moment après quelques rapides essais infructueux, car elle paraît superflue dans le but de notre étude. » Le principal objectif de son article berlinois était de confirmer que la fonction de Gauss pouvait fournir une approximation sans cesse affinée du nombre de nombres premiers plus on avançait dans les grands nombres. S'il avait découvert les outils qui permettraient un jour d'établir la conjecture des nombres premiers de Gauss, même cela restait hors d'atteinte. Riemann n'a peut-être pas donné toutes les réponses, mais son article indiquait une approche entièrement neuve du sujet, qui fixerait jusqu'à aujourd'hui le cap de la théorie des nombres.

Dirichlet aurait été grandement enthousiasmé par la découverte de Riemann, mais il mourut le 5 mai 1859, quelques mois avant la publication de l'article. En récompense de ses travaux, Riemann se vit attribuer la chaire autrefois occupée par Gauss, vacante depuis le décès de Dirichlet.

4

L'hypothèse de Riemann : des nombres premiers aléatoires aux zéros ordonnés

L'hypothèse de Riemann est une proposition mathématique selon laquelle il est possible de décomposer les nombres premiers en musique. Dire des nombres premiers qu'ils recèlent en eux une musique est une façon poétique de décrire ce théorème mathématique. Reste que la musique en question est franchement post-moderne.
Michael Berry, université de Bristol

Riemann avait trouvé un passage menant du monde familier des nombres à celui de mathématiques qui aurait paru totalement étrange aux Grecs qui avaient étudié les nombres premiers deux mille ans plus tôt. Sans arrière-pensée, il avait mélangé les nombres imaginaires à sa fonction zêta et découvert, tel un alchimiste, le trésor mathématique jaillissant de cette décoction d'éléments recherchée depuis des générations. Il avait ensuite entassé toutes ses idées en un article d'à peine dix pages, mais il savait parfaitement que ses concepts offriraient une vision radicalement nouvelle des nombres premiers.

La capacité de Riemann à libérer toute la puissance de la fonction zêta est liée à des découvertes essentielles qu'il avait effectuées durant son séjour à Berlin, puis lors de ses études de thèse à Göttingen. Ce qui avait si fortement impressionné Gauss, alors qu'il révisait la thèse de Riemann, c'était la remarquable intuition géométrique dont faisait preuve le jeune mathématicien quand il entrait des nombres imaginaires dans les fonctions. Après tout, Gauss avait utilisé sa propre image mentale pour établir la carte de ces nombres imaginaires avant d'en ôter l'échafaudage conceptuel. La théorie de Riemann sur ces fonctions imaginaires avait eu pour point de départ les travaux de Cauchy, et pour Cauchy, une fonction se définissait par une équation. Riemann venait d'ajouter l'idée que même si l'équation était le point de départ, c'était la géométrie du graphe défini par l'équation qui importait vraiment.

Le problème, c'est qu'il est impossible de dessiner le graphe complet que donne une fonction dans laquelle on entre des nombres imaginaires. Pour l'illustrer, Riemann avait dû travailler en quatre dimensions. Qu'entendent les mathématiciens par quatrième dimension ? Le « temps », répondront ceux qui ont lu les œuvres de cosmologistes comme Stephen Hawking. La vérité, c'est que nous usons des dimensions pour garder trace de tout ce qui est susceptible de nous intéresser. En physique, on recense trois dimensions pour l'espace et une quatrième pour le temps. Les économistes souhaitant analyser la relation entre les taux d'intérêt, l'inflation, le chômage et la dette publique peuvent interpréter l'économie comme un paysage en quatre dimensions. Quand ils progressent en direction des taux d'intérêt, par exemple, ils explorent ce qui se passe dans les autres directions. Si l'on est incapable de dessiner ce modèle quadridimensionnel de l'économie, elle n'en reste pas moins un paysage avec des hauteurs et des vallons que l'on peut étudier.

Pour Riemann, la fonction zêta était elle aussi décrite par un paysage en quatre dimensions. Deux dimensions permettaient de repérer les coordonnées des nombres imaginaires que l'on entrait dans la fonction zêta. La troisième et la quatrième dimensions pouvaient alors être utilisées pour enregistrer les deux coordonnées décrivant le nombre imaginaire produit par la fonction.

L'ennui, c'est que nous autres êtres humains existons en trois dimensions spatiales. Nous ne pouvons donc nous fier à notre monde visuel pour percevoir ce nouveau « graphe imaginaire ». Les mathématiciens ont recours à leur esprit pour tenter de « voir » ces structures. Et même sans lentilles mathématiques, il existe des moyens de saisir ces mondes multidimensionnels. C'est peut-être en considérant les ombres que l'on peut le mieux les comprendre. Notre ombre est une image en deux dimensions de notre corps tridimensionnel. Sous certains angles, l'ombre fournit peu d'informations, mais de profil, une silhouette peut transmettre assez d'informations sur la personne en trois dimensions pour que nous puissions la reconnaître. De même, nous pouvons construire une ombre tridimensionnelle du paysage en quatre dimensions qu'avait édifié Riemann à l'aide de la fonction zêta, et cette ombre comporterait assez d'informations pour que nous comprenions les idées de Riemann.

La carte bidimensionnelle des nombres imaginaires de Gauss établit quels nombres nous allons entrer dans la fonction zêta. L'axe nord-sud montre combien de pas nous allons franchir dans la direction imaginaire, tandis que l'axe est-ouest représente les nombres réels. Étalons cette carte à plat sur une table. Ce que nous cherchons à faire, c'est créer un paysage physique situé dans l'espace au-dessus de cette carte. L'ombre de la fonction zêta se transformera alors en un objet physique dont nous pourrons ensuite explorer les sommets et les vallées.

La hauteur au-dessus de chaque nombre imaginaire sur la carte devrait enregistrer le résultat que l'on obtient quand on entre ce nombre dans la fonction zêta. Si l'on s'efforce de dessiner un tel paysage, on perd immanquablement des informations, tout comme l'ombre ne donne que des détails limités d'un objet tridimensionnel. Si l'on fait tourner cet objet, on obtient des ombres différentes qui en révèlent d'autres aspects. De la même façon, nous disposons de plusieurs possibilités quant à ce que l'on doit noter comme altitude au-dessus de chaque nombre imaginaire sur la carte posée sur la table. Mais une ombre en particulier contient suffisamment d'informations pour nous permettre de comprendre la révélation de Riemann. C'est un angle de vue qui a aidé Riemann dans son voyage à travers ce monde miroir. À quoi ressemble donc cette ombre tridimensionnelle de la fonction zêta ?

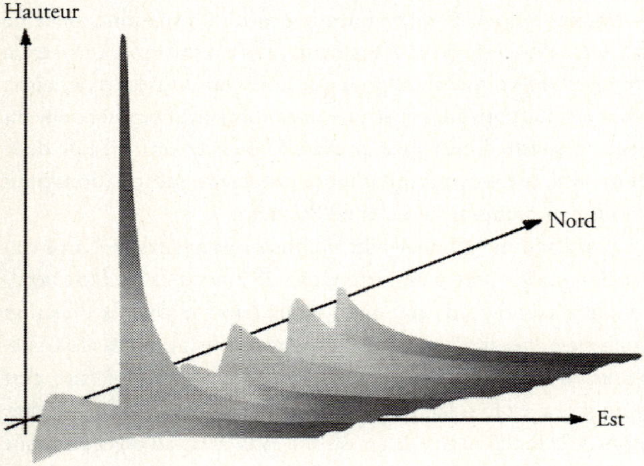

Le paysage zêta. Riemann découvrit comment poursuivre cette image jusqu'à de nouvelles terres à l'ouest.

Quand Riemann entreprit d'explorer ce paysage, il identifia plusieurs caractéristiques essentielles. Quand on se trouve dans le paysage et que l'on regarde vers l'est, le paysage zêta descend en pente douce jusqu'à 1 unité au-dessus du niveau de la mer. Quand Riemann se retournait et qu'il commençait à avancer vers l'ouest, il apercevait une chaîne de hauteurs ondulantes s'étendant du nord au sud. Les sommets de ces hauteurs étaient tous situés au-dessus de la droite qui traversait l'axe est-ouest au niveau du nombre 1. Au-dessus de cette intersection en 1, se dressait un pic impressionnant qui semblait grimper vers le ciel. En fait, il était d'une altitude infinie. Comme l'avait appris Euler, quand on entre le nombre 1 dans la fonction zêta, on obtient un résultat qui monte ainsi vers l'infini. En se dirigeant au nord ou au sud de ce pic infini, Riemann découvrit d'autres sommets, mais aucun n'était infini. Le premier surgissait à moins de 10 pas au nord du nombre imaginaire 1 + (9,986...)i et n'était d'une altitude que de 1,4 unité.

Si Riemann avait fait pivoter le paysage pour dessiner une vue en coupe des hauteurs longeant la fosse nord-sud et passant par 1, le résultat aurait été le suivant :

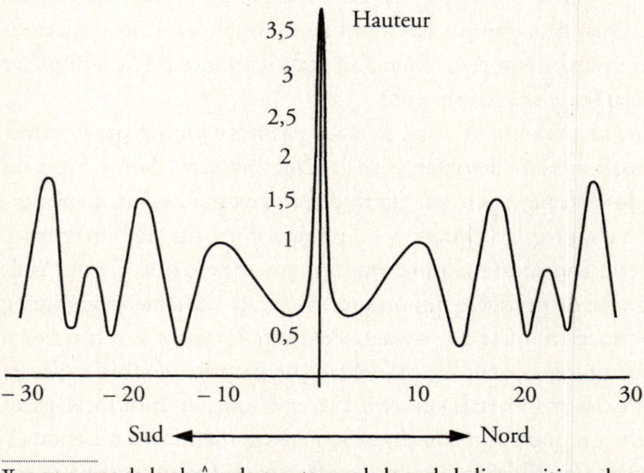

Vue en coupe de la chaîne de montagnes le long de la ligne critique, la coordonnée est-ouest étant fixée à 1 unité vers l'est.

Un aspect crucial du paysage ne manqua pas d'attirer l'attention de Riemann. Il semblait n'y avoir aucun moyen d'utiliser la formule de la fonction zêta pour bâtir le paysage loin à l'ouest, au-delà de la chaîne de montagnes. Riemann se heurtait à la même difficulté qu'Euler avait connue en entrant des nombres ordinaires dans la fonction zêta. Chaque fois que le nombre entré était situé à l'ouest de 1, la formule de la fonction zêta partait en vrille à l'infini. Pourtant, dans ce paysage imaginaire, et malgré le sommet infini au-dessus de 1, les autres montagnes le long de cette crête nord-sud avaient l'air franchissables.

Pourquoi ne continuaient-elles pas à onduler, quels que soient les résultats de la fonction zêta ? Le paysage ne pouvait sûrement pas s'arrêter là, sur cette ligne nord-sud. N'y avait-il vraiment rien à l'ouest de cette limite ? Si l'on ne se fiait qu'aux équations, on pouvait croire que le paysage à l'est de 1 était tout ce que l'on pouvait édifier. Quand on entrait des nombres à l'ouest de 1, les équations n'avaient plus aucun sens. Riemann était-il en mesure de compléter ce tableau, et si oui, comment ?

Fort heureusement, il ne se laissa pas désarçonner par le caractère apparemment intraitable de la fonction zêta. Son éducation l'avait doté d'une vision qui faisait défaut aux mathématiciens français. Il pensait que l'équation à l'origine d'un paysage imaginaire devait être considérée comme un élément secondaire. Ce qui était en revanche de première importance, c'était la véritable topographie quadridimensionnelle du paysage. Peut-être les équations n'avaient-elles aucun sens, mais la géométrie du paysage semblait dire le contraire. Riemann était parvenu à trouver une autre formule grâce à laquelle on pouvait reconstituer le paysage manquant à l'ouest. Il était ensuite possible de raccorder parfaitement son nouveau paysage au paysage originel. Un explorateur imaginaire était donc désormais en mesure de passer sans effort de la région définie par la formule d'Euler au nouveau paysage édifié par la formule de Riemann sans même s'apercevoir qu'il franchissait une frontière.

Le paysage de Riemann recouvrait toute la carte des nombres imaginaires. Il était maintenant prêt à franchir l'étape suivante. Pendant ses études de doctorat, il avait découvert deux faits cruciaux et assez contre-intuitifs au sujet de ces paysages imaginaires. Tout d'abord, il avait appris qu'ils présentaient une géométrie d'une extrême rigidité. Le paysage ne pouvait s'étendre que d'une seule et unique façon. La géométrie du paysage d'Euler à l'est déterminait ce qui était possible même loin à l'ouest. Pour Riemann, il était hors de question de modeler son nouveau paysage selon ses goûts pour créer des collines où bon lui semblait. Toute modification risquait d'entraîner une rupture au point de jonction entre les deux paysages.

L'inflexibilité de ces paysages imaginaires était une découverte frappante. Il suffisait qu'un cartographe dresse la carte de n'importe quelle petite région pour reconstituer le reste du panorama. Riemann avait découvert que les collines et les vallées d'une région contenaient des informations sur la topographie de l'ensemble du décor. C'est véritablement contre-intuitif. Dans le monde réel, on ne s'attendrait pas à ce qu'un cartographe, ayant établi la carte des environs d'Oxford, soit à même d'en déduire la géographie de l'ensemble des îles britanniques.

Mais Riemann avait effectué une seconde découverte tout aussi importante sur ces étranges mathématiques d'un nouveau genre. Il avait mis au jour ce que l'on pourrait considérer comme l'ADN de ces paysages imaginaires. Tout cartographe mathématicien capable de repérer sur la carte bidimensionnelle les points où le relief atteignait le niveau de la mer serait en mesure de reconstituer l'ensemble du paysage. Époustouflante découverte. Dans notre monde, aucun cartographe ne pourrait reconstituer les Alpes si on lui fournissait toutes les coordonnées de points situés au niveau de la mer tout autour du globe. Mais dans ces paysages imaginaires, l'emplacement de tous les nombres imaginaires là où la fonction donne zéro vous dit tout. On appelle ces endroits les « zéros » de la fonction zêta.

Les astronomes ont tout à fait l'habitude de pouvoir déduire la composition chimique d'astres lointains sans jamais y mettre les pieds. On peut procéder à une analyse spectroscopique de leur luminosité et obtenir assez d'information pour en dévoiler la chimie. Ces zéros se comportent comme le spectre émis par un composant chimique. Riemann savait que ce qu'il avait à faire, c'était de repérer tous les points sur la carte du paysage zêta dont l'altitude était de zéro. Les coordonnées de tous ces points au niveau de la mer lui donneraient assez d'information pour reconstituer toutes les collines et les vallées situées au-dessus du niveau de la mer.

Riemann n'avait pas oublié où avait commencé son exploration. Le Big Bang à l'origine de ce paysage zêta avait été la formule d'Euler pour la fonction zêta, que l'on pouvait obtenir à partir des nombres premiers en utilisant le produit d'Euler. Si ces deux choses, les nombres premiers et les zéros, composaient le même paysage, Riemann savait qu'il devait exister quelque lien entre elles. Comme un objet fabriqué de deux façons différentes. Le génie de Riemann fut de montrer comment ces deux éléments étaient en fait les deux pans d'une même équation.

Nombres premiers et zéros

Le rapport que Riemann réussit à dégager entre les nombres premiers et les points situés au niveau de la mer dans le paysage zêta était aussi direct qu'on pouvait l'espérer. Gauss avait tenté d'estimer combien de nombres premiers se trouvaient compris entre 1 et N. Riemann, lui, fut capable de produire une formule *exacte* pour le nombre de nombres premiers jusqu'à N en utilisant les coordonnées de ces zéros. La formule concoctée par Riemann comportait deux ingrédients essentiels. Le premier était une nouvelle fonction $R(N)$ pour estimer le nombre de nombres premiers inférieurs à N, fonction qui représentait une nette amélioration par rapport à la première estimation de Gauss. La nouvelle fonction de Riemann continuait, comme celle de Gauss, à produire des erreurs, mais les calculs de Riemann révélaient que sa formule aboutissait à des erreurs considérablement plus réduites. Par exemple, l'intégrale logarithmique prédisait 754 nombres premiers de plus que l'on en trouve jusqu'à 100 millions. La méthode affinée de Riemann n'en donnait que 97 de trop, soit, en gros, une marge d'erreur d'un millième de pour cent.

Le tableau ci-après (page suivante) montre à quel point la nouvelle fonction de Riemann est beaucoup plus précise dans son estimation du nombre de nombres premiers jusqu'à N, pour des valeurs de N situées entre 10^2 et 10^{16}.

La nouvelle fonction de Riemann, si elle représentait une amélioration par rapport à Gauss, continuait de produire des erreurs. Malgré tout, le voyage de Riemann dans le monde imaginaire lui donna accès à ce dont Gauss n'aurait même pas pu rêver : une solution pour corriger ces erreurs. Riemann comprit qu'en utilisant les points sur la carte des nombres imaginaires qui indiquaient les endroits où le paysage zêta se trouvait au niveau de la mer, il pouvait se défaire de ces erreurs et obtenir une formule exacte pour compter le nombre de nombres premiers. Ce serait là le second ingrédient essentiel de la formule de Riemann.

N	Nombre $\pi(N)$ de nombres premiers de 1 à N	Marge d'erreur de la fonction $R(N)$ de Riemann	Marge d'erreur de la fonction $\mathrm{Li}(N)$ de Gauss
10^2	25	1	5
10^3	168	0	10
10^4	1 229	–2	17
10^5	9 592	–5	38
10^6	78 498	29	130
10^7	664 579	88	339
10^8	5 761 455	97	754
10^9	50 847 534	–79	1 701
10^{10}	455 052 511	–1 828	3 104
10^{11}	4 118 054 813	–2 318	11 588
10^{12}	37 607 912 018	–1 476	38 263
10^{13}	346 065 536 839	–5 773	108 971
10^{14}	3 204 941 750 802	–19 200	314 890
10^{15}	29 844 570 422 669	73 218	1 052 619
10^{16}	279 238 341 033 925	327 052	3 214 632

Euler avait découvert une étonnante réalité : quand on entre un nombre imaginaire dans une fonction exponentielle, on obtient une onde sinusoïdale. La courbe à ascension rapide que l'on associe habituellement à la fonction exponentielle avait été transformée, par l'introduction de ces nombres imaginaires, en un graphe ondulant plus communément associé aux ondes sonores. Sa découverte déclencha une ruée, chacun souhaitant explorer les étranges connexions que suscitaient ces nombres imaginaires. Riemann voyait bien qu'il y avait un moyen d'aller au-delà de la découverte d'Euler en utilisant sa carte sur laquelle étaient portés les zéros du paysage imaginaire. Dans ce monde miroir, Riemann voyait comment chacun de ces points pouvait être transformé en une onde particulière à l'aide de la fonction zêta. Chaque onde ressemblerait alors à une variation du graphe sur une fonction sinus ondulante.

Le caractère de chaque onde était déterminé par l'emplacement du zéro à l'origine de l'onde. Plus le point au niveau de la mer était situé vers le nord, plus les oscillations de son onde seraient rapides. Si on l'envisage comme une onde sonore, plus le zéro est au nord du paysage zêta, plus la note lui correspondant sera aiguë.

En quoi ces ondes ou ces notes étaient-elles utiles pour compter les nombres premiers ? Riemann était arrivé à la remarquable conclusion qu'en encodant les pics variables de ces ondes, on pouvait corriger les erreurs de son estimation du nombre de nombres premiers. Sa fonction $R(N)$ lui permettait de parvenir à un décompte relativement correct du nombre de nombres premiers jusqu'à N. Mais en ajoutant à cette estimation le pic de chaque onde au-dessus de N, il s'aperçut qu'il pouvait calculer le nombre exact de nombres premiers. La marge d'erreur avait été totalement résorbée. Riemann avait trouvé le Graal qu'avait recherché Gauss : une formule exacte pour le nombre de nombres premiers jusqu'à N.

On peut résumer l'équation exprimant cette découverte avec de simples mots, « nombres premiers = zéros = ondes ». Pour un mathématicien, la formule de Riemann pour le nombre de nombres premiers en termes de zéros est aussi puissamment évocatrice que l'équation $E = mc^2$ d'Einstein qui révélait la relation directe entre la masse et l'énergie. C'était une formule de connexions et de transformations. Pas à pas, Riemann assistait à la métamorphose des nombres premiers. Les nombres premiers créent le paysage zêta, et les points situés au niveau de la mer dans ce paysage sont les clés qui permettent d'en déchiffrer les secrets. Un nouveau lien se fait alors jour, lien qui montre que ces points au niveau de la mer produisent une onde semblable à une note de musique. Pour finir, Riemann boucla la boucle et démontra comment ces ondes pouvaient servir à compter les nombres premiers. Nul doute que quand il conclut ainsi son périple sensationnel, Riemann dut en être éberlué.

Riemann savait que, tout comme il y a une infinité de nombres premiers, le nombre de ces points au niveau de la mer dans le paysage zêta est infini. Et l'on trouve donc autant d'ondes qui contrôlent ces erreurs. Il y a un moyen très visuel de comprendre comment l'addition de chaque nouvelle onde améliore la formule de Riemann pour le nombre de nombres premiers. Avant d'ajouter les ondes correspondant aux zéros, la courbe de la fonction $R(N)$ de Riemann (présentée page suivante en haut) ne ressemble absolument pas à l'escalier qui décompte le nombre de nombres premiers (en bas). L'une est lisse, l'autre en dents de scie.

Même si l'on se contente d'ajouter les erreurs prédites par les trente premières ondes nées des trente premiers zéros que l'on rencontre en avançant vers le nord, on obtient un effet remarquable. La courbe de Riemann s'est déjà transformée par rapport au dessin lisse qui correspond à $R(N)$ et commence davantage à ressembler à la courbe en escalier.

Chaque nouvelle onde déforme un peu plus la courbe lisse. Riemann comprit que quand on aurait ajouté le nombre infini d'ondes, une pour chaque point au niveau de la mer qu'il croiserait en progressant vers le nord du paysage zêta, la courbe finale ressemblerait exactement à l'escalier des nombres premiers.

Une génération plus tôt, Gauss avait découvert ce qu'il pensait être la pièce que la Nature avait lancée pour choisir les nombres premiers. Les ondes trouvées par Riemann étaient le résultat tangible du jeu de pile ou face de la Nature. Le pic de chaque onde au nombre N permettait de savoir à chaque lancer si la pièce des nombres premiers était retombée côté pile ou côté face. Si la découverte par Gauss

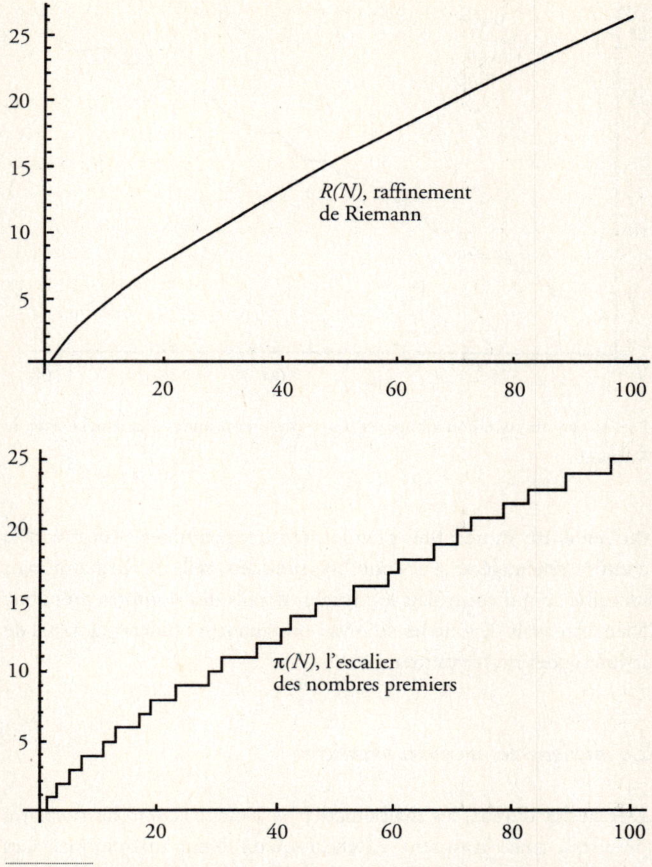

Le défi : comment faire correspondre la courbe lisse de Riemann, en haut, à la courbe en escalier des nombres premiers, en bas.

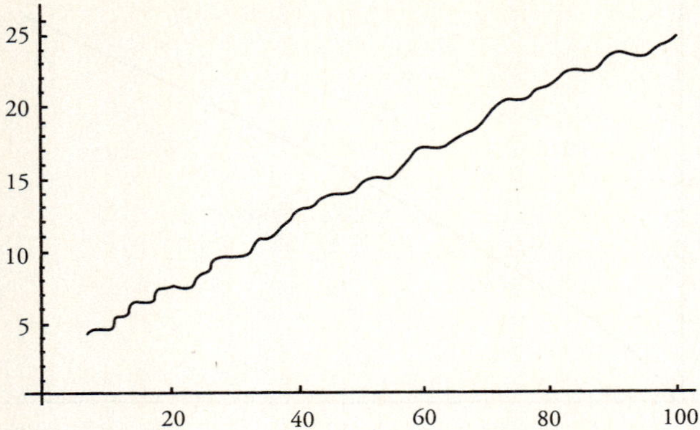

L'effet obtenu quand on ajoute les trente premières ondes à la courbe lisse de Riemann.

du lien entre les nombres premiers et les logarithmes avait prédit le comportement général des nombres premiers, celle de Riemann avait identifié ce qui contrôlait les infimes détails des nombres premiers. Riemann avait dévoilé les archives contenant les billets gagnants de la loterie des nombres premiers.

La musique des nombres premiers

Des siècles durant, les mathématiciens avaient écouté les nombres premiers, mais n'avaient entendu qu'un bruit anarchique. Ces nombres étaient semblables à des notes aléatoires éparpillées en tous sens sur la portée mathématique, sans qu'une mélodie soit identifiable. Riemann avait trouvé un nouveau moyen d'écouter ces mystérieuses tonalités. Grâce aux ondes de type sinusoïdal qu'il avait créées à partir des zéros de son paysage zêta, il avait dévoilé une structure harmonique cachée.

Pythagore avait révélé l'harmonie musicale qui se dissimulait dans une suite de fractions en tapant sur son amphore. Mersenne et Euler, tous deux maîtres des nombres premiers, étaient à l'origine de la théorie mathématique de l'harmonie. Mais aucun d'entre eux n'avait supposé qu'il y ait eu des relations directes entre la musique et les nombres premiers. Il fallait des oreilles du XIXe siècle pour pouvoir entendre cette musique-là. Le monde imaginaire de Riemann avait accouché d'ondes simples qui, ensemble, étaient capables de reproduire les subtiles harmonies des nombres premiers.

Un mathématicien allait être mieux que tout autre à même de voir comment la formule de Riemann parvenait à saisir la musique secrète des nombres premiers : Joseph Fourier. Orphelin, Fourier avait été élevé dans une école militaire dirigée par des moines bénédictins. Enfant rebelle jusqu'à l'âge de treize ans, les mathématiques le fascinaient. Il aurait dû à son tour devenir moine, mais les événements de 1789 le libérèrent du carcan que lui aurait imposé la vie sous l'Ancien Régime. Il pouvait désormais s'adonner à sa passion pour les mathématiques et l'armée.

Enthousiasmé par les idées révolutionnaires, Fourier ne tarda pas à être remarqué par Napoléon. Le futur empereur était alors occupé à mettre en place les écoles qui seraient chargées de produire enseignants et ingénieurs, lesquels auraient pour mission d'aider à l'avènement de sa révolution culturelle et militaire. Napoléon prit la mesure des talents exceptionnels de Fourier non seulement en tant que mathématicien, mais aussi en tant que professeur. Il lui confia donc l'enseignement des mathématiques à l'École polytechnique.

Napoléon fut si impressionné par les accomplissements de son protégé qu'il inclut Fourier dans la Légion de la Culture qui devait « civiliser » l'Égypte dans le sillage de l'invasion française de 1798. Cette expédition était avant tout motivée par la volonté de Bonaparte de saper la domination coloniale croissante de la Grande-Bretagne, mais il avait également l'intention d'étudier le monde antique. Son armée d'intellectuels fut mise au travail dès qu'elle embarqua à bord de *L'Orient,* vaisseau-amiral de la flotte française en route pour l'Afrique du Nord. Tous les matins, Napoléon annonçait de quel sujet il souhaiterait s'entretenir le soir même avec ses ambassadeurs universitaires. Tandis que les marins peinaient dans les gréements et la voilure, sous le pont, Fourier et ses collègues se débattaient avec le riche éventail des marottes napoléoniennes, qui allaient de l'âge de la Terre à la question de savoir si d'autres planètes que la nôtre étaient habitées.

Une fois en Égypte, tout ne se passa pas conformément aux plans. Ayant pris Le Caire de haute lutte lors de la bataille des Pyramides en juillet 1798, Bonaparte s'aperçut avec dépit que les Égyptiens ne semblaient guère apprécier le gavage intellectuel que leur administraient Fourier et consorts. Quand, lors d'une rixe nocturne, trois cents de ses hommes furent égorgés, Napoléon préféra limiter les dégâts et rentrer à Paris, où la situation sombrait de nouveau dans le désordre. Il partit sans annoncer à son armée d'intellectuels qu'il les abandonnait. Fourier, perdu au Caire, n'était pas d'un rang suffisant pour pouvoir prendre la poudre d'escampette sans risquer d'être fusillé pour désertion, et fut donc contraint de rester dans le désert. Il réussit à rallier la France en 1801, les Français ayant entre-temps décidé de laisser aux Britanniques le soin de « civiliser » l'Égypte.

En Égypte, Fourier fut pris d'une véritable obsession pour la chaleur brûlante du désert. De retour à Paris, il faisait régner une telle chaleur dans ses appartements que des amis les comparaient aux fournaises de l'enfer. Il pensait qu'une chaleur extrême permettait de conserver le corps en bonne santé et même de guérir certaines affections. Souvent, il se présentait à ses proches enrubanné comme une momie égyptienne, dégoulinant de sueur dans une pièce aussi étouffante que le Sahara.

La prédilection de Fourier pour la chaleur eut également un effet sur ses travaux. Il se fit un nom dans l'histoire des mathématiques grâce à son analyse de la propagation de la chaleur, analyse que le physicien britannique Lord Kelvin décrivit comme « un grand poème mathématique ». Fourier avait été aiguillonné dans ses efforts par le fait que l'Académie de Paris avait déclaré qu'elle offrirait son Grand Prix des Mathématiques en 1812 à quiconque serait capable de démêler les mystères du déplacement de la chaleur à travers la matière. Fourier se vit décerner le prix en reconnaissance de la nouveauté et de l'importance de ses idées. Mais il dut aussi essuyer le feu des critiques, dont celles de Legendre. Le jury du Grand Prix souligna qu'une bonne partie de son traité comportait des erreurs et que son explication mathématique était loin d'être rigoureuse. Piqué au vif, Fourier n'en admit pas moins qu'il lui restait beaucoup à faire.

Entreprenant de rectifier les erreurs de son analyse, Fourier chercha à comprendre la nature des courbes représentant les phénomènes physiques. Par exemple, la courbe qui dépeignait l'évolution de la température dans le temps, ou celle d'une onde sonore. Il savait que l'on pouvait représenter le son par une courbe où l'axe horizontal définit le temps et l'axe vertical le volume et l'intensité du son à chaque instant.

Il commença par un graphe du son le plus simple. Quand on fait vibrer un diapason, et que l'on dessine ensuite l'onde sonore qui en résulte, on obtient une courbe sinusoïdale pure, parfaite. Mais si un violon joue la même note que le diapason, le son est très différent. Comme on l'a vu, la corde du violon ne se contente pas de vibrer à la fréquence fondamentale déterminée par la longueur de la corde. On décèle des notes additionnelles, les harmoniques, qui correspondent à de simples fractions de la longueur de la corde. Les courbes de chacune de ces notes additionnelles sont elles aussi des ondes sinusoïdales, mais à des fréquences plus aiguës. C'est la combinaison de toutes ces notes pures, dominées par la note fondamentale la plus grave, qui crée le son du violon, dont le graphe ressemble à la dent d'une scie.

Pourquoi la clarinette, en jouant la même note que le violon, donne-t-elle un son si différent et si caractéristique ? La courbe de l'onde sonore créée par la clarinette ressemble à une fonction d'onde carrée, comme les créneaux au sommet d'un rempart, au lieu des dents de scie du violon. Cette différence s'explique par le fait que la clarinette est ouverte à l'une des extrémités, tandis que la corde du violon est fixe aux deux extrémités. Cela implique que les harmoniques produits par la clarinette varient par rapport à ceux du violon. La courbe dépeignant le son de la clarinette est donc obtenue à partir d'ondes sinusoïdales qui oscillent à des fréquences différentes.

Fourier comprit que même le graphe complexe décrivant le son de tout un orchestre pouvait être décomposé en autant de courbes sinusoïdales simples des notes fondamentales et des harmoniques pour chacun des instruments. Chacune des ondes sonores pures pouvant être reproduite avec un diapason, Fourier avait démontré qu'en faisant retentir simultanément un nombre gigantesque de diapasons, on pouvait recréer le son de tout un orchestre. Ce principe est à la base de l'encodage du son sur un CD : le CD dit à vos haut-parleurs comment vibrer pour créer toutes les ondes sinusoïdales qui composent le son de la musique.

Cette combinaison d'ondes sonores vous donne la sensation miraculeuse qu'un orchestre ou un groupe est effectivement en train de jouer chez vous, en direct.

En additionnant des ondes pures de fréquences différentes, on pouvait reproduire plus que le son d'instruments de musique. Ainsi, le bruit blanc statique que fait une radio entre deux stations, ou celui d'un robinet qui coule, peuvent être représentés comme la somme infinie d'ondes. Contrairement aux fréquences distinctes nécessaires à la reproduction du son d'un orchestre, le bruit blanc se compose d'une gamme continue de fréquences.

Les intuitions révolutionnaires de Fourier allaient plus loin que la simple restitution du son. Il commença à entrevoir comment utiliser les ondes sinusoïdales pour établir des graphes décrivant d'autres phénomènes physiques ou mathématiques. La plupart de ses contemporains doutaient qu'un graphe aussi simple qu'une onde ait pu servir à édifier des graphes complexes tels que le son d'un orchestre ou celui d'un robinet. En fait, plusieurs mathématiciens français de haut niveau s'opposèrent vigoureusement aux idées de Fourier. Toutefois, encouragé par sa prestigieuse association avec Napoléon, Fourier n'hésita pas à défier les autorités. Il montra comment en sélectionnant soigneusement les ondes oscillant à des fréquences différentes, on pouvait créer toute une série de graphes complexes. En y ajoutant les pics des ondes, on était en mesure de reproduire les formes de ces graphes, tout comme un CD combine les tonalités pures des diapasons pour reproduire des sons musicaux complexes.

C'est précisément ce que Riemann réussit à faire dans son article de dix pages. Il reproduisit la courbe en escalier qui comptait le nombre de nombres premiers exactement de la même façon, en additionnant les pics des ondes qu'il avait dérivées des zéros du paysage zêta. C'est pourquoi Fourier aurait vu dans la formule de Riemann pour le nombre de nombres premiers la découverte des tonalités fondamentales composant le son des nombres premiers. Ce son complexe est représenté par la courbe en escalier. Les ondes de Riemann, qu'il a créées à partir des zéros, ces points situés au niveau de la mer dans son paysage, étaient comme les sons émis par les diapasons, des notes simples et claires, dépourvues d'harmoniques. Quand on les jouait simultanément, ces ondes fondamentales reproduisaient le son des nombres premiers. Dans ce cas, à quoi ressemble la musique des nombres premiers de Riemann ? Au son d'un orchestre ou au bruit blanc d'un robinet qui coule ? Si les fréquences des notes de Riemann sont dans une gamme continue, alors les nombres premiers produisent un bruit blanc. Mais si les fréquences sont des notes isolées, alors le son des nombres premiers ressemble à celui d'un orchestre.

Étant donné le caractère aléatoire des nombres premiers, nous serions en droit de supposer que la combinaison des notes jouées par les zéros du paysage de Riemann n'est rien de plus que du bruit. La coordonnée nord-sud de chaque zéro détermine l'intensité de la note. Si le son des nombres premiers était effectivement un bruit blanc, il faudrait qu'il y ait une concentration de zéros dans le paysage zêta. Or, Riemann savait, depuis la dissertation qu'il avait rédigée pour Gauss, qu'une telle concentration de points au niveau de la mer obligerait en fait *l'ensemble* du paysage à se trouver au niveau de la mer. Ce qui n'était manifestement pas le cas. Le son des nombres premiers n'était donc pas du tout du bruit blanc. Les points au niveau de la mer ne pouvaient qu'être des points isolés, qui devaient par conséquent produire une succession de notes isolées. Dans les nombres premiers, la Nature avait dissimulé la musique de quelque orchestre mathématique.

L'hypothèse de Riemann : quand le chaos devient ordre

Riemann s'était intéressé à chacun de ces points qui, sur la carte du monde imaginaire, se trouvaient au niveau de la mer. À partir de chaque point, il avait créé une onde, comme la note émise par un instrument de musique. En combinant toutes ces ondes, il s'était retrouvé avec un orchestre qui entonnait la symphonie des nombres premiers. La coordonnée nord-sud de chaque point au niveau de la mer contrôlait la fréquence de l'onde, soit la hauteur de la note correspondante. Pour sa part, la coordonnée est-ouest contrôlait, comme l'avait appris Euler, la force avec laquelle chaque note était jouée. Plus une note était forte, plus sa courbe ondulante fluctuait.

Riemann était curieux de savoir si l'un ou l'autre des zéros jouait plus fort que les autres. Un tel zéro aurait donné une onde dont le graphe aurait affiché des fluctuations plus importantes que les autres ondes, et ce zéro aurait donc joué un plus grand rôle dans le calcul des nombres premiers. Après tout, ce sont les pics de ces ondes qui contrôlent la différence entre l'estimation de Gauss et le nombre réel de nombres premiers. Un instrument, parmi cet orchestre de nombres premiers, jouait-il en solo au-dessus de la mélodie des autres ? Plus un point au niveau de la mer était situé vers l'est, plus la note était forte. Pour déterminer l'équilibre de l'orchestre, Riemann dut faire marche arrière et considérer les coordonnées de chacun des zéros de sa carte imaginaire.

Il faut noter que jusqu'alors, son analyse avait fonctionné sans qu'il ait besoin de connaître les emplacements d'aucun des points au niveau de la mer. Il savait que certains zéros s'étendaient vers l'ouest et étaient faciles à localiser, mais ils n'apportaient rien d'intéressant aux nombres premiers parce qu'ils n'avaient pas d'intensité. Avec leur dédain coutumier, les mathématiciens les baptisèrent par la suite les

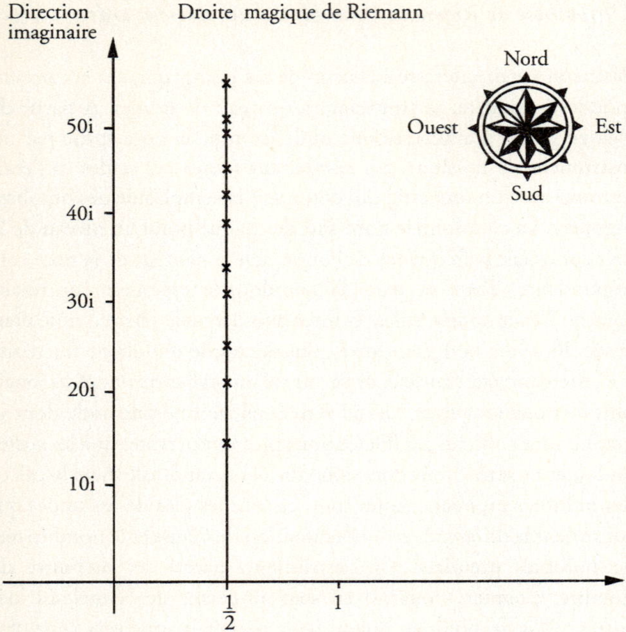

La carte au trésor des nombres premiers de Riemann. Les croix indiquent les emplacements des points situés au niveau de la mer dans le paysage zêta.

zéros triviaux. C'était l'emplacement des autres zéros que traquait Riemann.

Quand il commença à rechercher la localisation exacte de ces points, il se heurta à une surprise de taille. Au lieu d'être éparpillés sans ordre sur la carte et d'émettre des notes plus fortes que d'autres, les zéros qu'il calculait semblaient miraculeusement disposés en une ligne droite qui traversait le paysage du sud au nord. C'était comme si chaque point situé au niveau de la mer avait les mêmes coordonnées est-ouest, soit $\frac{1}{2}$. Si cela s'avérait, cela voulait dire que les ondes correspondantes devaient être parfaitement équilibrées, aucune n'étant plus forte que les autres.

Le premier zéro calculé par Riemann avait pour coordonnées ($\frac{1}{2}$; 14,134725...) : vous faites $\frac{1}{2}$ pas vers l'est, et environ 14,134725 pas vers le nord. Le suivant se trouvait au point de coordonnées ($\frac{1}{2}$; 21,022040...). (Pendant des années, on s'est demandé comment il avait réussi à calculer l'emplacement de ces zéros.) Il en calcula un troisième qui avait pour coordonnées ($\frac{1}{2}$; 25,010856...). Ces zéros n'étaient apparemment pas dispersés au hasard. Les calculs de Riemann indiquaient qu'ils étaient alignés comme le long de quelque droite mystique qui parcourait le paysage. Riemann avança que le comportement réglementé des rares zéros qu'il avait pu calculer n'était pas une coïncidence. C'est sa conviction que tous les points au niveau de la mer dans son paysage se trouvent sur cette droite que l'on connaît aujourd'hui sous le nom d'hypothèse de Riemann.

Riemann observa l'image des nombres premiers dans le miroir qui séparait le monde des nombres de son paysage zêta. C'est ainsi qu'il vit la disposition chaotique des nombres premiers d'un côté du miroir devenir de l'autre l'ordre strict des zéros. Riemann avait enfin trouvé la mystérieuse logique que les mathématiciens, s'usant les yeux sur les nombres premiers, brûlaient de voir depuis des siècles.

Cette découverte était totalement inattendue. Riemann avait eu la chance d'être la bonne personne au bon endroit et au bon moment : il n'aurait pu deviner ce qui l'attendait de l'autre côté du miroir. Mais ce qui s'y trouvait bouleversait de fond en comble la mission de ceux qui souhaitaient percer les mystères des nombres premiers. Les mathématiciens avaient un nouveau paysage à explorer. S'ils pouvaient naviguer sur les terres de la fonction zêta et dresser la carte des endroits situés au niveau de la mer, peut-être les nombres premiers révéleraient-ils leurs secrets. Par ailleurs, Riemann avait également découvert la preuve de la présence d'une droite qui traversait ce paysage et dont la signification touchait au cœur même des mathématiques. On peut juger de l'importance de la droite de Riemann au nom que les mathématiciens lui ont donné, « la droite critique ». Soudain, au casse-tête du caractère aléatoire des nombres premiers dans le monde réel, se substituait la quête visant à comprendre l'harmonie de ce paysage imaginaire de l'autre côté du miroir.

Les zéros étant en nombre infini, les rares fragments de preuve que Riemann a découverts semblent par trop précaires pour servir de fondation à une théorie. Quoiqu'il en soit, Riemann sentait que cette droite était de première importance. Il savait déjà que l'axe est-ouest représentait un axe de symétrie pour le paysage zêta. Tout ce qui se passait au nord était reproduit au sud. Riemann avait en outre mis au jour le fait, nettement plus important, que cette droite nord-sud passant par $\frac{1}{2}$ était elle aussi un axe de symétrie. Il aurait fort bien pu en déduire que la Nature avait également utilisé cet axe de symétrie pour agencer les zéros.

Ce qu'il y a d'extraordinaire dans les événements qui entourent cette formidable découverte, c'est que ses calculs de l'emplacement des premiers zéros n'apparaissent nulle part dans l'article touffu sur les nombres premiers qu'il écrivit à l'Académie de Berlin. En fait, on peine à trouver des informations sur cette découverte dans ses travaux publiés. Il écrit ainsi que beaucoup de zéros se trouvent sur cette droite, et qu'il est « fort probable » qu'il en aille de même pour tous. Mais Riemann admet lui-même dans cet article qu'il ne s'est pas donné trop de mal pour démontrer son hypothèse.

En fait, Riemann poursuivait un autre but beaucoup plus immédiat : il voulait démontrer la conjecture des nombres premiers de Gauss, montrer pourquoi plus on calculait de nombres premiers, plus l'estimation de Gauss devenait précise. Bien que cette preuve continuât de lui échapper, Riemann comprit que si son intuition sur la droite se vérifiait, cela impliquait que Gauss avait eu raison. Comme il l'avait découvert, les erreurs dans la formule de Gauss pouvaient être déterminées par l'emplacement de chacun des zéros. Plus un zéro se situait à l'est, plus l'onde était forte. Plus l'onde était forte, plus l'erreur était conséquente. C'est pourquoi la prédiction de Riemann sur l'emplacement des zéros revêtait une telle importance pour les mathématiques. S'il ne se trompait pas, si les zéros se trouvaient effectivement le long de sa droite magique, cela impliquerait que l'estimation de Gauss serait toujours d'une incroyable précision.

Pour Riemann, la publication de son article de dix pages fut synonyme d'une courte période de bonheur. On lui fit l'honneur de la chaire qu'avaient occupée ses deux maîtres, Gauss et Dirichlet. Ses sœurs le rejoignirent à Göttingen après la mort en 1857 de son frère, qui s'était occupé d'elles. D'être ainsi entouré de sa famille lui redonna le moral, et il fut moins enclin aux phases de dépression qu'il avait connues les années précédentes. Percevant les émoluments d'un professeur, il échappait à la pauvreté qui avait hanté ses années d'études. Enfin, il pouvait s'offrir un logement correct et même les services d'une gouvernante, ce qui lui permit de se consacrer pleinement à la poursuite des idées qui dansaient la sarabande dans son esprit.

Mais jamais il ne revint sur le sujet des nombres premiers. Il continua à suivre son intuition géométrique et développa une notion de la géométrie spatiale qui allait devenir l'une des pierres angulaires de la théorie de la relativité d'Einstein. Cette période de bonheur culmina en 1862 avec son mariage avec Elise Koch, une amie de ses sœurs. Mais à peine un mois plus tard, il était atteint de pleurésie. Dès lors, sa santé n'allait cesser d'être un souci. À plusieurs reprises, il se réfugia dans la campagne italienne. Il éprouvait une attirance particulière pour Pise. C'est là que naquit, en août 1863, son unique enfant, sa fille Ida. Si Riemann aimait à se rendre en Italie, ce n'était pas seulement parce que le temps y était clément, mais aussi pour le climat intellectuel qu'il y trouvait. De son vivant, ce fut la communauté mathématique italienne qui se montra la plus ouverte à ses idées révolutionnaires.

Quand il se rendit pour la dernière fois en Italie, ce ne fut pas pour s'arracher à l'atmosphère humide de Göttingen, mais pour fuir une armée d'invasion. En 1866, les forces hanovriennes et prussiennes s'affrontèrent à Göttingen. Riemann se retrouva pris au piège chez lui, dans l'ancien observatoire de Gauss, à l'extérieur des murs de la ville. À en juger par l'état dans lequel il laissa les lieux, il dut s'enfuir en toute hâte en Italie. Mais le choc fut plus que n'en pouvait supporter sa constitution fragile. Sept ans après la publication de son article sur les nombres premiers, Riemann mourait de consomption. Il n'était âgé que de trente-neuf ans.

Confrontée au désordre qu'il avait laissé derrière lui, sa gouvernante détruisit un grand nombre de ses gribouillis non publiés avant que les membres de la faculté de Göttingen ne l'en empêchent. Les documents restants furent transmis à la veuve de Riemann et disparurent de la circulation pendant des années. On ne peut que se demander ce que l'on aurait trouvé si sa gouvernante ne s'était montrée aussi zélée. Une déclaration de Riemann dans son article de dix pages montre qu'il pensait pouvoir prouver que la plupart des zéros sont situés sur sa fameuse droite. Son perfectionnisme lui interdisait de trop en dire, et il se contenta de rapporter que sa démonstration n'était pas encore prête à être publiée. On ne la retrouva jamais parmi ses documents et aujourd'hui encore, les mathématiciens sont incapables de reproduire quelque chose d'approchant. Les pages manquantes de Riemann constituent un défi comparable aux affirmations de Fermat quand il prétendait disposer d'une preuve de son dernier théorème.

Parmi les notes qui survécurent à la gouvernante, quelques-unes refirent surface cinquante ans plus tard. Elles semblent malheureusement confirmer que Riemann avait prouvé bien plus que ce qu'il avait publié. Hélas ! La plupart des feuillets détaillant ces résultats qu'il disait avoir en partie maîtrisés ont disparu pour toujours dans les flammes d'un poêle alimenté par une gouvernante frappée d'excès de zèle.

5

La révolution de Riemann ou la course de relais mathématique

Dans la théorie des nombres, un problème est aussi immortel qu'une œuvre d'art. David Hilbert, Introduction aux *Éléments de la théorie des nombres algébriques de Legh Wilber Reid.*

Euclide à Alexandrie, Euler à Saint-Pétersbourg, le trio de Göttingen, Gauss, Dirichlet et Riemann. Le problème des nombres premiers s'est transmis de génération en génération. Chaque génération a apporté un point de vue nouveau qui a relancé la course. Chaque vague de mathématiciens a laissé son empreinte caractéristique sur les nombres premiers, reflet de la place particulière qu'accordait chaque époque au monde mathématique. Cependant, la contribution de Riemann l'entraîna si loin en avant qu'il faudra attendre près de trente ans avant que quelqu'un soit en mesure d'exploiter les trésors qu'il avait mis au jour.

Puis, en 1885, l'information tomba, comme surgie du néant : l'affaire, apparemment, était entendue. Si la rumeur mit plus de temps à se répandre que le poisson d'avril de Bombieri plus d'un siècle plus tard, le bruit commença à courir qu'une personnalité encore méconnue avait non seulement récupéré le témoin de Riemann, mais qu'elle avait en outre franchi la ligne d'arrivée. Un mathématicien néerlandais du nom de Thomas Stieltjes affirmait disposer d'une preuve de l'hypothèse de Riemann, une preuve qui confirmait que tous les zéros se trouvaient effectivement sur la droite magique de Riemann, passant par $\frac{1}{2}$.

Nul ne se serait attendu à ce que le trophée revienne à quelqu'un comme Stieltjes. Étudiant, il avait échoué à trois reprises à ses examens, au grand désespoir de son père, membre du parlement néerlandais et éminent ingénieur responsable de la construction des docks de Rotterdam. Pourtant, les échecs de Thomas n'étaient pas dus à une quelconque fainéantise. Il s'était simplement laissé distraire par le plaisir de lire de véritables textes mathématiques à la bibliothèque de Leyde plutôt que de s'acharner sur les exercices techniques que nécessitaient ses examens.

Gauss était l'un de ses auteurs préférés, et le Hollandais brûlait de suivre les traces du maître. Il accepta un poste à l'observatoire de Leyde, tout comme Gauss avait travaillé à l'observatoire de Göttingen. Cet emploi s'était libéré comme par miracle grâce à l'intervention de son influent géniteur auprès du directeur de l'observatoire, mais Stieltjes lui-même n'en sut jamais rien. S'il braquait son télescope sur le firmament, c'étaient les mathématiques à l'œuvre derrière le ballet céleste qui le captivaient, et non la mesure de la position de nouvelles étoiles. Ses idées commençant à se développer, il décida d'écrire à l'un des grands mathématiciens des célèbres académies françaises, Charles Hermite.

Hermite était né en 1822, quatre ans avant Riemann. Âgé de la soixantaine, il était devenu l'un des porte-étendards de Cauchy et des travaux de Riemann sur les fonctions des nombres imaginaires. L'influence de Cauchy sur Hermite dépassait le cadre des mathématiques. Dans sa jeunesse, Hermite avait été agnostique. Puis il était tombé gravement malade et Cauchy, fervent catholique, avait profité d'un moment de faiblesse et l'avait converti au catholicisme. Il en avait résulté un curieux mélange de mysticisme mathématique, qui n'était pas sans rappeler le culte des pythagoriciens. Hermite était convaincu que l'existence mathématique était une sorte d'état surnaturel que les mathématiciens mortels n'étaient que rarement autorisés à entrapercevoir.

C'est peut-être pourquoi il répondit avec tant d'enthousiasme à cette lettre que lui envoyait un obscur assistant de l'observatoire de Leyde, persuadé que ce contemplateur d'étoiles avait reçu en don une vision mathématique exceptionnelle. Ils se livrèrent bientôt à des échanges épistolaires frénétiques, puisque l'on recense 432 de leurs lettres en douze ans. Les idées du jeune Hollandais impressionnaient Hermite. Bien que Stieltjes n'eut aucun diplôme, il lui apporta son soutien et veilla à ce qu'il obtienne une chaire de professeur à l'université de Toulouse. Dans une lettre portant sur ses travaux, Hermite écrivait : « Vous avez toujours raison et j'ai toujours tort. »

C'est dans le cadre de cette correspondance que Stieltjes s'était risqué à cette affirmation extraordinaire, déclarant qu'il avait démontré l'hypothèse de Riemann. Hermite avait une telle foi dans son protégé qu'il ne douta pas un instant de lui. Après tout, il avait apporté de remarquables contributions à d'autres branches des mathématiques.

La conjecture de Riemann n'ayant pas eu le temps de se muer en ce défi apparemment insoluble qu'elle est aujourd'hui, la déclaration de Stieltjes suscita moins de remous qu'elle ne l'aurait fait de nos jours. Riemann n'avait pas fait grand battage autour de son intuition sur les zéros, l'enfouissant au contraire profondément au cœur de son article de dix pages sans autres indices pour l'étayer. Il faudrait une nouvelle génération pour apprécier l'importance de l'hypothèse de Riemann. L'affirmation de Stieltjes constituait un événement malgré tout, car qui démontrerait l'hypothèse de Riemann réussirait du même coup à démontrer la conjecture des nombres premiers de Gauss, le Graal de la théorie des nombres à l'époque. Pour les nombres jusqu'à 1 000 000, l'estimation de Gauss quant au nombre de nombres premiers n'accusait une marge d'erreur que de 0,17 %. Pour 1 000 000 000, cette marge n'était plus que de 0,003 %. Gauss pensait que plus les nombres étaient grands, plus la marge d'erreur se réduisait. À la fin du XIXe siècle, la conjecture de Gauss était connue depuis assez longtemps pour valoir de considérables lauriers à qui la maîtriserait. Les preuves penchant en sa faveur étaient d'ailleurs tout à fait convaincantes.

Quand Stieltjes écrivit à Hermite, des progrès conséquents avaient déjà été accomplis dans les années 1850 pour ce qui était de résoudre la conjecture de Gauss. Le mathématicien russe Pafnouti Tchebychev, travaillant dans l'ancienne chasse gardée d'Euler à Saint-Pétersbourg, n'était pas vraiment en mesure de prouver que la marge d'erreur entre l'estimation de Gauss et le nombre réel de nombres premiers allait en se réduisant, mais il était parvenu à montrer que cette marge pour le nombre de nombres premiers jusqu'à *N* ne dépasserait jamais 11 %, quelle que soit la grandeur de *N*. Ce qui peut sembler très éloigné des 0,003 % obtenus par Gauss pour les nombres de nombres premiers jusqu'à un milliard. Mais ce qui comptait dans le résultat de Tchebychev, c'était qu'il pouvait garantir que la marge d'erreur n'atteindrait pas brutalement des pourcentages énormes, aussi loin que l'on calculât. Avant les travaux de Tchebychev, la conjecture de Gauss reposait uniquement sur une poignée de preuves expérimentales. L'analyse théorique de Tchebychev, pour la première fois, offrait un appui solide à l'idée qu'il existait un lien entre les logarithmes et les nombres premiers. Mais on était encore bien loin de démontrer que ce lien serait toujours aussi étroit que l'avait supposé Gauss.

Tchebychev avait réussi à contrôler cette marge d'erreur avec des moyens rudimentaires. Riemann, arpentant laborieusement les complexités de son paysage imaginaire à Göttingen, connaissait les travaux du Russe. On a conservé des traces d'une lettre qu'il s'était disposé à envoyer à Tchebychev lui détaillant ses propres avancées. Dans les notes de Riemann qui ont survécu, se trouvent des brouillons où l'on voit qu'il s'était efforcé de transcrire plusieurs graphies du nom du Russe. Il n'est pas certain que Riemann lui ait jamais envoyé sa lettre. Mais avec ou sans cette correspondance, jamais Tchebychev ne put affiner son estimation de la marge d'erreur de Gauss.

Ce qui explique pourquoi l'affirmation de Stieltjes était si bouleversante pour les mathématiciens de son temps. Personne ne savait encore à quel point il serait difficile de démontrer l'hypothèse de Riemann. En revanche, il était unanimement reconnu que la résolution de la conjecture de Gauss était un véritable accomplissement. Hermite était impatient de lire les détails de la preuve du Hollandais, mais le jeune homme se montra plutôt réticent. Sa démonstration n'était pas encore prête. Hermite eut beau insister au fil des cinq années qui suivirent, Stieltjes ne présenta aucun indice à l'appui de sa déclaration. La répugnance de Stieltjes à lui expliquer ses idées suscitant son exaspération grandissante, Hermite crut avoir trouvé une ruse subtile afin d'extirper une démonstration à son protégé. Il proposa que le Grand Prix des sciences mathématiques de l'Académie de Paris de 1890 soit décerné à qui prouverait la conjecture des nombres premiers de Gauss. Puis il attendit, sûr que le prix irait à son ami Stieltjes.

Le plan du Français était le suivant : pour l'emporter, Stieltjes n'avait pas besoin de prétendre avoir quelque chose d'aussi remarquable que la résolution de l'hypothèse de Riemann. Il lui suffisait en fait d'établir la carte d'une petite partie du paysage imaginaire, la frontière entre le panorama d'Euler et les nouvelles terres de Riemann. Ce serait assez pour prouver qu'il n'y avait pas de zéros sur cette droite qui s'étendait du nord au sud en passant par 1. Le paysage de Riemann servirait à évaluer les erreurs de la formule de Gauss. On déterminerait celles-ci en établissant jusqu'où à l'est on pouvait trouver des zéros de Riemann. Plus le zéro serait oriental, plus l'erreur serait importante. Si l'hypothèse de Riemann était juste, l'erreur serait réduite. Mais même si l'hypothèse de Riemann était fausse, la conjecture de Riemann, elle, serait toujours juste, dans la mesure où tous les zéros se situent strictement à l'ouest de la frontière nord-sud qui passe par 1.

Le délai pour l'obtention du prix fut dépassé, et Stieltjes continuait de garder le silence. Toutefois, Hermite ne fut pas complètement déçu. Ce fut un de ses étudiants, Jacques Hadamard qui, à la surprise générale, soumit son analyse. Si son article ne constituait pas une preuve absolue, ses idées étaient suffisamment avancées pour lui valoir le prix. Aiguillonné par la récompense, dès 1896, il avait réussi à combler les failles de ses idées précédentes. Il ne pouvait pas démontrer que tous les zéros se trouvaient effectivement sur la droite critique de Riemann passant par $\frac{1}{2}$, mais il était en mesure de montrer qu'il n'y avait pas de zéros aussi loin à l'est que la frontière passant par 1.

Enfin, un siècle après la découverte par Gauss de l'existence d'un lien entre les nombres premiers et la fonction logarithme, les mathématiques détenaient une preuve de la conjecture des nombres premiers de Gauss. Elle n'était d'ailleurs plus une conjecture, et fut dès lors connue comme le théorème des nombres premiers. Cette preuve était le résultat le plus important au sujet des nombres premiers depuis que les Grecs avaient confirmé qu'on trouverait ces nombres à l'infini. Nous ne serons jamais capables de compter jusqu'aux marches les plus éloignées de l'univers des nombres. Toutefois, Hadamard avait prouvé qu'aucune surprise ne guette le voyageur intrépide. Le premier indice expérimental dégagé par Gauss n'était donc pas quelque piège trompeur tendu là par la Nature.

Sans l'avance qu'avait prise Riemann, jamais Hadamard n'aurait pu réussir. Toutes ses idées étaient profondément marquées par l'analyse du paysage zêta à laquelle s'était livré Riemann, et pourtant, il était encore très loin de démontrer la conjecture de Riemann. Dans son article, Hadamard reconnaît d'ailleurs que son travail ne valait pas ce qu'avait accompli Stieltjes qui, jusqu'à sa mort en 1894, continua d'affirmer qu'il avait une preuve de l'hypothèse de Riemann. Stieltjes n'était que le premier d'une longue lignée de mathématiciens réputés qui prétendraient détenir des preuves sans jamais les exhiber.

Très vite, Hadamard apprit qu'il lui faudrait partager la gloire du théorème des nombres premiers. En effet, simultanément, Charles de la Vallée-Poussin, un mathématicien belge, avait lui aussi développé sa propre démonstration. La louable réussite de Hadamard et de la Vallée-Poussin fut le point de départ d'une aventure qui se poursuivrait au XXe siècle, les mathématiciens désirant tous ardemment pousser plus avant leur exploration du paysage de Riemann. Hadamard et de la Vallée-Poussin avaient établi le camp de base en prévision de la grande ascension vers la droite critique de Riemann. C'est à ce moment-là que le problème commença à s'imposer comme l'Everest des mathématiques, même si, curieusement, il fallait naviguer dans les régions les moins élevées du paysage zêta pour pouvoir en faire la démonstration. Le théorème des nombres premiers de Gauss étant enfin posé, l'heure était venue pour la grande énigme de Riemann d'émerger des profondeurs obscures que recelait son article berlinois dans toute sa densité.

C'est un autre habitant de Göttingen, David Hilbert, qui porta à la connaissance du monde les fantastiques découvertes de Riemann. Plus que quiconque, ce mathématicien charismatique est à l'origine de la ruée sur ce trésor ultime qu'est l'hypothèse de Riemann.

Hilbert, joueur de flûte de Hamelin du monde mathématique

La ville de Königsberg, en Prusse, connut une certaine notoriété dans le domaine des mathématiques au XVIIIe siècle, grâce au casse-tête portant sur ses ponts, résolu par Euler en 1735. La ville se distingua de nouveau dans les annales à la fin du XIXe siècle en tant que lieu de naissance de David Hilbert, l'un des géants des mathématiques du XXe siècle.

Hilbert avait beau adorer sa ville natale, il voyait bien que c'était dans l'enceinte de Göttingen que le feu mathématique flamboyait avec la plus grande vigueur. Grâce à l'héritage de Gauss, Dirichlet, Dedekind et surtout Riemann, Göttingen était devenu La Mecque des mathématiques. Mieux que quiconque à l'époque, Hilbert savait que Riemann avait déclenché un véritable raz-de-marée. Car ce dernier avait compris qu'il était plus utile de chercher à comprendre les structures et les schémas réglant le monde mathématique que de se focaliser sur les formules et autres calculs laborieux. Les mathématiciens commençaient à prêter une oreille toute neuve à l'orchestre mathématique. N'étant plus seulement obsédés par les notes individuelles, ils commençaient à entendre la musique que composaient les objets de leurs études. Riemann était à l'origine d'une renaissance de la pensée mathématique qui prit toute son ampleur pendant la génération de Hilbert. Comme lui-même l'écrivait en 1897, il voulait mettre en œuvre « le principe de Riemann selon lequel les preuves ne devraient être déduites que par la pensée, et non par le calcul. »

Ce que fit précisément Hilbert, et c'est ainsi qu'il marqua à jamais les cercles académiques d'Allemagne. Enfant, il avait appris que les Grecs avaient démontré qu'il existait un nombre infini de nombres premiers, nécessaires pour obtenir tous les nombres possibles. Étudiant, il avait lu que les choses prenaient un autre aspect quand on considérait les équations plutôt que les nombres. À la fin du XIXe siècle, il était devenu classique de chercher à démontrer que, contrairement aux nombres premiers, il n'y avait qu'un nombre fini d'équations permettant d'engendrer certains ensembles infinis. Les mathématiciens du temps de Hilbert cherchaient à en faire la preuve en édifiant laborieusement les équations en question. Hilbert époustoufla ses contemporains en démontrant l'existence de cette série limitée d'équations essentielles sans pour autant en établir la liste détaillée. Tout comme le professeur de Gauss n'avait pas cru son élève quand celui-ci avait habilement additionné les nombres de 1 à 100, les supérieurs de Hilbert doutaient sérieusement qu'il soit possible d'expliquer la théorie des équations autrement que par un travail laborieux.

C'était un authentique camouflet pour l'orthodoxie mathématique du moment. S'il était impossible de voir la liste finie, il était difficile d'en admettre l'existence, même si les preuves confirmaient cette dernière. Pour ceux qui épousaient encore la tradition française des équations et des formules explicites, il était déconcertant d'apprendre que quelque chose qui ne pouvait pas être vu était quand même bien là. Paul Gordan, l'un des spécialistes du domaine, déclara au sujet des travaux de Hilbert : « Ce ne sont pas des mathématiques, c'est de la théologie. » N'ayant guère qu'une vingtaine d'années,

Hilbert n'en défendit pas moins sa position. On finit par admettre qu'il avait eu raison, et même Gordan concéda : « Je me suis persuadé que la théologie a ses mérites. » Hilbert se tourna alors vers l'étude des nombres, qu'il dépeignait comme « un édifice d'une beauté et d'une harmonie rares ».

En 1893, la Société mathématique allemande lui demanda de rédiger un état de la théorie des nombres à la fin du siècle. Une tâche redoutable pour qui avait tout juste dépassé la trentaine. Cent ans plus tôt, le sujet ne constituait même pas une entité cohérente. Les *Disquisitiones Arithmeticae* de Gauss, publiées en 1801, avaient cependant dévoilé l'existence d'un terrain si fertile qu'à la fin du siècle, la théorie des nombres avait prospéré au point de se transformer en un fouillis inextricable. Pour l'aider à dompter le sujet, Hilbert reçut le soutien d'un vieil ami, Hermann Minkowski. Ils se connaissaient depuis qu'ils avaient fait leurs études ensemble à Königsberg. Minkowski avait marqué de sa patte la théorie des nombres en empochant le Grand Prix des sciences mathématiques à l'âge de dix-huit ans. Et il était ravi de travailler sur un projet qui donnerait corps à ce qu'il appelait « les mélodies insaisissables de cette puissante musique ». Leur collaboration conforta Hilbert dans sa passion pour les nombres premiers qui, d'après Minkowski, « *wiggeln und waggeln* » (se tortillaient) sous leurs yeux.

La « théologie » de Hilbert lui valut un grand respect parmi les mathématiciens influents en Europe. En 1895, une lettre lui parvint de Göttingen, signée de l'un des professeurs, Felix Klein, qui lui proposait un poste dans cette université si réputée. Hilbert, sans hésiter, accepta immédiatement. Lors de son rendez-vous pour discuter de sa nomination, la faculté remit en cause le soutien de Klein, soupçonnant ce dernier de vouloir nommer un laquais incapable de se défendre par lui-même. Klein les assura du contraire : « J'ai fait demander la personnalité la plus difficile entre toutes. » L'automne suivant, Hilbert se rendait dans la cité où Riemann, sa source d'inspiration, avait lui-même été enseignant. Et il comptait bien poursuivre la révolution mathématique déclenchée par son modèle.

La faculté ne tarda pas à comprendre que Hilbert ne se contentait pas de défier les conventions mathématiques. Les épouses des professeurs étaient horrifiées par le comportement du nouveau venu. Comme l'écrivait l'une d'elles, « il perturbe toute la société ici. J'ai appris que l'autre soir, on l'avait vu dans des restaurants jouer au billard dans l'arrière-salle avec les étudiants. » Avec le temps, cependant, Hilbert commença à gagner l'affection de bien des dames de Göttingen, et se retrouva ainsi affublé d'une réputation d'homme à femmes. Lors de la fête donnée pour son cinquantième anniversaire, ses étudiants le régalèrent d'une chanson dont chaque vers commençait par une lettre de l'alphabet différente, une par conquête de Hilbert.

Le professeur bohème fit l'acquisition d'un vélo pour lequel il développa une profonde affection. On le voyait souvent pédaler dans les rues de Göttingen, un bouquet de fleurs de son jardin à la main pour l'une de ses belles. Il donnait ses cours en chemise, ce qui était inouï pour l'époque. Dans les restaurants pleins de courants d'air, il empruntait leurs boas de plumes aux femmes présentes. Il est difficile de dire si Hilbert s'amusait délibérément à provoquer, ou s'il cherchait tout simplement la solution la plus évidente à chaque problème. Une chose est sûre, cependant. Il s'intéressait davantage aux questions mathématiques qu'aux subtilités de l'étiquette.

Dans son jardin, il installa un tableau noir de six mètres de long. Là, quand il ne s'occupait pas de ses massifs de fleurs et ne se lançait pas dans des acrobaties cyclistes, il couchait à la craie ses réflexions mathématiques. Il adorait les fêtes, et écoutait toujours sa musique très fort en choisissant la plus grosse aiguille possible pour son phonographe. Le jour où il entendit Caruso chanter en direct, il en fut presque déçu : « Caruso chante avec une petite aiguille. » Mais ses capacités dans le domaine des mathématiques dépassaient de loin ses excentricités. En 1898, il se détourna de la théorie des nombres et entreprit de se consacrer au défi de la géométrie. Les nouveaux modèles géométriques l'intriguaient, tels ceux avancés par plusieurs mathématiciens dans le courant du XIXe siècle, qui prétendaient violer ainsi l'un des axiomes fondamentaux de la géométrie grecque. Fervent partisan du pouvoir abstrait des mathématiques, la réalité physique des objets lui importait peu. Aussi commença-t-il à étudier les connexions et les structures abstraites sous-tendant ces nouvelles géométries. Ce qui comptait, c'était la relation entre les objets. Hilbert est célèbre pour avoir déclaré que la théorie de la géométrie continuerait à avoir un sens même si l'on remplaçait les points, les droites et les plans par des tables, des chaises et des chopes de bière.

Un siècle auparavant, Gauss avait pris en considération le défi que représentaient ces nouveaux modèles, mais s'était abstenu de proférer des idées aussi hérétiques. Il était évidemment impossible que les Grecs aient pu se tromper. Il avait néanmoins commencé à mettre en doute l'un des axiomes fondamentaux de la géométrie euclidienne : si l'on trace une droite, puis que l'on indique un point à côté de cette droite, combien de droites parallèles à la première passent par ce point ? Pour Euclide, la réponse allait d'elle-même. Il n'y avait qu'une seule droite parallèle.

À seize ans, Gauss avait déjà supposé que dans d'autres systèmes géométriques tout aussi solides et valides, peut-être n'y avait-il rien de comparable à des parallèles. Outre la géométrie euclidienne et cette nouvelle géométrie sans parallèle, peut-être existait-il une troisième classe géométrique où il y avait plus d'une parallèle. Si tel était le cas, dans certaines géométries, les angles des triangles une fois additionnés ne composaient peut-être plus 180 degrés, ce qui était impossible aux yeux des Grecs. Si l'on pouvait envisager l'existence de plusieurs géométries possibles, s'étonnait Gauss, laquelle d'entre elles était la mieux à même de décrire le monde physique ? Les Grecs étaient convaincus que leur modèle correspondait à une description mathématique de la réalité physique. Gauss, quant à lui, n'était pas du tout persuadé du bien-fondé de leurs convictions.

Plus tard, quand il eut la charge d'établir une cartographie de l'État de Hanovre, Gauss eut recours à certaines des mesures relevées dans les environs de Göttingen pour vérifier qu'un triangle de rais de lumière brillant entre les sommets de trois collines ne contredisait pas Euclide en ayant des angles dont la somme ne totalisait pas 180 degrés. Gauss pensait que la ligne suivie par un rayon de lumière pouvait être distordue dans l'espace. Peut-être l'espace tridimensionnel était-il incurvé de la même façon que la surface bidimensionnelle du globe. Il avait à l'esprit ce que l'on appelle les grands cercles, comme les lignes de longitude, le long desquelles on calcule le plus court chemin entre deux points à la surface de la Terre. Dans cette géométrie bidimensionnelle, les lignes de longitude ne sont pas parallèles puisqu'elles se rencontrent toutes aux pôles. Personne n'avait considéré la possibilité que l'espace tridimensionnel soit lui aussi incurvé.

On sait aujourd'hui que Gauss travaillait sur une échelle trop réduite et ne pouvait donc observer une courbure spatiale suffisamment importante pour lui permettre de contredire la vision euclidienne du monde. Arthur Eddington confirma la courbure de la lumière émise par les étoiles lors d'une éclipse de soleil en 1919, ce qui appuyait l'intuition de Gauss. Mais Gauss ne rendit jamais aucune de ces idées publique, peut-être parce que sa nouvelle géométrie semblait être une déviation par rapport au travail mathématique, censé représenter la réalité physique. Quant aux amis à qui il s'en ouvrit, il leur fit jurer de garder le secret.

C'est dans les années 1830 que ces nouveaux concepts géométriques furent abordés publiquement, par le Russe Nikolaï Ivanovitch Lobatchevski et le Hongrois János Bolyai. La découverte de ces géométries non-euclidiennes, comme les définissait Gauss, ne secoua pas le vaisseau des mathématiques comme il l'avait craint. Elle fut tout simplement rejetée comme étant trop abstraite. Par conséquent, ces géométries furent ignorées pendant des années. Quoi qu'il en soit, à l'époque de Hilbert, elles commençaient à refaire surface, parfaite expression de sa propre approche plus abstraite du monde mathématique.

Certains mathématiciens affirmaient que toute géométrie ne satisfaisant pas aux critères euclidiens sur les parallèles devait comporter quelque contradiction intrinsèque la condamnant à l'échec. Quand Hilbert entreprit d'explorer cette possibilité, il vit qu'il y avait un lien logique fort entre les géométries euclidienne et non-euclidienne. Il découvrit que si ces géométries non-euclidiennes comportaient des contradictions, cela impliquait que la géométrie euclidienne elle-même en comportait également. C'était déjà un progrès, semblait-il. À l'époque, les mathématiciens pensaient que la géométrie euclidienne était solide sur le plan logique. La conclusion de Hilbert signifiait que ces géométries non-euclidiennes devaient reposer sur les mêmes fondements logiques. Si un modèle géométrique s'effondrait, c'en serait fait de toutes les autres géométries. Hilbert éprouva alors un étrange sentiment de malaise. Personne n'avait vraiment *démontré* que la géométrie euclidienne ne recelait pas de contradiction secrète.

Il se demanda comment prouver que la géométrie euclidienne n'en comportait pas. Deux millénaires s'étaient écoulés depuis

Euclide, et jamais une contradiction n'avait été décelée, mais cela ne voulait pas dire qu'il n'y en avait pas. Hilbert décréta que la première chose à faire était de repenser la géométrie en termes de formules et d'équations. Cette pratique avait été lancée par Descartes (d'où le terme de géométrie cartésienne) et adoptée par les mathématiciens français du XVIIIe siècle. Il était possible de réduire la géométrie à de l'arithmétique à l'aide d'équations décrivant les droites et les points, et un point pouvait être converti en nombres établissant ses coordonnées dans l'espace. Les mathématiciens pensaient que la théorie des nombres ne comportait pas de contradictions. Hilbert espérait donc qu'en remplaçant la géométrie par des nombres, la question de savoir si la géométrie euclidienne recelait des contradictions serait réglée.

Or, au lieu d'une réponse au problème, Hilbert déboucha sur quelque chose d'encore plus troublant : personne n'avait jamais véritablement démontré que la théorie des nombres elle-même ne comportait pas de contradiction. Pour Hilbert, soudain, le monde bascula. Pendant des siècles, les mathématiques avaient fonctionné sur le plan tant théorique que pratique sans jamais accoucher de contradictions, ce qui avait donné aux mathématiciens confiance en ce qu'ils faisaient. « Allez en avant, et la foi vous viendra » avait coutume de répondre, à ceux qui mettaient en doute les fondements du sujet, le mathématicien du XVIIIe siècle Jean Le Rond d'Alembert. Pour les mathématiciens, l'existence des nombres qu'ils étudiaient était aussi réelle que les organismes que classaient les biologistes. Ils avaient mené leur barque sans souci, tirant des déductions des affirmations qu'ils considéraient comme autant d'évidentes vérités sur les nombres. Personne n'avait osé caresser la possibilité que ces affirmations puissent mener à des contradictions.

Poussé dans ses derniers retranchements, Hilbert se retrouvait désormais obligé de remettre en question la base même sur laquelle reposait l'édifice mathématique. La question était posée, il était impossible d'ignorer ces problèmes fondamentaux. Hilbert lui-même pensait qu'aucune contradiction ne serait mise au jour, et que les mathématiciens étaient suffisamment armés pour dissiper tout doute de cet ordre, pour prouver que le sujet était implanté sur un socle inébranlable. Sa question était le signe du passage des mathématiques à l'âge adulte. Le XIXe siècle avait été le témoin de la transition des mathématiques qui, de simple servante pratique des sciences, était devenue la poursuite théorique de vérités fondamentales tenant davantage de la philosophie d'un ancien habitant de Königsberg, Emmanuel Kant. Les réflexions de Hilbert sur les fondements mêmes du sujet lui servirent de rampe de lancement pour sa nouvelle pratique des mathématiques abstraites. Sa nouvelle approche deviendrait la marque de fabrique des mathématiques du XXe siècle.

À la fin de l'année 1899, Hilbert eut l'occasion idéale d'établir des liens entre les bouleversements que suscitaient ses nouvelles idées dans les domaines de la géométrie, de la théorie des nombres et les fondements logiques des mathématiques. Il fut invité à donner l'une des principales conférences à l'occasion du Congrès international des mathématiciens, qui devait se tenir à Paris l'année suivante. Pour un mathématicien qui n'avait même pas encore quarante ans, c'était un grand honneur.

S'adresser à ses pairs à l'aube d'un nouveau siècle était une tâche impressionnante. Il lui faudrait se livrer à une présentation véritablement marquante, digne de l'événement. Hilbert commença donc à consulter ses proches, leur exposant son idée de profiter de son discours pour s'interroger sur l'avenir de la discipline. C'était fort peu conventionnel et allait à l'encontre d'une règle tacite qui voulait que seuls des concepts parfaitement développés et complets pouvaient être exprimés en public. Il faudrait un certain courage pour faire fi de la sécurité liée à la démonstration de théorèmes établis pour spéculer sur les incertitudes du futur. Mais la controverse n'avait jamais fait peur à Hilbert. Il finit par choisir de lancer à la communauté internationale le défi de ce qui n'avait pas été démontré.

Ce qui ne l'empêchait pas de douter. Était-ce raisonnable de profiter de l'occasion pour se risquer à quelque chose d'aussi nouveau ? Peut-être serait-il plus sage de se plier aux conventions et de parler de ce qui avait été accompli plutôt que de ce qu'il ne pouvait résoudre. À force de reporter sa décision, il rata le délai de soumission pour le titre de sa conférence, et ne fut pas porté sur la liste des intervenants. Quand arriva l'été 1900, ses amis s'inquiétèrent de le voir manquer totalement cette fabuleuse possibilité de présenter ses idées. Puis, un jour, ils trouvèrent tous sur leur bureau le texte de la conférence de Hilbert, tout simplement intitulée : « Problèmes mathématiques ».

Hilbert pensait que les problèmes étaient le fluide vital des mathématiques, mais qu'il fallait également les sélectionner avec soin. « Un problème mathématique se doit d'être difficile afin de nous séduire », écrivait-il, « mais pas complètement inaccessible, sous peine de tourner nos efforts en dérision. Il devrait nous servir de poteau indicateur sur le chemin tortueux des vérités cachées, et en fin de compte être un signe du plaisir que nous prenons à trouver une solution. » Les vingt-trois problèmes qu'il avait choisi de présenter avaient fait l'objet d'un tri méticuleux répondant à ce critère implacable. Dans la chaleur étouffante du mois d'août à la Sorbonne, Hilbert se leva pour faire sa conférence et ainsi défier les explorateurs mathématiques du nouveau siècle.

À la fin du XIXe siècle, de nombreux domaines d'études subissaient l'influence du mouvement philosophique du distingué physiologiste Émile du Bois-Reymond, qui estimait qu'il y a des limites à notre capacité à comprendre la nature. Dans les cercles philosophiques, la devise en vigueur était « *Ignoramus et ignorabimus* », nous sommes ignorants et nous le resterons. Or Hilbert rêvait, pour le nouveau siècle, de balayer ce pessimisme. Il conclut son introduction à ses vingt-trois problèmes par un vibrant cri de guerre : « Cette conviction de la solvabilité de tous les problèmes mathématiques est une puissante invitation pour le travailleur. Nous entendons résonner en nous l'appel éternel : "Voici le problème. Cherchez sa solution. Et vous pouvez la trouver par pur raisonnement, car dans les mathématiques, il n'y a pas d'ignorabimus." »

Les problèmes que Hilbert exposa à ses pairs s'inspiraient de l'esprit révolutionnaire de Bernhard Riemann. Les deux premiers sur la liste concernaient les questions fondatrices qui avaient obsédé Hilbert, mais les autres embrassaient l'ensemble du paysage mathématique. Certains étaient des projets ouverts plutôt que des questions nécessitant des réponses claires. L'un d'eux portait sur le rêve de Riemann de voir les questions fondamentales de la physique seulement résolues à l'aide des mathématiques.

Le cinquième problème était issu de l'idée de Riemann que les différents domaines des mathématiques, comme l'algèbre, l'analyse et la géométrie, étaient intimement liés et ne pouvaient être compris que comme formant un tout. Riemann avait démontré comment les propriétés algébriques des équations pouvaient être déduites de la géométrie des graphes définis par ces équations. Il avait fallu du courage pour s'opposer au dogme selon lequel l'algèbre et l'analyse devaient être tenus à l'écart des pouvoirs potentiellement trompeurs de la géométrie. C'est pourquoi des gens comme Euler et Cauchy s'étaient si fermement dressés contre la description graphique des nombres imaginaires. Pour eux, les nombres imaginaires étaient des solutions à des équations comme $x^2=-1$, et il ne fallait pas les confondre avec des images. Mais pour Riemann, il était évident que ces sujets étaient liés.

Dans son introduction à ses vingt-trois problèmes, Hilbert mentionna le dernier théorème de Fermat. Étrangement, en dépit du fait que le public, même du temps de Hilbert, ait vu dans ce problème l'une des grandes énigmes irrésolues des mathématiques, il ne fut jamais inscrit dans la liste de ses choix. À ses yeux, c'était « un exemple frappant de l'inspiration que peut exercer sur la science un problème très particulier et apparemment superflu ». Gauss avait exprimé le même sentiment quand il avait déclaré que l'on pouvait choisir une cohorte d'autres équations et se demander si elles avaient ou non des solutions. Le choix de Fermat n'avait donc rien de spécial.

Hilbert s'inspira de la critique faite par Gauss du dernier théorème de Fermat pour son dixième problème : existe-t-il un algorithme (procédure mathématique qui fonctionne un peu comme un programme informatique) capable de déterminer en un temps donné si telle ou telle équation a des solutions ? Hilbert espérait que cette question détournerait l'attention des mathématiciens des détails et les pousserait à se concentrer sur l'abstrait. Il avait par exemple toujours apprécié comment Gauss et Riemann avaient été à l'origine d'une nouvelle perception des nombres premiers. Les mathématiciens n'étaient plus désormais obsédés par le besoin de savoir si un nombre précis était premier. Au lieu de cela, ils s'efforçaient de comprendre la musique qui passait par tous les nombres premiers. Hilbert espérait que sa question sur les équations aurait un impact comparable.

Si le débat qui s'ensuivit, à en croire un journaliste présent, fut « décousu », cela tint davantage à la chaleur oppressante du mois d'août qu'à l'intérêt intellectuel de la conférence de Hilbert. Le meilleur ami de Hilbert, Minkowski, eut cette réflexion : « À travers ce discours, que tous les mathématiciens du monde entier sans exception voudront lire, l'attrait que vous exercez sur les jeunes mathématiciens ne fera que s'accroître ». Le risque que Hilbert avait pris en présentant un point de vue si peu conventionnel assura sa réputation de pionnier de la nouvelle pensée mathématique au XXe siècle. Minkowski était convaincu que ces vingt-trois problèmes auraient une influence considérable sur le milieu, et déclara à Hilbert : « Votre poids se fera sentir sur l'ensemble des mathématiques pour tout le XXe siècle ». Des paroles on ne peut plus prophétiques.

Parmi sa liste de problèmes ouverts, l'un d'entre eux, le huitième, était tout à fait particulier : il s'agissait de démontrer l'hypothèse de Riemann. Dans un entretien, Hilbert expliqua que selon lui, l'hypothèse de Riemann était le problème le plus important « non seulement dans les mathématiques, mais dans l'absolu ». Plus loin, alors qu'on lui demandait ce que serait d'après lui la plus grande réussite technologique, il répondit : « Attraper une mouche sur la Lune. Parce que pour parvenir à un tel résultat, il faudrait résoudre des problèmes auxiliaires tels que cela signifierait que nous aurions trouvé la solution à presque toutes les difficultés matérielles de l'humanité. » Quand on considère le déroulement du XXe siècle, on ne peut que reconnaître la justesse de son analyse.

Il pensait que la démonstration de l'hypothèse de Riemann aurait sur les mathématiques le même effet que la capture d'une mouche sélénite pour la technologie. Ayant fait de l'hypothèse son huitième problème, il expliqua ensuite devant le Congrès international que si nous comprenions toutes les implications de la formule des nombres premiers de Riemann, nous serions en mesure d'appréhender bien d'autres mystères liés à ces nombres. Il cita à la fois la conjecture de Goldbach et le problème de l'existence d'un nombre infini de nombres premiers jumeaux. L'intérêt de la démonstration de l'hypothèse était donc double : d'une part, elle tournerait la page d'un chapitre dans l'histoire des mathématiques, et d'autre part, elle ouvrirait de nombreuses nouvelles portes.

Hilbert n'imaginait pas que l'hypothèse de Riemann resterait si longtemps une énigme. Dans une conférence en 1919, il fit part de son optimisme, se disant qu'elle serait résolue de son vivant, ajoutant que peut-être le plus jeune membre de son auditoire assisterait à la démonstration du dernier théorème de Fermat. En revanche, il prédit avec témérité que personne parmi ses contemporains ne verrait la résolution du septième problème sur sa liste, à savoir si 2 à la puissance de la racine carrée de 2 constituait la solution à une équation. Son intuition dans le domaine mathématique était peut-être sans égale, mais il n'en allait pas de même de ses talents de devin. En l'espace de dix ans, le septième problème était décrypté. Et l'on peut supposer qu'un très jeune diplômé présent à la conférence de Hilbert en 1919 ait vécu assez longtemps pour apprendre qu'Andrew Wiles avait prouvé le dernier théorème de Fermat en 1994. En dépit des formidables avancées de ces dernières décennies, l'hypothèse de Riemann, elle, pourrait bien n'avoir toujours pas trouvé son maître quand, d'ici cinq siècles, Hilbert s'éveillera tel Barberousse.

Une fois, Hilbert crut ne pas avoir à attendre si longtemps. Il reçut un jour un article signé par un de ses étudiants qui prétendait démontrer l'hypothèse de Riemann. Hilbert ne tarda pourtant pas à trouver une faille dans le raisonnement, mais la méthode l'impressionna. Hélas, l'étudiant devait mourir un an plus tard. On demanda à Hilbert de faire un discours lors de l'inhumation. Il loua les idées du jeune homme et exprima l'espoir qu'un jour, elles seraient à l'origine de la démonstration de cette grande conjecture. Puis, se lançant dans une digression des plus inappropriées qui illustre à merveille le stéréotype du mathématicien déconnecté de la réalité sociale, il attaqua : « Considérez, si vous le voulez, une fonction définie sur des nombres imaginaires… », et entreprit de présenter les détails de la démonstration incorrecte. Vraie ou non, l'anecdote est crédible. Parfois, les mathématiciens finissent par ne plus voir que la lumière au bout du tunnel.

Avec la conférence de Hilbert, l'hypothèse de Riemann se retrouva sous les feux de la rampe. Elle était désormais comme l'une des grandes énigmes inviolées des mathématiques. Si l'obsession que lui inspirait l'hypothèse ne l'amena pas à contribuer directement à sa résolution, le nouveau programme que Hilbert proposait pour les mathématiques du XXe siècle allait avoir une influence marquante. Même ses questions sur la physique et celles, fondatrices, sur les axiomes des mathématiques allaient jouer un rôle dans notre meilleure compréhension des nombres premiers. Mais en attendant, ce fut Hilbert qui amena à Göttingen un mathématicien qui prendrait le témoin passé de Gauss à Dirichlet puis à Riemann.

Landau, le plus difficile des hommes

À la suite du décès tragiquement prématuré du meilleur ami de Hilbert, Minkowski, un poste se trouvait vacant à Göttingen. Âgé de seulement quarante-cinq ans, Minkowski avait été emporté par une terrible appendicite. Hilbert venait tout juste de résoudre le problème de Waring, lié à l'expression des nombres en tant que sommes de cubes, de quatrièmes puissances et au-delà. Il savait que Minkowski apprécierait le résultat parce qu'il était dans la continuité des travaux qui lui avaient valu le Grand Prix des sciences mathématiques décerné par l'Académie française quand il n'avait que dix-huit ans. « Même sur son lit d'hôpital, allongé là mortellement affecté, il se souciait du fait que lors de la prochaine réunion du séminaire, quand je parlerais de ma solution du problème de Waring, il ne pourrait y assister. »

La mort de Minkowski toucha profondément Hilbert. Comme le relata un étudiant de Göttingen : « J'étais en classe quand Hilbert nous parla de la mort de Minkowski, et il pleurait. Du fait de sa position respectable de professeur en ce temps-là, de la distance qu'il y avait entre les étudiants et lui, c'était peut-être encore plus choquant pour nous de voir Hilbert pleurer que d'apprendre que Minkowski était mort. » Hilbert tenait à trouver un successeur dont la passion pour la théorie des nombres serait égale à celle de Minkowski.

Son choix se porta sur Edmund Landau, un homme que tous les témoins s'accordent à décrire comme difficile. Il semblerait qu'il y ait eu la possibilité de nommer quelqu'un d'autre. Hilbert demanda à ses collègues : « Qui des deux est le plus difficile ? » Quand on lui répondit que Landau l'était sans aucun doute, Hilbert assura que c'était lui dont Göttingen avait besoin. Leur département n'avait que faire de sycophantes. Hilbert voulait des collègues prêts à remettre en cause les conventions tant sociales que mathématiques.

Landau était impitoyable avec ses étudiants et ne fit pas mentir sa réputation de soupe au lait du département. Ses étudiants redoutaient d'être invités chez lui pour le week-end, où ils devaient alors se plier à sa passion pour les jeux mathématiques. Un de ses étudiants, jeune marié, était sur le point de partir en voyage de noces. Le train avait presque quitté la gare de Göttingen quand Landau fit irruption sur le quai, poussa le manuscrit de son dernier ouvrage par la vitre baissée et exigea : « Je veux que vous en ayez corrigé les épreuves à votre retour ! »

Landau se vit bientôt investi du rôle de successeur de Riemann et Gauss, et devint en Europe le principal intervenant quant au développement des travaux de la Vallée-Poussin et de Hadamard. Par son tempérament, il était l'homme idéal pour lancer des expéditions depuis le camp de base qu'ils avaient établi afin d'entreprendre l'ascension du mont Riemann. Pour démontrer le théorème des nombres premiers de Gauss, Hadamard et de la Vallée-Poussin avaient prouvé qu'il n'y avait pas de zéro sur la frontière nord-sud passant par le nombre 1. Il fallait maintenant montrer que l'on ne rencontrerait pas de zéro avant la droite critique de Riemann qui passait par $\frac{1}{2}$.

Landau fut rejoint dans son aventure par Harald Bohr. Installé à Copenhague, Bohr était de ceux qui effectuaient régulièrement des pèlerinages à travers toute l'Europe pour se rendre à Göttingen. Son frère Niels allait acquérir une renommée internationale en comptant parmi les créateurs de la physique quantique. Harald s'était déjà fait un nom en tant que joueur dans l'équipe de football danoise qui avait décroché la médaille d'argent aux Jeux olympiques de 1908.

Ensemble, Landau et Bohr furent les premiers à pouvoir naviguer sur les points situés au niveau de la mer dans le paysage de Riemann. Ils parvinrent à démontrer que la plupart des zéros ont tendance à s'entasser le long de la droite magique de Riemann. Ils considérèrent le nombre de zéros de 0,5 à 0,51 et le comparèrent au nombre de zéros en dehors de cette étroite bande de terre. Ils purent prouver que les zéros de cette bande représentaient au moins une partie non négligeable de tous les zéros. Riemann avait prédit que tous les zéros se trouvaient sur la droite passant par $\frac{1}{2}$. Landau et Bohr n'étaient pas à même de démontrer quoi que ce soit d'aussi précis, mais ils étaient sur la bonne voie.

Pour que leur argument soit valide, la bande ne devait pas obligatoirement mesurer 0,01 de large. Aussi étroite fût-elle, même avec une largeur de $1/10^{30}$, par exemple, Landau et Bohr pouvaient encore démontrer que la plupart des zéros étaient situés dans cette bande de terre verticale. Pourtant, ni l'un ni l'autre ne pouvaient montrer que cela signifiait qu'en majeure partie les zéros devaient effectivement se trouver sur la droite de Riemann passant par $\frac{1}{2}$, ce que Riemann lui-même affirmait avoir démontré, mais qu'il n'avait jamais publié. Cela peut sembler aussi contre-intuitif qu'exaspérant. Si tous les zéros sont compris dans une petite bande qui va s'étrécissant, pourquoi ne peut-on en conclure que la plupart d'entre eux doivent bel et bien se trouver sur cette droite critique ? Tels sont les mystères des mathématiques. Supposons ainsi que, pour chaque nombre N, on trouve 10^N zéros dans la bande étroite située entre $\frac{1}{2} + 1/10^{N+1}$ et $\frac{1}{2} + 1/10^N$. Un agencement hypothétique de cet ordre s'accommoderait du résultat établi par Bohr et Landau sans qu'il y ait besoin que l'un ou l'autre des zéros soit placé sur la droite critique passant par $\frac{1}{2}$.

À l'époque, Göttingen commençait à mériter sa fameuse devise inscrite sur le blason de l'hôtel de ville et qui déclarait qu'hors de ses murailles médiévales, il n'y avait point de vie. Plus que toute autre chose, c'est l'influence de Hilbert qui transforma Göttingen, faisant de la paisible ville universitaire de Riemann le cœur vibrant des mathématiques au début du XXe siècle. Du temps de Riemann, c'était Berlin qui débordait d'énergie intellectuelle, mais quand on offrit par la suite à Hilbert un poste à l'université de Berlin, il refusa. La petite ville médiévale plongée dans l'héritage de Gauss constituait un environnement idéal pour l'activité mathématique.

Grâce à l'argent octroyé par un professeur de mathématiques du nom de Paul Wolfskehl, décédé en 1908, Hilbert parvint à attirer à Göttingen les plus grands mathématiciens du monde. Dans son testament, Wolfskehl avait légué 100 000 marks sous la forme d'un prix qui serait attribué à la première personne qui démontrerait le dernier théorème de Fermat. C'était de ce prix que Wiles avait entendu parler étant enfant, et qui l'avait poussé à tenter de résoudre l'énigme de Fermat. (L'argent du prix que Wiles finit par toucher avait été grandement dévalué par l'hyperinflation qu'avait connue l'Allemagne dans le sillage des deux guerres mondiales.) Le testament de Wolfskehl stipulait que tant que la démonstration du théorème serait inaccessible, les intérêts de l'argent du prix devraient servir à financer la venue de visiteurs à Göttingen.

Landau prit en main la vérification des solutions soumises à la faculté. Mais il fut bientôt submergé par l'énormité de la tâche, et en vint donc à confier les manuscrits à ses étudiants, accompagnés d'une lettre de refus qu'ils n'avaient qu'à compléter. La lettre disait : « Merci de votre solution au dernier théorème de Fermat. La première erreur se trouve page … ligne … » Hilbert, lui, se chargea de la mission, beaucoup plus agréable, de dépenser les intérêts engendrés par l'argent du prix. La somme lui offrait la possibilité de faire venir de nombreux mathématiciens à Göttingen, à tel point qu'il finit par espérer que personne ne démontre jamais le dernier théorème de Fermat. « Pourquoi irais-je tuer la poule aux œufs d'or ? » reconnut-il.

Il était communément admis que tout jeune mathématicien souhaitant se faire une place au soleil devait d'abord se trouver une place à Göttingen. Un étudiant compara l'influence de Hilbert sur la discipline à « la douce musique du Joueur de flûte de Hamelin … invitant autant de rats à le suivre dans le cours profond du fleuve des mathématiques ». Comme il fallait s'y attendre, un grand nombre de ces rats mathématiciens étaient issus des universités qui s'étaient développées lors des révolutions politiques et intellectuelles ayant balayé l'Europe continentale au XIXe siècle.

En revanche, la Grande-Bretagne souffrait de son incapacité traditionnelle à absorber les bonnes idées venues du continent. Tout comme les rivages anglais avaient une résistance remarquable aux bouleversements politiques de la Révolution française, les mathématiques anglaises étaient passées à côté de la révolution de Riemann. Les nombres imaginaires étaient encore considérés comme une notion continentale dangereuse. À vrai dire, en Angleterre, les mathématiques n'avaient plus connu d'épanouissement significatif depuis le débat, au XVIIe siècle, entre Newton et Leibniz quant à la paternité du calcul infinitésimal. Même si Newton avait été le premier, le développement mathématique de son pays serait handicapé pendant des années par son refus d'admettre la supériorité du développement du sujet par Leibniz. Mais les choses étaient sur le point de changer.

Hardy, esthète des mathématiques

En 1914, Landau et Bohr avaient bouclé leurs travaux montrant que la plupart des zéros étaient au moins agglutinés le long de la droite critique de Riemann. Mais jusqu'où étaient allés les mathématiciens dans la connaissance des zéros qui se trouvaient sur cette droite ? Parmi l'infinité de points au niveau de la mer qu'ils savaient être là, seuls soixante et onze avaient été identifiés comme étant alignés le long de la droite critique de Riemann.

C'est alors qu'eut lieu une importante percée psychologique. Au bout de deux siècles passés dans le néant du désintérêt face aux idées du continent, un mathématicien anglais, G.H. Hardy, avait repris le témoin de Riemann et réussi à démontrer que les zéros se trouvant sur la droite nord-sud qui passait par $\frac{1}{2}$ existaient effectivement en nombre infini. Hilbert fut particulièrement impressionné par la contribution de Hardy. En fait, quand il découvrit que Hardy avait des difficultés avec les autorités du Trinity College de Cambridge à propos de son logement, il écrivit une lettre au doyen. Hardy, y affirmait Hilbert, n'était pas seulement le meilleur mathématicien du Trinity, mais le meilleur d'Angleterre, et devait par conséquent bénéficier du meilleur logement de l'établissement.

La renommée de Hardy en dehors du cercle des mathématiciens doit beaucoup à son ouvrage éloquent, *A Mathematician's Apology*, mais c'est par ses contributions à la théorie des nombres premiers et à l'hypothèse de Riemann qu'il décrocha ses lauriers mathématiques. Si Hardy avait démontré qu'il se trouvait une infinité de zéros sur la droite, l'affaire était-elle dans le sac ? Hardy avait-il prouvé l'hypothèse de Riemann ? Après tout, s'il y a une infinité de zéros et si Hardy avait démontré qu'ils étaient infiniment nombreux sur la droite de Riemann, cela ne voudrait-il pas dire que nous sommes arrivés à bon port ?

Malheureusement, l'infini est du genre insaisissable. Hilbert avait coutume, pour illustrer les mystères de l'infini, d'utiliser l'image d'un hôtel avec un nombre infini de chambres. Vous pourriez contrôler tous les numéros impairs et vous apercevoir que toutes ces chambres sont occupées, mais même si vous vérifiiez un nombre infini de chambres, il resterait encore les chambres à numéros pairs. Dans le cas de Hardy, au lieu de contrôler si des chambres étaient occupées ou non, il s'agissait de contrôler les zéros pour voir s'ils se trouvaient ou non sur la droite. Hardy n'avait même pas réussi à démontrer qu'au moins la moitié des zéros se trouvait sur la droite.

Il avait obtenu un résultat pour un nombre infini de chambres, mais en tant que proportion de toutes les chambres existantes, cela ne représentait toujours que zéro pour cent. L'exploit de Hardy était certes extraordinaire, mais il restait encore un long chemin à parcourir. L'Anglais avait levé un pan du voile des zéros, mais le résultat est aussi immense et intraitable qu'auparavant.

Sur Hardy, ce fascinant avant-goût allait avoir l'effet d'une drogue. Il ne serait jamais tant obsédé que par son désir de prouver que tous les zéros se trouvaient sur la droite de Riemann, si l'on fait abstraction de sa passion pour le cricket et du combat acharné qu'il menait contre Dieu. À l'instar de Hilbert, l'hypothèse de Riemann arrivait en tête de la liste des vœux de Hardy, comme on peut le déduire de ses résolutions pour la nouvelle année, qu'il écrivit sur l'une des nombreuses cartes envoyées à ses amis et collègues :

(1) Démontrer l'hypothèse de Riemann.
(2) Obtenir un score de 211 [le premier nombre premier après la double centaine] à la quatrième manche du dernier test match du championnat.
(3) Trouver une preuve de la non-existence de Dieu capable de convaincre le grand public.
(4) Être le premier à arriver au sommet du mont Everest.
(5) Être proclamé premier président d'URSS, de Grande-Bretagne et d'Allemagne.
(6) Assassiner Mussolini.

Les nombres premiers l'avaient toujours fasciné. Enfant, il s'amusait pendant la messe à décomposer les numéros des chants pour retrouver les nombres premiers. Il adorait se plonger dans les livres contenant des curiosités sur ces nombres fondamentaux dont il dit que

« pour la lecture au petit déjeuner, ils valent mieux que les résultats des matchs de football ». En fait, Hardy pensait que quiconque aimait lire les résultats de football ne pouvait qu'apprécier les joies des nombres premiers. « Une des particularités de la théorie des nombres tient au fait qu'une grande partie serait publiable, et que cela vaudrait de nouveaux lecteurs au *Daily Mail.* » Il estimait que les nombres premiers recelaient encore assez de mystère pour intriguer le lecteur tout en étant assez simples pour que qui que ce soit puisse commencer à en explorer la magie. Plus que tout autre mathématicien de l'époque, Hardy cherchait à communiquer un peu de la passion que lui inspirait le sujet. Ce dernier, considérait-il, ne devait pas rester le plaisir secret des occupants des tours d'ivoire universitaires.

Comme le montre sa troisième résolution pour la nouvelle année, l'église où il s'était mis à décomposer les numéros des chants en nombres premiers avait également eu un effet profond sur lui. Très tôt, il s'était férocement opposé à l'idée de Dieu et aux atours de la religion. Toute sa vie durant, il livrerait bataille à Dieu, s'efforçant de démontrer son impossibilité. Ce combat prit une tournure si personnelle qu'il finit paradoxalement par donner corps au personnage même dont il voulait nier l'existence avec tant de véhémence. Quand il se rendait à un match de cricket, il emportait avec lui une batterie anti-Dieu pour dissiper tout risque d'averse. Même quand le ciel était sans nuage, il arrivait avec quatre pulls, un parapluie et une liasse de documents sous le bras. Comme il l'expliquait à ses voisins dans la tribune, il tentait de pousser Dieu à croire qu'en fait, il espérait qu'il allait pleuvoir pour pouvoir rattraper du travail en retard. Il pensait qu'ainsi, Dieu, son ennemi personnel, enverrait du soleil pour saboter la volonté de Hardy de faire des mathématiques.

Un jour d'été, Hardy fut furieux quand le match de cricket qu'il suivait fut brutalement interrompu. Le batteur se plaignait d'être aveuglé par un reflet brillant provenant de la tribune où il se trouvait. Mais quelle ne fut pas sa joie quand un imposant clergyman fut invité à retirer l'énorme croix d'argent qu'il portait autour du cou et qui réfléchissait la lumière du soleil. Incapable de se contenir, il passa la pause déjeuner à rédiger des cartes postales destinées à ses amis où il dépeignait le triomphe du cricket sur le clergé.

Quand la saison de cricket prenait fin, en septembre, Hardy se rendait souvent chez Harald Bohr, à Copenhague, avant la rentrée universitaire en Angleterre. Leur travail respectait un rituel quotidien. Tous les matins, ils posaient une feuille de papier sur la table, et Hardy y inscrivait leur tâche du jour : démontrer l'hypothèse de Riemann. Hardy avait espéré que les idées développées par Bohr lors de ses séjours à Göttingen fourniraient un moyen de parvenir à une démonstration. Le reste de la journée pouvait se passer en promenades et en discussions, ou en gribouillis. Mais la percée tant attendue par Hardy se dérobait toujours.

Puis, un jour, alors que Hardy venait tout juste de repartir pour la rentrée universitaire anglaise, Bohr reçut une carte postale. Son cœur se mit à battre la chamade quand il lut les mots de son collègue : « Ai preuve de l'hypothèse de Riemann. Carte trop petite pour démonstration. » Enfin, Hardy avait réussi à sortir de l'impasse. Mais le ton de la carte avait quelque chose de familier. Bohr eut à l'esprit les commentaires laissés dans la marge par Fermat. Hardy aimait trop les farces pour ne pas avoir vu toute l'ironie que contenait sa carte postale. Bohr choisit donc d'attendre avant de se réjouir et patienta, le temps que Hardy se décide à lui en dire plus. Bien entendu, la carte postale n'était pas la percée annoncée : Hardy jouait encore à ses petits jeux avec Dieu.

Quand Hardy avait embarqué sur le bateau qui devait effectuer la traversée du Danemark à l'Angleterre, la mer était exceptionnellement agitée. Le navire lui-même n'étant pas particulièrement grand, Hardy commença à craindre pour sa vie. Il se chargea donc de veiller lui-même à sa survie. Ce fut à ce moment-là qu'il envoya à Bohr sa carte postale proclamant sa découverte fictive. Si sa première passion était de démontrer l'hypothèse de Riemann, la deuxième était son combat contre Dieu. Hardy savait que jamais Dieu ne laisserait le bateau sombrer en donnant au monde l'impression que Hardy et sa démonstration s'étaient noyés et étaient perdus pour toujours. Sa ruse fonctionna, et il arriva sain et sauf en Angleterre.

Il est sans doute juste de reconnaître que l'obsession de Hardy pour l'hypothèse de Riemann, associée à sa personnalité pittoresque et charismatique, fit beaucoup pour propulser le problème au sommet de la liste des priorités absolues des mathématiques. Son éloquence stylistique, que l'on retrouve dans *A Mathematician's Apology*, joua un rôle essentiel dans la défense de l'importance de la théorie des nombres et de ce qu'il considérait comme son problème central. Il est frappant de constater qu'en dépit de tout ce que dit Hardy dans son *Apology* à propos de la beauté et de l'esthétique des mathématiques, la beauté de ses propres démonstrations est souvent masquée par une profusion de détails techniques nécessaires pour qui veut en atteindre les conclusions. Comme c'est souvent le cas, le succès n'était pas tant dû à une grande idée qu'à un dur labeur.

Le livre qui fut probablement à l'origine du désir de Hardy de devenir mathématicien n'était pas du tout un livre de mathématiques. C'était un récit sur les plaisirs de la vie d'enseignant au Trinity College. Dans un roman intitulé *A Fellow of Trinity*, qu'il avait lu, la description de professeurs sirotant du porto dans la salle des profs l'avait fasciné. Hardy reconnaissait avoir choisi la discipline car

« c'est la seule et unique chose que je sache faire à peu près bien... au début, les mathématiques étaient surtout pour moi synonymes d'un poste à Trinity ».

Pour y parvenir, il avait dû se soumettre à une éprouvante succession d'examens exigés par le système de Cambridge. Hardy comprit plus tard que l'accent mis par le système d'examen sur la résolution de problèmes techniques artificiels et de casse-tête mathématiques signifiait que même après avoir obtenu leur diplôme, rares étaient ceux qui savaient de quoi il s'agissait en réalité. En 1904, un des professeurs de Göttingen parodia les problèmes imposés aux étudiants britanniques : « Sur un pont élastique se tient un éléphant d'une masse négligeable. Sur sa trompe se pose un moustique de masse *m*. Calculez les vibrations du pont quand l'éléphant fait tourner le moustique en agitant sa trompe. » On attendait des étudiants qu'ils citent les *Principia* de Newton comme s'il s'agissait de la Bible. Les résultats étaient connus par leur alinéa plutôt que pour leur véritable sens. Selon Hardy, c'était en raison de ce système que la Grande-Bretagne errait dans le désert des mathématiques. On enseignait aux mathématiciens britanniques à jouer leurs gammes de plus en plus vite, mais ils n'étaient absolument pas conscients de la musique magnifique qu'ils pourraient interpréter une fois les gammes maîtrisées.

Hardy, quant à lui, attribuait son propre éveil mathématique au livre du mathématicien français Camille Jordan, *Cours d'analyse,* qui lui avait ouvert les yeux sur la floraison de la discipline dans le reste de l'Europe. « Jamais je n'oublierai mon étonnement à la lecture de cette œuvre remarquable... et quand j'ai appris pour la première fois au fil de ma lecture ce qu'étaient vraiment les mathématiques. »

L'admission de Hardy au Trinity en 1900 le libéra du poids des examens, lui permettant d'explorer le monde réel des mathématiques.

Littlewood, une brute au pays des maths

En 1910, Hardy fut rejoint au Trinity College par un mathématicien de huit ans son cadet, J.E. Littlewood. Ensemble, ils passeraient les trente-sept prochaines années comme les Scott et Oates des mathématiques, explorant les nouveaux horizons qui s'étaient ouverts sur le continent. Leur collaboration accoucha de près d'une centaine d'articles cosignés. Bohr avait l'habitude de plaisanter en disant qu'il y avait trois grands mathématiciens anglais à l'époque, Hardy, Littlewood et Hardy-Littlewood.

Chacun avait des qualités bien distinctes. Littlewood était une brute qui fonçait tête baissée sur les problèmes. Rien ne le satisfaisait plus que de faire mettre genou en terre à un problème complexe. Hardy, lui, chérissait la beauté et l'élégance. Ce qui se retrouvait immanquablement dans la rédaction de leurs articles. Hardy s'emparait du brouillon mal dégrossi de Littlewood et y ajoutait ce qu'ils appelaient de « l'air », produisant la prose soignée indissociable de leurs démonstrations.

D'ailleurs, leur apparence physique était le reflet de leurs styles. Hardy était bel homme, de ceux qui parviennent à donner le sentiment de rester jeune bien au-delà de leur date de péremption. À ses débuts en tant que boursier du Trinity, il n'était pas rare que des enseignants l'interpellent dans la salle des professeurs, croyant qu'il devait s'agir d'un étudiant égaré dans le labyrinthe des couloirs de l'institution. Littlewood était au contraire rude et carré, « un personnage tout droit sorti de Dickens », comme le remarquait un mathématicien. Il était fort et agile d'esprit et de corps. Comme Hardy, il adorait le cricket et était un batteur puissant. Il avait pour autre passion la musique, une discipline pour laquelle Hardy n'avait jamais eu d'affinité. Adulte, il apprit par lui-même à jouer du piano, et éprouvait une adoration intense pour Bach, Beethoven et Mozart. Il considérait que la vie était trop courte pour la gaspiller avec des compositeurs mineurs.

Autre chose les distinguait : la sexualité. Il était admis que Hardy était vraisemblablement homosexuel. Mais il était très discret à ce sujet même si, à Cambridge, l'homosexualité était pour ainsi dire plus acceptable que le mariage. En ce temps-là, les professeurs d'Oxford et Cambridge étaient contraints de céder leur chaire en cas de mariage. Littlewood affirmait que Hardy était un « homosexuel non-pratiquant ». En revanche, tous les témoignages concordent quant à lui. Littlewood était un homme à femmes, même s'il n'atteignit jamais les prouesses de Hilbert en ce domaine. Il se lia ainsi avec l'épouse d'un médecin local, avec qui il passait les vacances d'été en Cornouailles. Bien des années plus tard, un des enfants de la dame, se regardant dans la glace, s'étonna de sa ressemblance frappante avec oncle John. « Ce n'est pas surprenant », lui répondit-elle, « c'est ton père. »

Comme il se doit pour deux mathématiciens, leur collaboration reposait sur des fondations très clairement axiomatiques :

Axiome 1 : Peu importait si ce qu'ils s'écrivaient l'un à l'autre était juste ou non.

Axiome 2 : Rien ne les obligeait à se répondre, ni même à lire les lettres qu'ils s'échangeaient.

Axiome 3 : Ils devaient s'efforcer de ne pas penser aux mêmes choses.

Et l'axiome le plus important de tous :

Axiome 4 : Pour éviter tout litige, tous les articles porteraient leurs deux signatures, même si l'un ou l'autre n'y avait en rien contribué.

Bohr résumait leur relation en ces termes : « Jamais une collaboration aussi importante et harmonieuse ne fut fondée sur des axiomes apparemment si négatifs. » Aujourd'hui encore, les mathématiciens parlent de « jouer selon les règles Hardy-Littlewood » quand ils effectuent des travaux conjoints. Bohr s'aperçut que Hardy respectait son deuxième axiome quand ils collaboraient à Copenhague. Il se souvenait de la volumineuse correspondance mathématique qui arrivait chaque jour de la part de Littlewood, Hardy abandonnant le tout dans un coin de la pièce et déclarant d'un ton méprisant : « J'imagine qu'il faudra bien que je les lise un jour ou l'autre. » Quand Hardy se trouvait à Copenhague, il n'avait qu'une seule chose à l'esprit, l'hypothèse de Riemann. Tant que Littlewood ne lui envoyait pas de démonstration de l'hypothèse, ses lettres finissaient toutes dans un coin de la pièce.

Harold Davenport, un des étudiants de Littlewood, racontait que Hardy et Littlewood avaient failli se brouiller au sujet de l'hypothèse de Riemann. Hardy avait écrit un roman policier dans lequel un mathématicien parvenait à démontrer l'hypothèse de Riemann, mais était assassiné par un autre qui prétendait alors avoir trouvé la solution. Ce qui déplut particulièrement à Littlewood. Non que Hardy eût violé l'*axiome 4* en n'incluant pas son collaborateur comme coauteur. Littlewood pensait que Hardy s'était inspiré de lui pour son personnage de l'assassin, et il s'opposa purement et simplement à la publication du manuscrit. Hardy céda, et les mathématiques furent ainsi privées de ce petit bijou littéraire.

À Cambridge, Littlewood était un homme sorti du rang, qui s'était plié à toutes les exigences du système des examens. Il était arrivé au sommet, conquérant le titre très envié de major de sa promotion, partagé avec un autre étudiant, Mercer. Dans l'enceinte de l'université, les majors de promotion étaient des célébrités, et leurs photographies étaient mises en vente à la fin de l'année. Peut-être ses camarades avaient-ils pressenti que cela n'était que le début de sa carrière remarquable. Toujours est-il que quand un de ses amis voulut acheter une de ses photographies, il lui fut répondu : « Je suis désolé, nous n'avons plus de M. Littlewood, mais nous avons encore beaucoup de M. Mercer. »

Littlewood voyait bien que les examens ne correspondaient pas à ce qu'étaient vraiment les mathématiques, qu'il ne s'agissait que d'une sorte de jeu technique auquel il devait se plier avant de pouvoir passer à l'étape suivante. « Ce jeu auquel nous jouions me venait facilement, j'éprouvais même une certaine satisfaction à y réussir. » Littlewood était impatient de pratiquer l'art qu'il avait appris en tant qu'étudiant et d'en faire un usage plus créatif. Sa rencontre avec la recherche mathématique à part entière tint en quelque sorte du baptême du feu.

Tout frais sorti des examens, il espérait pouvoir participer à des travaux de recherche pendant les longs congés d'été. Il demanda à son tuteur, Ernest Barnes, de lui soumettre un problème adéquat sur lequel se faire les dents. Barnes, qui devint plus tard évêque de Birmingham, prit un temps de réflexion, puis se souvint d'une fonction intéressante dont personne ne savait vraiment que faire. Peut-être Littlewood pourrait-il s'intéresser aux zéros de la fonction ? Barnes rédigea une définition de la fonction que Littlewood pourrait emporter pendant l'été. « On l'appelle la fonction zêta, » lâcha Barnes innocemment. Littlewood quitta la salle la définition à la main, sans savoir que Barnes venait de lui suggérer de passer l'été à démontrer l'hypothèse de Riemann.

Barnes s'était abstenu de présenter l'histoire du problème à Littlewood, ce qui aurait permis à ce dernier d'en comprendre la difficulté. Son tuteur ne savait peut-être même pas qu'il y avait des liens entre les zéros et les nombres premiers, et ne considérerait peut-être le problème que comme une énigme intéressante : quand cette fonction donne-t-elle la valeur zéro ? Comme l'explique Peter Sarnak, l'un des phares de la recherche moderne sur l'hypothèse de Riemann : « C'était vraiment la seule fonction analytique que les mathématiciens ne comprenaient pas au début du XXe siècle. » Ainsi que le déclara Sir Peter Swinnerton-Dyer, qui fut l'un des étudiants de Littlewood, aux obsèques de son maître, le fait que « Barnes ait cru que [l'hypothèse de Riemann] était adaptée à la recherche entreprise par un étudiant, même le plus brillant d'entre eux, et que Littlewood s'y soit attaqué sans aucune arrière-pensée » montrait bien dans quelle triste situation se trouvaient les mathématiques britanniques avant que Hardy et Littlewood ne laissent leur marque.

Tout l'été, Littlewood s'acharna, aux prises avec le problème apparemment anodin que lui avait confié Barnes. S'il n'eut pas la chance de trouver l'emplacement des zéros, il fut très heureux d'avoir découvert autre chose. Il avait compris que ces zéros pouvaient en dire plus sur les nombres premiers. Bien que cela n'eût plus été une nouveauté sur le continent depuis Riemann, en Angleterre, on connaissait encore mal la connexion entre la fonction zêta et les nombres premiers. Ce lien qu'il croyait entièrement nouveau le transporta et, en septembre 1907, il le coucha par écrit dans la dissertation nécessaire à sa demande de bourse à Trinity. Le fait qu'il ait cru que sa découverte était originale démontre une fois encore à quel point les mathématiques britanniques étaient coupées du reste du monde.

Hardy, l'un des rares en Angleterre à être au courant des récents progrès accomplis par Hadamard et de la Vallée-Poussin, savait que ce résultat n'était pas aussi nouveau que l'avait espéré Littlewood. Néanmoins, il prit conscience du potentiel de l'étudiant, et si ce dernier n'obtint pas de poste cette année-là, il fut entendu qu'il l'obtiendrait la fois suivante. Il rejoignit Hardy au Trinity en octobre 1910.

S'ouvrant aux influences de la tradition intellectuelle qui prévalait de l'autre côté de la Manche, Cambridge était à l'aube d'une renaissance. Il commençait à être plus aisé de se déplacer entre les îles britanniques et le continent, et Hardy, ainsi que d'autres universitaires, faisaient l'effort de se rendre dans de nombreux centres de formation européens. Les nouveaux contacts qu'ils établirent suscitèrent l'apparition d'une vague de nouvelles publications, journaux, livres et idées de l'étranger. Le Trinity College en particulier devint une communauté d'une incroyable vigueur au début du XXe siècle. La salle des professeurs n'était désormais plus un club réservé à l'élite, mais un lieu de recherche. À la grande table des professeurs, les conversations ne se cantonnaient plus au porto et au vin de Bordeaux, elles vibraient désormais des idées du jour. Travaillant aux côtés de Hardy et Littlewood, deux des plus éminents philosophes se trouvaient à Trinity : Bertrand Russell et Ludwig Wittgenstein. L'un et l'autre étaient aux prises avec les problèmes fondateurs des mathématiques qui avaient tant inquiété Hilbert. Dans le domaine de la physique, Cambridge était le théâtre de nouvelles percées accomplies par des scientifiques comme J.J. Thomson, qui fut récompensé d'un prix Nobel pour sa découverte de l'électron, et Arthur Eddington, qui avait confirmé que l'espace était en effet courbe et non-euclidien, comme le pensaient Gauss et Einstein.

La formidable collaboration entre Hardy et Littlewood fut encore alimentée par l'arrivée, à point nommé, d'un livre en provenance de Göttingen, écrit par Landau et portant sur les nombres premiers. Publié en 1909, son ouvrage en deux volumes, *Handbuch der Lehre von der Verteilung der Primzahlen (Manuel théorique de répartition des nombres premiers)*, décrivait les merveilles des liens entre les nombres premiers et la fonction zêta de Riemann. Avant le livre de Landau, l'histoire de Riemann et des nombres premiers était pour l'essentiel inconnue de la grande majorité de la communauté mathématique. Comme le reconnut Hardy dans son hommage à Landau, rédigé à quatre mains avec Hans Heilbronn, « ce livre a transformé le sujet, jusqu'alors terrain de chasse réservé à quelques héros aventureux, en un des domaines les plus productifs de ces trente dernières années. » En 1914, le livre de Landau allait inciter Hardy à démontrer que le nombre de zéros se trouvant sur la droite critique de Riemann était infini. Aiguillonné par le souvenir de s'être frotté à la fonction zêta du temps où il était étudiant, Littlewood fut lui aussi encouragé à commettre la première de ses grandes contributions.

Si un mathématicien veut montrer de quel bois il est fait, on attend généralement de lui qu'il parvienne à démontrer un théorème que Gauss lui-même considérait comme juste mais n'était pas en mesure de démontrer. S'il en démontre l'inexactitude, il se retrouve propulsé dans une toute autre catégorie. Rares en effet sont les intuitions gaussiennes qui ne se sont pas avérées. Il avait ainsi produit une fonction, l'intégrale logarithmique Li(N), qui, avait-il prédit, permettrait de trouver le nombre de nombres premiers jusqu'à n'importe quel nombre N, et plus ce nombre serait grand, plus la précision serait affinée. Les noms de Hadamard et de la Vallée-Poussin entrèrent dans l'histoire quand ils prouvèrent que Gauss avait eu raison. Mais Gauss s'était risqué à une deuxième conjecture : son calcul, selon lui, *surestimerait* toujours le nombre de nombres premiers. Il ne prédirait jamais qu'il y aurait moins de nombres premiers qu'il ne s'en trouvait vraiment entre 1 et N. Ce qui contrastait avec l'ajustement de Riemann, lequel fluctuait entre surestimation et sous-estimation du nombre correct de nombres premiers.

Quand Littlewood commença à réfléchir à la deuxième conjecture de Gauss, son exactitude avait été confirmée pour tous les nombres jusqu'à 10 000 000. Dans la recherche fondamentale, dix millions de preuves répétées auraient suffi à convaincre de la justesse de l'intuition de Gauss. Les scientifiques, moins obsédés par la preuve et éprouvant davantage de respect pour les résultats expérimentaux, se seraient aisément contentés d'accepter la conjecture de Gauss en guise de fondation à partir de laquelle ils auraient pu commencer à échafauder de nouvelles théories. À l'époque de Littlewood, soit quelques siècles plus tard, l'édifice mathématique, s'il avait suivi cette logique, aurait pu se dresser bien haut au-dessus de ces fondations. Mais en 1912, Littlewood découvrit que, contrairement à ce qui était escompté, l'hypothèse de Gauss était un mirage. Soumise à son observation méticuleuse, la pierre des fondations s'effrita et tomba en poussière. Il démontra que plus l'on avançait dans les grands nombres, plus on pénétrait dans des régions où l'intuition de Gauss, au lieu de le surestimer, sous-estimait le nombre de nombres premiers.

Littlewood réussit également à démolir une autre idée qui commençait à prendre racine. Beaucoup considéraient que l'ajustement de Riemann serait toujours plus précis que l'estimation de Gauss. Littlewood prouva que l'ajustement de Riemann pouvait sembler plus exact pour les premiers millions de nombres, mais dans les marches plus éloignées de l'univers des nombres, il arrivait parfois que l'estimation de Gauss soit plus juste.

Les découvertes de Littlewood étaient d'autant plus frappantes que l'intuition de Gauss ne commence à sous-estimer le nombre de nombres premiers que dans des régions que nous ne serons probablement jamais à même de calculer. Littlewood ne pouvait même pas prédire jusqu'où il nous faudrait aller avant de pouvoir observer l'un ou l'autre de ces phénomènes. D'ailleurs, aujourd'hui encore, personne n'a pu compter assez loin pour atteindre une région où l'intuition de Gauss sous-estime effectivement les nombres premiers. Nous ne pouvons nous appuyer que sur l'analyse théorique de Littlewood et la puissance de la démonstration mathématique pour être certains que quelque part en chemin, la prédiction originale de Gauss finit par être fausse.

Quelques années plus tard, en 1933, un des étudiants de Littlewood, Stanley Skewes, estima que si l'on parvenait à compter les nombres premiers jusqu'à $10^{10^{1034}}$, on pourrait enfin voir que l'intuition de Gauss sous-estimait leur nombre. C'est un nombre ridiculement grand. Quand on croise des nombres gigantesques, on les compare souvent au nombre d'atomes compris dans l'univers visible, soit, en fonction des meilleures estimations, aux environs de 10^{78}, mais le nombre suggéré par Skewes bouscule même cette frontière-là. C'est un nombre qui commence par 1 et qui aligne ensuite tant de zéros que même en inscrivant un zéro sur chaque atome de l'univers, vous seriez encore loin d'avoir terminé. Hardy déclara que le « nombre de Skewes », nom sous lequel il passa à la postérité, était assurément le nombre le plus grand jamais abordé dans une démonstration mathématique.

La démonstration de l'estimation de Skewes était intéressante pour une autre raison. C'est l'une de ces milliers de démonstrations qui démarre par : « Supposons que l'hypothèse de Riemann soit vraie. » Skewes ne pouvait faire fonctionner sa démonstration qu'en partant du principe que la conjecture de Riemann était juste : tous les points situés au niveau de la mer dans le paysage zêta sont situés le long de la droite passant par $\frac{1}{2}$. Sans cette assertion, les mathématiciens des années 1930 étaient incapables de garantir jusqu'où il nous faudrait compter avant que l'intuition de Gauss ne sous-estime le nombre de nombres premiers. Dans ce cas précis, les mathématiciens finirent par trouver un moyen de ne plus avoir à croiser le sommet du mont Riemann. En 1955, Skewes produisit un nombre encore plus grand qui pourrait encore fonctionner même si l'hypothèse de Riemann était fausse.

Il était curieux de constater que, contrairement à leur répugnance face à la deuxième conjecture de Gauss, les mathématiciens commençaient à avoir une telle foi en la vérité de l'hypothèse de Riemann qu'ils étaient prêts à l'utiliser comme base alors même qu'elle n'était toujours pas démontrée. L'hypothèse devenait désormais une composante structurelle essentielle de l'édifice mathématique. Mais il s'agissait probablement plus de pragmatisme que de foi. De plus en plus de mathématiciens se trouvaient confrontés à l'hypothèse de Riemann, obstacle sur la voie de leur cheminement mathématique. Ils ne pouvaient espérer poursuivre leur progression qu'en assumant qu'elle était juste. Or, comme l'a montré Littlewood avec la deuxième conjecture de Gauss, la discipline doit se préparer à voir s'effondrer tout ce qui a été bâti sur les fondations de l'hypothèse de Riemann, si jamais quelqu'un découvrait un jour un zéro hors de la droite.

La démonstration de Littlewood eut un impact psychologique profond sur la perception des mathématiques et surtout sur la façon d'apprécier les nombres premiers. Elle sonnait comme un sinistre avertissement adressé à quiconque se laissait impressionner par une vaste accumulation de preuves numériques. Elle révélait que les nombres premiers sont passés maîtres dans l'art du camouflage. Ils dissimulent leur véritable nature dans les replis insondables de l'univers des nombres, si profondément que l'humanité ne disposera peut-être jamais des capacités de calcul nécessaires pour observer leur essence réelle. On ne peut observer leur vrai comportement que par le regard pénétrant de la démonstration mathématique abstraite.

La démonstration de Littlewood était aussi une arme idéale pour ceux qui affirmaient que les mathématiques se distinguent fondamentalement des autres sciences. Les mathématiciens ne pouvaient plus se satisfaire de l'expérimentalisme de leur discipline aux XVIIe et XVIIIe siècles, quand on avançait des théories après avoir effectué un minimum de calculs. L'empirisme n'était plus un véhicule adapté à la navigation dans le monde mathématique. Dans les autres sciences, on pouvait peut-être se permettre de fonder des théories sur des millions de données, mais Littlewood avait démontré que dans les mathématiques, cela revenait à prendre de grands risques. Dès lors, la démonstration fut l'aboutissement. Il était impossible de se fier à quoi que ce soit sans preuve concluante.

Les mathématiciens se retrouvèrent de plus en plus nombreux à devoir partir du principe que l'hypothèse de Riemann était vraie. Il devint donc impératif de vérifier que, dans quelque lointaine contrée du paysage de Riemann, ne se cachait pas quelque zéro errant, en dehors de la droite critique. Tant que cela n'aurait pas été vérifié, les mathématiques vivraient dans la terreur de voir un jour l'hypothèse de Riemann être infirmée.

6

Ramanujan le mystique

Pour moi, une équation n'est rien si elle n'exprime pas la pensée de Dieu.
Srinivasa Ramanujan

Tandis qu'Hardy et Littlewood se frayaient un chemin à travers l'étrange paysage de Riemann, à quelque huit mille kilomètres de là, dans les bureaux des autorités portuaires de Madras, en Inde, un jeune comptable du nom de Srinivasa Ramanujan avait succombé à l'obsession qu'éveillaient en lui les flux et reflux mystérieux et hypnotiques des nombres premiers. Au lieu de tenir ses livres de comptes et d'accomplir ainsi la tâche fastidieuse qu'impliquait son emploi, il passait toutes les heures de la journée à remplir des calepins d'observations et de calculs tout en cherchant à comprendre le secret du fonctionnement de ces nombres bizarres. Il n'était toutefois pas en mesure de connaître les points de vue sophistiqués qui se développaient en Occident. Sans véritable formation, il lui manquait ce respect que Littlewood et Hardy nourrissaient pour la théorie des nombres, et en particulier pour les nombres premiers, lesquels constituaient, selon Hardy, « la plus ardue de *toutes* les branches des mathématiques pures ». Ne s'encombrant d'aucune tradition mathématique, Ramanujan se jetait dans les nombres premiers avec un enthousiasme d'enfant. Associée à son extraordinaire aptitude pour les mathématiques, sa naïveté allait s'avérer sa plus grande force.

À Cambridge, Hardy et Littlewood étaient plongés dans la fascinante histoire que leur dévoilait le livre de Landau sur les nombres premiers. En Inde, l'obsession de Ramanujan pour les nombres premiers avait eu pour inspiration un livre bien plus élémentaire, mais dont l'impact fut tout aussi conséquent. Certains tournants dans la vie d'un jeune scientifique apparaissent parfois clairement comme la clé de son développement futur. Pour Riemann, c'était le livre de Legendre, cadeau qu'il avait reçu dans son enfance, qui avait joué ce rôle. La graine semée par cet ouvrage allait germer plus tard. Pour Hardy et Littlewood, le texte de Landau avait été tout aussi incontournable. À quinze ans, Ramanujan avait trouvé l'inspiration en découvrant en 1903 un exemplaire de *A Synopsis of Elementary Results in Pure and Applied Mathematics* (Thésaurus des résultats élémentaires des mathématiques fondamentales et appliquées) de George Carr. En dehors de leur lien avec Ramanujan, ce livre et son auteur sont de peu d'importance. Il n'en va pas de même, en revanche, de la structure de l'ouvrage. Il s'agissait d'une liste de quelque 4400 résultats classiques, uniquement les résultats, sans démonstration. Ramanujan s'était attaqué à ce défi et passa les années qui suivirent à éplucher le recueil et à en justifier chaque déclaration. N'étant pas habitué aux démonstrations à l'Occidentale, il fut contraint de développer ses propres mathématiques. Échappant ainsi au carcan des modes de pensée convenus, il pouvait divaguer à sa guise. Et il ne lui fallut pas longtemps pour commencer à noircir les pages de son calepin d'idées et de résultats qui dépassaient le cadre du livre de Carr.

Euler s'était fait les dents sur plusieurs des affirmations non démontrées de Fermat. On retrouve l'esprit d'Euler dans l'approche de Ramanujan. Il était doué d'une fabuleuse intuition et avait la capacité de retourner une formule dans tous les sens jusqu'à ce qu'émergent de nouvelles perspectives. Quand il découvrit pour lui-même le lien qu'offraient les nombres imaginaires entre la fonction exponentielle et les équations qui dépeignent les ondes sonores, il en fut transporté. Mais la joie se mua en désespoir quand le jeune comptable indien s'aperçut quelques jours plus tard qu'Euler l'avait devancé de près de cent cinquante ans. Ramené à la dure réalité, au bord de la dépression, Ramanujan cacha ses calculs dans le toit de sa maison.

La créativité mathématique est au mieux difficile à comprendre, mais la façon de procéder de Ramanujan a toujours eu quelque chose d'éngimatique. Il avait coutume d'affirmer que ses idées lui étaient confiées dans ses rêves par la déesse Namagiri, déesse tutélaire de sa famille, épouse du seigneur Narasimha, incarnation à quatre bras et à tête de lion de Vishnu. D'autres habitants de son village pensaient que la déesse avait le pouvoir d'exorciser les démons. Aux yeux de Ramanujan, elle était l'explication des éclairs de génie qui ponctuaient le cortège incessant de ses découvertes mathématiques. Il n'est pas le seul à avoir vu dans le monde des rêves un territoire fertile pour l'exploration mathématique. Dirichlet glissait les *Disquisitiones Arithmeticae* de Gauss sous son oreiller, espérant qu'ainsi inspiré pendant la nuit, il parviendrait à déchiffrer les déclarations souvent sibyllines contenues dans le livre. Comme si l'esprit, libéré des contraintes du monde réel, était libre de s'aventurer sur des voies occultées par l'éveil. Ramanujan, semblait-il, était à même de parvenir à cet état onirique en plein jour. Cette transe est en fait très proche de l'état d'esprit que la plupart des mathématiciens s'efforcent d'atteindre.

Hadamard, qui s'était fait un nom en démontrant le théorème des nombres premiers, était fasciné par les rouages de l'esprit du mathématicien créatif. Il consigna ses idées dans un livre intitulé

Essai sur la psychologie de l'invention dans le domaine mathématique, publié en 1945, où il défend de façon tout à fait convaincante le rôle du subconscient. Les neurologues s'intéressent de plus en plus au fonctionnement de l'esprit mathématique, puisque cela permettrait de comprendre comment opère le cerveau. Ce sont souvent les périodes de repos ou même les rêves qui offrent à l'esprit la liberté de jouer avec des idées qui y ont été plantées pendant les phases conscientes de notre travail.

Dans son livre, Hadamard divisait l'acte de la découverte mathématique en quatre étapes : la préparation, l'incubation, l'illumination et la vérification. Si Ramanujan s'était vu accorder le don de la troisième de ces étapes, il n'était manifestement pas à son aise avec la quatrième. L'illumination en elle-même lui suffisait. Il ne voyait tout simplement pas l'intérêt de la vérification. Peut-être que, ainsi débarrassé des entraves de la démonstration, il était libre de découvrir de nouveaux sentiers dans le paysage sauvage des mathématiques. Ce style intuitif allait à l'encontre de la tradition scientifique occidentale. Comme Littlewood l'écrivit plus tard : « L'idée claire et nette de ce qu'implique une démonstration lui échappait totalement. Si, en mélangeant preuve et intuition, il parvenait à une certitude, il n'allait pas plus loin. »

Les écoles indiennes devaient beaucoup aux idées de l'Empire britannique. Mais le système d'enseignement britannique qui avait si bien servi Littlewood et Hardy s'avéra singulièrement défaillant pour le jeune Ramanujan en Inde. En 1907, alors qu'à Cambridge la dissertation de Littlewood recevait un accueil chaleureux, Ramanujan échoua à ses examens pour la troisième et dernière fois. Si ces derniers étaient restés cantonnés aux mathématiques, il s'en serait tiré, mais il était obligé d'étudier l'anglais, l'histoire, le sanskrit et même la physiologie. Brahmane orthodoxe, il était strictement végétarien, et la dissection de grenouilles et de lapins lui était interdite. Toutefois, si son échec lui ferma les portes de l'université de Madras, il ne put éteindre le feu mathématique qui brûlait en lui.

En 1910, Ramanujan souhaitait ardemment que ses idées soient reconnues d'une façon ou d'une autre. Il était plus particulièrement électrisé par sa découverte d'une formule qui, apparemment, calculait les nombres premiers avec une précision extraordinaire. Il connut d'abord la frustration qui est le lot de la plupart de ceux qui tentent de domestiquer cette série anarchique de nombres. Mais Ramanujan savait la position fondamentale qu'occupent les nombres premiers dans les mathématiques. Aussi n'abandonna-t-il pas, persuadé qu'il devait exister une formule mathématique pour les expliquer. Il continuait innocemment de croire que toutes les mathématiques et leur logique pouvaient être exprimées avec précision grâce au pouvoir des équations et des formules. Comme le raconta Littlewood par la suite : « Quel grand mathématicien aurait été Ramanujan il y a 100 ou 150 ans. Que se serait-il passé s'il était entré en contact avec Euler au bon moment ? Mais la grande époque des formules semble révolue. » Malgré tout, Ramanujan n'avait pas été touché par le bouleversement des XIXe et XXe siècles déclenché par Riemann. Il voulait donc trouver une formule susceptible de produire des nombres premiers. Ayant passé des heures à calculer des tableaux de nombres premiers, il vit se dessiner une logique. Il était impatient d'expliquer ses découvertes expérimentales à quelqu'un qui serait en mesure d'apprécier ses idées.

Ses impressionnants calepins et l'influence des réseaux brahmanes lui avaient permis de trouver un emploi comme comptable auprès des autorités portuaires de Madras. Il avait commencé à publier certaines de ses idées dans le *Journal of the Indian Mathematical Society*, et les autorités britanniques avaient eu vent de son existence.

C. L. T. Griffith, qui travaillait à l'école d'ingénieurs de Madras, comprit que les travaux de Ramanujan étaient ceux d'un « remarquable mathématicien », mais il ne se sentait pas capable de les suivre ni de les critiquer. Il décida donc de demander l'avis de l'un de ses anciens professeurs du temps où il étudiait à Londres.

Sans aucune formation classique, Ramanujan avait développé un style mathématique très personnel. Il ne faut donc peut-être pas s'étonner si le professeur Hill du University College, à la lecture des articles de Ramanujan affirmant avoir démontré que $1+2+3+\ldots+\infty=-\frac{1}{12}$ les rejeta comme étant sans intérêt. Mais aux yeux d'un profane, cette formule peut sembler ridicule. Additionner la totalité des nombres et aboutir à une fraction négative ? C'est manifestement là l'œuvre d'un fou ! « M. Ramanujan est tombé dans l'abîme du sujet, ô combien ardu, des "séries divergentes" », répondit-il à Griffith.

Mais Hill ne s'était pas montré totalement décourageant. Ses commentaires, transmis à Ramanujan, comportaient malgré tout assez de points positifs pour le pousser à tenter sa chance par lui-même. Il écrivit directement à plusieurs mathématiciens de Cambridge. Deux des destinataires de son courrier, incapables de déchiffrer le message que dissimulait l'étrange arithmétique de Ramanujan, déclinèrent sa demande d'aide. C'est alors que sa lettre atterrit sur le bureau de Hardy.

Les mathématiques attirent apparemment les originaux. Cela est peut-être en partie la faute de Fermat. Si Landau en était venu à prévoir une lettre de refus type, c'était à cause du nombre de réponses excentriques qu'il recevait, qui réclamaient le prix de Wolfskehl pour avoir prétendument résolu le dernier théorème de Fermat. Les mathématiciens ont l'habitude de recevoir des lettres d'inconnus avançant des théories délirantes. Hardy était régulièrement submergé de manuscrits qui, comme le racontait son ami C.P. Snow, affirmaient contenir la solution des mystères prophétiques de la grande pyramide ou encore des cryptogrammes dont Francis Bacon avait parsemé les pièces de Shakespeare.

Ganapathy Iyer, professeur de mathématiques de Madras avec qui Ramanujan débattait souvent le soir sur la plage, lui avait peu auparavant offert un exemplaire des *Ordres de l'infini* de Hardy. Quand il le lut, il dut se dire qu'enfin, il avait trouvé quelqu'un qui pourrait apprécier ses idées. Toutefois, il reconnut par la suite qu'il avait craint que ses sommes infinies n'amènent Hardy « à me montrer quelle était ma destination finale : l'asile de fous ». Une déclaration de Hardy en particulier enthousiasmait le jeune Indien : « Aucune expression définie n'a encore été trouvée pour le nombre de nombres premiers moins un nombre donné. » Ramanujan avait découvert une expression qui, pensait-il, n'était pas très loin de parvenir à ce nombre. Il était impatient de savoir ce que Hardy penserait de sa formule.

Quand il trouva l'enveloppe couverte de timbres indiens dans son courrier du jour, la première impression de Hardy ne fut pas d'emblée favorable. Elle recelait un texte regorgeant de théorèmes échevelés et fantastiques sur les façons de calculer les nombres premiers, ainsi que des résultats parfaitement connus, mais présentés comme des découvertes originales. Dans sa lettre de présentation, Ramanujan déclarait qu'il avait « trouvé une fonction qui représente exactement le nombre de nombres premiers ». Hardy savait qu'il s'agissait d'une revendication incroyable, mais aucune formule ne l'accompagnait. Pire encore, aucune démonstration n'était fournie ! Or, pour Hardy, la démonstration était tout. Lors d'un déjeuner à la table des professeurs au Trinity, il lança ainsi à Bertrand Russell : « Si je pouvais démontrer par la logique que vous allez mourir dans cinq minutes, j'en serais grandement désolé, mais mon chagrin serait fortement compensé par le plaisir de la démonstration. »

À en croire C.P. Snow, Hardy, ayant rapidement parcouru le travail de Ramanujan, en conçut « non seulement de l'ennui, mais aussi de l'irritation. Cela ressemblait à une supercherie, d'un genre étrange. » Mais dès le soir, la magie de ces théorèmes barbares commençait à agir, et Hardy convoqua Littlewood pour une discussion après le dîner. À minuit, ils avaient déchiffré l'énigme. Disposant des connaissances nécessaires pour décoder le langage peu orthodoxe de Ramanujan, Hardy et Littlewood pouvaient désormais voir que ce n'étaient pas les élucubrations de quelque dingue, mais bien les réflexions d'un génie, sans aucune formation, mais brillant. Ils comprirent tous les deux que la folle somme infinie de Ramanujan n'était rien moins que la redécouverte d'un moyen de définir la partie manquante du paysage zêta de Riemann. Pour décrypter la formule, il faut réécrire le nombre 2 comme $1/(2^{-1})(2^{-1}$ est une autre façon d'écrire $\frac{1}{2}$). En appliquant la même transformation à chaque nombre de la somme infinie, Hardy et Littlewood réécrivirent la formule de Ramanujan comme ceci :

$$1 + 2 + 3 + \ldots + n + \ldots = 1 + \frac{1}{2^{-1}} + \frac{1}{3^{-1}} + \ldots + \frac{1}{n^{-1}} + \ldots$$
$$= -\frac{1}{12}.$$

Ce qu'ils avaient sous les yeux, c'était la réponse de Riemann au calcul de la fonction zêta quand on y intègre le nombre –1. Sans formation académique, Ramanujan avait parcouru le chemin seul et reconstitué la découverte par Riemann du paysage zêta.

Sa lettre n'aurait pu arriver à un meilleur moment. Grâce au livre de Landau, Littlewood et Hardy s'étaient tous deux laissé fasciner par les merveilles de la fonction zêta de Riemann et ses liens avec les nombres premiers. Et maintenant, Ramanujan prétendait disposer d'une formule d'une impensable précision pour calculer le nombre de nombres premiers quelle que soit la grandeur des nombres envisagés. Le matin même, Hardy avait rejeté Ramanujan comme un excentrique parmi tant d'autres. Le soir, à l'issue de leurs travaux, ils considéraient ce présent venu de l'Inde sous un jour tout à fait différent.

Hardy et Littlewood ont dû être suffoqués par l'affirmation de Ramanujan, qui assurait que sa formule pouvait calculer le nombre de nombres premiers jusqu'à 100 000 000 « pratiquement sans erreur, et dans certains cas avec une erreur de 1 ou 2 ». L'ennui, c'était que la formule en question n'était pas indiquée. En fait, la lettre dans son ensemble était des plus exaspérantes pour deux mathématiciens accordant une importance essentielle à la rigueur de la démonstration. Elle débordait de formules et d'affirmations sans justification ni explication quant à leurs origines.

Hardy rédigea une réponse très positive à Ramanujan, lui réclamant toutefois des preuves et davantage de détails sur ses formules pour les nombres premiers. Littlewood ajouta un billet exigeant que lui soient envoyées la formule pour le nombre de nombres premiers et « autant de preuves que possible ». Les deux hommes attendaient avec impatience la réaction de Ramanujan et passèrent plusieurs repas à la table des professeurs à essayer de décoder le premier texte. Comme le rapportait Bertrand Russell dans une lettre à un ami, « dans le hall, j'ai trouvé Hardy et Littlewood dans un état de grande excitation, parce qu'ils pensent avoir découvert un nouveau Newton, un comptable hindou qui gagne 20 livres par an. »

La deuxième lettre de Ramanujan leur arriva comme prévu. Elle comportait plusieurs formules pour le nombre de nombres premiers, mais manquait encore une fois de démonstrations. « Dans de telles circonstances, cette lettre est crispante », nota Littlewood, supposant que Ramanujan avait peut-être eu peur de se voir dépouillé de ses découvertes par Hardy. Épluchant cette deuxième lettre, ils s'aperçurent que Ramanujan avait retrouvé une des découvertes fondamentales de Riemann. L'ajustement par Riemann de la formule de calcul des nombres premiers de Gauss était très juste, et Riemann avait trouvé comment utiliser les zéros du paysage zêta pour éliminer les erreurs que sa formule produisait encore. Or, parti véritablement de rien, Ramanujan avait reconstitué une partie de la formule que Riemann avait identifiée cinquante ans plus tôt. La formule de Ramanujan englobait l'ajustement de l'estimation de Gauss pour le nombre de nombres premiers, mais il y manquait les corrections édifiées par Riemann à l'aide des zéros de son paysage.

Ramanujan était-il en train de dire que les erreurs venant des points situés au niveau de la mer s'annulaient les unes les autres de quelque miraculeuse façon ? Fourier avait décrit ces erreurs sous un angle musical. Chaque zéro était comme un diapason, et quand tous les diapasons résonnent en même temps, ils créent le son des nombres premiers. Parfois, les ondes sonores peuvent se combiner pour produire du silence en s'annulant les unes les autres. Un avion réduit le bruit de ses moteurs en créant des ondes sonores à l'intérieur de la cabine pour les contrer. Ramanujan affirmait-il que les ondes créées par Riemann à partir des zéros engendraient le silence ?

Pendant les vacances de Pâques, Littlewood emporta avec lui une copie de la lettre de Ramanujan et se rendit en Cornouailles avec sa maîtresse et sa famille. « Cher Hardy, » écrivit-il – ils ne s'adressaient jamais l'un à l'autre par leurs prénoms –, « le truc sur les nombres premiers est faux. » Littlewood avait réussi à démontrer qu'il était impossible que les erreurs de ces ondes puissent s'annuler les unes les autres et justifient l'affirmation de Ramanujan, qui prétendait que sa reconstruction de la formule de Riemann était aussi exacte qu'il l'affirmait. Aussi loin que l'on comptât, on trouverait toujours du bruit.

En fait, l'analyse de Littlewood, stimulée par la lettre de Ramanujan, aboutit bel et bien à une nouvelle perception des travaux de Riemann. L'hypothèse de Riemann était devenue vitale pour les mathématiciens parce qu'elle impliquait que la différence entre l'estimation de Gauss et le véritable nombre de nombres premiers jusqu'à *N*, comparé à la taille de *N*, serait infime, à peine supérieure à la racine carrée de *N*. Mais si un zéro ne se trouvait pas sur la droite imaginaire de Riemann, l'erreur serait plus importante. La lettre de Ramanujan suggérait qu'il était possible de faire mieux que Riemann. Peut-être que plus l'on compterait les nombres premiers, plus l'erreur diminuerait, jusqu'à être même inférieure à la racine carrée de *N*. Or, les travaux de Littlewood en Cornouailles avaient brisé cet espoir. Littlewood était en mesure de démontrer que l'erreur causée par les zéros serait au moins aussi grande que la racine carrée de *N*, et ce infiniment souvent. L'hypothèse de Riemann était donc le meilleur scénario possible. Ramanujan, quant à lui, avait tout simplement tort, mais Hardy était impressionné. Comme il l'écrivit ultérieurement : « Je ne suis pas sûr que d'une certaine façon, son échec n'ait pas été plus admirable qu'aucun de ses triomphes. »

« J'ai une vague théorie pouvant expliquer ses erreurs. » En ces termes, Littlewood spécula dans sa lettre à Hardy que Ramanujan devait avoir l'illusion que le paysage zêta ne présentait aucun point situé au niveau de la mer. D'ailleurs, si tel avait été le cas, les formules de Ramanujan auraient été d'une rigoureuse exactitude. Ce qui n'empêchait pas Littlewood d'être enthousiaste. « Je veux bien croire qu'il est au moins un Jacobi, » déclara-t-il, comparant l'Indien à l'une des stars des mathématiques de la génération de Riemann. Hardy envoya un courrier à Ramanujan : « Si vous aviez démontré ce que vous affirmez, vous auriez probablement accompli l'exploit le plus remarquable de toute l'histoire des mathématiques. » Il était clair que si Ramanujan était remarquablement doué, il avait désespérément besoin d'être mis à niveau et de se familiariser avec l'état des connaissances de l'époque. Littlewood fit part à Hardy de ses soupçons : « Il n'est pas surprenant qu'il se soit laissé prendre, puisqu'il ne se défiait vraisemblablement pas de la malice diabolique inhérente aux nombres premiers ». Comme le notait Hardy, « il était porteur d'un handicap insurmontable, pauvre Hindou solitaire s'attaquant à la sagesse accumulée de l'Europe. »

Ils décidèrent de faire ce qu'il faudrait pour que Ramanujan puisse se rendre à Cambridge. Ils envoyèrent E.H. Neville, boursier du Trinity, persuader Ramanujan de se joindre à eux. Au début, il rechigna à quitter l'Inde. Brahmane fervent, il pensait que traverser les mers ferait de lui un sans-caste. Un de ses amis, Narayana Iyer, voyait qu'il brûlait d'envie de partir et conçut donc un plan. Iyer était convaincu que la dévotion de Ramanujan envers les mathématiques et sa déesse Namagiri pourrait accoucher d'une révélation qui l'inciterait à faire le voyage. Il emmena Ramanujan au temple de Namagiri pour qu'il y cherche l'inspiration divine. Au bout de trois nuits passées à dormir sur le sol dallé, Ramanujan se réveilla en sursaut. Il secoua aussitôt son ami. « Dans un brillant éclair de lumière, j'ai vu Namagiri qui m'ordonnait de traverser la mer. » Iyer sourit. Son stratagème avait fonctionné.

Ramanujan craignait également la réprobation familiale. Mais là encore, la déesse Namagiri allait intervenir. La mère de Ramanujan rêva que son fils était assis dans une grande salle entouré d'Européens, et que la déesse Namagiri lui intimait de ne pas se dresser sur le chemin de son fils. Son dernier souci était de savoir si, une fois à Cambridge, il serait soumis à d'autres examens humiliants. Neville put dissiper ces craintes. Tout était prêt pour que Ramanujan quitte le vaste entassement de masures qu'était Madras à l'époque pour les salles et les bibliothèques grandioses de Cambridge, décor du rêve de sa mère.

Choc des cultures à Cambridge

En 1914, Ramanujan se trouvait à Cambridge, et ainsi débuta l'une des grandes collaborations de l'histoire des mathématiques. Ce fut toujours avec passion que Hardy évoqua le temps où il travaillait avec Ramanujan. Ils adoraient échanger leurs idées, satisfaits d'avoir trouvé une âme sœur avec qui partager leur amour des nombres. Par la suite, Hardy considéra ces années comme parmi les plus heureuses de son existence, décrivant leur relation avec émotion comme « l'unique instant exaltant de ma vie ».

Le partenariat entre Hardy et Ramanujan tenait du tandem de flics classiques : un gentil et un méchant. Le gentil, c'est l'éternel optimiste débordant de projets délirants. Le méchant, c'est le pessimiste, qui remet tout en question, qui voit la carte quand elle disparaît dans la manche. Ramanujan avait besoin de l'esprit critique de Hardy pour freiner son enthousiasme débridé quand ils procédaient à l'interrogatoire de leur suspect mathématique.

Mais il ne leur était pas toujours facile de trouver un terrain d'entente. On peut assurément parler de choc des cultures. Tandis que Hardy et Littlewood mettaient toujours l'accent sur la valeur de démonstrations rigoureuses à l'Occidentale, les théorèmes de Ramanujan continuaient de simplement jaillir, inspirés par sa déesse Namagiri. Bien souvent, Hardy et Littlewood ne voyaient pas d'où venaient les idées de leur nouveau collègue. Comme le reconnaissait Hardy : « Il semble ridicule de l'importuner en lui demandant comment il avait trouvé tel ou tel théorème connu, lui qui m'en montrait cinq ou six nouveaux presque chaque jour. »

Ramanujan dut faire face à beaucoup plus qu'un choc culturel sur le plan mathématique. Il se retrouvait seul dans un monde étrange de toges noires et de mortiers universitaires. Il ne parvenait pas à trouver d'aliments végétariens et écrivait chez lui en réclamant des colis de tamarin et d'huile de coco. Sans le monde familier des mathématiques, jamais cette transition n'aurait été possible. Neville, le boursier qui avait su gagner sa confiance en Inde, a décrit les premiers temps de son séjour. « Il ressentait les misérables mesquineries de la vie dans une civilisation étrange, les légumes immangeables car inhabituels, les chaussures torturant des pieds qui n'avaient connu que la liberté pendant vingt-six ans. Mais il était heureux, il se délectait de la société mathématique au sein de laquelle il était admis. » Tous les jours, on pouvait le voir déambuler dans la cour carrée de l'université, en chaussons. En désespoir de cause, il avait fini par mettre au rancart ses chaussures anglaises. Mais une fois enfermé dans le bureau de Hardy, ses calepins ouverts devant lui, il pouvait s'échapper dans ses formules et ses équations sous le regard de l'Anglais, pris au piège des théorèmes ensorcelants de Ramanujan. Il avait troqué son isolement mathématique en Inde pour la solitude culturelle de Cambridge, mais avait gagné un compagnon avec qui explorer son univers mathématique.

Pour former Ramanujan, Hardy dut parfois faire le grand écart. S'il se montrait trop insistant, il craignait d'obliger Ramanujan à dépenser de l'énergie pour prouver ses résultats. « Je risquais de détruire sa confiance ou de briser la magie de son inspiration. » Il confia à Littlewood la tâche de familiariser l'Indien avec la rigueur des mathématiques modernes. Mission virtuellement impossible, comme s'en aperçut Littlewood. Dès qu'il tentait d'inculquer quelque concept à Ramanujan, il était l'objet en retour d'une avalanche d'idées originales qui avait pour effet de le stopper net.

Si les efforts de Ramanujan pour parvenir à des formules exactes de calcul des nombres premiers lui avaient valu son billet pour l'Angleterre, c'est dans des domaines apparentés qu'il finit par laisser sa marque. Les commentaires de Hardy et Littlewood sur la malignité des nombres premiers l'avaient plutôt découragé de s'attaquer ouvertement à eux. On ne peut que se demander ce qu'il aurait trouvé si on ne lui avait pas fait découvrir la terreur occidentale vis-à-vis des nombres premiers. Il poursuivit néanmoins avec Hardy son exploration des propriétés des nombres. Les idées qu'ils développèrent allaient contribuer aux premiers progrès réalisés sur la conjecture de Goldbach, qui veut que chaque nombre soit la somme de deux nombres premiers. Ce progrès s'effectua de façon détournée, mais il eut pour point de départ la conviction, innocente, de Ramanujan qu'il devait exister des formules précises pour exprimer les séquences importantes comme le nombre de nombres premiers. Dans la lettre où il assurait détenir une formule pour les nombres premiers, d'autres affirmations indiquent qu'il pensait comprendre comment maîtriser une autre séquence jusqu'alors rebelle : les nombres de partitions.

Combien existe-t-il de façons différentes de diviser cinq cailloux en des tas séparés ? Ce nombre peut varier de cinq tas d'un caillou à un tas de cinq cailloux, avec d'autres possibilités entre les deux.

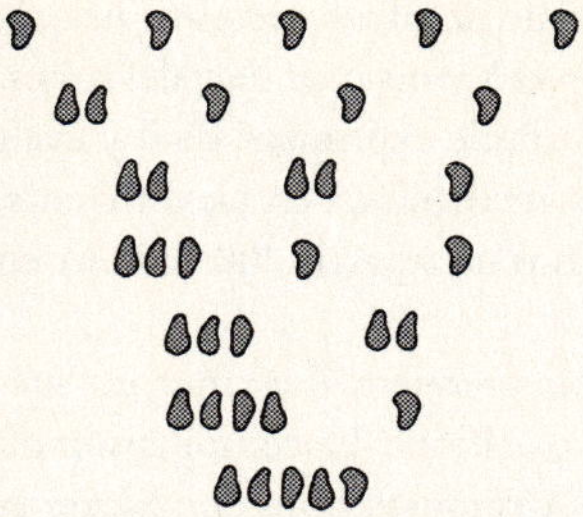

Les sept façons de répartir cinq cailloux.

C'est ce que l'on appelle les *partitions* du nombre 5. Comme le montre l'illustration, il existe sept partitions possibles de 5. Voici le nombre de partitions des nombres de 1 à 15 :

Nombre	1	2	3	4	5	6	7	8	9	10	11	12	13	14	15
Partitions	1	2	3	5	7	11	15	22	30	42	56	77	101	135	176

C'est l'une des suites de nombres que nous avons rencontrées au chapitre 2. Elles surgissent dans le monde physique presque aussi souvent que les nombres de Fibonacci. Par exemple, comprendre la densité des niveaux d'énergie dans certains systèmes quantiques simples revient à comprendre comment se développent les nombres de partitions. Leur répartition ne semble pas aussi aléatoire que celle des nombres premiers, mais la génération de Hardy avait pour ainsi dire abandonné tout espoir de trouver une formule exacte qui permettrait d'obtenir les nombres de cette liste. Les mathématiciens pensaient qu'il existait peut-être, au mieux, une formule susceptible de produire une estimation qui ne s'écartait pas trop du nombre réel de partitions de *N*, tout comme la formule de Gauss donnait une approximation assez juste du nombre de nombres premiers jusqu'à N. Mais Ramanujan n'avait jamais appris à avoir peur de telles suites. Il s'était lancé à la recherche d'une formule exprimant qu'il y avait exactement cinq façons de répartir quatre cailloux en tas différents, ou qu'il y avait 3 972 999 029 388 façons de répartir 200 cailloux en tas différents.

S'il avait échoué avec les nombres premiers, il connut un succès spectaculaire avec les nombres de partitions. La combinaison du talent de Hardy pour développer des démonstrations complexes et l'entêtement de Ramanujan à trouver une formule les entraîna tous deux vers cette découverte. Littlewood ne comprit jamais « pourquoi Ramanujan était si sûr de l'existence » de cette formule. Il suffit d'ailleurs de s'y attarder pour se demander d'où elle a bien pu surgir, la formule impliquant la racine carrée de 2, π, des différentiels, des fonctions trigonométriques, des nombres imaginaires :

$$p(n) = \frac{1}{\pi\sqrt{2}} \sum_{1\le k\le N} \sqrt{k}\left(\sum_{h \bmod k} \omega_{h,k} e^{-2\pi i \frac{hn}{k}}\right) \frac{d}{dn}\left(\frac{\cosh\left(\frac{\pi\sqrt{n-\frac{1}{24}}}{k}\sqrt{\frac{2}{3}}\right)-1}{\sqrt{n-\frac{1}{24}}}\right) + O\left(n^{-1/4}\right)$$

Littlewood eut plus tard le commentaire suivant : « Nous devons ce théorème à une collaboration singulièrement heureuse entre deux hommes aux dons fort éloignés, qui a vu chacun apporter ce qu'il avait de meilleur, de plus caractéristique et de plus talentueux. »

L'histoire connut un curieux retournement. Au lieu de donner le chiffre exact, la formule complexe de Hardy et Ramanujan produit une réponse qui est correcte quand elle est arrondie au nombre entier le plus proche. Ainsi, quand on y intègre le nombre 200, elle donne une valeur dont le nombre entier le plus proche est 3 972 999 029 388. Par conséquent, cette formule est assez efficace pour indiquer la bonne réponse, mais, ce qui est quelque peu contrariant, elle ne parvient pas à saisir véritablement ces nombres de partitions. (Plus tard, on découvrira une variante de leur formule qui donnera très exactement la réponse.)

Ramanujan ne put jamais réussir le même coup avec les nombres premiers, mais ses travaux avec Hardy sur les nombres de partitions eurent un impact sensible sur la conjecture de Goldbach, l'un des grands mystères de la théorie des nombres premiers. Pour la plupart, les mathématiciens ne tentaient même plus de le résoudre. Plus personne n'avançait d'idées allant en ce sens. Quelques années plus tôt, Landau avait déclaré qu'il ne serait tout simplement jamais résolu.

Les travaux de Hardy et Ramanujan sur la fonction de partitions sont à l'origine de la mise au point d'une technique aujourd'hui appelée la « méthode du cercle Hardy-Littlewood ». Le nom dérive de tous les petits diagrammes qui accompagnaient leurs calculs et qui dépeignaient des cercles dans la carte des nombres imaginaires autour desquels Ramanujan et Hardy s'efforçaient d'effectuer une intégration. La raison pour laquelle le nom de Littlewood y a été rapporté plus que celui de Ramanujan tient à l'utilisation que Hardy et lui en firent pour parvenir à la première contribution substantielle à une éventuelle démonstration de la conjecture de Goldbach. S'ils n'étaient pas en mesure de prouver que chaque nombre pair pouvait être exprimé en tant que somme de deux nombres premiers, malgré tout, en 1923, ils réussirent à montrer ce qui, aux yeux des mathématiciens, était presque aussi essentiel : que tous les nombres impairs supérieurs à quelque nombre énorme fixe pouvaient être exprimés en tant que somme de trois nombres premiers.

Mais pour que cette démonstration fonctionne, ils étaient obligés de respecter une condition : il fallait que l'hypothèse de Riemann soit juste. Encore un résultat qui dépendait du passage de l'hypothèse au statut de théorème de Riemann.

Ramanujan avait pris part au développement de cette technique. Hélas ! Il ne vécut pas assez longtemps pour être le témoin du rôle stupéfiant qu'elle allait jouer dans la discipline. À partir de 1917, il sombra dans la dépression. La Grande-Bretagne était plongée dans les horreurs de la Première Guerre mondiale. Trinity venait de lui refuser un poste. Russell, lui, avait perdu le sien à cause de ses opinions opposées à la guerre, et l'université n'était pas disposée à tolérer l'attitude pacifiste de l'Indien. Peut-être avait-il enfin appris à supporter que ses pieds soient enserrés dans des chaussures occidentales et à arborer toge et mortier universitaire, mais son âme, elle, était restée dans le sud de l'Inde.

Pour lui, Cambridge se muait peu à peu en prison. Il était habitué à la liberté qu'offrait la vie en Inde. La chaleur du climat permettait aux gens de passer le plus clair de leur temps dehors. À Cambridge, il ne pouvait que vivre recroquevillé entre les murs épais de l'institution pour se protéger du vent glacial qui cinglait en provenance de la mer du Nord. Du fait des différences sociales, il n'entretenait que peu de relations au-delà des interactions officielles de la vie universitaire. Il commençait par ailleurs à se dire que la priorité que Hardy accordait à la rigueur mathématique empêchait son esprit de parcourir librement le paysage mathématique.

Au déclin de son état mental s'ajouta une détérioration physique. Le Trinity College ne comprenait pas les exigences diététiques strictes que sa religion imposait à Ramanujan. En Inde, il avait l'habitude que son épouse lui mette dans la main de quoi manger tandis qu'il noircissait ses calepins. Si l'on peut dire que les cuisines de la faculté réservaient à des professeurs comme Hardy et Littlewood un service comparable, Ramanujan ne put jamais se faire à la nourriture qui lui était présentée. Incapable de survivre, la solitude lui pesait horriblement. Il avait laissé sa femme et sa famille en Inde. Fragilisé par la malnutrition, il finit par contracter la tuberculose, et passa d'hôpitaux en cliniques.

Il s'efforça de se raccrocher aux mathématiques pour continuer, sans grand succès. Dans ses rêves, il était assailli par des images mathématiques délirantes. Il attribuait la douleur qu'il ressentait dans l'abdomen au pic infini qui surgissait dans le paysage de Riemann, là où la formule de la fonction zêta grimpe vers l'infini. Était-ce là quelque abominable châtiment pour avoir failli à la loi brahmanique qui interdisait de traverser les mers ? Avait-il mal interprété le message de Namagiri ? Son épouse ne lui avait pas écrit depuis son arrivée à Cambridge. La pression devint insupportable.

Toujours déprimé mais partiellement remis, Ramanujan tenta de se suicider en se jetant sous les roues du métro londonien. Il échoua grâce à l'intervention d'un garde qui parvint à arrêter le train à quelques mètres de son corps prostré. En 1917, une tentative de suicide était considérée comme un délit. Toutefois, Hardy put faire lever les accusations qui pesaient contre lui, à condition que Ramanujan entre dans un sanatorium à Matlock, dans le Derbyshire, et qu'il y reste sous surveillance médicale constante pendant douze mois.

Il était désormais coincé au beau milieu de nulle part, sans même pouvoir profiter de la stimulation que lui apportaient ses réunions quotidiennes avec Hardy. « Je suis ici depuis un mois, » écrivit-il à Hardy, « et l'on ne m'a pas autorisé à faire du feu une seule fois. Ils m'ont promis du feu pour les jours où j'effectue des travaux mathématiques vraiment sérieux. Ce jour ne s'est pas encore présenté, et on me laisse dans cette pièce ouverte et terriblement froide. »

Hardy finit par obtenir le transfert de Ramanujan dans une clinique de Putney, à Londres. Hardy reconnut certes plus tard que Ramanujan avait été le seul véritable amour de sa vie, mais leur relation restait dépourvue de toute émotion en dehors de l'enthousiasme partagé qu'éveillaient en eux leurs travaux mathématiques. Rendant visite à Ramanujan à la clinique, Hardy fut incapable d'exprimer quelque mot de réconfort. Au lieu de cela, il revint sur le numéro du taxi dans lequel il était arrivé, 1729, qu'il décrivit comme un nombre plutôt ennuyeux. Même sur son lit de douleur, il était impossible d'arrêter Ramanujan : « Non, Hardy ! Non, Hardy ! C'est un nombre très intéressant. C'est le plus petit nombre exprimable en tant que somme de deux cubes de deux façons différentes. » Il avait raison : $1729 = 1^3 + 12^3 = 10^3 + 9^3$.

Ramanujan renoua avec la chance quand il fut admis au sein de la Royal Society, institution scientifique la plus prestigieuse de Grande-Bretagne, et qu'il obtint enfin un poste au Trinity College. L'influence de Hardy sur ces nominations était la seule façon pour lui de concrétiser l'amour qu'il ressentait. Mais Ramanujan ne recouvra jamais la santé. À la fin de la Première Guerre mondiale, Hardy lui suggéra de rentrer en Inde, le temps de récupérer. Le 26 avril 1920, Ramanujan mourut à Madras à l'âge de trente-trois ans, de ce que l'on pense aujourd'hui être une amibiase, une infection du gros intestin, probablement contractée avant de partir pour l'Angleterre.

Si, au bout du compte, Ramanujan ne parvint pas à maîtriser les nombres premiers, sa première lettre adressée à Hardy eut un effet durable sur leur relation. Les mathématiciens le savent : la réponse à cette énigme insoluble peut surgir n'importe quand et n'importe où. Tout nouveau point de vue pourrait arracher un inconnu à l'obscurité pour le propulser sous les feux de l'actualité. Comme l'a illustré Ramanujan, parfois, la connaissance et l'espoir peuvent être des freins à la progression. Les universitaires élevés dans les sièges traditionnels de la culture ne sont pas forcément les mieux placés pour sortir du moule. Il y a toujours la possibilité qu'un jour, une enveloppe atterrisse sur le bureau d'un mathématicien, une enveloppe qui annoncera l'irruption d'un génie méconnu prêt à concrétiser le rêve de Ramanujan de résoudre l'énigme des nombres premiers.

Les idées que Ramanujan laissa derrière lui allaient alimenter les travaux de générations de mathématiciens. C'est toujours le cas aujourd'hui. En fait, on peut dire que ses idées n'ont été enfin considérées à leur juste valeur que depuis quelques dizaines d'années. Même du temps de la mort de Hardy, la véritable importance des formules de Ramanujan n'était pas manifeste. Hardy était le premier à traiter par le mépris l'une des conjectures de son poulain, commentant dans un article que « nous avons apparemment dérivé jusqu'aux eaux stagnantes des mathématiques ». Mais des années plus tard, la « conjecture tau » de Ramanujan, telle qu'elle finit par être dénommée, avait acquis une si grande force que sa résolution, œuvre de Pierre Deligne, valut à ce dernier une médaille Fields en 1978. L'un des champions de Ramanujan, Bruce Berndt, l'a comparé à J.S. Bach, qui lui aussi resta longtemps ignoré du grand public après sa mort.

Berndt a consacré une grande partie de sa vie à consulter les calepins jamais publiés de Ramanujan. Il emboîte ici le pas à toute une lignée de mathématiciens qui ont été hypnotisés par la masse de formules et d'équations dont accoucha le génie indien. Au fil de l'exploration de ces notes, Berndt découvrit un curieux tableau détaillant le nombre de nombres premiers inférieurs à 100 000 000. Ils sont corrects, ou très proches de l'exactitude, et sont plus précis que les nombres obtenus grâce à la première formule que Ramanujan avait envoyée à Hardy. Rien ne permet de savoir comment ils ont été calculés.

Ramanujan avait-il accès à une formule secrète pour les nombres premiers qui était aussi efficace que sa formule pour la fonction de partitions ? Ses calepins recèlent-ils encore des clés ? En 1976, le monde des mathématiques frémit quand on retrouva un carnet oublié de Ramanujan, rempli de nouvelles propositions. Cette découverte ne fait que confirmer l'idée que, enfouis dans les archives du Trinity College ou dans des cartons à Madras, dorment d'autres trésors qui attendent d'être mis au jour et qui pourraient expliquer la capacité qu'avait Ramanujan à calculer les nombres premiers avec une telle précision.

La mort de Ramanujan porta un coup terrible à Hardy qui, deux mois seulement auparavant, avait reçu une lettre « tout à fait enjouée et pleine de mathématiques ». Hardy était atterré, privé d'un merveilleux compagnon de voyage digne de l'escorter dans ses randonnées à travers les contrées mathématiques. « Son originalité avait été pour moi une source constante de suggestions depuis le jour où je l'avais rencontré, et sa mort est l'un des pires moments que j'aie jamais vécus. »

En vieillissant, Hardy succomba à son tour à la dépression. Il s'était toujours perçu comme jeune. Désormais, il était écœuré par la vue de ses traits vieillissants, et réclamait que l'on retournât tous les miroirs quand il arrivait dans une pièce. Il haïssait l'effet de l'âge sur ses capacités de mathématicien. Son livre, *A Mathematician's Apology*, est un récit terrifiant de la vie d'un mathématicien en fin de carrière. Pour accomplir sa tâche, un mathématicien « ne doit pas être trop vieux. Les mathématiques ne sont pas un sujet contemplatif, mais créatif. Qui peut en tirer consolation quand on a perdu le pouvoir ou le désir de créer. Ce qui risque d'advenir fort tôt dans la vie d'un mathématicien. »

Comme Ramanujan avant lui, Hardy allait tenter de mettre fin à ses jours, en avalant des comprimés plutôt qu'en se jetant sous un train. Mais il les vomit et en fut quitte pour un œil au beurre noir. C.P. Snow raconte sa visite au chevet de Hardy. « Il était impitoyable envers lui-même : il avait tout raté. Quelqu'un avait-il jamais raté autant que lui ? » Son unique consolation, dit-il dans son *Apology*, était Ramanujan. « Quand je me sens déprimé ou que je suis contraint de prêter l'oreille à quelque pompeux ou quelque importun, je me répète encore : "eh bien, moi, j'ai fait ce que vous n'auriez jamais pu faire : moi, j'ai collaboré avec Littlewood et Ramanujan, pratiquement d'égal à égal." »

7

L'exode : de Göttingen à Princeton

Les sciences mathématiques étant si vastes et si diverses, il est nécessaire de localiser leur culture, car toute activité humaine est liée à des lieux et des personnes. David Hilbert, lors de la fête donnée pour célébrer l'arrivée de Landau en tant que professeur à Göttingen en 1913.

Le père de Landau, Léopold, s'aperçut qu'un jeune prodige des mathématiques vivait dans la même rue que lui à Berlin. Intrigué, il lui envoya une invitation à prendre le thé. Bien que timide, Carl Ludwig Siegel accepta de rencontrer le père du grand mathématicien de Göttingen. Landau senior sortit de sa bibliothèque les deux volumes sur les nombres premiers rédigés par son fils et les confia à Siegel. L'ouvrage était sans doute encore trop difficile pour lui, lui expliqua-t-il, mais peut-être serait-il en mesure de le lire plus tard. Pour Siegel, le livre d'Edmund Landau allait avoir valeur de trésor, un trésor qui aurait un impact durable sur son développement mathématique.

Il atteignit sa majorité quand la Première Guerre mondiale éclata. L'idée de servir dans l'armée le terrifiait. Il commença à éprouver un profond dégoût pour tout ce qui se rapportait à la carrière militaire. En dépit de l'intérêt qu'avait manifesté le père de Landau pour ses progrès dans le domaine mathématique, dès l'origine, Siegel avait choisi d'étudier l'astronomie à Berlin, estimant qu'il était impossible que le sujet soit en quoi que ce soit lié à la guerre. Mais les cours d'astronomie commençaient tard. Aussi, pour passer le temps, suivit-il quelques cours généraux de mathématiques. Il ne tarda pas à être contaminé par le virus, et l'exploration de l'univers des nombres devint sa passion. Bientôt, il fut à même de saisir l'essentiel des tomes sur les nombres premiers que le père de Landau lui avait donnés.

En 1917, inévitablement, la guerre finit par le rattraper. Quand il refusa de servir dans l'armée, il fut condamné à l'asile. Le père de Landau intervint pour obtenir sa libération. « Sans Landau, je serais mort », reconnut Siegel par la suite. En 1919, le jeune homme, à peine remis de l'épreuve, rejoignit son idole, Landau junior, à Göttingen. C'était là que ses talents mathématiques allaient éclore.

Siegel dut s'accommoder de la personnalité difficile de Landau. Une fois, Siegel étant déjà un mathématicien confirmé, il rendit visite à Landau à Berlin. Le professeur passa l'essentiel du dîner à expliquer méticuleusement une démonstration extrêmement détaillée et technique, la développant jusque dans ses moindres subtilités. Siegel l'écouta patiemment, mais le temps que Landau arrive à la conclusion, il était si tard qu'il avait raté le dernier bus pour rentrer chez lui. Il fut donc obligé de faire le chemin à pied. En cours de route, il réfléchit à la démonstration de Landau qui portait sur les points situés au niveau de la mer dans un paysage proche de celui édifié par Riemann. Arrivé chez lui, il avait mis au point une autre démonstration, infiniment plus élégante que la laborieuse explication qui lui avait fait manquer son bus. Le lendemain, sous le coup de l'enthousiasme du moment, il envoya une carte postale à Landau pour le remercier du dîner et lui donner les détails succincts de sa propre démonstration. Le tout tenait sur la même carte.

Quand Siegel s'installa à Göttingen, l'Allemagne croulait sous le coût des dettes de guerre. Il fut contraint de se loger avec un des professeurs du département. Un autre professeur lui acheta une bicyclette, pour qu'il puisse faire le tour des rues médiévales de la ville à vélo. Au début, Siegel se sentait intimidé par la hiérarchie mathématique de l'université, surtout par le grand Hilbert. Il travailla donc seul, discrètement, décidé à accomplir une percée qui impressionnerait tous ces grands noms qu'il croisait dans les couloirs. Il assistait aux cours généraux de Hilbert, s'immergeant dans les idées de ce formidable mathématicien, et savait que s'il parvenait à résoudre ne fût-ce que l'un des vingt-trois problèmes de Hilbert, il détiendrait son viatique pour le succès.

Il était bien trop timide en la présence de géants comme Hilbert pour oser, au départ, exprimer ses idées. Il finit toutefois pour rassembler tout son courage quand plusieurs membres de la faculté l'invitèrent à se joindre à eux pour une virée sur les bords de la Leine. En maillot de bain, Hilbert paraissait soudain nettement moins intimidant, aussi Siegel trouva-t-il la force de lui faire part de ses réflexions sur l'hypothèse de Riemann. La réaction de Hilbert fut des plus enthousiastes et grâce à son soutien, le discret Siegel obtint un poste à l'université de Francfort en 1922.

Toute sa vie durant, Siegel apporta une contribution remarquable à plusieurs des problèmes de Hilbert, mais si son nom est resté à jamais inscrit sur la carte des mathématiques, c'est à sa percée non conventionnelle sur le huitième problème, l'hypothèse de Riemann, qu'il le doit.

Repenser Riemann

S'attachant à résoudre ce fameux huitième problème, Siegel prit conscience du fait que certains mathématiciens remettaient de plus en plus en cause l'importance de l'apport de Riemann sur le sujet. Son mentor, Landau, était peut-être le plus outré dans ses critiques de ce que Riemann avait véritablement accompli dans son article de dix pages publié en 1859. Tout en reconnaissant qu'il s'agissait d'un « article des plus brillants et des plus féconds », il n'en modérait pas moins son compliment : « La formule de Riemann est loin d'être la chose la plus importante de la théorie des nombres premiers. Il a simplement créé les outils qui, une fois affinés, ont permis plus tard de prouver beaucoup d'autres choses. »

Pendant ce temps-là, à Cambridge, Hardy et Littlewood manifestaient les mêmes doutes. À la fin des années 1920, son incapacité à résoudre l'hypothèse de Riemann commençait à lasser Hardy. Littlewood aussi se demandait si le fait qu'ils ne parvenaient pas à la démontrer ne prouvait pas qu'elle était fausse :

« *Je crois que c'est faux. Il n'en existe aucune preuve. Or il ne faudrait pas accorder de crédit à ce qui n'a pas de preuve. Je dois par ailleurs reconnaître que je ne vois aucune* raison *imaginable venant à l'appui de sa véracité… Quoi qu'il en soit, la vie serait bien plus facile si l'on pouvait solidement se convaincre de ce que l'hypothèse est fausse.* »

Riemann, en effet, s'était montré quelque peu négligent quand il s'était agi de démontrer que les zéros se trouvaient là où le prédisait son hypothèse. Ses dix pages ne contenaient pas un seul calcul de l'un de ces points au niveau de la mer. Hardy considérait que le soupçon de Riemann quant aux zéros de son paysage n'était rien d'autre que de la spéculation heuristique.

Le fait qu'il n'avait apparemment pas calculé l'emplacement de ces zéros renforçait son image de mathématicien intellectuel, homme d'idées qui ne tenait pas à se salir les mains avec les calculs. Après tout, c'était là l'éthique de la révolution que Riemann avait déclenchée. Et Hilbert avait consacré sa vie à défendre cette nouvelle approche des mathématiques. Comme il l'écrivait dans un article : « Je me suis efforcé d'éviter l'énorme appareil de calcul de Kummer [Ernst Kummer, successeur de Dirichlet à Berlin], pour qu'ici soient appliqués les principes de Riemann, qui veulent que les démonstrations soient le seul fruit de la réflexion et non de calculs. » Felix Klein, collègue de Hilbert à Göttingen, aimait à répéter que Riemann avait travaillé essentiellement en s'appuyant sur de « grandes idées générales » et qu'il « faisait souvent appel à son intuition ».

L'intuition était loin de suffire à Hardy, en revanche. Littlewood et lui réussirent à mettre au point une méthode pour calculer avec précision l'emplacement de certains des premiers zéros. Si l'hypothèse de Riemann était fausse, alors, armés de leur formule, ils avaient une toute petite chance de pouvoir rapidement localiser un zéro qui ne se situerait pas sur la droite critique de Riemann. Leur méthode exploitait la symétrie découverte par Riemann dans son paysage, entre les territoires situés à l'est et à l'ouest de la droite imaginaire passant par $\frac{1}{2}$. Ils y avaient recours en conjonction avec un système efficace conçu par Euler pour calculer approximativement la valeur de sommes infinies de nombres. À la fin des années 1920, les mathématiciens de Cambridge avaient ainsi réussi à repérer 138 zéros. Comme l'avait annoncé Riemann, tous se trouvaient bel et bien sur la droite passant par $\frac{1}{2}$. Mais il était clair que la formule de Hardy et Littlewood commençait à s'essouffler. En termes de calcul, il devenait impossible de repérer avec exactitude l'emplacement des zéros au nord de ces 138 premiers.

On ne pouvait aller plus loin avec ces calculs, semblait-il. Hardy avait démontré par l'analyse théorique qu'un nombre infini de zéros devait se trouver sur cette droite. Beaucoup se disaient désormais qu'il ne serait possible de rencontrer un zéro échappant à la droite qu'en progressant très loin vers le nord de ce paysage. Comme l'avait prouvé Littlewood, les nombres premiers, plus que toute autre créature du bestiaire mathématique, aiment masquer leur véritable nature dans les marches lointaines de l'univers des nombres. Par conséquent, les mathématiciens commencèrent à abandonner la traque explicite des zéros pour s'intéresser à d'autres caractéristiques plus théoriques du paysage, susceptibles de dévoiler les mystères de la pensée de Riemann.

Une découverte tout à fait inattendue vint bouleverser cet état de fait. Alors que Siegel se démenait à Francfort avec ses idées sur l'hypothèse de Riemann, il reçut une lettre de l'historien des mathématiques Erich Bessel-Hagen, qui avait étudié les notes non publiées de Riemann. L'épouse de ce dernier, Elise, avait sauvé quelques écrits de la redoutable gouvernante qui en avait tant brûlés. Elle avait confié la plus grande partie des documents scientifiques au contemporain de Riemann, Richard Dedekind. Mais quelques années plus tard, elle avait commencé à regretter d'avoir transmis tout ce qui aurait pu comporter des détails personnels. Elle demanda donc à Dedekind de les lui restituer. Même s'il s'agissait d'un manuscrit essentiellement consacré aux mathématiques, si jamais il contenait la moindre allusion à une liste de commissions ou le nom d'un ami de la famille, Elise souhaitait récupérer ces pages coupables.

Le reste des articles scientifiques finit par être déposé par Dedekind à la bibliothèque de Göttingen. Bessel-Hagen avait essayé de donner un sens à la masse de textes que recelaient les archives, sans grand succès. Comme toutes les notes privées des mathématiciens, c'était un fouillis chaotique d'idées et de formules inachevées. Bessel-Hagen était curieux de savoir si Siegel aurait plus de chances que lui de déchiffrer ces hiéroglyphes.

Siegel s'adressa au bibliothécaire de Göttingen pour lui demander s'il pouvait consulter le *Nachlass,* les « œuvres posthumes » de Riemann, comme on les appelle désormais. Le bibliothécaire veilla à ce que les documents soient envoyés à la bibliothèque locale de Siegel à Francfort. Siegel était impatient de se mettre à la tâche : elle représenterait une agréable distraction alors que ses recherches s'enlisaient et devenaient une source d'exaspération. Le colis arriva sans encombre et il se précipita à la bibliothèque avec un collègue de passage. Quand il ouvrit le paquet, un torrent de feuillets en jaillit, tous noircis de calculs complexes. Le contenu de ces pages allait montrer à quel point Riemann n'était pas ce mathématicien intuitif et conceptuel incapable d'apporter des preuves solides à l'appui de ses idées, image qui lui restait accolée depuis soixante-dix ans. Indiquant la masse de calculs, Siegel s'exclama avec humour : « Voici les grandes idées générales de Riemann ! »

D'autres mathématiciens mineurs avaient auparavant déjà fouillé dans ces liasses, en quête d'une solution à l'hypothèse, mais aucun n'avait pu donner un sens à ces cohortes d'équations incomplètes. Le plus étonnant était l'énorme quantité de calculs arithmétiques purs auxquels Riemann avait apparemment occupé son temps libre. À quoi correspondaient toutes ces sommes ? Il fallut un mathématicien de l'envergure de Siegel pour comprendre ce que Riemann avait fait.

Plongé dans l'étude de ces pages, il commença à entrevoir que Riemann avait été fidèle aux principes de son maître. Ainsi que Gauss l'avait toujours répété, un architecte ne retire l'échafaudage qu'une fois terminé le bâtiment. Les feuilles fragiles que Siegel avait entre les mains étaient couvertes de calculs jusque dans les angles. Riemann était pauvre et avait dû plus tard assurer la subsistance de ses deux sœurs. Aussi ne pouvait-il s'offrir que du papier de mauvaise qualité, dont il exploitait le moindre centimètre carré. Celui en qui Hilbert voyait un penseur s'avéra être un calculateur de génie, et c'était sur ces calculs qu'il avait bâti sa vision conceptuelle du monde, en percevant la logique que contenaient les preuves qu'il avait rassemblées. Certains de ces calculs étaient novateurs, comme la racine carrée de 2 calculée à 38 décimales. Mais Siegel était intrigué par d'autres dont il n'avait encore jamais vu d'équivalent. Plus il s'abîmait dans l'analyse de ces pages, plus ce salmigondis désordonné de calculs aléatoires prenait un sens. Et il comprit que Riemann avait ainsi calculé les zéros.

Il découvrit que Riemann s'était servi d'une formule extraordinaire qui lui avait permis de calculer les hauteurs de son paysage zêta avec une grande précision. La première partie de la formule reposait sur un truc identifié par Hardy et Littlewood. Riemann les avait devancés d'une soixantaine d'années. Le deuxième élément de la formule était absolument nouveau : Riemann avait également trouvé un moyen d'additionner la somme infinie restante qui était beaucoup plus habile que la méthode alors en cours. Contrairement aux méthodes d'Euler, utilisées pour repérer les 138 premiers zéros, ces points situés au niveau de la mer dans le paysage zêta, la formule de Riemann gardait toute sa puissance aussi loin qu'il progressât vers le nord.

Soixante-cinq ans après sa mort, l'auguste mathématicien était encore très loin en tête du peloton. Hardy et Landau avaient eu tort de croire que l'article de Riemann n'était qu'un brillant assemblage de concepts heuristiques. Il reposait en réalité sur de solides calculs et des idées théoriques que Riemann avait préféré ne pas dévoiler au monde. Quelques années après la découverte de la formule de Riemann par Siegel, les étudiants de Hardy à Cambridge s'en servirent pour confirmer que les 1 041 premiers zéros se situaient bien sur la droite imaginaire de Riemann. Mais la formule ne connut véritablement son apogée qu'avec l'avènement de l'informatique.

Il peut sembler curieux que les mathématiciens aient mis si longtemps à comprendre que les notes de Riemann contenaient de tels joyaux. Car son article de dix pages donne assurément quelques indices, et dans les lettres qu'il avait adressées à d'autres mathématiciens de l'époque, il avait laissé entendre qu'il n'avait pas encore tout dit. Dans son article, il mentionne une nouvelle formule, avant d'ajouter qu'il ne l'avait « pas encore assez simplifiée pour en faire part. » Les mathématiciens de Göttingen avaient passé soixante-dix ans à analyser le document alors qu'à leur insu, à quelques pâtés de maisons de là, se trouvait la formule magique pour localiser les zéros. Klein, Hilbert et Landau avaient tous été prompts à juger Riemann, sans qu'aucun ait seulement jeté un coup d'œil à son *Nachlass* jamais publié.

Soyons juste. Il suffit de regarder les gribouillages de Riemann pour prendre la mesure de l'énormité de la tâche. Comme l'écrivait Siegel : « Rien de ce que Riemann a rédigé se rapportant à la fonction zêta n'est publiable en l'état : on trouve parfois des formules coupées en deux sur une même page. Bien souvent, une partie seulement d'une équation a été couchée sur le papier. » C'était comme de contempler le brouillon d'une symphonie inachevée. La composition finale doit beaucoup à la virtuosité mathématique de Siegel, qui a su extraire la formule du capharnaüm des notes de Riemann. Elle mérite par conséquent pleinement le nom sous lequel on la connaît aujourd'hui, la « formule de Riemann-Siegel ».

Par sa persévérance, Siegel a révélé une nouvelle facette de la personnalité de Riemann. Ce dernier s'était certes fait le champion de la pensée abstraite et des concepts d'ensemble. Mais il savait qu'il était essentiel de ne pas négliger la force du calcul et de l'expérience numérique. Il avait toujours gardé à l'esprit la tradition du XVIIIe siècle à l'origine de ses mathématiques.

Le *Nachlass* qu'abritait la bibliothèque de Göttingen ne représentait qu'une partie de ce que la gouvernante avait détruit. Le 1er mai 1875, Elise Riemann écrivit à Dedekind pour lui détailler ce qu'elle souhaitait qu'il lui rendît, dont « un petit carnet noir contenant les notes du séjour de Riemann à Paris au printemps 1860 ». Quelques mois seulement avant ce voyage, Riemann avait publié son formidable article sur les nombres premiers. Il s'était hâté de le faire publier afin que cela coïncidât avec sa nomination à l'Académie de Berlin. En visite à Paris, après l'agitation liée à la publication, il avait eu le temps d'étoffer ses idées. La météo avait été exécrable. La grêle et la neige l'avaient empêché d'explorer la ville. Il était donc resté dans sa chambre à consigner ses réflexions. On peut raisonnablement supposer que ce petit « carnet noir », outre ses impressions personnelles de Paris, devait receler ses pensées sur les points au niveau de la mer de son paysage zêta. Le carnet n'a jamais été retrouvé, en dépit de rares indices quant à son sort.

Le 22 juillet 1892, le gendre de Riemann écrivit à Heinrich Weber : « Mère, au début, n'a pu se résoudre à l'idée que les papiers de Riemann ne puissent plus rester entre des mains privées. À ses yeux, ils sont sacrés, et elle n'aime guère l'idée qu'ils soient rendus accessibles à n'importe quel étudiant qui pourrait alors lire les notes en marge, dont certaines sont d'un caractère purement personnel. » Contrairement à Fermat, dont le neveu avait été plus qu'heureux de publier les élucubrations des marges de son oncle, la famille de Riemann répugnait à communiquer ce que l'auteur lui-même n'avait jamais voulu publier. Il semble qu'à ce stade, le petit carnet noir ait toujours été en possession de ses proches.

Les spéculations quant à son emplacement actuel vont bon train. Certains indices portent à croire que Bessel-Hagen a fait l'acquisition d'une partie de ce que détenait encore la famille. On ne sait pas s'il l'a acheté lors d'enchères ou par ses contacts personnels. Quelques-uns des documents ont atterri aux archives de l'université de Berlin, mais il semblerait que Bessel-Hagen ait décidé de ne pas céder le reste de sa collection. Il est mort de faim en 1946, dans le chaos qui a suivi la fin de la Deuxième Guerre mondiale, et ses biens n'ont pas été retrouvés.

Selon une autre source, le petit carnet noir aurait fini par arriver entre les mains de Landau. On raconte qu'inquiet des troubles qui régnaient dans l'entre-deux-guerres, il confia le carnet à son gendre mathématicien, I.J. Schoenberg, qui s'enfuit en Amérique en 1930. Et c'est là que s'arrête la piste. Étant donné qu'un million de dollars sont désormais en jeu, la quête du carnet perdu de Riemann s'est muée en chasse au trésor.

Sans les notes de Riemann et la détermination de Siegel, combien de temps aurait-il fallu pour dévoiler la formule magique ? Elle est d'une telle sophistication que nous ne l'aurions peut-être pas encore trouvée aujourd'hui. De quelles autres merveilles avons-nous été privés par la disparition du carnet noir ? Riemann disait pouvoir démontrer que la plupart des zéros se situent sur la droite critique, mais personne n'a été en mesure de le prouver depuis. Quels secrets gisent encore cachés au plus profond des archives des bibliothèques allemandes ? Le carnet noir aurait-il franchi l'Atlantique ? N'a-t-il survécu aux intentions incendiaires de la gouvernante que pour être englouti dans les flammes de la Deuxième Guerre mondiale ?

Dès 1933, les mathématiciens allemands éprouvaient de plus en plus de difficultés à se concentrer sur leur discipline. La bannière au swastika flottait au-dessus de la bibliothèque de Göttingen. La faculté comptait bon nombre de mathématiciens juifs et de gauche. À l'époque, les campagnes populistes prenaient particulièrement pour cible le département des mathématiques, considéré comme une

« forteresse du marxisme ». Vers le milieu des années 1930, la plupart des professeurs perdirent leur emploi quand Hitler purgea l'enseignement supérieur. Beaucoup tentèrent de trouver refuge à l'étranger. Bien que juif, Landau fut autorisé à rester parce qu'il avait été nommé après le début de la Première Guerre mondiale. La clause sur les non-Aryens dans la loi d'avril 1933 sur la fonction publique ne s'appliquait pas aux professeurs en poste depuis longtemps ou ceux qui s'étaient battus pendant la guerre.

La situation empira. À partir de l'hiver 1933, les cours de Landau furent perturbés par des étudiants nazis, dont l'un des mathématiciens les plus brillants de sa génération, Oswald Teichmüller. Un professeur juif de Göttingen brosse le portrait suivant de Teichmüller : « Un très jeune homme, doué en sciences, mais excessivement perturbé et connu pour sa folie. » Un jour, quand Landau se présenta à l'entrée de l'amphithéâtre, l'accès lui en fut interdit par les jeunes fanatiques du régime. Teichmüller déclara à Landau que sa façon juive de présenter le calcul était incompatible avec le mode de pensée aryen. Face aux pressions, Landau finit par craquer. Il démissionna et se retira à Berlin. Il souffrit terriblement d'être ainsi privé de la possibilité d'enseigner. Hardy l'invita à venir donner quelques cours généraux. « Il était particulièrement touchant de voir à quel point il était heureux de se retrouver de nouveau devant un tableau noir et de constater sa tristesse quand cette possibilité toucha à sa fin », se souvint Hardy par la suite. Incapable d'envisager de quitter sa patrie, Landau rentra en Allemagne, où il mourut en 1938.

Cette même année, Siegel, qui n'avait aucune origine juive, fut transféré de Francfort à Göttingen dans l'espoir de rétablir la réputation du département des mathématiques. En 1940, il s'exila volontairement aux États-Unis en signe de protestation contre les horreurs de la guerre. Marqué par la douloureuse expérience de sa jeunesse pendant la Première Guerre mondiale, il s'était juré de ne pas rester en Allemagne si jamais son pays entrait de nouveau en guerre. Il passa les années que dura le conflit à l'Institut des études avancées de Princeton. De tous les mathématiciens qui avaient contribué à forger la grande renommée de Riemann, seul Hilbert resta en Allemagne. La domination de Göttingen dans le domaine des mathématiques l'avait toujours quelque peu obsédé. Désormais âgé, il ne parvenait pas à comprendre la dévastation qui l'entourait. Siegel tenta de lui expliquer pourquoi tant de membres de la faculté étaient partis. Comme le raconta Siegel par la suite : « J'ai eu le sentiment qu'il pensait que nous cherchions à lui faire une mauvaise blague. »

En quelques semaines à peine, Hitler avait fait voler en éclats la glorieuse tradition de Göttingen qu'avaient édifiée Gauss, Riemann, Dirichlet et Hilbert. Un commentateur déclara alors que c'était « l'une des plus grandes tragédies qu'ait connues la culture de l'humanité depuis la Renaissance ». Göttingen (et, pourrait-on dire, les mathématiques allemandes elles-mêmes) ne s'est jamais vraiment remise des ravages causés par les nazis dans les années 1930. Hilbert mourut le jour de la Saint-Valentin 1943, après avoir fait une chute dans les rues de la cité médiévale. Sa disparition sonna le glas de la ville en tant que Mecque des mathématiques.

Dans toute l'Europe, la discipline était en pleine crise. Alors que les nations se préparaient à l'inévitable confrontation, il devenait de plus en plus difficile de défendre la poursuite d'idées abstraites au nom de la recherche. Une fois de plus, les sciences européennes se virent confier la mission de donner à leur pays un avantage militaire. Beaucoup de mathématiciens suivirent l'exemple de Siegel et émigrèrent en Amérique. La plupart trouvèrent outre-Atlantique une prospérité et un soutien qui contribuèrent à créer un environnement idéal pour la recherche fondamentale. Si les États-Unis ont tiré parti de cette immigration universitaire, l'Europe, elle, n'a jamais pu reconquérir la place qu'elle occupait en tant que moteur mathématique du monde.

Certains revinrent de leur exil. Avec la fin de la guerre, Siegel rentra en Allemagne. À Princeton, il avait été complètement coupé des développements mathématiques en Europe et croyait qu'il ne s'était pas passé grand-chose en son absence. Une surprise l'attendait. Si la majorité des mathématiciens avaient fui ou avaient cessé toute activité, il y avait cependant une nouveauté indéniable. Siegel rencontra son ami Harald Bohr qui, avec Hardy, avait tenté de démêler l'hypothèse de Riemann à Copenhague. « Alors, s'est-il passé quelque chose depuis mon exil à Princeton ? » demanda Siegel à son vieux collègue. À quoi Bohr répondit simplement : « Selberg ! »

Selberg, le Scandinave solitaire

En 1940, Siegel avait pu atteindre Princeton en passant par la Norvège. À l'époque, il avait été invité à faire une conférence à l'université d'Oslo. Les autorités allemandes avaient donné leur accord à cette visite, ignorant qu'elle servait de prétexte à Siegel. Le but principal de son voyage était de fuir l'Europe sur un bateau qui partait d'Oslo à destination de l'Amérique. Alors que le bâtiment quittait le port, Siegel vit une flotte de navires marchands allemands en approche. Il apprit plus tard qu'il s'agissait de l'avant-garde de la force d'invasion allemande. Il avait réussi à s'échapper, mais derrière lui au département de mathématiques de l'université d'Oslo était resté un jeune mathématicien du nom d'Atle Selberg. Lequel préférait enfouir sa tête dans les sables mathématiques afin d'ignorer le tumulte environnant.

Même avant que la guerre n'embrase la région, Selberg adorait passer son temps de travail en isolement volontaire. Souvent, une existence cloîtrée oblige le mathématicien à s'orienter dans une direction complètement nouvelle. Selberg avait d'ores et déjà décidé de s'intéresser à un domaine des mathématiques que personne d'autre dans la région ne connaissait vraiment. Il ne se laissa pas décourager par le fait qu'aucun collègue ne l'aiderait dans son entreprise. Bien au contraire, il semblait goûter cette solitude. Alors que la guerre approchait et que la Norvège était de plus en plus coupée du reste du monde, les journaux scientifiques étrangers ne lui parvenant plus, Selberg trouva son inspiration dans le silence. « C'était comme d'être dans une sorte de prison. Coupé de tout. Là, il était tout à fait possible de se concentrer sur ses idées. Il était impossible d'être distrait par ce que faisaient les autres. Dans un certain sens, je considérais que cette situation, sous bien des aspects, était plutôt bonne pour mon travail. »

Cette autonomie allait être caractéristique de la vie mathématique de Selberg. Il l'avait cultivée pendant sa jeunesse, quand il restait des heures durant dans la bibliothèque personnelle de son père, fouillant sans être dérangé dans les nombreux livres de mathématiques que recelaient les étagères. Ce fut au cours de ces longues heures que Selberg tomba sur un article parlant de Ramanujan dans une publication de la Société norvégienne des mathématiques. Selberg raconte comment les « formules, étrangement belles, [...] me marquèrent profondément et pour longtemps ». Les travaux de Ramanujan furent l'une des principales sources d'inspiration de Selberg. « C'était comme une révélation, un monde totalement nouveau pour moi, qui attisait bien plus mon imagination. » Son père lui offrit en cadeau les *Écrits* de Ramanujan, dont il ne se sépare jamais, même aujourd'hui. Autodidacte puisant dans l'imposante collection d'ouvrages mathématiques de son père, il produisait déjà des travaux originaux quand il entra à l'université d'Oslo en 1935.

La formule de Ramanujan pour la suite des nombres de partitions, que le mathématicien indien avait découverte avec Hardy, exerçait sur lui une fascination particulière. S'il était communément admis que cette formule constituait un exploit remarquable, elle avait quelque chose d'un rien insatisfaisant. Elle donnait une réponse qui n'était pas un nombre entier. Le nombre entier le plus proche était le nombre de partitions lui-même. Il devait certainement exister une formule capable de produire le nombre exact de partitions. À l'automne 1937, Selberg fut ravi quand il réussit à faire mieux que Ramanujan en trouvant une formule exacte. Peu après, alors qu'il lisait une analyse de son tout premier article, son regard fut attiré par la colonne voisine. À sa grande déception, il avait été coiffé au poteau par Hans Rademacher, dans un article publié l'année précédente. En 1934, Rademacher avait fui son Allemagne natale pour se rendre aux États-Unis, les nazis l'ayant licencié de son poste à Breslau du fait de ses sympathies pacifistes. « Sur le moment, ç'a été un choc, mais plus tard, j'ai fini par m'habituer à ce genre de choses ! » Que Selberg n'ait pas entendu parler des travaux de Rademacher prouve à quel point la Norvège était alors isolée des développements mathématiques du reste du monde.

Selberg s'étonna toujours que Hardy et Ramanujan soient passés à côté de la formule exacte. « Je suis fermement convaincu que la faute en revient à Hardy [...]. Il ne faisait pas totalement confiance à la perspicacité et à l'intuition de Ramanujan [...]. Je crois que s'il avait davantage eu confiance en Ramanujan, ils auraient immanquablement abouti aux séries de Rademacher. Cela ne fait aucun doute. » Peut-être. Quoi qu'il en soit, la voie qu'ils empruntèrent eut pour résultat la contribution de Hardy et Littlewood à la conjecture de Goldbach, ce qui, en d'autres circonstances, n'aurait pas eu lieu.

Selberg commença à lire tout ce qu'il pouvait des travaux du trio de Cambridge, Ramanujan, Hardy et Littlewood. Leurs résultats sur les nombres premiers et les liens avec la fonction zêta l'intéressaient au plus haut point. Il était surtout intrigué par une déclaration trouvée dans l'un des articles de Hardy et Littlewood. Ils avaient écrit que leurs méthodes du moment n'offraient apparemment aucun espoir de démontrer que la plupart des zéros se trouvaient effectivement sur la droite imaginaire de Riemann. Hardy avait franchi un cap important en prouvant qu'il y avait au moins un nombre infini de zéros sur cette droite, mais il n'était pas parvenu à montrer que ce nombre infini représentait ne fût-ce qu'une fraction du nombre total de zéros. En dépit de quelques ajustements apportés avec l'aide de Littlewood, le nombre de zéros dont ils pouvaient prouver qu'ils se trouvaient sur la droite était noyé dans la masse des zéros qui continuaient de leur échapper. Ils eurent alors le courage d'affirmer qu'il était impossible d'améliorer leur résultat avec les méthodes qu'ils avaient développées.

Selberg était loin de partager leur pessimisme. Il se disait que leurs idées avaient encore de la ressource. « Je regardais ce passage, dans l'article original de Hardy et Littlewood où ils expliquent à la fin pourquoi leur méthode ne pouvait pas donner plus que ce qu'ils avaient prouvé. Je le lisais tout en réfléchissant. Et puis j'ai compris qu'en fait, c'était complètement absurde. » Selberg pensait à juste titre qu'il pouvait aller plus loin qu'eux. S'il n'était toujours pas en mesure de démontrer que tous les zéros étaient situés sur la droite, il fut à même de prouver que le pourcentage identifié grâce à sa méthode ne finirait pas par donner zéro en progressant vers le nord. Il n'était pas vraiment sûr de la proportion de zéros qu'il avait ainsi réussi à capturer, mais son coup de filet était le premier à être aussi imposant. Avec le recul, il semblerait qu'il soit parvenu à démontrer qu'entre 5 et 10 % des zéros se trouvaient sur la droite. En comptant vers le nord, on rencontrait donc au moins entre 5 et 10 % de zéros obéissant à l'hypothèse de Riemann.

Même s'il ne constituait pas encore une preuve de l'hypothèse de Riemann, le coup de filet de Selberg représentait une percée psychologique. Sauf que personne n'en savait encore rien. Selberg lui-même n'était pas certain de ne pas avoir été dépassé par d'autres. La guerre prit fin, et il fut invité à intervenir au Congrès scandinave des mathématiciens à Copenhague pendant l'été 1946. Ayant déjà connu la déception d'avoir été devancé dans sa découverte de la formule exacte du nombre de partitions, il décida qu'il valait mieux vérifier si ses résultats sur les zéros étaient effectivement nouveaux. Mais l'université d'Oslo n'avait toujours pas reçu d'exemplaires des journaux qui ne lui avaient pas été expédiés pendant les hostilités. « J'avais entendu dire que la bibliothèque de l'Institut de technologie de Trondheim en avait reçu. Je suis donc monté jusqu'à Trondheim uniquement pour ça. J'ai dû y passer une semaine dans la bibliothèque. »

Mais il n'avait aucune raison de s'inquiéter. Il était loin devant tous les autres quant à l'estimation des zéros du paysage zêta de Riemann. Sa conférence à Copenhague confirma ce qu'avait lancé Bohr à son visiteur venu d'Amérique, à savoir que les nouvelles dans le monde mathématique européen se résumaient à : « Selberg ! » Le Norvégien parla de ses idées sur l'hypothèse de Riemann. S'il avait accompli un grand pas sur le chemin menant à une démonstration, il souligna que les indices à l'appui de cette vérité étaient encore très rares. « Je pense que si nous avons été tentés de croire en l'hypothèse de Riemann, c'est essentiellement parce qu'il s'agit de la répartition la plus simple et la plus belle dont nous puissions disposer. Il y a cette symétrie le long de la droite. Ce qui pourrait également déboucher sur la distribution la plus naturelle des nombres premiers. On se dit qu'il y a au moins une chose qui pourrait être correcte dans cet univers. »

Certains se méprirent sur ses commentaires et crurent que Selberg remettait en question la validité de l'hypothèse de Riemann. Pourtant, il n'était pas aussi pessimiste que Littlewood, qui estimait que le manque de preuve montrait que l'hypothèse était fausse. « J'ai toujours été un fervent partisan de l'hypothèse de Riemann. Jamais je ne la remettrais en cause. Mais à ce stade, ce que j'affirmais, c'était que nous ne disposions en réalité d'aucun résultat, numérique ou théorique, assez solide pour venir l'étayer. Tout ce que nous montraient ces résultats, c'était qu'elle était juste, dans les grandes lignes. » Autrement dit, la plupart des zéros se trouvaient probablement sur la droite, tout comme Riemann avait assuré pouvoir le démontrer près d'un siècle plus tôt.

La percée de Selberg, en pleine guerre, fut le dernier soubresaut de la domination européenne dans les mathématiques. À la suite de son succès, il fut repéré par Hermann Weyl, professeur à l'Institut des études avancées de Princeton qui, en 1933, avait fui l'aggravation de la situation à Göttingen. Ce mathématicien solitaire, qui était resté en Europe et avait enduré les privations de la Deuxième Guerre mondiale, succomba aux sirènes qui l'appelaient depuis l'autre rive de l'Atlantique. Il accepta l'invitation à se rendre à l'Institut, enthousiasmé à la perspective de trouver une nouvelle source d'inspiration. Il débarqua dans le port grouillant de New York et prit la route de la paisible ville de Princeton, à quelques kilomètres à peine au sud de Manhattan.

Les États-Unis allaient tirer un formidable parti de cet afflux de mathématiciens talentueux venus de l'étranger comme Selberg. Autrefois arrière-cour de l'activité mathématique, l'Amérique était en train de devenir la grande puissance qu'elle est encore aujourd'hui. Elle est désormais la terre des mathématiques et séduit les mathématiciens du monde entier. Si Göttingen avait vu sa réputation de Mecque des mathématiques détruite par Hitler et la Deuxième Guerre mondiale, elle renaîtrait de ses cendres à l'Institut de Princeton. Ce dernier avait été fondé en 1932 avec l'aide d'un don de cinq millions de dollars de Louis Bamberger et de sa sœur Caroline Bamberger Fuld. Il avait pour vocation d'attirer les meilleurs universitaires du monde en leur offrant un havre de paix et un salaire confortable. Ce qui lui valut d'ailleurs le surnom d'Institut des salaires avancés. L'université prétendait recréer l'atmosphère collégiale d'Oxford et Cambridge, où les spécialistes de toutes les disciplines pouvaient interagir à leur avantage.

Mais contrairement à l'ambiance surannée de ces antiques lieux de savoir, Princeton avait quelque chose de jeune, de frais, pétillant de vie et d'idées. Si, à Oxford ou à Cambridge, il était considéré comme de mauvais goût de parler boulot au déjeuner, Princeton faisait fi de ces subtilités. Les membres de l'Institut discutaient ouvertement de leurs travaux quand ils le jugeaient bon. Pour Einstein, c'était comme une pipe qui n'attend plus que d'être fumée. « Princeton est un endroit étonnant, village pittoresque et cérémonieux de frêles demi-dieux montés sur des échasses. Toutefois, en ignorant certaines conventions sociales, j'ai pu me créer une atmosphère favorable à l'étude et libre de toute distraction. Dans cette petite ville universitaire, les voix chaotiques des conflits humains peinent à se faire entendre. »

Si l'Institut avait été fondé pour satisfaire toutes les disciplines, c'est dans le vieux bâtiment du département de mathématiques de l'université de Princeton qu'il vit le jour. Le département de mathématiques serait par la suite transféré dans l'unique gratte-ciel de Princeton et emporterait son nom, Fine Hall, avec lui. La première demeure de l'Institut influença probablement ses qualités particulières, dans les domaines mathématique et physique. Au-dessus de la cheminée du salon de la faculté étaient inscrits ces mots qu'Einstein prenait plaisir à citer : « *Raffiniert ist der Herr Gott, aber boshaft ist er nicht* » (Le Seigneur Dieu est subtil, méchant il n'est point). Les mathématiciens, eux, avaient tendance à douter de la véracité d'une telle déclaration. Comme Hardy l'avait expliqué à Ramanujan, les nombres premiers portaient en eux « une malice diabolique ».

En 1940, l'Institut s'installa dans ses nouveaux locaux. Situé dans les faubourgs de Princeton, perdu dans les bois, il était isolé des horreurs qui frappaient le monde extérieur. Einstein décrivit son exil à Princeton comme « un bannissement au paradis. Toute ma vie, j'ai souhaité cet isolement, et c'est ici, à Princeton, que je l'ai enfin trouvé. » De bien des façons, l'Institut se mit à ressembler à son ancêtre de Göttingen. Il prospérait dans l'isolement. Les gens y venaient de très loin et finissaient assimilés par son environnement autarcique. D'aucuns disaient d'ailleurs qu'à force d'autarcie, Princeton avait basculé dans l'autosatisfaction. Non seulement les mathématiciens de Göttingen y avaient été acceptés, mais ils semblaient en outre avoir apporté avec eux la devise de la cité allemande : pour les membres de l'Institut, il n'y avait pas de vie hors de Princeton. Au milieu des bois, l'Institut offrait un environnement professionnel idéal pour les Européens en fuite.

Erdös, le magicien de Budapest

La vie d'un autre émigré de Princeton allait se trouver mêlée à celle de Selberg. Si l'histoire de Ramanujan avait inspiré le jeune Norvégien, sa magie avait également agi sur un autre esprit. Le Hongrois Paul Erdös serait l'un des mathématiciens les plus fascinants de la deuxième moitié du XXe siècle. Mais les deux jeunes mathématiciens ne seraient pas seulement liés par leur intérêt pour Ramanujan. Ils allaient aussi se retrouver aux prises avec la polémique.

Si Selberg préférait travailler seul, Erdös, lui, rayonnait dans la collaboration. Sa silhouette voûtée, portant costume, et des sandales aux pieds, était bien connue dans les salles des professeurs des départements de mathématiques du monde entier. On pouvait le voir, penché sur un calepin aux côtés d'un nouveau collaborateur tandis qu'ils se livraient à sa passion, qui consistait à créer et à résoudre des problèmes sur les nombres. Il accomplit l'exploit phénoménal de publier plus de mille cinq cents articles de son vivant. Le seul mathématicien à le dépasser fut Euler. Erdös était une sorte de moine des mathématiques, qui se dépouillait de tous ses biens personnels de peur qu'ils ne viennent le distraire de sa mission. L'argent qu'il gagnait, il le donnait à ses étudiants ou en récompense pour les réponses aux nombreuses questions qu'il posait. Comme pour Hardy avant lui, Dieu jouait un rôle essentiel quoique peu conventionnel dans sa vision du monde. Il avait coutume de traiter de « fasciste suprême » le gardien du « Grand Livre », qui recelait les détails de toutes les démonstrations élégantes des problèmes mathématiques, résolus ou non. « Tout droit sorti du Livre ! » était le plus grand compliment qu'il pouvait adresser à une démonstration. Il pensait que tous les bébés, les « epsilon », comme il les appelait d'après la lettre grecque que les mathématiciens utilisent pour un très petit nombre, naissaient avec la connaissance de la démonstration de l'hypothèse de Riemann telle qu'elle est contenue dans le Grand Livre. L'ennui étant qu'au bout de six mois, ils l'oubliaient.

Erdös aimait travailler en musique. On le voyait souvent au concert, griffonnant dans un carnet, incapable de contenir son enthousiasme face à une nouvelle idée. Il adorait collaborer, détestait la solitude, mais redoutait les contacts physiques. Ce qui le transportait, c'étaient les plaisirs cérébraux, alimentés par un régime à base de café et de pilules de caféine. Il eut un jour cette phrase qui est restée dans les mémoires : « Un mathématicien est une machine qui transforme le café en théorèmes. »

Comme tant d'autres grands noms des mathématiques, Erdös avait eu la chance d'avoir eu un père capable de le confronter à des notions qui stimulèrent sa passion pour les nombres. Son père lui montra ainsi la démonstration d'Euclide sur le nombre infini de nombres premiers. Mais ce qui le fascina, ce fut quand son père déforma l'argumentation d'Euclide pour montrer qu'il était possible de trouver des séries de nombres d'une longueur arbitraire qui ne comptaient aucun nombre premier.

Si vous souhaitez une suite de 100 nombres consécutifs sans nombre premier, prenez simplement tous les nombres jusqu'à 101 et multipliez-les entre eux. Le résultat est ce que l'on appelle la factorielle de 101, notée 101!. Alors 101! est forcément divisible par tous les nombres de 1 à 101. Mais si N est l'un de ces nombres, alors $101!+N$ sera également divisible par N, puisque 101! et N sont tous deux divisibles par N. Par conséquent, les nombres $101!+2$, $101!+3$, ..., $101!+101$ ne sont pas des nombres premiers. Nous avons donc ici une liste de 100 nombres consécutifs dont aucun n'est un nombre premier.

L'intérêt d'Erdös fut piqué au vif. Combien lui faudrait-il de temps pour compter à partir de 101! ou un autre nombre avant d'être sûr de trouver un nombre premier ? Euclide avait établi qu'il devait y en avoir un quelque part, mais faudrait-il patienter pendant un temps arbitrairement long avant de dénicher le nombre premier suivant ? Après tout, si les nombres premiers étaient choisis par la Nature en jouant à pile ou face, rien ne permettait de savoir le temps qui pouvait s'écouler entre deux apparitions du côté « face ». Bien sûr, il est peu probable que l'on obtienne 1 000 piles d'affilée. Peu probable, mais pas impossible. Au fil de ses investigations, Erdös apprit qu'en ce sens, les nombres premiers n'avaient rien à voir avec le lancer d'une pièce. Ils peuvent certes donner l'impression de n'être qu'une bande de nombres anarchiques, mais leur comportement n'est pas tout à fait aléatoire.

En fait, c'était un mathématicien français, Joseph Bertrand qui, le premier, avait deviné en 1845 jusqu'où il fallait aller avant d'être certain de trouver un nombre premier. Il pensait que si l'on prenait un nombre, par exemple 1 009, et que l'on comptait jusqu'à deux fois ce nombre, alors on était certain de croiser un nombre premier en chemin. À vrai dire, il y a beaucoup de nombres premiers entre 1 009 et 2 018, le premier étant 1 013. Cela serait-il toujours juste avec n'importe quel nombre *N* ? Bertrand n'était pas en mesure de démontrer que l'on trouvera toujours un nombre premier entre un nombre *N* et son double, 2*N*. Mais la remarquable prédiction qu'il en fit, alors qu'il n'avait que vingt-trois ans, entra dans l'histoire sous le nom de « postulat de Bertrand ».

Le postulat ne resta pas aussi longtemps sans solution que l'hypothèse de Riemann. Sept ans plus tard, le mathématicien russe Pafnouti Tchebychev en apportait la preuve. Tchebychev avait appliqué des idées comparables à celles qu'il avait utilisées pour ses premières avancées dans le domaine du théorème des nombres premiers, quand il avait prouvé que l'estimation de Gauss ne s'écartait jamais de plus de 11 % du nombre réel de nombres premiers. Ses méthodes n'étaient pas aussi sophistiquées ni aussi puissantes que celles développées par Riemann, mais elles étaient efficaces. Par conséquent, contrairement au lancer d'une pièce qui ne garantit jamais la prochaine apparition du côté face, Tchebychev démontra que les nombres premiers présentaient une prévisibilité limitée.

L'un des premiers résultats publiés par Erdös en 1931, alors qu'il n'avait que dix-huit ans, fut une nouvelle démonstration du postulat de Bertrand. Mais à son grand dam, quelqu'un lui signala l'existence des travaux de Ramanujan, et il s'aperçut que sa démonstration n'était pas aussi nouvelle qu'il l'avait espéré. Parmi ses derniers exploits, Ramanujan avait réussi à simplifier considérablement la démonstration du postulat de Bertrand par Tchebychev. La déception du jeune Erdös fut largement compensée par sa joie d'avoir découvert Ramanujan.

Il décréta qu'il tenterait de faire mieux que Ramanujan et Tchebychev. Il commença par étudier la taille de l'écart entre les nombres premiers. Le problème de la distance entre les nombres premiers continuerait à le fasciner toute sa vie. Il était connu pour offrir des prix à qui parvenait à démontrer ses propres conjectures. La deuxième plus grosse somme qu'il ait jamais proposée, de 10 000 dollars, était censée récompenser la démonstration de sa conjecture sur la taille de l'écart entre des nombres premiers consécutifs. Le problème n'a toujours pas été résolu à ce jour, et l'argent attend encore d'être empoché, bien qu'Erdös ne soit plus là pour prendre la pleine mesure de la démonstration. Mais comme il aimait à le dire sur le ton de la plaisanterie, les travaux à accomplir pour gagner l'un de ses prix représentaient probablement une violation de la loi sur le salaire minimum. Un jour, il fut assez fou pour offrir la factorielle de dix milliards en dollars pour la preuve d'une conjecture qui généralisait le théorème des nombres premiers de Gauss (la factorielle de 10 000 000 000 est le produit de tous les nombres de 1 000 à 10 000 000 000). La factorielle de 100 excède déjà le nombre d'atomes présents dans l'univers. Aussi Erdös ne fit-il pas mystère de son soulagement quand, dans les années 1960, le mathématicien qui avait avancé une démonstration ne réclama pas sa récompense.

Dès son arrivée, à la fin des années 1930, Erdös marqua l'Institut des études avancées de son empreinte. Mark Kac était un émigré polonais qui avait fui l'orage en Europe. Bien qu'intéressé par la théorie des probabilités, il avait annoncé la tenue d'une conférence qui suscita la curiosité d'Erdös. Kac se disposait à débattre d'une fonction qui permettait de savoir combien de nombres premiers différents divisent chaque nombre quand on compte de plus en plus loin. Par exemple, $15 = 3 \times 5$ est divisible par deux nombres premiers différents, alors que $16 = 2 \times 2 \times 2 \times 2$ n'est divisible que par un seul. Chaque nombre obtient donc un score en fonction du nombre de nombres premiers différents qui le divisent.

Erdös n'avait pas oublié que Hardy et Ramanujan s'étaient intéressés à la variation de ces scores. Mais il avait fallu l'intervention d'un statisticien comme Kac pour voir que ces scores se comportaient de façon totalement aléatoire. Kac pouvait établir que si l'on traçait une courbe reflétant les scores de chaque nombre quand on comptait de plus en plus loin, on obtenait une courbe familière, en forme de cloche, connue chez les statisticiens comme la preuve d'un caractère aléatoire. Si Kac avait identifié le comportement de la fonction comptant le nombre de nombres premiers diviseurs, il ne maîtrisait pas les résultats de la théorie des nombres qui lui auraient permis de confirmer son intuition quant à leur caractère aléatoire. « C'est en mars 1939, lors d'une conférence à Princeton, que j'ai fait part de cette conjecture. Heureusement pour moi et peut-être pour les mathématiques, Erdös était dans la salle et ça l'a immédiatement interpellé. Le temps que la conférence soit finie, et il avait conclu sa démonstration. »

Ce succès fut à l'origine de la relation passionnelle qu'Erdös entretint toute sa vie avec l'idée d'une rencontre entre la théorie des nombres et la théorie des probabilités. À première vue, ces deux sujets semblent n'avoir aucun rapport. Méprisant, Hardy avait un jour lancé : « Les probabilités ne sont pas une notion de mathématiques pures, mais de philosophie ou de physique. » Les objets étudiés par les théoriciens des nombres sont gravés dans la pierre depuis la nuit des temps, immuables et invariables. Comme le disait Hardy : « 317 est un nombre premier qu'on le veuille ou non. Alors que la théorie des probabilités, elle, est le sujet glissant par excellence. On ne sait jamais ce qui va se passer ensuite. »

Qui dit zéros ordonnés dit nombres premiers aléatoires

Bien que Gauss ait eu recours au principe du lancer d'une pièce de monnaie pour deviner le nombre de nombres premiers, ce n'est qu'au XXe siècle que les mathématiciens ont pu envisager sans crainte une union entre les disciplines de la théorie des probabilités et celle des nombres. Au cours des premières décennies du siècle, les physiciens avancèrent l'idée que le hasard faisait partie intégrante du monde subatomique. Un électron pouvait se comporter comme une minuscule boule de billard, sans que l'on soit vraiment sûr de son emplacement exact. Beaucoup de physiciens répugnaient à l'admettre, mais il semble que l'emplacement de cet électron soit dicté par quelque dé quantique. Peut-être l'effet déstabilisant de la théorie émergeante de la physique quantique, avec son modèle probabiliste du monde, contribua à remettre en question l'idée que le hasard n'avait pas sa place dans une chose aussi déterministe que les nombres premiers. Tandis qu'Einstein s'efforçait de nier que Dieu jouait aux dés avec la Nature, au bout du même couloir de l'Institut, Erdös, lui, démontrait que les lancers de dés étaient au cœur de la théorie des nombres.

C'est d'ailleurs pendant cette période que les mathématiciens ont commencé à comprendre comment l'hypothèse de Riemann, qui portait sur le comportement réglementé des zéros du paysage zêta, expliquait pourquoi les nombres premiers paraissaient si anarchiques et aléatoires. La meilleure façon de prendre la mesure de cette tension entre l'ordre des zéros et le chaos des nombres premiers est de s'intéresser de plus près à cet exemple absolu du hasard qu'est le lancer d'une pièce.

Si vous lancez une pièce un million de fois, vous devriez obtenir la moitié de côtés pile et la moitié de côtés face. Mais en réalité, vous ne parviendriez pas à un résultat exact. Avec une pièce normale, au comportement parfaitement aléatoire sans biais, vous ne devriez pas être surpris de parvenir à une marge d'erreur de 1 000 de part et d'autre du résultat de 500 000 côtés face. La théorie des probabilités a permis de mesurer l'importance de cette marge quand l'expérience a pour source un processus aléatoire. Si on lance la pièce N fois, on constatera une différence avec $\frac{1}{2}N$ côtés face, la « marge d'erreur », dans un sens ou dans l'autre. Cette marge a été analysée pour une pièce normale et devrait se situer aux alentours de la racine carrée de N. Ainsi, par exemple, sur 1 000 000 de lancers d'une pièce normale, le nombre de côtés face devrait vraisemblablement se trouver en 499 000 et 501 000 (1 000 étant la racine carrée d'1 000 000).

Avec une pièce truquée, la marge d'erreur serait par conséquent supérieure à la racine carrée de *N*.

Gauss avait modélisé son estimation du nombre de nombres premiers en lançant une pièce. La probabilité qu'elle retombe sur le côté face au *N*e lancer n'était que 1/log(*N*) plutôt que $\frac{1}{2}$. Cependant, tout comme une pièce conventionnelle ne retombe pas exactement à moitié du côté face et à moitié du côté pile, la pièce des nombres premiers lancée par la Nature n'indiquait pas exactement le nombre de nombres premiers annoncé. Mais à quoi correspondait la marge d'erreur ? Se trouvait-elle dans la limite du comportement aléatoire d'une pièce, ou bien existait-il une forte déviation, qui entraînait la production de nombres premiers dans certaines régions, d'autres étant complètement désertes ?

La réponse se trouve dans l'hypothèse de Riemann et sa prédiction sur l'emplacement des zéros. Ces points au niveau de la mer contrôlent les erreurs contenues dans l'estimation gaussienne du nombre de nombres premiers. Chaque zéro dont les coordonnées est-ouest sont de $\frac{1}{2}$ produit une erreur de $N^{\frac{1}{2}}$ (qui est une autre façon d'exprimer la racine carrée de *N*). Donc, si Riemann avait raison quant à l'emplacement des zéros, alors la marge d'erreur entre l'estimation de Gauss pour le nombre de nombres premiers inférieurs à *N* et le nombre réel de nombres premiers se situe tout au plus aux environs de la racine carrée de *N*. Marge d'erreur qui correspond à celle considérée par la théorie des probabilités avec une pièce normale, au comportement parfaitement aléatoire, sans biais.

Si l'hypothèse de Riemann est fausse et qu'il y a des zéros plus loin à l'est de la droite critique de Riemann, ils engendreront une erreur nettement supérieure à la racine carrée de *N*. Comme si la pièce donnait beaucoup plus de côtés face que la répartition pour moitié attendue d'une pièce normale. Si l'hypothèse de Riemann était fausse, cela voudrait dire que la pièce des nombres premiers serait franchement truquée. Plus les zéros se trouveraient loin à l'est de la droite, plus la pièce serait truquée.

Une pièce normale présente un comportement authentiquement aléatoire, alors qu'une pièce truquée finit par trahir une certaine logique. L'hypothèse de Riemann saisit par conséquent pourquoi les nombres premiers semblent si aléatoires. La brillante intuition de Riemann avait tourneboulé ce caractère hasardeux en détectant le lien qui existe entre les zéros du paysage et les nombres premiers. Pour démontrer que les nombres premiers sont vraiment aléatoires, il faut d'abord prouver que de l'autre côté du miroir de Riemann, les zéros sont agencés le long de sa fameuse droite.

Cette interprétation probabiliste de l'hypothèse de Riemann plaisait à Erdös. Tout d'abord, elle rappelait aux mathématiciens la raison essentielle de leur passage à travers le miroir de Riemann. Le Hongrois souhaitait encourager un retour à ce qui était le sujet fondamental de la théorie des nombres : les nombres eux-mêmes. Il était frappant de constater à quel point les théoriciens des nombres parlaient de moins en moins de nombres depuis que la faille de Riemann s'était ouverte et avait aspiré les mathématiciens dans un nouveau monde. Ils s'inquiétaient bien plus de pouvoir naviguer dans la géométrie du paysage zêta, guettant les points situés au niveau de la mer, que des nombres premiers eux-mêmes. Erdös est à l'origine d'un changement de cap qui ramena la discipline à l'étude des nombres premiers en tant que tels. Il s'aperçut très vite qu'il ne serait pas seul à effectuer son voyage de retour.

Polémique mathématique

Si Selberg avait toujours été principalement fasciné par le paysage zêta de Riemann, à Princeton, son intérêt avait dérivé, l'emportant loin de la fonction zêta pour se concentrer plus précisément sur les nombres premiers. Son exode vers les États-Unis s'était accompagné d'un retour à la partie concrète du miroir de Riemann.

Depuis que de la Vallée-Poussin et Hadamard avaient démontré le théorème des nombres premiers, les mathématiciens étaient frustrés de ne pouvoir trouver un moyen plus simple de prouver la connexion décelée par Gauss entre les logarithmes et les nombres premiers. Les mathématiciens ne pourraient-ils faire la preuve de l'estimation de Gauss qu'en ayant recours à des outils sophistiqués comme la fonction zêta et le paysage imaginaire de Riemann ? Ils étaient prêts à admettre que de tels outils étaient peut-être nécessaires pour démontrer que cette estimation était aussi juste que l'impliquait l'hypothèse de Riemann, à savoir que la marge d'erreur ne serait jamais supérieure à la racine carrée de *N*, mais ils pensaient qu'il devait exister une façon plus simple de parvenir à la première estimation brute de Gauss. Ils avaient espéré pouvoir développer l'approche élémentaire de Tchebychev, qui avait prouvé que Gauss se trouvait à au moins 11 % de la réponse correcte. Mais avec le temps, et au bout de cinquante ans de vains efforts pour mettre au point une démonstration plus limpide, les gens commençaient à se dire que les outils complexes créés par Riemann et exploités par de la Vallée-Poussin et Hadamard étaient tout simplement incontournables.

Hardy ne croyait pas en l'existence d'une preuve élémentaire. Non qu'il ne la souhaitât pas : les mathématiciens sont constamment en quête de preuves et de simplicité. Mais il se laissait gagner par le pessimisme et doutait qu'une telle chose puisse être. Il aurait apprécié la contribution d'Erdös et de Selberg qui, en 1947, quelques mois à peine après sa mort, découvrirent un argument élémentaire liant les nombres premiers aux logarithmes. En revanche, la polémique qui se déchaîna autour de la paternité de cette preuve élémentaire l'aurait horrifié. L'histoire a été maintes fois rapportée, en particulier dans deux biographies d'Erdös. Étant donné l'important réseau de collaborateurs et de correspondants qu'entretenait Erdös d'une part et la réticence de Selberg d'autre part, il n'est pas surprenant que la majorité de ces histoires aient été racontées du point de vue du Hongrois. Il n'est toutefois pas inutile d'en savoir un peu plus sur la version de l'affaire vue du côté du Norvégien.

Le premier à employer l'outil sophistiqué de la fonction zêta fut Dirichlet, qui s'en servit pour confirmer l'une des intuitions de Fermat. Dirichlet démontra que quand on prend une calculatrice horloge dont le cadran comporte *N* heures et que l'on y entre les nombres premiers, la calculatrice indiquera 1 heure infiniment souvent. Autrement dit, le nombre de nombres premiers qui donnent 1 après avoir été divisés par *N* est infini. La démonstration de Dirichlet s'était appuyée sur une utilisation complexe de la fonction zêta et joua le rôle de catalyseur pour les grandes découvertes de Riemann.

Pourtant, en 1946, presque cent dix ans après Dirichlet, Selberg aboutit à une preuve élémentaire du théorème de Dirichlet qui était plus proche dans l'esprit de la démonstration euclidienne du nombre infini de nombres premiers. Sa démonstration, évitant la fonction zêta, constitua une percée psychologique à une époque où beaucoup considéraient qu'il était impossible de progresser dans la théorie des nombres premiers sans avoir recours aux idées de Riemann. Quoique subtile, cette démonstration ne nécessitait pas d'en passer par des mathématiques sophistiquées du XIXe siècle et aurait peut-être pu être comprise par les Grecs de l'Antiquité eux-mêmes.

Paul Turán, mathématicien hongrois en visite à l'Institut de Princeton, s'était lié d'amitié avec Selberg. C'était également un proche d'Erdös. En fait, quand une patrouille de soldats soviétiques l'interpella dans les rues de Budapest libérée en 1945, la seule preuve qu'il put fournir de son identité fut un article qu'il avait cosigné avec Erdös. La patrouille en fut dûment impressionnée, ce qui évita à Turán de se retrouver au goulag. Comme il en plaisantait par la suite, il s'était agi là d'une « étonnante application de la théorie des nombres ».

Turán tenait à en savoir plus sur la démonstration par Selberg du résultat de Dirichlet, mais après y avoir passé un printemps, il devait quitter l'Institut. Selberg fut ravi de lui communiquer certains des détails et suggéra même à Turán de faire une conférence sur le sujet tandis que lui-même allait faire renouveler son visa avant de se rendre au Canada. Mais au fil de cette discussion, Selberg en révéla plus qu'il n'en avait eu l'intention.

Au cours de sa conférence, Turán cita une formule assez extraordinaire dont Selberg avait fait la démonstration, formule qui n'était pas directement liée à la preuve du théorème de Dirichlet. Erdös se trouvait dans l'assistance et comprit que cette formule était précisément ce qu'il lui fallait pour affiner le postulat de Bertrand, à savoir que l'on trouvera toujours un nombre premier entre N et 2 N. Erdös essayait alors de déterminer s'il fallait effectivement aller jusqu'à 2 fois N. Par exemple, était-il possible de toujours trouver un nombre premier entre N et 1,01 fois N? Il sentit que cela ne fonctionnerait pas pour tous les N. Après tout, si N est égal à 100, on ne trouve aucun nombre entier, et encore moins de nombre premier, entre 100 et 101 (soit 100 fois 1,01). Mais Erdös pensait que si N était suffisamment grand, alors, dans l'esprit du postulat de Bertrand, on trouverait un nombre premier entre N et 1,01 N. Ce n'était pas 1,01 qui comptait. Erdös supposait que ce principe fonctionnerait avec n'importe quel nombre pris entre 1 et 2. Ayant suivi la conférence de Turán, Erdös savait désormais que la formule de Selberg lui offrait le chaînon manquant de sa démonstration.

« Quand je suis rentré, Erdös m'a demandé si je n'étais pas contre le fait qu'il s'en serve pour parvenir à une démonstration élémentaire de cette généralisation du postulat de Bertrand. » Selberg lui-même y avait songé sans véritablement avancer. « Je ne travaillais pas là-dessus, donc, je lui ai dit que je n'y voyais pas d'objection. » À l'époque, Selberg était distrait par une foule de problèmes pratiques. Il lui fallait renouveler son visa, trouver un logement à Syracuse où il avait accepté un poste pour l'année universitaire suivante, et préparer des cours pour une formation d'été dispensée à des ingénieurs. « De toute façon, Erdös a toujours été du genre rapide, et il a réussi à trouver une preuve. »

Selberg n'avait cependant pas tout dit à Turán. En particulier, s'il avait pensé à cette généralisation du postulat de Bertrand, c'était parce qu'il voyait comment l'intégrer à un puzzle pour parachever le tableau d'une preuve élémentaire du théorème des nombres premiers. Avec le résultat d'Erdös, Selberg avait en main la pièce finale qui lui offrait cette preuve.

Il raconta à Erdös comment il avait utilisé son résultat pour terminer une preuve élémentaire du théorème des nombres premiers. Le Hongrois lui proposa de présenter ses travaux au petit groupe présent à la conférence de Turán. Mais Erdös était incapable de contenir son enthousiasme, et il commença à envoyer des invitations pour ce qu'il annonçait comme une conférence des plus intéressantes. Selberg, lui, ne s'était pas attendu à un aussi large public.

« *Quand je suis arrivé à la fin de l'après-midi, vers quatre ou cinq heures, la salle était pleine à craquer. Je suis monté sur l'estrade et j'ai détaillé mon argument. Puis j'ai demandé à Erdös de faire de même. Ensuite, j'ai présenté ce qui était nécessaire pour terminer la démonstration. Donc, la première preuve a été obtenue en utilisant ce résultat intermédiaire dont il disposait.* »

Erdös invita Selberg à cosigner un article expliquant cette démonstration. Mais, comme l'explique Selberg :

« *Je n'avais jamais publié de papier cosigné. Moi, je tenais à publier des articles séparés, mais Erdös m'assura qu'il fallait faire comme Hardy et Littlewood. Mais je n'avais jamais accepté de collaborer. Quand je suis arrivé aux États-Unis, j'avais fait toutes mes études de maths en Norvège. Seul, sans même parler à qui que ce soit… Non, en ce sens, je n'ai jamais été un collaborateur. Je parle avec les autres, mais je travaille seul, c'est ce qui convient à mon tempérament.* »

La vérité, c'est que ces deux mathématiciens ne pouvaient pas être plus différents l'un de l'autre. L'un des deux était un solitaire autonome qui ne publia qu'un seul article cosigné de toute sa vie, avec le mathématicien indien Saravadam Chowla, et encore, quelque peu contre sa volonté. L'autre poussa l'art de la collaboration vers de telles extrémités que les mathématiciens ont aujourd'hui coutume de parler de leur nombre d'Erdös, c'est-à-dire le nombre de coauteurs qui les relie à un article d'Erdös. Personnellement, mon nombre d'Erdös est 3, ce qui veut dire que j'ai écrit un article avec quelqu'un qui a écrit un article avec quelqu'un qui a écrit un article avec Erdös. Chowla étant l'un des 507 coauteurs d'Erdös, l'unique papier en collaboration jamais produit par Selberg lui conférait un nombre d'Erdös de 2. On dénombre quelque 5 000 autres mathématiciens dans ce cas.

Après son refus, comme le reconnaît Selberg, « les choses sont allées trop loin ». En 1947, Erdös avait tissé un réseau étendu de collaborateurs et de correspondants. Il les tenait au courant de ses progrès en les bombardant de cartes postales. On raconte que pour Selberg, la goutte d'eau qui fit déborder le vase fut quand il arriva à Syracuse et qu'il y fut accueilli par un membre de la faculté qui lui demanda : « Vous avez entendu la nouvelle ? Erdös et un mathématicien scandinave ont produit une preuve élémentaire du théorème des nombres premiers. » Entre-temps, Selberg avait développé un autre argument qui ne l'obligeait plus à passer par l'étape intermédiaire que lui avait fournie Erdös. Selberg avait donc avancé et publié seul. Son article parut dans les *Annals of Mathematics,* la publication de Princeton généralement considérée comme l'un des trois meilleurs journaux de mathématiques du monde. C'est dans ses pages qu'Andrew Wiles a publié sa démonstration du dernier théorème de Fermat.

Erdös était furieux. Il demanda à Hermann Weyl de statuer sur la question. « Ce qui m'a fait plaisir », se souvient Selberg, « c'est qu'en gros, Hermann Weyl a fini par être de mon côté après avoir entendu les deux versions de l'affaire. » Erdös publia sa démonstration en reconnaissant le rôle de Selberg. Mais l'épisode était désolant. En dépit de la nature éthérée des mathématiques, les mathématiciens n'en ont pas moins des egos qu'il faut parfois ménager. Il n'y a pas de meilleure stimulation pour le processus créatif que l'idée de l'immortalité dont se voit paré un patronyme pour toujours associé à un théorème. L'histoire de Selberg et Erdös souligne l'importance que revêtent les notions de paternité et de priorité dans les mathématiques, à vrai dire, dans toutes les sciences. C'est pour cette raison que Wiles passa sept ans seul dans son grenier à plancher secrètement sur le dernier théorème de Fermat, de peur d'avoir à partager la gloire.

Si les mathématiciens sont comme des coureurs dans une équipe de relais, qui se passent le témoin d'une génération à l'autre, tous brûlent tout au long de l'épreuve de connaître la gloire individuelle de franchir la ligne d'arrivée. La recherche mathématique est un équilibre complexe entre le besoin de collaborer à des projets qui peuvent s'étendre sur des siècles et le désir d'immortalité.

Au bout d'un certain temps, il devint évident que la preuve élémentaire du théorème des nombres premiers par Selberg ne constituait pas la formidable percée tant espérée. Certains se disaient que cette intuition pourrait offrir un moyen élémentaire de démontrer l'hypothèse de Riemann. Après tout, elle aurait pu montrer que la différence entre l'estimation de Gauss et le nombre réel de nombres premiers ne dépasserait jamais la racine carrée de *N*. Et tout le monde savait que cela revenait à ce que les zéros soient tous effectivement ordonnés le long de la droite imaginaire de Riemann.

À la fin des années 1940, Selberg était toujours le détenteur du record de la démonstration du nombre de zéros sur cette droite. C'est entre autres ce qui lui valut une médaille Fields en 1950. Hadamard, alors âgé de quatre-vingts ans, devait assister au Congrès international des mathématiciens à Cambridge, dans le Massachusetts, pour célébrer la récompense de Selberg. Le vieil homme se réjouissait de pouvoir rencontrer l'explorateur qui avait découvert un chemin élémentaire menant au camp de base que de la Vallée-Poussin et lui avaient établi cinquante ans plus tôt. Malheureusement, Hadamard et Laurent Schwartz, l'autre mathématicien qui devait obtenir une médaille Fields, se virent refuser des visas d'entrée du fait de leurs liens avec l'Union soviétique. Les ravages du maccarthysme ne faisaient que commencer. Il fallut l'intervention du président Truman pour qu'ils puissent être admis sur le territoire américain, quelques jours seulement avant l'événement.

D'autres mathématiciens ont par la suite développé les arguments de Selberg sur le pourcentage de zéros dont on peut prouver qu'ils sont bien sur la droite de Riemann. Chacun a apporté sa propre touche de génie. La démonstration de certains théorèmes évolue de façon tout à fait naturelle une fois que l'on sait dans quelle direction progresser. Ce qui est difficile, c'est de trouver le début du chemin. Toutefois, l'amélioration de l'estimation de Selberg est une autre paire de manches. Ces preuves requièrent une analyse méticuleuse. Elles ne succomberont pas à quelque grandiose illumination et il faut se montrer d'une remarquable persévérance pour les mener à leur terme. Le chemin regorge de chausse-trappes. Un faux mouvement, et un nombre que vous pensiez supérieur à zéro peut soudain vous trahir et s'avérer négatif. Chaque pas doit être franchi avec un luxe de précautions, et des erreurs peuvent facilement s'y faufiler.

Dans les années 1970, Norman Levinson améliora les estimations de Selberg et crut, à un certain stade, avoir réussi à identifier pas moins de 98,6 % des zéros. Levinson transmit à son collègue Gian-Carlo Rota du MIT une copie du manuscrit de sa démonstration. Il lâcha sur le ton de la plaisanterie qu'il avait démontré que 100 % des zéros étaient sur la droite, 98,6 % dans le manuscrit, le 1,4 % restant étant laissé aux soins du lecteur. Rota le prit au sérieux et commença à répandre le bruit que Levinson avait démontré l'hypothèse de Riemann. Certes, même s'il était parvenu à 100 %, cela ne signifiait pas pour autant que tous les zéros se trouvaient sur la droite, puisque nous avons là affaire à l'infini. Ce qui n'empêcha pas la rumeur de se répandre.

Au bout du compte, une erreur fut décelée dans le manuscrit, et le nombre de zéros identifiés dégringola à 34 %. Ce n'en était pas moins un record qui resta un moment inviolé. Et c'était d'autant plus impressionnant que Levinson était âgé d'une soixantaine d'années quand il accomplit l'essentiel de ses meilleurs travaux. Comme le dit Selberg : « Il lui a fallu un sacré courage pour effectuer de tels calculs, parce qu'il était impossible de savoir à l'avance si ça mènerait quelque part. » On dit que Levinson avait de grandes idées sur les façons de développer ses méthodes, mais il mourut d'une tumeur au cerveau avant d'avoir pu les amener à maturité. Le record est actuellement détenu par Brian Conrey, de l'université de l'Oklahoma, qui a démontré en 1987 que 40 % des zéros devaient se trouver sur la droite. Conrey pensait pouvoir encore affiner son calcul, mais il ne semble pas utile d'entreprendre la somme de travail titanesque que cela nécessiterait pour quelques pour cent de plus. « Ça en vaudrait la peine si je pouvais faire passer le calcul au-dessus de la barre des 50 %. Parce que dans ce cas, on serait en mesure d'affirmer que la plupart des zéros se trouvent sur la droite. »

La polémique entourant la paternité de la preuve élémentaire blessa profondément Erdös, mais il resta prolifique tout au long de sa vie, comme un défi lancé aux mythes du vieillissement et de l'usure précoce du talent mathématique. Comme il ne parvint pas à obtenir un poste permanent à Princeton, il opta pour la vie de mathématicien itinérant. Sans foyer, sans emploi, il préférait s'abattre soudain sur l'un de ses nombreux amis de par le monde pour se livrer à sa passion pour la collaboration. Il pouvait ainsi s'installer pendant plusieurs semaines avant de repartir tout aussi brutalement. Il mourut en 1996, année du centenaire de la première démonstration du théorème des nombres premiers. À quatre-vingt-trois ans, il collaborait encore sur des articles. Peu avant sa mort, il déclara : « Il faudra attendre encore un million d'années au moins avant que l'on soit en mesure de comprendre les nombres premiers. »

Selberg est aujourd'hui un nonagénaire grisonnant, mais il continue à lire tout ce qui touche à l'hypothèse de Riemann et à assister à des conférences, au cours desquelles il distille les perles de sa sagesse aux jeunes membres de l'assistance. Sa voix douce porte encore les inflexions chantantes de sa Norvège natale, mais elle dissimule bien souvent aussi des commentaires pénétrants ou tranchants sur les travaux qu'il analyse. Et il ne souffre guère les imbéciles. En 1996, son discours à l'occasion d'une conférence à Seattle pour le centenaire de la démonstration du théorème des nombres premiers fut salué par un concert d'applaudissements de la part des six cents mathématiciens présents.

Selberg pense qu'en dépit des progrès considérables réalisés depuis, nous ne savons toujours pas vraiment comment démontrer l'hypothèse :

« *Je crois que personne ne sait si nous sommes ou non proches d'une solution. Certains pensent que oui. Bien sûr, avec le temps qui passe, si jamais on doit trouver la solution, alors, effectivement, on s'en rapproche. Mais certains estiment que l'on dispose d'éléments tout à fait essentiels pour une solution. J'en doute. Elle est très différente de Fermat. On n'a pas assisté à des percées du même ordre. Elle pourrait bien survivre à son bicentenaire en 2059, que je ne verrai évidemment pas. Il est impossible de dire combien de temps durera le problème. Je suis convaincu qu'on finira par trouver une solution. Je ne crois pas que le résultat soit indémontrable. Mais peut-être la preuve est-elle si complexe que le cerveau humain n'arrivera jamais à l'appréhender.* »

Dans la conférence qu'il avait donnée à Copenhague après la guerre, Selberg avait émis des doutes quant à l'existence de preuves de la véracité de l'hypothèse de Riemann. À l'époque, ces preuves semblaient n'être qu'un vœu pieux. Aujourd'hui, nous n'en avons plus la même vision. Selon Selberg, les preuves qui se sont fait jour dans les cinquante ans qui ont suivi la guerre se sont avérées des plus convaincantes. Mais c'est la guerre, et surtout les casseurs de code de Bletchley Park, qui furent à l'origine du développement de la machine qui, elle, accoucherait de ces nouvelles preuves : l'ordinateur.

8

Les machines de l'esprit

Je suggère que nous nous posions la question : « Les machines peuvent-elles penser ? » Alan Turing, *Computing Machinery and Intelligence*

Le nom d'Alan Turing restera à jamais associé à Enigma et au cassage du code allemand pendant la guerre. Confortablement installés dans la gentilhommière de Bletchley Park, à mi-chemin entre Oxford et Cambridge, les casseurs de code de Churchill créèrent une machine capable de décoder les messages envoyés chaque jour par les services de renseignements allemands. Il y a matière à romans, à des pièces de théâtre et à des films dans l'histoire de Turing et comment, par une exceptionnelle combinaison de logique mathématique et de détermination, il parvint à sauver des milliers de vies face à la menace des sous-marins allemands. Pourtant, son inspiration pour la mise au point des « bombes », les machines à décoder, remonte au temps où il étudiait les mathématiques à Cambridge, alors que Hardy et Hilbert étaient encore en pleine ascension.

Avant que l'Europe ne s'abîme dans les flammes de la Deuxième Guerre mondiale, Turing envisageait de construire des machines capables de torpiller deux des vingt-trois problèmes de Hilbert. La première était une machine théorique, qui n'existait que dans son esprit, mais elle démolirait tout espoir de pouvoir un jour vérifier les bases solides des fondations de l'édifice mathématique. La seconde était bien réelle, avec ses rouages dégoulinant d'huile et, avec elle, Turing avait l'intention de défier une autre conviction orthodoxe. Il espérait que son engin tournoyant serait assez puissant pour réfuter le huitième problème de Hilbert, et son préféré : l'hypothèse de Riemann.

Depuis des années, ses collègues échouaient à démontrer l'hypothèse de Riemann. Turing en était donc venu à se dire qu'il était peut-être temps d'enquêter pour savoir si Riemann avait pu se tromper. Peut-être y avait-il effectivement un zéro échappant à la droite, ce qui conférerait une certaine logique à la suite des nombres premiers. Turing savait que les machines pouvaient devenir de formidables outils dans la quête de zéros susceptibles d'infirmer la conjecture de Riemann. Grâce à Turing, les mathématiciens allaient maintenant pouvoir compter sur l'aide d'un nouveau partenaire mécanique dans leurs recherches sur l'hypothèse de Riemann. Mais les machines physiques de Turing ne seraient pas les seules à avoir un impact sur l'exploration des nombres premiers. Ses machines de l'esprit, nées à l'origine pour s'attaquer au deuxième problème de Hilbert, aboutiraient à la fin du XXe siècle à l'avènement d'un rejeton des plus inattendus : une formule pour engendrer tous les nombres premiers.

La fascination de Turing pour les machines avait été stimulée par un livre qu'il avait reçu à l'âge de dix ans. *Natural Wonders Every Child Should Know (Les Merveilles de la nature expliquées aux enfants)*, d'Edwin Tenney Brewster, regorgeait de pépites qui enflammèrent l'imagination du jeune Turing. Publié en 1912, l'ouvrage expliquait les phénomènes naturels mais ne se contentait pas d'asséner des observations passives à ses jeunes lecteurs. Compte tenu de la passion qu'allait nourrir Turing pour l'intelligence artificielle, la description des êtres vivants de Brewster est extrêmement intéressante :

« *Car le corps est bien sûr une machine. C'est une machine excessivement complexe, beaucoup, beaucoup plus compliquée que toute machine jamais construite par la main de l'homme. Mais après tout, il reste une machine. On l'a comparé à une machine à vapeur. C'était avant que l'on en sache autant sur son fonctionnement que ce que l'on sait aujourd'hui. En fait, c'est un moteur à essence. Comme le moteur d'une automobile, d'un bateau ou d'une machine volante.* »

Déjà à l'école, Turing était obsédé par l'invention et la construction : un appareil photo, un stylo à plume rechargeable, même une machine à écrire. Quand il entra à Cambridge en 1931 pour étudier les mathématiques au King's College, cette passion ne l'avait pas quitté. Bien que timide et un rien solitaire, Turing, comme tant d'autres avant lui, trouva refuge dans l'absolue certitude qu'apportaient les mathématiques. Mais sa passion pour la construction était toujours là. Il était toujours à la recherche de la machine physique capable de mettre à nu le mécanisme de quelque problème abstrait.

Dans le cadre de ses premiers travaux d'étudiant, il s'efforça de comprendre l'une des frontières où les mathématiques abstraites entraient en contact avec les caprices de la nature. Il avait pour point de départ le problème pratique du lancer d'une pièce. Il aboutit à une analyse théorique alambiquée des résultats obtenus pour toute expérience aléatoire. Comme Erdös et Selberg avant lui, Turing fut un peu déçu quand il présenta sa démonstration de s'apercevoir que ses premiers travaux n'avaient fait que dupliquer ce qui avait été accompli dix ans plus tôt par un mathématicien finlandais, J.W. Lindeberg sous le nom de « théorème de la limite centrale ».

Les théoriciens des nombres découvriraient ultérieurement que le théorème de la limite centrale offre de nouvelles perspectives dans l'estimation du nombre de nombres premiers. L'hypothèse de Riemann confirmerait que la déviation entre le nombre réel de nombres premiers et l'estimation de Gauss est la même que celle à laquelle on peut s'attendre en lançant une pièce normale. Mais le théorème de la limite centrale révélait qu'il est impossible de modéliser parfaitement la répartition des nombres premiers en ayant recours à l'image du lancer d'une pièce. En effet, les nombres premiers n'obéissent pas à la mesure plus précise du caractère aléatoire que permet le théorème de la limite centrale. Les statistiques sont avant tout affaire de points de vue différents permettant d'évaluer des collections de données. Grâce à Turing et au théorème de la limite centrale de Lindeberg, les mathématiciens pouvaient comprendre que si les nombres premiers ont beaucoup en commun avec le lancer d'une pièce, ils ne sont pas une seule et même chose.

Si elle n'était pas originale, la démonstration par Turing du théorème de la limite centrale faisait au moins la preuve de son potentiel. Ce qui lui valut un poste à Cambridge à l'âge précoce de vingt-deux ans. Il resta un solitaire au sein de la communauté mathématique de Cambridge. Si Hardy et Littlewood se colletaient avec les problèmes classiques de la théorie des nombres, Turing préférait travailler en dehors du canon mathématique. Au lieu de lire les articles commis par ses pairs, il développait ses propres conclusions. Comme Selberg, il se coupait des distractions de la vie universitaire conventionnelle.

En dépit de cet isolement volontaire, Turing ne pouvait pas manquer de savoir que les mathématiques étaient alors en pleine crise. À Cambridge, les gens parlaient des travaux d'un jeune mathématicien autrichien qui avait instillé l'incertitude dans le cœur même de ce sujet qui avait été synonyme de sécurité pour Turing.

Gödel et les limites du monde mathématique

Dans son deuxième problème, Hilbert avait mis la communauté mathématique au défi de prouver que sa discipline ne comportait pas de contradiction. C'étaient les Grecs qui, dans l'Antiquité, avaient entamé le développement des mathématiques en tant que sujet de théorèmes et démonstrations. Ils avaient commencé par des énoncés fondamentaux sur des nombres qui semblaient être des vérités allant d'elles-mêmes. Ces énoncés, les axiomes des mathématiques, sont la semence qui a permis au jardin mathématique de croître. Depuis les premières démonstrations euclidiennes sur les nombres premiers, les mathématiciens ont eu recours à la déduction pour développer notre connaissance des nombres au-delà de ces axiomes.

Mais en étudiant diverses formes de géométrie, Hilbert avait soulevé une question troublante. Sommes-nous certains que nous ne pourrons jamais prouver qu'un énoncé est à la fois vrai et faux? Dans quelle mesure sommes-nous sûrs qu'il n'existe pas une succession de déductions à partir des axiomes qui prouverait que l'hypothèse de Riemann est vraie, tandis qu'une autre succession démontrerait qu'elle est fausse? Hilbert était certain que la logique mathématique pouvait permettre de prouver que les mathématiques ne comportent aucune contradiction de ce type. À ses yeux, le deuxième de ses vingt-trois problèmes n'avait d'autre but que de mettre de l'ordre dans la maison mathématique. Mais la question se fit un rien plus pressante quand plusieurs personnes, dont Bertrand Russell, l'ami philosophe de Hardy et Littlewood, arrivèrent à ce qui semblait être des paradoxes mathématiques. Si l'œuvre monumentale de Russell, *Principia Mathematica,* offrait un moyen de résoudre ces paradoxes, nombreux sont ceux qui prirent alors conscience de la gravité de la question de Hilbert.

Le 7 septembre 1930, Hilbert eut le privilège d'être fait citoyen d'honneur de la ville de Königsberg, sa chère ville natale. La même année, il prenait sa retraite et quittait Göttingen. Il conclut son discours de remerciement par un appel vibrant à tous les mathématiciens : « *Wir müssen wissen. Wir werden wissen.* » (Nous devons savoir. Nous saurons.) Puis il fut immédiatement embarqué dans un studio afin d'enregistrer la fin de son discours pour une émission de radio. Derrière les crachotements de la bande, on décèle encore le rire de Hilbert quand il affirme : « Nous devons savoir. » Ce qu'il ne savait pas, c'était que quelqu'un d'autre avait d'ores et déjà eu le dernier mot lors d'une conférence qui avait justement eu lieu la veille à l'université de Königsberg. Un logicien de vingt-cinq ans, Kurt Gödel, y avait fait une déclaration qui portait un coup terrible à la vision du monde de Hilbert.

Enfant, Gödel était surnommé « Herr Warum », monsieur Pourquoi, à cause du flot incessant de ses questions. Très jeune, il avait été atteint de rhumatisme articulaire aigu, ce qui lui avait laissé le cœur fragile et une incurable tendance à l'hypochondrie. Vers la fin de sa vie, son hypochondrie se mua en une paranoïa pure et simple. Il finit par être tellement persuadé que des gens tentaient de l'empoisonner qu'il se fit littéralement mourir de faim. Mais à vingt-cinq ans, c'était lui qui empoisonnait le rêve de Hilbert et suscitait la paranoïa de la communauté mathématique.

Pour sa thèse, Gödel avait reporté son esprit inquisiteur sur la question de Hilbert qui touchait au fondement de l'entreprise mathématique. Il démontra que les mathématiciens ne pourraient jamais prouver qu'ils disposaient des fondations solides dont Hilbert rêvait. Il était impossible d'utiliser les axiomes des mathématiques pour prouver que ces axiomes ne déboucheraient jamais sur des contradictions. Peut-être serait-il envisageable de corriger le problème en modifiant les axiomes ou en en ajoutant de nouveaux ? Cela ne fonctionnait pas. Gödel montra que quels que soient les axiomes choisis, ils ne pourraient jamais servir à prouver qu'aucune contradiction ne se ferait jour.

Pour les mathématiciens, une succession d'axiomes est considérée comme *consistante* si elle n'aboutit pas à des contradictions. Il peut être vrai que les axiomes que l'on choisit ne donnent pas de contradictions, mais cela ne saurait être prouvé en ayant recours à ces mêmes axiomes. Il est peut-être possible de démontrer la consistance à partir d'une autre série d'axiomes, ce qui ne constituerait qu'une victoire partielle, car la consistance de cet autre choix d'axiomes peut tout autant être remise en question. C'est comme la tentative de Hilbert de démontrer la consistance de la géométrie en la transformant en une théorie des nombres. Cela a eu pour effet de soulever la question de la consistance de l'arithmétique.

La prise de conscience de Gödel n'est pas sans rappeler la description de l'univers par une vieille dame au début d'*Une brève histoire du temps* de Stephen Hawking. À la fin d'une conférence de vulgarisation en astronomie, la vieille dame se lève et lance : « Vous nous avez raconté n'importe quoi. En réalité, le monde est une assiette plate posée sur le dos d'une tortue géante. » Quand le conférencier lui pose la question de savoir sur quoi se trouve la tortue, elle rétorque, ce qui aurait fait sourire Gödel : « Vous êtes un petit malin, jeune homme, un petit malin. Mais il n'y a plus que des tortues, jusqu'en bas. »

Gödel avait apporté la preuve que l'univers mathématique était bâti sur une tour de tortues. On peut disposer d'une théorie sans contradiction, mais on ne peut pas *prouver* qu'à l'intérieur de cette théorie ne se dissimulent pas des contradictions. Tout ce que l'on peut faire, c'est démontrer la consistance grâce à un autre système dont on ne pourra pas prouver la consistance interne. Ironie du sort, les mathématiques pouvaient servir à démontrer que la démonstration est limitée à ce qu'elle peut apporter. Le mathématicien français André Weil a résumé la situation de l'après-Gödel par cette perle : « Dieu existe puisque l'univers mathématique est consistant, et le Diable existe puisque l'on ne peut pas le prouver. »

En 1900, Hilbert avait déclaré qu'il n'y avait rien « d'inconnaissable » dans les mathématiques. Trente ans plus tard, Gödel avait montré que l'ignorance faisait partie intégrante des mathématiques. Quelques mois après son discours de Königsberg, Hilbert apprit l'existence des travaux explosifs de Gödel. Il en fut apparemment « quelque peu contrarié ». Sa déclaration, « *Wir müssen wissen. Wir werden wissen* », faite le lendemain de la présentation de Gödel, a trouvé un lieu de repos approprié. Elle a été inscrite sur la tombe de Hilbert, rêve idéaliste dont les mathématiciens ont fini par s'éveiller.

À une époque où les physiciens découvraient, grâce au principe d'incertitude d'Heisenberg, qu'il existait des limites à ce qu'ils pouvaient faire, la démonstration de Gödel signifiait que les mathématiciens seraient désormais toujours confrontés à leur propre incertitude : qu'un jour, peut-être, ils s'apercevraient soudain que l'ensemble de leur discipline n'était qu'un mirage. Certes, pour la plupart des mathématiciens, le fait que cela n'ait pas eu lieu est la meilleure preuve de la raison pour laquelle cela ne se produira jamais. Nous disposons d'un modèle fonctionnel qui semble justifier la logique. Mais puisqu'au bout du compte, ce modèle est infini, nous ne pouvons être sûrs que quelque part en chemin, il n'entrera pas en contradiction avec nos axiomes. Et comme nous l'avons vu, des choses aussi innocentes que les nombres premiers peuvent masquer des surprises dans des régions éloignées de l'univers des nombres, des surprises sur lesquelles nous ne serions jamais tombés par le simple biais de l'expérience et de l'observation.

Gödel ne s'arrêta pas là. Sa thèse contenait une deuxième bombe. Si les axiomes des mathématiques *sont* consistants, alors il y aura toujours des énoncés vrais sur les nombres qui ne pourront jamais être formellement démontrés par les axiomes. C'était aller à l'encontre de toute l'éthique et de tout le sens des mathématiques depuis la Grèce antique. La démonstration avait toujours été considérée comme la voie menant à la vérité mathématique. Et Gödel venait de pulvériser cette foi dans la puissance de la preuve. Quelques-uns espéraient qu'en ajoutant de nouveaux axiomes, il serait possible de colmater la brèche dans l'édifice. Mais Gödel montra tout ce que ces efforts avaient de futile. On pouvait ajouter autant d'axiomes qu'on le souhaitait aux fondations des mathématiques, il subsisterait toujours des énoncés vrais sans preuve.

Ainsi naquit le théorème d'incomplétude de Gödel : tout système d'axiomes consistant est nécessairement incomplet dans la mesure où il y aura des énoncés vrais qui ne pourront être déduits des axiomes. En quête de soutien dans cet acte de terrorisme mathématique, il fit appel à rien moins que les nombres premiers. Il les utilisa pour attribuer un numéro de code individuel à chaque énoncé mathématique, ce que l'on appelle le nombre de Gödel. En analysant ces nombres, Gödel pouvait montrer que pour un choix donné d'axiomes, il existerait toujours des énoncés vrais qui ne pourraient être prouvés.

Le résultat de Gödel porta un coup terrible aux mathématiciens du monde entier. Il y avait tant d'énoncés sur les nombres, et en particulier sur les nombres premiers, qui semblaient vrais mais que nous ne savions pas comment prouver. Goldbach : tout nombre pair est la somme de deux nombres premiers. Les nombres premiers jumeaux : il existe un nombre infini de nombres premiers avec une différence de 2, comme 17 et 19. Ces énoncés ne pourraient-ils être prouvés à l'aide des fondements axiomatiques existants ?

Inutile de le nier, c'était là une situation des plus troublantes. Peut-être l'hypothèse de Riemann était-elle simplement impossible à prouver dans le cadre de notre description axiomatique actuelle de ce que nous pensons considérer comme l'arithmétique. Beaucoup de mathématiciens se consolèrent en se raccrochant à l'idée que tout ce qui compte vraiment doit pouvoir être prouvé, que seuls les énoncés tortueux sans contenu mathématique de valeur finiront par être rangés dans la catégorie des énoncés impossibles à prouver de Gödel.

Gödel, lui, n'en était pas si sûr. En 1951, il se demanda si nos axiomes actuels étaient suffisants pour plusieurs des problèmes de la théorie des nombres :

« *On est face à un ensemble infini d'axiomes qui peut être étendu encore et encore, sans qu'une fin soit visible. [...] Il est vrai que dans les mathématiques d'aujourd'hui, les niveaux les plus élevés de la hiérarchie ne sont pratiquement jamais utilisés. [...] Il n'est pas tout à fait improbable que ce caractère des mathématiques actuelles ait quelque chose à voir avec son incapacité à démontrer certains théorèmes fondamentaux comme, par exemple, l'hypothèse de Riemann.* »

Pour lui, les mathématiques n'étaient pas parvenues à prouver l'hypothèse de Riemann parce que leurs axiomes étaient insuffisants à l'expliquer. Il nous faudrait peut-être élargir la base de l'édifice mathématique pour découvrir un univers mathématique nous permettant de résoudre ce problème. Le théorème d'incomplétude de Gödel bouleversa la façon de penser des gens. Si des problèmes étaient à ce point impossibles à résoudre, comme celui de Goldbach et celui de Riemann, peut-être était-il simplement impossible de les démontrer avec les outils logiques et les axiomes qu'on leur appliquait.

Dans le même temps, il faut veiller à ne pas accorder trop d'importance à la signification du résultat de Gödel. Elle ne sonna pas le glas des mathématiques. Rien de ce qui avait été démontré n'avait été fondamentalement sapé. Ce que montrait son théorème, c'était que la réalité mathématique ne se cantonnait pas à la déduction de théorèmes à partir d'axiomes. Les mathématiques étaient plus qu'un jeu d'échecs. La construction de l'édifice se poursuivrait parallèlement à l'évolution de ses fondations. Contrairement à la nature formelle de la structure au-dessus de la base, l'évolution des fondations reposerait sur l'intuition des mathématiciens dans le choix de nouveaux axiomes susceptibles selon eux de décrire au mieux le monde des mathématiques. Plus d'un se réjouit de voir dans le théorème de Gödel la confirmation de la nature supérieure de la pensée sur l'esprit mécanique né de la Révolution industrielle.

Turing et la machine miraculeuse de l'esprit

La révélation de Gödel avait soulevé une toute nouvelle question qui commença à fasciner autant Hilbert que le jeune Turing. Y avait-il un moyen d'identifier ce qui faisait la différence entre les énoncés vrais dotés de preuves et ces énoncés gödeliens qui, tout en étant vrais, n'ont pas de preuve ? Avec son pragmatisme habituel, Turing envisagea la possibilité d'une machine qui pourrait sauver les mathématiciens de l'incertitude à laquelle se heurte qui veut démontrer l'indémontrable. Était-il possible de concevoir une machine qui déterminerait si un énoncé pouvait être déduit des axiomes des mathématiques, mais sans véritablement en produire la preuve ? On pourrait alors utiliser une machine comme quelque oracle de Delphes pour se rassurer, pour se convaincre qu'il est bien utile de chercher à démontrer la conjecture de Goldbach ou l'hypothèse de Riemann.

La question de l'existence d'un tel oracle n'était pas très éloignée de la dixième question posée par Hilbert à l'aube du XXe siècle. Dans ce problème, Hilbert avait avancé qu'il existait peut-être une méthode ou un algorithme universel à même de déterminer si n'importe quelle équation avait une solution ou non. Il commençait à envisager l'idée d'un programme informatique avant que l'ordinateur lui-même n'ait été vraiment pensé. Il contemplait la possibilité d'une procédure mécanique qui pourrait être appliquée à l'équation afin de répondre « oui » ou « non » à la question : « Cette équation a-t-elle des solutions ? » sans nécessiter l'intervention personnelle d'un opérateur.

Toutes ces réflexions à propos de machines étaient purement théoriques. Personne ne pensait encore à un véritable objet physique. C'étaient des machines de l'esprit, des méthodes ou des algorithmes pour produire des réponses. Comme si l'on avait eu l'idée d'un logiciel avant que ne soit fabriqué un matériel capable de le faire tourner. Même si la machine de Hilbert avait existé, en pratique, elle n'en aurait pas moins été inutile. En effet, le temps qu'il lui aurait fallu pour établir si n'importe quelle équation avait des solutions aurait fort probablement dépassé la durée de vie de l'univers. Pour Hilbert, l'existence de cette machine avait une importance philosophique.

À l'idée de telles machines théoriques, nombre de mathématiciens étaient horrifiés. Car elles risquaient bel et bien de les réduire au chômage. Nous n'aurions plus besoin de faire appel à l'imagination, à la finesse intuitive de l'esprit humain pour déboucher sur d'habiles arguments. Il serait possible de remplacer le mathématicien par un automate idiot qui se fraierait brutalement un chemin à travers les nouveaux problèmes sans avoir nullement besoin de nouveaux modes subtils de réflexion. Hardy n'en démordait pas : ces machines ne verraient jamais le jour. La possibilité de l'existence d'une seule menaçait toute sa vie :

« *Bien sûr, un tel théorème n'existe pas, et cela est fort heureux, car si tel était le cas, nous devrions disposer d'un jeu de règles mécaniques pour résoudre tous les problèmes mathématiques, et ce serait la fin de nos activités en tant que mathématiciens. Seul un profane particulièrement mal dégrossi peut imaginer que les mathématiciens font des découvertes en tournant la poignée de quelque machine miraculeuse.* »

La fascination qu'éprouvait Turing pour la complexité des idées de Gödel venait d'une série de conférences données au printemps 1935 par Max Newman, l'un des doyens du département de mathématiques de Cambridge. Newman avait été captivé par les questions de Hilbert quand il avait vu le grand mathématicien de Göttingen prendre la parole lors du Congrès international des mathématiciens à Bologne en 1928. C'était la première fois depuis la guerre qu'une délégation venue d'Allemagne était invitée à un congrès international. Beaucoup de mathématiciens allemands avaient refusé d'y assister, toujours furieux d'avoir été exclus du précédent congrès, en 1924. Mais Hilbert était au-dessus de telles querelles politiques. Il prit donc la tête d'une délégation de soixante-sept mathématiciens allemands. Quand il entra dans la salle pour la séance d'inauguration, l'assistance se leva pour l'applaudir. Il répondit en exprimant une opinion que partageaient nombre de ses collègues : « C'est méconnaître totalement notre science que d'édifier des différences selon les peuples et les races. Les raisons invoquées pour ce faire sont des plus douteuses. Les mathématiques ne connaissent pas de races. [...] Pour elles, l'ensemble du monde culturel ne forme qu'un seul pays. »

Dès que Newman apprit en 1930 que le programme de Hilbert avait été démoli de fond en comble par Gödel, il eut le désir d'étudier certaines des complexités des idées de Gödel. Cinq ans plus tard, il se sentait assez sûr de lui pour annoncer une série de conférences sur le théorème d'incomplétude. Turing y assista donc, hypnotisé par les tours et détours de la démonstration de Gödel. Newman conclut en posant la question qui agirait comme un catalyseur sur l'imaginaire à la fois de Hilbert et de Turing. Était-il possible, d'une façon ou d'une autre, de distinguer entre les énoncés qui avaient des preuves et ceux qui n'en avaient pas ? Hilbert baptisa cette question « le problème de la décision ».

Écoutant Newman parler des travaux de Gödel, Turing finit par se dire qu'il était impossible de fabriquer une machine miraculeuse capable de ces distinctions. Mais il serait difficile de prouver qu'une telle machine n'existerait jamais. Après tout, comment peut-on savoir quelles seront les limites du génie humain du futur ? Peut-être peut-on prouver qu'une machine particulière ne pourra donner de réponses, mais étendre cette preuve à toutes les machines, c'était nier le caractère imprévisible du futur. Pourtant, c'est ce que fit Turing.

Ce fut sa première grande réussite. Il eut l'idée de machines spéciales qui seraient effectivement capables de se comporter comme n'importe quelle machine ou personne procédant à des calculs mathématiques. On les appellerait par la suite des *machines de Turing*. Hilbert s'était montré plutôt vague quant à ce qu'il entendait par une machine susceptible de déterminer si un énoncé pouvait être démontré. Désormais, grâce à Turing, la question de Hilbert se trouvait recadrée. Si l'une des machines de Turing ne parvenait pas à distinguer ce qu'il était possible de prouver de ce qui ne l'était pas, alors aucune machine ne le pourrait. Ses machines étaient-elles donc assez puissantes pour répondre au défi du problème de la décision de Hilbert ?

Un jour, alors qu'il faisait son footing le long de la Cam, Turing connut son deuxième éclair de génie, qui lui permit de comprendre pourquoi aucune de ces machines ne pourrait faire la distinction entre les énoncés qui étaient démontrables et ceux qui ne l'étaient pas. S'arrêtant pour reprendre son souffle, allongé dans une prairie près de Granchester, il vit qu'il serait possible d'appliquer à cette question une idée grâce à laquelle on avait trouvé la réponse à une question sur les nombres irrationnels.

L'idée de Turing reposait sur une découverte étonnante faite en 1873 par Georg Cantor, mathématicien de Halle, en Allemagne. Il s'était aperçu qu'il existait différentes sortes d'infinités. Proposition qui peut paraître curieuse, mais il est en effet possible de comparer deux ensembles infinis et de déterminer que l'un est plus grand que l'autre. Quand Cantor fit part de sa découverte, dans les années 1870, elle fut considérée presque comme une hérésie, ou au mieux comme les délires d'un fou. Pour comparer deux infinités, imaginez une tribu dont le système de comptage est le suivant : « un, deux, trois, beaucoup. » Cela ne les empêche pas de savoir qui est le plus riche de la tribu, même s'ils ne peuvent discerner la valeur numérique exacte de cette richesse. Si les poulets sont un signe de richesse dans cette société, alors il suffit à deux personnes de mettre leurs poulets en commun. Le premier à court de gallinacés est le plus pauvre des deux. Ils n'ont pas besoin d'être capables de compter leurs poulets pour voir qu'un groupe est plus grand que l'autre.

S'appuyant sur ce principe, Cantor montra que si l'on compare tous les nombres entiers à toutes les fractions (comme $\frac{1}{3}$, $\frac{3}{4}$, $\frac{5}{101}$), on peut faire correspondre exactement les membres de chacune des deux séries. Ce qui semble contre-intuitif, puisque l'on peut supposer qu'il y a bien plus de fractions que de nombres entiers. Pourtant, Cantor trouva le moyen de parvenir à une correspondance parfaite, sans que des fractions soient laissées pour compte. Il élabora également une argumentation habile pour montrer que, en revanche, il n'y avait aucun moyen de faire correspondre toutes les fractions avec tous les nombres *réels,* qui incluent des nombres irrationnels comme π et $\sqrt{2}$, et les nombres présentant un développement décimal sans répétition. Cantor prouva que tout effort visant à faire correspondre les fractions aux nombres réels passerait immanquablement à côté de certains nombres dotés d'un développement décimal infini. Par conséquent, Cantor était en mesure de démontrer que ces deux ensembles infinis n'étaient pas de la même taille.

Hilbert considérait que Cantor était en train de créer des mathématiques authentiquement nouvelles. Pour lui, les idées de Cantor sur les infinités étaient « le produit le plus étonnant de la pensée mathématique, l'une des plus belles réalisations de l'activité humaine dans le domaine du purement intelligible. [...] Nul ne pourra nous chasser du paradis que nous a ouvert Cantor. » En hommage aux idées novatrices de Cantor, il dédia le premier de ses vingt-trois problèmes à une question posée par Cantor : y a-t-il un ensemble infini de nombres plus grand que l'ensemble des fractions mais plus petit que l'ensemble des nombres réels ?

C'était la démonstration de Cantor du fait que les nombres réels ayant un développement décimal infini sont plus nombreux que les fractions que Turing avait à l'esprit en se dorant au soleil de Cambridge. Il comprit soudain en quoi cela pouvait permettre de montrer que le rêve de Hilbert d'une machine capable de vérifier si un énoncé avait ou non une preuve était absolument chimérique.

Turing commença par supposer qu'une de ses machines pouvait déterminer si n'importe quel énoncé juste avait une preuve. À l'aide d'une méthode élégante, Cantor avait montré qu'il resterait toujours certains nombres décimaux, aussi loin que l'on aille en faisant correspondre fractions et nombres réels. Turing usa de cette technique pour produire un énoncé vrai en plus pour lequel sa machine ne pourrait déterminer l'existence d'une preuve. La beauté de l'argumentation de Cantor tient au fait que si l'on essayait d'adapter la machine pour inclure cet énoncé manquant, on passerait toujours à côté d'un autre énoncé, tout comme la démonstration par Gödel du théorème d'incomplétude montrait qu'en ajoutant un autre axiome, on n'aboutirait qu'à un nouvel énoncé impossible à prouver.

Turing sentait que l'argument était des plus incertains. Revenant au pas de course dans ses appartements du King's College, il le tourna et le retourna, en quête de points faibles. Un détail en particulier l'inquiétait. Il avait montré qu'aucune de ses machines ne pouvait répondre au problème de la décision de Hilbert. Mais comment être sûr qu'il n'y avait pas quelque part une autre machine capable de le faire ? Et c'est là qu'il accomplit son troisième exploit, en envisageant une *machine universelle.* Il brossa les plans d'une seule machine à laquelle on pourrait apprendre à se comporter comme toutes les siennes ou d'autres capables de répondre à la question de Hilbert. Le cerveau aussi était une machine à même d'établir une distinction entre le prouvable et l'improuvable, ce qui stimula les recherches ultérieures de Turing sur la capacité à penser d'une machine. Pour l'heure, cependant, il s'attacha à vérifier tous les détails de sa proposition de solution à la question de Hilbert.

Une année durant, il s'y attela, veillant à ce que son argument ne prenne pas l'eau. Il savait que quand il le présenterait, il serait soumis à un examen minutieux. Il estima que la personne la plus indiquée pour le mettre à l'épreuve était celui qui lui avait le premier expliqué le problème : Newman. Au début, ce dernier se sentit plutôt mal à l'aise face à l'argument. Comme s'il pouvait induire quelqu'un en erreur en l'amenant à considérer comme vrai ce qui ne l'était pas. Mais quand Newman, à son tour, le tourna et le retourna sous tous les angles, il fut de plus en plus convaincu que Turing avait réussi. Ils allaient toutefois s'apercevoir qu'il n'était pas le seul.

Turing apprit qu'il s'était fait couper l'herbe sous le pied par un des mathématiciens de Princeton. Alonzo Church était parvenu à la même conclusion presque en même temps que lui, mais il avait été plus prompt à rendre sa découverte publique. Turing était évidemment soucieux, craignant que ses efforts pour être reconnu dans la rude jungle universitaire ne soient compromis par les résultats de Church. Mais avec le soutien de Newman, son mentor à Cambridge, sa propre démonstration fut acceptée à la publication. À son grand désespoir, elle fut pour ainsi dire ignorée sur le moment. Mais son idée d'une machine universelle était beaucoup plus tangible que la méthode de Church, et ses conséquences étaient nettement plus étendues. Sa passion pour les inventions bien réelles avait déteint sur ses considérations théoriques. Si sa machine universelle n'était qu'une vue de l'esprit, la description qu'il en faisait ressemblait au plan d'un engin tout à fait physique. Un de ses amis avait coutume de dire en plaisantant que si jamais elle avait été construite, elle aurait rempli le Royal Albert Hall.

La machine universelle annonça l'aube de l'ère informatique, qui allait donner aux mathématiciens un nouvel outil pour poursuivre leur exploration du monde des nombres. Même de son vivant, Turing put mesurer l'impact que de véritables machines à calculer pourraient avoir sur l'étude des nombres premiers. Ce qu'il ne pouvait pas prévoir, ce fut le rôle que sa machine théorique jouerait par la suite dans la découverte de l'un des Graal des mathématiques. Des décennies plus tard, son analyse très abstraite du problème de la décision de Hilbert serait au cœur de la découverte aussi fortuite que merveilleuse d'une équation capable d'engendrer tous les nombres premiers.

Rouages, poulies et huile

Pour Turing, l'étape suivante consista à franchir l'Atlantique pour aller rendre visite à Church. Il espérait aussi avoir la possibilité de rencontrer Gödel, alors en déplacement à l'Institut des études avancées de Princeton. S'il avait à l'esprit les machines théoriques pendant son voyage, il n'avait pas renoncé pour autant à son enthousiasme pour les équipements concrets. Sur le bateau, il tua le temps en s'aidant d'un sextant pour suivre la progression du navire pendant la semaine que dura la traversée.

Quand il arriva à Princeton, il fut déçu d'apprendre que Gödel était reparti en Autriche. Fuyant les persécutions en Europe, Gödel reviendrait deux ans plus tard pour occuper un poste permanent à l'Institut. Turing, néanmoins, croisa une personne de renom à Princeton, Hardy, qui se trouvait là lui aussi. Turing écrivit à sa mère à propos de sa rencontre avec Hardy : « Au début, il était très distant, peut-être même timide. Je l'ai rencontré chez Maurice Pryce le jour de mon arrivée, et il ne m'a pas dit un mot. Mais maintenant, il se montre beaucoup plus amical. »

Après avoir couché par écrit sa démonstration du problème de la décision de Hilbert afin d'être publié, Turing chercha un nouveau défi à relever. Il serait difficile de faire mieux que la résolution du problème de la décision. Tant qu'à faire que de s'attaquer à un autre monument, pourquoi ne pas s'en prendre à l'énigme suprême, l'hypothèse de Riemann ? Turing demanda à son collègue de Cambridge, Albert Ingham, de lui envoyer les articles les plus récents sur le sujet. Il commença par ailleurs à en discuter avec Hardy pour savoir ce qu'il en pensait.

En 1937, Hardy était pessimiste quant à la validité de l'hypothèse de Riemann. Il avait passé tant de temps à vainement essayer de la démontrer qu'il commençait à se dire qu'en fait, elle était peut-être fausse. Turing, influencé par l'humeur de Hardy à Princeton, pensait qu'il pourrait construire une machine pour démontrer que Riemann avait tort. Il avait également entendu parler de la découverte par Siegel de la fantastique méthode de calcul des zéros de Riemann. La formule que Siegel avait identifiée faisait un usage habile de l'addition des sinus et des cosinus pour estimer avec efficacité l'altitude du paysage de Riemann. À Cambridge, l'approche de Turing pour attaquer le problème de la décision de Hilbert était considérée comme franchement industrielle par son idée de créer une machine pour résoudre un problème. Mais Turing savait que les machines seraient peut-être également capables de faire la lumière sur la formule secrète de Riemann. Il décelait de profondes similitudes entre la formule de Riemann et celles qui servaient à prédire des phénomènes physiques périodiques comme l'orbite des planètes. En 1936, Ted Titchmarsh, mathématicien d'Oxford, avait déjà adapté une machine, fabriquée à l'origine pour calculer les mouvements des astres, pour démontrer que les 1 041 premiers zéros du paysage zêta se trouvaient effectivement sur la droite imaginaire de Riemann. Mais Turing avait songé à une machinerie encore plus développée pour prédire un autre phénomène naturel périodique : les marées.

Le problème mathématique que posaient les marées était complexe parce qu'elles dépendaient du calcul du cycle quotidien de la rotation terrestre, du cycle mensuel de l'orbite de la Lune autour de la Terre et du cycle annuel de l'orbite de la Terre autour du Soleil. À Liverpool, Turing avait vu une machine qui effectuait ces calculs automatiquement. L'addition de toutes les ondes sinusoïdales périodiques était remplacée par la manipulation d'un système de cordes et de poulies, et la réponse était donnée par la longueur de certaines sections de la corde du dispositif. Turing écrivit à Titchmarsh et avoua que quand il avait vu la machine de Liverpool pour la première fois, il n'avait absolument pas envisagé qu'elle pourrait servir à étudier les nombres premiers. Mais son esprit était maintenant lancé. Il construirait une machine capable de calculer l'altitude du paysage de Riemann. Ainsi, il pourrait peut-être trouver un point au niveau de la mer situé en dehors de la droite critique de Riemann. Et il prouverait alors que l'hypothèse était fausse.

Il n'était pas le premier à caresser l'idée d'utiliser des machines pour accélérer des calculs fastidieux. L'ancêtre de ce concept de machines à calcul était un autre diplômé de Cambridge, Charles Babbage. Étudiant au Trinity en 1810, Babbage était lui aussi fasciné par les appareils mécaniques. Dans son autobiographie, il décrit la genèse de son idée d'une machine destinée à calculer les tableaux mathématiques qui jouaient un rôle essentiel dans la capacité des navires anglais à sillonner si habilement les mers :

« *Un soir, je me trouvais dans les salons de la Société analytique, à Cambridge, penché, rêveur, sur une table de logarithmes. Entrant dans la pièce, un autre membre, me voyant à demi endormi, me héla : "Eh bien, Babbage, à quoi rêvez-vous ?" Et moi de répondre : "Je me dis que toutes ces tables (en montrant du doigt les logarithmes) pourraient être calculées par un mécanisme."* »

Il fallut attendre 1823 avant que Babbage soit capable de commencer à réaliser son rêve d'un « moteur analytique ». Mais le projet échoua en 1833 quand il se fâcha avec son principal ingénieur pour une question d'argent. La machine fut partiellement terminée, mais ce n'est qu'en 1991, pour le bicentenaire de la naissance de Babbage, que sa vision se concrétisa pleinement. C'est là que pour 300 000 livres, un moteur analytique fut construit au musée des sciences de Londres, où il est toujours exposé.

L'idée d'une machine zêta qui avait germé dans l'esprit de Turing était semblable au désir de Babbage de calculer les logarithmes à l'aide de son moteur analytique. Le mécanisme était spécifiquement réglé pour calculer un problème précis. Il ne s'agissait pas d'une des machines universelles théoriques de Turing, à même de reproduire tous les calculs. Ses propriétés physiques correspondant au problème, il ne pouvait servir à résoudre d'autres questions. C'est ce qu'admit Turing dans une demande de bourse qu'il adressa à la Royal Society dans l'espoir de financer la construction de sa machine zêta : « L'appareillage n'aurait pas de valeur permanente. […] Je ne vois pas d'application qui ne soit liée à la fonction zêta. »

Babbage lui-même avait compris les désavantages liés à la fabrication d'une machine seulement capable de calculer les logarithmes. Dans les années 1830, il rêvait d'une machine encore plus grandiose qui pourrait accomplir toutes sortes de tâches. Il s'inspira des métiers à tisser du Français Jacquard, en service dans toutes les usines d'Europe. Les habiles tisserands avaient été remplacés par des cartes percées de trous qui, une fois entrées dans le métier, en contrôlaient le fonctionnement. (Non sans une certaine grandiloquence, quelques-uns ont voulu voir dans ces cartes le tout premier logiciel.) Babbage fut si impressionné par l'invention de Jacquard qu'il acheta un portrait de l'inventeur sur une tapisserie de soie tissée grâce à l'une de ces cartes perforées. « Le métier à tisser est capable de tisser tout dessin que peut concevoir l'imagination de l'homme », s'émerveillait-il. Si cette machine pouvait reproduire n'importe quel tracé, pourquoi ne pourrait-il pas alors construire une machine dans laquelle il serait possible de glisser une carte qui lui dirait d'accomplir n'importe quel calcul mathématique ? Son projet du moteur analytique, comme il l'avait baptisé, fut le précurseur du plan de machine universelle de Turing.

Ce fut Ada Lovelace, fille du poète Byron, qui comprit l'incroyable potentiel de la machine de Babbage en termes de programmation. Traduisant en français une copie de l'article dans lequel Babbage décrivait sa machine, elle ne put s'empêcher d'ajouter quelques notes vantant les mérites de la chose. « Il serait fort juste de dire que le moteur analytique tisse des tracés algébriques tout comme le métier de Jacquard tisse des fleurs et des feuillages. » Ses notes comprenaient de nombreux programmes différents qui pouvaient être mis en œuvre sur la nouvelle machine de Babbage, même si cette dernière était purement théorique et n'avait jamais été construite. Quand elle termina sa traduction, ses notes avaient pris de telles proportions que la version française était trois fois plus longue que l'original en anglais. Lovelace est généralement considérée aujourd'hui comme la première programmeuse au monde. Elle mourut d'un cancer dans de terribles souffrances en 1852. Elle n'avait que trente-six ans.

Tandis que Babbage, en Angleterre, réfléchissait à ses machines, Riemann, en Allemagne, développait ses concepts théoriques. Quatre-vingts ans plus tard, Turing rêvait d'associer les deux sujets. Il s'était déjà fait les dents sur la calculabilité abstraite du théorème d'incomplétude de Gödel, qui avait formé la base de sa thèse. Il allait maintenant s'attacher à une autre mission : il était temps de sculpter les rouages de sa machine zêta. Il obtint une bourse de 40 livres de la Royal Society pour l'aider à donner vie à sa création, grâce au soutien de Hardy et Titchmarsh.

Pendant l'été 1939, sa chambre s'était muée en « une sorte de puzzle fait d'engrenages encombrant le plancher », selon Andrew Hodges, son biographe. Mais le rêve de Turing d'une machine zêta qui unirait la passion anglaise pour les machines et la théorie allemande allait connaître une interruption brutale. À cette fusion scientifique naissante entre les deux pays se substitua la guerre. Les forces intellectuelles du royaume furent mobilisées à Bletchley Park, et les esprits cessèrent de traquer les zéros pour s'attaquer au cassage des codes. Le succès que connut Turing quand il conçut des machines capables de percer le secret d'Enigma doit beaucoup à l'époque où il s'efforçait de calculer les zéros de la fonction zêta de Riemann. Son agencement complexe de rouages et d'engrenages n'avait pas réussi à dévoiler le mystère des nombres premiers, mais ses nouvelles inventions, elles, obtiendraient des résultats spectaculaires en mettant au jour les mouvements secrets de la machine de guerre allemande.

Bletchley Park était un curieux compromis entre tour d'ivoire et monde réel. Le manoir tenait de l'université de Cambridge, avec ses parties de cricket disputées sur la pelouse du parc. Pour Turing et les autres, choyés dans leur retraite campagnarde, les messages codés qui leur arrivaient chaque jour remplaçaient les mots croisés du *Times* dans la salle des professeurs de Cambridge. Un casse-tête théorique, même si tous savaient que des vies dépendaient de sa résolution. Dans une telle atmosphère, il n'est pas étonnant que Turing ait continué à penser aux mathématiques tout en contribuant à la victoire finale.

C'est durant son séjour à Bletchley qu'il en vint à comprendre, comme Babbage un siècle plus tôt, qu'il valait mieux construire une seule machine à qui l'on pouvait confier plusieurs tâches que d'en fabriquer une entièrement différente à chaque nouveau problème. Il en était conscient en principe, mais il allait apprendre à ses dépens que cela valait surtout dans la pratique. Quand les Allemands modifièrent leurs machines Enigma déployées sur le terrain, tout Bletchley Park resta muet pendant deux semaines. Turing se dit alors que ce dont les casseurs de codes avaient besoin, c'était d'une machine qui serait capable de faire face à tout changement que les Allemands apporteraient à leur système.

Une fois la guerre terminée, Turing commença à envisager la possibilité de fabriquer une machine à calculer universelle qui pourrait être programmée pour accomplir une multitude de tâches. Après des années passées au laboratoire de physique national de Grande-Bretagne, il partit travailler avec Max Newman à Manchester, dans l'enceinte du tout nouveau laboratoire de calcul de la Royal Society. À Cambridge, Newman l'avait soutenu tandis qu'il développait la machine théorique qui avait brisé l'espoir de Hilbert de concevoir un algorithme à même d'établir si un énoncé juste était prouvable. Tous deux s'efforçaient désormais de créer et de construire une véritable machine.

À Manchester, Turing eut le loisir d'exploiter l'expertise technique développée à Bletchley, même si ses activités du temps de guerre allaient rester secrètes pendant des décennies. Il revint à l'idée qui l'avait obsédé avant-guerre : des machines pour explorer le paysage de Riemann en quête des zéros échappant à la droite critique, contre-exemples à l'hypothèse. Mais cette fois, au lieu d'édifier une machine dont les propriétés physiques refléteraient le problème qu'il s'efforçait de résoudre, il tenta de créer un programme qui pourrait être mis en œuvre sur le calculateur universel que Newman et lui étaient en train d'élaborer à partir de tubes à rayons cathodiques et de bobines magnétiques.

Les machines théoriques fonctionnent toujours sans heurt. Les vraies machines, elles, comme Turing en avait fait l'expérience à Bletchley Park, sont nettement plus capricieuses. Mais en 1950, sa nouvelle machine fonctionnait, et elle était prête à se lancer à l'assaut du paysage zêta. C'était Ted Titchmarsh, ancien étudiant de Hardy, qui détenait le record d'avant-guerre du nombre de zéros identifiés sur la droite de Riemann. Il avait confirmé que les 1 041 premiers points situés au niveau de la mer respectaient l'hypothèse de Riemann. Turing alla plus loin et réussit à ce que sa machine vérifie les 1 104 premiers zéros. Puis, comme il l'écrivit, « malheureusement, à ce stade, la machine tomba en panne ». Et elle ne fut pas la seule.

La vie privée de Turing commençait à se disloquer. En 1952, il fut arrêté quand la justice enquêta sur son homosexualité. Il avait été cambriolé et avait appelé la police. Mais le cambrioleur s'avéra être une relation de l'un de ses amants. Sans lâcher la piste du voleur, les forces de l'ordre s'intéressèrent aux aveux de Turing, qui avait reconnu avoir commis un « grave outrage aux mœurs » (comme la loi le définissait à l'époque). Il était aux abois. Il risquait la prison. Newman témoigna en sa faveur, rappelant que Turing était « complètement impliqué dans son travail, qu'il était l'un des esprits mathématiques les plus profonds et les plus originaux de sa génération ». Turing échappa à l'incarcération, à condition qu'il se soumette volontairement à un traitement pour contrôler son comportement sexuel. Il écrivit à l'un de ses anciens maîtres de Cambridge : « C'est censé réduire les pulsions sexuelles le temps que cela dure, puis on est censé revenir à la normale quand le traitement est fini. J'espère qu'ils ont raison. »

Le 8 juin 1954, Turing fut retrouvé mort dans sa chambre, d'un empoisonnement au cyanure. Sa mère ne put jamais se résoudre à l'idée qu'il s'était suicidé. Son fils jouait avec des produits chimiques depuis sa petite enfance et il ne se lavait jamais les mains. Elle maintint qu'il devait s'agir d'un accident. Mais près du lit de Turing était posée une pomme en partie mangée. Si le fruit ne fut jamais analysé, il semble évident qu'il avait été trempé dans du cyanure. L'une des scènes préférées de Turing au cinéma était celle où, dans *Blanche Neige et les Sept Nains* de Disney, la sorcière prépare la pomme qui plongera Blanche Neige dans le sommeil : « Trempe la pomme dans le breuvage, que le Sommeil de la Mort s'y glisse. »

Quarante-six ans après sa mort, à l'aube du XXIe siècle, la rumeur commença à se répandre dans la communauté mathématique que les machines de Turing avaient en fait réussi à trouver un contre-exemple à l'hypothèse de Riemann. Pourtant, cette découverte ayant été réalisée à Bletchley Park pendant la Deuxième Guerre mondiale, sur les machines qui avaient justement cassé le code Enigma, les services de renseignement britanniques avaient refusé que l'information soit déclassifiée. Les mathématiciens réclamèrent l'ouverture des archives afin de pouvoir retrouver ce zéro mystérieux. La rumeur, en fait, était fausse. Elle avait été lancée par un ami de Bombieri qui partageait le goût de l'Italien pour les poissons d'avril cruels.

La machine de Turing était peut-être tombée en panne juste après avoir battu le record des zéros identifiés avant-guerre. Mais elle avait ouvert une ère qui verrait l'ordinateur remplacer le cerveau humain dans l'exploration du paysage de Riemann. Le développement d'« explorateurs de Riemann » efficaces prendrait encore du temps, mais bientôt, ces engins sans pilote remonteraient de plus en plus loin vers le nord le long de la droite de Riemann, nous transmettant de plus en plus de preuves, sinon la preuve définitive, que contrairement à ce que pensait Turing, Riemann avait raison.

Si les machines réelles de Turing n'avaient pas encore eu d'impact sur l'hypothèse, ses idées théoriques allaient contribuer à un étrange retournement dans l'aventure des nombres premiers : la découverte d'une équation capable de tous les engendrer. Jamais il n'aurait pu penser que cette équation naîtrait de la dévastation que Gödel et lui avaient causée dans le programme de Hilbert, saccageant son rêve de doter les mathématiques de fondations inébranlables.

Du chaos de l'incertitude à une équation pour les nombres premiers

Turing avait démontré que sa machine universelle ne pouvait pas répondre à toutes les questions des mathématiques. Mais qu'en était-il d'un objectif moins ambitieux ? Était-elle capable de nous en dire plus sur l'existence de solutions aux équations ? C'était là l'essence même du dixième problème de Hilbert qui, en 1948, commençait à obséder Julia Robinson, brillante mathématicienne de Berkeley.

À quelques remarquables exceptions près, les femmes n'ont fait que de rares apparitions dans l'histoire des mathématiques jusqu'à ces dernières décennies. La mathématicienne française Sophie Germain entretenait une correspondance avec Gauss, mais elle se faisait passer pour un homme, craignant sinon que ses idées ne soient d'emblée rejetées. Elle avait découvert des nombres premiers particuliers liés au dernier théorème de Fermat, et que l'on appelle aujourd'hui les nombres premiers de Germain. Très impressionné par les lettres que lui envoyait « Monsieur le Blanc », Gauss fut stupéfait quand il apprit, après avoir si longtemps correspondu avec lui, que *monsieur** était en fait *mademoiselle**. Il lui répondit :

* En français dans le texte.

« Le goût pour les mystères des nombres est rare. [...] Les charmes de cette science sublime dans toute leur beauté ne se révèlent qu'à ceux qui ont le courage de les appréhender. Mais quand une femme, du fait de son sexe, de nos coutumes et préjugés [...] surmonte ces entraves et pénètre dans ce qui est le plus secret, elle a assurément fait preuve du plus grand courage, d'un extraordinaire talent et d'un génie supérieur. »

Gauss tenta de convaincre Göttingen de lui décerner un diplôme honorifique, mais Sophie Germain décéda avant qu'il n'y parvienne.

À Göttingen du temps de Hilbert, Emmy Noether était une algébriste exceptionnelle. En son nom, Hilbert batailla pour que soient abolis des règlements archaïques interdisant aux femmes d'accéder à des postes dans les institutions universitaires allemandes. « Je ne vois pas en quoi le sexe d'un candidat est un argument à l'encontre de son admission », protesta-t-il. L'université, ajoutait-il, n'était pas « les bains-douches ». Noether était juive et dut finalement se réfugier aux États-Unis. Certaines des structures algébriques que l'on retrouve dans toutes les mathématiques ont été nommées en son honneur.

Julia Robinson avait toujours été considérée comme bien plus qu'une mathématicienne douée. C'était aussi une femme des années 1960, et sa réussite encouragea d'autres femmes à faire carrière dans la discipline. Plus tard, elle raconta comment, parce qu'elle était une des rares femmes de l'univers académique, on lui demandait toujours de participer aux sondages. « Je suis présente dans tous les échantillons sélectionnés scientifiquement. »

Elle passa son enfance dans le désert d'Arizona. Vie de solitude, avec pour seule compagnie une sœur et le paysage. Très jeune, elle commença à distinguer des schémas logiques dissimulés dans le désert. « Je me revois, et c'est l'un de mes premiers souvenirs, en train d'organiser des cailloux à l'ombre d'un cactus géant, les yeux plissés à cause du soleil aveuglant. Je crois que j'ai toujours aimé les nombres naturels. Pour moi, ils sont la seule chose qui compte vraiment. » À neuf ans, elle fut atteinte de rhumatisme articulaire et resta alitée pendant deux ans.

Un tel isolement peut être une source d'inspiration pour les scientifiques en herbe. Cauchy et Riemann avaient l'un comme l'autre trouvé refuge dans le monde mathématique pour échapper à leurs problèmes physiques et émotionnels dans le monde réel. Si Julia Robinson ne passa pas tout son temps clouée au lit à concocter des théorèmes, elle fit l'apprentissage de talents qui la préparèrent parfaitement aux affrontements mathématiques qui l'attendaient. « J'ai tendance à penser que ce que j'ai appris cette année-là au lit, c'est la patience. Ma mère disait que j'étais l'enfant la plus entêtée qu'elle ait jamais connue. Je dirais qu'en grande partie, c'est cet entêtement qui est responsable de mon succès dans les mathématiques, quel qu'il soit. Mais après tout, c'est un trait courant chez les mathématiciens. »

Quand elle fut remise, Robinson avait manqué deux années de classe. Mais au bout d'un an de cours particuliers, elle était déjà loin devant ses camarades. Un jour, son professeur lui expliqua que les Grecs, deux mille ans plus tôt, savaient que la racine carrée de 2 ne peut être exprimée exactement sous forme de fraction. Contrairement au développement décimal d'une fraction, le développement décimal de la racine carrée de 2 ne présentait pas de schéma répétitif. Robinson trouvait formidable que quelqu'un ait pu réussir à prouver une telle chose. Comment pouvait-on être sûr qu'après des millions de décimales, une logique ne commençait pas à se dessiner ? « Je suis rentrée chez moi et pour le vérifier, j'ai fait appel à mes toutes nouvelles compétences dans le domaine de l'extraction des racines. Pour finir, tard dans l'après-midi, j'ai laissé tomber. » En dépit de cet échec, elle prit conscience de la puissance de l'argument mathématique, de sa capacité à montrer de façon convaincante qu'aussi loin que l'on calculât le développement décimal de la racine carrée de 2, il n'en ressortirait aucun schéma logique.

C'est la force de ce simple argument qui fascine ceux qui se tournent vers les mathématiques. C'est en effet un problème que le calcul brutal ne parviendra jamais à résoudre, même à l'aide des ordinateurs les plus puissants. Pourtant, en reliant entre elles quelques idées mathématiques intelligemment choisies, on peut dévoiler le mystère de ce développement décimal infini. Au lieu de la mission impossible qu'est la vérification d'un nombre infini de décimales, la tâche se réduit à un habile petit argument.

À l'âge de quatorze ans, Robinson se mit à chercher tout ce qui dans les mathématiques pourrait la sortir de l'ennuyeuse sécheresse de l'arithmétique scolaire. Elle suivait avec ferveur une émission de radio intitulée *University Explorer*. Une émission en particulier l'intrigua : on y racontait l'histoire du mathématicien Derrick Norman Lehmer et de son fils, Derrick Henry Lehmer. L'émission expliquait comment cette équipe de mathématiciens s'attaquait aux problèmes mathématiques en construisant des machines à partir de pignons et de chaînes de vélo. Lehmer junior serait le premier à reprendre le témoin des mains de Turing, utilisant des calculatrices modernes pour montrer en 1956 que les 25 000 premiers zéros respectaient l'hypothèse de Riemann. Lehmer père décrivait comment leur machine d'avant-guerre « fonctionnait joyeusement et tranquillement pendant quelques minutes avant de basculer brutalement dans l'incohérence. Puis elle se reprenait, avant de délirer de nouveau. » Ils avaient fini par trouver la cause de ces crises. C'était un de leurs voisins qui écoutait la radio. Leur problème mathématique préféré consistait à trouver de grands blocs primordiaux de nombres premiers. Robinson fut si enthousiasmée par la description de ces machines qu'elle réclama une copie de la transcription de l'émission.

Dans un journal, elle trouva un petit article sur la prétendue découverte d'un nombre premier record, qu'elle découpa aussitôt. Sous le titre : *Découverte du plus grand nombre dans l'indifférence générale,* le texte disait :

« *Le docteur Samuel I. Krieger a usé six crayons, soixante-douze feuilles d'un carnet de notes et s'est considérablement fricassé les neurones, mais il a été en mesure d'annoncer aujourd'hui que 231 584 178 474 632 390 847 141 970 017 375 815 706 539 969 331 281 128 078 915 826 259 279 871 est le plus grand nombre premier connu. Il n'a pu nous dire au pied levé qui cela intéressait.* »

Peut-être l'absence d'intérêt tient-elle au fait que ce nombre est en réalité divisible par 47 (comme le journal aurait pu s'en apercevoir s'il avait pris la peine de vérifier). Robinson conserva cette coupure toute sa vie, ainsi que le script de l'émission sur la calculatrice des Lehmer et un pamphlet qu'elle s'était procuré sur les mystères de la quatrième dimension.

Les fondations de sa carrière mathématique étaient posées. Elle obtint un diplôme de mathématiques à l'université d'État de San Diego, puis entra à l'université de Berkeley, en Californie. Là, sa passion pour la théorie des nombres fut attisée par un conférencier qu'elle épouserait par la suite, Raphael Robinson. Alors qu'ils commençaient à sortir ensemble, Raphael découvrit que c'était par les mathématiques qu'il pourrait atteindre le cœur de Julia. Il entreprit de la bombarder d'explications sur les dernières avancées dans le domaine.

Julia fut particulièrement intriguée quand Raphael lui décrivit les résultats de Gödel et Turing. « J'ai été très impressionnée et passionnée par le fait que l'on pouvait avoir recours à la logique symbolique pour expliquer certaines choses à propos des nombres », dit-elle. Malgré la nature dérangeante des résultats de Gödel, elle parvint à garder le sens de la réalité des nombres qu'elle avait acquis quand, enfant, elle jouait avec des cailloux dans le désert. « Nous pouvons concevoir une chimie, ou une biologie, différente de la nôtre, mais nous ne pouvons concevoir une logique différente des nombres. Ce qui est prouvé sur les nombres restera un fait dans n'importe quel univers. »

Bien que douée d'un remarquable talent mathématique, elle reconnaissait que sans le soutien de son mari, elle aurait eu du mal à continuer à une époque où la plupart des femmes peinaient à faire une carrière universitaire. Les règlements de Berkeley interdisaient à un homme et à son épouse d'être membres d'un même département. Preuve de ses capacités dans le domaine de la recherche, on lui créa un poste en statistiques. La présentation qu'elle en fit aux services du personnel quand elle déposa sa candidature reflète idéalement ce qu'est une semaine normale pour un mathématicien : « Lundi – essayé démontrer théorème. Mardi – essayé démontrer théorème. Mercredi – essayé démontrer théorème. Jeudi – essayé démontrer théorème. Vendredi – théorème faux. »

Elle avait eu la possibilité d'étudier avec l'un des grands logiciens du XXe siècle, Alfred Tarski, un Polonais qui s'était retrouvé exilé en Amérique quand la guerre avait éclaté en 1939 alors qu'il effectuait un déplacement à Harvard. Il était à l'origine de son intérêt pour les travaux de Gödel et Turing. Mais Robinson ne voulait pas se couper de sa passion pour la théorie des nombres. Le dixième problème de Hilbert était pour elle la fusion parfaite de deux sujets : existe-t-il un algorithme, autrement dit, en termes informatiques, un programme, capable de montrer que toute équation a une solution ?

À la lueur des travaux de Gödel et Turing, il était désormais évident que, contrairement à ce que pensait Hilbert à l'origine, un tel programme n'existait probablement pas. Robinson était sûre qu'il devait y avoir un moyen d'exploiter les fondations posées par Turing. Elle savait que chacune des machines de Turing accouche d'une série de nombres. On pouvait par exemple amener une des machines de Turing à produire une liste des carrés 1, 4, 9, 16, …, une autre engendrant les nombres premiers. L'une des étapes de Turing pour résoudre le problème de la décision de Hilbert avait été de démontrer qu'il n'existait aucun programme capable de déterminer si, à partir d'une machine de Turing et d'un nombre, le nombre en question était le résultat de la machine. Robinson cherchait un lien entre les équations et les machines de Turing. Chaque machine, pensait-elle, devait correspondre à une équation particulière.

Si un tel lien était possible, Robinson espérait qu'en se demandant si un nombre donné était le résultat d'une machine précise, on en reviendrait à se demander si l'équation correspondant à cette machine avait une solution. Si elle pouvait établir un tel lien, elle aurait réussi. S'il existait un programme capable de vérifier que les équations avaient des solutions, comme Hilbert l'avait avancé en posant son dixième problème, alors le même programme pourrait être utilisé, par le lien encore hypothétique de Robinson entre les équations et les machines de Turing, pour vérifier quels nombres étaient les résultats de machines. Mais Turing avait démontré qu'aucun programme de ce type n'existait. Par conséquent, il ne pouvait y avoir de programme susceptible de déterminer si les équations avaient des solutions. La réponse au dixième problème de Hilbert était donc « non ».

Robinson s'attacha à comprendre pourquoi chaque machine de Turing pouvait avoir sa propre équation. Elle voulait une équation dont les solutions étaient liées à la suite de nombres donnée par la machine de Turing. Elle trouvait plutôt amusante la question qu'elle s'était posée. « En général, dans les mathématiques, on a une équation, et on cherche une solution. Là, on avait une solution, et on cherchait l'équation. Ça me plaisait. » En vieillissant, cet intérêt né en 1948 se mua en obsession. À l'issue de sa maladie à l'âge de neuf ans, les médecins avaient annoncé que son cœur était si affaibli qu'elle ne dépasserait peut-être pas quarante ans. À chaque anniversaire, « quand venait pour moi le moment de souffler les bougies de mon gâteau, je souhaitais toujours, et ce d'année en année, que le dixième problème soit résolu. Pas par moi, mais simplement qu'il soit résolu. J'avais le sentiment que je ne pourrais accepter de mourir sans connaître la réponse. »

Elle progressa au fil des ans. Elle fut rejointe dans sa quête par deux autres mathématiciens, Martin Davis et Hilary Putnam. À la fin des années 1960, ils avaient réduit le problème à quelque chose de plus simple. Au lieu de devoir trouver toutes les équations pour tous les résultats des machines de Turing, ils découvrirent que s'ils dénichaient une équation pour une suite de nombres particulière, ils auraient confirmé l'intuition de Robinson. C'était un véritable exploit. Il suffisait en fait de trouver l'équation correspondant à cette suite de nombres. L'ensemble de leur théorie reposait dorénavant sur leur capacité à confirmer l'existence d'une seule des briques de leur mur mathématique. S'il s'avérait que cette suite ne disposait pas de sa propre équation de Robinson, alors tout le mur qu'ils avaient mis si longtemps à édifier s'effondrerait.

D'aucuns doutaient de plus en plus que l'approche de Robinson ait été l'idéal pour s'attaquer au dixième problème de Hilbert. Beaucoup de mathématiciens se plaignaient qu'elle était erronée. Soudain, le 15 février 1970, Robinson reçut un coup de téléphone d'un collègue qui revenait d'une conférence en Sibérie. Il avait assisté à une discussion tout à fait passionnante qui, pensait-il, intéresserait sûrement Robinson. Un mathématicien russe de vingt-deux ans, Youri Matiyassevitch, avait trouvé la dernière pièce du puzzle et résolu le dixième problème de Hilbert. Il avait montré qu'il y avait une équation capable de produire la suite comme l'avait prédit Robinson. C'était sur cette brique que reposait toute l'approche de Robinson. La solution du dixième problème de Hilbert était complète : il n'existait aucun programme à même de déterminer si des équations avaient des solutions.

« Cette année-là, quand j'ai voulu souffler les bougies de mon anniversaire, je me suis arrêtée au-dessus de mon gâteau, comprenant brutalement que le souhait que j'avais formulé pendant si longtemps avait vraiment été exaucé. » Robinson sentait qu'elle avait eu la solution sous le nez tout du long, mais il avait fallu l'intervention de Matiyassevitch pour la révéler. « Beaucoup de choses traînent comme ça sur la plage, mais on ne les voit que quand quelqu'un les ramasse, » expliquait-elle. Elle écrivit à Matiyassevitch pour le féliciter : « Je suis particulièrement heureuse à l'idée que j'ai énoncé cette conjecture pour la première fois quand vous n'étiez encore qu'un bébé, et que je n'ai eu qu'à attendre que vous grandissiez. »

Il est frappant de constater à quel point les mathématiques ont le pouvoir d'unir les gens par-delà les frontières politiques et historiques. En dépit des difficultés indissociables de la guerre froide, ces mathématiciens russes et américains parvinrent à forger une solide amitié, à partir de leur obsession commune pour le problème de Hilbert et l'inspiration qu'ils en retiraient. Robinson décrivait ce lien étrange entre mathématiciens comme le fait d'être « une nation à part, sans distinction géographique, raciale, religieuse, sexuelle, ni de l'âge ou même du temps (les mathématiciens du passé et du futur sont eux aussi nos collègues), tous dévoués au plus beau des arts, à la plus belle des sciences. »

Si Matiyassevitch et Robinson se disputèrent la paternité de la démonstration, ce ne fut jamais par désir de gloriole personnelle. Au contraire, tous deux rappelaient toujours que c'était l'autre qui avait fait le plus dur. Il est vrai que, Matiyassevitch ayant apporté la dernière pièce du puzzle, on lui attribue souvent la solution du dixième problème de Hilbert. En réalité, bien sûr, nombre de mathématiciens ont contribué à ce long périple depuis le discours de Hilbert en 1900 jusqu'à la révélation de la solution soixante-dix ans plus tard.

Si le problème avait trouvé une solution négative, à savoir qu'il n'existait aucun problème capable de dire si n'importe quelle équation avait une solution, le bilan n'était pas totalement pessimiste. Robinson avait été confortée dans sa conviction que les listes de nombres produites par les machines de Turing pouvaient être exprimées par des équations. Les mathématiciens savaient qu'une de ces machines était en mesure de reproduire la liste des nombres premiers. Donc, grâce aux travaux de Robinson et Matiyassevitch, il devait y avoir en théorie une formule capable de donner tous les nombres premiers.

Mais les mathématiciens parviendraient-ils à la trouver ? En 1971, Matiyassevitch mit au point une méthode explicite pour y arriver, mais il ne chercha pas ensuite à produire une réponse. La première formule explicite écrite en détail comportait vingt-six variables, de A à Z, et fut découverte en 1976 :

$$(K+2)\{1-[WZ+H+J-Q]^2-[(GK+2G+K+1)(H+J)+H-Z]^2-$$
$$[2N+P+Q+Z-E]^2-[16(K+1)^3(K+2)(N+1)^2+1-F^2]^2-$$
$$[E^3(E+2)(A+1)^2+1-O^2]^2-[(A^2-1)Y^2+1-X^2]^2-[16R^2Y^4(A^2-1)$$
$$+1-U^2]^2-[((A+U^2(U^2-A))^2-1)(N+4DY)^2+1-(X+CU)^2]^2-$$

$[N+L+V-Y]^2-[(A^2-1)L^2+1-M^2]^2-[AI+K+1-L-I]^2-$
$[P+L(A-N-1)+B(2AN+2A-N^2-2N-2)-M]^2-[Q+Y(A-P-1)$
$+S(2AP+2A-P^2-2P-2)-X]^2-[Z+PL(A-P)+T(2AP-P^2-1)-$
$PM]^2\}$

Cette formule fonctionne comme un programme d'ordinateur. Il faut changer aléatoirement les lettres $A, \ldots, Z$ en nombres, puis utiliser la formule pour effectuer un calcul à partir de ces nombres. Par exemple, on peut choisir $A=1$, $B=2$, ..., $Z=26$. Si la réponse est supérieure à zéro, alors le résultat du calcul est un nombre premier. Il est possible de répéter le processus en attribuant d'autres nombres aux lettres et en refaisant le calcul. En optant systématiquement pour tous les choix possibles de nombres pour les lettres $A, \ldots, Z$, on est certain de produire tous les nombres premiers. Aucun nombre premier n'échappe à cette formule : il y a toujours un moyen de choisir les nombres $A, \ldots, Z$ de façon à ce que l'équation produise le nombre premier en question. Une précision toutefois : certains choix pour $A, \ldots, Z$ donnent une réponse négative, et il faut simplement les ignorer. Notre choix de $A=1$, $B=2$, ..., $Z=26$, par exemple, est justement de ceux que nous avons intérêt à balayer sous le tapis.

Ne s'agissait-il pas du saint Graal au bout de la quête, la découverte du fait que cet extraordinaire polynôme engendrait les nombres premiers ? Si cette équation avait été trouvée du temps d'Euler, elle aurait sûrement fait grand bruit. Euler avait identifié une équation qui avait réussi à produire beaucoup de nombres premiers, mais il s'était montré des plus pessimiste quant à la possibilité d'en trouver une susceptible de donner tous les nombres premiers. Depuis l'époque d'Euler, les mathématiques étaient passées du stade de la simple étude des équations et des formules à la vision qu'avait Riemann de l'importance des structures et des thèmes sous-jacents qui charpentaient le monde mathématique. Les explorateurs mathématiques se bousculaient désormais pour établir les itinéraires menant à de nouveaux univers. La découverte de cette équation des nombres premiers arrivait à la mauvaise époque. Pour la nouvelle génération de mathématiciens, elle était comme l'étude très technique d'un territoire exploré depuis des années, et aujourd'hui abandonné. Les mathématiciens furent assez surpris d'apprendre son existence, mais avec Riemann, l'analyse des nombres premiers était passée à un autre stade. Même frisant la perfection, une symphonie classique dans le style de Mozart, mais écrite et interprétée à l'époque de Chostakovitch n'aurait pas impressionné le public.

Mais si cette équation miraculeuse n'eut droit qu'à une morne réception, ce n'est pas seulement dû à cette nouvelle esthétique des mathématiques. En fait, elle était pour ainsi dire inutile. La plupart des valeurs de cette équation sont négatives. Même sur le plan théorique, elle manque quelque peu de sens. Robinson et Matiyassevitch avaient montré que toute liste de nombres produite avec une machine de Turing aura une équation de ce type. Vus sous cet angle, les nombres premiers n'ont rien de particulier par rapport à n'importe quelle autre liste de nombres. Opinion que beaucoup partageaient à l'époque. Quand on annonça au mathématicien russe Youri V. Linnik le résultat de Matiyassevitch sur les nombres premiers, il répondit : « C'est merveilleux. Il est fort probable que l'on en apprenne bientôt beaucoup plus sur les nombres premiers. » Mais quand on lui expliqua comment le résultat avait été démontré et qu'il s'appliquait à de nombreuses autres suites de nombres, il modéra son enthousiasme : « C'est désolant. Il est fort probable que l'on n'apprenne rien de nouveau sur les nombres premiers. »

Si l'existence d'une telle équation est universellement vraie pour n'importe quelle suite de nombres, elle ne nous dit rien de spécial sur les nombres premiers. C'est ce qui rend l'interprétation de Riemann d'autant plus intrigante. L'existence du paysage de Riemann et les notes qu'il a créées à partir de chaque point situé au niveau de la mer composent une musique qui n'appartient qu'aux nombres premiers. On ne retrouva pas cette structure harmonique liée à d'autres suites de nombres.

Tandis que Robinson enterrait définitivement le dixième problème de Hilbert, un de ses amis à Stanford pulvérisait une autre conviction de Hilbert, qui pensait que dans les mathématiques, rien n'était inconnaissable. En 1962, Paul Cohen, alors étudiant, avait non sans arrogance demandé à ses professeurs lequel des problèmes de Hilbert lui vaudrait la célébrité s'il parvenait à le résoudre. Ils réfléchirent, puis lui dirent que le premier était le plus important. En termes bruts, le premier problème pose la question de savoir combien il y a de nombres. Pour ouvrir sa liste, Hilbert avait sélectionné la question de Cantor sur les infinités différentes. Existe-t-il une collection infinie de nombres d'une taille supérieure à la série de tous les nombres fractionnels, et pourtant assez petite pour ne pouvoir correspondre à tous les nombres réels, y compris les nombres irrationnels tels que π, $\sqrt{2}$ ou tout autre nombre présentant un développement décimal infini ?

Hilbert dut probablement se retourner dans sa tombe quand, un an plus tard, Cohen revint avec la solution : les deux réponses sont possibles ! Cohen démontra que cette question des plus fondamentales était l'un des énoncés improuvables de Gödel. C'en était donc fait de l'espoir que seuls les problèmes mineurs étaient indémontrables. Cohen l'avait montré, il était impossible de prouver, sur la base des axiomes que nous utilisons en mathématiques, qu'il y a un ensemble de nombres dont la taille se situe strictement entre le nombre de fractions et le nombre de tous les nombres réels. De même, on ne peut prouver qu'un tel ensemble n'existe pas. En fait, Cohen avait réussi à construire deux mondes mathématiques différents qui satisfaisaient les axiomes dont nous nous servons. Dans un de ces mondes, la réponse à la question de Cantor était « oui », dans l'autre, « non ».

Certains comparent le résultat de Cohen à la prise de conscience par Gauss de l'existence de différentes géométries, pas seulement la géométrie du monde physique qui nous entoure. En un sens, c'est juste. Mais l'essentiel, c'est que les mathématiciens sentent profondément ce qu'ils veulent dire par le biais des nombres. Certes, les axiomes utilisés pour démontrer des choses sur ces nombres pourraient aussi s'accommoder d'autres nombres « surnaturels ». Quoi qu'il en soit, la plupart des mathématiciens continuent de penser que la question de Cantor n'a qu'une seule réponse qui est vraie pour les nombres avec lesquels nous bâtissons notre édifice mathématique. Robinson a parfaitement résumé la réaction de la plupart des représentants de la discipline à la démonstration de Cohen quand elle s'exclama, dans une lettre qu'elle lui adressait : « Grand dieu, il n'y a qu'une seule *théorie des nombres juste* ! Telle est ma religion. » Mais elle ratura cette dernière phrase avant d'envoyer la lettre à Cohen.

Aussi dérangeants qu'ils aient pu être pour l'orthodoxie mathématique, les travaux précurseurs de Cohen lui valurent une médaille Fields. Après cette remarquable découverte du fait que nous ne sommes pas en mesure de déterminer la réponse à la question de Cantor à partir des axiomes classiques, il décida de s'attaquer à ce qui était considéré comme le deuxième défi le plus ardu de la liste de Hilbert : l'hypothèse de Riemann. Cohen a été l'un des rares mathématiciens à admettre qu'il travaillait activement sur ce problème d'une difficulté notoire. Mais jusqu'à présent, il a résisté à ses assauts.

Bizarrement, l'hypothèse de Riemann ne se trouve pas dans la même catégorie que la question de Cantor. Si Cohen a le même succès et démontre que l'hypothèse de Riemann est indécidable à partir des axiomes des mathématiques, il aura prouvé que l'hypothèse est en fait vraie ! Si elle est indécidable, alors, soit elle est fausse et nous ne pouvons le démontrer, soit elle est vraie et nous ne pouvons le démontrer. Mais si elle est fausse, alors un zéro doit échapper à la droite critique, un zéro que l'on peut utiliser pour *prouver* qu'elle est fausse. Elle ne peut être fausse sans que nous ne puissions le démontrer. Par conséquent, la seule façon qu'a l'hypothèse de Riemann d'être improuvable est d'être vraie, mais nous ne pouvons toujours pas démontrer que tous les zéros se situent le long de la droite. Turing fut l'un des premiers à entrevoir la possibilité d'une confirmation aussi étrange de l'hypothèse de Riemann. Mais rares sont ceux qui croient que c'est avec des ruses logiques de cette nature que l'on réussira à résoudre le huitième problème de Hilbert.

Les calculatrices de l'esprit avaient joué un rôle crucial dans notre compréhension du monde mathématique, grâce à la machine universelle de Turing. Mais ce sont les machines physiques qu'il avait tenté de fabriquer qui connaîtront une véritable ascension pendant la deuxième moitié du XXe siècle. Le courant avait changé et était maintenant en faveur de calculatrices faites de valves, de câbles et enfin de silicium, non de neurones et de mémoires infinies. Dans le monde entier, on construisait des machines qui allaient permettre aux mathématiciens de s'enfoncer toujours plus loin dans l'univers des nombres.

9

L'ÈRE INFORMATIQUE : DE L'ESPRIT À L'ORDINATEUR DE BUREAU

Je vous propose un pari. Quand l'hypothèse de Riemann sera démontrée, ce sera sans l'aide d'un ordinateur. Gerhard Frey, inventeur du lien crucial entre le dernier théorème de Fermat et les courbes elliptiques

UNE FOIS TERMINÉE LEUR SCOLARITÉ, la plupart des gens ne croisent plus les nombres premiers, si ce n'est sous la forme récurrente de gros titres à propos de tel ou tel supercalculateur ayant depuis peu découvert le plus grand nombre premier connu. Ce qu'illustre parfaitement la coupure de journal précieusement conservée par Julia Robinson : dès les années 1930, les découvertes, même erronées, avaient leur place dans les médias. Grâce à la démonstration par Euclide du nombre infini de nombres premiers, il en sera ainsi éternellement. À la fin de la Deuxième Guerre mondiale, le plus grand nombre premier connu comportait trente-neuf chiffres et détenait le record depuis son identification en 1876. Aujourd'hui, le plus grand nombre premier se compose de plus d'un million de chiffres. Il faudrait plus de pages que n'en compte ce livre pour l'écrire et plusieurs mois pour le lire à voix haute. Si nous avons pu atteindre des hauteurs aussi enivrantes, c'est grâce à l'ordinateur. À Bletchley, Turing s'était déjà demandé comment utiliser ses machines pour trouver des nombres premiers records.

Si sa machine universelle théorique disposait d'une mémoire infinie pour stocker les informations, les machines que Newman et lui construisirent à Manchester après la guerre étaient très limitées dans ce domaine. Elles ne pouvaient effectuer que des calculs ne nécessitant pas une trop grande mémoire. Par exemple, pour engendrer la suite de Fibonacci (1, 1, 2, 3, 5, 8, 13, …), il suffit de se souvenir des deux nombres précédents de la suite. Leurs ordinateurs n'avaient aucune difficulté avec des suites aussi simples. Turing savait que Lehmer junior avait développé un truc habile pour dénicher les nombres premiers spéciaux rendus célèbres par le moine du XVIIe siècle Marin Mersenne. Il comprit que, comme dans le cas des nombres de Fibonacci, le test de Lehmer n'avait pas besoin de beaucoup de mémoire. La recherche des nombres premiers de Mersenne était une mission idéale pour les machines qu'il était en train de créer.

Mersenne avait eu l'idée de créer des nombres premiers en multipliant 2 plusieurs fois puis en en soustrayant 1. Par exemple, $2 \times 2 \times 2 - 1 = 7$ est un nombre premier. Il avait senti que pour que $2^n - 1$ ait une chance d'être un nombre premier, il fallait que n aussi soit un nombre premier. Pourtant, comme il s'en aperçut, cela ne garantit pas que $2^n - 1$ est un nombre premier. $2^{11} - 1$ n'est pas un nombre premier, bien que 11 en soit un. Mersenne avait prédit que 2, 3, 5, 7, 13, 19, 31, 67, 127, 257 étaient les seuls choix de n jusqu'à 257 capables de faire de $2^n - 1$ un nombre premier.

Un nombre de la taille de $2^{257} - 1$ est si énorme que le cerveau humain n'est pas en mesure de vérifier l'affirmation de Mersenne. C'est peut-être pour cette raison qu'il s'était permis un énoncé aussi péremptoire. Il pensait que « l'ensemble du temps ne suffirait pas à déterminer s'il s'agit de nombres premiers ». Pour choisir ses nombres, il s'était appuyé sur la démonstration d'Euclide de l'infinité des nombres premiers. Il avait pris un nombre comme 2^n, divisible par beaucoup d'autres, puis en avait retranché 1 dans l'espoir de le rendre indivisible.

Si elle ne promettait pas de donner des nombres premiers à chaque fois, l'intuition de Mersenne était juste à un égard. Les nombres de Mersenne étant proches de ce nombre extrêmement divisible qu'est 2^n, il existe un moyen très efficace de vérifier s'ils sont des nombres premiers. Cette méthode a été développée en 1876, quand le mathématicien français Édouard Lucas a découvert comment confirmer que Mersenne avait raison de penser que $2^{127}-1$ était un nombre premier. Ce nombre premier à trente-neuf chiffres resta le plus grand connu jusqu'à l'aube de l'informatique. À l'aide de cette nouvelle méthode, Lucas réussit à révéler la véritable nature de la liste des « nombres premiers » de Mersenne. Car la liste de n pour lesquels, d'après le moine, 2^n-1 est premier était en fait très loin du compte : il était passé à côté de 61, 89 et 107, et y avait inclus 67 par erreur. Mais $2^{257}-1$ continuait d'être hors de portée de Lucas.

L'intuition mystique de Mersenne n'était en fait qu'un jeu de devinette à l'aveuglette. Ce qui aurait dû porter un coup à la sa réputation, mais il est toujours vénéré comme le roi des grands nombres premiers. À chaque fois, les nombres premiers records découverts sont les siens. Si Lucas avait pu confirmer que $2^{67}-1$ n'était pas un nombre premier, sa méthode en revanche ne lui permettait pas de décomposer ce nombre en un produit de nombres premiers. Comme nous allons le voir, cette décomposition est considérée comme un problème si ardu qu'il se trouve aujourd'hui au cœur des systèmes de cryptage, successeurs du code Enigma que Turing avait cassé depuis Bletchley avec ses bombes.

Turing n'était pas le seul à envisager d'associer nombres premiers et ordinateurs. Comme Robinson l'avait découvert en écoutant la radio étant enfant, la famille Lehmer aussi avait été fascinée par l'idée d'utiliser des machines pour explorer les nombres premiers. Au tournant du siècle, déjà, Lehmer l'aîné avait produit une table de nombres premiers allant jusqu'à 10 017 000. (Depuis, personne n'a publié de table allant au-delà.) La contribution de son fils avait été plus théorique. En 1930, seulement âgé de vingt-cinq ans, il améliora l'idée de Lucas pour vérifier si les nombres de Mersenne étaient des nombres premiers.

Pour prouver qu'un nombre de Mersenne est un nombre premier et qu'il n'est pas divisible par un nombre plus petit, Lehmer montra qu'il était en fait possible d'inverser le problème. Le nombre de Mersenne 2^n-1 ne sera un nombre premier que si 2^n-1 *divise* un autre nombre, dit de Lucas-Lehmer, exprimé par L_n. Ces nombres, comme ceux de Fibonacci, sont composés à partir de ceux qui les précèdent dans la suite. Pour obtenir L_n, il faut produire le carré du précédent, L_{n-1}, et en soustraire 2 :

$$L_n = (L_{n-1})^2 - 2.$$

Le test prend toute sa valeur quand $n = 3$ et que le nombre de Lucas-Lehmer correspondant est $L_3 = 14$. À partir de là, la suite continue avec $L_4 = 194$ et $L_5 = 37\,634$. Toute la puissance de ce test réside dans le fait qu'il suffit d'engendrer L_n et de vérifier qu'il est divisible par le nombre de Mersenne 2^n-1, ce qui, en termes de calcul, n'est pas difficile. Ainsi, puisque $2^5 - 1 = 31$ divise le nombre de Lucas-Lehmer $L_5 = 37\,634$, le nombre de Mersenne 2^5-1 est un nombre premier. Ce test simple permit à Lehmer d'aller au bout de la liste de Mersenne et de démontrer que le moine avait eu tort. $2^{257}-1$ n'est pas un nombre premier.

Comment Lucas et Lehmer ont-ils découvert cette façon de vérifier les nombres premiers de Mersenne ? En elle-même, l'idée ne paraît pas des plus évidentes. Une découverte de cet ordre est très différente de l'illumination soudaine qu'avait eue Gauss à propos d'un lien entre les nombres premiers et les logarithmes. Le test de Lucas-Lehmer n'est pas un schéma qu'il sera possible de distinguer par l'expérience ou l'observation numérique. Ils y sont parvenus en jouant avec la notion de $2^n - 1$ en tant que nombre premier, tournant et retournant sans cesse cette affirmation comme un *Rubik's cube* jusqu'à ce que, brutalement, les couleurs s'associent d'une nouvelle façon. Chaque tour du cube représente une étape de la démonstration. Contrairement à d'autres théorèmes où l'on sait dès le départ vers quel but on tend, le test de Lucas-Lehmer n'a été développé qu'en suivant une démonstration sans savoir où elle menait. C'était Lucas qui avait commencé à tourner les côtés du cube, mais c'est Lehmer qui a réussi à lui donner la forme simple que nous lui connaissons aujourd'hui.

Tout en travaillant à casser les codes allemands à Bletchley, Turing débattait avec ses collègues de machines comparables aux bombes qu'ils avaient fabriquées, et qui auraient le potentiel de trouver de grands nombres premiers. Grâce à la méthode développée par Lucas et Lehmer, les nombres de Mersenne se montrent tout à fait dociles quand il s'agit de vérifier leur caractère de nombre premier. Cette méthode était parfaitement adaptée à une automatisation sur un ordinateur, mais les pressions de l'effort de guerre eurent tôt fait d'obliger Turing à mettre ses idées sous le coude. Après la guerre, toutefois, Turing et Newman purent se remettre à la chasse aux nombres de Mersenne. Cette traque constituerait une mise à l'épreuve idéale pour la machine qu'ils se proposaient de construire au laboratoire de recherche de Manchester. Sa capacité de stockage était dérisoire, mais la méthode de Lucas-Lehmer pour déterminer les nombres premiers ne nécessitait pas trop de mémoire à chaque étape. Pour calculer le n^e nombre de Lucas-Lehmer, l'ordinateur n'avait qu'à se souvenir de ce qu'était le $(n-1)^e$ nombre.

Turing n'avait pas eu de chance avec les zéros de Riemann. Le sort ne se montra guère plus clément quand il s'attaqua aux nombres premiers de Mersenne. Son ordinateur de Manchester ne parvint pas à battre le record vieux de soixante-dix ans, $2^{127}-1$. Le prochain nombre de Mersenne était $2^{521}-1$, juste hors de portée de sa machine. Par un curieux coup du sort, ce fut le mari de Julia Robinson, Raphael, qui revendiqua la découverte de ce nouveau nombre premier record. Il s'était procuré le manuel d'une machine construite par Derrick H. Lehmer à Los Angeles. Entre-temps, Lehmer avait abandonné les pignons et les chaînes de vélo de son engin d'avant-guerre. Il était désormais directeur de l'Institut d'analyse numérique du Bureau national des normes, et avait créé une machine baptisée le Calculateur automatique occidental des normes, ou SWAC. Tranquillement installé dans son bureau à Berkeley, n'ayant jamais posé les yeux sur la machine, Raphael rédigea un programme susceptible de fonctionner sur le SWAC afin de trouver des nombres premiers de Mersenne. Le 30 janvier 1952, le calculateur découvrit les premiers nombres premiers au-delà des capacités de calcul du cerveau humain. Quelques heures seulement après avoir établi le record de $2^{521}-1$, le SWAC accoucha d'un nouveau nombre premier, $2^{607}-1$. Dans l'année, Raphael Robinson battit son propre record trois fois de plus. Le plus grand nombre premier connu était maintenant $2^{2\,281}-1$.

La chasse aux grands nombres premiers devint l'apanage de ceux qui avaient accès aux ordinateurs les plus puissants. Jusqu'au milieu des années 1990, de nouveaux records furent établis à l'aide d'ordinateurs Cray, les géants du monde informatique. Cray Research, fondé en 1971, avait exploité le fait qu'un ordinateur n'a pas besoin de terminer une opération avant d'en entamer une autre. Cette idée toute simple est à l'origine de l'apparition de machines considérées pendant des décennies comme les calculateurs les plus rapides du monde. Depuis les années 1980, le Cray installé au laboratoire Lawrence Livermore de Californie, sous l'œil attentif de Paul Gage et de David Slowinski, fait les gros titres en alignant les records. En 1996, ils ont annoncé leur septième plus grand nombre premier, $2^{1\,257\,787}-1$, un nombre à 378 632 chiffres.

Mais depuis peu, le vent a tourné, en faveur des petits. Tel David terrassant Goliath, les records sont aujourd'hui décrochés par d'humbles ordinateurs personnels. Mais de quelle fronde usent-ils pour pouvoir ainsi défier les ordinateurs Cray ? Une fronde qui a pour nom Internet. Grâce à la puissance combinée d'innombrables petits ordinateurs opérant en réseau, cette véritable colonie de fourmis informatiques dispose du potentiel suffisant pour traquer les grands nombres premiers. Ce n'est pas la première fois qu'Internet permet à l'amateur de jouer un rôle dans la sphère scientifique professionnelle. L'astronomie en a tiré de considérables profits en attribuant à des milliers d'amateurs leur petite parcelle de ciel nocturne à explorer. Internet a servi de réseau pour coordonner cet effort effectivement astronomique. Encouragé par le succès des astronomes, George Woltman, un programmeur américain, diffusa sur le Web un logiciel qui, une fois téléchargé, attribue à votre portable une fraction minuscule de l'extension infinie des nombres. Au lieu de braquer leurs télescopes sur le ciel en quête d'une nouvelle supernova, les scientifiques amateurs utilisent le temps libre de leurs ordinateurs pour scruter des régions de la galaxie des nombres à la recherche de nouveaux nombres premiers géants.

Cette aventure n'était pas sans risque. Une des recrues de Woltman travaillait pour une compagnie américaine du téléphone et avait fait appel à l'aide de 2585 des ordinateurs de l'entreprise dans sa traque des nombres premiers de Mersenne. La société a commencé à avoir des doutes : elle s'est aperçue que les ordinateurs de Phoenix mettaient cinq minutes à récupérer des numéros de téléphone au lieu de cinq secondes. Quand le FBI finit par identifier la source de ce ralentissement, l'employé reconnut que « toute cette puissance de calcul, c'était trop tentant. » La compagnie de téléphone ne fit preuve que d'une tolérance limitée pour la soif de savoir scientifique de son salarié, qu'elle licencia.

La première découverte d'un nouveau nombre de Mersenne par cette bande de cyberpisteurs eut lieu quelques mois après le record annoncé par Cray en 1996. Joël Armengaud, programmeur parisien, trouva le filon dans une série de nombres qu'il prospectait pour le projet de Woltman. Pour les médias, cette découverte intervenait trop tôt après la précédente. Quand j'ai contacté le *Times* à propos du dernier record dans le domaine des nombres premiers, on m'a répondu qu'on ne comptait en parler qu'une année sur deux. Slowinski et Gage, le tandem de Cray, avaient fait correspondre la demande à l'offre avec leurs succès annoncés à peu près tous les deux ans depuis 1979.

Mais il ne s'agissait pas seulement de trouver de nouveaux nombres premiers. C'était de toute façon un tournant pour le rôle de l'ordinateur dans la recherche des nombres premiers, ce que comprit parfaitement *Wired,* magazine branché sur le monde de la Toile. Ils publièrent un article sur ce que l'on appelle aujourd'hui la Grande Chasse aux nombres premiers de Mersenne sur Internet, ou GIMPS. Woltman avait réussi à recruter deux cent mille ordinateurs de par le monde pour créer ce qui est en fait une immense machine de traitement parallèle. Non que l'artillerie lourde de Cray soit bonne pour la casse. Mais aujourd'hui, ils jouent à jeu égal, et vérifient les découvertes du menu fretin.

En 2002, on recensait cinq heureux gagnants de cette traque. La découverte de Paris fut suivie d'une autre en Angleterre et d'une troisième en Californie. Mais ce fut Nayan Hajratwala, de Plymouth, dans le Michigan, qui décrocha véritablement la timbale en juin 1999. Son nombre premier, $2^{6\,972\,593}-1$, comporte 2 098 960 chiffres et a été le premier à dépasser la frontière du million de chiffres. C'était déjà une récompense symbolique en soi, mais cet exploit lui valut en outre un prix en liquide de 50 000 dollars versés par la Electronic Frontier Foundation. Cette organisation californienne s'est donné pour mission de défendre les droits civiques des internautes. Si le succès de Hajratwala vous a mis en appétit, sachez que la fondation a encore en réserve un demi-million de dollars de prix pour récompenser les découvreurs de nouveaux nombres premiers, la prochaine étape étant située à dix millions de chiffres. Hajratwala a été battu en novembre 2001 par Michael Cameron, un étudiant canadien qui a pu démontrer que $2^{13\,466\,917}-1$ était un nombre premier à quatre millions de chiffres. Les mathématiciens sont convaincus que ces nombres premiers spéciaux de Mersenne existent à l'infini, et n'attendent que d'être identifiés.

L'ordinateur, arrêt de mort des mathématiques ?

Si l'ordinateur peut compter plus loin que nous ne le pourrons jamais, ne rend-il pas le mathématicien superflu ? Heureusement non. Au lieu d'annoncer la fin des mathématiques, il jette une lumière crue sur la véritable différence qui existe entre l'artiste créatif qu'est le mathématicien et l'ennuyeuse machine à calcul qu'est l'ordinateur. Certes, l'ordinateur est un nouvel et puissant allié des mathématiciens dans la conquête de leur monde, robuste sherpa qui nous accompagne dans notre ascension du mont Riemann. Mais jamais il ne remplacera le mathématicien. Il peut certes dépasser de loin le mathématicien dans n'importe quelle opération de calcul définie, mais ce qui lui manque (pour l'instant), c'est l'imagination qui permet de contempler un tableau sans fin, de révéler la structure et la logique qui sous-tendent les mathématiques.

Par exemple, la quête informatique des grands nombres premiers nous aide-t-elle à mieux comprendre les nombres premiers ? Nous sommes peut-être en mesure de chanter des notes de plus en plus aiguës, mais la musique, elle, nous reste cachée. Euclide nous avait déjà assuré qu'il y aurait toujours un nombre premier plus grand à rechercher. Mais on ne sait pas si les nombres spéciaux de Mersenne produiront des nombres premiers à l'infini. Peut-être Michael Cameron a-t-il découvert le trente-neuvième et dernier nombre premier de Mersenne. Quand je me suis entretenu avec Paul Erdös, il a estimé que la démonstration de l'infinité des nombres premiers de Mersenne était l'un des grands problèmes de la théorie des nombres. On considère généralement qu'il existe un choix infini de n qui font que 2^n-1 est un nombre premier. Et il est peu probable qu'un ordinateur puisse le démontrer.

Non que les ordinateurs ne soient pas capables d'effectuer des démonstrations. À l'aide d'une série d'axiomes et de règles de déduction, il est possible de programmer un ordinateur afin qu'il se mette à brasser des théorèmes. Ce qui compte, cependant, c'est que tel le singe face à une machine à écrire, l'ordinateur sera incapable de distinguer des théorèmes gaussiens d'additions du niveau de l'école primaire. Le mathématicien humain a développé des facultés critiques afin de faire la différence entre les théorèmes importants et ceux qui ne le sont pas. La sensibilité esthétique de l'esprit mathématique est à même d'apprécier une démonstration pour sa beauté tout en rejetant les preuves disgracieuses. Cette dernière est pourtant tout aussi valide, mais l'élégance a toujours été perçue comme un critère important quand il s'est agi d'établir le meilleur cap pour naviguer dans l'univers des mathématiques.

C'est pour résoudre ce que l'on appelle le problème des quatre couleurs, au départ une curiosité d'amateur, qu'un ordinateur a été utilisé avec succès pour la première fois dans la démonstration d'un théorème. Le problème est lié à ce que nous avons tous connu quand nous étions enfants : si vous souhaitez colorier une carte afin qu'aucun pays voisin n'ait la même couleur, le recours à quatre couleurs différentes suffit. En dépit des fluctuations frontalières les plus créatives, il semble qu'il soit impossible d'obliger la carte de l'Europe à accepter des couleurs supplémentaires. À en juger par les frontières actuelles de la France, de l'Allemagne, de la Belgique et du Luxembourg, il faut effectivement au moins quatre couleurs :

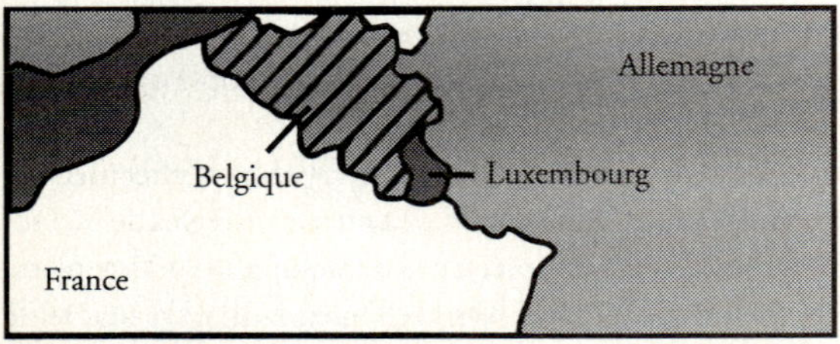

Il faut au moins quatre couleurs pour colorier cette carte afin qu'aucun pays limitrophe ne partage la même couleur.

Mais peut-on démontrer que ces quatre couleurs suffisent pour n'importe quelle carte ?

La question a été soulevée pour la première fois en 1852 quand un étudiant en droit, Francis Guthrie, a écrit à son frère, mathématicien au University College de Londres, pour lui demander si quelqu'un avait prouvé que quatre couleurs suffiraient toujours. La question n'était apparemment pas au centre des préoccupations de la plupart des représentants de la discipline. Une poignée de mathématiciens mineurs tentèrent de fournir une démonstration à Guthrie. Plus la démonstration se fit insaisissable, plus le problème grimpa dans l'échelle des compétences mathématiques. Même le meilleur ami de Hilbert à Göttingen, Hermann Minkowski, s'y brûla les doigts. Le problème des quatre couleurs fut abordé lors d'un cours général qu'il donnait. « Ce théorème n'a pas encore été démontré, seulement parce que des mathématiciens de troisième ordre s'y sont attelés », proclama-t-il. « Je pense pouvoir le prouver. » Il passa plusieurs cours à s'empoigner avec ses idées au tableau noir. Un matin, alors qu'il entrait dans la salle de cours, un coup de tonnerre retentit. « Mon arrogance a irrité les cieux », reconnut-il. « Ma démonstration est incomplète. »

Plus les gens s'y essayaient et échouaient, plus le problème gagnait en réputation, d'autant plus que sa formulation était simple. Il résista à toute tentative de démonstration jusqu'en 1976, plus d'un siècle après la lettre de Guthrie à son frère. Deux mathématiciens, Kenneth Appel et Wolfgang Haken, de l'université de l'Illinois, montrèrent qu'au lieu de chercher, tâche insurmontable, à colorier le nombre infini de toutes les cartes possibles, on pouvait réduire le problème à une analyse de 1 500 cartes différentes. C'était une remarquable avancée, comparable à la découverte d'un tableau périodique cartographique de cartes élémentaires permettant de composer toutes les autres. Mais pour vérifier à la main ces cartes « atomiques », même s'ils avaient commencé en 1976, Appel et Haken en seraient encore aujourd'hui à jouer avec leurs crayons de couleur. Au lieu de cela, on eut recours pour la première fois à un ordinateur pour terminer la démonstration. Ce qui nécessita 1 200 heures de calcul à la machine, laquelle aboutit quand même à la conclusion que, oui, toutes les cartes peuvent être coloriées avec quatre couleurs. Grâce à la combinaison du génie humain, qui avait saisi que l'étude de 1 500 cartes élémentaires suffirait à comprendre toutes les cartes, et de la force brute de l'ordinateur, la conjecture de Guthrie en 1852 était confirmée : toutes les cartes n'ont besoin que de quatre couleurs.

Sur le plan pratique, la justesse du théorème des quatre couleurs n'a aucun intérêt. Les cartographes n'ont pas poussé un soupir de soulagement collectif quand ils ont appris qu'ils n'auraient pas besoin d'aller s'acheter un cinquième tube de gouache. Quant aux mathématiciens, ils n'attendaient pas avec impatience que ce résultat soit confirmé pour pouvoir se lancer dans de nouvelles explorations. Car au-delà de cette réalité, rien ne semblait mériter davantage de recherches. Ce n'était pas l'hypothèse de Riemann, dont la démonstration est une question de vie ou de mort pour des milliers de résultats. Le problème des quatre couleurs illustrait simplement que nous ne comprenions pas encore assez l'espace bidimensionnel pour pouvoir y répondre. Tant qu'il ne fut pas résolu, il incita les mathématiciens à mieux comprendre l'espace qui nous entoure. C'est pour cela que la démonstration d'Appel et Haken en laissa plus d'un sur sa faim. L'ordinateur nous avait donné la réponse, sans que nous en sachions plus.

Depuis, le débat fait rage. La démonstration assistée par ordinateur d'Appel et Haken est-elle conforme au véritable esprit de la « preuve » ? Nombreux sont ceux que l'intervention informatique a dérangés, même si la plupart savaient qu'ainsi, la démonstration serait probablement plus juste que bien des démonstrations entièrement humaines. Mais une démonstration ne devait-elle pas être synonyme d'explicitation ? Comme aimait à le répéter Hardy : « Une démonstration mathématique devrait ressembler à une constellation simple et d'une netteté parfaite, pas une Voie lactée éparpillée. » La démonstration informatique du problème des quatre couleurs revenait à dresser laborieusement la carte du chaos galactique, sans permettre de mieux comprendre pourquoi les étoiles sont ce qu'elles sont.

Cette polémique montre que le plaisir des mathématiques ne vient pas uniquement du résultat final. Nous ne lisons pas nos histoires de mystères mathématiques seulement pour savoir qui a fait le coup. Nous tirons notre plaisir de la découverte des circonvolutions du récit, de leur interaction et de leur rôle jusqu'au moment de la révélation. Le travail d'Appel et Haken nous avait privés de ce sentiment, ce « Ah, ça y est, j'ai pigé ! » que nous désirons tous connaître quand nous lisons des mathématiques. Nous aimons partager cet instant, cet eurêka que le créateur de la démonstration a été le premier à vivre. On continuera de débattre pendant des décennies sur la capacité des ordinateurs à ressentir les émotions. Quoi qu'il en soit, la démonstration du problème des quatre couleurs ne nous a certainement pas permis d'entrevoir la joie que la machine a éventuellement pu connaître.

Si l'on met à l'écart le souci esthétique, l'ordinateur est donc devenu le fidèle assistant de la communauté mathématique dans la démonstration des théorèmes. Chaque fois qu'un problème se réduit à la vérification d'un nombre fini d'éléments, l'ordinateur s'avère des plus utiles. Pourrait-il alors nous aider dans notre ascension du mont Riemann ? À l'époque de la mort de Hardy, à la fin de la Deuxième Guerre mondiale, d'aucuns doutaient de la véracité de l'hypothèse.

Comme l'admettait Turing, si elle est fausse, alors un ordinateur peut nous aider. Il est possible de programmer une machine pour qu'elle recherche les zéros jusqu'à ce qu'elle tombe sur un zéro échappant à la droite. Mais si l'hypothèse est vraie, alors l'ordinateur est inutile, incapable de prouver véritablement que ce nombre infini de zéros se situe effectivement sur la droite. Le mieux qu'il puisse faire, c'est de nous fournir de plus en plus d'indices venant conforter notre foi en l'intuition de Riemann.

L'ordinateur a également répondu à un autre besoin. À la mort de Hardy, les mathématiciens étaient plus ou moins bloqués. Plus personne ne parvenait à progresser sur le plan théorique dans le domaine de l'hypothèse de Riemann. Apparemment, compte tenu des techniques disponibles, Hardy, Littlewood et Selberg avaient obtenu les meilleurs résultats possibles sur la localisation des points au niveau de la mer dans le paysage zêta. Ils avaient extrait de ces techniques tout ce qu'elles pouvaient donner. La plupart des mathématiciens reconnaissaient que pour pouvoir se rapprocher d'une démonstration de l'hypothèse, il leur faudrait de nouvelles idées. En l'absence de telles idées, l'ordinateur donnait une impression de progrès. Mais ce n'était qu'une impression. L'intervention de l'informatique masquait le manque criant de réussite dans ce domaine. Le calcul s'est substitué à la réflexion, sorte de chewing-gum pour l'esprit qui nous donnait l'illusion que nous étions vraiment en train d'avancer alors qu'en réalité, nous étions face à un mur de briques.

Zagier, le mousquetaire

La formule secrète que Siegel avait découverte en 1932 dans les papiers de Riemann permettait de calculer avec efficacité et précision l'emplacement des zéros dans son paysage. Turing avait tenté d'en accélérer le calcul à l'aide de son système complexe de rouages, mais il a fallu des machines plus modernes pour prendre toute la mesure du potentiel de la formule. Une fois cette formule secrète programmée dans un ordinateur, on peut commencer à explorer des régions du paysage qui étaient jusque-là inimaginables. Dans les années 1960, alors que l'humanité entreprenait de sonder l'univers lointain en y envoyant des sondes inhabitées, les mathématiciens, eux, envoyaient des ordinateurs se frayer un chemin à coups de calculs jusqu'aux marches extérieures du paysage de Riemann.

Plus ils allaient vers le nord en quête de zéros, plus ils recueillaient d'indices. Mais à quoi étaient-ils bons ? De combien de zéros sur la droite fallait-il disposer avant de pouvoir se dire en toute confiance que l'hypothèse de Riemann était juste ? L'ennui, c'est que dans les mathématiques, comme l'ont montré les travaux de Littlewood, les preuves sont rarement synonymes de certitude. C'est pourquoi tant de gens ne voulaient pas croire que l'ordinateur puisse être utile dans l'analyse de l'hypothèse de Riemann. Pourtant, une surprise se préparait qui commencerait à convaincre même les sceptiques les plus endurcis du fait que l'hypothèse avait de grandes chances d'être juste.

Au début des années 1970, cette petite bande de sceptiques avait un chef. Don Zagier est l'un des mathématiciens les plus énergiques du milieu actuel. Il faut le voir parcourir avec fougue les couloirs de l'Institut des mathématiques Max Planck de Bonn, réponse de l'Allemagne à Princeton. Tel quelque mousquetaire des mathématiques, Zagier brandit son intellect effilé comme une rapière, ne demandant qu'à embrocher le premier problème qui se présentera. Son enthousiasme et sa passion pour le sujet vous entraînent dans un tourbillon d'idées assénées avec un débit aussi rapide que haché qui a de quoi suffoquer. Son approche de la discipline confine au ludique, et il a toujours en tête un casse-tête mathématique histoire d'épicer les déjeuners à l'Institut de Bonn.

La volonté de certains de croire en l'hypothèse de Riemann pour des raisons purement esthétiques, au mépris de l'absence de véritables preuves en sa faveur, avait fini par l'exaspérer. Cette foi en l'hypothèse ne tenait probablement guère plus qu'à une vénération pour la simplicité et la beauté dans les mathématiques. Un zéro en dehors de la droite serait comme une tache dans ce paysage magnifique. Chaque zéro ajoutait sa note à la musique des nombres premiers. Pour Enrico Bombieri, voilà ce qu'il adviendrait s'il était démontré que l'hypothèse de Riemann est fausse : « Disons que vous allez à un concert. Vous écoutez les musiciens qui jouent en une harmonie parfaite. Et soudain, un gros tuba se met à jouer très fort, si fort qu'il recouvre tout le reste. » Il y a tant de beauté dans le monde mathématique que nous ne pouvons, nous ne voulons pas croire que la Nature ait pu préférer un univers dissonant où l'hypothèse de Riemann serait fausse.

Si Zagier était alors à la tête des sceptiques, Bombieri, lui, incarnait l'archétype du zélote de l'hypothèse. Au début des années 1970, il n'était pas encore installé à Princeton, et enseignait toujours dans son Italie natale. Comme l'explique Zagier : « Pour Bombieri, c'est un article de foi, l'hypothèse de Riemann est vraie. C'est une conviction religieuse, il faut qu'elle soit vraie, sinon le monde dans son ensemble serait faux. » D'ailleurs, comme Bombieri lui-même le reconnaît : « Quand j'étais en première, j'ai étudié plusieurs des philosophes du Moyen Âge. L'un d'eux, Guillaume d'Occam, avait émis l'idée que confronté à deux explications, il faut toujours choisir la plus simple. Le rasoir d'Occam, comme est surnommé ce principe, écarte la difficulté au profit de la simplicité. » Pour Bombieri, un zéro échappant à la droite serait comme un instrument qui, dans un orchestre « recouvre tout le reste, une situation répugnante sur le plan esthétique. En tant que fidèle de Guillaume d'Occam, c'est une conclusion que je rejette. Par conséquent, j'accepte la véracité de l'hypothèse de Riemann. »

Quand Bombieri se rendit à l'Institut de Bonn, l'affrontement était inévitable. À l'heure du thé, la discussion porta sur l'hypothèse. Zagier, éternel ferrailleur, saisit la chance qu'il avait de provoquer l'Italien en duel. « Alors qu'on prenait le thé, je lui ai dit qu'il n'y avait pas encore assez de preuves actuellement pour me convaincre, dans un sens ou dans l'autre. Par conséquent, j'étais prêt à parier contre, à enjeu égal. Non que j'étais convaincu de sa fausseté, mais j'étais prêt à jouer l'avocat du diable. »

« Eh bien », rétorqua Bombieri, « je suis tout à fait disposé à vous suivre là-dessus. » Et Zagier comprit qu'il avait été idiot de parier à enjeu égal. Bombieri était si fervent dans ses convictions qu'il aurait accepté de parier à un contre un milliard. Les deux hommes s'accordèrent sur le prix : deux bouteilles d'un excellent bordeaux, au choix du vainqueur.

« Nous espérions que l'affaire serait réglée de notre vivant », déclare Zagier, « mais il était aussi fort possible que nous finirions dans la tombe sans que le pari ait été résolu. Nous ne voulions pas nous imposer de limite de temps, qui nous aurait par exemple obligés à abandonner au bout de dix ans. Ça paraissait stupide. Dix ans, qu'est-ce que c'est par rapport à l'hypothèse de Riemann ? Non, il nous fallait quelque chose de mathématique. »

Zagier proposa donc la solution suivante : si la machine de Turing était tombée en panne après avoir calculé les 1 104 premiers zéros, en 1956, Derrick Lehmer avait été plus heureux. Ses machines californiennes avaient réussi à vérifier que les 25 000 premiers zéros se trouvaient sur la droite. Au début des années 1970, un célèbre calcul avait confirmé que les trois premiers millions et demi de zéros étaient effectivement placés sur la droite. Il s'était agi d'un incroyable tour de force, passant par des techniques théoriques brillantes capables de pousser le calcul jusque dans les derniers retranchements de la technologie informatique de l'époque. Comme le dépeint Zagier :

« *Alors j'ai dit, d'accord, aujourd'hui on a calculé trois millions de zéros, mais je ne suis toujours pas convaincu, même si la plupart des gens me diraient* mais qu'est-ce que vous voulez… bon sang… mon Dieu, trois millions de zéros. *La plupart des gens diraient* qu'est-ce qui peut changer, quelle différence, trois millions… trois milliards. *C'est très exactement ce que je vous explique. Ce n'est justement pas comme ça. Moi, à trois millions, je n'y croyais toujours pas. Si seulement j'avais parié à cent mille contre un, parce qu'à l'époque, rien, absolument rien ne soutenait l'hypothèse de Riemann. Il se trouve que quand on analyse les données, cent mille zéros, ça ne sert à rien. En gros, c'est égal à zéro preuve. Trois millions, ça commence à devenir intéressant.* »

En revanche, il l'admettait, trois cents millions de zéros représentaient un seuil important. On pouvait trouver des raisons théoriques à la présence des premiers milliers de zéros sur la droite magique de Riemann. Mais plus on avançait vers le nord, plus les raisons en faveur de la présence des zéros sur la droite étaient contrebalancées par les arguments en faveur d'un écart des zéros. À trois cents millions, comprit Zagier, c'était un miracle que les zéros soient encore sur cette droite.

Zagier fondait son analyse sur une courbe qui, il le savait, illustrait le comportement de la déclivité parmi les collines et les vallées le long de la droite de Riemann. La courbe de Zagier offrait une nouvelle perspective d'où contempler le paysage vu en coupe le long de cette droite critique. L'intérêt en était qu'elle facilitait une nouvelle interprétation de l'hypothèse de Riemann. Si cette nouvelle courbe traverse la droite de Riemann, alors c'est qu'il y a un zéro qui échappe à la droite dans cette région, et l'hypothèse est fausse. Pour commencer, la courbe en question ne s'approche jamais de la droite. En fait, elle s'en éloigne vers le haut. Mais plus on progresse vers le nord, plus elle descend en se rapprochant de la droite. Régulièrement, la courbe de Zagier semble vouloir entrer en collision avec la droite critique, mais comme l'illustre le schéma ci-dessous, quelque chose l'en empêche apparemment.

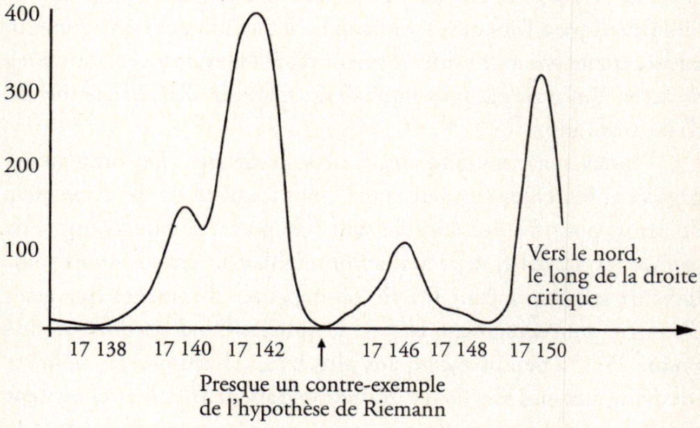

La courbe auxiliaire de Zagier : l'hypothèse de Riemann est fausse si la courbe traverse l'axe horizontal.

Donc, plus on avance vers le nord, plus il semble possible que cette courbe traverse la droite. Zagier savait que la première vraie faiblesse se situait aux alentours du trois cents millionième zéro. Cette région de la droite critique serait le véritable test. Arrivé aussi loin au nord, si la courbe ne franchissait pas la droite, c'était franchement pour une bonne raison. Et cette raison, se disait Zagier, devait être que l'hypothèse de Riemann était juste. Voilà pourquoi Zagier plaça le seuil du pari à trois cents millions de zéros. Bombieri l'emporterait si l'on parvenait à démontrer l'hypothèse ou si l'on calculait trois cents millions de zéros sans trouver de contre-exemple.

Zagier voyait bien que les ordinateurs des années 1970 étaient encore beaucoup trop faibles pour explorer cette région de la droite de Riemann. Les ordinateurs avaient réussi à calculer trois millions et demi de zéros. À en juger par la rapidité du développement de l'informatique à l'époque, il estimait qu'il faudrait peut-être attendre encore trente ans avant que ne soient calculés les trois cents millions de zéros. Il n'avait pas prévu que l'informatique allait être le théâtre d'une révolution.

Pendant environ cinq ans, il ne se passa rien. Les ordinateurs gagnaient lentement en puissance, mais le calcul de deux fois plus de zéros, pour ne rien dire de cent fois plus, impliquait une telle somme de travail que personne ne semblait intéressé. Après tout, dans ce secteur, il était inutile de dépenser d'énormes quantités d'énergie pour seulement doubler le nombre d'indices dont on disposait. Puis, à peu près cinq ans plus tard, les ordinateurs se firent soudain plus rapides. Deux équipes relevèrent le défi et choisirent d'exploiter cette nouvelle puissance pour calculer davantage de zéros. L'une de ces équipes se trouvait à Amsterdam, sous la direction de Herman te Riele, et l'autre en Australie, entraînée par Richard Brent.

Brent fut le premier à annoncer, en 1978, que les soixante-quinze premiers millions de zéros se trouvaient bien sur la droite. L'équipe d'Amsterdam se joignit à Brent et, au bout d'une année de labeur, ils produisirent un article conséquent, soigneusement rédigé et magnifiquement présenté, impeccablement bouclé. Ils avaient calculé jusqu'à… deux cents millions de zéros ! Zagier en rit encore :

« *J'ai poussé un soupir de soulagement, leur projet était si énorme. Dieu merci, ils s'étaient heureusement arrêtés à deux cents millions. Ils auraient manifestement pu aller jusqu'à trois cents millions, mais Dieu merci, ils ne l'avaient pas fait. Maintenant, je bénéficie d'un répit de plusieurs années. Ils ne vont pas continuer pour seulement 50 %. Les gens vont attendre de pouvoir atteindre le milliard. Donc, ça va prendre encore des années. Malheureusement, c'était sans compter avec mon bon ami Hendrik Lenstra, qui avait entendu parler du pari et qui se trouvait à Amsterdam.* »

Lenstra alla voir te Riele et lui demanda : « Pourquoi donc vous êtes-vous arrêté à deux cents millions ? Vous savez que si vous allez jusqu'à trois cents millions, Don Zagier va perdre un pari. » Et l'équipe avança jusqu'à trois cents millions. Ils ne trouvèrent bien sûr aucun zéro échappant à la droite, et Zagier fut obligé de payer. Il apporta les deux bouteilles à Bombieri, qui partagea la première avec lui. Comme ce dernier aime à le souligner, ce fut probablement la bouteille la plus chère jamais bue :

« *Deux cents millions, ça n'avait rien à voir avec mon pari. Ils avaient fait ça indépendamment. Mais la dernière centaine de millions, ils ont fait ce calcul à ce moment-là uniquement parce qu'ils avaient entendu parler de mon pari. Il a fallu approximativement un millier d'heures CPU pour calculer les cent millions supplémentaires. À l'époque, le prix d'une heure CPU était de l'ordre de 700 dollars. Puisqu'ils ont effectué ces calculs uniquement pour que je perde mon pari et que je paye mes deux bouteilles de vin, j'affirme que ces bouteilles coûtaient 350 000 dollars pièce, et c'est bien plus que la bouteille de vin la plus chère jamais vendue aux enchères.* »

Mais surtout, les preuves en faveur de l'hypothèse étaient désormais écrasantes, aux yeux de Zagier. L'ordinateur en tant qu'outil de calcul était enfin assez puissant pour progresser si loin au nord du paysage zêta qu'il y avait toutes les chances de croiser un contre-exemple. Malgré tous les efforts de la courbe auxiliaire de Zagier pour prendre d'assaut la droite de Riemann, il était clair que quelque chose jouait le rôle d'une vigoureuse force de répulsion, empêchant la courbe de franchir la droite. La raison ? L'hypothèse de Riemann.

« C'est ce qui fait de moi un partisan convaincu de l'hypothèse de Riemann », concède aujourd'hui Zagier. Il compare le rôle de l'ordinateur à l'utilisation d'un accélérateur de particules pour appuyer les travaux de physique théorique. Les physiciens disposent d'un modèle de ce qui compose la matière, mais afin de tester ce modèle, il faut pouvoir engendrer une énergie suffisante pour briser l'atome. Pour Zagier, les trois cents millions de zéros représentaient une énergie suffisante pour vérifier si l'hypothèse de Riemann avait une grande chance d'être vraie :

« *Selon moi, c'est une preuve convaincante à 100 % qu'il y a quelque chose qui empêche la courbe de traverser, et la seule chose qui se passe, je pense, c'est que oui, en effet, l'hypothèse de Riemann est vraie. Et maintenant, je suis aussi convaincu de l'hypothèse de Riemann que Bombieri, pas par a priori, parce qu'elle est si belle, si élégante, ou à cause de l'existence de Dieu, mais à cause de cette preuve.* »

Jan van de Lune, un des membres de l'équipe de te Riele à Amsterdam, est aujourd'hui à la retraite. Mais les mathématiciens ne guérissent jamais totalement du virus, même s'ils sont obligés de quitter leurs bureaux. Se servant du programme utilisé par l'équipe des décennies plus tôt, il vient de confirmer, à l'aide de trois PC qu'il fait tourner chez lui, que les 6,3 premiers milliards de zéros respectent tous l'hypothèse de Riemann. Aussi loin que ses ordinateurs continuent de calculer, ils ne parviendront jamais à en démontrer l'exactitude de cette façon. Mais s'il existe un zéro hors de la droite, l'ordinateur a la capacité de jouer un grand rôle en dévoilant que l'hypothèse n'est que pure fantaisie.

C'est là que l'ordinateur est dans son élément, en tant que destructeur de conjectures. Dans les années 1980, les calculs de zéros ont permis d'abattre un proche parent de l'hypothèse de Riemann, connu sous le nom de conjecture de Mertens. Mais ces calculs n'ont pas été effectués dans le confort d'un département des mathématiques. En fait, ce sont les calculs de zéros réalisés par une source plutôt surprenante, la compagnie du téléphone AT&T, qui ont suscité l'intérêt.

Odlyzko, maître calculateur du New Jersey

Au cœur du New Jersey, près de la ville assoupie de Florham Park, un étonnant vivier de talents mathématiques prospère sous l'égide commerciale des laboratoires de recherche d'AT&T. Une fois à l'intérieur, on pourrait se croire dans les couloirs du département de mathématiques d'une université. Alors qu'il s'agit en fait des locaux d'un grand groupe de télécommunications. Les origines du laboratoire remontent aux années 1920, quand les AT&T Bell Labs ont été créés. Pendant la guerre, Turing avait passé un certain temps dans le laboratoire de Bell à New York. Il avait pris part à un projet de cryptage vocal destiné à permettre des échanges téléphoniques en toute sécurité entre Washington et Londres. Turing affirmait qu'il avait vécu des instants plus passionnants dans les Bell Labs qu'à Princeton, ce qui était peut-être aussi lié à la vie nocturne du Village à Manhattan. Lors de ses pérégrinations mathématiques, Erdös avait coutume de faire souvent escale dans la base du New Jersey.

Quand l'explosion technologique frappa de plein fouet le secteur des télécommunications, dans les années 1960, il devint évident que pour rester en tête de peloton, AT&T aurait besoin de davantage d'expertise mathématique du meilleur niveau. Après l'expansion éclair des universités durant cette même décennie, les années 1970 furent des années maigres pour les mathématiciens en quête de postes universitaires. En développant ses installations de recherche, AT&T put attirer une partie de ce surplus. Si, au bout du compte, les dirigeants attendaient de ces travaux qu'ils aboutissent à des innovations technologiques, ils étaient ravis de voir leurs mathématiciens continuer à satisfaire leurs passions. Cela peut paraître altruiste, mais c'était logique sur le plan commercial : du fait du monopole dont elle jouissait dans les années 1970, la société était contrainte de respecter certaines règles dans la reconversion de ses bénéfices. L'investissement dans un laboratoire de recherche était considéré comme un moyen habile d'en éponger une partie.

Quelles qu'aient été les raisons de l'intervention d'AT&T, les mathématiques lui doivent beaucoup. Certains des progrès théoriques les plus intéressants trouvent leur source dans des idées nées de ce laboratoire. Lequel offre une combinaison fascinante entre le caractère universitaire et le monde impitoyable des affaires. Lors d'un déplacement pour discuter avec des mathématiciens sur place, j'ai pu en être le témoin direct. Confrontés à la nécessité d'optimiser les offres d'AT&T lors d'enchères pour des largeurs de bande de portables, plusieurs mathématiciens présentèrent, à l'occasion d'un déjeuner de travail, un modèle théorique qui conférerait à la société la meilleure stratégie pour négocier ce processus complexe. Pour les mathématiciens, il aurait aussi bien pu s'agir d'une stratégie de partie d'échecs, plutôt que d'une opération pesant des millions de dollars. Ce qui n'était pas incompatible.

Jusqu'en 2001, le laboratoire était dirigé par Andrew Odlyzko. Né en Pologne, Odlyzko ne s'est pas départi de son accent musical d'Europe de l'Est. Son passage par le département commercial a fait de lui un excellent communicateur capable de diffuser des idées mathématiques difficiles. Son attitude, ouverte et sympathique, encourage à se joindre à lui dans son voyage mathématique. Il est néanmoins d'une grande précision, et c'est un mathématicien hors pair : à chaque étape, il ne tolère aucune ambiguïté. Son intérêt pour la fonction zêta a été éveillé pendant son doctorat, sous la supervision de Harold Stark, au MIT. L'un des problèmes qu'il étudiait l'obligeait à connaître avec autant d'exactitude que possible l'emplacement des quelques premiers zéros du paysage zêta.

Les calculs de grande précision sont justement ce qu'un ordinateur peut faire bien mieux qu'un être humain. Peu après l'entrée d'Odlyzko dans les laboratoires d'AT&T Bell, il put exploiter une ouverture. En 1978, les laboratoires achetèrent leur premier supercalculateur, un Cray 1. C'était le premier Cray détenu par une entreprise privée plutôt que par l'État ou une université. AT&T étant une organisation commerciale où tout était essentiellement sous le contrôle de la comptabilité et des budgets, chaque département devait payer pour disposer de temps sur l'ordinateur. Mais il fallut du temps pour que les gens acquièrent le savoir-faire nécessaire à la programmation du Cray, si bien qu'au début, il fut rarement utilisé. La section informatique décida alors d'offrir des périodes gratuites de cinq heures sur le Cray aux projets scientifiques dignes d'intérêt et dépourvus de financement.

Odlyzko ne put résister à une telle occasion. Il contacta les équipes à Amsterdam et en Australie qui avaient démontré que les trois cents premiers millions de zéros se trouvaient sur la droite. Avaient-ils repéré avec précision l'emplacement de ces zéros le long de la droite ? Ni les uns ni les autres ne l'avaient fait. Ils s'étaient concentrés sur la nécessité de prouver que les coordonnées est-ouest de chaque zéro étaient bien $\frac{1}{2}$, comme l'avait prédit Riemann. Quant à l'emplacement nord-sud exact, ils ne s'en étaient pas vraiment préoccupés.

Odlyzko demanda du temps sur le Cray pour déterminer l'emplacement exact du premier million de zéros. AT&T accepta, et depuis des décennies, Odlyzko profite du temps informatique que l'entreprise peut lui laisser pour calculer de plus en plus de zéros. Ces calculs ne sont pas qu'un exercice sans but. Son directeur de thèse, Stark, avait appliqué la connaissance de l'emplacement des premiers zéros pour démontrer l'une des conjectures de Gauss sur la factorisation de certaines séries de nombres imaginaires. Odlyzko, pour sa part, utilisa la localisation exacte des 2 000 premiers zéros pour infirmer une conjecture qui courait dans le milieu des mathématiques depuis le début du XXe siècle : la conjecture de Mertens. Pour mettre cette conjecture à mal, il reçut l'appui de te Riele à Amsterdam, le mathématicien qui avait aidé Zagier à perdre son pari en prouvant que les trois cents premiers millions de zéros se trouvaient sur la droite. La conjecture de Mertens est étroitement liée à l'hypothèse de Riemann. Quand elle vola en éclats, cela montra aux mathématiciens que si l'hypothèse de Riemann est vraie, elle ne l'est que de justesse.

Pour mieux comprendre la conjecture de Mertens, il faut la concevoir comme une variation du jeu de pile ou face avec les nombres premiers. La pièce de Mertens retombe sur face au N^e lancer si N est composé d'un nombre pair de nombres premiers. Par exemple, le résultat est « face » pour $N = 15$, puisque 15 est le produit de deux nombres premiers, 3 et 5. En revanche, si N est composé d'un nombre impair de nombres premiers, par exemple $N = 105 = 3 \times 5 \times 7$, le résultat est « pile ». Mais il y a une troisième possibilité. Si *N* utilise deux fois l'un des éléments qui le compose, alors le résultat est considéré comme zéro : 12, par exemple, se compose de deux 2 et d'un 3 ($12=2\times2\times3$) et obtient donc 0. Disons que l'on obtient zéro quand la pièce retombe hors de vue ou sur la tranche. Mertens avait conjecturé sur le comportement de la pièce alors que *N* est de plus en plus grand. Ce raisonnement est très proche de l'hypothèse de Riemann, qui dit que la pièce des nombres premiers n'est pas truquée. Mais la conjecture de Mertens allait un peu plus loin que ce que Riemann annonçait pour les nombres premiers. Elle assurait que l'erreur était légèrement plus petite que ce que l'on était en droit d'attendre d'une pièce normale. Si la conjecture était juste, alors il en allait de même de l'hypothèse de Riemann, et non vice versa.

En 1897, Mertens avait dressé des tables de calculs jusqu'à $N=10\,000$ pour appuyer sa conjecture. Dans les années 1970, les calculs expérimentaux avaient atteint le milliard. Mais comme l'avait montré Littlewood, l'expérience, même quand elle se chiffre en milliards, ne vaut pas tripette. Le scepticisme allait croissant quant à la véracité de la conjecture de Mertens. Ce sont les calculs précis d'Odlyzko et de te Riele sur la localisation des 2000 premiers zéros, calculés à la centième décimale, qui eurent finalement raison de la conjecture. Mais, en guise d'avertissement à ceux qu'impressionnait la preuve expérimentale, Odlyzko et te Riele estimèrent que même si Mertens avait analysé les lancers de sa pièce jusqu'à 10^{30}, il aurait toujours eu l'impression que sa conjecture était juste.

Les ordinateurs d'Odlyzko chez AT&T ont continué à aider les mathématiciens dans leur quête de dévoiler les mystères des nombres premiers. Mais cela ne fonctionne pas à sens unique. Les nombres premiers contribuent désormais eux aussi à l'expansion incessante de l'ère informatique. Dans les années 1970, ils sont soudain devenus littéralement la clé de la sécurité des communications électroniques. Hardy avait toujours été fier de l'inutilité des mathématiques, et en particulier de la théorie des nombres, pour le monde réel :

« *Les "vraies" mathématiques des "vrais" mathématiciens, les mathématiques de Fermat, Euler, Gauss, Abel et Riemann sont presque totalement "inutiles" (et cela vaut tant pour les mathématiques "appliquées" que pour les mathématiques "pures"). On ne saurait justifier la vie d'un authentique mathématicien professionnel en prétextant de "l'utilité" de ses travaux.* »

Il ne pouvait être plus éloigné de la vérité. Les mathématiques de Fermat, Gauss et Riemann allaient se retrouver au centre du monde des affaires. Voilà pourquoi AT&T recruterait encore plus de mathématiciens dans les années 1980 et 1990. Car de notre compréhension des nombres premiers dépend la sécurité du village électronique.

10

Casseurs de nombres, casseurs de codes

Si Gauss vivait de nos jours, il serait pirate informatique.
Peter Sarnak, professeur à l'université de Princeton

En 1903, Frank Nelson Cole, professeur de mathématiques à l'université Columbia de New York, tint un discours étrange lors d'une réunion de la Société mathématique américaine. Sans dire un mot, il écrivit l'un des nombres de Mersenne sur le tableau noir. Puis, sur le tableau suivant, il inscrivit et multiplia entre eux deux nombres plus petits. Au milieu, il plaça un signe égale et s'assit.

$$2^{67} - 1 = 193\,707\,721 \times 761\,838\,257\,287.$$

L'assistance se leva et l'applaudit, phénomène plutôt rare pour une assemblée de mathématiciens. Pourtant, il ne devait pas être si difficile que ça de multiplier deux nombres entre eux, même pour des mathématiciens au début du siècle dernier. On savait depuis 1876 que $2^{67} - 1$, un nombre de Mersenne à vingt chiffres, n'était pas lui-même un nombre premier, mais le produit de deux nombres plus petits. Personne ne savait lesquels. Il avait fallu à Cole trois années, en y passant tous les dimanches après-midi, pour « casser » ce nombre et retrouver les deux nombres premiers qui le composaient.

L'assistance présente lors de la présentation de Cole en 1903 ne fut pas la seule à apprécier son exploit. En 2000, un spectacle new-yorkais quelque peu ésotérique intitulé *Le Théorème des cinq filles hystériques* rendit hommage à ses calculs : l'une des filles en question y décryptait le nombre de Cole. Les nombres premiers sont un thème récurrent dans cette pièce qui parle du voyage au bord de la mer d'une famille de mathématiciens. Le père se lamente sur la majorité de sa fille, non parce qu'elle sera désormais assez âgée pour s'enfuir avec son amant, mais parce que 17 est un nombre premier, tandis que 18 peut être divisé par *quatre* autres nombres !

Il y a plus de deux mille ans, les Grecs démontrèrent que tout nombre peut être exprimé comme produit de nombres premiers. Mais depuis, les mathématiciens n'ont toujours pas trouvé un moyen rapide et efficace de trouver quels nombres premiers servent à composer les autres nombres. Ce qui nous fait défaut, c'est l'équivalent mathématique de la spectroscopie chimique, qui montre aux chimistes quels éléments du tableau périodique des éléments constituent un composé chimique. La découverte d'un système susceptible de décomposer les nombres en leurs éléments premiers vaudrait à son inventeur bien plus que des lauriers académiques.

En 1903, le calcul de Cole était considéré comme une intéressante curiosité mathématique. S'il avait été salué par un concert d'applaudissements, c'était davantage en reconnaissance de ses efforts extraordinaires que parce que le problème lui-même était d'une quelconque importance intrinsèque. Aujourd'hui, ce genre d'exercice n'est plus du tout un passe-temps réservé aux dimanches après-midi, mais occupe plutôt une place centrale dans le déchiffrage des codes. Les mathématiciens ont réussi à utiliser ce problème complexe de la décomposition des nombres pour développer les codes qui protègent les finances internationales sur Internet. Cette tâche, apparemment anodine, est si difficile avec des nombres à cent chiffres que les banques et les entreprises de commerce électronique sont prêtes à risquer la sécurité de leurs transactions financières sur le temps incroyablement long qu'il faudrait pour, actuellement, retrouver les facteurs premiers. Dans le même temps, ces nouveaux codes mathématiques ont été utilisés pour résoudre un problème qui a longtemps hanté le monde de la cryptographie.

La naissance de la cryptographie sur Internet

Depuis que nous sommes capables de communiquer, nous avons eu besoin de faire passer des messages secrets. Pour éviter que des informations importantes ne tombent entre de mauvaises mains, nos ancêtres ont inventé des moyens de plus en plus étonnants de masquer le contenu d'un message. L'une des premières méthodes utilisées pour cacher les messages a été mise au point par l'armée spartiate, il y a plus de deux mille cinq cents ans. L'émetteur et le récepteur disposaient chacun d'un cylindre de dimensions exactement semblables, une scytale. Pour coder un message, l'émetteur commençait par enrouler en spirale une étroite bande de parchemin tout le long de la scytale. Il rédigeait ensuite son message sur le parchemin, sur la longueur du cylindre. Une fois le parchemin déroulé, le texte donnait l'impression de n'avoir aucun sens. Il n'y avait qu'en l'enroulant de la même façon sur un cylindre identique que le texte retrouvait sa logique. Depuis, des générations se sont succédé, développant des méthodes cryptographiques de plus en plus sophistiquées. Le système d'encodage mécanique le plus complexe fut sans conteste la machine Enigma, utilisée par les forces allemandes pendant la Deuxième Guerre mondiale.

Jusqu'en 1977, quiconque voulait envoyer un message secret se heurtait à un problème. Avant que le message ne soit transmis, l'émetteur et le récepteur étaient contraints de se rencontrer pour établir quel chiffrage, quelle méthode de cryptage, utiliser. Les généraux spartiates, par exemple, devaient s'entendre au préalable sur la taille de la scytale. Même avec la machine Enigma, produite industriellement, Berlin devait envoyer des agents distribuer aux capitaines des U-Boote et aux commandants de panzers les manuels détaillant les réglages nécessaires au cryptage. Or, si l'ennemi venait à mettre la main sur les manuels de codes, tout le système était compromis.

Imaginez la logistique qu'implique le recours à un tel système de cryptographie pour gérer des échanges commerciaux sur Internet. Avant de pouvoir envoyer nos informations bancaires en toute sécurité, il nous faudrait recevoir des lettres sécurisées de la société gérant chacun des sites sur lesquels nous souhaitons faire nos achats, lettres qui nous expliqueraient comment coder nos informations. Étant donné l'énorme trafic qui existe sur le Web, il y aurait de grandes chances que plusieurs de ces lettres soient interceptées. Il fallait donc développer un système adapté à l'ère naissante des communications rapides à l'échelle mondiale. Tout comme les mathématiciens de Bletchley Park réussirent à casser le code Enigma pendant la guerre, ce sont des mathématiciens qui ont créé une nouvelle génération de codes qui a fait passer la cryptographie du roman d'espionnage au village planétaire. Ces codes mathématiques annoncèrent la naissance de ce que l'on appelle aujourd'hui la « cryptographie à clé publique ».

Il faut penser à l'encodage et au décodage comme au verrouillage et au déverrouillage d'une porte. Avec une porte conventionnelle, la même clé sert à la fois à verrouiller et à déverrouiller. Avec Enigma, c'est le même jeu de codes qui permet de crypter et de décrypter un message. Ce jeu de codes, appelons-le la *clé,* doit rester secret. Plus le récepteur est éloigné de l'émetteur, plus il devient difficile sur le plan logistique de lui transmettre la clé nécessaire pour verrouiller et déverrouiller le message. Supposons que le patron d'un service ait souhaité recevoir des rapports sécurisés de plusieurs de ses agents sur le terrain, sans qu'ils puissent lire leurs messages respectifs. Il faudrait alors fournir des clés différentes à chaque agent. Remplaçons maintenant quelques agents par des millions de cyberconsommateurs impatients. Si une opération à une telle échelle n'est pas impossible, elle n'en est pas moins un cauchemar logistique. Pour commencer, un client visitant un site ne serait pas en mesure de passer sa commande immédiatement, puisqu'il lui faudrait attendre d'avoir reçu une clé de cryptage. Au lieu de la Toile, c'est dans des rets que l'on serait pris.

Le système dit de cryptographie à clé publique est comme une porte dotée de deux clés différentes : la clé A ferme la porte, une autre clé, la B, l'ouvre. Soudain, il n'y a plus besoin d'entourer la clé A de secret. Car le fait de la détenir ne compromet plus la sécurité. Imaginons maintenant que cette porte barre l'entrée de la zone sécurisée du site d'une entreprise. La société peut distribuer librement la clé A à tout visiteur pénétrant sur son site et qui souhaite envoyer un message en toute sécurité, comme le numéro de sa carte de crédit. Même si tout le monde utilise la même clé pour coder ses informations, pour verrouiller la porte et garantir l'inviolabilité du secret, personne n'est en mesure de lire le message codé d'un autre. En fait, une fois les informations codées, les clients sont incapables de les lire, même s'il s'agit de leurs propres données. Seule la société qui gère le site dispose de la clé B, qui permet de déverrouiller la porte et de lire les numéros de carte de crédit.

La cryptographie à clé publique a été proposée ouvertement pour la première fois en 1976, dans un papier fondateur écrit par deux mathématiciens de l'université de Stanford, en Californie, Whit Diffie et Martin Hellman. Le tandem est à l'origine d'une contre-culture dans le monde de la cryptographie qui irait jusqu'à défier le monopole des institutions officielles sur les procédures de cryptage. Diffie, en particulier, était l'archétype du gosse révolté des années 1960 aux cheveux longs. Pour l'un comme pour l'autre, la cryptographie ne devrait pas rester l'apanage du pouvoir. Ils tenaient à ce que le public ait accès à leurs idées, pour le bien de tous. Beaucoup plus tard, on finit par apprendre qu'un tel système avait été proposé par plusieurs services de renseignement. Mais au lieu de se retrouver dans les colonnes d'une publication, le projet avait été soigneusement mis à l'abri, sous la mention TOP SECRET.

L'article du groupe de Stanford, intitulé *Nouvelles directions dans la cryptographie,* annonçait une nouvelle ère dans le domaine du cryptage et de la sécurité électronique. Le codage à clé publique, avec ses deux clés, paraissait merveilleux en théorie. Mais était-il possible de passer de la théorie à la pratique et de créer un code qui fonctionnerait de la sorte ? Au bout de plusieurs années d'effort, certains experts commençaient à douter qu'un tel verrou puisse être construit. Ils craignaient que cette serrure tout à fait universitaire ne puisse jamais se frayer un chemin dans le monde réel de l'espionnage.

RSA, le trio du MIT

L'article de Diffie et Hellman inspira entre autres Ron Rivest, du Massachusetts Institute of Technology. Contrairement au style rebelle des deux auteurs, Rivest est un homme qui respecte les conventions. Réservé, il s'exprime d'une voix douce et réagit avec mesure au monde qui l'entoure. À l'époque où il lut *Nouvelles directions dans la cryptographie,* il avait pour ambition de faire une carrière universitaire. Il rêvait plus de professorat et de théorèmes que d'espions et de codes. Il ne savait pas que la lecture de cet article lui ouvrait une voie qui aboutirait à l'un des systèmes cryptographiques les plus puissants jamais créés, et à un incroyable succès commercial.

Rivest était entré au département d'informatique du MIT en 1974, après avoir travaillé dans la recherche à Stanford et à Paris. Comme Turing, il s'intéressait à l'interaction entre la théorie abstraite et les machines réelles. À Stanford, il avait passé un certain temps à fabriquer des robots intelligents, mais son esprit commençait à se tourner vers la partie plus théorique de l'informatique.

Du temps de Turing, une question essentielle se posait, liée au deuxième et au dixième problèmes de Hilbert. Il s'agissait de savoir si, en théorie, il existait des programmes capables de résoudre certains types de problèmes. Comme l'avait montré Turing, aucun programme ne pourrait jamais déterminer quelles vérités mathématiques étaient démontrables, et lesquelles ne l'étaient pas. Dans les années 1970, c'était une tout autre question théorique qui faisait fureur dans le monde de l'informatique universitaire. Supposons qu'un programme capable de résoudre un problème mathématique particulier existe bel et bien. Était-il possible d'analyser à quelle vitesse le programme pourrait résoudre ce problème ? C'était évidemment important si l'on tenait à mettre ce programme en œuvre. La question, si elle nécessitait une analyse extrêmement théorique, n'en était pas moins ancrée dans le monde réel. C'était cette combinaison qui en faisait le défi idéal aux yeux de Rivest. Il abandonna ses robots à Stanford et s'installa au MIT pour s'intéresser au sujet naissant de la complexité calculatoire.

« Un jour, un étudiant m'a donné cet article et m'a dit : “Ça pourrait vous intéresser” », se souvient Rivest. C'était le papier de

Diffie et Hellman, et il fut immédiatement fasciné. « Il décrivait tout ce qu'était la cryptographie, et tout ce qu'elle pourrait être. Tout ce qui manquait, c'était une idée. » Le défi lancé par l'article combinait tous les intérêts de Rivest : le calcul, la logique et les mathématiques. C'était là un problème qui avait clairement des implications pratiques pour le monde réel, tout en étant directement lié aux questions théoriques qui le hantaient. « Ce qui compte, en cryptographie, c'est de faire la distinction entre les problèmes simples et les problèmes complexes », explique-t-il. « Or, c'était justement ce que faisait la science informatique. » Pour qu'un code soit difficile à déchiffrer, il devait être basé sur un problème mathématique dont la solution était difficile à calculer.

Pour tenter de mettre en place un système de codage à clé publique, Rivest commença par puiser dans la masse de problèmes que les ordinateurs mettraient selon lui longtemps à résoudre. Il lui fallait également quelqu'un avec qui débattre de ses idées. À l'époque, le MIT se détachait déjà du moule des universités traditionnelles, brouillant les frontières entre les départements dans l'espoir d'encourager les interactions interdisciplinaires. Rivest, informaticien, travaillait au même étage que des membres du département des mathématiques. Dans des bureaux proches du sien se trouvaient deux mathématiciens, Leonard Adleman et Adi Shamir.

Adleman, s'il était plus communicatif que Rivest, restait un universitaire nourrissant toutes sortes d'idées folles qui ne semblaient pas avoir grand-chose en commun avec la réalité. Il se revoit, entrant dans le bureau de Rivest un matin : « Ron est assis là, avec ce texte. "Tu as vu ce truc de Stanford, sur la crypto, là, les codes secrets, le brouillage, et blablabla…" Et moi, je lui dis : "Ah ouais, c'est chouette, Ron, mais il faut que je te parle de quelque chose d'important. Je n'en ai vraiment rien à faire." Mais Ron, lui, ça l'a vraiment intéressé. »

Ce qui passionnait Adleman, c'était le monde abstrait de Gauss et d'Euler. Pour lui, ce qui comptait, c'était de déchiffrer le dernier théorème de Fermat, et non un sujet vaguement branché comme la cryptographie.

Rivest trouva une oreille plus compatissante à quelques mètres de là, dans le bureau d'Adi Shamir, mathématicien israélien en visite au MIT. Ensemble, Shamir et Rivest se mirent en quête d'une idée qu'ils pourraient utiliser pour concrétiser le rêve de Diffie et Hellman. Adleman avait beau ne pas vouloir s'y intéresser, il était difficile de faire comme si Rivest et Shamir n'étaient pas obsédés par le sujet. « Chaque fois que j'entrais dans leur bureau, ils étaient en train d'en parler. La plupart des systèmes qu'ils envisageaient étaient nuls, et puisque j'étais là, je me mêlais simplement à leurs discussions pour voir si ce qu'ils proposaient ce jour-là tenait debout. »

Alors qu'ils passaient en revue l'éventail des problèmes mathématiques « ardus », leurs systèmes de cryptage embryonnaires se mirent à s'inspirer plus souvent des idées de la théorie des nombres. Ce qui était très exactement le domaine d'Adleman : « Puisque c'était ma spécialité, je pouvais leur rendre service en analysant leurs systèmes, surtout pour les mettre à la poubelle. » Il crut toutefois avoir trouvé son maître quand Rivest et Shamir lui soumirent un système apparemment très sûr. Mais après avoir passé une nuit blanche à réviser tout ce qu'il savait de la théorie des nombres, il trouva un moyen de casser leur code. « Et ça a continué comme ça. On partait au ski, et c'était de ça qu'on parlait dans la voiture… Même sur les télésièges, on en parlait… »

Un soir, alors que tous les trois avaient été invités chez un étudiant pour célébrer la première nuit de Pessah, l'illumination leur vint. Adleman ne boit pas, mais il se souvient que Rivest descendait un verre après l'autre, du vin du Seder. Il rentra chez lui vers minuit.

Peu après, le téléphone sonna. C'était Rivest. « J'ai une autre idée… » Adleman l'écouta attentivement. « Ron, cette fois, je crois que t'as trouvé. Celui-là me paraît bien. » Depuis un moment, ils se penchaient sur le problème difficile de la factorisation des nombres. Personne n'avait encore suggéré un programme crédible capable de décomposer les nombres en nombres premiers. Ce problème semblait convenir. Sous l'influence du vin du Seder, Rivest avait senti comment programmer ce problème dans son prochain code. « Au début, ça paraissait bien. Mais l'expérience nous avait appris que les choses qui ont l'air bien au début peuvent quand même se casser la figure. Donc, j'ai laissé ça reposer jusqu'au matin », raconte-t-il.

Quand Adleman arriva au département du MIT tard le lendemain matin, Rivest l'accueillit en lui tendant un texte manuscrit précédé de leurs trois noms, Adleman, Rivest et Shamir. Quand il le lut, il reconnut ce dont Rivest lui avait parlé la veille au téléphone. « Là, je dis à Ron : "Faut enlever mon nom, c'est votre truc", et on a commencé à s'engueuler pour savoir si mon nom devait rester ou non sur leur article. » Il finit par promettre d'y réfléchir. À l'époque, il se disait que de toute façon, c'était sans importance, puisque l'article en question serait sans doute la moins lue de toutes ses publications. Puis il se souvint d'un de leurs premiers systèmes, qui l'avait tenu éveillé toute la nuit. Il leur avait sauvé la mise, évitant qu'ils ne publient en toute hâte des informations sur un code fragile qui leur aurait valu d'être la risée de la discipline. « Alors je suis retourné voir Ron. "Mettez-moi en troisième sur la liste." Et c'est comme ça que ça s'est appelé RSA. »

Rivest décida qu'ils avaient intérêt à trouver dans quelle mesure la factorisation était vraiment difficile. « Le problème de la factorisation était une forme d'art un peu obscure à l'époque. Il y avait très peu de littérature sur le sujet. Il était difficile de trouver des estimations solides du temps que prendraient les algorithmes qui avaient déjà été proposés. » Il se trouve que Martin Gardner, l'un des plus grands vulgarisateurs des mathématiques sur la planète, était très au fait de la question. Intrigué par la proposition de Rivest, il lui demanda s'il l'autorisait à aborder cette idée dans son article pour le *Scientific American.*

Les réactions suscitées par l'article de Gardner achevèrent de convaincre Adleman qu'ils avaient mis la main sur quelque chose d'énorme :

« *Cet été-là, j'étais dans une librairie de Berkeley. Le type au comptoir discute avec un client, et le client lance : "Vous avez vu le truc sur la crypto, dans le* Scientific American *? Aussitôt, je leur dis : "Eh, j'ai participé à ce truc-là." Le type se tourne vers moi et me fait : "Je peux avoir un autographe ?" Combien de fois on nous demande des autographes ? Jamais. Mince, c'est quoi ça… peut-être qu'il est en train de se passer quelque chose, là !* »

Dans son article, Gardner avait expliqué que les trois mathématiciens étaient disposés à envoyer un exemplaire de leur article en prépublication à quiconque leur adresserait une enveloppe timbrée. « Je reviens au MIT, et là, il y en a des milliers, vraiment des milliers de ces choses venues du monde entier, même de la sécurité nationale bulgare, et tout le toutim. »

Certains ont commencé à dire au trio qu'ils allaient devenir riches. Même dans les années 1970, alors que personne n'aurait pu imaginer le commerce électronique, les gens percevaient le formidable potentiel que recelaient les idées de ce genre. Pensant que l'argent allait commencer à couler à flots dans les mois qui suivaient, Adleman alla tout de suite s'acheter une petite voiture de sport rouge pour fêter ça. Bombieri n'était plus le seul à avoir obtenu un bolide en récompense de son succès.

Au bout du compte, Adleman paya sa voiture à coups de virements réguliers prélevés sur son salaire du MIT. Car les services de sécurité et le monde des affaires mirent du temps à prendre pleinement la mesure des capacités de RSA. Pendant qu'Adleman, sans cesser de penser à Fermat, se baladait à toute vitesse dans sa voiture de sport, Rivest, lui, restait conscient des implications qu'aurait leur proposition pour le monde réel :

« *Nous nous disions que le projet devait sûrement avoir un potentiel commercial. Nous sommes d'abord passés par le bureau des brevets du MIT, puis nous avons essayé de voir si une entreprise ne serait pas intéressée par la commercialisation du produit. Mais au début des années 1980, il n'y avait pas vraiment de marché. À ce stade, ça n'intéressait pas grand monde. La planète ne fonctionnait pas encore tout à fait en réseau, les gens n'avaient pas d'ordinateur chez eux.* »

Mais les services de renseignements, eux, étaient évidemment intéressés. « Les services de sécurité ont commencé à sérieusement s'inquiéter du développement de toute cette technologie », commente Rivest. « Ils ont fait tout leur possible pour que notre proposition ne se développe pas trop vite. » Apparemment, derrière les portes closes de l'univers du renseignement, d'aucuns étaient arrivés à la même idée. Mais les services ne tenaient pas trop à placer la vie de leurs agents entre les mains de mathématiciens qui croyaient qu'il était difficile de déchiffrer des nombres. Ansgar Heuser, du service de contre-espionnage allemand (le BSI, *Bundesamt für Sicherheit in der Informationstechnik*), se souvient comment, dans les années 1980, ils avaient envisagé de déployer RSA sur le terrain. Ils demandèrent aux mathématiciens si, dans le domaine de la théorie des nombres, l'Ouest était plus fort que les Russes. « Non » fut la réponse, et l'idée fut mise au rancart. Pourtant, dans les dix ans qui suivirent, RSA fit la preuve de sa valeur non seulement pour protéger la vie des espions, mais aussi dans le monde public du commerce.

Un tour de cartes cryptographique

La plupart des transactions sur Internet sont aujourd'hui sécurisées grâce à la cryptographie RSA. Notons que les mathématiques qui ont permis la mise en place d'un tel système ne sont pas sans rappeler les calculatrices horloges de Gauss et un théorème démontré par l'un des héros d'Adleman, Pierre de Fermat. C'est ce que l'on appelle le « petit théorème de Fermat ».

Nous sommes tous familiers du principe de l'addition sur les calculatrices horloges de Gauss, puisque nous l'appliquons avec le temps sur un cadran réparti en douze heures. Nous savons que 4 heures après 9 heures, il sera 1 heure. Tel est le principe de la calculatrice horloge : il faut additionner les nombres entre eux, puis calculer ce qui reste après une division par 12. Comme le fit Gauss il y a quelque deux cents ans, nous écrivons :

$$4 + 9 = 1 \text{ (modulo 12).}$$

Pour multiplier ou calculer la puissance d'un nombre sur une calculatrice horloge de Gauss, il faut opérer de la même façon : obtenir la réponse sur une calculatrice conventionnelle, puis calculer le reste d'une division par 12.

Gauss avait compris qu'il n'était pas nécessaire de s'en tenir à des cadrans de douze heures. Même avant qu'il n'ait formulé explicitement le concept de cette arithmétique horlogère, Fermat était parvenu à une découverte fondamentale, son petit théorème, au sujet d'une calculatrice horloge dont le cadran serait réparti en un nombre premier d'heures, p. Si l'on prend un nombre sur cette calculatrice et qu'on l'augmente à la puissance p, on obtient toujours le nombre duquel on est parti. Par exemple, sur une horloge à 5 heures, si l'on multiplie 2 par lui-même à 5 reprises, on obtient 32 qui, sur une calculatrice horloge à cinq heures, correspond à 2 heures. Apparemment, chaque fois que Fermat multipliait par 2, l'aiguille de l'horloge avançait d'une heure. Au bout de cinq déplacements, elle revenait à sa position de départ, prête à recommencer.

Puissance de 2	2^1	2^2	2^3	2^4	2^5	2^6	2^7	2^8	2^9	2^{10}
Sur une calculatrice conventionnelle	2	4	8	16	32	64	128	256	512	1 024
Sur une calculatrice horloge à 5 heures	2	4	3	1	2	4	3	1	2	4

Si l'on prend une horloge à 13 heures, et que l'on applique la procédure avec des puissances de 3, à partir de 3^1, 3^2, … jusqu'à 3^{13}, on obtient 3, 9, 1, 3, 9,1, 3, 9, 1, 3, 9, 1, 3.

Cette fois, l'aiguille ne fait pas le tour du cadran, mais elle obéit tout de même à un cycle qui la ramènera à 3 heures après avoir multiplié 3 par lui-même à 13 reprises. Quelle que soit la valeur du nombre premier p choisie par Fermat, le même tour de magie se reproduisait. Si c'était inscrit dans les indications de Gauss sur l'arithmétique modulaire, c'était Fermat qui avait découvert que pour tout nombre premier p et tout temps x sur une horloge à p heures :

$$x^p = x \text{ (modulo } p).$$

C'est ce genre de découverte qui fait bouillir les sangs d'un mathématicien. Mais qu'ont donc les nombres premiers, qu'ils semblent ainsi attirer la magie ? Ne pouvant se contenter d'une observation expérimentale, Fermat recherchait la preuve que, quelle que soit l'horloge à nombre premier qu'il choisirait, les nombres premiers ne le trahiraient pas.

Ce fut dans une lettre adressée en 1640 à un ami, Bernard Frenicle de Bessy, plutôt que dans les marges d'un livre, que Fermat déclara qu'il détenait la preuve. Mais comme dans le cas de son dernier théorème, cette démonstration était trop longue pour tenir dans l'espace dont il disposait. Il avait certes promis de l'envoyer à Frenicle, mais il finit par en garder le secret. Il fallut attendre cent ans de plus avant qu'elle ne soit redécouverte. En 1736, Leonhard Euler comprit pourquoi l'aiguille des horloges à nombres premiers de Fermat revenait toujours à son point de départ quand l'heure est multipliée par elle-même un nombre premier de fois. Il réussit également à généraliser la découverte de Fermat aux horloges à N heures, où $N = p \times q$ est le produit de deux nombres premiers p et q. Euler découvrit que sur une horloge de ce type, l'aiguille recommencerait un tour de cadran au bout de $(p-1) \times (q-1) + 1$ heures.

Assis en pleine nuit à réfléchir après ce dîner fatidique arrosé au vin du Seder, c'était à la découverte de la magie des horloges à nombre premier de Fermat et à la généralisation qu'en avait tirée Euler que pensait Rivest. Il commença à comprendre qu'il lui serait possible d'utiliser le petit théorème de Fermat comme une clé, la clé d'un code mathématique qui pourrait faire disparaître un numéro de carte de crédit, puis le faire réapparaître comme par magie.

Le cryptage d'un numéro de carte de crédit ressemble un peu au début d'un tour de cartes. Mais le paquet de cartes n'a rien d'ordinaire : il contient un nombre si monstrueux de cartes qu'il faut plus de cent chiffres pour l'écrire. Le numéro de la carte de crédit du client est l'une de ces cartes à jouer. Le client place sa carte de crédit sur le dessus du paquet. Le site Web mélange les cartes pour que l'on ait l'impression que la carte du client est complètement perdue. Tout candidat à la piraterie est alors confronté à la tâche impossible de devoir extraire cette unique carte du paquet mélangé. Mais le site, lui, connaît un truc habile. Grâce au petit théorème de Fermat, on peut faire réapparaître la carte de crédit en haut du paquet après avoir de nouveau battu les cartes. Cette deuxième série de mélanges est la clé secrète dont seule la société qui détient le site a connaissance.

Les mathématiques dont s'est servi Rivest pour concevoir ce tour de cartes cryptographique sont assez simples. Le mélange des cartes est effectué par un calcul mathématique. Quand un client passe une commande sur un site, l'ordinateur prend son numéro de carte de crédit et effectue un calcul à partir de lui. Un calcul facile, mais impossible à refaire sans la clé secrète. Car il n'est pas effectué sur une calculatrice classique, mais sur l'une des calculatrices horloges de Gauss.

La société en ligne dit à ses clients, quand ils passent commande sur son site, le nombre d'heures qu'il faut utiliser sur la calculatrice horloge. C'est elle qui décide du nombre d'heures en prenant tout d'abord deux grands nombres premiers, p et q, qui font chacun environ 60 chiffres. Puis la société multiplie les nombres premiers entre eux pour obtenir un troisième nombre, $N=p\times q$. Le nombre d'heures du cadran sera gigantesque, il pourra aligner jusqu'à 120 chiffres. Tous les clients utiliseront la même horloge pour coder leur numéro de carte de crédit. La sécurité de ce code fait que la société peut utiliser la même horloge pendant des mois avant d'envisager de modifier le nombre d'heures du cadran.

Le choix du nombre d'heures sur le cadran de la calculatrice horloge du site est la première étape de sélection d'une clé publique. Bien que le nombre *N* soit rendu public, les deux nombres premiers *p* et *q*, eux, restent secrets. Ce sont deux ingrédients de la clé qui permettront de retrouver le numéro codé de la carte de crédit.

Chaque client se voit ensuite attribuer un deuxième nombre, *E*, dit nombre de codage. Ce nombre *E*, le même pour tout le monde, est aussi public que le nombre *N* d'heures sur le cadran de l'horloge. Pour coder son numéro de carte de crédit, *C*, le client l'élève à la puissance *E* sur la calculatrice horloge publique du site. (Comparons *E* au nombre de fois que le prestidigitateur mélange les cartes pour cacher celle que vous avez tirée.) Le résultat, dans la notation de Gauss, est C^E (modulo *N*).

En quoi cette procédure est-elle si sûre ? Après tout, n'importe quel pirate peut voir le numéro codé de la carte de crédit quand il se déplace dans le cyberespace. Il peut aussi chercher la clé publique de la société, qui se compose de la calculatrice horloge à *N* heures et des instructions pour augmenter le numéro de la carte de crédit à la puissance *E*. Pour casser ce code, tout ce que le pirate a à faire, c'est de trouver un nombre qui, une fois multiplié *E* fois par lui-même sur la calculatrice horloge à *N* heures, donne le numéro crypté de la carte de crédit. Sauf que c'est extrêmement difficile. Car la façon de calculer les puissances sur une calculatrice horloge ajoute un obstacle supplémentaire. Sur une calculatrice classique, la réponse croît proportionnellement au nombre de fois que l'on multiplie le numéro de la carte de crédit par lui-même. Ce n'est pas le cas avec une calculatrice horloge. Là, on perd très vite de vue le point de départ, parce que la taille de la réponse n'a aucun rapport avec le point d'où l'on est parti. Au bout de *E* battages du paquet de cartes, le pirate est complètement perdu.

Et s'il essayait de passer en revue chaque heure possible pour la calculatrice horloge ? C'est peu probable. Les cryptographes ont désormais recours à des horloges où *N,* le nombre total d'heures, compte plus d'une centaine de chiffres. Autrement, on trouve plus d'heures sur le cadran que d'atomes dans l'univers. (Le nombre de codage, *E,* est en revanche plutôt petit.) Si ce problème est impossible à résoudre, comment diable la société réussit-elle à retrouver le numéro de carte de crédit de son client ?

Rivest savait que le petit théorème de Fermat garantissait l'existence d'un nombre magique pour le décodage, *D.* Quand la cyberentreprise multiplie *D* fois le numéro codé de la carte de crédit, le numéro original réapparaît. C'est le même truc qu'utilisent les magiciens pour leurs tours de cartes. Au bout d'un certain nombre de mélanges, il semble que les cartes sont complètement en désordre, mais le magicien sait qu'il lui suffit de les battre encore un certain nombre de fois pour les remettre dans leur ordre de départ. Par exemple, le battage idéal, quand on coupe le paquet en deux parties égales, puis que l'on bat chaque partie en interfoliant une carte après l'autre, doit être exécuté huit fois pour que le paquet retrouve son agencement d'origine. Bien sûr, l'art du prestidigitateur réside dans sa capacité à pouvoir exécuter huit mélanges parfaits à la suite. Fermat avait découvert l'équivalent pour les calculatrices horloges du nombre exact de mélanges nécessaires pour qu'un paquet de 52 cartes revienne à son ordre de départ. Et c'était ce truc de Fermat que Rivest avait exploité pour décoder les messages en RSA.

Bien que le paquet de cartes contenant le numéro de votre carte de crédit ait été mélangé par le site Web un nombre de fois suffisant pour qu'il disparaisse, l'entreprise, elle, sait qu'en le mélangeant de nouveau *D* fois, votre numéro de carte réapparaîtra comme par magie au-dessus du paquet. Mais l'on ne peut calculer *D* qu'en connaissant les nombres premiers secrets *p* et *q*. Rivest avait mis à contribution la généralisation du petit théorème de Fermat découverte par Euler, qui fonctionne sur les calculatrices horloges fixées sur deux nombres premiers plutôt que sur un seul. Euler avait démontré que sur ces horloges, les aiguilles démarrent un nouveau tour de cadran après $(p-1)\times(q-1)+1$ mélanges. Par conséquent, la seule façon de savoir combien de temps il faut attendre avant que les aiguilles ne recommencent leur tour sur une horloge à $N=p\times q$ heures est de connaître les deux nombres premiers *p* et *q*. La connaissance de ces deux nombres premiers devient donc la clé permettant de déverrouiller les secrets de RSA. Le nombre de battages requis pour récupérer la carte de crédit disparue n'est connu que de la société en ligne, qui a soigneusement veillé à ce que les nombres premiers *p* et *q* restent secrets.

Si ces deux nombres sont restés secrets, leur produit, lui, $N=p\times q$, a été largement communiqué. La sécurité du codage RSA de Rivest dépend donc de la difficulté de factorisation de *N*. Un pirate serait confronté au même problème que celui qui avait mobilisé les énergies du professeur Cole au début du siècle dernier : il lui faut trouver les deux nombres premiers qui composent *N*.

RSA 129, le gant est jeté

Pour convaincre les milieux professionnels que le problème de la factorisation était digne de respect, le trio du MIT avait coutume de citer ce que l'une des grosses pointures du secteur, Gauss en personne, disait à ce sujet : « La dignité de la science elle-même semble exiger que tous les moyens possibles soient employés pour résoudre un problème si élégant et si réputé. » S'il reconnaissait l'importance du problème de la factorisation, Gauss ne parvint jamais à progresser en ce sens. Or, si Gauss avait tenté en vain de déchiffrer l'énigme, les entreprises pouvaient assurément confier leur sécurité à RSA.

En dépit du « soutien » de Gauss en faveur du système RSA, le problème de la factorisation des grands nombres, avant qu'il n'ait été intégré au nouveau code, était resté en marge des mathématiques. La plupart des mathématiciens ne semblaient guère intéressés par le côté fort besogneux du décodage des nombres. Et si même la durée de vie de l'univers ne suffisait pas à trouver les nombres premiers qui composaient les grands nombres ? Cela ne devait donc avoir aucune importance théorique. Mais avec la découverte de Rivest, Shamir et Adleman, le problème de la factorisation prenait un sens qui allait bien au-delà de ce qu'il était du temps de Cole.

Alors, à quel point est-ce vraiment difficile de retrouver les nombres premiers qui composent un nombre ? Cole n'avait pas de calculateur électronique sous la main, aussi dut-il sacrifier bon nombre de dimanches avant de découvrir que 193 707 721 ou 761 838 257 287 était l'un des deux nombres premiers à la base du nombre de Mersenne $2^{67}-1$. Armés de nos ordinateurs, ne serions-nous pas tout simplement en mesure de vérifier un nombre après l'autre jusqu'à ce que nous en trouvions un qui divise le nombre que nous essayons de décomposer ? L'ennui, c'est que pour casser un nombre comportant plus de cent chiffres, il faut vérifier plus de nombres qu'il n'y a de particules dans l'univers observable.

Confiants dans le caractère insurmontable de cette tâche, Rivest, Shamir et Adleman se risquèrent à lancer un défi : il s'agissait de décomposer un nombre à 129 chiffres qu'ils avaient créé à partir de deux nombres premiers. Le nombre, accompagné d'un message codé, fut publié dans l'article du *Scientific American* signé par Martin

Gardner qui fit découvrir le système au reste du monde. Ils n'étaient pas encore les millionnaires qu'ils allaient devenir, aussi proposèrent-ils un prix de 100 dollars à qui retrouverait les deux nombres premiers qui constituaient le nombre surnommé « RSA 129 ». Dans l'article, ils estimaient qu'il faudrait au moins quarante quadrillions d'années pour casser RSA 129. Ils n'allaient pas tarder à s'apercevoir qu'ils s'étaient un peu trompés. Malgré tout, compte tenu des techniques alors disponibles pour décomposer les nombres en nombres premiers, il aurait encore fallu quelques milliers d'années pour y parvenir.

RSA avait tout du rêve d'espion devenu réalité : un code indécryptable. Il y avait tant de nombres premiers à vérifier que la confiance dans l'invulnérabilité du système semblait justifiée. Mais les Allemands aussi avaient cru qu'Enigma était invincible, puisqu'il présentait davantage de combinaisons possibles qu'il n'y avait d'étoiles dans l'univers. Ce qui n'avait pas empêché les mathématiciens de Bletchley de démontrer qu'il ne faut jamais trop faire confiance aux grands nombres.

Le gant de RSA 129 était jeté. Aussitôt, n'étant pas du genre à tourner le dos à un défi, les mathématiciens du monde entier se mirent à creuser. Dans les années qui suivirent, ils commencèrent à mettre au point des plans de plus en plus rusés pour trouver les deux nombres premiers secrets de Rivest, Shamir et Adleman. Au lieu des quarante quadrillions d'années qu'avait prévus le trio du MIT, le nombre finit par être décodé au bout de seulement dix-sept ans. Ce qui, en revanche, est un délai suffisamment long pour qu'une carte de crédit codée grâce à RSA 129 soit largement expirée. Malgré tout, on ne peut s'empêcher de se demander quand surgira un mathématicien qui trouvera un moyen de réduire ces dix-sept ans à dix-sept minutes.

Toujours plus de magie

L'interaction entre la cryptographie et les mathématiques a permis aux mathématiciens modernes d'accéder à une nouvelle culture, plus proche des applications pratiques de la recherche fondamentale. Une culture qui n'avait plus eu cours depuis que l'école allemande du XIXe siècle avait repris le témoin des mains des mathématiciens de la France révolutionnaire. Pour les Français, les mathématiques étaient un outil, un moyen de parvenir à une fin, tandis que Guillaume von Humboldt avait foi en la poursuite de la connaissance pour elle-même. Ceux des théoriciens qui étaient encore profondément marqués par la tradition allemande furent prompts à dénoncer l'étude de méthodes pour factoriser les nombres, qui n'était qu'un « cochon dans une roseraie », pour reprendre les mots de Hendrik Lenstra. Contrairement à la recherche de démonstrations inexpugnables, cette chasse brutale au nombre premier était considérée comme un chantier mineur de peu d'importance sur le plan mathématique. Mais RSA prit une telle ampleur dans le secteur commercial qu'il devint impossible d'ignorer les implications pratiques que pourrait avoir la découverte d'une technique efficace permettant de dégager les nombres premiers que recelaient les grands nombres. Progressivement, de plus en plus de mathématiciens relevèrent le gant de RSA 129. Une brèche fut finalement ouverte, moins à cause du développement d'ordinateurs plus rapides que grâce à des progrès théoriques absolument inattendus. Les nouveaux problèmes qu'entraînèrent ces percées dans le cassage de code ont permis le développement de réflexions mathématiques particulièrement profondes et complexes.

Carl Pomerance fut l'un des mathématiciens attirés par ce domaine émergeant. Pomerance partage son temps sans arrière-pensée entre les couloirs de l'université de Géorgie et les laboratoires Bell de Murray Hill, dans le New Jersey, plus proches du monde des affaires. Il éprouve toujours le même plaisir, presque infantile, à jouer avec les nombres et à rechercher de nouvelles connexions entre eux. Il a attiré l'attention de Paul Erdös quand le Hongrois lut un article étonnant de Pomerance sur la numérologie des scores de base-ball. Piqué au vif par une curieuse question évoquée dans l'article, Erdös fondit sur Pomerance en Géorgie et lui proposa une collaboration qui allait donner plus de vingt articles cosignés.

La factorisation des nombres fascinait Pomerance depuis qu'on lui avait demandé de factoriser 8 051 lors d'un concours de mathématiques à l'école primaire. L'exercice ne pouvait dépasser cinq minutes, et dans les années 1960, il n'y avait pas encore de calculettes. Bien qu'étant excellent en calcul mental, il décida pour commencer de chercher un moyen rapide d'accéder à la solution plutôt que de simplement essayer des nombres l'un après l'autre. « J'ai passé une ou deux minutes à chercher un système malin, puis j'ai commencé à m'inquiéter parce que je voyais le temps défiler. Je me suis alors mis, un peu tard, à la division par essai, mais j'avais vraiment perdu trop de temps, et j'ai raté le problème. »

Son échec est à l'origine de la quête de toute sa vie, la recherche d'une solution rapide pour factoriser les nombres. Il finit, beaucoup plus tard, par entendre parler du truc que son instituteur avait eu à l'esprit. Jusqu'en 1977, la façon la plus habile de décomposer les nombres était encore, aussi incroyable que cela puisse paraître, la méthode mise au point par l'homme dont le petit théorème avait été le catalyseur de l'invention du code RSA. La méthode de factorisation de Fermat est un moyen rapide de factoriser des choix particuliers de nombres en ayant recours à une algèbre relativement simple. À l'aide de la méthode de Fermat, il ne fallut à Pomerance que quelques secondes pour décomposer 8 051 en 83×97. Fermat, qui adorait les codes secrets, aurait probablement été ravi de voir que trois siècles après lui, ses travaux occupaient une place centrale dans la création et le cassage des codes.

Quand Pomerance eut vent du défi de Rivest, Shamir et Adleman, il comprit immédiatement qu'en décomposant leur nombre à 129 chiffres, il parviendrait à exorciser le souvenir de son échec d'enfant. Au début des années 1980, il prit conscience de l'existence d'une solution permettant d'exploiter la méthode de factorisation de Fermat. En l'appliquant à une série de diverses calculatrices horloges, elle pourrait s'avérer une puissante machine à factoriser. Mais l'enjeu ne se limitait plus à un concours d'école primaire. Cette nouvelle découverte, baptisée le « crible quadratique », avait de formidables implications pour le monde émergeant de la cybersécurité.

Le crible quadratique de Pomerance fonctionne en appliquant la méthode de factorisation de Fermat, tout en changeant constamment la calculatrice horloge utilisée pour tenter de décomposer un nombre. La méthode est comparable au crible d'Ératosthène, la technique inventée par le bibliothécaire d'Alexandrie, qui trie les nombres premiers en les prenant un par un puis en supprimant tous les nombres qui sont des multiples de ces nombres premiers. Ainsi, en faisant passer les nombres à travers des cribles de taille différente, on élimine les non premiers sans avoir à les prendre individuellement en considération. Dans l'opération de Pomerance, les cribles sont remplacés en changeant le nombre d'heures des calculatrices horloges. Les calculs effectués sur chaque horloge apportaient à Pomerance davantage d'informations sur des facteurs possibles. Plus il pourrait utiliser d'horloges, plus il serait près de décomposer un nombre en nombres premiers.

Pour ce principe, le défi de RSA 129 serait le test absolu. Mais dans les années 1980, ce nombre paraissait encore hors d'atteinte de la machine à factoriser de Pomerance. Au début des années 1990, Internet arriva à la rescousse. Deux mathématiciens, Arjen Lenstra et Mark Manasse, comprirent que le réseau pourrait représenter l'allié idéal du crible quadratique pour lancer une offensive sur RSA 129. La beauté de la méthode de Pomerance résidait dans le fait qu'il était possible de répartir la charge de travail entre de nombreux ordinateurs. Internet avait servi à trouver des nombres premiers de Mersenne en assignant des tâches différentes à divers portables. Manasse et Lenstra s'aperçurent qu'ils pouvaient maintenant utiliser Internet pour coordonner l'attaque contre RSA 129. On pouvait assigner différentes horloges à chaque ordinateur qui effectuerait les opérations de tri. Soudain, on demandait à Internet, que ces codes étaient censés protéger, de contribuer à relever le défi de RSA 129.

Lenstra et Manasse installèrent donc le crible quadratique de Pomerance sur le Web et firent appel à des volontaires. En 1994, on annonçait que RSA 129 avait été vaincu. En combinant plusieurs centaines d'ordinateurs personnels dans vingt-quatre pays, RSA 129 avait été décomposé au bout de huit mois d'efforts en temps réel, dans le cadre d'un projet dirigé par Derek Atkins du MIT, Michael Graff, à l'université d'État de l'Iowa, Paul Leyland, de l'université d'Oxford et Arjen Lenstra. Deux fax s'étaient même joints à la quête. Quand ils ne servaient pas à traiter des messages, ils contribuaient à la recherche des deux nombres premiers à 65 et 54 chiffres. Le projet eut recours à 524 339 calculatrices horloges différentes.

À la fin des années 1990, Rivest, Shamir et Adleman lancèrent toute une série de nouveaux défis. À la fin de 2002, le plus petit de ces nombres à décomposer alignait 160 chiffres. Depuis 1977, la situation financière du trio avait connu une nette amélioration, si bien que vous pouvez aujourd'hui espérer empocher 10 000 dollars si vous cassez un de ces nombres RSA. Rivest a jeté la liste des nombres premiers qu'il a utilisés pour édifier ces nombres. Par conséquent, personne ne connaît vraiment les réponses jusqu'à ce que les nombres soient décomposés. Pour RSA Security, verser 10 000 dollars pour garder une certaine avance sur la bande actuelle des casseurs de nombres n'est pas trop cher payé. Et chaque fois qu'un nouveau record est établi, RSA se contente d'inviter les entreprises à augmenter la taille de leurs nombres premiers.

Le crible quadratique de Pomerance a depuis été dépassé par un nouveau crible, le crible sur corps de nombres. C'est ce nouveau crible qui est à l'origine du record détenu aujourd'hui avec le cassage de RSA 155. Ce fait d'armes a été accompli par un réseau de mathématiciens qui agissent sous le nom mystique de Kabbale. RSA 155 représentait un seuil psychologique important. Vers le milieu des années 1980, alors que les services de renseignements en étaient encore à envisager la possibilité d'utiliser les RSA, une sécurité informatique d'un tel niveau de complexité était considérée comme suffisante. Comme le reconnut Ansgar Heuser, du BSI, lors d'une conférence sur la cryptographie organisée à Essen, s'ils avaient franchi le pas, « nous serions aujourd'hui en plein désastre ». RSA Security recommande désormais des horloges où *N*, le nombre d'heures du cadran, compte au moins 230 chiffres. Mais les services comme le BSI, à la recherche de sécurité à long terme pour protéger leurs agents, recommandent aujourd'hui des horloges à 600 chiffres.

La tête dans le sable

Le crible sur corps de nombres fait une brève apparition dans *Les experts*, une production hollywoodienne. Un jeune mathématicien y fait la leçon à Robert Redford sur le décodage des très grands nombres : « Le crible sur corps de nombres est la meilleure méthode disponible actuellement. Il y a peut-être une autre approche, plus élégante, une possibilité fascinante… Mais peut-être, je dis bien, peut-être que l'on peut trouver un raccourci… » Évidemment, ce petit prodige, incarné par Donal Logue, a justement découvert la méthode, « une percée de proportions gaussiennes », et l'a insérée dans une petite boîte qui finit bien sûr par tomber entre les mains cruelles du méchant du film, interprété par Ben Kingsley. Le scénario paraît si délirant que la plupart des spectateurs doivent se dire qu'une telle chose ne pourrait se produire dans le monde réel. Pourtant, quand le générique de fin défile, on voit soudain surgir : « Consultant en mathématiques : Len Adleman », le A de RSA. Comme l'admet Adleman, il est impossible de garantir qu'un tel scénario ne se produira pas un jour. Larry Lascar, scénariste des *Experts,* de *Awakening* et de *War Games,* est venu voir Adleman pour vérifier qu'il n'avait pas commis d'erreur dans le domaine mathématique. « Ce que j'ai apprécié chez Larry, c'est son désir de vraisemblance, et j'ai donc accepté. Larry m'a proposé de l'argent, mais j'ai répondu que Robert Redford me suffisait. Je travaillerais sur la scène si Lori, mon épouse, pouvait rencontrer Redford. »

À quel point les entreprises sont-elles préparées à une percée scientifique de cet ordre ? Certaines plus que d'autres, mais dans l'ensemble, la plupart préfèrent enfouir leur tête dans le sable. Interrogés à ce sujet, les sociétés et les services de renseignements donnent des réponses un rien inquiétantes. Voici quelques commentaires que j'ai pu glaner dans le monde de la cryptographie :

« *Nous avons rempli les critères du gouvernement, c'est tout ce qui nous intéresse.* »

« *Si nous coulons, nous ne serons pas les seuls.* »

« J'espère bien que je serai à la retraite le jour où aura lieu une percée mathématique de ce genre, comme ça, ça ne sera pas mon problème. »

« Nous travaillons en nous fondant sur l'espoir. Pour l'instant, personne ne s'attend à une percée digne de ce nom. »

« Personne ne peut nous le garantir. Nous ne pensons pas que ça se produise. »

Quand je fais des présentations sur la sécurité en ligne à des entreprises, j'aime leur soumettre mon propre petit défi RSA : une bouteille de champagne à la première personne qui découvre deux nombres premiers dont le produit est 126619. J'ai lancé ce défi lors de trois séminaires organisés par des banques dans trois endroits différents de la planète, et les réactions que j'ai obtenues sont révélatrices des intéressantes différences culturelles dans le milieu bancaire quant à la question de la sécurité. À Venise, le défi et les mathématiques qui sous-tendent ces codes sont passés loin au-dessus des têtes des banquiers européens, et j'ai finalement utilisé une plante dans la salle pour expliquer la solution. Contrairement aux banquiers européens, qui ont pour la plupart une formation en sciences humaines, le secteur bancaire en Extrême-Orient est beaucoup plus tourné vers les sciences. À Bali, à la fin de la présentation, un homme s'est levé pour réclamer son champagne, il avait trouvé les deux nombres premiers. Tous ont montré qu'ils appréciaient les mathématiques et leurs applications dans l'e-business bien mieux que leurs homologues européens.

Mais c'est aux États-Unis que ma présentation m'a donné l'aperçu le plus frappant. J'étais de retour dans ma chambre depuis un quart d'heure quand j'ai reçu trois appels téléphoniques. Deux des banquiers américains avaient surfé sur Internet, téléchargé des logiciels de cassage de code et y avaient intégré 126619. Quant au troisième, il s'est montré très évasif à propos de sa méthode et a été fortement soupçonné d'avoir espionné les deux autres.

Les sociétés ont placé leur confiance dans un domaine mathématique qu'elles sont peu nombreuses à avoir pris le temps de vraiment étudier. Certes, la sécurité des opérations quotidiennes sur le Web court aujourd'hui surtout le risque de voir des informations vitales décodées sur un site à la suite d'une erreur de manipulation. Comme tout système cryptographique, RSA peut être victime des imperfections humaines. Pendant la Deuxième Guerre mondiale, les Alliés ont profité de toutes sortes d'erreurs élémentaires commises par les opérateurs allemands, ce qui les a aidés à déchiffrer Enigma ; le système RSA peut lui aussi être victime d'opérateurs qui choisiraient par exemple des nombres trop faciles à décomposer. Si vous souhaitez casser des codes, il est sans doute plus sage d'investir dans des ordinateurs de deuxième main que de s'inscrire en doctorat dans un département de mathématiques pures. La quantité d'informations sensibles oubliées sur des machines démodées est terrifiante. Vous rentreriez plus sûrement dans vos fonds en versant un pot-de-vin à une personne chargée de garder les clés secrètes plutôt qu'en finançant une équipe de mathématiciens pour décomposer les nombres. Comme le dit Bruce Schneier dans son livre, *Applied Cryptography* (*Crytographie appliquée*) : « Il est beaucoup plus facile de trouver des failles chez les gens que dans les systèmes de codage. »

Quoi qu'il en soit, si les problèmes de sécurité de genre sont graves pour la société concernée, ils ne représentent pas de menace pour le tissu du commerce électronique dans son ensemble. D'où l'intérêt d'un film comme *Les Experts.* Si la probabilité d'une percée dans ce domaine reste faible, le risque existe néanmoins, et les conséquences pourraient être dévastatrices dans le monde entier. Cela pourrait être l'équivalent du bug de l'an 2000, entraînant la chute de tout l'édifice des e-mails. Nous *pensons* qu'il est intrinsèquement difficile de décomposer les nombres, mais nous ne pouvons pas le prouver. Quel soulagement ce serait pour les chefs d'entreprise si nous pouvions leur garantir qu'il est impossible de trouver un programme capable de factoriser rapidement les nombres. Or, il est manifestement ardu de démontrer qu'une telle chose n'existe pas.

S'il est difficile de casser les nombres, ce n'est pas parce que les mathématiques impliquées sont particulièrement complexes, mais parce que la meule de foin dans laquelle il faut chercher deux aiguilles est immense. Beaucoup d'autres problèmes sont liés à la qualité de cette « meule ». Par exemple, s'il est possible d'utiliser quatre couleurs pour colorier toutes les cartes, comment peut-on savoir si, pour une carte donnée, on ne pourrait pas s'en tirer en réalité avec seulement trois couleurs ? La seule façon de le savoir, semble-t-il, serait d'essayer laborieusement toutes les combinaisons possibles jusqu'à ce que, avec de la chance, on tombe sur une carte qui ne nécessite que trois couleurs.

L'un des problèmes du millénaire de Landon T. Clay, connu sous le nom de « *P* contre *NP* », soulève une question plutôt intéressante sur ce genre de problème. Si la complexité d'un problème comme la factorisation des nombres ou la colorisation de cartes tient à la taille immense de la meule de foin qu'il faut fouiller, existerait-il toujours une méthode efficace pour trouver l'aiguille ? Si nous nous laissons aller à notre intuition, la réponse à la question de *P* contre *NP* est « non ». Certains problèmes recèlent une complexité inhérente qu'il est impossible de contourner même avec les talents de pirate d'un Gauss des temps modernes. Si, en revanche, la réponse était en fait « oui », alors, comme le dit Rivest : « Ce serait une catastrophe pour le monde de la cryptographie. » La plupart des systèmes de codage, dont RSA, sont liés à des problèmes de grandes meules. Une réponse positive à ce problème du millénaire signifierait qu'il existe bien un moyen rapide de décomposer les nombres. Nous ne l'avons tout simplement pas encore trouvé !

Le monde des affaires, et cela n'a rien de véritablement surprenant, ne s'intéresse guère à l'obsession des mathématiciens, qui rêvent toujours de bâtir leur édifice sur des fondations sûres à 100 %. Il y a quelques millénaires déjà que le cassage des nombres est un exercice difficile. Aussi le monde des affaires se contente-t-il largement de bâtir son cybercentre commercial sur des fondations qui ne sont sûres qu'à 99,99 %. La plupart des mathématiciens estiment qu'il y a quelque chose d'intrinsèquement difficile sur le plan calculatoire dans la décomposition des nombres. Mais personne ne peut prédire quelles avancées nous apporteront les prochaines décennies. Après tout, il y a de cela vingt ans, RSA 129 avait bien l'air inviolable.

L'une des principales raisons de la difficulté inhérente à la factorisation tient au caractère aléatoire des nombres premiers. Puisque l'hypothèse de Riemann cherche à comprendre d'où vient le comportement anarchique des nombres premiers, une preuve pourrait nous fournir de nouvelles perspectives. En 1900, Hilbert avait rappelé dans sa description de l'hypothèse que sa solution était potentiellement en mesure de dévoiler d'autres secrets des nombres. Étant donné le rôle central de l'hypothèse de Riemann dans la compréhension des nombres premiers, les mathématiciens ont commencé à supposer que la preuve, si jamais on la trouvait, pourrait nous apporter de nouvelles façons de décomposer les nombres. C'est pourquoi les entreprises commencent à s'intéresser de plus près à l'univers abscons de la recherche sur les nombres premiers. Mais si le monde des affaires s'intéresse en particulier à l'hypothèse de Riemann, c'est aussi pour une autre raison. Avant de pourvoir utiliser le code RSA, les sociétés en ligne doivent d'abord être capables de trouver deux nombres premiers à soixante chiffres. Si l'hypothèse de Riemann est vraie, il doit alors y avoir un moyen rapide de découvrir les nombres premiers utilisés pour composer les codes RSA dont dépend aujourd'hui la sécurité du commerce électronique.

La chasse aux grands nombres premiers

Internet ne cesse de se développer de plus en plus vite, et avec une demande de nombres premiers de plus en plus grands. Par conséquent, la démonstration euclidienne qui veut que la source des nombres premiers ne se tarira jamais prend soudain du poids sur le plan commercial. Si les nombres premiers sont à ce point sauvages, comment les entreprises peuvent-elles espérer trouver ces fameux grands nombres premiers ? Peut-être y a-t-il une infinité de nombres premiers, mais plus on compte loin, moins ils sont nombreux. Si tel est le cas, y a-t-il alors assez de nombres premiers à environ soixante chiffres pour que tout le monde sur la planète en ait deux afin de disposer de sa propre clé privée ? Et même s'il y en a assez, peut-être y en a-t-il *juste* assez. Et il est alors tout à fait possible que deux personnes se retrouvent avec la même paire.

Fort heureusement, la Nature s'est montrée généreuse avec l'univers du commerce électronique. Le théorème des nombres premiers de Gauss sous-entend que le nombre de nombres premiers à soixante chiffres est environ 10^{60} divisé par le logarithme de 10^{60}. Ce qui veut dire qu'il y a assez de nombres premiers à soixante chiffres pour que chaque atome de la Terre dispose de ses deux nombres premiers personnels. Ce qui signifie aussi que vous avez davantage de chances de remporter le gros lot de la loterie nationale que de voir la même paire de nombres premiers attribués à deux atomes différents.

Donc, sachant qu'il y a assez de nombres premiers pour tout le monde, comment peut-on être sûr qu'un nombre est premier ? Nous l'avons vu, il est assez ardu de trouver les nombres premiers qui composent un non premier. Et quand ce dernier est en fait un nombre premier, n'est-ce pas encore plus difficile de le découvrir ? Après tout, dans ce cas, il faudrait démontrer que le candidat en question n'est divisible par aucun autre nombre plus petit.

À vrai dire, il n'est pas si insurmontable qu'on pourrait le croire de déterminer si un nombre est premier. Un test rapide permet d'établir si un nombre n'est pas premier, même sans pouvoir trouver les éléments fondamentaux qui le composent. C'est pourquoi Cole savait, comme le reste du monde mathématique quelque vingt-sept ans avant qu'il ne fasse part de ses calculs, que le nombre qu'il s'efforçait de casser n'était pas un nombre premier. Ce test ne sert pas à grand-chose pour ce qui est de prévoir la répartition des nombres premiers, autrement dit l'essence même de l'hypothèse de Riemann. Mais comme il nous dit si un nombre précis est ou non premier, il nous permet d'entendre des notes individuelles de l'ensemble de la partition, bien qu'il ne nous aide guère à goûter la mélodie générale que dissimule l'hypothèse.

À l'origine de ce test, on retrouve le petit théorème de Fermat, que Rivest avait su exploiter cette fameuse soirée de Pessah, sous l'influence du vin, quand il avait découvert le système RSA. Fermat s'était aperçu qu'en prenant un nombre sur une calculatrice horloge avec un nombre premier d'heures, *p*, et qu'il l'augmentait à la puissance *p*, il retombait toujours sur le nombre de départ. Euler avait compris que le petit théorème de Fermat pouvait servir à démontrer qu'un nombre *n'est pas* premier. Par exemple, sur une horloge à six heures, si l'on multiplie 2 par lui-même 6 fois de suite, on obtient 4 heures. Si 6 était un nombre premier, nous serions revenus à 2.

Donc, le petit théorème de Fermat nous dit que 6 ne peut pas être un nombre premier, sinon, ce serait un contre-exemple du théorème.

Quand nous voulons savoir si un nombre *p* est un nombre premier, nous prenons une calculatrice horloge à *p* heures. Nous testons ensuite différentes heures pour voir si, en augmentant l'heure à la puissance *p,* nous retrouvons celle d'où nous sommes partis. À chaque fois que ce n'est pas le cas, nous pouvons éliminer un nombre, certains que nous sommes qu'il ne s'agit pas d'un nombre premier. Chaque fois que nous trouvons une heure qui satisfait au test de Fermat, nous n'avons pas prouvé que *p* est un nombre premier, mais que le nombre d'heures du cadran tend à appuyer la possibilité que *p* soit un nombre premier.

En quoi le fait de tester des heures sur une horloge vaut-il mieux que le fait de vérifier que tout nombre inférieur à *p* divise *p* ? Il est vrai que si *p* ne passe pas le test de Fermat, c'est un échec absolu. Plus de la moitié des nombres d'heures du cadran échouent au test, vérifiant ainsi la non-primalité de *p.* Qu'il existe tant de façons de prouver que ce nombre n'est pas un nombre premier constitue un progrès considérable. Cette méthode offre un contraste frappant avec le test de division étape par étape, en vérifiant chaque nombre pour voir s'il est un facteur de *p.* Si *p* est le produit de, par exemple, deux nombres premiers, alors, avec le test de division, seuls ces deux nombres premiers peuvent démontrer que *p* n'est pas l'un des leurs. Aucun autre nombre premier ne pourra nous être utile. Pour que le test de la division fonctionne, il faut tomber juste.

Lors de l'une de ses myriades de collaborations, Erdös estima (sans pouvoir en faire une démonstration rigoureuse) que pour tester si un nombre inférieur à 10^{150} était un nombre premier, il suffisait de trouver une seule heure sur l'horloge passant le test de Fermat. Cela prouvait déjà que les chances que ce nombre ne soit pas un nombre premier n'étaient plus que de 1 sur 10^{43}. Paulo Ribenboim, auteur de *The Book of Prime Number Records* (*Le Livre des records des nombres premiers*), souligne qu'à l'aide de ce test, une entreprise qui vendrait des nombres premiers pourrait très sérieusement afficher au-dessus de sa porte le slogan « satisfait ou remboursé » sans trop craindre la faillite.

Au fil des siècles, les mathématiciens ont peaufiné le test de Fermat. Dans les années 1980, deux mathématiciens, Gary Miller et Michael Rabin, ont finalement débouché sur une variation qui garantissait au bout de quelques tests seulement qu'un nombre était premier. Mais le test de Miller-Rabin est accompagné d'une ou deux clauses écrites en petits caractères : il ne fonctionne pour les très grands nombres que si l'on peut démontrer l'hypothèse de Riemann. (Pour être plus précis, ce qu'il faudrait, c'est une légère généralisation de l'hypothèse.) C'est probablement l'une des choses les plus importantes dont on sait qu'elle se trouve au-delà du mont Riemann. Si vous parvenez à prouver l'hypothèse et sa généralisation, alors, non seulement vous empocherez un million de dollars, mais en outre, vous aurez garanti que le test de Miller-Rabin est effectivement une méthode rapide et efficace pour démontrer qu'un nombre est premier ou non.

En août 2002, trois mathématiciens indiens, Manindra Agrawal, Neeraj Kayal et Nitin Saxena, de l'Institut indien de technologie de Kanpur, ont développé une alternative au test de Miller-Rabin. Légèrement plus lente, elle évite d'avoir à se fonder sur la véracité supposée de l'hypothèse de Riemann. Ce fut une surprise totale pour la communauté des chercheurs sur les nombres premiers. Dans les vingt-quatre heures qui suivirent la déclaration de Kanpur, 30 000 personnes dans le monde, dont Carl Pomerance, avaient téléchargé leur article. Le test était suffisamment clair pour que

Pomerance puisse en présenter les détails à ses collègues lors d'un séminaire l'après-midi même. Il décrivit la méthode indienne comme étant « d'une merveilleuse élégance. » En Inde, l'esprit de Ramanujan continue de briller avec ferveur, et ces trois mathématiciens n'avaient pas craint d'aller à l'encontre des idées reçues sur la vérification de la primalité d'un nombre. Ce qui tend à confirmer qu'un jour, un mathématicien anonyme pourrait bien finir par résoudre l'hypothèse de Riemann.

Il est fascinant de voir à quel point la Nature a été généreuse avec la communauté des cryptographes. Elle a donné un moyen simple et rapide de produire des nombres premiers à partir desquels il est possible de bâtir la cryptographie sur Internet, tout en continuant de nous refuser une façon aussi rapide de décomposer les nombres en nombres premiers. Mais pendant combien de temps encore sera-t-elle du côté du cryptographe ?

Un avenir aussi brillant qu'elliptique

L'application de la théorie des nombres à un problème aussi fortement commercial a grandement contribué au rayonnement des mathématiques. Que quelqu'un remette en cause l'utilité du financement d'un domaine aussi ésotérique que la théorie des nombres, et l'on peut désormais répliquer en rappelant le rôle des nombres premiers dans le système RSA. Timothy Gowers, lauréat d'une médaille Fields, a justement eu recours à cet exemple pour défendre l'utilité des mathématiques dans son discours, intitulé *L'importance des mathématiques,* lors du lancement des prix Clay du millénaire.

Avant l'avènement de la nouvelle cryptographie, la plupart des mathématiciens auraient été en peine de trouver une application aussi remarquable des mathématiques abstraites, susceptibles de captiver aussi immédiatement l'opinion publique. Pour la discipline, ce fut une pause aussi heureuse que bienvenue. On peut être sûr que dans toute demande de financement pour la recherche sur la théorie des nombres, on ne manquera pas de croiser la phrase : « et des applications dans la cryptographie sont envisageables. » En toute honnêteté, les mathématiques qui se cachent derrière RSA ne sont pas si profondes que ça. La plupart des mathématiciens ne mettraient pas sur un pied d'égalité le défi de la décomposition des nombres et la perspective de découvrir un mystère aussi durable que l'hypothèse de Riemann.

Si les solutions de l'hypothèse et du problème de *P* contre *NP* ont toutes des implications pour le système RSA, c'est un autre problème du millénaire qui a failli être le bug de l'an 2000 du commerce électronique. Au début de 1999, la rumeur se répandait que quelque chose était susceptible de révéler le talon d'Achille de la sécurité sur Internet. Il s'agissait de la conjecture Birch-Swinnerton-Dyer, un problème sur ce que l'on appelle les courbes elliptiques.

En janvier 1999, le *Times* publia un article en une intitulé *Une adolescente déchiffre le code des e-mails.* L'exploit avait valu à Sarah Flannery, une adolescente irlandaise, un premier prix lors d'un concours scientifique, mais il promettait d'être beaucoup plus lucratif. Sur un cliché, on la voyait debout devant un tableau noir couvert d'impressionnantes formules, le tout accompagné de la légende : « Sarah Flannery, seize ans, qui a stupéfait le jury par sa maîtrise de la cryptographie. Ses travaux ont été jugés 'brillants'. » Quand on sait à quel point Internet dépend des « codes des e-mails », cet article ne pouvait manquer d'attirer l'attention des médias et du grand public. Mais en s'attardant sur le contenu du papier, on découvrait que le « déchiffrage » en question ne constituait pas une nouvelle offensive sur la sécurité de RSA, mais était plutôt la solution à un problème pratique qui gêne la mise en œuvre du système.

Pour coder et décoder un numéro de carte de crédit avec RSA, le numéro est multiplié par lui-même plusieurs fois sur une calculatrice horloge dont le nombre d'heures sur le cadran aligne plusieurs centaines de chiffres. Les calculs avec des nombres aussi imposants prennent vraiment longtemps sur un ordinateur. La plupart des sites vous réclament davantage d'informations que le détail de votre carte de crédit, et ont recours au système RSA pour déterminer quelle clé privée sera utilisée par votre ordinateur et par le site pour coder toutes ces informations. Les clés privées, que partagent l'émetteur et le récepteur, sont capables de coder beaucoup plus rapidement que les clés publiques RSA.

Si vous faites vos achats sur Internet depuis le confort de votre foyer, à l'aide d'un ordinateur personnel doté d'une grande capacité de mémoire et d'un processeur rapide, vous ne verrez même pas le temps qu'il faut pour crypter votre numéro de carte de crédit. Mais de plus en plus, nous n'accédons au Web pas uniquement depuis le confort de nos foyers. Les téléphones portables, les *pagers* et autres appareils mobiles qui seront commercialisés dans les années à venir seront également capables de surfer sur Internet. La technologie dite de troisième génération donne à ces machines le moyen de communiquer avec la Toile. Mais quand il s'agit de coder un numéro de carte de crédit sur un *pager* après avoir passé la matinée à faire du cyber-lèche-vitrines, les capacités du petit ordinateur portable sont poussées dans leurs derniers retranchements.

Les téléphones portables et les *pagers* ne sont pas conçus pour effectuer d'énormes calculs. Ils ont beaucoup moins de mémoire et des processeurs plus lents que l'ordinateur posé sur votre bureau. En outre, la largeur de bande sur laquelle les appareils portables transmettent l'information est beaucoup plus réduite que celle qui est disponible sur le câble ou les lignes téléphoniques. Il est par conséquent important de réduire la quantité de données transférées à un minimum. Compte tenu des nombres de plus en plus grands que RSA requiert pour garder son avance sur les ordinateurs, eux-mêmes toujours plus rapides, qui servent à casser les codes, le système n'est pas adapté aux capacités limitées de ces appareils.

Depuis un certain temps, les cryptographes s'efforcent de développer un nouveau système de clé publique doté de toute la sécurité et des capacités RSA, tout en étant plus petit et plus rapide. En 1999, le *Times* et tous les autres médias se sont rués sur l'idée que Sarah Flannery, du haut de ses seize ans, avait réussi à créer un tel système. Le code de Flannery était beaucoup plus rapide, mais six mois plus tard, quelqu'un identifiait une faille qui le fragilisait. Cet exemple est salutaire, dans la mesure où il sert d'avertissement aux entreprises, certaines ayant espéré tirer parti du nouveau code de Flannery. À sa décharge, rappelons qu'elle n'a jamais prétendu que son code était sûr. Pour démontrer la sécurité d'un système, il faut du temps et de l'expérience, deux denrées que n'apprécient guère les médias. Pour finir, ce qui avait permis d'accélérer le code en disait également trop sur son secret.

La méthode RSA a un rival qui commence à répondre aux besoins du monde des portables et de la communication sans fil, ou m-commerce. Ces nouveaux codes ne reposent pas sur les nombres premiers, mais sur quelque chose de plus exotique : les *courbes elliptiques.* Ces courbes sont définies par des équations d'un type particulier, et sont au centre de la démonstration par Andrew Wiles du dernier théorème de Fermat. Elles s'étaient déjà frayé un chemin dans le monde de la cryptographie en tant qu'éléments d'une nouvelle méthode permettant de décomposer rapidement les nombres en nombres premiers. Règle tacite, il semble que les casseurs de code aient tendance à rembourser les faiseurs de code en leur offrant des codes encore plus efficaces. Neal Koblitz, de l'université de Washington à Seattle, étudiait cette méthode de cassage de code quand il comprit que les courbes elliptiques pouvaient également servir à constituer des codes. Il avança son idée d'une cryptographie à base de courbes elliptiques vers le milieu des années 1980. Dans le même temps, Victor Miller, du Ramapo College, dans le New Jersey, découvrit lui aussi comment édifier des codes à partir de courbes elliptiques. S'ils sont plus complexes que RSA, les codes basés sur les courbes elliptiques n'ont pas besoin de clés numériques aussi gigantesques, ce qui fait qu'ils sont parfaitement adaptés au m-commerce.

S'il a été happé par le monde des affaires pour avoir créé une cryptographie adaptée aux systèmes portables, le cœur de Koblitz bat toujours pour le monde de la théorie des nombres purs chère à Hardy. S'il est l'un des doyens de la sphère, il garde son enthousiasme d'enfant pour les mathématiques, enthousiasme né d'une succession presque miraculeuse d'événements :

« *Quand j'avais six ans, ma famille a passé un an à Baroda, en Inde. Là-bas, le niveau de math était plus élevé que dans les écoles américaines. L'année suivante, quand je suis rentré aux États-Unis, j'étais tellement en avance sur mes camarades de classe que mon instituteur a cru, à tort, que j'avais un don particulier pour les mathématiques. Comme tant d'autres idées fausses que les enseignants se mettent en tête, ce genre de conviction erronée a tendance à se muer en prophétie. Conséquence de tous les encouragements que j'ai reçus à mon retour d'Inde, j'étais désormais sur la voie qui allait me mener à une carrière de mathématicien.* »

L'année passée en Inde n'a pas seulement contribué à son développement mathématique, elle a également éveillé sa sensibilité à l'injustice sociale dans le monde. Adulte, il a pris part à des missions mathématiques au Vietnam et en Amérique centrale. Un de ses nombreux livres sur la théorie des nombres et la cryptographie est dédié « à la mémoire des étudiants du Vietnam, du Nicaragua et du Salvador qui ont perdu la vie dans la lutte contre l'agression américaine ». Les bénéfices de l'ouvrage servent à financer l'envoi de livres aux habitants de ces trois pays.

Chez lui, Koblitz dénonce l'emprise que l'Agence de sécurité nationale du gouvernement américain (NSA) exerce sur son domaine. Il est aujourd'hui nécessaire d'obtenir une autorisation de la NSA avant de publier certains types de travaux sur la théorie des nombres, même dans les journaux mathématiques les plus ésotériques. Grâce aux nouvelles idées de Koblitz, les courbes elliptiques ont rejoint les nombres premiers sur la « liste restreinte » des secteurs de la recherche que les autorités tiennent à avoir à l'œil.

Rivest, Shamir et Adleman avaient utilisé les calculatrices horloges de Gauss pour brouiller les numéros des cartes de crédit. Koblitz proposait, lui, de faire disparaître votre carte le long de ces courbes étranges. Au lieu de multiplier des heures sur un cadran, il voulait exploiter une curieuse multiplication qui pouvait être définie à partir de points sur ces courbes.

Les joies de la poésie chaldéenne

Au début, RSA s'inquiéta sérieusement de l'arrivée de ce nouveau code dans son univers. C'était une menace pour leur monopole sur la cryptographie en ligne. Cette angoisse atteignit son paroxysme en 1997, quand ils créèrent un site baptisé ECC Central. Y étaient affichées des citations d'éminents mathématiciens et de cryptographes qui exprimaient leurs doutes quant à la sécurité des courbes elliptiques. Certains affirmaient que la factorisation des nombres représentait un héritage plus ancien, qui remontait à Gauss. Or, si Gauss lui-même n'y était pas arrivé, alors, votre sécurité était garantie. D'autres prétendaient que la structure des courbes elliptiques était si riche qu'elle permettrait aux pirates de se ménager des têtes de ponts d'où ils pourraient ensuite s'attaquer au problème. La cryptographie est un domaine encore trop neuf pour que nous soyons en mesure de dire si notre connaissance actuelle des courbes elliptiques suffirait à casser un code avec des clés de taille si modeste. Après tout, le code de Sarah Flannery n'avait survécu que six mois.

L'équipe de RSA fit également remarquer que quand on parle à des banquiers de ce qui est à la source de la sécurité de leurs transactions en milliards de dollars, il n'est pas trop difficile d'expliquer le problème de la factorisation des nombres. Mais commencez à écrire $y^2 = x^3 + \ldots$ et très vite, leur regard se vide. Ce que contredit Certicom, la principale société à proposer une cryptographie basée sur les courbes elliptiques, en assurant qu'à la fin des cours qu'ils organisent sur la sécurité financière, les banquiers sont ravis de jouer avec des points sur des courbes elliptiques.

Mais rien n'a plus exaspéré le camp des courbes elliptiques qu'une réflexion de Ron Rivest, le R de RSA : « Chercher à évaluer la sécurité d'un système de cryptage à courbes elliptiques, c'est un peu comme de vouloir évaluer de la poésie chaldéenne découverte depuis peu. »

Neal Koblitz donnait des cours généraux sur les courbes elliptiques à Berkeley quand le site ECC Central s'ouvrit. Il n'avait jamais entendu parler de la poésie chaldéenne, aussi se rua-t-il sur la bibliothèque de l'université pour en savoir plus. Il apprit ainsi que les Chaldéens étaient un ancien peuple sémite qui avait dominé le sud de la

Babylonie de 625 à 539 avant Jésus-Christ. « Leur poésie était vraiment formidable », dit-il. Il fit donc faire des tee-shirts ornés d'une représentation d'une courbe elliptique, surmontée des mots *J'AIME LA POÉSIE CHALDÉENNE,* qu'il prit l'habitude de distribuer lors de ses cours.

Pour l'instant, la cryptographie à partir des courbes elliptiques a survécu au temps et fait désormais partie des normes officielles. Les téléphones portables, les *pagers* et les cartes de crédit intelligentes y ont d'ailleurs joyeusement recours. Le numéro de votre carte file le long de ces courbes elliptiques, effaçant ses traces au cours de sa progression. À l'origine conçue pour de petits systèmes portables, la cryptographie à courbes elliptiques commence à être appliquée à des systèmes plus importants. Le BSI n'hésite pas à dire que la vie de ses agents dépend aujourd'hui des courbes elliptiques. Nos propres existences seront d'ailleurs bientôt placées entre les mains de ces courbes, à chaque fois que nous prendrons l'avion. Ce sont elles qui veilleront sur la sécurité des systèmes de contrôle aérien dans le monde entier. RSA a fini par fermer son site ECC Central, et effectue à son tour des recherches afin de proposer des services de cryptographie à courbes elliptiques en plus de son système RSA.

Pourtant, durant l'été 1998, la peur de voir les courbes elliptiques trahies par cette structure supplémentaire qu'elles possèdent est venue hanter ceux qui avaient investi dans ce type de sécurité. Quelques mois plus tôt, Neal Koblitz avait déclaré que la conjecture de Birch-Swinnerton-Dyer, l'un des grands problèmes portant sur les courbes elliptiques, n'aurait probablement jamais aucune implication sur leur utilisation dans le domaine du codage. Mais comme quand Hardy avait affirmé que la théorie des nombres ne serait jamais utile, la prédiction de Koblitz lui revint en pleine figure. C'est d'ailleurs peut-être le caractère provocateur de sa déclaration qui poussa Joseph Silverman, de la Brown University, à lancer une offensive en s'appuyant sur l'heuristique de la conjecture de Birch-Swinnerton-Dyer.

La conjecture de Birch-Swinnerton-Dyer est l'un des sept problèmes du millénaire. Elle avance un moyen de déterminer si l'équation d'une courbe elliptique dispose d'un nombre fini ou infini de solutions. En 1960, deux mathématiciens anglais, Bryan Birch et Sir Peter Swinnerton-Dyer, avaient conjecturé que la réponse devait se trouver dissimulée dans un paysage imaginaire comme celui découvert par Riemann. Grâce à leur conjecture, Birch et Swinnerton-Dyer sont deux noms qui, pour les mathématiciens, sont aussi inextricablement liés que Laurel et Hardy. Même si beaucoup ont pu croire à tort que cette conjecture avait trois pères, Birch, Swinnerton et Dyer. Birch serait un Laurel bougon flanqué de la version plutôt austère d'Oliver Hardy incarné par Swinnerton-Dyer.

Riemann avait découvert le passage qui menait des nombres premiers jusqu'au paysage zêta. Un autre mathématicien de Göttingen, Helmut Hasse, avait suggéré que chaque courbe elliptique disposait de son propre paysage imaginaire individuel. Hasse était un personnage assez controversé dans l'histoire des mathématiques allemandes. Quand les nazis s'appliquèrent à détruire le département des mathématiques de Göttingen, Hasse fut nommé pour en prendre la tête. Ses sympathies pour le régime, associées à ses capacités professionnelles, faisaient de lui un candidat idéal pour les autorités, mais aussi aux yeux des mathématiciens qui espéraient sauvegarder la tradition de Göttingen.

Dans la communauté des mathématiques, les sentiments sont partagés à l'égard de Hasse. Rares sont ceux qui peuvent lui pardonner ses choix politiques. Il avait même écrit aux autorités en 1937 pour leur demander d'effacer de sa généalogie un de ses ancêtres juifs avant de pouvoir entrer au parti nazi. Carl Ludwig Siegel se souvient d'être rentré d'un voyage en 1938 pour se retrouver face à « Hasse qui, pour la première fois, arborait les insignes du parti nazi ! Je n'arrive pas à comprendre comment un homme intelligent et doué de conscience peut faire une chose pareille. » Ses intuitions mathématiques étaient plus valides que ses tendances politiques. Son nom est pour toujours lié aux fonctions zêta de Hasse, responsables de l'édification de paysages qui détiennent le secret des solutions aux équations des courbes elliptiques.

Si Riemann avait pu montrer comment construire l'ensemble du paysage des nombres imaginaires, Hasse ne put faire de même pour ses paysages elliptiques. Pour chaque courbe elliptique, il pouvait bâtir une partie du paysage qui en dépendait, mais au-delà d'un certain point, il se heurtait à une crête orientée nord-sud qu'il n'avait pas les moyens techniques de franchir. C'est en fait la résolution du dernier théorème de Fermat par Wiles qui finit par montrer comment franchir cette frontière pour cartographier le reste du paysage.

En attendant, des années avant que nous ayons seulement eu vent de l'existence d'un paysage par-delà cette crête, Birch et Swinnerton-Dyer établissaient déjà des conjectures sur ce que ce paysage hypothétique pourrait nous dire. Ils prédirent qu'il devrait se trouver un point dans chaque paysage qui devait permettre de savoir si cette courbe elliptique particulière utilisée pour composer le paysage avait ou non un nombre infini de solutions. Le truc consistait à mesurer la hauteur du paysage au point au-dessus de 1. Si le paysage se situait vraiment au niveau de la mer à cet endroit, alors la courbe elliptique aurait un nombre infini de solutions fractionnelles. Si, en revanche, le paysage ne se trouvait pas au niveau de la mer, le nombre de solutions fractionnelles serait fini. Si la conjecture de Birch-Swinnerton-Dyer est juste, et que ce point dans chaque paysage détient effectivement le secret des solutions sur les courbes elliptiques, c'est donc un nouvel exemple frappant de la puissance de ces paysages imaginaires.

Bien que Birch et Swinnerton-Dyer aient été motivés par des considérations théoriques, leur conjecture résultait essentiellement d'expérimentations avec des courbes elliptiques particulières. Birch se souvient de l'instant magique où tout s'est mis en place. Il était occupé à jouer avec des nombres issus de ses calculs. « J'étais dans un superbe hôtel de la Forêt Noire, en Allemagne. Je passe en revue les nombres que j'avais et soudain, ô miracle, je vois une dizaine de points agencés en quatre droites parallèles… Merveilleux ! » Le dessin de ces droites impliquait qu'il devait y avoir une puissante relation obligeant les points à s'aligner. « À partir de là, c'est devenu très clair qu'il y avait quelque chose. J'ai retrouvé Peter et je lui ai dit : "Regarde ça !" » Et comme si Birch les avait encore mis dans un joli pétrin : « Peter m'a répondu, comme il le fait toujours : "Je te l'avais bien dit." »

Depuis les années 1960, des progrès considérables ont été réalisés sur cette conjecture. Tant Wiles que Zagier y ont apporté des contributions significatives, mais il reste encore beaucoup de chemin à parcourir. L'importance de la conjecture lui a valu d'être choisie pour faire partie des problèmes du millénaire. C'est d'ailleurs le seul de ces problèmes qui a fait l'objet de travaux constants en vue d'une solution. Birch pense cependant qu'il faudra attendre encore longtemps avant que quelqu'un ne puisse empocher le prix de Clay. Quoi qu'il en soit, la conjecture de Birch-Swinnerton-Dyer est aujourd'hui presque un viatique, non pour le million de Clay, mais pour les millions de dollars qui dépendent de la sécurité des codes Internet.

Les codes basés sur les courbes elliptiques sont liés à la difficulté de résoudre certains problèmes arithmétiques. Joseph Silverman comprit que l'heuristique de la conjecture de Birch-Swinnerton-Dyer pourrait lui donner un moyen de retourner le problème cryptographique dans l'espoir de voir où chercher les solutions. C'était certes tiré par les cheveux, et lui-même avoue avoir douté. Mais aucun spécialiste ne pouvait écarter la possibilité qu'il s'agissait peut-être là d'un de ces programmes rapides que recherchaient les pirates.

Silverman aurait pu annoncer publiquement ses intentions, ce qui aurait déclenché l'hystérie des médias. RSA aurait eu de quoi se réjouir, l'action de Certicom se serait effondrée. Et les courbes elliptiques ne se seraient jamais remises de cette insécurité, même partielle, et même si l'offensive avait été repoussée. Mais Silverman préféra une approche plus universitaire. Il envoya un mail à Koblitz détaillant sa proposition, trois semaines avant la conférence au cours de laquelle il devait présenter un article sur ses idées.

À la fin de la semaine, Koblitz était attendu à Waterloo, au Canada, siège de Certicom. Il était bombardé de fax des directeurs de l'entreprise, qui espéraient qu'il trouverait rapidement une solution, ou qu'il saurait expliquer en quoi cette offensive était vouée à l'échec. « Au début, je ne voyais pas pourquoi le projet de Silverman ne marcherait pas. » Les jours où il prend l'avion, Koblitz aime se lever tôt, et il savait qu'il devait faire quelque chose pour rassurer ses amis de Waterloo. Quand il monta dans l'avion, il s'était convaincu que si l'attaque de Silverman réussissait, elle pourrait également abattre RSA. Donc, s'ils se noyaient, ils entraîneraient RSA avec eux.

« C'était un moment terrifiant », raconte Koblitz. « J'ai répondu à Silverman pour lui dire que c'est à de tels instants que l'on est heureux d'être mathématicien plutôt qu'un homme d'affaires. Et on se dit que la vie est beaucoup plus passionnante qu'un film. » D'ailleurs, peut-être Silverman n'aurait-il pas été trop gêné de voir chuter RSA aussi. Il faisait partie d'une équipe qui travaillait au développement d'une nouvelle cryptographie, connue sous le nom de NTRU. Ils refusent pour l'instant de dévoiler le sens de ce nom, mais il est généralement admis que le sigle veut dire « Number Theorists 'R' Us » (« les théoriciens des nombres, c'est nous », jeu de mots sur *Toys R Us*). Contrairement aux autres codes, les leurs ne risquaient rien face à cette offensive. L'idéal pour les actions de NTRU.

Deux semaines plus tard, Koblitz avait assez identifié la structure particulière des courbes elliptiques pour démontrer que la proposition de Silverman restait infaisable en termes de calculs. C'est un détail technique, la fonction de hauteur, le « bouclier d'or », comme le dit Koblitz, qui a sauvé la cryptographie des courbes elliptiques. Cette fonction protège apparemment les codes non seulement de l'approche de Silverman, mais aussi de toute une batterie d'autres attaques. Après un premier mouvement de panique, l'affaire a renoué avec le calme des procédures scientifiques, et Koblitz n'aime rien tant que de donner des conférences sur toute cette saga, sous le titre *Comment les mathématiques pures ont failli causer la chute du commerce électronique.* Cette histoire prouve que des progrès effectués même dans les coins les plus reculés ou les plus abstraits du monde mathématique ont désormais le potentiel de mettre à genoux le monde des affaires.

C'est précisément pour cela que les sociétés comme AT&T et les services de renseignements surveillent de près le « monde digne et pur » de la théorie des nombres de Hardy. Dans les années 1980 et 1990, Andrew Odlyzko, le directeur du laboratoire d'AT&T, entreprit de braquer les supercalculateurs de l'entreprise sur des régions du paysage de Riemann qui n'avaient encore jamais été prises en compte. On peut se demander à quoi servent ces calculs. Si l'on ne s'attend pas à trouver de contre-exemple à l'hypothèse de Riemann, pourquoi dépenser autant d'énergie, et autant d'argent d'AT&T, à calculer des zéros ? L'intérêt d'Odlyzko avait été éveillé après avoir entendu d'étranges prédictions du mathématicien américain Hugh Montgomery sur les zéros situés loin sur la droite de Riemann. Odlyzko estimait que si ces prédictions étaient justes, alors on était à l'aube de l'un des retournements les plus mystérieux et les plus inattendus de l'histoire des nombres premiers.

11

Des zéros ordonnés au chaos quantique

Le seul véritable voyage, ce ne serait pas d'aller vers de nouveaux paysages, mais d'avoir d'autres yeux. Marcel Proust, *À la recherche du temps perdu*

Comment les points situés au niveau de la mer dans le paysage zêta s'agencent-ils le long de la droite magique de Riemann ? La question peut paraître absurde, et d'ailleurs, Hugh Montgomery n'avait pas eu l'intention de la poser. La plupart des gens considéraient qu'il était téméraire de poser une telle question quand personne n'était seulement en mesure de prouver que les zéros se trouvaient bien sur cette fameuse droite. Pourtant, les logiques étonnantes que Montgomery découvrit après avoir posé cette question constituent jusqu'à présent les meilleurs indices de ce que nous devrions chercher dans notre quête pour résoudre l'hypothèse de Riemann. Si Montgomery se l'était de toute façon posée, c'était parce qu'ainsi, il pouvait comprendre un autre sujet, absolument sans aucun rapport, et qui le fascinait depuis qu'il avait terminé ses études. Il errait dans une autre région du monde mathématique, apparemment sans lien, souhaitant y apposer sa marque quand, comme Alice, il bascula par inadvertance dans un passage secret et se retrouva dans un paysage mystérieux qui était tout simplement celui de Riemann.

Contrairement aux hordes de mathématiciens portant tee-shirt, jeans et sandales, Montgomery est toujours tiré à quatre épingles, en costume et cravate. C'est le reflet de sa vie de mathématicien, toute de réserve et de maîtrise. Né en Amérique, il a choisit de préparer son doctorat à Cambridge, en Angleterre, où il a appris à apprécier le côté solennel de la vie universitaire. Ses talents de mathématicien remontent à sa jeunesse quand, enfant, il avait profité d'une expérience entreprise dans les années 1960 pour familiariser les écoliers avec les mathématiques. Le but n'était pas de leur enseigner les canons de la discipline sans leur expliquer comment les mathématiciens en étaient venus à leurs découvertes, mais plutôt de leur faire connaître ce qu'était le véritable esprit d'un praticien du domaine. On apprit donc à Montgomery et à ses contemporains les axiomes fondamentaux, mais ils furent encouragés à en déduire par eux-mêmes les canons. Armés des seules règles de la déduction, ils durent se débrouiller pour rebâtir par eux-mêmes l'édifice mathématique, au lieu d'être simplement amenés à admirer le monument comme des touristes. Ce qui donna à Montgomery son impulsion de départ :

« *J'ai vraiment eu de la chance, parce que ça m'a ouvert aux mathématiques. Même au lycée, je comprenais ce que voulait dire être mathématicien. L'ennui, avec ce cours, c'est qu'il fallait recycler tous les professeurs de mathématiques pour qu'ils puissent être en mesure de l'enseigner. J'ai eu de la chance d'avoir pour professeur l'un des créateurs du système. Bien que très peu d'élèves l'aient suivi, ce cours a effectivement engendré un nombre étonnant de mathématiciens professionnels.* »

À l'école, Montgomery n'aimait rien tant que d'explorer les propriétés des nombres, surtout les nombres premiers. Il s'aperçut ainsi à quel point on savait peu de choses sur eux. Existait-il un nombre infini de nombres premiers jumeaux, comme 17 et 19, ou 1 000 037 et 1 000 039 ? Tout nombre pair était-il la somme de deux nombres premiers, comme l'avait conjecturé Goldbach ? Montgomery dut attendre son doctorat à Cambridge pour entendre parler du plus grand de tous les problèmes des nombres premiers : l'hypothèse de Riemann. Mais ce fut un autre problème qui attira son attention avant qu'il ne succombe aux charmes de la glorieuse tradition mathématique de Cambridge.

Quand Montgomery débarqua à Cambridge à la fin des années 1960, il y régnait une ambiance de fête. Le département des mathématiques célébrait une avancée sur un problème posé par le grand Gauss lui-même. Alan Baker, membre du Trinity College, avait accompli de remarquables progrès sur la difficile question de savoir si les nombres imaginaires étaient aisément factorisables. Gauss s'était longuement penché sur ce sujet dans son *Disquisitiones Arithmeticae.* Pour un nombre ordinaire, disons 140, il n'existe qu'un seul jeu de briques élémentaires, dans ce cas les nombres premiers 2, 2, 5 et 7. Il n'y a pas d'autres nombres premiers qu'il serait possible de multiplier entre eux pour obtenir 140. Les nombres imaginaires, eux, sont loin d'être aussi bien élevés. Gauss eut la stupeur de découvrir qu'il y avait parfois plus d'une façon de construire un nombre imaginaire à partir de nombres premiers.

Montgomery ne demandait pas mieux que de partager l'enthousiasme que suscitait la résolution par Baker de l'un des problèmes de Gauss. Il pensait pouvoir marquer la discipline de son empreinte en appliquant les idées de Baker à certains des autres problèmes posés par Gauss. Il serait difficile de pousser plus loin la contribution de Baker, mais cela ne faisait pas peur à Montgomery. Il commença à lire abondamment, dévorant tout ce qu'il pouvait trouver sur la théorie des nombres. Il n'aurait pu tomber dans un environnement plus propice. Cambridge, dont la longue tradition avait été encore renforcée par Hardy et Littlewood, était un merveilleux endroit pour se nourrir de nouvelles idées. Il apprit que Hardy et Littlewood avaient établi quelques conjectures fascinantes sur la fréquence des nombres premiers jumeaux, qui l'avaient tant intrigué autrefois.

Il prit aussi connaissance des théorèmes assez déconcertants de Gödel. À l'école, il avait découvert comment l'édifice mathématique avait été construit en déduisant des théorèmes à partir d'un ensemble reconnu d'axiomes. Or, selon Gödel, pour certains problèmes, cette technique ne fonctionnait pas. Apparemment, il y aurait toujours certaines conjectures sur les nombres qui ne pourraient jamais être prouvées avec les axiomes que Montgomery avait passé sa scolarité à apprendre. Et si l'un des problèmes sur les nombres premiers auxquels il comptait s'attaquer était indémontrable ? Il risquait de passer sa vie à courir après une ombre.

Pour élargir son horizon au-delà des clochers et des cours carrées de Cambridge, Montgomery décida de passer un an à l'Institut des études avancées de Princeton. Là, il eut l'occasion de faire part de sa peur de vouloir prouver l'improuvable. Il est de tradition que tout visiteur de l'Institut, quel que soit son degré de qualification, soit invité à déjeuner avec le directeur. Quand ce dernier lui demanda sur quoi il travaillait, Montgomery répondit qu'il s'intéressait depuis un moment à la conjecture des nombres premiers jumeaux, mais qu'il devait admettre que les théorèmes de Gödel le troublaient. Le directeur fit trembler le jeune Montgomery quand il lui rétorqua : « Eh bien, et si nous demandions à Gödel ? » Gödel fut donc convoqué pour donner son opinion. Malheureusement pour Montgomery, Gödel ne put le rassurer : rien ne disait que la conjecture des nombres premiers jumeaux était démontrable à partir des axiomes existants de la théorie des nombres.

Gödel lui-même avait exprimé de semblables inquiétudes quant à l'hypothèse de Riemann : peut-être les axiomes qui constituaient les fondations de l'édifice mathématique n'étaient-ils pas assez solides pour soutenir la démonstration requise. Dans ce cas, on pourrait toujours continuer à construire de plus en plus haut sans jamais trouver un lien avec l'hypothèse. Mais, ce qui était une consolation, Gödel était convaincu que toute conjecture véritablement intéressante ne pouvait rester éternellement hors de portée. Il suffisait juste de trouver une nouvelle pierre susceptible de servir de fondation et d'étendre ainsi la base de l'édifice. Il n'y avait qu'en revenant aux fondations de la discipline pour mieux les élargir que l'on pourrait espérer atteindre la preuve manquante. Si cette conjecture était vraiment essentielle, si le résultat conjecturé était une extension naturelle de ce qui avait déjà été prouvé, alors, estimait Gödel, il serait toujours possible de trouver une pierre s'adaptant tout aussi naturellement aux fondations existantes. Et de là, il serait possible de démontrer la conjecture. Certes, Gödel avait prouvé que cela laisserait toujours de côté certaines conjectures, mais en acceptant de faire constamment évoluer les fondations axiomatiques des mathématiques, on s'ouvrait la perspective d'identifier de plus en plus de ces problèmes sans solution.

Montgomery rentra à Cambridge rassuré. Son rêve de comprendre les mystères de l'univers des nombres n'était pas totalement vain. Il revint au problème de Gauss sur la factorisation des nombres imaginaires. Il savait, par ses lectures, que les propriétés du paysage de Riemann n'étaient pas sans lien avec les entreprises de Gauss. Plus particulièrement, au début du XXe siècle, l'hypothèse de Riemann avait joué un rôle relativement paradoxal dans la démonstration de l'une des conjectures de Gauss sur la factorisation des nombres imaginaires. C'était la conjecture du nombre de classes.

En 1916, un mathématicien allemand, Erich Hecke, avait réussi à démontrer que si l'hypothèse de Riemann était vraie, alors la conjecture du nombre de classes de Gauss l'était également. C'était l'une de ces nombreuses preuves conditionnelles découvertes au fil du siècle, qui dépendaient de l'ascension du sommet de Riemann pour livrer ses trésors. Aucune ne pouvait en réalité être considérée comme une « preuve » tant que l'hypothèse de Riemann n'aurait pas été démontrée. Ce n'est que quelques années plus tard que Montgomery entendit parler d'un retournement plutôt paradoxal à propos de la conjecture du nombre de classes de Gauss. Trois mathématiciens, Max Deuring, Louis Mordell et Hans Heilbronn, parvinrent à montrer que si l'hypothèse de Riemann était fausse, alors cela pouvait être utilisé pour démontrer que la conjecture de Gauss quant à la factorisation des nombres imaginaires était correcte. Dans cette situation, il n'y avait pas de perdant. Dans un sens ou dans l'autre, cela signifiait que Gauss avait vu juste dans son intuition sur la factorisation. La démonstration inconditionnelle de la conjecture du nombre de classes de Gauss, qui combinait la démonstration de Hecke et celle de Deuring, Mordell et Heilbronn, était l'une des applications les plus étranges de l'hypothèse de Riemann.

Montgomery savait désormais à quel point les zéros de Riemann seraient importants pour pouvoir s'attaquer à l'un des problèmes de Gauss sur la factorisation des nombres imaginaires. Il était sûr qu'il réussirait à progresser en développant les travaux remarqués de Baker, s'il parvenait à montrer que les zéros avaient tendance à s'entasser le long de la droite de Riemann. La conjecture des nombres premiers jumeaux, qui l'avait fasciné pendant si longtemps, le poussait à croire qu'un zéro sur la droite devrait être rapidement suivi d'un autre. Pourrait-il montrer que les points situés au niveau de la mer sont parfois très proches les uns des autres, comme les nombres premiers jumeaux que l'on s'attend à rencontrer infiniment souvent ? Si ces points se serraient les uns contre les autres au niveau de la mer, cela pouvait avoir des implications importantes pour le problème de la factorisation des nombres imaginaires. Serait-ce la première victoire de Montgomery, un exploit comme en rêvent tous les doctorants, suffisant pour laisser leur empreinte dans le monde impitoyable de la recherche universitaire ?

Montgomery, en tout cas, était prêt à parier que les zéros étaient éparpillés de façon aléatoire sur la droite de Riemann, reproduisant d'une certaine façon la distribution apparemment aléatoire des nombres premiers le long de la droite des nombres. Après tout, si les nombres premiers donnaient l'impression d'avoir été choisis à pile ou face, on pouvait miser assez logiquement sur le fait que les zéros de la fonction zêta étaient aussi répartis de la sorte. Le hasard crée invariablement des amas. C'est pour cela que les bus vont toujours par trois, et que les numéros gagnants à la loterie sont souvent proches les uns des autres. Montgomery espérait trouver, au sein de cette répartition aléatoire, des amas de zéros blottis les uns contre les autres. Dans sa marche vers le nord le long de la droite critique, Montgomery pensait voir une succession de groupes de zéros, qu'il pourrait alors utiliser pour démontrer certains éléments concernant la factorisation des nombres imaginaires.

L'ennui était qu'il y avait fort peu de preuves pour lui permettre d'avancer. Personne n'avait calculé assez de zéros pour que des amas soient directement visibles. Montgomery dut donc adopter une approche latérale. En l'absence de preuve expérimentale, un aspect de la théorie permettait-il de prédire ces entassements ? Il mit alors au point un curieux retournement du rôle habituellement joué par les zéros. La formule explicite que Riemann avait découverte en utilisant le paysage zêta exprimait un lien direct entre les nombres premiers et les zéros. Elle était censée permettre de comprendre les nombres premiers en étudiant les zéros. Montgomery inversa tout simplement l'équation. Lui se servirait de ce que l'on savait des

Espaces entre gouttes de pluie, nombres premiers et zéros de Riemann.

nombres premiers pour déduire le comportement des zéros le long de la droite de Riemann. Il se souvenait que Hardy et Littlewood avaient deviné à quelle fréquence les nombres premiers jumeaux devaient apparaître. Peut-être serait-il possible d'appliquer cette intuition au comportement des zéros. Mais quand il intégra l'estimation de Hardy et Littlewood dans la formule explicite de Riemann, elle prédit, à son grand dam, que les zéros ne se regrouperaient pas du tout en amas.

Il entreprit alors d'étudier cette prédiction plus en détail. Elle semblait dire que, plus on avançait vers le nord le long de la droite, plus les zéros, contrairement aux nombres premiers, se repousseraient les uns les autres. Montgomery comprit soudain que les zéros n'aimaient pas être proches les uns des autres. Contrairement au comportement des nombres premiers, les zéros n'étaient pas parfois accompagnés d'autres zéros les suivant de près. En fait, la prédiction de Montgomery suggérait que les zéros étaient peut-être agencés de façon tout à fait uniforme le long de la droite, contrairement à la répartition aléatoire à laquelle il s'était attendu.

Il chercha un moyen de décrire comment les distances entre les points au niveau de la mer se comportaient. Il prépara ce que l'on appelle une courbe de corrélation de paires pour montrer la distance supposée entre chaque zéro (voir figure page suivante). La courbe différait de tout ce que Montgomery avait jamais vu. Elle ne ressemblait en rien aux graphes que l'on obtiendrait en étudiant les différences de taille, par exemple, au sein d'un groupe de personnes prises au hasard, graphe lié à la courbe en cloche classique de Gauss.

Le graphe de Montgomery indique combien de paires de zéros il devrait y avoir pour chaque séparation possible de paires. Dans la première partie du graphe, on voit que les zéros n'aiment pas être

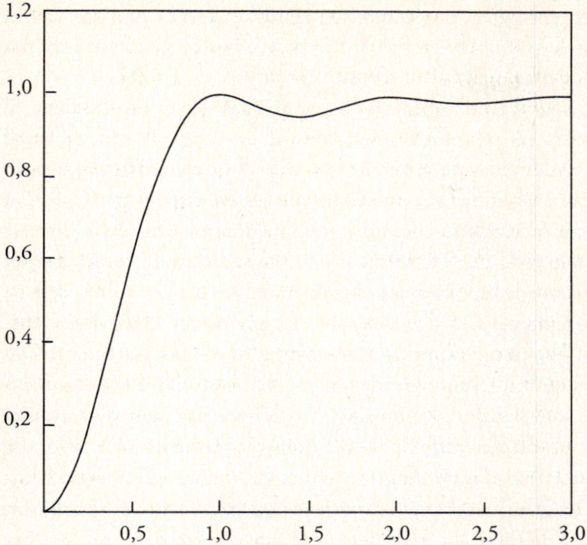

Le graphe de Montgomery. L'axe horizontal donne la distance entre les paires de zéros, l'axe vertical mesure combien de paires se trouvent à chaque distance donnée.

proches les uns des autres, puisque la courbe reste très basse. Montgomery pensait qu'à la droite de son graphe devait apparaître une ondulation, signe d'une série statistique inhabituelle et remarquable. Il ne pouvait pas prouver que les distances entre les zéros se développaient de la sorte, pas plus qu'il ne disposait d'assez de calculs des positions des zéros pour vérifier expérimentalement que sa prédiction était correcte. Sa proposition pour cet étrange graphe reposait uniquement sur la conjecture de Hardy et Littlewood sur la fréquence des nombres premiers jumeaux. Mais ce graphe n'était pas aussi nouveau qu'il l'avait d'abord escompté.

Puisqu'il avait espéré montrer que les zéros s'entassaient, il considérait un peu son résultat comme un échec. Il avait envisagé d'utiliser des amas de zéros sur la droite critique de Riemann pour répondre à certaines des questions laissées en suspens par Gauss au sujet de la factorisation des nombres imaginaires. Or c'était l'inverse qui s'était produit. S'il voyait juste avec sa nouvelle conjecture, et que les zéros se repoussaient effectivement les uns les autres, cela ne lui permettait guère d'avancer sur ses premières idées. Reste que parfois, quand on entreprend un voyage, on ne sait pas toujours où l'on va aboutir. Comme Littlewood l'avait conseillé à Montgomery lors de son passage à Cambridge : « N'ayez pas peur de travailler sur des problèmes difficiles parce que vous pourriez bien résoudre quelque chose d'intéressant en cours de route. » Littlewood lui-même en avait fait l'amère expérience quand, encore étudiant, son directeur de thèse lui avait demandé sans malice de résoudre l'hypothèse de Riemann.

Montgomery était tombé sur cette répartition inattendue des espaces entre les zéros pendant l'automne 1971. En mars 1972, il soutenait sa thèse de doctorat et prenait un poste à l'université du Michigan, où il enseigne aujourd'hui. Il était sincèrement convaincu de la nouveauté et de l'intérêt de sa perspective, mais il ne parvenait pas à se défaire d'un doute pesant. Il savait qu'Atle Selberg était devenu une sorte de Gauss des temps modernes. « Il y avait beaucoup de travaux de Selberg qui n'étaient pas publiés, et on courait toujours le risque de l'entendre dire : “Oh oui, ça fait des années que je le sais.” » Tout comme Legendre annonça de nouvelles découvertes qui, en fait, étaient de vieux résultats consignés des années plus tôt par Gauss dans des manuscrits qui n'avaient pas été publiés, les mathématiciens d'aujourd'hui découvrent souvent que Selberg était là avant eux. Gardant un souvenir cuisant de son interaction avec Erdös sur la démonstration élémentaire du théorème des nombres premiers, Selberg travaillait la plupart du temps seul sur ses idées de la théorie des nombres, et une grande partie de ces travaux n'a jamais été publiée.

Par conséquent, en route pour participer à une conférence sur la théorie des nombres au printemps 1972, Montgomery fit un détour par Princeton pour montrer sa découverte à Selberg. Autre chose le dérangeait : « J'étais un peu perplexe, parce que j'avais l'impression qu'il y avait un message dans ce que j'avais fait, mais je ne savais pas lequel. » Ce ne fut cependant pas Selberg qui aida Montgomery à interpréter son message, mais un autre membre de la mafia de Princeton.

Dyson, le prince des physiciens changé en grenouille

Juste après la guerre, le physicien britannique Freeman Dyson se fit un nom en défendant un scientifique hors norme, Richard Feynman. Diplômé de Cambridge, Dyson obtint une bourse pour étudier la physique à l'université Cornell. C'est là qu'il rencontra le jeune Feynman, qui travaillait au développement d'une vision unique et très personnelle de la physique quantique. Au début, beaucoup avaient refusé de l'écouter parce qu'ils ne parvenaient pas à comprendre le langage très particulier qu'il utilisait. Dyson, conscient de la force de l'approche de Feynman, l'aida à exprimer plus clairement ses idées révolutionnaires. Les outils que Feynman a développés sont aujourd'hui la clé de la plupart des calculs des physiciens des particules.

Sans le don de Dyson pour l'interprétation, ces outils auraient pu se perdre à jamais.

La physique n'était pas la première chose à attiser l'imagination de Dyson. Il était issu d'une famille qui entretenait une forte tradition dans le domaine de la musique, mais qui ne s'intéressait guère à la science. Pendant sa scolarité, le jeune Dyson, lui, s'était laissé ensorceler par les mélodies enivrantes des mathématiques. Après avoir gagné un exemplaire d'un livre de Hardy sur la théorie des nombres, il avait commencé à nourrir une véritable fascination pour la théorie des partitions de Ramanujan. « Au cours des quarante ans qui se sont écoulés depuis ce jour béni, il m'est arrivé de revenir de temps à autre dans le jardin de Ramanujan. Et chaque fois, j'y ai trouvé des fleurs en pleine éclosion. C'était ce qu'il y avait de si remarquable avec Ramanujan. Il avait découvert tant de choses, et en avait pourtant laissé tant à découvrir dans son jardin. »

D'après Dyson, si les scientifiques explorent tous le même monde, ils se divisent en deux groupes bien distincts : les oiseaux et les grenouilles. Les oiseaux survolent leur domaine de très haut, capables de voir les connexions grandioses qui se dessinent dans le paysage. Les grenouilles passent leur temps à sautiller en s'éclaboussant dans la boue et à nager dans un marigot qu'elles finissent par connaître par cœur. Les mathématiques étaient plutôt l'empire des oiseaux, mais Dyson lui-même se considérait comme une grenouille.

En défendant avec succès la physique quantique de Feynman, il attira l'attention du directeur de l'Institut des études avancées, Robert Oppenheimer, le physicien qui avait pris la tête du programme nucléaire américain pendant la Deuxième Guerre mondiale. Dyson accepta l'offre d'Oppenheimer d'occuper un poste permanent à l'Institut en 1953. Personnage discret, presque falot, ce sont pourtant ses opinions ouvertement affichées qui l'ont fait connaître en dehors du milieu universitaire. Il commença à être réputé pour ses spéculations sur la possibilité de l'existence de civilisations extraterrestres. L'opinion publique, passionnée par l'espace, lui voua un véritable culte, qui ne fit que croître avec ses travaux, à la fin des années 1950 et au début des années 1960, sur le projet Orion, qui prévoyait de construire un vaisseau capable d'emporter des humains sur Mars et Saturne.

Si Montgomery avait passé l'année 1970-1971 à l'Institut, et y avait justement rencontré Gödel, il n'avait eu que peu de contact avec les physiciens. Il y avait bien assez de théoriciens des nombres à Princeton pour l'occuper. Malgré tout, comme il le raconte : « Je connaissais Dyson de vue, nous nous saluions d'un sourire, même si je doute qu'il ait su qui j'étais. Moi, je savais qui il était, parce qu'il avait travaillé pendant la Deuxième Guerre mondiale sur des trucs de la théorie des nombres à Londres. »

Lors de son détour précédant sa conférence, Montgomery passa la journée à Princeton à expliquer ses idées à Selberg et à quelques autres théoriciens des nombres qui séjournaient eux aussi à l'Institut. À l'heure prévue, ils s'interrompirent pour respecter le rituel que l'on retrouve dans la plupart des départements de mathématiques, le thé. Le thé a toujours été un moment important à l'Institut, parce qu'il permet aux membres de disciplines différentes d'échanger leurs idées. Montgomery bavardait avec l'un des théoriciens des nombres qui avaient assisté à sa présentation, Sarvadaman Chowla. Chowla, ancien étudiant de Littlewood, avait fui en Amérique quand sa ville natale de Lahore avait été intégrée au Pakistan lors de la partition de l'Inde en 1947. Il venait régulièrement à l'Institut, où sa personnalité enjouée et sa bonne humeur en avaient fait la coqueluche des membres permanents. Tandis que Chowla et Montgomery discutaient, le mathématicien indien aperçut Dyson.

« Chowla m'a dit : "Avez-vous rencontré Dyson ?" J'ai répondu que non. "Je vais vous présenter", et j'ai encore répondu non. » Mais Chowla était connu pour considérer que « non » n'était pas une réponse. Il est la seule personne à avoir jamais réussi à forcer Selberg à une collaboration. « Chowla a vraiment insisté, et il m'a traîné pour me présenter. J'avais honte de déranger Dyson, mais il s'est montré très aimable, et m'a demandé sur quoi je travaillais. » Montgomery commença à dire ce qu'il pensait du comportement possible des espaces entre les paires de zéro. Dès qu'il parla de son graphe sur la répartition des espaces, le regard de Dyson s'alluma. « Mais c'est exactement la même chose que le comportement de la différence entre des paires de valeurs propres de matrices hermitiennes aléatoires ! »

Dyson expliqua aussitôt à Montgomery que ces mathématiques étranges servaient aux physiciens quantiques à prédire les niveaux d'énergie dans le noyau d'un atome lourd quand il est bombardé de neutrons à énergie faible. Dyson était à l'avant-garde de ces travaux, et mentionna à Montgomery certaines des expériences entreprises pour enregistrer ces niveaux d'énergie. Et en effet, quand Montgomery considéra les espaces entre les niveaux d'énergie du noyau de l'erbium, le 68e élément du tableau périodique des éléments, il s'aperçut qu'ils avaient quelque chose d'étonnamment familier. S'il prenait une bande de zéros de la droite de Riemann et la plaçait à côté de ces niveaux d'énergie enregistrés dans le cadre d'expériences, il pouvait voir immédiatement que les deux présentaient une étrange ressemblance. Les zéros et les niveaux d'énergie étaient espacés de façon beaucoup plus ordonnée que s'ils avaient été choisis au hasard.

Il eut peine à le croire. Le schéma de répartition qu'il prédisait pour les zéros était celui que les physiciens quantiques retrouvaient parmi les niveaux d'énergie des noyaux des atomes lourds. Ces schémas étaient si distinctifs que la ressemblance incroyable ne pouvait être une coïncidence. C'était cela le message que recherchait Montgomery : peut-être les mathématiques qui sous-tendent les niveaux d'énergie quantique dans les noyaux lourds étaient les mêmes que celles qui déterminaient les emplacements des zéros de Riemann.

Les mathématiques qui détaillent ces niveaux d'énergie trouvent leur origine dans la révélation qui avait déclenché le développement de la physique quantique au XXe siècle. Les particules élémentaires telles que les électrons et les photons présentent deux caractéristiques apparemment contradictoires. D'un certain point de vue, elles se comportent tout à fait comme de minuscules boules de billard. Mais l'expérience avait également révélé une autre particularité, qui ne peut s'expliquer que si l'on considère ces « particules » fondamentales comme des ondes. La physique quantique était née des efforts de la science pour expliquer cette schizophrénie subatomique, ou dualité onde-particule.

Tambours quantiques

Au début du XXe siècle, on commença à envisager l'atome comme un système solaire microscopique fait de particules indivisibles. Le soleil au centre de ce mini-système était appelé le noyau. Les physiciens découvriraient par la suite que ce noyau se composait en fait de particules appelées les protons et les neutrons. En orbite autour du noyau se trouvaient les électrons, planètes de la structure atomique. Mais les progrès théoriques et expérimentaux eurent tôt fait d'obliger les physiciens à repenser ce modèle. Ils commencèrent à se dire que l'atome se comportait moins comme un système planétaire que comme un tambour. Les vibrations que l'on suscite quand on tape sur un tambour sont constituées de certaines ondes élémentaires, chacune ayant sa propre fréquence. En théorie, le nombre de ces fréquences est infini, et le son d'un tambour est par conséquent une combinaison de ces diverses fréquences. À la différence des harmoniques d'une corde de violon, le bruit d'un tambour est un mélange beaucoup plus complexe de fréquences qui dépend de la forme du tambour, de la tension de la peau, de la pression de l'air et d'autres influences. La complexité des différentes ondes produites par un tambour explique pourquoi la plupart des instruments à percussion d'un orchestre ne produisent pas de note identifiable.

Il existe un moyen de voir la complexité des vibrations émises par un tambour. Ernst Chladni, un scientifique du XVIIIe siècle, mit au point une expérience dont il faisait la démonstration devant les cours d'Europe. (Napoléon en fut particulièrement impressionné, et lui fit don de 6 000 francs.) Chladni prenait une plaque de métal carrée pour représenter le tambour. Quand il tapait sur la plaque, elle rendait un horrible son métallique, mais en la faisant habilement vibrer à l'aide d'un archet de violon, Chladni parvenait à extraire chacune des fréquences. En recouvrant la plaque d'une fine couche de sable, il montrait à l'assistance les différents types de vibrations émises par la plaque à chaque fréquence élémentaire. Le sable se rassemblait le long des endroits de la plaque qui ne vibraient pas, ce qui suscitait d'étranges dessins. Chaque fois que Chladni faisait vibrer la plaque d'un nouveau coup d'archet, un nouveau dessin apparaissait dans le sable, symbole d'une nouvelle fréquence.

Quelques-unes des vibrations exotiques d'une plaque de métal qui permirent à Chladni d'impressionner Napoléon.

Dans les années 1920, les physiciens comprirent que les mathématiques qui décrivent les fréquences du son d'un tambour pouvaient également permettre de prédire les niveaux d'énergie caractéristiques auxquels les électrons d'un atome ont tendance à vibrer. Les confins de l'atome sont comme les bords du tambour : au sein de l'atome, des forces contrôlent les vibrations des particules subatomiques, tout comme la tension de la peau ou la pression de l'air environnant président aux vibrations qui constituent le son du tambour. Chaque atome était comme l'une des plaques de Chladni. Les électrons de l'atome ne vibrent que selon des schémas très précis, comme ceux que Chladni avait réussi à visualiser. Quand on excite un électron, il commence à vibrer à une nouvelle fréquence, tout comme Chladni avait pu créer de nouveaux dessins dans le sable sur ses plaques à l'aide d'un archet. Chaque atome différent du tableau périodique des éléments présente une série de fréquences distinctes auxquelles les électrons qu'il abrite préfèrent vibrer. Ces fréquences sont les signatures individuelles des atomes, exploitées par les spécialistes de la spectroscopie pour identifier les types d'atomes présents dans les substances étudiées.

Une théorie mathématique avait été développée pour expliquer les dessins, ou formes d'ondes, qui apparaissent à la surface d'un tambour. Cette théorie remonte à « l'équation des ondes » d'Euler. Si l'on y entre les propriétés physiques du tambour, sa forme, la tension de sa peau, la pression de l'air environnant, etc., les solutions indiquent les formes d'ondes possibles. La physique de l'atome diffère de celle d'un tambour dans la mesure où elle implique des nombres imaginaires. Pour résoudre les équations dictant le comportement de l'atome, les physiciens se sont vus obligés de pénétrer dans le monde intangible des nombres imaginaires. Et ce sont ces nombres qui confèrent à la physique quantique son côté étrangement probabiliste.

Dans notre monde macroscopique quotidien, nous pouvons mesurer les objets sans les affecter. Quand on utilise un chronomètre pour suivre des coureurs, on ne les ralentit pas. Quand on mesure l'endroit où se fiche un javelot, on n'influe pas sur la distance du lancer. Il en va tout autrement dans le monde microscopique. Quand on observe un électron, on interagit avec lui, et l'on modifie invariablement son comportement.

La physique quantique s'efforce d'expliquer ce qui arrive à la particule avant l'intervention de l'observateur. Tant que le monde quantique échappe à notre observation dans l'univers macroscopique, il n'existe que dans le monde des nombres imaginaires. Ce sont eux qui expliquent les observations apparemment inexplicables de notre point de vue macroscopique. Ainsi, il semble qu'un électron qui n'est pas observé puisse se trouver à deux endroits différents, ou qu'il vibre à plusieurs fréquences ou niveaux d'énergie différents. Quand on observe un événement dans le monde quantique, c'est comme si l'on voyait non l'événement lui-même dans son environnement naturel, mais l'ombre que l'événement projette dans notre monde « réel » des nombres ordinaires. À cause de l'acte d'observation, le monde imaginaire bidimensionnel s'écroule et se décompose en une droite unidimensionnelle de nombres ordinaires. Avant qu'on ne l'observe, un électron vibre, comme un tambour, à une combinaison de fréquences différentes. Mais dès qu'on l'observe, ce n'est pas comme quand on écoute un tambour et que l'on entend toutes les fréquences en même temps. Tout ce que l'on entend, c'est l'électron qui vibre à une seule fréquence.

Deux des principales personnalités à avoir établi la carte de ce nouveau monde quantique furent les physiciens de Göttingen Werner Heisenberg et Max Born. De la fenêtre de son bureau, Hilbert voyait souvent Heisenberg et Born déambuler sur les pelouses en bas du département de mathématiques, en pleine discussion, occupés à mettre au point le modèle atomique du XXe siècle. Hilbert commença à se demander si les emplacements des zéros dans le paysage de Riemann pourraient être expliqués par les mathématiques des vibrations que Heisenberg développait pour expliquer les niveaux d'énergie dans l'atome. Mais il y avait peu d'éléments pour permettre d'aller plus loin à l'époque. Les découvertes de Montgomery relancèrent l'idée de Hilbert, qui pensait que la meilleure chance de comprendre les zéros de Riemann viendrait des mathématiques des tambours quantiques inventées par Born et Heisenberg. En mêlant les nombres imaginaires et les ondes, on obtenait une série de fréquences typiques des tambours, qui trouvaient leur source dans la physique quantique plutôt que dans un orchestre classique. Mais comme Montgomery l'apprit de Dyson lors de leur rencontre dans la salle des professeurs de Princeton, les fréquences caractéristiques qui s'avéreraient les plus proches de l'emplacement des zéros de Riemann venaient de certains des atomes les plus complexes de l'orchestre quantique.

La fascination du rythme

L'hydrogène est le premier atome que les physiciens quantiques ont été capables d'analyser. Un atome d'hydrogène est un tambour d'un style très simple : un électron orbite autour d'un proton. Les équations qui déterminent les fréquences ou les niveaux d'énergie de cet électron et de ce proton sont suffisamment simples pour pouvoir être résolues avec précision. Les fréquences de l'électron ont beaucoup en commun avec les harmoniques produits par une corde de violon. Si les physiciens quantiques connurent le succès avec l'hydrogène, plus ils avancèrent dans le tableau périodique des éléments, plus il leur devint difficile de décrire précisément le tambour mathématique. Plus il y a de neutrons et de protons dans le noyau, plus il y a d'électrons en orbite, et plus la tâche frise l'impossible. Quand ils arrivèrent aux 92 protons et aux 146 neutrons qui composent le noyau de l'uranium 238, les physiciens étaient perdus. Le problème le plus ardu était de déterminer les niveaux d'énergie possible dans le noyau, soleil au cœur du système atomique. Quant à établir la forme du tambour mathématique qui déterminait ces niveaux d'énergie nucléaire, c'était tout simplement trop compliqué. Même si les physiciens pouvaient distinguer quels tambours mathématiques étaient responsables des niveaux d'énergie, les tambours seraient d'une telle complexité qu'il serait impossible de déterminer leurs fréquences.

Il fallut attendre les années 1950 pour que soit trouvé un moyen d'analyser un agencement aussi compliqué. Au lieu de tenter de trouver les valeurs précises de tous les niveaux d'énergie différents, Eugene Wigner et Lev Landau choisirent plutôt de s'intéresser aux statistiques de ces niveaux d'énergie. Ils firent pour les niveaux d'énergie ce que Gauss avait fait pour les nombres premiers. Plutôt que de chercher à prédire avec exactitude quand surgirait un nombre premier, Gauss avait préféré estimer en moyenne le nombre de nombres premiers que l'on croiserait en comptant de plus en plus loin. De même, Wigner et Landau préconisaient une approche plus simple pour comprendre les niveaux d'énergie atomiques. Les statistiques dévoileraient la chance que l'on aurait d'identifier, dans une région donnée du spectre de toutes les fréquences, les niveaux d'énergie d'un noyau particulier.

Le noyau d'uranium était si complexe qu'il existe une horde d'équations possibles pour déterminer les niveaux d'énergie selon l'état dans lequel se trouvait l'uranium. Il y avait donc peu d'espoir d'analyser les statistiques de ces niveaux d'énergie si elles changeaient aussi considérablement en fonction de l'état du noyau. Puisque les niveaux d'énergie étaient déterminés par l'étude des tambours quantiques, Wigner et Landau choisirent de chercher à voir si les statistiques des fréquences accusaient des variations importantes quand on modifiait la forme des tambours. Heureusement, pour la plupart des tambours, ce n'était pas le cas. Wigner et Landau découvrirent que quand ils prenaient des tambours quantiques au hasard, les fréquences spécifiques pouvaient changer, mais pas les statistiques des fréquences. Les statistiques de la plupart des tambours quantiques étaient les mêmes. Mais le noyau d'un atome lourd se comportait-il comme un tambour quantique moyen ? Wigner et Landau pensaient qu'en réalité, les tambours quantiques correspondant par exemple au noyau d'uranium ne se distinguaient en rien de la majorité des autres tambours quantiques.

Ils avaient vu juste. Quand ils comparaient les statistiques des niveaux d'énergie d'un tambour quantique pris au hasard avec les statistiques des niveaux d'énergie observés dans le cadre d'expériences, ils correspondaient parfaitement. Quand ils s'intéressaient en particulier aux espaces entre les niveaux d'énergie dans un noyau d'uranium, c'était comme si les niveaux d'énergie se repoussaient les uns les autres. C'était pour cette raison que Freeman Dyson s'était montré si enthousiaste lors de sa rencontre avec Montgomery à Princeton. Le graphique que lui avait montré Montgomery portait la marque caractéristique des statistiques des niveaux d'énergie. Or, Montgomery avait découvert cet étrange schéma dans un domaine des sciences apparemment sans aucun rapport.

La question suivante fut donc de savoir pourquoi et comment ces deux domaines, les niveaux d'énergie et les zéros de Riemann, avaient quelque chose en commun. Montgomery dut être aussi éberlué qu'un paléontologue qui trouverait des peintures rupestres du paléolithique identiques dans des cavernes situées aux deux bouts de la planète. Il ne pouvait qu'y avoir un rapport entre les deux. Montgomery le reconnaît, sa conversation avec Dyson est probablement l'un des plus grands hasards de l'histoire des sciences : « C'était vraiment miraculeux que je me sois trouvé pile au bon endroit. » Depuis Galilée et Newton, les physiques et les mathématiques ont souvent arpenté des territoires semblables, mais personne ne s'était attendu à ce que la théorie des nombres de Riemann et la physique quantique soient si intimement liées. Peut-être les efforts de Montgomery pour comprendre la factorisation des nombres imaginaires avaient-ils été vains, mais il était tombé sur quelque chose de beaucoup plus intéressant. « Dans le domaine des projets de recherche ratés, celui-là était plutôt pas mal », sourit Montgomery.

Pour l'hypothèse de Riemann, quel était le sens de ces révélations faites lors d'un thé à Princeton ? Si les points situés au niveau de la mer dans le paysage zêta pouvaient être expliqués par les mathématiques des niveaux d'énergie en physique, on avait peut-être la formidable possibilité de vraiment démontrer pourquoi ces points étaient disposés en ligne droite. Un zéro échappant à la droite serait comme un niveau d'énergie imaginaire, quelque chose que les équations de la physique quantique ne toléraient pas. Jamais il n'y avait eu plus bel espoir de trouver enfin une explication à l'hypothèse de Riemann.

Si des expériences avaient confirmé le modèle de Wigner et Landau pour les niveaux d'énergie dans les grands atomes, Montgomery, lui n'avait aucune confirmation expérimentale que les points au niveau de la mer du paysage de Riemann faisaient effectivement ce que la théorie prédisait. Personne n'avait pu vérifier que les zéros se repoussaient bien les uns les autres, comme il le suggérait. L'ennui, c'était que les régions du paysage de Riemann où ces statistiques avaient toutes les chances de surgir se trouvaient bien au-delà de ses capacités de calcul.

À Cambridge, Montgomery s'était familiarisé avec les découvertes de Littlewood, qui avait expliqué pendant combien de temps il fallait compter des nombres premiers avant qu'ils ne commencent à révéler leur vraie nature. Si Littlewood avait montré en théorie que l'estimation du nombre de nombres premiers par Gauss était parfois une sous-estimation, personne n'avait pu le démontrer expérimentalement. Montgomery commençait à se résigner à subir le même sort. Il avait fallu du temps aux physiciens expérimentaux pour construire des accélérateurs de particules capables d'engendrer assez d'énergie pour pouvoir confirmer les prédictions de Wigner et Landau. Montgomery craignait que les mathématiciens ne soient jamais capables de calculer des nombres suffisamment grands pour vérifier que les zéros situés très loin au nord sur la droite se comportaient comme il l'annonçait.

Mais c'était sans compter sur les capacités de calcul d'Andrew Odlyzko et de son supercalculateur Cray, dans le laboratoire de recherches d'AT&T en plein cœur du New Jersey. Odlyzko avait eu vent des prédictions de Montgomery sur les espaces entre les zéros et le parallèle avec les tambours aléatoires qui se cachaient derrière les niveaux d'énergie des noyaux lourds. C'était justement les défis de ce genre qui l'intéressaient. Il commença à partir à la pêche au zéro à une distance de 10^{12} unités le long de la droite de Riemann. Ce qui serait un exploit phénoménal en termes de calcul. Imaginons que la carte du paysage de Riemann soit centrée sur le New Jersey, et représentons chaque unité le long de la droite critique par un pas d'un centimètre. Alors Odlyzko observait des sections de la droite de Riemann qui se trouvaient vingt-cinq fois plus loin que la Lune. Quand le supercalculateur eut recraché une bonne centaine de milliers de zéros, Odlyzko put commencer à analyser les statistiques des espaces les séparant. Vers le milieu des années 1980, il était prêt à publier les résultats de ses calculs. Dans leur espacement, les zéros du paysage zêta affichaient en effet certaines ressemblances avec les niveaux d'énergie des atomes lourds, mais manifestement, la correspondance n'était pas parfaite. Aucun statisticien n'aurait pu s'en satisfaire. Montgomery avait-il tort, ou lui faudrait-il poursuivre son exploration encore plus loin vers le nord ?

Odlyzko, que l'ampleur de la tâche ne rebutait pas, continua à avancer jusqu'à 10^{20} pas au nord. Dans notre carte imaginaire centrée sur le New Jersey, il voguait désormais à 100 années-lumière de chez lui, bien au-delà de Véga, le système solaire d'où provenait le message en nombres premiers de *Contact,* de Carl Sagan. En 1989, Odlyzko étudia de nouveau les distances entre les zéros et les compara à la prédiction de Montgomery. Cette fois, la correspondance était vertigineuse. C'était là une preuve convaincante d'un nouvel aspect des zéros. Même aussi loin qu'à 10^{20} unités, ils envoyaient un message très clair montrant qu'ils étaient produits par quelque tambour mathématique complexe.

Magie mathématique

Quelle était véritablement l'importance de la correspondance statistique découverte par Andrew Odlyzko ? Peut-être était-il possible de reproduire des statistiques de ce type à l'aide d'une méthode mathématique absolument sans aucun rapport. Montgomery et Odlyzko pointaient-ils tous les deux dans la même direction, ou nous envoyaient-ils courir après des chimères ?

Pour répondre à ces questions, vers qui d'autre pourrions-nous nous tourner, sinon vers le statisticien de Stanford Persi Diaconis, grand pourfendeur de phénomènes parapsychologiques, l'homme qui a dévoilé la supercherie du « code de la Bible », censé permettre de déchiffrer des messages dans le texte hébreu d'origine ? Confronté aux données de Riemann, Diaconis le reconnaît : il serait difficile de trouver meilleure correspondance statistique. « Je suis dans les statistiques depuis toujours, et je n'ai jamais vu de données correspondre aussi bien. » Mieux que quiconque, il sait que ce qui peut paraître idéal vu sous un certain angle doit être examiné sous toutes les autres perspectives sous peine de passer à côté d'une faille révélatrice. Diaconis est passé maître dans ce genre d'illusion. Au départ, c'était à la magie qu'il se destinait, non aux mathématiques.

Enfant, à New York, il passait son temps à faire l'école buissonnière pour traîner dans les boutiques de magie. Ses talents de prestidigitateur lui valurent d'être remarqué par l'un des plus grands magiciens des États-Unis, Dai Vernon. Diaconis se souvient que Vernon, alors âgé de soixante-huit ans, lui avait offert la possibilité de devenir son assistant : « Je pars pour le Delaware demain, tu veux venir avec moi ? » À quatorze ans, Diaconis fit son baluchon et partit, sans le dire à ses parents. Pendant deux ans, ils parcoururent le pays :

« *Nous étions comme Oliver Twist et Fagin. La communauté des magiciens est très solidaire. Rien à voir avec des foires pouilleuses, ou quoi que ce soit de ce genre. Ce sont des amateurs de la classe moyenne supérieure. Les magiciens sont fascinés par les joueurs. Vernon et moi étions toujours à la recherche de joueurs malhonnêtes. Si on entendait parler d'un Eskimo capable de distribuer les cartes en raquettes, on filait en Alaska. C'était ce genre d'aventure. On ne l'a fait que pendant deux ans, à aller où le vent nous poussait. À traîner avec des joueurs, on ne parlait que de hasard et de paris. Les probabilités ont fini par me fasciner, et j'ai voulu en savoir plus.* »

Au cours de ses voyages, Diaconis a commencé à lire sur les mathématiques des probabilités. Là encore, c'est l'intervention décisive d'un livre en particulier qui contribua à déclencher la carrière d'un des mathématiciens les plus passionnants de notre génération. On lui offrit en effet le livre de William Feller sur les probabilités, *An Introduction to Probability Theory and Its Applications* (*Introduction à la théorie des probabilités et ses applications*), l'un des classiques universitaires sur le sujet. Ne connaissant pas le calcul infinitésimal, il ne pouvait rien en faire. Il décida donc que la seule façon pour lui d'avancer était de suivre des cours du soir au City College de New York. Touché par le virus, deux ans et demi plus tard, il obtenait son diplôme, impatient d'entrer à l'université. Harvard misa sur cet étudiant atypique, qui n'a depuis jamais dévié de sa vocation.

Fidèle à ses premières amours, Diaconis reconnaît que les mathématiques ont beaucoup en commun avec la magie :

« *Ma façon de faire des mathématiques s'apparente tout à fait à la magie. Dans les deux domaines, on est face à un problème qu'il faut résoudre en dépit des contraintes. Dans les mathématiques, il faut pouvoir établir un raisonnement argumenté avec les outils dont on dispose. Et en magie, il faut se servir de ses outils et de ses tours de passe-passe pour obtenir un certain effet sans que le public sache ce que l'on est en train de faire. Dans les deux domaines, le processus intellectuel de résolution des problèmes est pratiquement le même. Il y a une différence entre les deux, la concurrence. Elle est beaucoup plus rude dans les mathématiques que dans la magie.* »

En tant que statisticien, Diaconis cherche à connaître le caractère aléatoire des choses. Son analyse du mélange des cartes lui a valu la première page du *New York Times*. D'après lui, un joueur moyen devra battre le paquet sept fois de suite pour placer les cartes dans un ordre aléatoire. Mais c'est un joueur moyen, qui bat moyennement les cartes. Les choses sont quelque peu différentes quand un joueur a les mains magiques de Diaconis. Beaucoup de ses tours dépendent de sa capacité à battre parfaitement les cartes. Il sait qu'en battant parfaitement les cartes huit fois de suite, il les replace dans leur ordre de départ, même si le public, lui, croit qu'elles sont absolument en désordre. Il est redoutable quand il s'agit de détecter si un paquet de cartes mélangées a été « trafiqué ». Sa capacité à détecter des schémas répétitifs a fait son renom, à tel point qu'à Las Vegas, on fait appel à ses services pour vérifier que les batteuses de cartes électroniques ne trahissent rien à des parieurs exercés.

Diaconis a été particulièrement intéressé quand des théoriciens des nombres ont commencé à faire circuler les déclarations de Montgomery et Odlyzko, qui affirmaient que les zéros du paysage de Riemann ressemblaient aux fréquences d'un tambour aléatoire. S'il y avait une personne à même de flairer la supercherie, c'était bien lui. « J'ai donc appelé Andrew et je lui ai dit que je voulais des zéros. Il m'en a envoyé à peu près 50 000 pour moi tout seul, qui commençaient aux alentours de 10^{20}. » Puis il essaya un nouveau test qu'il avait découvert quand il travaillait sur le codage des appels téléphoniques chez AT&T. « Je les ai testés à fond, et ils correspondaient parfaitement aux prédictions », dit-il. C'était une preuve de plus du fait que les zéros sont comme les battements d'un tambour mathématique aléatoire dont les fréquences se comportent comme les niveaux d'énergie de la physique quantique. Pour Diaconis, les connexions entre les nombres premiers et les niveaux d'énergie n'ont rien à voir avec quelque vilain tour de la Nature. C'est de la magie pure et simple.

Une fois découvertes, ces nouvelles statistiques ont commencé à surgir un peu partout : les noyaux lourds, les zéros de la fonction zêta de Riemann, le séquençage de l'ADN, les propriétés du verre. Le plus curieux est peut-être ce qu'a trouvé Diaconis. Ces statistiques pourraient permettre de résoudre un autre problème jusque-là sans solution : avec quelle régularité peut-on espérer gagner en faisant des réussites ?

Dans la forme de réussite la plus courante, on distribue les cartes en sept tas. Une dans le premier, deux dans le deuxième et jusqu'à sept dans le septième. La première carte de chaque tas est retournée. Les cartes restantes sont retournées en groupes de trois. Il est possible de placer une carte retournée sur une autre si elle est de couleur différente et inférieure d'un point à celle sur laquelle elle est placée. Ainsi, un sept rouge peut aller sur un huit noir, un valet noir sur une reine rouge. Les as sont mis de côté au fur et à mesure de leur apparition, et servent à composer des séquences de chaque suite jusqu'à ce qu'il n'y ait plus de carte disponible.

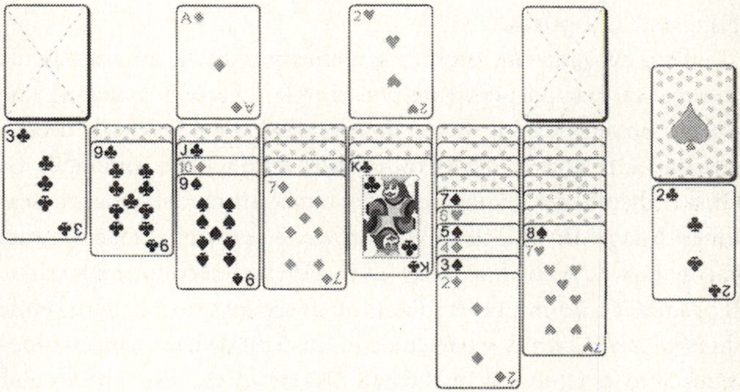

Klondike, une des réussites les plus populaires, et pourtant un mystère pour les mathématiciens.

Le jeu est connu sous des appellations diverses, comme Klondike ou Idiot's Delight. On trouve des variations. À Las Vegas, on peut acheter un paquet de cartes pour 52 dollars et au lieu de recycler constamment le reste du paquet en retournant une carte sur trois, vous pouvez regarder toutes les cartes une seule fois. Pour chaque carte que vous placez sur les piles des as, le casino vous verse 5 dollars.

Ce jeu a beau exister depuis 1780, il a beau être connu de presque tous les propriétaires d'ordinateurs, personne n'en maîtrise le taux de réussite. Puisqu'il est possible d'empocher 5 dollars par carte à Vegas, il est peut-être intéressant de savoir quelles sont les chances de gagner. Même un jeu apparemment aussi simple comporte suffisamment de complexités pour bluffer Diaconis quand il a tenté de calculer le taux moyen de réussite. À en juger par les informations qu'il a rassemblées au fil des ans, il semblerait qu'il soit possible de l'emporter environ 15 % du temps. Mais Diaconis adorerait disposer d'une preuve.

Pour résoudre un problème mathématique, il est courant de commencer par un problème plus simple. Diaconis a analysé une version nettement plus simple de Klondike. Il eut la joie de découvrir que la fréquence des victoires dans cette réussite simplifiée est liée à la théorie des fréquences de ces tambours mathématiques aléatoires. Malgré les progrès qu'il a réalisés, il pense que nous sommes encore loin de pouvoir analyser en totalité un jeu comme Klondike. Il promet d'ailleurs à ses étudiants qu'ils seraient sûrs de faire la une du *New York Time* s'ils y parvenaient. En dépit de leurs liens passionnants avec les tambours mathématiques aléatoires, les solutions tant de Klondike que de l'hypothèse de Riemann continuent de nous échapper.

Billards quantiques

Les théoriciens des nombres s'efforçaient de faire face au tour étrange qu'avait pris leur sujet depuis que Montgomery avait partagé une tasse de thé avec Dyson. Si l'analyse de Montgomery semblait indiquer que la source des zéros de Riemann était peut-être la physique des tambours quantiques, rien ne venait éclairer cette nouvelle ouverture. Où se dissimulait le tambour magique ? D'après les statistiques et les indices accumulés jusqu'à présent, ce fameux tambour ne distinguait pas d'autres tambours pris au hasard. Il ne servirait donc pas à grand-chose de trouver le tambour précisément responsable des zéros de Riemann. Plus on analysait cette relation bizarre, plus il devenait évident que la connexion avec la physique quantique n'était pas la seule surprise que nous réservait l'histoire des zéros de Riemann. Dans leur quête du tambour, les mathématiciens découvrirent ainsi une nouvelle connexion qui allait s'avérer fort utile.

Diaconis et d'autres statisticiens avaient développé tout un arsenal sophistiqué leur permettant de tester n'importe quelle proposition. Sur le plan statistique, le code de la Bible semblait important parce que ses partisans s'arrangeaient toujours pour que l'on ne considère les informations que sous un seul angle. C'est sous la pression d'autres tests que le code de la Bible finit par lâcher. Même si les études de Diaconis n'avaient pas réduit en charpie les prédictions de Montgomery, dans le New Jersey, Odlyzko commençait à s'inquiéter à propos de certains de ses propres calculs. Il avait entrepris un test statistique différent pour vérifier que les connexions entre les zéros de Riemann et la physique quantique étaient justifiées. Il avait remarqué que des divergences commençaient à se glisser dans les données concernant les zéros de Riemann.

Il étudiait alors le graphe d'une mesure statistique connue sous le nom de variance des nombres. Il traça le graphe correspondant aux zéros de Riemann et le compara au graphe des fréquences d'un tambour quantique aléatoire. En considérant l'évolution des deux graphes, il pouvait voir que si la correspondance était au départ remarquable, brutalement, les données des zéros de Riemann décrochaient et s'écartaient du graphe des tambours aléatoires. La première partie du graphe vérifiait encore les statistiques de la distance entre zéros voisins. Mais quand Odlyzko analysa le développement continu de son graphe, il s'aperçut que des divergences se faisaient progressivement jour. Au fil de l'évolution du graphe, il ne représentait plus les statistiques des distances entre zéros proches, comme dans la première partie, mais quelque chose qui ressemblait davantage aux statistiques des espaces entre le N^e et le $(N+1\,000)^e$ zéro. Au départ, il pensa avoir commis une erreur de calcul, qui pouvait expliquer cette déviation. Mais en fait, il était le témoin de la première preuve de l'influence sur le paysage de Riemann d'un autre thème au cœur des sciences du XXe siècle : la « théorie du chaos ».

Comme la physique quantique, la théorie du chaos a réussi à se faire une place dans la culture populaire. Dans les années 1990, il n'y aurait pas eu de rave digne de ce nom sans projection d'une fractale sur les murs. En dépit de leur complexité apparente, les fractales sont engendrées à l'aide de règles des plus innocentes. La théorie du chaos, autrement dit, les mathématiques qui se cachent derrière les fractales, permet d'expliquer pourquoi, si les règles de la Nature sont simples, la réalité, elle, a l'air infiniment complexe. Le terme de « chaos » est utilisé quand un système dynamique est particulièrement sensible aux conditions de départ. Si un infime changement dans le déroulement d'une expérience entraîne une différence énorme dans le résultat, c'est là la marque du chaos.

Les mathématiques du chaos se manifestent entre autres dans le billard. Si vous tirez une boule sur le tapis du billard, elle suivra un trajet déterminé par les angles auxquels elle touche les bords. Tout l'intérêt réside dans le fait de modifier très légèrement la direction initiale du tir. Le trajet dévie-t-il soudain considérablement ? C'est dans la forme du billard qu'il faut chercher la réponse. Sur un billard rectangulaire conventionnel, le trajet de la boule n'adopte pas de comportement chaotique (en dépit de ce que peuvent penser les joueurs amateurs.) Le trajet est tout à fait prévisible. Un léger changement dans la direction initiale de la boule ne modifie pas de façon conséquente son trajet. Mais si la table de billard a la forme d'un stade, les trajets des boules deviennent tout autres. Si, maintenant, on tire deux boules dans des directions initiales à peine différentes, on s'aperçoit qu'elles suivent ensuite des trajets incroyablement différents qui n'ont apparemment rien à voir l'un avec l'autre. Comme le montre la figure ci-dessous, la physique d'une table de billard en forme de stade est chaotique, contrairement aux trajets parfaitement prévisibles d'un billard rectangulaire.

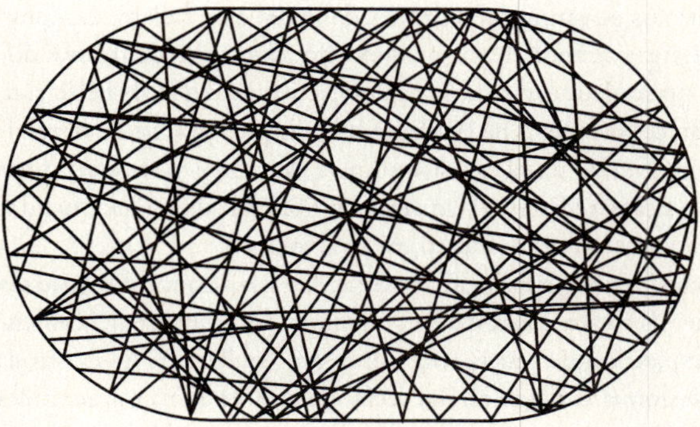

Mouvement chaotique : les trajets dessinés par les boules sur un billard en forme de stade.

Quand les mathématiques du chaos firent leur apparition dans le courant des années 1970, un certain nombre de physiciens quantiques s'intéressèrent aux implications de cette nouvelle théorie sur leur propre discipline. Ils se demandèrent en particulier ce qu'il adviendrait si l'on disputait une partie de billard à l'échelle atomique. Après tout, vus sous un certain angle, les électrons se comportaient manifestement comme des boules de billard microscopiques.

À l'aide de matériaux semi-conducteurs, dont sont faites les puces informatiques, il est possible de fabriquer une table de billard si petite que l'on pourrait en installer des centaines sur une tête d'épingle. Les physiciens entreprirent d'étudier les déplacements d'un électron ricochant çà et là sur la table minuscule. N'étant plus lié à un atome, l'électron peut se mouvoir librement dans le semi-conducteur. C'est ce mouvement qui est responsable du transfert de données sur la puce. Mais le trajet de l'électron n'est pas totalement sans frein. S'il n'est plus en orbite autour du noyau d'un atome, il est désormais prisonnier des limites de la table de billard. Les physiciens étaient curieux de savoir quel effet des tables de formes différentes pourraient avoir sur le comportement d'onde de l'électron, et sur son déplacement de boule de billard, plus proche de la particule. Tout comme un électron confiné à un atome vibre à certaines fréquences caractéristiques, un électron libre fait de même quand il trace son parcours sur le billard microscopique.

Quand les physiciens analysèrent les statistiques des niveaux d'énergie, ils s'aperçurent qu'elles variaient selon que le billard suscitait l'apparition de trajets chaotiques ou réguliers. Si les électrons étaient prisonniers d'une région rectangulaire, et qu'ils traçaient des trajets réguliers, non chaotiques, alors leurs niveaux d'énergie étaient répartis de façon très aléatoire. En particulier, ils formaient souvent des amas. Toutefois, les statistiques étaient très différentes quand les électrons étaient pris au piège d'une région en forme de stade, où les trajets sont chaotiques. Là, les niveaux d'énergie n'étaient plus aléatoires, s'organisant en suivant un schéma beaucoup plus uniforme où aucun niveau d'énergie n'était proche des autres.

C'était une nouvelle manifestation de la tendance étrange des niveaux d'énergie à se repousser les uns les autres. Le billard quantique chaotique créait les mêmes schémas que ceux observés dans les niveaux d'énergie des atomes lourds, et par Montgomery et Odlyzko dans les emplacements des zéros de Riemann. Ces différents niveaux correspondaient tout à fait aux statistiques d'un tambour quantique aléatoire. Mais toutes les mesures statistiques ne correspondaient pas parfaitement. Les physiciens commençaient à comprendre que les statistiques de la distance entre le N^e et le $(N+1\,000)^e$ niveau d'énergie étaient fonction du fait que l'on joue au billard quantique ou que l'on se contente de mesurer les fréquences d'un tambour quantique aléatoire.

Sir Michael Berry, de l'université de Bristol, est l'un des experts de ce cocktail de théorie du chaos et de physique quantique. Berry a été le premier à comprendre que les déviations remarquées par Odlyzko entre les graphes des variations des nombres de zéros de Riemann et ceux des tambours quantiques aléatoires signifiaient qu'un système chaotique quantique était peut-être le modèle physique le plus adapté pour le comportement des nombres premiers. Berry est une personnalité charismatique de la sphère scientifique. Il apporte à sa discipline un souffle d'élégance qui fait parfois défaut à ceux qui vivent plongés dans le monde des sciences. C'est un homme de la Renaissance, qui aime à citer les géants de la littérature comme de la science pour convaincre les autres de sa vision du monde. Il a le don de trouver l'image idéale pour transcender les complexités des formules mathématiques. Les mathématiciens ont eu bien de la chance de pouvoir compter sur les services de ce chevalier anglais dans leurs assauts contre l'hypothèse de Riemann.

Sa fascination pour les nombres premiers remonte aux années 1980, après avoir lu un article du *Mathematical Intelligencer* intitulé *Les cinquante premiers millions de nombres premiers.* L'article était signé Don Zagier, le mousquetaire des maths à l'Institut Max Planck qui avait croisé le fer avec Bombieri à propos de l'hypothèse. Au lieu de dresser une liste ennuyeuse de millions de nombres, Zagier dépeignait comment les zéros du paysage de Riemann pourraient servir à créer des ondes qui reproduisaient comme par magie le nombre de nombres premiers que l'on peut s'attendre à croiser quand on compte plus loin. « C'était un article magnifique. Je me suis dit que les zéros de Riemann étaient des choses fantastiques. » Berry se laissa emporter par l'interprétation très physique de la découverte de Riemann, cette interprétation qui veut qu'il y ait de la musique dans les nombres premiers.

En tant que physicien, Berry apporte à la question des nombres premiers une intuition physique qui manque à la plupart des mathématiciens. Ces derniers peuvent rester si longtemps dans un monde de constructions mentales qu'ils finissent par oublier tous les liens qui existent entre l'univers abstrait des mathématiques et le monde physique qui nous entoure. Riemann avait transformé les nombres premiers en fonctions d'ondes. Pour un physicien comme Berry, ces ondes ne sont pas que de la musique abstraite. On peut les traduire en sons physiques que n'importe qui peut écouter. Dans ses présentations de l'hypothèse, il avait coutume de faire écouter un enregistrement de la musique de Riemann, un bruit blanc, grave et grondant. Berry la décrit comme « une musique assez post-moderne, mais grâce aux travaux de Riemann, nous pouvons dire, comme le faisait Bernard Shaw de Wagner : cette musique est plus belle qu'elle n'en a l'air. »

L'intérêt de Berry pour les nombres premiers coïncida avec sa compréhension de plus en plus affinée des différences entre les statistiques des niveaux d'énergie dans les électrons jouant au billard quantique et les niveaux d'énergie d'un tambour quantique aléatoire. « Je me suis dit qu'il serait peut-être intéressant de jeter de nouveau un coup d'œil à l'histoire des zéros de Riemann et aux idées de Dyson à la lueur des nouveaux liens avec le chaos quantique. » Les statistiques particulières qu'avait découvertes Berry dans les niveaux d'énergie du billard quantique trouvaient-elles un reflet dans les statistiques des zéros du paysage zêta ? « J'ai pensé que ça serait bien de voir si les zéros se comportaient vraiment comme ça, et j'ai donc fait quelques premiers calculs. » Mais il n'avait pas assez d'information. « C'est là que j'ai entendu parler d'Odlyzko, qui avait accompli ces calculs formidables. Je lui ai écrit, et il a été d'une aide merveilleuse. Il m'a expliqué qu'il était un peu inquiet parce que ses calculs, au-delà d'un certain point, avaient commencé à présenter des déviations. Il pensait avoir fait une erreur dans ses calculs. »

Mais Odlyzko ne voyait pas les choses comme un physicien. Quand Berry compara les zéros aux niveaux d'énergie des billards quantiques chaotiques, il parvint à une correspondance parfaite. Les divergences constatées par Odlyzko étaient en fait les premiers signes de la différence entre les statistiques des fréquences dans un tambour quantique aléatoire et les niveaux d'énergie du billard quantique. Odlyzko ne connaissait pas ce nouveau système quantique chaotique, mais Berry, lui, l'identifia immédiatement :

« *C'était un moment important, parce que c'était si clairement juste. Pour moi, c'est une preuve circonstancielle absolument convaincante que si l'on pense que l'hypothèse de Riemann est vraie, alors les zéros de Riemann devraient comporter non seulement un système quantique, mais un système quantique accompagné d'une contrepartie classique, d'une relative simplicité, mais chaotique. Un moment merveilleux. Un peu, si vous voulez, comme si la mécanique quantique pourvoyait aux besoins de la théorie des zéros de Riemann.* »

Curieusement, si le secret des nombres premiers est effectivement une partie de billard quantique chaotique, alors les nombres premiers sont représentés par des trajets vraiment particuliers sur la table. Quelques-uns renvoient la boule à son point de départ après avoir fait un certain nombre de tours, puis le schéma se répète. Il semble que ces trajets particuliers soient des représentations des nombres premiers : chaque parcours correspond à l'un des nombres premiers, et plus le trajet dure avant de se répéter, plus le nombre premier correspondant est grand.

Ce nouveau retournement dû à Berry pouvait faire fusionner trois des grands thèmes de la science : la physique quantique (la physique de l'infiniment petit), le chaos (les mathématiques de l'imprévisibilité) et les nombres premiers (les atomes de l'arithmétique). Après tout, peut-être l'ordre que Riemann avait espéré révéler dans les nombres premiers est-il décrit par le chaos quantique ? Une fois de plus, les nombres premiers font là la démonstration de leur caractère énigmatique. Le lien apparent entre les statistiques des zéros et celles des niveaux d'énergie a persuadé beaucoup de physiciens de se lancer dans la quête d'une preuve de l'hypothèse de Riemann. La source des zéros pourrait être les fréquences d'un tambour mathématique. Si tel est le cas, les physiciens quantiques sont les mieux à même de localiser ces tambours. Leurs vies vibrent au rythme des tambours.

Nous ne manquons pas de preuves que les zéros de Riemann sont des vibrations, mais nous ne savons pas ce qui les fait vibrer. Peut-être la source est très mathématique, sans aucun modèle physique. Les mathématiques permettant d'expliquer les zéros sont peut-être les mêmes que les mathématiques du chaos quantique, mais cela ne signifie pas qu'une solution aura obligatoirement une manifestation physique. Ce n'est pas ce que pense Berry. Lui estime qu'une fois les mathématiques en place, on trouvera un modèle physique correspondant dont les niveaux d'énergie refléteront les zéros de Riemann. « Je suis persuadé que quand quelqu'un aura trouvé la source des zéros, quelqu'un d'autre y arrivera. » Ce modèle physique existe-t-il déjà, dissimulé quelque part dans l'univers à attendre que nous le découvrions ? Peut-être les nombres premiers détectés par Ellie Arroway dans *Contact* n'étaient pas le signe d'une vie extraterrestre, mais simplement les fréquences émises par quelque étoile à neutrons en vibration. Comme l'explique Berry : « Il y a ce principe totalitaire bien connu qui veut que tout ce qu'autorisent les lois de la physique doit exister quelque part naturellement. Je doute que cela puisse s'appliquer dans ce cas, mais on pourrait certainement l'imaginer. »

Si Odlyzko pouvait compter sur AT&T, Berry et son groupe de recherche profitèrent pendant plusieurs années d'un autre intervenant majeur du monde des affaires. Dans son principal centre britannique de Bristol, Hewlett-Packard fit appel au groupe de Berry pour tenter de maîtriser la puissance de la physique quantique. L'entreprise savait que tout progrès réalisé dans le domaine de l'hypothèse de Riemann pouvait potentiellement améliorer notre compréhension du billard quantique. Or, les règles du billard quantique contribuant à déterminer le comportement des circuits informatiques, les électrons filant le long des sillons creusés dans les microprocesseurs, Hewlett-Packard savait à quel point il était essentiel de se tenir au courant des progrès des professionnels du billard quantique.

42 : la réponse à l'ultime question

Si les géants comme AT&T et Hewlett-Packard ont été contraints par les aléas du secteur informatique à réduire leurs investissements dans les nombres premiers, une grande entreprise n'en continue pas moins de soutenir la recherche dans ce domaine apparemment abstrait. Fry Electronics est une chaîne d'environ vingt gigantesques magasins d'électronique dispersés dans tout l'ouest des États-Unis, qui alimentent le pays en gadgets et autres bidules électroniques. Certes, la société n'a pas les mêmes moyens que des titans comme AT&T et Hewlett-Packard. Mais si vous vous rendez au siège de Fry Electronics à Palo Alto, en Californie, vous trouverez, à côté de l'entrée principale du magasin, une porte de métal qui ne paye pas de mine, décorée d'un panneau « Institut américain des mathématiques ».

L'Institut est la création de l'un des directeurs de la société, John Fry. Brian Conrey et lui ont fait des études de mathématiques à l'université de Santa Clara. Si Conrey se fit ensuite une place dans les livres des records en certifiant le plus grand pourcentage de zéros à avoir été identifiés pour l'instant sur la droite de Riemann, Fry s'est lancé dans une aventure un peu plus commerciale. En plein boom de l'industrie de l'électronique, il se demanda s'il n'y avait pas un moyen de soutenir la discipline. Ayant déjà financé une petite équipe de football, il envisagea donc d'appuyer une équipe de mathématique.

Il contacta Conrey, et tous deux mirent au point un plan visant à coordonner les efforts pour démontrer l'hypothèse de Riemann. Pour lancer leur projet, ils sponsorisèrent une réunion qui devait se tenir à Seattle en 1996, pour l'anniversaire de la démonstration du théorème des nombres premiers. Ce n'était pas qu'une question d'argent. Ils espéraient bien susciter une nouvelle éthique de la collaboration. Le prix lié à l'hypothèse était désormais tellement convoité que beaucoup répugnaient à seulement partager même les plus floues de leurs réflexions, au cas où cela aurait apporté la pièce manquante vitale au puzzle de quelqu'un d'autre. C'était ce cycle, qui selon eux ne menait nulle part, qu'ils voulaient rompre. Lors des conférences et des réunions, il fallait mettre l'accent sur le partage d'idées qui n'étaient pas forcément arrivées à maturité. Ils allèrent jusqu'à faire asseoir des mathématiciens autour d'une table comme pour débattre d'un projet commercial.

La réunion de Seattle accoucha de ce qui est pour l'heure la meilleure preuve du lien entre l'hypothèse de Riemann et le chaos quantique. Cette preuve s'est matérialisée quand certains des mathématiciens présents exprimèrent leur inquiétude de voir ce lien uniquement basé sur deux courbes apparemment impossibles à différencier. Peter Sarnak manifesta un scepticisme rafraîchissant. Impressionné par toutes les analogies entre le chaos quantique et les zéros de la fonction zêta, il attendait néanmoins toujours d'être convaincu de l'existence d'un véritable rapport.

Sarnak est l'un des phares de Princeton. Il a été le confident de Wiles quand ce dernier a déclenché son offensive secrète contre le dernier théorème de Fermat. L'intérêt de Sarnak pour l'hypothèse de Riemann remonte au milieu des années 1970, alors qu'il venait de débarquer d'Afrique du Sud pour travailler avec Paul Cohen, à l'université de Stanford, à deux pas de Fry Electronics. Étudiant, Sarnak avait approché Cohen parce qu'il commençait à se passionner pour la logique mathématique. Dix ans plus tôt, en 1963, Cohen avait ébranlé le monde en utilisant une habile suite d'arguments logiques pour régler le cas du premier des vingt-trois problèmes de Hilbert. Contrairement aux espoirs de Hilbert, qui pensait que l'on pouvait répondre à sa question par « oui » ou par

« non », Cohen avait démontré que l'on pouvait *choisir* quelle réponse était juste.

Le Sud-Africain arriva à Stanford en se disant qu'il serait sans doute mis à contribution sur quelque énigme logique tout aussi vicieuse. Mais Cohen avait reporté son attention sur un autre problème de Hilbert, le huitième. Il était difficile de faire mieux que la résolution du premier problème. Aussi Cohen songeait-il que seule l'hypothèse de Riemann pourrait lui permettre de renouer avec l'excitation qu'il avait ressentie. Il fit part de ses idées sur la question à Sarnak, et ce dernier fut ainsi définitivement contaminé par le virus de la théorie des nombres.

Son enthousiasme pour le sujet est contagieux. Quand il parle de mathématiques, il déborde d'énergie et de passion. Selberg, qui reconnaît aujourd'hui être âgé et dur d'oreille, dit que Sarnak est l'un des rares mathématiciens de Princeton qu'il peut entendre sans effort. Son accent sud-africain retentit dans tout le département tandis qu'il s'enflamme pour quelque nouveau développement dans le domaine. L'irruption de la physique quantique dans le temple sacro-saint de la théorie des nombres provoqua une certaine ébullition, mais cela ne suffisait pas à Sarnak : y avait-il une preuve que l'établissement d'un lien entre les niveaux d'énergie et les zéros avait vraiment permis de progresser ?

Cela pouvait certes nous dire où chercher une explication, sans pour autant nous apprendre rien que nous n'ayons déjà su. Cette connexion semblait fondée sur une ressemblance étroite entre diverses statistiques. Aux yeux des théoriciens des nombres, le fait que deux images paraissent tout à fait semblables était loin d'avoir valeur de preuve solide. Après tout, les mathématiciens se méfiaient toujours de la capacité des images à révéler la vérité, même si Riemann avait réussi à faire entrer la géométrie dans la conscience de la discipline.

Quand Sarnak arriva à la réunion de Seattle, il pensait que seule une profonde réflexion mathématique permettrait de progresser dans le paysage de Riemann. Après avoir entendu des discours sur les analogies entre les zéros de Riemann et les niveaux d'énergie du billard quantique chaotique, et après avoir écouté Berry faire résonner la musique des nombres premiers, Sarnak n'en pouvait plus. Il était certes tout à fait fascinant de voir surgir les mêmes dessins dans les deux domaines, mais qui pouvait montrer que ces connexions avaient apporté une authentique contribution à la théorie des nombres premiers ? Il lança un défi aux physiciens quantiques : utilisez cette analogie entre le chaos quantique et les nombres premiers pour nous dire quelque chose que nous ne savons pas déjà sur le paysage de Riemann, quelque chose de spécifique, qui ne pourrait pas se cacher derrière des statistiques. En guise de prix, il offrit une bouteille de bon vin.

C'est Jon Keating, ancien étudiant de Berry, qui remporta la bouteille de Sarnak, grâce au rôle essentiel joué par un nombre spécial, 42. Si vous vous y connaissez en science-fiction, vous savez sans doute que le nombre 42 a une importance particulière, dans *Le Guide du routard galactique* de Douglas Adams, Zaphod Beeblebrox découvre que 42 est la réponse à l'ultime question de la vie, de l'Univers et de tout (même si l'on ne sait pas trop quelle était la question). Le nombre 42 était également cher à Lewis Carroll, lui-même mathématicien à Oxford durant la deuxième moitié du XIXe siècle. Lors du procès du valet de cœur, dans *Alice au pays des merveilles,* le Roi déclare : « Règle quarante-deux, TOUTES LES PERSONNES DE PLUS D'UN KILOMÈTRE DE HAUT DOIVENT QUITTER LE TRIBUNAL. » Ce nombre ne cesse de refaire surface dans l'œuvre de Carroll. Dans *La Chasse au Snark,* le castor arrive avec « quarante-deux boîtes, toutes bien emballées / Son nom clairement peint sur chacune ». Bizarrement, ce nombre était sur le point de faire son entrée dans l'histoire de l'hypothèse de Riemann. Il allait aider à convaincre les théoriciens des nombres encore sceptiques que le chaos quantique était bien l'autre face de la pièce des nombres premiers.

Ayant entendu parler de la bouteille de vin de Sarnak, Conrey proposa aux physiciens de résoudre un problème très particulier pour s'échauffer. C'était un défi auquel il tenait beaucoup car il était lié à un sujet sur lequel il travaillait sans grand succès depuis de nombreuses années. On sait que certains attributs de la fonction zêta de Riemann, ses *moments,* étaient censés donner naissance à une suite de nombres. L'ennui, c'était que les mathématiciens ne savaient pratiquement pas comment calculer la suite elle-même. Hardy et Littlewood avaient montré que le premier nombre de la suite était 1. Albert Ingham, un des étudiants de Littlewood, avait démontré dans les années 1920 que le nombre suivant était 2. On était donc encore loin d'avoir établi une logique qui faciliterait la poursuite de l'exploration.

Avant la réunion de Seattle, Conrey avait fourni une somme de travail considérable sur le problème du nombre suivant, en collaboration avec un collègue, Amit Gosh. À les en croire, le troisième nombre de la suite se situait beaucoup plus loin, à 42. Pour Conrey, le fait que 42 soit justement le nombre suivant de la suite « était plutôt surprenant. C'était la preuve d'un certain niveau de complexité. » À partir de là, il était impossible de deviner comment se poursuivait la suite. Conrey mit donc les physiciens au défi d'expliquer 42 dans le cadre de l'analogie avec la physique quantique. Comme il le dit : « 42 est un nombre. Soit il est là, soit il n'est pas là. Il ne s'agit pas que de voir à quel point deux courbes correspondent. »

Nullement intimidé, Jon Keating quitta Seattle et commença aussitôt à creuser la question. La réunion avait été un tel succès que

Fry et Conrey décidèrent d'en organiser une deuxième. Elle eut lieu deux ans plus tard à l'Institut Schrödinger de Vienne, endroit assez approprié, compte tenu du nouveau partenariat qui commençait à se forger entre la théorie des nombres et la physique quantique, dont Schrödinger était l'un des pères fondateurs.

Dans l'intervalle, Conrey avait uni ses forces à celles d'un autre mathématicien, Steve Gonek. Au prix d'un énorme effort, en extirpant tout ce qu'ils pouvaient de leur connaissance de la théorie des nombres, ils parvinrent à une estimation du quatrième nombre de la suite : 24 024. « Nous avions donc cette séquence : 1, 2, 42, 24 024,… Nous nous sommes donné un mal de tous les diables pour savoir ce qu'était cette suite. Nous savions qu'avec notre méthode, nous ne pourrions pas aller plus loin, parce qu'elle donnait une réponse négative pour le nombre suivant. » Or, il était certain que tous les nombres de la suite étaient plus grands que zéro. Conrey débarqua à Vienne prêt à expliquer pourquoi il pensait que le quatrième nombre était 24 024.

« Keating est arrivé un peu tard. L'après-midi où il devait donner sa conférence, je l'ai vu. J'avais vu le titre de son intervention, et j'avais commencé à me demander s'il n'avait pas trouvé. Dès qu'il est arrivé, je lui ai demandé : "Tu as trouvé ?" Il a répondu que oui, il avait le 42. » En fait, avec son étudiante Nina Snaith, Keating avait créé une formule capable d'engendrer tous les nombres de la suite. « Je lui ai alors parlé de 24 024. » C'était le véritable test. La formule de Keating et Snaith correspondrait-elle à l'estimation de Conrey et Gonek ? Après tout, Keating savait qu'il devait obtenir 42. Il aurait donc pu trafiquer sa formule pour y parvenir. 24 024, en revanche, était complètement nouveau pour Keating, et il ne pourrait donc pas y parvenir par trucage.

« Juste avant que Jon n'entame sa conférence, nous nous sommes installés devant un des tableaux noirs de l'Institut Schrödinger, et nous avons calculé ce que sa formule prédisait pour le quatrième nombre de la suite. » Ils enchaînèrent les erreurs de calcul numérique, les mathématiciens n'étant parfois pas des plus brillants en calcul mental après avoir passé des années dans l'abstrait, domaine qui fait rarement appel aux tables de multiplication que nous avons apprises étant enfants. L'arithmétique finit toutefois par fonctionner. « Quand la formule a donné 24 024, ça nous a paru tout bonnement incroyable », se souvient Conrey. Quelques secondes plus tard, encore en ébullition à l'idée de cette réussite, Keating se ruait pour faire sa conférence. C'est à cette occasion que la formule qu'il avait développée avec Snaith fut officiellement présentée. Keating dit de ces instants devant le tableau noir qu'ils furent « les quelques secondes les plus passionnantes de ma vie scientifique ».

Keating redoutait de s'adresser à l'élite de la théorie des nombres. Lui, un physicien, était sur le point de leur tenir une conférence sur un sujet qu'ils s'efforçaient de comprendre depuis des années. Mais l'enthousiasme d'avoir trouvé 24 024 lui donna la confiance nécessaire. Dans le public se tenait Selberg, désormais vénérable doyen du sujet. À la fin de la conférence, l'assistance fut conviée à poser des questions. Selberg avait la réputation non de poser des questions, mais de lancer des déclarations du genre « J'ai démontré ça dans les années 1950, » ou « j'ai tenté cette approche-là pendant trente ans, mais ça ne marche pas. » Keating se prépara donc à l'inévitable, mais au lieu de cela, Selberg commença à poser question après question, visiblement fasciné par cette nouvelle idée. Ce n'est que quand Keating eut courageusement répondu à toutes ses questions que Selberg rendit sa sentence : « Ça doit être juste. »

Keating avait relevé le défi de Sarnak et appris aux mathématiciens quelque chose qu'ils ne connaissaient pas. Aussi Sarnak lui offrit-il la bouteille de vin promise.

La force de l'analogie entre les zéros de Riemann et la physique quantique est double. D'une part, elle nous dit où il nous faut chercher une solution à l'hypothèse. D'autre part, comme Keating venait de le prouver, elle peut prédire d'autres propriétés du paysage de Riemann. Pour citer Berry : « L'analogie ne repose pas sur des fondations mathématiques solides. On ne peut la juger qu'en fonction de sa capacité à suggérer aux mathématiciens des choses à démontrer. Ce qui ne me dérange absolument pas. En tant que physicien, j'ai fait mien un des préceptes de Feynman. "On sait bien plus de choses que l'on a pu en prouver." » Même si les physiciens ne peuvent développer un modèle physique capable d'engendrer des zéros, les mathématiciens reconnaissent que ce sera peut-être un physicien qui finira par démontrer l'hypothèse de Riemann. Et c'est pourquoi le poisson d'avril de Bombieri, avec lequel nous avons démarré notre récit, était si convaincant.

La dernière surprise de Riemann

Les physiciens pensent que si les zéros de Riemann s'alignent sur une droite, c'est parce qu'ils sont en fait les fréquences d'un tambour mathématique. Un zéro échappant à la droite correspondrait à une fréquence imaginaire, interdit par la théorie. Ce n'était pas la première fois qu'un tel argument était utilisé pour résoudre un problème. Keating, Berry et d'autres physiciens avaient tous appris en tant qu'étudiants un problème classique de l'hydrodynamique dont la solution dépend d'un raisonnement semblable. Le problème porte sur une bulle de fluide en révolution, dont la cohésion est maintenue par les interactions gravitationnelles mutuelles des particules qui la composent. Par exemple, une étoile est une boule de gaz en révolution maintenue par sa propre gravité. La question est de savoir ce qu'il advient de la bulle de fluide en révolution quand on la pousse légèrement ? Le fluide tremblera-t-il brièvement tout en restant intact, ou bien la bulle sera-t-elle irrémédiablement détruite ? Pour répondre, il faut montrer pourquoi certains nombres imaginaires forment une droite. Si c'est le cas, la bulle sera intacte. La raison pour laquelle ces nombres imaginaires s'alignent effectivement est étroitement liée aux idées des physiciens quantiques sur la démonstration de l'hypothèse de Riemann. Qui a découvert cette solution ? Qui a eu recours aux mathématiques des vibrations pour obliger ces nombres imaginaires à s'ordonner sur une droite ? Bernhard Riemann en personne.

Peu après son triomphe à l'Institut Schrödinger, Keating devait se rendre à Göttingen pour donner une conférence sur l'utilisation des liens avec la physique quantique pour mieux comprendre l'hypothèse de Riemann. La plupart des mathématiciens qui passent par Göttingen prennent le temps de se rendre à la bibliothèque pour examiner les célèbres gribouillages jamais publiés du maître, son *Nachlass.* Il est bien sûr particulièrement émouvant de se sentir ainsi lié à une personnalité aussi essentielle de l'histoire des mathématiques. Mais en outre, le *Nachlass* contient encore de nombreux mystères, dissimulés dans les pattes de mouche illisibles de Riemann. Le *Nachlass* est aujourd'hui la pierre de rosette des mathématiques.

Avant de partir pour Göttingen, un de ses collègues du département des mathématiques, Philip Drazin, lui recommanda de considérer la partie du *Nachlass* où Riemann s'attaque à ce problème classique de l'hydrodynamique. Si la gouvernante a détruit bien des documents, ce qui a survécu contient encore des trésors conséquents, classés depuis en plusieurs sections correspondant aux différentes périodes et aux multiples intérêts de Riemann.

Dans la bibliothèque de Göttingen, Keating réclama les deux parties du *Nachlass* qu'il souhaitait consulter : une sur les idées de Riemann quant aux zéros de son paysage zêta, et l'autre sur ses travaux à propos de l'hydrodynamique. Quand on ne lui présenta qu'une seule pile de textes, Keating crut bon de rappeler qu'il avait demandé deux parties. Les deux « parties », lui expliqua le bibliothécaire, se trouvaient dans le même texte. Au fil de sa lecture, Keating eut la surprise de s'apercevoir que Riemann avait développé sa démonstration sur les bulles de fluide en rotation en même temps qu'il avait réfléchi aux points situés au niveau de la mer dans son paysage zêta. La méthode que les physiciens modernes se proposaient d'utiliser pour obliger les zéros de Riemann à s'aligner avait été utilisée par Riemann lui-même pour résoudre ce problème d'hydrodynamique. Là, sous les yeux de Keating sur la même feuille de papier, se trouvaient les réflexions de Riemann sur les deux problèmes.

Une fois encore, le *Nachlass* avait révélé à quel point Riemann était en avance sur son temps. Il avait évidemment dû prendre conscience de l'importance de sa résolution du problème d'hydrodynamique. Sa méthode avait montré pourquoi certains nombres imaginaires obtenus dans le cadre de son analyse de la bulle se trouvaient tous sur une droite. Pourtant, dans le même temps, et sur le même document, il s'efforçait de démontrer pourquoi les zéros de son paysage zêta se trouvaient eux aussi tous sur une droite. Dans l'année qui suivit ses découvertes sur les nombres premiers et l'hydrodynamique, il consigna ses nouvelles idées dans le petit carnet noir qui, comble de la frustration, a disparu des archives. Et avec lui ont disparu les réflexions de Riemann sur la conjonction entre ces deux thèmes de la théorie des nombres et de la physique.

Dans les décennies qui suivirent la mort de Riemann, les mathématiques et la physique commencèrent à diverger. Si Riemann n'hésitait pas à combiner les deux disciplines, de plus en plus, les scientifiques qui lui succédèrent se détachèrent de la possibilité d'établir des ponts entre les deux. Il n'y a qu'au XXe siècle que la physique et les mathématiques ont recommencé à travailler main dans la main. Et ce sont ces retrouvailles qui pourraient déboucher sur cette solution qui nous échappe, et dont avait rêvé Riemann.

En dépit de l'intérêt de ces liens avec la physique, beaucoup de mathématiciens continuaient d'avoir foi en la force de leur seule discipline pour résoudre l'énigme des nombres premiers. Beaucoup partageaient l'avis de Sarnak, et pensaient que la solution de l'hypothèse de Riemann devait se trouver enfouie au cœur des mathématiques. Les origines de cette conviction profonde remontent à 1940, et aux activités d'un prisonnier français un peu particulier.

12

La pièce manquante du puzzle

On dit que l'histoire des mathématiques devrait procéder tout comme l'analyse musicale d'une symphonie. On y trouve un certain nombre de thèmes. On peut plus ou moins voir quand un thème donné fait son apparition pour la première fois. Puis il se mêle aux autres thèmes et l'art du compositeur consiste à les manipuler tous en même temps. Parfois c'est le violon qui joue un thème, parfois la flûte en joue un autre, puis ils changent, et ainsi de suite. Il en va exactement de même de l'histoire des mathématiques. André Weil, *Deux conférences sur la théorie des nombres, hier et aujourd'hui*

En dépit de toute l'agitation suscitée par la capacité d'un billard quantique à expliquer l'hypothèse de Riemann, les mathématiciens étaient encore nombreux à considérer avec scepticisme l'intrusion de physiciens dans le monde de la théorie des nombres purs. La plupart continuaient de croire en la force de leur propre discipline pour expliquer pourquoi les nombres premiers se comportent comme nous le pensons. Il était plausible que les mêmes mathématiques soient responsables à la fois du phénomène quantique et des nombres premiers, mais beaucoup de mathématiciens considéraient qu'il était peu probable que l'intuition physique contribue à démontrer l'hypothèse de Riemann. Quand la rumeur commença à se répandre que l'un des plus brillants architectes des mathématiques théoriques pures avait commencé à s'intéresser à l'hypothèse de Riemann, la confiance de la communauté sembla justifiée. Depuis le milieu des années 1990, Alain Connes donnait des cours où il présentait ses idées pour parvenir à une solution. Beaucoup avaient le sentiment que l'heure de l'hypothèse de Riemann avait enfin sonné.

Le fait que Connes s'attaque ainsi ouvertement à l'hypothèse était déjà remarquable en soi. Selberg, par exemple, reconnaît n'avoir jamais vraiment essayé de s'y atteler. Inutile de livrer bataille sans armes pour se battre, dit-il. À propos de sa décision de relever le défi, Connes écrit que : « Selon mon premier professeur, Gustave Choquet, on court le risque, en se confrontant directement à un problème bien connu, de rester dans les mémoires davantage pour avoir échoué qu'autre chose. Ayant atteint un certain âge, j'ai compris qu'il était tout aussi négatif d'attendre “tranquillement” jusqu'au point final de mes jours. »

Connes donnait l'impression d'avoir accès à un puissant arsenal de techniques qu'il avait utilisées pour dévoiler des mystères dans d'autres pans de l'univers mathématique. Sa création d'un sujet nommé la géométrie non-commutative a été saluée comme la version moderne de l'interprétation de la géométrie par Riemann, qui avait eu un impact si significatif sur le cours des mathématiques au XIXe siècle. Tout comme les travaux de Riemann avaient ouvert la voie aux percées d'Einstein dans la théorie de la relativité, la géométrie non-commutative de Connes s'était avérée un langage formidable pour comprendre les complexités du monde de la physique quantique.

Ces nouvelles mathématiques créées par Connes sont considérées comme l'un des événements majeurs du XXe siècle, et lui ont valu une médaille Fields en 1983. Pourtant, son nouveau langage n'était pas apparu comme par enchantement : il s'inscrivait dans une résurgence des mathématiques françaises qui avait débuté pendant la Deuxième Guerre mondiale. Si l'Institut de Princeton avait prospéré grâce à l'afflux d'intellectuels fuyant les persécutions en Europe,

Connes, lui, enseignait dans un institut créé en France dans les années 1950. Ce dernier redonnerait à Paris un rôle central sur la scène mathématique, rôle qui lui avait été chipé par Göttingen sous le règne de Napoléon.

Les idées de Connes s'intègrent dans un mouvement mathématique en faveur d'une vision très complexe et abstraite du sujet. Au cours des cinquante dernières années, le langage même dans lequel les mathématiques sont exprimées a subi un bouleversement évolutif. Il continue d'ailleurs d'évoluer, et beaucoup pensent que tant que ce processus n'aura pas pris fin, nous ne disposerons pas d'un langage suffisamment développé pour formuler une explication du comportement des nombres premiers tel qu'il est évoqué dans l'hypothèse de Riemann. Cette nouvelle révolution française des mathématiques est née dans une cellule de prison en France pendant la Deuxième Guerre mondiale. De cette cellule jaillit un nouveau langage mathématique, qui n'allait pas tarder à faire la preuve de son impressionnante capacité à explorer des paysages comme celui que Riemann avait édifié pour comprendre les nombres premiers.

Glossolalie mathématique

En 1940, Élie Cartan reçut une enveloppe qui lui était adressée en tant que rédacteur en chef de la prestigieuse revue française *Les Comptes Rendus de l'Académie des Sciences.* Depuis le tout début du XIXe siècle, quand Cauchy avait publié ses articles épiques sur les mathématiques des nombres imaginaires, *Les Comptes Rendus* s'était fait une spécialité de publier des articles annonçant de passionnantes nouveautés. L'adresse de l'envoyeur avait quelque chose d'intrigant : prison militaire de Bonne-Nouvelle, à Rouen. S'il n'avait reconnu l'écriture sur l'enveloppe, Cartan aurait tout aussi bien pu la mettre à la poubelle en la prenant pour quelque élucubration d'un dingue de plus qui affirmait avoir résolu le dernier théorème de Fermat. L'écriture était celle d'un mathématicien nommé André Weil. Ce dernier avait déjà la réputation d'être l'une des étoiles montantes de la jeune génération des mathématiciens français. Cartan savait que son article, quel qu'il ait pu être, vaudrait la peine d'être lu.

Quand il ouvrit l'enveloppe, il découvrit un contenu qui le surprit encore plus que le fait d'avoir reçu une lettre d'une prison militaire. Weil avait trouvé un moyen de montrer pourquoi les points situés au niveau de la mer dans certains paysages ont tendance à se ranger sur une droite. Si la technique ne fonctionnait pas pour le paysage de Riemann, elle était efficace pour d'autres, preuve suffisante pour Cartan qu'il tenait là quelque chose d'important. Le théorème de Weil servit par la suite de repère pour les mathématiciens en quête d'une démonstration de l'hypothèse. L'approche de Connes doit d'ailleurs beaucoup aux idées élaborées par Weil dans le silence de sa cellule à Rouen.

La capacité de Weil à naviguer dans certains paysages où d'autres avaient échoué remonte à sa passion première pour les langues anciennes, en particulier le sanskrit. Il considérait que le développement de nouvelles idées mathématiques allait de pair avec le développement de formes sophistiquées d'expression linguistique. Il trouvait logique qu'en Inde, l'invention de la grammaire ait précédé celle de la notation décimale et des nombres négatifs, et que l'algèbre des Arabes soit née du développement complexe de la langue arabe au Moyen Âge.

Grâce à ses redoutables talents de linguiste, il fut en mesure de créer un nouveau langage mathématique qui lui permit de formuler des subtilités jusqu'alors inexprimables. Mais c'était son obsession pour les langues, et surtout son amour pour le *Mahābhārata,* l'antique texte sanskrit, qui, au début de l'année 1940, valut à l'éminent jeune mathématicien de se retrouver derrière les barreaux.

Très jeune, il avait fait la preuve de son don pour les mathématiques. Sa première institutrice disait de son élève, alors âgé de six ans : « Peu importe ce que je lui dis sur le sujet, il semble déjà le savoir. » Sa mère estimait qu'il ne jouirait pas d'une stimulation intellectuelle suffisante en étant toujours le premier de sa classe. Elle alla donc voir le directeur de l'établissement et exigea que le jeune André saute plusieurs classes. Époustouflé, le directeur rétorqua : « Madame, c'est bien la première fois qu'une mère vient se plaindre que son fils est trop bien classé. » Grâce à l'ambition de sa mère, André atterrit dans la classe de monsieur Monbeig.

Monbeig était en faveur d'une approche peu conventionnelle de l'enseignement qui, d'après Weil lui-même, est à l'origine de son développement de mathématicien. Ainsi, plutôt que d'apprendre la grammaire par cœur, l'instituteur avait mis au point un système personnel complexe de notation algébrique qui révélait la logique des textes. Bien plus tard, quand Weil découvrit les idées révolutionnaires de Noam Chomsky sur la linguistique, rien ne lui parut particulièrement novateur. Weil reconnut que « cette pratique précoce d'un symbolisme non trivial a dû avoir une grande valeur éducative, surtout pour un futur mathématicien. »

Les mathématiques devinrent sa passion, sa drogue. « Une fois, je m'étais fait très mal en tombant. Ma sœur Simone n'a pas trouvé d'autre solution pour me réconforter que de courir me chercher mon livre d'algèbre. » Les talents de Weil finirent par attirer l'attention de l'une des grandes légendes des mathématiques françaises. Jacques Hadamard, qui s'était fait connaître au tournant du siècle en démontrant le théorème des nombres premiers de Gauss, l'encouragea à faire carrière dans les mathématiques. À seize ans, Weil entrait à l'École normale supérieure (ENS), une des créations de la Révolution, pour entamer sa formation de mathématicien professionnel.

Tout en étudiant les mathématiques à l'ENS, Weil se livrait à sa passion pour les langues anciennes. Cette histoire d'amour accoucherait plus tard d'un nouveau monde mathématique, mais à l'époque, tout ce que voulait Weil, c'était de pouvoir lire les épopées grecques et indiennes de l'Antiquité en version originale. Une œuvre en particulier allait l'accompagner tout au long de sa vie : la *Bhagavad-gitā,* le Chant de Dieu tiré du *Mahābhārata.* À Paris, il passait autant de temps à apprendre le sanskrit qu'à étudier les mathématiques.

Weil estimait que la seule façon de concevoir toute la beauté d'un texte quel qu'il soit, et pas seulement la poésie épique, était de lire l'original. Il pensait que dans les mathématiques aussi, il fallait remonter à la source et lire les articles originaux des maîtres, au lieu de s'appuyer sur des présentations secondaires de leurs travaux. « J'avais fini par être convaincu que ce qui compte vraiment dans l'histoire de l'humanité, ce sont les véritables grands esprits, et que la seule façon de connaître ces esprits était d'entrer en contact direct avec leurs œuvres », écrirait-il plus tard dans son autobiographie, *L'Apprentissage d'un mathématicien.* C'est ainsi qu'il en vint à étudier les travaux de Riemann. « J'ai eu un coup de chance de commencer comme ça, et j'en ai toujours été reconnaissant. » L'hypothèse de Riemann sur la nature des nombres premiers allait rythmer toute la vie mathématique de Weil.

Quand il réussit ses examens de l'ENS, Weil n'avait pas encore atteint l'âge du service militaire. Il entreprit donc de faire un grandiose tour mathématique de l'Europe. Il sillonna le continent, Milan, Copenhague, Berlin, Stockholm, assistant aux conférences, discutant avec les pionniers du moment. À Göttingen, encore épargné par la purge hitlérienne, les idées qui allaient être à la base de sa thèse de doctorat se mirent en place. Dans la ville de trois des plus grands mathématiciens d'Europe, Gauss, Riemann et Hilbert, Weil comprit clairement que Paris avait perdu la réputation mathématique qui avait été la sienne à l'époque enivrante de Fourier et Cauchy. Cela s'expliquait en partie par le fait que nombre de jeunes mathématiciens français qui auraient pu devenir d'imposantes personnalités dans les années 1930 avaient été tués pendant la Première Guerre mondiale. Une génération entière avait été fauchée. Après la guerre, bien peu des génies allemands vinrent présenter leurs travaux à Paris, sevrant la ville de nouvelles idées. Qu'adviendrait-il de la fabuleuse tradition mathématique française, qui remontait à Fermat ? Weil et d'autres jeunes mathématiciens décidèrent de prendre les choses en main.

Il n'y avait pas de figure du père autour de qui les jeunes étudiants ambitieux auraient pu se rassembler, aussi en inventèrent-ils une, en la personne de Nicolas Bourbaki. Sous ce pseudonyme, ils rédigèrent collectivement une description de l'état des lieux des mathématiques contemporaines. Leurs principes éthiques renouaient avec ce qui confère aux mathématiques leur position si unique parmi les sciences. Les mathématiques sont un édifice bâti sur des axiomes, qui veut qu'un théorème démontré en Grèce dans l'Antiquité soit toujours un théorème au XXIe siècle. Le groupe Bourbaki entreprit de dresser un état des lieux de l'édifice et de rendre un rapport exhaustif rédigé dans le langage des mathématiques modernes. S'inspirant du grand traité d'Euclide qui avait lancé les mathématiques occidentales deux mille ans plus tôt, ils intitulèrent leurs travaux *Éléments de Mathématique.* En dépit de l'héritage grec, c'est une affaire exclusivement française. L'accent était mis sur le contexte le plus large possible pour chaque résultat. Et si l'on risquait par là même de perdre de vue la question spécifique pour laquelle les mathématiques avaient été développées à l'origine, eh bien, tant pis.

Le choix de « Nicolas Bourbaki », en réalité un général français peu connu, pour prendre la tête de leur offensive mathématique est lié à un rituel qu'observait l'École normale au début du XXe siècle. Les étudiants de première année étaient soumis à une cérémonie d'initiation au cours de laquelle un étudiant plus âgé, jouant le rôle d'un hôte distingué venu de l'étranger, présentait une conférence élaborée sur des théorèmes bien connus. Le conférencier glissait volontairement des erreurs dans certaines de ses démonstrations, que les premières années devaient alors repérer. Le jeu consistait à attribuer ces théorèmes erronés à d'obscurs généraux français plutôt qu'à leurs auteurs légitimes.

Les réunions de ces jeunes scientifiques français étaient anarchiques et chaotiques. Un des fondateurs, Jean Dieudonné, a décrit comment « certaines personnes extérieures, invitées à assister aux réunions de Bourbaki, en sortaient immanquablement en ayant l'impression d'avoir été témoins d'une assemblée de fous. Ils ne pouvaient imaginer que ces gens, qui hurlaient parfois à trois ou quatre en même temps, étaient capables de produire quelque chose d'intelligent. » Les membres de Bourbaki considéraient ce caractère anarchique comme essentiel au fonctionnement de leur projet. Tandis qu'ils se démenaient pour unifier les mathématiques en leur état du moment, le nouveau langage que Weil développerait ultérieurement commençait à prendre corps.

Son amour pour les langues anciennes et la littérature sanskrite lui valut son premier poste, en 1930, en tant que professeur à l'université musulmane d'Aligarh, non loin de Delhi. L'université avait fait appel à lui pour enseigner la civilisation française, mais au dernier moment, elle lui confia les mathématiques. Pendant son séjour en Inde, Weil rencontra Gandhi. Son contact avec la philosophie de Gandhi, ainsi que sa lecture de la *Gitā,* allait avoir de funestes conséquences pour Weil à son retour dans une Europe qui se préparait à la guerre. Dans la *Gitā,* Krishna recommande à Arjuna d'agir selon son *dharma,* son code de comportement personnel. Pour Arjuna, membre de la caste des guerriers, cela voulait dire qu'il devait se battre en dépit des inévitables dévastations. Weil pensait que son *dharma* l'invitait exactement au contraire, qu'il devait être fidèle à ses convictions pacifistes. Il décréta que si la guerre éclatait, il échapperait à la mobilisation dans l'armée française en se réfugiant dans un pays neutre.

Pendant l'été 1939, il se rendit avec son épouse en Finlande. Mais s'il avait espéré se servir de la Finlande comme d'une étape sur la voie menant à l'Amérique, il avait commis une grave erreur. Dans la nuit du 23 août 1939, Staline signa le pacte de non-agression germano-soviétique, qui sanctionnait l'alliance entre l'URSS et l'Allemagne. En échange de la neutralité soviétique, Hitler laissait les mains libres à Staline en Estonie, en Lettonie, dans l'est de la Pologne et en Finlande. Quand la guerre éclata en septembre 1939, le gouvernement finnois sut qu'il ne tarderait pas à être entraîné à son tour dans le conflit. Tout lien avec l'Union soviétique devint dès lors extrêmement suspect. Quand les autorités tombèrent sur des courriers envoyés à des adresses soviétiques par un visiteur français, et remplis d'équations incompréhensibles, ils en déduisirent immédiatement que le visiteur en question travaillait pour l'ennemi. En décembre 1939, le Français avait été arrêté et accusé d'espionnage au profit de Moscou. La veille de son exécution, le chef de la police assistait à un dîner officiel et se trouva assis à côté d'un mathématicien de l'université d'Helsinki, Rolf Nevanlinna.

Au moment du café, le chef de la police se tourna vers Nevanlinna. « Demain, nous exécuterons un espion qui affirme qu'il vous connaît. D'ordinaire, je ne vous aurais pas dérangé pour de telles broutilles, mais puisque de toute façon, nous sommes là tous les deux, je suis ravi d'avoir la possibilité de vous consulter. » « Comment s'appelle-t-il ? » demanda le professeur. « André Weil », répondit le chef de la police. Nevanlinna en eut le souffle coupé. Durant l'été, il avait reçu Weil et sa femme dans sa maison de campagne au bord d'un lac. « Est-il vraiment nécessaire de l'exécuter ? » plaida-t-il. « Ne pourriez-vous pas simplement le raccompagner à la frontière et l'expulser ? » « Tiens, ça c'est une idée, je n'y avais pas pensé. » Et grâce à cette rencontre fortuite, Weil échappa au peloton d'exécution et les mathématiques ne perdirent pas l'un de ses plus grands praticiens du XXe siècle.

En février 1940, Weil était de retour en France, mais il croupissait dans une cellule à Rouen, attendant d'être jugé pour désertion. L'une des joies des mathématiques tient à ce qu'elles ne requièrent que fort peu d'équipement en dehors d'un crayon, de papier et d'imagination. La prison lui fournit les deux premiers ingrédients. Quant au troisième, Weil avait tout ce qu'il lui fallait. Dans sa Norvège natale, Selberg avait goûté les vertus de l'isolement que lui imposait la guerre pour faire des mathématiques. Du temps où il était comptable en Inde, Ramanujan avait été des plus fertiles sans avoir eu accès à une formation conventionnelle. Un des étudiants de Hardy, Vijayaraghavan, qui avait été le collègue de Weil en Inde, avait coutume de plaisanter avec lui en disant : « Si je pouvais passer six mois ou un an en prison, je suis sûr que j'arriverais à démontrer l'hypothèse de Riemann. » Weil avait soudain l'occasion de mettre à l'épreuve la théorie de Vijayaraghavan.

Riemann avait créé un paysage où les points au niveau de la mer détenaient les secrets du comportement des nombres premiers. Pour démontrer l'hypothèse, Weil devait montrer pourquoi ces points étaient agencés le long d'une droite. Il tenta à plusieurs reprises de naviguer dans le paysage de Riemann, en vain. Mais depuis la découverte par Riemann du passage reliant les nombres premiers à son paysage zêta, les mathématiciens avaient trouvé d'autres paysages du même type qui contribuaient à expliquer d'autres problèmes de la théorie des nombres. La puissance de ces paysages divers était telle, chacun étant défini par une variante de la fonction zêta, qu'ils commençaient à avoir valeur de culte. Ils deviendraient si omniprésents pour résoudre les problèmes de la théorie des nombres que Selberg déclara un jour qu'il faudrait imposer un traité de non-prolifération des fonctions zêta.

C'est en explorant certains de ces paysages que Weil découvrit une méthode qui expliquait pourquoi les points au niveau de la mer ont tendance à former une droite. Les paysages où Weil connut le succès n'avaient aucun rapport avec les nombres premiers. Mais ils détenaient la clé permettant de savoir combien de solutions une équation comme $y^2 = x^3 - x$ pouvait avoir quand on travaille sur l'une des calculatrices horloges de Gauss. Prenons par exemple l'équation précédente et une calculatrice à cinq heures. Si l'on place $x = 2$ à droite de l'équation, on obtient $2^3 - 2 = 8 - 2 = 6$, soit 1 heure sur une horloge à cinq heures. De même, pour $y = 4$ de l'autre côté, on obtient 16, soit, encore une fois, 1 heure sur la calculatrice à cinq heures. Ce résultat, que l'on peut exprimer comme $(x;\ y) = (2;\ 4)$, est défini comme une solution de l'équation parce que les deux parties de l'équation correspondent quand on les calcule sur une horloge à cinq heures. Il existe en fait sept choix possibles pour la paire de nombres $(x;\ y)$ avec lesquels l'équation est juste :

$$(x;\ y) = (0;\ 0),\ (1;\ 0),\ (2;\ 1),\ (2;\ 4),\ (3;\ 2),\ (3;\ 3),\ (4;\ 0).$$

Mais que se passerait-il si l'on choisissait une horloge différente avec un nombre premier p d'heures sur le cadran ? Le nombre de choix qui satisfera cette équation est approximativement p. Mais pas exactement. Tout comme l'estimation logarithmique de Gauss pour le nombre de nombres premiers fluctue en dessous et au-dessus du nombre exact de nombres premiers, de même, le nombre p sous ou surestime le nombre exact de solutions à l'équation. En fait, ce fut Gauss qui, dans la toute dernière partie de son journal mathématique, prouva pour la première fois que dans cette équation l'erreur d'estimation ne pouvait être supérieure à deux fois la racine carrée de p. Gauss avait eu recours à des méthodes *ad hoc* qui ne fonctionnaient pas pour d'autres équations. La beauté de la démonstration de Weil tenait à ce qu'elle s'appliquait à toute équation composée à partir des variables x et y. En prouvant que les points au niveau de la mer du paysage zêta de chaque équation suivent une droite, Weil avait généralisé la découverte de Gauss que l'erreur d'estimation ne pouvait dépasser la racine carrée de p.

Bien que cela n'ait pas eu de lien direct avec l'hypothèse de Riemann, la démonstration de Weil n'en constituait pas moins une remarquable percée psychologique. Il avait trouvé un moyen de montrer que tous les points au niveau de la mer dans un paysage bâti à partir d'équations comme $y^2 = x^3 - x$ suivent une droite. Si Cartan était si fébrile quand il ouvrit l'enveloppe de Weil et qu'il vit la démonstration, c'était parce qu'il pouvait imaginer que ces nouvelles techniques allaient permettre de comprendre le paysage original de Riemann.

Weil avait franchi les premières étapes menant à un langage entièrement nouveau pour comprendre les solutions des équations. C'était ce que faisait déjà une école de mathématiciens italiens basée à Rome, sous la férule de Francesco Severi et Guido Castelnuovo.

Weil avait certainement entendu parler de leurs travaux lors de son tour d'Europe. Mais ces fondations italiennes étaient franchement branlantes et n'auraient pu supporter le poids des mathématiques que nécessitait Weil. Ses idées devinrent les fondations de ce que l'on appelle la géométrie algébrique, au cœur de la démonstration du dernier théorème de Fermat.

Travaillant avec ce nouveau langage, Weil fut à même de construire pour chaque équation un tambour mathématique d'un genre très spécial. Il comptait un nombre fini de fréquences, contrairement à l'infinité de niveaux d'énergie de la physique quantique. Les fréquences du tambour de Weil correspondaient précisément aux coordonnées des points au niveau de la mer dans le paysage découlant de l'équation. Mais il avait encore du mal à les obliger à s'aligner. Ces fréquences ne reflétaient plus les niveaux d'énergie de la physique quantique, où un zéro échappant à la droite aurait impliqué un niveau d'énergie imaginaire, interdit par la théorie physique. Il lui fallait autre chose pour forcer les zéros à s'aligner.

Assis dans sa cellule à écouter le tambour qu'il avait créé, il comprit soudain qu'il avait déjà en main la dernière pièce du puzzle, celle qui expliquerait pourquoi les fréquences de ce tambour se trouvaient sur une droite. Pendant son tour d'Europe, il avait appris l'existence d'un théorème obtenu par le mathématicien italien Guido Castelnuovo, qui allait s'avérer crucial pour contraindre les zéros de ces paysages à s'aligner en bon ordre. Sans l'heureuse ouverture que procurait le résultat de Castelnuovo, ces paysages seraient peut-être restés aussi inaccessibles que celui de Riemann. Comme l'avoue Peter Sarnak, à Princeton : « Le fait que Weil ait réussi à faire fonctionner sa preuve tenait un peu du miracle. »

Weil avait en partie réussi à réaliser le rêve de Vijayaraghavan. Peut-être n'avait-il pas résolu l'hypothèse de Riemann, mais il avait trouvé un moyen de montrer que les points au niveau de la mer dans des paysages semblables avaient tendance à s'ordonner sur une droite. Le 7 avril 1940, il écrivit à son épouse Évelyne : « Mes travaux mathématiques avancent au-delà de mes espoirs les plus fous, et ça m'inquiète même un peu. S'il n'y a qu'en prison que je travaille aussi bien, va-t-il falloir que je m'arrange pour passer deux ou trois mois enfermé chaque année ? » D'ordinaire, Weil aurait attendu avant de publier quoi que ce soit, mais le futur était trop incertain pour risquer de prendre du retard. Il prépara sa note pour *Comptes Rendus* et l'envoya à Élie Cartan.

Weil écrivit à sa femme à propos de son article : « J'en suis très satisfait, surtout à cause de l'endroit où il a été rédigé (ce doit être le premier dans l'histoire des mathématiques), et parce que c'est une jolie façon de faire savoir à mes amis de par le monde que j'existe. Et je suis enthousiasmé par la beauté de mes théorèmes. » Lisant la note d'accompagnement de l'article, Henri, le fils d'Élie Cartan, ami mathématicien de Weil, lui répondit sur un ton d'envie : « Nous n'avons pas tous la chance de pouvoir travailler comme vous sans être dérangé… »

Son père, lui, était ravi de publier l'article. Le 3 mai 1940, la période d'incarcération productive de Weil prit fin. Cartan témoigna à son procès, que Weil décrivit comme « une comédie plutôt mal jouée ». Il fut condamné à cinq ans de prison pour désertion, mais la peine serait commuée s'il acceptait de servir dans une unité de combat. Bien que la prison ait été pour lui un lieu propice aux mathématiques, Weil rejoignit l'armée. Il avait été bien inspiré. Un mois plus tard, face à la progression allemande, tous les prisonniers de Rouen furent fusillés par les Français. Pour, dit-on, faciliter le repli du directeur.

À l'aide d'un faux certificat médical qu'il s'était procuré en Angleterre, Weil fut démobilisé en 1941 pour pneumonie. Il réussit à obtenir des visas pour l'Amérique pour sa famille et lui. Là-bas, il rencontra Siegel à l'Institut des études avancées de Princeton. Tous deux avaient sympathisé pendant le tour d'Europe de Weil. Quand Siegel était allé récupérer les notes de Riemann et avait découvert la formule secrète pour calculer les zéros, Weil l'avait accompagné. Siegel tenait manifestement à savoir si les exploits de Weil dans un autre paysage pouvaient permettre de comprendre le paysage original de Riemann.

Beaucoup pensaient, comme Siegel, que ce qui avait permis à la démonstration de Weil de fonctionner dans un paysage devait détenir des clés vitales pour la quête du véritable Graal de l'hypothèse de Riemann. Pendant des années, Weil essaya de trouver ce lien insaisissable avec le paysage créé par Riemann. Malheureusement, en tant qu'homme libre, il ne renoua jamais avec le succès qu'il avait connu derrière les barreaux à Rouen. On devine toute sa nostalgie dans la description qu'il fit plus tard de ce désir de revivre l'excitation de cette première découverte : « Tout mathématicien digne de ce nom a fait l'expérience [...] de cet état de lucidité exaltée où les pensées se succèdent comme par miracle. [...] Ce sentiment peut durer des heures, des jours même. Une fois qu'on en a fait l'expérience, on brûle de le connaître de nouveau, sans pouvoir le faire à volonté, sauf, peut-être, par un travail acharné... »

Dans une interview publiée dans *La Science* en 1979, on demanda à Weil quel théorème il aurait le plus voulu démontrer. Il répondit : « Par le passé, je me suis dit parfois que si je parvenais à démontrer l'hypothèse de Riemann, qui a été émise en 1859, je garderais le secret afin de ne pouvoir le révéler qu'à l'occasion de son centenaire en 1959. » Mais en dépit de ses efforts concertés, rien ne vint. « À partir de 1959, j'ai senti que j'en étais très loin. J'ai progressivement abandonné, non sans regret. »

Toute sa vie, Weil est resté en contact étroit avec Goro Shimura, l'un des mathématiciens japonais qui avaient formulé la conjecture qu'Andrew Wiles résolut avant de venir à bout du dernier théorème de Fermat. Shimura se souvient comment Weil lui avait confié, beaucoup plus tard : « J'aimerais bien voir l'hypothèse de Riemann réglée avant de mourir, mais c'est peu probable. » Shimura a encore en mémoire une conversation qu'ils avaient eue sur Charlie Chaplin. Dans sa jeunesse, Chaplin était allé voir une diseuse de bonne aventure qui lui avait prédit avec précision ce que l'avenir lui réservait. Et Weil de plaisanter, amer : « Eh bien, moi, dans mon autobiographie, je pourrais écrire que dans ma jeunesse, une diseuse de bonne aventure m'a prédit que je ne pourrai jamais résoudre l'hypothèse de Riemann. »

Si son rêve de démontrer l'hypothèse, ou du moins de la voir prouvée, ne s'est jamais réalisé, il ne fait aucun doute que ses travaux sont d'une immense importance. Sa démonstration donna aux mathématiciens l'espoir qu'elle pouvait être un jour vaincue. Et elle leur a également permis de croire que l'intuition de Riemann était probablement vraie. Si les points au niveau de la mer étaient alignés dans un paysage zêta, on pouvait supposer qu'ils s'aligneraient de même dans le paysage des nombres premiers. En outre, Weil avait utilisé un étrange tambour mathématique pour naviguer dans son paysage longtemps avant même que les connexions avec la physique quantique nous prouvent que c'était la bonne façon de procéder dans la recherche d'une solution. Comme le dit Peter Sarnak : « Le résultat de Weil est devenu notre phare dans notre quête de l'hypothèse de Riemann. »

Le nouveau langage mathématique de Weil, la géométrie algébrique, lui avait permis d'exprimer des subtilités jusque-là impossibles sur les solutions des équations. Mais s'il y avait un espoir de développer les idées de Weil pour démontrer l'hypothèse, il était clair qu'il faudrait aller au-delà des fondations qu'il avait posées dans sa cellule de Rouen. Ce serait un autre mathématicien de Paris qui insufflerait de la vie au nouveau langage de Weil. Le maître architecte qui accomplit cet exploit était l'un des mathématiciens les plus atypiques et les plus révolutionnaires du XXe siècle, Alexandre Grothendieck.

Une nouvelle Révolution française

Napoléon avait consolidé sa révolution académique en créant des institutions comme l'École polytechnique et l'École normale supérieure. Mais en insistant pour que les mathématiques soient au service des besoins de l'État, Paris avait perdu sa place de centre de l'activité mathématique, au profit de la cité médiévale de Göttingen, où put prospérer l'approche plus abstraite de Gauss et Riemann. Dans la seconde moitié du XXe siècle, l'optimisme était de retour en France. Paris était sur le point de retrouver sa position d'acteur incontournable de la scène mathématique.

Par le biais de l'initiative de l'industriel russe émigré Léon Motchane, qui nourrissait une passion pour les sciences, et sous la férule de personnalités essentielles du groupe Bourbaki, il fut décidé de créer un nouvel institut inspiré du remarquable Institut des études avancées de Princeton. Contrairement aux académies napoléoniennes, ce nouvel institut échapperait au contrôle de l'État. Financé par des entreprises privées, l'Institut des hautes études scientifiques fut établi en 1958. Ses bâtiments sont blottis dans les forêts du Bois-Marie, près de Paris. Au fil des ans, il a réussi à accomplir les rêves de ses créateurs. Marcel Boiteux, ancien président de l'Institut, le dépeint comme « un foyer rayonnant, une ruche bourdonnante et un monastère, où des graines semées en profondeur se développent et atteignent leur maturité à leur propre rythme. » Un des premiers professeurs à être nommé à l'Institut fut Alexandre Grothendieck. Une première graine qui connaîtrait une floraison spectaculaire.

Grothendieck est un mathématicien austère. Son bureau à l'Institut est dépouillé, à l'exception d'un portrait à la peinture à l'huile de son père. Le portrait a été exécuté par un camarade de détention d'un des camps où son père fut enfermé avant d'être envoyé à Auschwitz, où il mourut en 1942. Grothendieck a le même regard brûlant que le visage rasé que l'on voit sur le tableau.

Il n'a jamais connu son père, mais sa mère lui en a parlé avec une telle adoration que Grothendieck en a été profondément marqué. Comme il le dit un jour, la carrière de son père ressemble à un véritable bottin des révolutions d'Europe de 1900 à 1940 : dirigeant bolchevique en octobre 1917, il fit le coup de feu contre les nazis dans les rues de Berlin, puis servit dans les milices anarchistes pendant la Guerre d'Espagne. C'est en France que les nazis finirent par le rattraper. Juif, il fut arrêté et transféré aux autorités allemandes par le gouvernement de Vichy.

Grothendieck, lui, déclencherait sa propre révolution, non sur les champs de bataille, mais sur la scène mathématique. À partir des premiers essais de Weil, il développa un nouveau langage pour les mathématiques. Tout comme la nouvelle vision de Riemann avait été un tournant dans les mathématiques, le nouveau langage de géométrie et d'algèbre de Grothendieck engendra la création de toute une nouvelle dialectique qui permit aux mathématiciens de formuler des idées jusqu'alors inexprimables. On peut comparer cette nouvelle perspective aux formidables points de vue découverts à la fin du XVIIIe siècle, quand les mathématiciens avaient enfin accepté le concept des nombres imaginaires. Mais le nouveau langage était difficile à appréhender. Même Weil se montra relativement dérouté par le nouveau monde abstrait de Grothendieck.

Dans l'après-guerre, l'Institut des hautes études scientifiques devint le refuge naturel du projet Bourbaki, qui continuait de produire d'autres volumes de son analyse encyclopédique des mathématiques modernes. Grothendieck en fut l'un des principaux contributeurs. Les membres plus âgés du groupe atteignant la cinquantaine, ils quittèrent Bourbaki, et on rechercha du sang neuf pour prendre leur place. Plus que toute autre chose, ce sont les publications de Bourbaki qui aidèrent à ramener la France au centre du monde mathématique. Dans l'esprit de bien des mathématiciens, Bourbaki était une personne à part entière, et il posa même sa candidature pour devenir membre de la Société mathématique américaine.

Hors de France, de nombreux détracteurs ont dénoncé l'effet de Bourbaki sur les mathématiques, l'accusant de s'être montré sélectif dans le choix de ce qu'il étudiait. D'aucuns considèrent qu'il a stérilisé la recherche mathématique en présentant la discipline comme un produit fini plutôt que comme un organisme en évolution. En insistant sur les grandes tendances, il ignore les aspects curieux et souvent spéciaux du sujet. Mais Bourbaki pense que son projet a été mal interprété. Les tomes qui portent son nom sont là pour confirmer la solidité de la position que nous occupons aujourd'hui. Ils sont censés être de nouveaux *Éléments,* équivalent moderne du tremplin que nous offrit Euclide il y a de cela deux millénaires.

La vieille garde, ces mathématiciens qui étaient actifs avant la Deuxième Guerre mondiale, commença à se plaindre de ne plus reconnaître leur domaine, sur lequel ils travaillaient depuis tant d'années. Voilà ce que dit Siegel d'une description de ses propres travaux présentée dans le nouveau langage :

« J'ai été dégoûté de voir comment on avait défiguré et rendu inintelligible ma propre contribution au sujet. Dans son ensemble, le style [...] contredit le sens de simplicité et d'honnêteté que nous admirons dans les travaux des maîtres de la théorie des nombres, Lagrange, Gauss ou, à plus petite échelle, Hardy, Landau. J'ai l'impression qu'un porc s'est glissé dans un jardin magnifique et qu'il en déterre toutes les fleurs et les arbres. »

Face à une telle abstraction, il s'inquiétait de l'avenir de la discipline : « J'ai peur que les mathématiques ne périssent avant la fin du siècle si cette tendance actuelle à l'abstraction absurde, ce que j'appelle la théorie de l'ensemble vide, ne peut être endiguée. »

Ils étaient nombreux à partager cet avis. Selberg fit part de ses impressions après avoir suivi une conférence décrivant un cadre abstrait dans lequel il serait possible de démontrer l'hypothèse de Riemann. « Je me suis dit que de telles conférences n'existaient pas autrefois. Après la conférence, j'ai expliqué à quelqu'un l'idée qui m'avait traversé l'esprit : avec des si, on mettrait Paris en bouteille. » Au cours de la conférence, tout un cadre d'hypothèses abstraites avait été suggéré. S'il était possible d'adapter le langage à la théorie des nombres premiers, alors le conférencier aurait été en mesure de démontrer l'hypothèse de Riemann. Mais, comme se lamente Selberg : « Il n'avait aucune des hypothèses qu'il voulait. Ce n'est probablement pas la bonne façon de penser aux mathématiques. Il faudrait commencer par quelque chose dont on peut être sûr et s'y tenir fermement. Le discours comportait certaines choses très intéressantes, mais c'est un exemple d'une tendance qui, selon moi, est dangereuse. »

Pourtant, pour Grothendieck, il ne s'agissait pas de faire de l'abstrait pour le plaisir. À ses yeux, c'était une révolution rendue nécessaire par les questions auxquelles les mathématiques s'efforçaient de répondre. Il écrivit volume après volume décrivant ce nouveau langage. Sa vision était messianique, et il commença à attirer une foule de jeunes et fidèles disciples. Sa production était énorme, couvrant quelque dix mille pages. Quand un visiteur se plaignit du mauvais état de la bibliothèque de l'Institut, il répondit : « Ici, nous ne lisons pas de livres, nous les écrivons. »

Gödel avait évoqué le besoin d'élargir les fondations du sujet avant de pouvoir vraiment maîtriser l'hypothèse de Riemann. Le nouveau langage révolutionnaire de Grothendieck constituait une première étape pour justement y parvenir. Mais en dépit de tous ses efforts, l'hypothèse de Riemann continuait de lui échapper. Sa révolution répondait à bon nombre d'autres problèmes, dont des conjectures importantes avancées par Weil en rapport avec le calcul des solutions aux équations. Mais ce problème-là résistait avec un entêtement exaspérant.

En fait, ce fut le passé politique de son père qui, au bout du compte, fut responsable de l'incapacité de Grothendieck à atteindre le sommet du mont Riemann. Le mathématicien faisait de son mieux pour respecter les idéaux politiques de son père. Il devint un pacifiste convaincu, et fit vigoureusement campagne contre la course aux armements dans les années 1960. Il s'opposait au durcissement de la situation politique en Russie, à tel point que quand il reçut sa médaille Fields en 1966, en reconnaissance de ses progrès dans le domaine de la géométrie algébrique, il refusa de se rendre à Moscou pour chercher son prix en signe de protestation contre l'escalade militaire soviétique.

Tout ce temps passé à explorer le monde mathématique avait fait de Grothendieck quelqu'un de relativement naïf sur le plan politique. Quand on lui montra une affiche annonçant une conférence patronnée par l'OTAN où il devait être le principal intervenant, il demanda innocemment ce que voulait dire OTAN. Dès qu'il apprit qu'il s'agissait d'une organisation militaire, il écrivit aux organisateurs de la conférence en menaçant de se retirer. (Les organisateurs durent refuser l'argent de l'alliance atlantique pour être sûrs qu'il viendrait.) En 1967, il donna un bref cours général sur la géométrie algébrique abstraite devant une assistance médusée dans la jungle du Nord-Vietnam, où l'université de Hanoi avait été évacuée pendant les bombardements. Pour lui, sa présentation, regorgeant d'idées abstruses, était une protestation contre la guerre qui faisait rage non loin de là.

Les choses s'envenimèrent en 1970, quand il s'aperçut que certains des financements privés de l'Institut provenaient de sources militaires. Il se rendit aussitôt chez le directeur, Léon Motchane, et menaça de démissionner. Motchane, moteur de la création de l'Institut, n'était pas aussi souple que les organisateurs de la conférence quelques années plus tôt. Grothendieck, fidèle à ses principes, dut partir. Ses proches pensent qu'il a peut-être joué sur le prétexte du financement pour fuir la cage dorée qu'était désormais l'Institut. Il semblait à Grothendieck qu'il n'était rien de plus qu'un mandarin mathématique au service du pouvoir. Il préférait vivre en exclu, et détestait se trouver du côté confortable des choses. Mais il avait aussi quarante-deux ans, et commençait à s'inquiéter du mythe qui veut qu'un mathématicien ait donné ce qu'il avait de meilleur avant l'âge de quarante ans. Et si le reste de sa vie mathématique était dépourvu de toute créativité ? Il n'était pas du genre à continuer de vivre sans lauriers. Il était par ailleurs de plus en plus pessimiste face à son incapacité à progresser encore dans le repérage des points situés au niveau de la mer. Dans le confort de l'Institut, Grothendieck n'était pas allé plus loin que Weil dans sa cellule. Quand il quitta l'Institut des hautes études scientifiques, il abandonna pour ainsi dire les mathématiques.

Il commença à dériver. Il créa un groupe, Survivre, consacré aux activités anti-militaristes et écologistes. Il se tourna vers le bouddhisme avec une ferveur qui n'aurait pas été étrangère à ses ancêtres hassidiques. L'amertume qu'il ressentait de ne pas avoir pu aller au bout de sa vision mathématique finit par exploser en une extraordinaire autobiographie d'un millier de pages où il s'en prenait violemment à ce que l'on avait fait de son héritage scientifique. Il ne pouvait accepter que ses disciples soient désormais les nouveaux chefs de file de la révolution qu'il avait inspirée, et qu'ils marquent le sujet de leur propre empreinte.

Environ trente ans après avoir quitté l'Institut, Grothendieck vit aujourd'hui dans un hameau perdu dans les Pyrénées. D'après un couple de mathématiciens qui lui a rendu visite il y a quelques années : « Il est obsédé par le Diable, qu'il voit à l'œuvre partout dans le monde, occupé à détruire l'harmonie divine. » Il tient le Diable pour responsable, entre autres choses, d'avoir changé la vitesse de la lumière de la jolie valeur ronde de 300 000 km/s en une valeur « hideuse », 299 887 km/s. Il faut bien que tous les mathématiciens soient un peu fous pour se sentir chez eux dans le monde mathématique. Après avoir passé des heures innombrables à explorer les limites de l'univers mathématique, Grothendieck était incapable de retrouver son chemin dans la vie réelle.

Il n'est pas le seul à avoir perdu l'esprit en tentant de démontrer l'hypothèse de Riemann. À la fin des années 1950, après ses premiers succès, John Forbes Nash se passionna pour l'idée de résoudre l'hypothèse. À en croire la biographie de Nash signée par Sylvia Nasar, *Un homme d'exception,* les gens « murmuraient que Nash était amoureux de Cohen, » qui se débattait lui aussi avec l'hypothèse de Riemann. Nash s'était entretenu longuement avec Paul Cohen à propos de ses idées personnelles, mais Cohen voyait que cela ne menait à rien. Certains pensent que le rejet de Nash par Cohen, tant sur le plan émotionnel que mathématique, aggrava le déclin mental de Nash. En 1959, il fut invité à présenter ses idées d'une solution de l'hypothèse de Riemann à une réunion de la Société mathématique américaine à la Columbia University de New York. Ce fut un désastre. L'assistance garda un silence horrifié tandis qu'il déraillait sous leurs yeux, avançant une succession d'arguments sans aucun sens prétendant démontrer l'hypothèse de Riemann. Grothendieck et Nash illustrent les dangers de l'obsession mathématique. (Contrairement à Grothendieck, Nash revint du bord du gouffre, puis partagea le prix Nobel d'économie en 1994 pour son développement mathématique de la théorie du jeu.)

Si Grothendieck s'est effondré psychologiquement, sa structure mathématique, elle, reste intacte. Beaucoup considèrent que des idées cruciales qui pour l'instant nous font encore défaut permettront de pousser plus avant la révolution de Grothendieck et finiront par dévoiler les mystères des nombres premiers. Vers le milieu des années 1990, la communauté mathématique commença à vibrer à l'annonce que l'on avait trouvé un successeur à Grothendieck.

Rira bien...

Quand la rumeur se répandit qu'Alain Connes travaillait sur l'hypothèse de Riemann, beaucoup ne purent cacher leur étonnement. Connes, professeur à l'Institut des hautes études scientifiques et au Collège de France, est un poids lourd d'une réputation équivalente à celle de Grothendieck. Son invention de la géométrie non-commutative va d'ailleurs plus loin que la géométrie de Weil et

Grothendieck. Comme ce dernier, Connes est capable de voir des structures là où les autres ne voient que le désordre.

Dans les mathématiques, « non-commutatif » signifie que l'ordre dans lequel on fait les choses est important. Par exemple, prenez une photographie carrée du visage de quelqu'un et posez-là face vers le bas. Tout d'abord, retournez-là de la droite vers la gauche, puis faites la tourner à 90° dans le sens des aiguilles d'une montre. Répétez maintenant l'expérience, mais cette fois, effectuez la rotation avant de retourner la photo (tout en veillant bien là aussi à la retourner de droite à gauche). Vous vous apercevrez que le visage pointe dans la direction opposée. L'ordre de vos opérations compte. Le même principe est au centre de bien des mystères de la physique quantique. Le principe de l'incertitude d'Heisenberg dit que l'on ne peut jamais savoir avec précision la position et la vitesse d'une particule. La raison mathématique de cette incertitude tient au fait qu'il est important de savoir dans quel ordre on mesure la position et la vitesse.

Connes a entraîné la géométrie algébrique de Weil et Grothendieck dans des régions des mathématiques où ce genre de symétrie se dilapide et révèle ainsi l'existence d'un monde mathématique entièrement nouveau. Si la plupart des mathématiciens passent leur vie à mieux comprendre le paysage mathématique qui les entoure, de temps à autre, une génération donne naissance à un explorateur qui s'élancera seul et découvrira de nouveaux continents. Connes est l'un d'eux.

Pour lui, ces explorations sont une passion de tous les instants. Son amour du sujet remonte à ses premiers contacts avec des problèmes élémentaires à l'âge de sept ans. « Je me souviens très nettement du plaisir intense que j'éprouvais à me plonger dans cet état particulier de concentration nécessaire aux mathématiques. » Il semble qu'il ne soit jamais sorti de cette transe. Ses théories et ses abstractions peuvent paraître intimidantes, mais il a gardé ce côté joueur et enfantin du garçon qu'il était à sept ans. Pour lui, plus que toute autre chose, ce sont les mathématiques qui peuvent nous rapprocher le plus près possible du concept de la vérité absolue. Et il s'adonne avec bonheur à cette quête depuis l'enfance. Comme il le dit, puisque « la réalité mathématique ne peut pas être située dans l'espace et le temps, elle donne, quand on a assez de chance pour en découvrir même une infime portion, une sensation de plaisir extraordinaire par le sentiment qu'elle procure d'être hors du temps. »

Pour lui, un mathématicien est quelqu'un de toujours actif, toujours en quête de nouveaux territoires à explorer. Si d'autres préfèrent caboter le long de côtes qu'ils connaissent, Connes, lui, laisse derrière lui le paysage mathématique familier pour traverser des mers inconnues qui s'étendent bien au-delà de notre horizon mathématique actuel. Le fait qu'il ait pu voir les liens entre les nombres premiers et le monde brutalement abstrait de la géométrie non-commutative doit beaucoup à son talent pour emprunter aux différentes cultures mathématiques qu'il rencontre lors de ses voyages. Certains mathématiciens préfèrent explorer en tandem ou en groupe. Mises en commun, leurs capacités peuvent les aider à traverser des océans mathématiques où risquerait d'être engloutie une tentative solitaire. Mais Connes est de ces explorateurs qui aiment la solitude : « Quand on veut vraiment trouver quelque chose, il faut être seul. »

La nouvelle géométrie à laquelle il a abouti est née du développement par Weil et Grothendieck de la géométrie algébrique. Ce que les deux hommes avaient apporté, c'était un nouveau dictionnaire pour traduire la géométrie en algèbre. Ce dictionnaire prend toute sa valeur quand un problème exprimé dans le langage de la géométrie est obscur et voilé de mystère, mais qu'il devient immédiatement transparent dès qu'il est traduit en algèbre. C'est ainsi que Weil avait pu compter les solutions aux équations et démontrer que les zéros du paysage sont agencés sur une droite. S'il avait tenté de comprendre les formes géométriques que dessinaient ces équations, il n'aurait pas avancé. Mais avec son dictionnaire géométrie-algèbre en main, il avait les moyens de comprendre.

Là où la géométrie de Weil répondait à des questions de théorie des nombres pure, les idées de Connes donnent une description mathématique d'une géométrie que les théoriciens des cordes et les physiciens quantiques cherchent désespérément à édifier. À la fin du XXe siècle, ils réclamaient à cor et à cri une nouvelle géométrie capable d'étayer la théorie des cordes, avancée dans les années 1970 comme une solution possible à l'incompatibilité de la physique quantique et de la relativité. Intrigué, Connes commença à rechercher cette géométrie qui, d'après les physiciens, devait exister. Il comprit que même sans vision précise du côté physique de la géométrie, il était en mesure de construire son côté algébrique abstrait. C'était une découverte que seul quelqu'un qui avait été élevé dans le monde abstrait des mathématiques aurait pu faire. L'intuition physique n'y aurait pas suffi.

Le comportement étrange du monde subatomique obligea Connes à laisser totalement de côté les moyens classiques permettant de comprendre la géométrie conventionnelle. Si la révolution géométrique de Riemann a donné à Einstein le langage par lequel décrire la physique de l'infiniment grand, la géométrie de Connes donne aux mathématiciens la possibilité d'atteindre la géométrie bizarre de l'infiniment petit. Grâce à lui, nous pourrions enfin être en mesure de déchiffrer la structure infime de l'espace.

Hugh Montgomery et Michael Berry avaient mis en lumière de possibles connexions entre les nombres premiers et le chaos quantique. Le fait que le langage de Connes ait été parfaitement adapté à la physique quantique explique l'optimisme généralisé que suscita l'annonce de son offensive sur l'hypothèse de Riemann. Puisqu'il était issu d'une renaissance mathématique française qui avait déjà créé de nouvelles techniques pour naviguer dans les paysages zêta, la communauté mathématique avait peut-être raison de croire que le dénouement était proche. Enfin, tous les chemins se rejoignaient.

Ce que Connes pense avoir identifié est un espace géométrique extrêmement complexe, dit espace non-commutatif des classes d'adèles, construit dans le monde de l'algèbre. Pour édifier son espace, il a eu recours à des nombres étranges découverts au début du XXe siècle, les nombres *p*-adiques. Il existe une famille de nombres *p*-adiques pour chaque nombre premier *p*. Connes estime qu'en collant tous ces nombres ensemble et en observant comment fonctionne la multiplication dans cet espace excessivement singulier, les zéros de Riemann devraient apparaître naturellement comme des résonances dans cet espace. Son approche est un cocktail exotique qui recèle beaucoup d'ingrédients développés au fil de siècles d'étude des nombres premiers. Il n'est donc pas étonnant que les mathématiciens aient espéré qu'il allait réussir.

Non seulement Connes est un mathématicien magistral, mais c'est aussi un conférencier charismatique. Beaucoup de gens ont été hypnotisés par ses présentations sur l'hypothèse de Riemann. Je l'ai écouté parler, convaincu qu'à partir des travaux qu'il décrivait, on déboucherait inévitablement sur une démonstration, qu'il avait fait le plus dur et que tout ce que les autres ont à faire, c'est apporter la touche finale. Mais s'il peut sembler qu'il détienne la grande idée que tout le monde a tant cherchée, Connes lui-même sait qu'il reste encore beaucoup de chemin à parcourir. « Le processus de vérification peut être très pénible : on a terriblement peur d'avoir tort… ça passe par beaucoup d'anxiété, car on ne sait jamais si l'intuition que l'on a est la bonne. Un peu comme dans les rêves, où l'intuition, bien souvent, est erronée. »

Au printemps 1997, Connes se rendit à Princeton pour expliquer ses nouvelles idées aux maîtres, Bombieri, Selberg, Sarnak. Princeton était encore la Mecque incontestée de l'hypothèse de Riemann, malgré les efforts de Paris pour reprendre sa place dominante. Selberg était désormais le parrain du problème. Rien ne pouvait être considéré à la hauteur sans avoir d'abord été approuvé par un homme qui avait passé un demi-siècle à affronter les nombres premiers. Sarnak était le jeune chef dont l'intellect effilé pourfendrait tout argument jugé défaillant. Il avait depuis peu uni ses forces à celles de Nick Katz, lui aussi de Princeton, un des spécialistes incontestés des mathématiques développées par Weil et Grothendieck. Ensemble, ils avaient prouvé que les statistiques étranges des tambours aléatoires qui, pensons-nous, décrivent les zéros du paysage de Riemann existent bien dans les paysages étudiés par Weil et Grothendieck. Le regard de Katz est particulièrement acéré, et rien ne lui échappe. C'était lui qui, quelques années plus tôt, avait décelé l'erreur dans la première démonstration erronée du dernier théorème de Fermat par Wiles.

Enfin, il y avait Bombieri, seigneur sans rival de l'hypothèse de Riemann. Il avait décroché sa médaille Fields pour le résultat le plus significatif jamais obtenu jusqu'alors à propos de la divergence entre le nombre réel de nombres premiers et l'estimation de Gauss, preuve de ce que les mathématiciens appellent « l'hypothèse de Riemann en moyenne ». Dans la quiétude de son bureau surplombant les bois qui entourent l'Institut, Bombieri avait rassemblé toutes ses réflexions des années précédentes pour déclencher une dernière offensive en quête de la solution complète. Comme Katz, Bombieri ne laissait échapper aucun détail. Philatéliste passionné, il avait un jour eu la possibilité d'acheter un timbre très rare à ajouter à sa collection. Après l'avoir minutieusement étudié, il découvrit trois défauts. Il renvoya le timbre au vendeur en lui en signalant deux. Quant au troisième, imperceptible, il n'en dit rien, au cas où l'on tenterait de lui proposer un faux amélioré la prochaine fois. Toute prétendue démonstration de l'hypothèse de Riemann est soumise à une analyse tout aussi méticuleuse.

Selberg, Sarnak, Katz, Bombieri, galerie de formidables portraits, mais Connes n'était nullement intimidé. Par la force de son argumentation et sa personnalité, il avait largement de quoi damer le pion des grosses pointures de Princeton. Il savait qu'il n'avait pas encore de preuve, mais était convaincu que sa perspective offrait la meilleure possibilité jamais proposée de parvenir à une solution. Elle combinait plusieurs idées exprimées par les physiciens quantiques et les intuitions de Weil et Grothendieck.

La mafia de Princeton reconnut qu'il avait progressé, mais voyait également que des problèmes subsistaient. Sarnak admit que Connes avait réussi à développer des idées dont il avait entendu parler pour la première fois par son directeur de thèse, Paul Cohen, peu après son arrivée à Stanford. La différence, c'était que Connes disposait maintenant d'un nouveau langage sophistiqué et de nouvelles techniques qui permettaient de cristalliser les idées de Cohen. Mais l'approche de Connes comportait un problème : il semblait avoir tout arrangé de telle façon que tout point échappant à la droite de Riemann ne pourrait pas être vu. Comme un prestidigitateur, Connes vous obligeait à ne regarder que les points sur la droite, tout point hors de la droite disparaissant dans sa manche mathématique.

« Connes hypnotise son public, » explique Sarnak. « C'est un type vraiment convaincant. Il est charmant. Faites-lui remarquer une difficulté dans son approche et la prochaine fois que vous le rencontrez, il vous dit : "Vous aviez raison." C'est comme ça qu'il vous met dans sa poche si facilement. » Et, poursuit Sarnak, il ne tarde pas à vous faire découvrir le nouveau tour de son raisonnement. Il pense toutefois qu'il manque à Connes la magie qui avait permis à Weil d'effectuer sa percée depuis sa prison en 1940. Bombieri est de cet avis : « Je continue de penser qu'il nous faut une grande et nouvelle idée. »

Peu après la présentation de Connes, Bombieri reçut un mail d'un ami, Doron Zeilberger, de l'université de Temple, qui prétendait avoir découvert de nouvelles propriétés incroyables de π. Mais Bombieri fut assez malin pour regarder la date : c'était le 1er avril. Pour montrer qu'il avait compris la blague, il répondit dans la même veine. Non sans malice, il joua sur la fièvre que suscitaient les contributions de Connes dans la recherche de la logique des nombres premiers : « La conférence donnée par Alain Connes à l'IAS mercredi dernier a eu des développements extraordinaires… » Un jeune physicien présent dans l'assistance avait eu un flash et compris comment compléter le projet de Connes. L'hypothèse de Riemann était juste. « Merci de faire circuler le plus possible. »

Ce que fit Zeilberger, et une semaine plus tard, l'annonce s'affichait sur le tableau électronique du prochain Congrès International, et tous les mathématiciens de la planète pouvaient la lire. Il fallut quelque temps pour que l'excitation causée par Bombieri retombe. Connes rentra à Paris pour s'apercevoir que l'on y parlait de l'affaire. Même si, en réalité, c'étaient les physiciens qui étaient en butte à la blague, il en fut apparemment contrarié.

Le poisson d'avril de Bombieri semble avoir mis un terme à l'enthousiasme suscité par les travaux de Connes sur l'hypothèse de

Riemann. Le calme est revenu, comme si l'espoir de voir les idées de Connes résoudre l'énigme des nombres premiers s'était dissipé. Même dans le monde complexe de sa géométrie non-commutative, les nombres premiers restent insaisissables. Des années après son irruption sur la scène, la Forteresse Riemann est toujours inviolée. Bien sûr, il est encore possible que l'approche de Connes porte ses fruits. Elle a de nombreuses qualités. Mais le sentiment qu'il a trouvé un accès facile à la démonstration a disparu. Les murs qui défendent l'hypothèse nous paraissent peut-être aujourd'hui un peu différents, mais ils sont toujours aussi impénétrables.

Connes lui-même fait preuve de philosophie face à cette impasse. Comme il l'a dit quand il a été annoncé qu'un prix d'un million de dollars était offert pour une solution à l'hypothèse de Riemann : « Pour moi, les mathématiques ont toujours été la meilleure école d'humilité. Leur valeur essentielle réside dans l'immense difficulté des problèmes, qui sont comme l'Himalaya des mathématiques. Il sera extrêmement difficile d'atteindre le sommet, et peut-être nous en faudra-t-il même payer le prix. Mais ce qui est vrai, c'est que si nous atteignons le sommet, la vue sera fantastique. » Il n'a pas renoncé à sa quête et continue de batailler, attendant une dernière grande idée pour boucler son voyage. Il rêve de ce moment merveilleux dans la vie de tout mathématicien, quand tout se met en place. « Quand l'illumination se produit, elle implique les émotions de telle façon qu'il est impossible de rester passif ou indifférent. Les rares fois où j'en ai véritablement fait l'expérience, je n'ai pu m'empêcher d'avoir les larmes aux yeux. »

Et donc, nous entendons toujours ce rythme mystérieux des nombres premiers : 2, 3, 5, 7, 11, 13, 17 ,19… Les nombres premiers s'étendent jusqu'aux marches les plus éloignées de l'univers des nombres, sans que leur source se tarisse jamais. Ils sont au cœur des mathématiques, pierres de taille dont tout le reste dépend. Nous faudra-t-il accepter que, malgré notre désir d'ordre et d'explication, ces nombres fondamentaux continueront à jamais d'être hors de notre portée ?

Euclide a démontré que les nombres premiers se poursuivent sans fin. Gauss devina qu'ils étaient choisis au hasard, comme par le lancer d'une pièce. Riemann fut aspiré dans un passage qui le propulsa dans un paysage imaginaire où les nombres premiers se muaient en musique. Dans ce paysage, chaque point au niveau de la mer émet une note. La quête était lancée, qui visait à interpréter la carte au trésor de Riemann, et à retrouver l'emplacement de chaque point au niveau de la mer. Armé d'une formule qu'il cacha aux yeux du reste du monde, Riemann découvrit que si les nombres premiers paraissaient chaotiques, les points sur sa carte, eux, étaient très ordonnés. Au lieu de s'éparpiller aléatoirement, ils s'agençaient en une droite. Il ne pouvait voir assez loin dans son paysage pour déterminer si cela serait toujours vrai, mais il pensait que ce serait le cas. L'hypothèse de Riemann était née.

Si cette dernière est vraie, alors aucune note ne sera plus forte que les autres. L'orchestre interprétant la symphonie des nombres premiers est en équilibre parfait. Ce qui expliquera pourquoi l'on ne distingue pas de logique nette parmi les nombres premiers. Car un schéma logique signifierait qu'un instrument joue plus fort que les autres. C'était comme si chaque instrument jouait sa propre partition, mais qu'en se combinant si parfaitement, les partitions se neutralisent, ne laissant que le flux et le reflux informe des nombres premiers.

Si elle est vraie, l'hypothèse de Riemann nous aidera à voir pourquoi les nombres premiers donnent l'impression d'avoir été sélectionnés à pile ou face. Mais peut-être l'intuition de Riemann au sujet de ces points au niveau de la mer n'est qu'un vœu pieux. Peut-être, alors que la musique évolue, un instrument particulier de l'orchestre des nombres premiers finira par dominer la partition. Peut-être des logiques se dissimulent-elles dans les contrées lointaines de l'univers des nombres. Peut-être la pièce des nombres premiers a-t-elle commencé à montrer un défaut à force d'être constamment relancée par la Nature dans le processus de création de l'univers mathématique que nous habitons. Comme nous l'avons vu, les nombres premiers peuvent se montrer facétieux, nous masquant leur véritable essence.

Alors débuta la quête pour confirmer la conviction de Riemann, qui pensait que les points de sa carte au trésor des nombres premiers formaient tous une droite. Nous avons sillonné l'histoire et le monde : la France révolutionnaire de Napoléon, la révolution néo-humaniste en Allemagne, de Berlin la grandiose aux rues médiévales de Göttingen, l'étrange alliance entre Cambridge et l'Inde, l'isolement de la Norvège en guerre, le Nouveau Monde, et une nouvelle académie fondée à Princeton pour ces courageux chevaliers en quête du Graal expulsés d'Europe par les ravages de la guerre, et enfin, dans le Paris moderne, avec un nouveau langage, d'abord parlé dans une cellule de prison, et qui fit dérailler l'esprit d'un de ses plus grands développeurs.

L'histoire des nombres premiers s'étend bien au-delà du monde mathématique. Les progrès de la technologie ont changé notre façon de faire des mathématiques. L'ordinateur, né à Bletchley Park, nous a donné la possibilité de voir des nombres jusque-là cantonnés dans des régions de l'univers impossibles à observer. Le langage de la physique quantique a permis aux mathématiciens d'élaborer des schémas et d'établir des connexions que l'on n'aurait jamais pu découvrir sans cette pollinisation mutuelle des cultures scientifiques. Même le monde des affaires, avec AT&T, Hewlett-Packard et un entrepôt électronique californien, a eu un rôle à jouer. L'intervention essentielle des nombres premiers dans la sécurité informatique les a poussés sous les feux de la rampe. Les nombres premiers affectent désormais nos vies, protégeant les secrets électroniques du monde des yeux indiscrets des pirates sur Internet.

En dépit de ces tours et détours, les nombres premiers continuent de nous échapper. Chaque fois que nous les traquons dans de nouveaux territoires, que ce soit le monde non-commutatif de Connes ou le chaos quantique de Berry, ils trouvent de nouveaux endroits où se cacher.

Beaucoup des mathématiciens qui ont contribué à notre compréhension des nombres premiers ont eu la chance de vivre vieux. Ayant démontré le théorème des Nombres Premiers en 1896, Jacques Hadamard et Charles de la Vallée-Poussin dépassèrent tous deux les quatre-vingt-dix ans. D'aucuns commençaient à croire que le fait d'avoir démontré le théorème des nombres premiers les avait rendus immortels. Cette conviction qu'il y a un lien entre la longévité et les nombres premiers a encore été renforcée par Atle Selberg et Paul Erdös, qui, après leur démonstration élémentaire alternative du théorème des nombres premiers dans les années 40, vécurent l'un comme l'autre au-delà de quatre-vingts ans. Les mathématiciens plaisantent sur une nouvelle conjecture : quiconque prouvera l'hypothèse de Riemann deviendra effectivement immortel. Une autre plaisanterie veut qu'en réalité, quelqu'un ait déjà infirmé l'hypothèse, mais personne n'en a entendu parler car l'infortuné mathématicien est immédiatement tombé raide mort.

Les opinions divergent quant à l'état de nos progrès. Andrew Odlyzko, qui a calculé tant de points au niveau de la mer dans la carte au trésor de Riemann, pense que l'on ne peut prédire quand on parviendra à une solution : « Ça pourrait être la semaine prochaine, ou dans un siècle. Le problème a l'air difficile. Je doute que la solution soit très facile, tant de gens brillants se sont penchés dessus si longtemps et se sont donné tant de mal. Mais peut-être que quelqu'un aura une idée brillante la semaine prochaine. » D'autres vous diront que nous sommes encore à au moins deux bonnes idées de la solution.

Hugh Montgomery estime que, compte tenu du résultat de sa conversation avec le physicien quantique Freeman Dyson lors du goûter à Princeton, nous avons accompli une bonne part de l'ascension vers le sommet du mont Riemann. Tout en rappelant sobrement : « Nous avons une preuve de l'hypothèse de Riemann, sauf qu'il y a une faille. Malheureusement, cette faille apparaît dès le début. » Comme il le souligne, ce n'est pas l'endroit rêvé pour une faille. Car toute faille est fatale. Mais une faille située au milieu voudrait au moins dire que nous avons progressé dans notre pèlerinage. Alors qu'une faille au début signifie qu'à moins que nous ne trouvions un moyen de passer par la première porte, tout le reste du chemin que nous avons tracé jusqu'au sommet du mont Riemann est inutile. « Toute la théorie est bloquée parce que nous ne parvenons pas à démontrer ce premier théorème. »

Bien des mathématiciens ont encore trop peur d'approcher ce problème d'une difficulté notoire, en dépit de promesses alléchantes comme un million de dollars pour une solution. Tant de grands noms s'y sont essayés, et ont échoué : Riemann, Hilbert, Hardy, Selberg, Connes… Mais il y a toujours des courageux pour tenter l'aventure. Parmi les noms à suivre dans l'avenir, citons Christopher Denninger en Allemagne et Shai Haran en Israël.

Beaucoup prédisent que l'hypothèse de Riemann survivra à son bicentenaire. D'autres pensent que son heure est venue, et qu'il y a tant d'indices nous montrant où chercher qu'elle ne tiendra plus longtemps. D'autres encore croient son destin lié à Gödel : elle sera finalement vraie, mais indémontrable. Certains estiment qu'elle est fausse. Quelques-uns assurent l'avoir déjà démontrée, et accusent l'establishment mathématique de ne pas vouloir se défaire de son énigme. Enfin, certains sont devenus fous en quête d'une solution.

Peut-être sommes-nous si obnubilés par les nombres premiers du point de vue de Gauss et Riemann que ce qu'il nous manque, c'est simplement une autre façon de comprendre ces nombres mystérieux. Gauss a fourni une estimation du nombre des nombres premiers. Riemann a prédit que la marge d'erreur de cette estimation est au pire équivalente à la racine carrée de N. Et Littlewood a montré que l'on ne peut pas faire mieux. Peut-être existe-t-il un autre point de vue, que personne n'a trouvé parce que nous sommes désormais si attachés culturellement à l'édifice qu'a bâti Gauss.

Comme les personnages d'une histoire de meurtre, nous avons passé en revue les suspects mathématiques. Qui ou qu'est-ce qui a placé les zéros sur la droite critique de Riemann ? La scène du crime regorge d'indices, il y a des empreintes digitales partout, nous avons un portrait robot de la solution, et pourtant, la réponse nous échappe. Notre consolation, c'est que même si les nombres premiers ne révèlent jamais leurs secrets, ils nous entraînent dans la plus extraordinaire des odyssées intellectuelles. Ils ont acquis une importance qui dépasse de loin leur rôle fondamental d'atomes de l'arithmétique. Comme nous l'avons vu, ils ont ouvert des portes entre des domaines jusque-là sans rapport. La théorie des Nombres, la géométrie, l'analyse, la logique, la théorie des probabilités, la physique quantique, toutes se sont trouvées rapprochées par notre quête de l'hypothèse de Riemann. Et cette recherche a éclairé les mathématiques d'un jour nouveau. Nous nous émerveillons de leurs extraordinaires capacités à l'interconnexion : autrefois domaine de la logique, les mathématiques sont aujourd'hui le domaine des connexions.

Ces liens n'existent pas qu'au sein du monde mathématique. Les nombres premiers étaient auparavant considérés comme le plus abstrait des concepts, dépourvu de toute signification en dehors de la tour d'ivoire. Les mathématiciens, et G.H. Hardy en était peut-être le meilleur exemple, adoraient l'idée de pouvoir examiner l'objet de leurs études dans un splendide isolement, sans se laisser distraire par des questions d'utilité pour le monde extérieur. Mais les nombres premiers ne sont plus là pour nous offrir un refuge afin d'échapper aux pressions du monde réel, comme ils l'avaient fait pour Riemann et d'autres. Ils jouent un rôle vital dans la sécurité du monde électronique moderne, et leur résonance avec la physique quantique pourrait peut-être nous en dire plus sur la nature du monde physique.

Même si nous parvenons à démontrer l'hypothèse de Riemann, il y a bien d'autres questions et conjectures qui rongent leur frein, beaucoup de nouveaux éléments des mathématiques qui n'attendent qu'une démonstration de l'hypothèse pour pouvoir être lancés. La solution ne sera qu'un commencement, l'ouverture de territoires vierges. Pour citer Andrew Wiles, la démonstration de l'hypothèse de Riemann nous donnera la possibilité de naviguer dans ce monde tout comme la solution du problème de la longitude avait permis aux explorateurs du XVIIIe siècle de naviguer dans le monde physique.

Jusque-là, nous écouterons, ensorcelés par cette musique mathématique imprévisible, incapables d'en maîtriser les tours et détours. Les nombres premiers nous ont toujours accompagnés dans notre exploration du monde mathématique, et pourtant, ils restent les plus énigmatiques des nombres. En dépit des meilleurs efforts des plus grands esprits mathématiques afin d'expliquer la modulation et la transformation de cette musique mystique, ils restent un mystère inviolé. Nous attendons toujours celui ou celle dont le nom vivra à jamais pour avoir su faire chanter les nombres premiers.

Remerciements

Nombre de mes collègues ne se sont montrés avares ni de temps, ni de soutien. Je tiens en particulier à remercier ceux dont les noms suivent, qui ont eu la gentillesse de me parler de leur point de vue et de leurs idées : Leonard Adleman, Sir Michael Berry, Bryan Birch, Enrico Bombieri, Richard Brent, Paula Cohen, Brian Conrey, Persi Diaconis, Gerhard Frey, Timothy Gowers, Fritz Grunewald, Shai Haran, Roger Heath-Brown, Jon Keating, Neal Koblitz, Jeff Lagarias, Arjen Lenstra, Hendrik Lenstra, Alfred Menezes, Hugh Montgomery, Andrew Odlyzko, Samuel Patterson, Ron Rivest, Zeev Rudnick, Peter Sarnak, Dan Segal, Atle Selberg, Peter Shor, Herman te Riele, Scott Vanstone et Don Zagier.

Je souhaite remercier plus précisément Sir Michael Berry, que j'ai rencontré pour la première fois sur les marches du 10 Downing Street, quand nous faisions la queue pour serrer la main d'un Premier ministre, et qui est le premier à m'avoir fait connaître la musique des nombres premiers. Le titre de ce livre a été inspiré par cette rencontre.

Je suis redevable à un certain nombre de gens qui ont soigneusement lu les premières versions d'une partie ou de l'ensemble du manuscrit : Sir Michael Berry, Jeremy Butterfield, Bernard du Sautoy, Jeremy Gray, Fritz Grunewald, Roger Heath-Brown, Andrew Hodges, Jon Keating, Angus Macintyre, Dan Segal, Jim Semple et Eric Weinstein. Toute erreur qui se serait malgré tout glissée dans le texte est évidemment ma responsabilité. Pour la présente édition française, mes remerciements vont à François Loeser qui, en un temps record, a fait une lecture attentive et pertinente de la traduction.

J'ai également tiré profit de nombre de livres, articles et présentations qui m'ont fourni un matériau de départ inestimable. Je tiens à mettre particulièrement en lumière les *Notices of the American Mathematical Society*, qui publie inlassablement des articles ouvrant de merveilleuses perspectives sur les mathématiques et la communauté mathématique.

Plusieurs institutions m'ont soutenu avec bienveillance durant la rédaction de ce livre, dont l'American Institute of Mathematics, Certicom, la bibliothèque universitaire de Göttingen, AT&T Labs à Florham Park, l'Institut des études avancées de Princeton, les laboratoires Hewlett-Packard de Bristol et l'Institut Max Planck des mathématiques de Bonn.

C'est avec une grande joie que je reconnais tout ce que je dois aux gens qui, dans l'édition, ont rendu ce livre possible : mon agent, Antony Topping, de Greene & Heaton, qui a été à mes côtés de la première ébauche d'idée jusqu'à la publication, Judith Murray, qui nous a présentés, mes éditeurs, Christopher Potter, Leo Hollis et Mitzi Angel de Fourth Estate, et Tim Duggan de HarperCollins, ainsi que mon correcteur, John Woodruff. Je tiens à remercier spécialement Leo, qui a passé tant d'heures penché sur la quatrième dimension. Je voudrais aussi remercier mes éditeurs français, Gilles et Héloïse, et mon traducteur Raymond Clarinard, qui ont cru en ce livre et l'ont soutenu avec enthousiasme.

Je n'aurais pas été en mesure d'écrire ce livre sans le soutien de la Royal Society. Être membre de la Royal Society m'a donné la chance non seulement de poursuivre mes rêves mathématiques, mais aussi de pouvoir communiquer la passion que j'ai connue en cours de route. La Royal Society est bien plus qu'un compte en banque. Ils s'inquiètent des gens qu'ils financent. Ils m'ont apporté un soutien inestimable dans mon désir de faire connaître les mathématiques au plus grand nombre.

J'aimerais aussi remercier plusieurs personnes dans les médias qui ont eu le courage de publier et de diffuser mes premiers travaux sur des mathématiques sérieuses, et qui ont pris le temps d'aider un mathématicien à écrire : Graham Patterson, Philippa Ingram et Anjana Ahuja du *Times.* John Watkins et Peter Evans de la BBC. Gerhart Friedlander de Science Spectra. Merci également à NCR et Milestone Pictures de m'avoir donné la possibilité de faire découvrir les mathématiques à la communauté bancaire.

J'ai choisi cette carrière grâce à l'un de mes professeurs au lycée, M. Bailson, qui le premier m'a fait percevoir la musique de l'arithmétique dans une salle de classe. Je dois beaucoup à son inspiration, et à la Gillotts Comprehensive School, au King James's 6th Form College, et au Wadham College d'Oxford, pour la formidable éducation que j'ai reçue.

Merci à Arsenal d'avoir remporté le doublé tandis que j'écrivais ce livre. Il n'y avait rien de tel que le stade de Highbury pour évacuer la pression après un bras de fer avec Riemann.

Enfin, sur un plan plus personnel, je souhaite remercier mes amis et ma famille pour leur soutien : mon père, qui m'a aidé à comprendre le pouvoir des nombres. Ma mère, qui m'a aidé à comprendre le pouvoir des mots. Mes grands-parents, surtout Peter, qui ont été une source d'inspiration, et ma compagne, Shani, pour avoir toléré un livre dans la maison, et pour avoir cru que je pouvais l'écrire. Mon plus grand merci va à mon fils Tomer, pour avoir joué avec moi à la fin d'une journée de travail, et sans qui je n'aurais pas survécu à la rédaction de ce livre.

Index

RÉALISATION : PAO ÉDITIONS DU SEUIL
IMPRESSION : NORMANDIE ROTO S.A.S. À LONRAI (ORNE)
DÉPOT LÉGAL : MARS 2007. N° 87328 (070376)
Imprimé en France